수인

1

수인
The Prisoner

1
—
경계를 넘다

황석영 자전

문학동네

"그건 자기 팔자를 남에게 내주는 일이란다."
소설가를 꿈꾸는 아들을 말리셨던 어머니.
젊은 날. 당신의 고집을 꺾었던 아들이 다 늙어
어머니 영전에 이 책을 바칩니다.

차례

프롤로그

나는 지하실에서 마지막 점심을 얻어먹고 있었다. 식판에 담아온 구내식당의 밥이 아니라 부근 음식점에서 시켜온 듯한 설렁탕이었다. 식사를 마치기를 기다리고 앉았던 수사팀장은 검찰에 넘길 두툼한 조서 묶음 몇 뭉치를 서류봉투에 나눠서 넣었다. 팀장이 나에게 말을 걸었다.

─당신 가고 나면 모두들 정시 퇴근하겠구먼. 아무튼 피차 수고 많았소.

옆에 섰던 수사관이 말했다.

─그런데 선생 짐작으로는 형량이 얼마나 나오겠어요?

나는 남의 일처럼 깊이 생각하지도 않고 대답했다.

─글쎄요, 한 삼 년?

팀장이 눈을 크게 떠 보이며 말했다.

─애개, 겨우 그 정도?

—주범보다는 종범이 형을 덜 받는 거 아니오?

　나는 먼저 들어와서 삼 년 반을 살고 사면되어 나간 문익환 목사를 생각하고 그렇게 농담을 했을 것이다.

　—당신은 북에 가서 김일성을 여러 번 만났으니까 아무리 못 살아도 한 칠팔 년은 살아야지.

　나는 팀장의 말에 이번에도 남의 말 하듯이 말했다.

　—아이고 이제 고생문이 훤하겠구만.

　—뭘 그래요. 작가에겐 이런 게 다 피가 되고 살이 되는 찌개백반 아닌가.

　팀장이 말했고 수사관도 덩달아 덧붙였다.

　—틀림없이 나가자마자 이런 얘기 다 쓸 거면서……

　—이 양반들 병 주고 약 주네.

　나는 아무렇지도 않게 농담을 던졌다. 여기서 조사받는 동안 저절로 터득한 것인데, 어떤 경우에든 태연한 표정을 유지함으로써 기싸움에서 밀리지 않으려는 습관이 몸에 밴 탓이었다. 마지막 사나흘 동안은 내가 구금된 것이 아니라 저들과 더불어 여기 출근한 게 아닐까 착각할 정도로 익숙해졌다. 이십 일 동안의 국가안전기획부의 조사가 마무리되었고 이제 겨우 일차 지옥문을 통과했으며, 다시 검찰에 넘겨져 이차 지옥문을 통과해야 한다.

　고문을 당하지는 않았다. 1970년대 유신독재시대에 여러 차례 연행과 단기구속을 겪었고 박정희 대통령 사망 후에 신군부의 계엄령을 어겨 군 영창에 구금되기도 했지만 뺨 한 차례 맞은 적도 없었다. 운이 좋았던 걸까, 아니면 활동이 뜨뜻미지근했던 걸까. 그래서 동료 문인들은 저러다 황아무개가 언젠가 한번 큰 코를 다치리라고 야속한 농담을 던지곤 했다. 이제 와 생각해보면 운도 있었겠지만 내가 젊어서부터 대중독자를 많이 가진 소설가로 유명해져 있었던 게 도움이 된 것 같다. 일간지에 『장길산』이라는 대하소설을 십 년 동안 날마다 연재했으니 독자들의 덕을 본 셈이다.

처음 공항에서 체포되어 눈을 가리고 이 지하실에 끌려들어왔을 때 안기부의 대공수사부는 기선을 제압하려고 그랬던지 나를 벽 안쪽 구석에 몰아넣고 수십 명이 둘러싸고 질문 공세를 폈고, 그중 가늘고 날카로운 눈매의 사내가 욕설을 퍼부으며 주먹을 휘둘렀다. 나로서도 각오하고 있던 터라 얼른 머리를 숙여 피하면서 그를 밀쳐내고 상의를 벗어던졌다.

─법대로 처리하면 될 거 아냐? 그래 어디 고문해봐라, 맞아줄 테니까.

주위에 둘러섰던 수사관들이 그를 뜯어말리며 실장님 어쩌고 하는 소리에 그 사내의 직위를 눈치챌 수 있었다. 그가 분노를 삭이며 퇴장하기 전에 남긴 말은 대단히 인상적이었다.

─너 이 새끼 시절이 바뀐 줄 아는 모양인데, 그냥 어영부영 풀어줄까 하구 들어왔지? 빨갱이 새끼, 이제부터 아주 깝데기를 벗겨줄 테니까 각오해라!

화가 홍성담이 북의 세계청년학생축전에 걸개그림을 보낸 일로 잡혀들어갔을 때 호된 고문을 당하고는 나중에 석방된 뒤에 고문자의 얼굴을 그려 일간지에 발표했는데, 그것은 다름아닌 그 사내의 얼굴이었다. 어쨌든 취조하다가 내게 화를 내면서 평소대로 폭력을 쓰려는 수사관이 있으면 언제나 옆에 있던 다른 수사관이 말렸다.

—이 친구 건드리면 시끄럽다구.

안기부에 처음 들어오던 날 취조를 시작하기 전에 그들은 내게 옷을 벗으라고 지시했다. 나는 어리둥절해서 수사관을 바라보다가 상의와 셔츠를 벗고 기다렸다.

—내가 벗겨야 되겠나? 다 벗어!

수사관의 짜증스런 목소리에 고문이 시작되려나보다 하는 생각으로 내심 긴장했다. 우물쭈물 바지를 벗고 팬티 바람으로 엉거주춤 서자 뒷전에 섰던 다른 수사관이 군복을 의자에 걸쳐놓고는 내 겉옷을 주섬주섬 걷어서 나갔다. 속으로 입을 앙다물고 짐짓 당당하게 허리를 펴고 서 있는 나를 담당 수사관이 흘낏 보더니 심드렁하게 말했다.

—당신 사복은 영치시킬 거요. 그 옷으로 갈아입으쇼.

나는 헐렁한 낡은 군복으로 갈아입었다. 그리고 첫날 신문 도중에 불려나가 복도에서 주민등록번호가 찍힌 팻말을 가슴에 받쳐들고 사진을 찍었다. 취조실로 의사가 내려와 간단한 건강검진을 했다. 그리고 어떤 경우에도 동의하고 스스로 책임진다는 서류에 몇 번이나 지장을 찍었다. 물론 수사과정에서 욕설과 모욕은 흔한 일이었고, 그보다 견디기 어려웠던 것은 잠을 재우지 않는 것이었다. 그들은 수십 명의 수사관들을 서너 명씩 조를 짜서 교대로 투입했는데 처음 며칠은 날마다 시간마다 다른 얼굴이어서 당황했다. 조사는 수사관들이 교대할 때마다 처음부터 다시 시작이었다. 취조실의 벽과 천장은 구멍이 뚫린 방음 합판이었고, 방안에는 책상 하나와 의자 네 개, 구석에 군용 스프링침대와 화장실이 붙어 있었다. 나는 시간이 지나면서 취조과정을 취조실 밖에서도 지켜보고 있음을 깨달았다. 뭔가 앞뒤 진술이 어긋나면 과장이나 팀장이 득달같이 쫓아들어와 추궁하고 지적했기 때문이다. 취조실 천장에 형광등이 몇 개 매달려 있었고, 지하실이라 환풍구는 있었지만 창문이 없어서 낮인지 밤인지 알 수 없었다. 물론 시계 같은 건 어디에도 없었다. 나는 교대하는 수사관들의 표정으로 현재가 몇시쯤인지 짐작해볼 뿐이었고 속으로 날짜를 대충 계산했다. 어떤 때는 화장실로 들어가 꾸벅꾸벅 졸고 앉아 있으면 밖에서 기다리던 수사관이 나를 끌어다 의자에 다시 앉혀놓기도 했다.

누군가가 내 어깨를 양손으로 잡아 흔들며, 이 귀하신 몸 살살 다뤄야지 잘못되기라도 하면 큰일나지, 하고는 신줏단지 다루듯 살살 어루만지는 시늉을 하다가 한 대 패줬으면 속이 후련하겠다는 듯 주먹을 허공에 흔들며 험악한 표정을 지어 보이기도 했다. 한번은, 아마도 모두들 퇴근하고 깊은 밤이었던 것 같은데 누군가 어슬렁거리며 취조실로 들어왔다. 아마 야근자였을 것이다. 다른 수사관들보다 나이가 많이 들어 보였고 한잔했는지 술냄새가 풍겨왔다. 그가 투덜거렸다.

—뭐 이런 걸 데려다 조사하구 그래. 옛날 같으면 젊은 애들 시켜서 머리에 한 방 갈기면 되는 거지.

나를 신문하던 수사관이 난처했던지 그에게 말했다.

—올라가 주무세요. 여긴 왜 내려오구 그래요?

—저런 것들 공구리 쳐서 동해바다에 갖다버리면 미역이나 알 텐데 말야.

그가 비틀거리며 취조실을 나갔고 나는 그 어떤 폭력보다도 그의 말에 소름이 끼쳤다. 수사관이 중얼거렸다.

—저런 늙다리들 때문에 골치야. 저 사람 몇 달 있으면 퇴직이라구.

나는 순간적으로 그자의 말이 사실이었을 거라고 생각했다. 정치인 김대중을 실었던 현해탄 바다 위의 쾌속보트가 떠올랐다. 얼마나 많은 목숨이 그렇게 냉전의 경계선 위에서 사라져갔을까.

나는 방북을 결행하던 무렵부터 한 가지 작심했던 사항이 있었다. 나의 모든 언행을 공개하겠다는 원칙이었다. 말과 행동이 낱낱이 공개되어야만 왜곡이나 조작이 불가능해지고 객관적인 정당성이 생기리라 믿었다. 귀국하면 즉시 체포되어 호된 조사를 받으리라는 것을 알고 있었으므로, 공개된 행사나 만남에 대해서는 물론이고 알려지지 않은 일은 인터뷰를 하든가 글을 써서라도 공개하려고 노력했다. 그래서 그들은 수많은 자료들을 확보해놓고 있었고 처음에는 그것을 확인하는 작업에서 출발했다. 아니 맨 처음에 그들이 나에게 시킨 혹독한 노동은 '자술서'의 반복 기록이었다. 자술서의 끝없는 되풀이 쓰기에서 어떤 자는 실수하기도 하고 새로운 사실을 내놓기도 하며 자가당착에 빠지기도 하지만, 나는 처음부터 사실 자체에 대한 자신이 있었다. 수십 번을 되풀이해도 사실에 기초한 나의 기억은 어긋나지 않았다. 수사관은 내 자술서를 기초로 하여 이를 다시 잘게 쪼개어 시간 단위로 재확인한다. 잘게 쪼개진 조서는 다시 무수한 에피소드가 되어 반복 신문에 의해 세밀하게 재생산된다. 더 나올 것이 없거나 피의자의 기억력과 진술이 소진되었다고 보이면 그때부터 '쥐어짜기'가 시작된다. 수사관은 몇 시간마다 교대로 들어와서 자기가 맡은 부분을 끊임없이 되묻는다. 강도 높은 취조의 압박은 그 지점에서 정점에 이른다. 나는 처음부터 내가 모든 것을 공개해버렸기에 꺼릴 것이 없다고 안심했지만, 그들이 사실을 왜곡하여 조작하는 것에 대한 대비를 못했다는 점에서 내가 수사를 잘 받았다고는 할 수 없었다. 하긴, 무슨 대비? 오로지 한 방향으로만 전개되도록 짜인 각본의 원저작자는 내가 아니라 그들이었고, 시간이 흐를수록 나란 존재는 결론을 뻔히 알면서도 멈출 수 없는 그들의 시나리오 속 광대가 되어가고 있었다.

사람들은 드러난 사실만으로 진실을 다 알았다고 착각하는 오류를 저지른다. 따라서 사실은 종종 진실을 왜곡하는 위험천만한 단서로 작용한다는 것을 나는 미처 예측하지 못하고 있었다. 돌이켜보면 나는 세상 물정 모르는 순진한 백면서생에 불과했다. 수사는 주물을 찍어내는 공정과 같았고 국가보안법이 그것의 거푸집이었다. 그들은 내가 방북 후 귀국하지 않고 사 년 넘게 떠도는 동안 나를 어떻게 요리할지 칼을 갈며 기다리고 있던 참이었으니 그야말로 껍데기를 벗겨도 시원찮을 판이었다. 그런데도 나는 작가로서 품위를 잃지 않는 수준에서 조사를 잘 받았다고 자위하며, 내가 저들보다는 한 수 위라는 착각 속에서 '발!' 하면 발, '손!' 하면 손을 내주는 길들여진 애완견처럼 스스로를 순순히 내주고 말았음을 뒤늦게 깨닫게 된다.

먼저 전제해두지만 나는 북한식의 사회체제를 이념적으로 찬성하지 않는 사람이며, 다만 남과 북으로 분단된 우리나라가 평화적으로 통일되기를 염원하는 사람이다. 나뿐만 아니라 당시에 우리의 방북을 지지했던 시민사회단체의 구성원들도 그러했고, 나의 일행이었던 문익환 목사와 정경모 선생 역시 그러했다. 좀더 구체적으로 말하자면 우리는 남한이 진정한 민주사회가 되면 그 역량으로 능히 북한을 변화시킬 수 있다고 믿었으며 그 생각은 지금도 변함이 없다. 나는 이제 통일론

자라기보다는 평화주의자인 셈이다. 통일이라는 주제는 관념화되거나 정치적 마케팅으로 퇴색된 지 오래되었기 때문이다.

국가보안법은 침대의 길이와 폭에 맞지 않는 사람의 몸을 자르거나 늘일 수 있다는 '프로크루스테스의 침대'처럼 분단체제가 만들어낸 가혹한 형틀이다. 이 법은 일제강점기에 제정된 치안유지법을 모태로 분단체제가 본격적으로 시작되는 1948년 남과 북에 분리된 정부가 수립되면서 집권당의 독주로 제정되었다. 국가보안법은 북한이 국가가 아닌 반국가단체라는 전제에서 시작한다. 사실 이러한 명제는 1991년 남북의 유엔 동시 가입과 남북 정권의 여러 차례에 걸친 회담과 정상회담 등으로 무효가 된 셈이지만, 국내법으로는 철폐되지 않았기 때문에 아직도 유효하다. 이 반국가단체를 조금이라도 긍정적으로 표현하거나 동조하면 '고무찬양'죄가 되어버린다. 즉 북한에 대해서는 무조건 비난하고 나쁘게 표현해야 법적으로 안전한 것이다. 북한 사람이나 북한과 관련있는 사람과 만나면 '통신회합'죄가 되고, 그곳이 외국이나 북한이면 '잠입탈출'죄가 성립된다. 그러므로 상대가 동포든 친척이든 형제자매라 할지라도 절대로 만날 수 없다. 북한 또는 북한과 관련있는 사람에게서 돈은 물론이고 선물이든 기념품이든 받으면 '금품수수'죄가 된다. 또한 그에게 남한의 실정을 이야기하면 '기밀누설'죄가 적용된다. 남한의 신문 잡지나 방송으로 세상에 널리 퍼져 있는 이야기라 할지라도 '북한에 이로운 사실이면 기밀이 된다'는 대법원 판례가 있으므로 정부가 기밀이라 하면 무엇이든 기밀이 된다. 더 나아가 그러한 자들의 모임이 이루어지면 반국가단체의 조직이 되고 내란음모가 되는데, 이것은 앞의 여러 죄목이 누적되면 자연스럽게 도출해낼 수 있는 결론이다.

눈을 가리고 조심스럽게 층계를 내려가 지하실의 어둠 속에서 눈을 떴을 때, 나는 이 괴물 같은 국보법의 침대에 눕혀져 사지를 유린당하는 형벌에 처해질 것을 실감했다. 나에게는 국보법상의 모든 조항이 적용될 것이었다.

점심식사가 끝나자 팀장은 내게 사복을 내주며 갈아입도록 했고 나를 데리고 일층 접견실로 올라갔다. 소파와 책상이 있는 평범한 방이었지만 남쪽으로 트인 창문으로 햇빛이 환하게 들어와서 지하실에 이십 일을 처박혔던 내게는 너무도 강렬했다. 나는 잠깐 눈 속에 가득한 하얀 빛이 제각각의 색과 모양으로 돌아오기를 기다렸다.

과장이 나에게 앉으라고 말했다. 그는 언제나 옷맵시가 좋았는데 오늘은 티셔츠 위에 골프 점퍼를 입은 캐주얼 차림이었다. 그가 권하는 따끈한 커피를 한잔 마셨다. 과장은 내게 담배도 권했다. 커피향이 혀를 적시고 가슴속으로 흘러내리는 순간에 연이어 한 모금 빨아들인 담배연기는 그동안 떠올릴 겨를조차 없던 자유로운 일상을 향한 갈망이 되어 순식간에 전신으로 퍼져나갔다. 뉴욕을 떠난 지 이십여 일 만에 처음 맛본 커피와 담배인 것이다. 나중에 구치소에서 빵잽이들의 '홍콩 간다'는 말을 더욱 실감하게 되지만, 담배 몇 모금을 마시자 몽롱한 어지럼증과 함께 전신이 나른해지면서 그 순간만큼은 뭐든 시키는 대로 다 할 수 있을 것처럼 순한 마음이 되었다. 과장이 말했다.

—그동안 겪어보셨겠지만 여기도 사람 사는 뎁니다. 우리는 작가 선생에게 그야말로 신사적으로 처우해드렸습니다. 조사받으면서 고문이나 폭력을 당한 적은 없지요?

긴장이 풀려서인지 '여기도 사람 사는 데'라는 말이 감동적으로 들렸다. 나는 내가 '사람 사는 데'에서 사람대접을 받은 것에 이견이 있을 수 없다는 듯 서둘러 고개를 저으면서 대답했다.

—아뇨, 전혀 그런 일 없었습니다.

사실 잠을 안 재우고 신문하는 정도는 여기서 고문 축에도 못 끼는 것이라고 나는 생각했다. 과장은 확인하고 나서 기다렸다는 듯이 마무리 행사를 진행해나갔다.

—앞으로도 어려운 일을 많이 겪을 겁니다. 모두 선생이 자초한 일이고 각오도 되어 있겠죠. 작가 선생이나 우리나 방법이 다를 뿐 나라를 사랑하기는 마찬가지 아니오? 재판과정에서 서로가 이견이 나올 수는 있겠지만, 피차 동의하고 서명까지 했던 사실들을 부인하면……

과장이 거기까지 말하고 팀장을 돌아보자 그가 대신 말을 이었다.

—경우에 따라서는 우리와 다시 만나야지 뭐.

—아, 그럴 리야 없겠지요. 그건 모두 과거 권위주의 시절의 얘기고, 우리는 선생에 대해서 알고 있는 바를 모두 기소한 건 아니에요. 앞으로 몇 년 국가에서 도와줄 테니까 사회에 나오면 이전처럼 활동하셔야죠. 몇 년 뒤에 작가와 독자로 다시 만나게 될 날을 기다리겠습니다.

이런 식의 마지막 면담이 조사를 마치고 떠나는 누구에게나 있는 의례적인 절차였음을 알 리가 없던 나로서는 어쩐지 고마운 생각이 들었고 뭔가 가슴속에 남아 있던 억울한 감정이 한꺼번에 가시는 것처럼 느껴져서 고분고분 악수하고 기념사진까지 찍고 헤어졌다. 팀장과 수사관이 나를 차에 태워 서초동의 검찰청으로 향했다. 차창 밖으로 남산의 숲이 지나갔다. 나무들은 처음 들어올 때 겨우 움이 트던 것들이 이제는 푸릇푸릇한 신록으로 변해가고 있었다. 이상하게도 이때부터 수감자로 가끔씩 호송당하며 거리를 지나칠 때면 사람들의 모습은 개별적인 인상과 복장이 보이지 않고 그냥 스쳐지나가는 물체일 뿐, 언제나 하늘의 구름이며 산이나 숲이나 나무들 같은 자연만이 시야에 들어왔다. 나는 감옥 안에서 바깥세상을 상상할 때마다 그렇게 잠깐 스쳐가던 거리의 풍경을 떠올리며 나만 거기에 없다는 생각을 했다. 모든 일은 내가 없는 그 세상에서 벌어질 테니까. 이제부터 나는 죽은 자와 같았다.

안기부에서 검찰로 넘겨진 후 만나게 된 검사는 젊고 의욕에 넘치는 삼십대였다. 그를 보면서 어쩐지 내 제대 말년에 부임해온 초임장교 생각이 났다. 그는 자신이 풋내기임을 지나치게 의식하고 늘 긴장하며 고압적인 표정을 풀지 못했고, 안기부가 작성한 조서를 근거로 한 달 동안 나를 닦달했다. 아무려나 이미 사실대로 모두 진술했던 터라 나는 별로 다툴 생각이 없었다. 검사는 조사 초기에 내가 모든 사실을 순조롭게 진술하자 심경이 변할까 걱정했던지 야근까지 하며 강행군을 했다.

구치소에서 검찰에 오면 닭장과 같은 대기실에 가두어두는데 볼일을 볼 때 사용되는 작은 들통이 어둠 속에 놓여 있었고 며칠 동안 치우지 않은 오물의 고약한 냄새가 그 비좁은 공간에 가득했다. 앉을 수 없을 정도로 좁은 공간이라 몇 시간이고 문에 뚫린 작은 창의 창살 사이로 얼굴을 내밀고 서 있어야 했다. 때때로 검사가 나를 골탕 먹이려고 벌을 세우듯 그 관처럼 작은 공간에 처넣고 일부러 방치해두기도 했다.

이를 악물고 견디다가도 진짜 인내력의 한계를 느끼는 순간은 이제 겨우 삼십대 중반을 넘어선 그가 있는 한껏 풋내를 풍기며 반말지거리로 길고 긴 훈계를 할 때였다. 그럴 때면 달리 도리가 없어서이지만 묵묵히 듣고 있는 나의 참을성에 스스로 놀라지 않을 수 없었다. 그의 지식수준이란 너무도 빤해서 고시공부용 법률교과서 외에 다른 책은 거의 읽지 않았음을 이내 눈치챌 수가 있었다.

그의 가족 역시 우리와 마찬가지로 전쟁 때 이북에서 피난 내려와 남한에 정착한 모양이었다.

—나는 이산가족이니 뭐니 다 감상이라고 생각해. 혈육이고 친척이고 모두 공산주의 물이 들었을 텐데 빨갱이들이랑 이제 와서 만난들 무슨 얘기를 하고 무슨 감정이 통하겠어. 우리 아버지는 고향에 안 가겠대. 누굴 만나고 싶지도 않다더군.

우리 식구들은 설날에 모여앉으면 만두를 빚다가도 이북 고향에 남은 누군가의 기억을 떠올리고 오랫동안 얘기하곤 했다. 그러나 그는 우리 가족과는 달리 고향에 다시는 가고 싶지 않은 사람의 아들이었다. 그는 의기양양하게 덧붙였다.

—당신 지금 뭘 단단히 착각하고 있나본데, 아무리 그래봤자 빨갱이들한테 이용당한 거야. 어리석게 헛수고한 거라구. 통일? 미국이 그걸 원할 것 같아? 우리 소원이 통일이라는 노래는 애들이나 부르는 거지. 그거 다 감상주의야.

그의 자의식은 자기 연민을 숨기기 위한 냉소와 오만함으로 무장된 것이었다. 그가 실향민이 아니라 남한에 든든한 배경이 조금이라도 있었더라면 그 어려운 사법고시를 통과하여 시시껄렁하고 궂은일에 지나지 않는 공안부서에 붙박여 있지는 않았을 것이다. 그는 남북 관계가 개선될 듯한 세태의 변화를 감지하고 조만간 자기와 같은 자들의 역할이 별 볼 일 없어질 거라는 위기의식을 느끼고 있었는지 까짓거 지방에 내려가 소도시나 군에 자리잡고 왕 노릇이나 할까보다라는 둥, 옷 벗고 나가서 변호사 개업하면 돈을 왕창 벌어들일 자신이 있다는 둥 묻지도 않은 소리를 지껄이며 큰소리를 쳤다. 이십여 년이 흐른 후에 우연히 인터넷을 통해 그의 근황을 접하게 된 나는 그런 유의 인간들이 어떤 수순을 밟아 예정된 길로 걸어가는지를 확인한다. 육십대에 들어선 그는 살이 쪘는데다 확연히 노년에 접어든 티가 났으며, 여전히 자신이 체제의 도구에 지나지 않는다는 것을 깨닫지 못한 채 진보 시민단체나 반체제 인사들을 무조건 빨갱이로 모는 '공안몰이'에 여념이 없었다.

나는 관청의 일과가 끝난 시간에야 의왕에 있는 서울구치소에 입감되었다. 청색 수의와 검은 고무신을 착용한 후 입고 간 사복과 소지품을 영치시켰다. 수인번호 '83'. 이제 황석영이라는 내 이름은 사라졌다. 83번이라는 수인번호가 늘 면회 오는 지인들의 말밥에 올랐는데 38선을 넘더니 번호가 묘하다고들 했다.

희고 높은 시멘트 담장이 두 겹으로 둘러쳐진 구치소는 평평하고 넓은 부지에 자리잡고 있었다. 이 건물은 공항 건물처럼 직선으로 뚫린 통로의 좌우로 삼층의 감옥 사동들이 나뭇가지처럼 뻗어나간 형태였다. 일과가 끝난 모든 사동과 복도는 텅 비어 있었고 수감자들이 웅성대는 낮은 소리만 들려왔다. 대개의 방은 십여 명 이상 수감되어 있는 혼거방이었지만 나는 정치범이어서 독방에 배치됐다. 독방은 어느 사동이나 두 명의 담당 교도관이 상주하는 복도 초입에 네 칸이 있고 안쪽으로 일반수의 혼거방이 연이어 있었다. 내 방은 한 평 정도의 넓이에 창이 있고 그 아래로 무릎 정도 높이의 칸막이가 쳐진 변소가 있었다. 방문에 뚫린 시찰구로 방안 전체는 물론 변소까지 보였다. 또한 문옆에는 밖에서 나무판자문을 여닫을 수 있게 된 작은 구멍이 있었는데 감옥 용어로는 식구통이라고 한다. 사동 청소와 잡역을 맡은 '소지'가 그 식구통으로 음식과 차입물을 들여주게 되어 있었다.

정치범을 제외한 모든 일반수들은 삭발을 시켰는데 정치범은 가슴에 꿰맨 번호표 아래 삼각형의 붉은 표지를 달게 되어 있었다. 바깥 통로를 지나다 일반수와 마주치면 그들은 붉은 표지의 정치범을 보고 '빨갱이 새끼'라고 수군거렸다. 내가 들어가고 몇 달 뒤에 제도가 바뀌면서 삭발과 죄명에 따른 색깔 표지는 폐지되었다.

입감된 첫날 밤 나는 잠이 오지 않아서 뒤척였다. 벽을 향해 돌아누워 생각했다. 나는 온갖 일을 겪었지만 지금까지 살아 있다. 그리고 고통은 그리 길지 않으리라. 나는 사람을 좋아하는 낙천적인 사람이다. 투옥도 내 인생의 중요한 기간이니 잘 지내자. 그러고는 소리내어 중얼거렸다. 그래, 잘 살아내자!

늘 켜져 있는 형광등 불빛도 차츰 익숙해졌는데 처음에는 수건으로 얼굴을 가리고 잠을 청하곤 했다.

*

문득 푸른 보리가 바람에 물결치고 있는 들판이 눈앞에 펼쳐진다.

밭 사이로 구불대며 이어진 길 양옆으로 키 작은 민들레 자운영이 들풀 속에서 한들거리고, 장다리며 냉이 같은 키 큰 들꽃들은 보리와 더불어 휘청대며 바람에 누웠다가 일어나곤 한다. 저 앞에 제법 멀찍이 앞서간 아버지는 테가 둥근 헝겊모자를 쓰고 류색을 메었고 두 누나들은 무늬가 같은 원피스를 입었다. 그녀들은 흰 양말을 신고 등에는 각기 작은 류색을 메었다. 아버지는 뒤도 돌아보지 않고 휘적휘적 앞장서서 걸어갔는데, 누나들은 깡충대며 뛰어 쫓아가다가 가끔씩 길섶에 피어난 들꽃을 꺾어서 묶음을 만들어 쥐고는 했다. 나는 엄마의 등에 업혀 그 뒤를 따라갔다. 내 걸음으로 따라가는 게 아니라서 갑갑했을 것이다. 나는 누나들에게 가까이 가고 싶어 엄마의 등뒤에서 몸을 기울여 고개를 옆으로 빼고 손을 내젓는다. 앞서가는 일행은 어째서인지 우리를 모르는 척했다. 나는 갑갑하고 어쩐지 분해서 손을 내저으며 소리를 질렀다.

누나야, 같이 가자!

아버지도 그녀들도 고개 한 번 돌리지를 않았고 엄마가 쉿, 하면서 어깨를 흔들었다.

모르는 척하라니까……

나는 영문을 모른 채로 점점 애가 달았다. 누나들과 아버지는 우리에게서 점점 멀어지고 있었다.

나중에 어머니가 말해주었다. 그곳은 38선 근처였다고. 누나들도 말했다. 어머니와 아버지가 소풍 가는 시늉을 하랬다고. 너는 기억하지 못할 거라고. 그러나 이제 막 분단이 시작된 산하를 몰래 넘던 기억은 이렇듯 아련하게 내게 남아 있다. 당시에 많은 이들이 그러했듯이 나의 부모님은 전쟁이 끝나면 곧 돌아가게 될 거라고 믿었으나 두 분 다 끝내 고향땅을 다시 밟지 못하고 그리워만 하다가 돌아가셨다.

출행

1985~86

그렇게 소풍 가듯 떠나온 고향을 다시 찾은 것은 사십여 년 만인 1989년이었다. 방북 이야기에 앞서 나는 그보다 몇 해 전 내가 처음 나라밖으로 나갔던 1985년의 경험을 얘기할 필요가 있다. 그때의 경험이 내가 방북을 결심하게 된 큰 동기였기 때문이다. 1967년에 해병대로 베트남에 갔었지만 당시에는 부대 주둔지 외에는 다른 지역으로 갈 수 없는 군인이었으니 바깥 세계를 경험했다고는 말할 수 없다.

일제강점기 때는 기차나 배를 타고 만주를 거쳐 시베리아와 유럽에까지 갈 수 있었지만 분단 이후 남한은 위로는 휴전선이 가로막고 있으며 삼면이 바다여서 섬이나 마찬가지다. 한국에서 해외여행 자유화가 시행된 것은 1989년부터였으며 이전에 일반인은 해외로 나가는 것이 허락되지 않았다. 여행 자유화가 이루어지기 몇 년 전부터 이른바 상용 또는 문화 여권이라고 해서 외국의 초청장을 받은 경우에 한하여 대기업 회사원과 해외 공연이나 전시에 참가하는 문화인에게 단기여권을 내주었다. 당시에는 가장 문제가 되는 것이 '신원조회'였는데 여권 신청 자가 약간의 법적 정치적 문제라도 있으면 발급이 거부되었다. 다행히 신원조회를 통과했다 할지라도 이른바 '소양교육'이라고 해서 일정 기간 정보기관의 안보교육을 받고 그 수료증을 첨부해야 했다. 특히 미국을 가려면 비자를 받아야 했는데, 세금납부증명서와 재정보증이니 초청장이니 각종 서류를 제출하고 까다롭기 짝이 없는 미국대사관 면접을 통과하기까지 수개월씩 걸리는 일이었다. 여권을 갖는 일 자체가 특권이었던 셈이다. 내가 나가던 무렵에는 과거의 통과의례는 다소 느슨해져 있었고 경제와 문화 분야의 출국에 대하여 문호가 열리던 때였다. 그렇지만 신원조회는 과거와 달라진 점이 없었으므로 반정부 인사였던 나 같은 사람은 애초에 해외 출국은 꿈도 꾸지 못할 처지였다. 그 무렵에 나는 『죽음을 넘어 시대의 어둠을 넘어』라는 광주항쟁에 대한 실록을 출판하게 되고 그로 인해 첫 출행길에 오르게 된다.

1979년 종신집권체제를 강압적으로 끌고 가던 박정희 대통령이 중앙정보부장 김재규에 의하여 암살되자, 군 보안장교들은 쿠데타로 권력을 장악하고 전국에 계엄령을 선포했다. 독재자의 죽음을 계기로 민주화에 대한 열망이 전국으로 확산되자 신군부는 이듬해인 1980년 계엄 해제와 민주화를 요구하는 광주 시민들 수천 명을 무차별 살상했다. 광주에서 시민들은 자기를 방어하기 위해서 무장을 하고 십여 일 동안 포위된 광주의 치안을 유지하며 도청을 중심으로 저항했다.

광주항쟁이 무자비한 진압으로 종결된 뒤에 우리는 이 사실을 한국 국민과 세계에 알리기 위해 노력했다. 당시에 모든 언론과 매스컴은 정부의 '보도지침'에 묶여 있었고 일상적인 검열의 덫에 걸려 있었다. 광주 참사에 대한 보도는 이따금 종교단체를 통해서 흘러들어오는 외신에 의해 일부 사람들만 몰래 접할 수 있었다.

나는 1970년대부터 전국적으로 문화운동조직을 결성했는데 이들 문화 일꾼들은 학생, 교사, 문인, 예술가 등 지식인에서 차츰 현장의 노동자 농민들로 참여 계층이 확대되었다. 문화운동조직의 첫번째 임무는 여러 가지 매체를 동원하여 광주의 진상을 대중에게 전파하는 일이었다. 여러 가지 현대적 장치가 동원되는 극장 공연을 할 수 없었던 우리는 먼저 마당극이라는 형식을 개발하여 마을이나 공장의 공터 아무데서나 순회공연을 했고, 노래를 만들어 악보와 가사를, 나중에는 카세트테이프를 제작하여 보급했다. 화가들은 판화를 찍었고, 미디어에 눈뜬 젊은이들은 사진, 8밀리 영화, 비디오 등으로 서툴지만 인상적인 장면들을 복사하거나 담아냈다. 이들은 훗날 유명한 연출가, 극작가, 문인, 작곡가, 가수, 배우, 화가, 영화인 등으로 성장하게 된다. 광주항쟁 5주년을 앞두고 우리는 보다 정확하게 진실 규명을 해내야 한다는 결론에 도달했다. 광주에서는 대략 세 개의 팀이 항쟁의 각종 자료들을 모아나가고 있었다. 이들은 외신, 검열에 걸려 누락된 국내 기자들의 보도, 사진, 영상 등을 모으고 무엇보다도 항쟁에 참여하거나 목격한 각계각층의 시민들의 증언과 체험담을 개별적인 인터뷰를 통하여 수집했다.

당시 내 두 아이의 엄마이자 아내였던 홍희윤은 활동가와 구속자의 부인들이며 교사, 사회단체 직원 등으로 구성된 광주 여성회 '송백회'를 맡고 있어서 자금을 모아 자료팀을 뒷바라지하고 있었다. 나는 내게 넘겨진 기록을 간추리고 줄거리를 구성하여 압축하는 작업을 했다. 자료 수집과 기록에 참여한 젊은이들은 나와의 직접 접촉을 끊고 '현대문화연구소'의 정용화와 전용호가 그들과 나 사이에서 연락을 해주었다. 현대문화연구소는 그 무렵 미국으로 밀항하여 망명한 윤한봉과 내가 1979년에 창설했는데, 항쟁 이후 겉으로는 모두 해산된 것처럼 연구소를 폐지했지만 기능은 지하에서 그대로 돌아가고 있었고 정용화가 3대 소장을 맡은 상태였다.

나는 모아진 자료를 들고 서울에 올라와 출판사 근처에 방을 정하고 한 달 동안 최종 정리 작업을 했다. 먼저 배포된 팸플릿이 대학가로 퍼졌고 선발된 서울의 각 대학 활동가들이 미국문화원에 들어가 농성했다. 광주 진압을 위한 군대 파견은 한반도의 작전지휘권을 가진 미국의 암묵적 동조가 없이는 불가능한 일이며 따라서 신군부의 배후인 미국의 책임임을 국내외적으로 부각시키자는 의도였다. 예정대로 책은 5월 초에 출판되었는데 용기 있는 인쇄업자를 만나 초판 이만 부를 찍어 서점에 배포하기 시작했다. 출판을 맡은 풀빛출판사 나병식 사장은 민청학련 이래 두 차례나 수감된 경력이 있어서 열흘쯤 피해다니다가 자수했고, 나는 그가 수사를 다 받고 사건의 윤곽이 나올 때까지 한 달쯤을 도망다니기로 했다.

책이 풀려나가자 온 세상이 발칵 뒤집힌 것 같았다. 광주에서는 우리 집에 합동수사반이 들이닥쳐 온 집안을 샅샅이 뒤졌고 화단까지 파헤쳤다. 현명한 홍희윤은 자료를 빼앗기지 않으려고 미리 마당 한켠에 있던 허름한 창고 건물의 슬레이트 지붕을 걷어내고 그 밑에 깔아놓았다. 그들은 창고도 뒤졌지만 얇은 합판 천장은 뜯어내지 않았던 것이다.

나는 서울 외곽에 사는 후배 문인들의 집을 전전하며 시간을 보냈다. 시중에 풀려나간 책의 절반쯤이 다 팔리기도 전에 압수당했지만 곧 당시에 널리 보급되기 시작한 복사기로 해적판이 복사되어 새끼를 쳐가며 퍼져나가고 있었다. 한 달쯤 지나서 나는 전화를 걸어 자수했고 안기부로 끌려가지 않고 중부경찰서에 수감되었다. 남산과 가까운 거리여서 안기부 수사관들이 경찰서에 내려와 수사 지휘를 하고 있었다. 그들은 나를 안기부에서 조사하는 것을 피하려 했는데 신군부의 가장 큰 약점이던 광주 진압과정의 소문이 대중에게 일파만파로 퍼져나갈 것을 우려했던 때문이었다. 그리고 그들은 나를 조사하면서도 1970년대에 국내외로 파장이 커진 시인 김지하의 구속 사태를 예로 들면서 내 행위가 유언비어 유포에 지나지 않는 작은 일이라는 것을 애써 강조했다. 그 무렵에 대학가에 번지기 시작한 시위로 유치장마다 잡혀온 학생들이 가득했는데, 그들은 내가 젊은이들과 함께 있으면 좋을 게 없다고 판단했던 것 같다. 그뿐 아니라 사회 각계에서 유치장으로 나를 면회하러 오는 인사들이 많아지자 더 시끄러워지기 전에 급히 수사를 마무리하고는 나를 중심가에서 먼 변두리 경찰서로 옮겼다가 다시 공항 부근의 출입국법 위반자를 유치하는 시설로 옮겼다. 입감되던 날 옆방에서 영국 여자가 헬로, 하면서 인사를 건넸다. 그녀는 홍콩에서 여행을 왔고 누군가 돈을 주면서 물건을 전해달라고 해서 무심코 가방에 넣어왔는데 그게 마약이더라고 했다. 영국 여자는 눈물을 흘리며 후회했다. 그 옆방에는 중동 사람 두 명이 들어와 있었다.

일주일쯤 지나서 누군가 나를 불러냈다. 그는 안기부 요원이었는데 말이 별로 많은 편은 아니었다. 당국에서는 이번 사건을 유언비어 유포로 보는데 경범죄여서 처벌은 현행법상 구류의 최고형인 이십 일 구금에 지나지 않는다고 했다. 나는 이튿날 정식 재판을 받을 예정이었다. 그가 뭔가 종이 두어 장을 내게 내밀었다. 들여다보니 독일어와 영어로 된 초청장이었다. 서독 베를린에서 당신에게 초청장이 왔는데 출국시키라고 어찌나 성화인지 우리도 골치가 아프다고 그가 말했다. 공연히 국내에서 시끄럽게 하지 말고 조용히 외유나 다녀오겠다면 당국에서도 허용할 의사가 있다고 했다. 그 사내는 한번 더 나를 찾아왔다. 나는 유치장 안에서 여권을 위한 서류를 작성하고 지문 찍고 사진도 찍었다. 석방되는 날 나는 영치되어 있던 여권과 독일에서 보낸 비행기 표를 받았다.

그날 광주에서 올라와 나의 석방을 기다리고 있던 홍희윤과 만났다. 우리는 서울에서 하룻밤 같이 지내고 이튿날 백화점과 남대문시장에 가서 옷가지며 가방 등속을 샀다. 홍희윤은 어린 아들과 딸을 이웃에 돌봐달라고 맡기고 온 터여서 저녁차로 돌아가야 했다. 그 무렵에 우리는 많이 지쳐 있었다. 그녀와 나는 광주에서 수년째 주부와 소설가 이외에 사회운동가로 제각기 뛰어다녔다. 우리는 몇 번이나 번갈아 연행되거나 조사를 받았고 아슬아슬하게 구속을 면하곤 했다.

우리가 전라도로 하방한 것은 1976년이었는데 문화운동조직의 전국화가 이루어지던 초기여서 이 무렵부터 나는 일 년에 몇 차례씩, 길게는 한 달에서 짧아도 보통은 열흘 이상씩 집을 비우는 일이 많았다. 홍희윤은 언제 귀가할지 모르는 나를 기다리다가 구속된 후배들의 아내들과 어울려 여성회 모임을 꾸렸을 것이다. 우선 정치범들의 옥바라지를 시작했는데 이를테면 털실로 양말과 장갑을 짜서 전국의 정치범들에게 보내고 영치금을 모금했다.

내가 집에 있을 때는 연재중인 소설의 원고를 쓰느라고 식구들과 외식 한 번 제대로 했던 기억이 없다. 더구나 밤에 일하고 낮에 자는 불규칙한 습관 때문에 하루 한끼를 함께 먹기도 쉽지 않았다. 모두 내 잘못이었지만 언젠가부터 밥상을 사이에 두고 마주앉으면 서먹한 침묵이 둘 사이를 지배했는데, 어느 누구도 그것을 깨려는 노력을 하지 않고 그저 묵묵히 밥을 먹는 날이 계속되었다. 그날도 강남의 버스터미널까지 내가 배웅해야 했건만 함께 저녁을 먹은 식당 앞에서 나는 무덤덤하게 말했다.

"미안해, 될 수 있으면 편지 자주 할게."

내가 행정적인 일에 무능한 탓도 있었지만 당시에는 지방에서 전화 놓기가 어렵던 시절이라 우리집에는 그때까지도 전화가 없었다. 내 주위 사람들도 모두 "까짓것 전화 놓으면 뭘 해, 매일 도청이나 당할 텐데" 하고 자위하던 형편이었다. 홍희윤은 그때 무슨 예감이 있었는지 눈시울이 붉어지더니 돌아서서 얼른 물기를 훔쳐냈다.

"왜요, 걱정돼서 그래?" 내가 좀 당황하여 말했더니 그녀가 곧 냉정한 얼굴로 돌아가며 말했다. "어쩐지 오래 걸릴 것 같네요. 하여튼 잘 다녀오세요. 술 많이 드시지 말구."

그녀가 택시를 타고 떠났고 나는 잠시 길 위에 서 있었다. 그때는 그것이 우리의 결별의 시작이 되리라고는 알지 못했다. 지금도 그날을 생각하면 가슴이 막힐 것 같은 압박감과 함께 깊은 회한이 밀려온다.

*

분단된 상태이던 1985년의 베를린은 동독 안에 섬처럼 고립된 도시였다. 아니 정확하게는 2차대전 승전국의 점령 도시였다. 베를린의 침울하고 한적한 분위기 속에 높게 서 있던 장벽이 몇 년 후 무너지게 되리라고는 상상도 못하던 때였다. 훗날 나는 베를린에 갈 때마다 독일의 수도임에도 한국에서 그곳까지 직항기가 없다는 것에 어리둥절해하면서 이때 목격한 회색빛 장벽을 떠올리게 된다.

해외에 처음 나온 벽지의 촌뜨기로서 유럽에 들어섰을 때 나는 '내가 누구인가' 자문했고 그것은 나의 질문이 아니라 당연히 유럽인이 내게 묻게 될 질문이었다. Who are you? 나는 우리 나이로 마흔세 살이었다. 당시 네 권의 중단편집과 한 권의 희곡집을 냈고 1974년부터 십 년 동안 많은 독자들의 사랑을 받으며 연재한 『장길산』 열 권을 막 출간했던 참이었다. 그러나 나도 내 작품도 바깥세상에서는 존재하지 않았다. 나는 비행기 안에서 내 문학 이야기 따위는 꺼내지도 말고 우리 땅에서 고통받는 수많은 사람들과 광주의 이야기를 전파할 것을 스스로 다짐했다.

현지에 도착해서 행사 주최측의 일을 분담받은 한국인 유학생들을 만났다. 그들은 1960년대에 광부와 간호사로 취업한 재독동포들의 후원과 도움을 받고 있었다. 그들 모두가 그렇지는 않았지만 많은 광부와 간호사들은 계약이 끝난 다음에 독일에 남아서 학업을 계속하거나 다른 직업을 구해 살아왔다. 그중에는 독일인과 결혼하거나 의사, 교사, 기술자, 사업가 등으로 독일 시민사회의 일원이 된 사람도 많았다.

이들은 노동 현장에 있던 초기에 독일인들의 도움으로 노조라든가 인권운동, 사회운동의 세계를 알게 되었고 유학생들의 영향을 받아 유신독재와 광주항쟁 등 한국 민주화운동의 실상을 접하게 되었다. 이들은 스스로 모임과 조직을 만들었으며 공부가 끝나면 한국에 돌아가야 할 학생들보다도 어떤 면에서는 더욱 급진적으로 의식화된 면이 있었다. 이들 모두가 군사독재정부의 한국 대사관에서 볼 때는 불온분자들이었다.

호텔에 도착해보니 동료 소설가 윤흥길과 문화운동가 임진택이 며칠 전에 먼저 와 있었다. 베를린에서는 제대로 알려지지 않은 제3세계 문화를 집중적으로 소개하는 '호리존테horizonte'라는 문화기획이 진행되고 있었는데, 자료를 보니 지난 회 주제가 라틴아메리카였고 그전 회는 아프리카였다. 그해 '호리존테 85'는 아시아 문화가 그 초점이었다. 우리 세 사람 이외에도 진도 씻김굿, 민속악과 국악 공연, 전시회 등이 있었던 것으로 기억한다.

우리 행사는 1부에 임진택과 독일의 볼프 비어만이 공연하고 2부에 윤흥길과 내가 작품의 부분 낭독과 대담을 하는 순서였다. 임진택은 김지하와 내가 시작한 문화운동 1세대의 한 사람인데, 마당극과 실험적 판소리의 연출자 겸 공연자로 오랫동안 함께 일했다. 그는 춤의 채희완과 이애주, 노래의 김민기 등과 더불어 문화운동의 시초부터 끝까지 함께해온 문화활동가였다. 임진택은 김지하의 담시 「소리내력」을 신판 판소리로 편곡하여 스스로 노래했다. 김지하의 「소리내력」은 「오적」과 함께 박정희 유신독재를 정면으로 비판하여 시인 자신이 구속되고 민청학련 사건과 연루되어 사형 구형까지 받게 한 유명한 풍자시였다. 그로 인해 해외 문인, 지식인들의 김지하 구명운동이 전 세계적으로 이루어져 오히려 한국 군사독재의 압제를 극명하게 드러낸 결과가 되었다. 신군부는 그맘때쯤 김지하를 석방했지만 그의 시집은 여전히 판금된 채였고 그는 병원을 들락거리며 후유증을 치료하고 있었다.

볼프 비어만은 공산주의 활동가였던 부모에게서 태어났는데, 유대계였던 그의 아버지는 나치에게 체포당해 수년간 옥살이를 하다가 아우슈비츠에서 처형당했다. 비어만은 1953년 17세의 나이에 홀로 고향 함부르크에서 동독 베를린으로 이주했다. 그러나 진정한 공산주의 실현과는 거리가 먼 동독의 현실에 반감을 느끼고 자신의 생각을 솔직하게 시와 노래로 표현하여 동독 정부로부터 비우호적 인물로 낙인찍힌다. 브레히트가 창설한 베를린 앙상블 극장의 조연출을 했고 노동자와 학생이 중심이 된 극단을 창설했지만 검열에 의해 공연 금지를 당한다. 첫 시집 『철삿줄 하프』가 반국가적이라 지목되어 비어만은 공연 금지와 함께 가택연금에 처해져 십일 년이나 활동을 금지당한다. 그런 그가 1974년 서독에서 오펜바흐 상을 받고 1976년 쾰른의 금속노조 초청으로 공연하자 동독 정부는 비어만의 시민권을 박탈하고 입국을 불허한다. 이를 계기로 동독의 많은 지식인들이 정부를 비판하기 시작했고, 작가 열두 명이 비어만의 추방령에 반대하는 공개서한을 발표한다. 나는 이들 열두 명 중에서 우연하게도 자라 키르슈, 크리스타 볼프, 슈테판 하임 세 작가를 만나게 된다. 자라 키르슈는 서독으로 나온 뒤여서 그해 함부르크에서 우연히 만났고, 동독에 남아 있었던 크리스타 볼프는 방북 이후 내가 베를린으로 망명했던 시절 장벽이 해체된 그 겨울에 만났다. 슈테판 하임은 2001년 그가 죽기 몇 달 전 노르웨이의 트롬쇠에서 열린 노벨평화상 100주년 기념 문학 심포지엄에서 만난다. 비어만의 시민권 박탈과 추방이 동독 사회에 끼친 충격은 매우 깊고 오래갔다. 비어만 사건이 장벽 붕괴의 시발점이 되었다는 논평도 있었다.

당시 내가 아는 동독 작가의 소설은 한국에 소개된 우베 욘존의 『야콥에 대한 추측』이 유일했다. 크리스타 볼프의 『나뉘어진 하늘』이 동독에서 나온 것은 1963년이었지만 한국에 소개된 것은 훨씬 뒤인 1989년이었다. 나는 이들의 작품을 읽으면서 남한의 상황이 서독보다는 동독과 더 비슷하다고 느꼈다. 1953년 6월 동독의 노동자 봉기는 소련의 탱크에 의해 무참하게 진압되었다. 이후 동독은 비밀정보기관 슈타지의 일상적인 감시와 철통같은 통제를 받으며 스스로 장벽을 쌓고 자폐된 체제 속에서 살아갔다. 그 시기의 브레히트 시집 『부코 비가』에 나오는 시편들을 나는 기억하고 있었다.

군사독재 치하의 남한이 동독과 어느 정도 비슷했다면 북한은 동독과도 한참 거리가 먼 체제였다. 늘 하는 얘기지만 북한은 미국의 수십 년에 걸친 봉쇄에 의하여 연속적인 위기 속에서 '농성체제'가 되었고 통제와 긴장으로 유지되는 나라였다. 북한 사회에서는 동독과 같은 정도의 비판적인 관점을 지닌 작품이 나올 수 없다는 것을 나는 잘 알고 있다. 그렇지만 한국이 서독과 같은 민주사회를 이루지 못하는 한, 북한을 비난할 수도 없고 변화시킬 수도 없다고 나는 생각했다. 당시 한반도처럼 두 개의 세계로 나뉘어 있던 독일을 처음 방문했을 때의 경험과, 이후 1989년 북한을 방문한 뒤 망명한 시기에 장벽이 무너지고 통일이 이루어지던 베를린에서 몇 년간 체류한 일은 나의 세계관에 큰 영향을 주게 된다.

비어만은 기타를 반주로 하여 자신의 시를 음유시인처럼 노래했고, 임진택은 정든 고향을 떠난 이농민이 도시빈민에서 반사회적 범죄자로 몰려 죽는 이야기를 풍자적인 판소리에 담아 고수의 장단과 함께 노래했다. 솔직히 그는 연출자이지 정식 판소리 소리꾼은 아니었지만, 혹시라도 누군가 그렇게 얘기하면 그의 얼굴에는 금방 서운한 기색이 역력했다. 나는 유일하게 독일어로 번역된 「삼포 가는 길」을 낭독하고 나서 「한씨연대기」의 이산가족과 전후복구시대의 빨갱이 사냥에 대해 말했고, 윤홍길도 자신의 단편소설을 읽은 뒤 중편 「장마」에 나오는 가족들끼리의 이념적 갈등과 화해에 대해 이야기했다.

행사 뒤에 광부 출신으로 공부하여 박사학위를 얻은 이아무개가 방문할 데가 있다면서 나를 자기 차에 태웠다. 베를린 외곽의 반제 호숫가 동네에 작곡가 윤이상 선생의 집이 있었다. 집 앞에는 '예술가의 작업실이 있으니 그의 창작을 돕기 위해 자동차의 경적을 울리지 말라'는 팻말이 붙어 있어서 베를린의 관청은 참으로 근사하구나 하는 생각을 했다. 훗날 나는 이 집에서 망명 초기의 몇 달을 보내게 된다.

"나는 공산주의자가 아닙니다."

처음 만나서 인사하자마자 윤이상 선생은 나에게 그렇게 말했다. 나는 당황하여 말했다. "저에게 그런 말씀 하실 필요 없습니다."

1967년 그가 구속되었던 일로 누군가 그를 변호한 글을 읽은 기억이 있었는데, 그는 공산주의자가 될 수 없으며 그 이유는 무엇보다도 그의 현대음악적 형식과 기법이 반공산주의적이라는 것이었다. 소련을 비롯한 당시의 사회주의권에서 현대음악의 무조성과 전위적 실험들을 미술에서의 추상화처럼 반동으로 규정하고 있었기 때문이다. 윤이상은 마흔 살에 음악교사를 그만두고 프랑스에 유학했다가 독일로 옮겨갔다. 부인 이수자 여사는 남편과 오 년을 떨어져 지내다 두 자식들보다 먼저 독일에 합류했고 어린 딸과 아들은 친척집에 맡겨져 십 년 가까이 아버지를 만나지 못했다.

1960년대 초반 동독의 북한대사관에서는 유럽에 나와 있는 해외동포들과 유학생들에게 각종 책자며 선전물 등을 보냈고, 이는 폐쇄된 사회에 갇혀 있다가 너른 세상으로 나온 지식인들에게 깊은 관심과 호기심을 불러일으켰다. 윤이상은 지하철을 타고 몇 정거장만 가면 있는 동독의 북한대사관을 방문하게 된다. 비슷한 무렵에 프랑스 파리에 있던 이응로 화백은 한국전쟁중에 월북한 아들을 만나게 해준다고 하여 북한을 방문했던 것으로 알려져 주위 사람들의 마음을 더욱 아프게 했다. 윤이상은 서구 현대음악계에서 5대 작곡가의 한 사람으로 평가받았고 이응로는 한국의 수묵화를 서양화에 접목시킨 대가로서 여러 비엔날레에 초청되고 전시된 화가였다.

잘 알려진 두 예술가 외에도 '동베를린 간첩단' 사건에 연루된 사람들 가운데는 단순히 베를린에 와서 동독의 북한대사관을 방문한 이도 있었고 개중에는 그들의 안내에 따라 북한을 방문한 이도 있었다. 지금도 국가보안법이 존재하는 한 조건은 마찬가지지만, 더구나 당시는 전 세계가 둘로 갈라진 냉전시대였다. 그러나 서독 정부의 입장은 달라서 오히려 시민들이 동독 사람들과 접촉하고 교류하는 것을 권장했다고 한다. 교류를 꺼리는 것은 동독측이었지만 그들도 가족 친지 방문에 한해서는 언제든 사흘의 방문 기한을 허락하고 있었다. 외국인 여행자들에게도 하루의 관광 여행이 허용되었을 정도였다.

사실 윤이상은 정치적인 사람이 아니었다. 나중에 탄압받고 한국의 정치 현실에 눈뜨면서 국내 민주화운동의 조력자가 되려고 노력하는 과정에서 정치적으로 변화하게 된다. 그는 자신의 방북 동기가 두 가지 때문이었다고 늘 일관되게 주장해왔다. 하나는 그의 친구인, 전쟁 때 북으로 간 작곡가 김순남을 만나고 싶었다는 것이다. 김순남은 누구인가? 김순남이 일본에 유학 가서 만난 스승이 일본 프롤레타리아 음악동맹의 서기장이었던 하라 타로였고, 그 만남은 식민지 조선의 청년 예술가에게 깊은 영향을 주었을 것이다. 그는 해방공간에서 좌익 진영의 문예운동에 치열하게 헌신하였으며 전통민요를 현대적으로 변형해 백여 곡의 대중적인 노래를 작곡했다. 가장 유명한 노래가 〈빨치산의 노래〉와 〈인민항쟁가〉였다. 김순남은 전쟁 직전에 월북한 뒤 모스크바 차이콥스키 음악원에서 체류했는데, 그가 작곡한 본격음악들은 〈스파르타쿠스〉로 유명한 하탸투랸과 쇼스타코비치의 격찬을 받았다. 특히 하탸투랸은 박헌영을 비롯한 남로당과 숙청과 함께 북한으로부터 김순남에게 소환 명령이 떨어졌을 때 그에게 망명을 권유했다고 한다. 그러나 김순남은 이를 거부하고 귀국하여 숙청당했고, 이후 작곡활동이 금지된 채로 병고에 시달리다 죽었다. 백남준을 비롯한 많은 후배 예술가들이 그 천재 음악가를 흠모했다. 윤이상은 동갑이었던 김순남의 재능과 해방공간에서의 그의 전설적인 사회적 실천을 잊지 못하고 있었다. 그래서 그가 살아 있다면 북한에 가서 한 번만이라도 재회하고 싶었다는 것이다. 물론 윤이상은 평양에 갔을 때 그를 만날 수 없었을 뿐만 아니라 그의 이름을 입 밖에 내는 것조차 금지되었다.

윤이상의 방북 이유 중 다른 하나는 고구려 벽화를 두 눈으로 똑똑히 보는 것이 소원이기 때문이었다. 그 무렵 일본의 어느 출판사에서 만주와 북한에 있던 고구려 고분벽화를 선명한 컬러 사진집으로 출판했다. 윤이상은 서구의 현대음악이 과거의 형식적 틀을 해체하면서 동양의 음악과 자연스럽게 만난다는 것을 이해했다. 그는 우리 국악, 민속악, 무악, 5음계의 가락과 장단과 즉흥성을 도입해서 서양음악이 얻을 수 없던 새로운 세계를 확보해나갔다. 그가 고구려 벽화 사신도를 사진으로 보면서 느꼈던 감동은 바로 마음속에 음률이 되어 떠올랐다. 청룡, 백호, 주작, 현무라는 동물들은 세상의 동물들을 상상에 의한 베리에이션으로 재창조해냈고, 그것들을 묘사한 유연한 선들은 춤추고 날아다니는 동작의 순간을 포착하고 있었다.

친구 김순남을 만나고 싶었고 우리 민족의 고대 벽화를 보고 싶었다는, 그래서 방북하기로 했다는 노예술가의 말을 나는 너무도 절절하게 이해할 수 있었다. 해외여행이 자유로워진 뒤에 외형적으로 개방된 듯이 보이는 현재의 한국 사회와는 달리, 당시에 남한 사람은 섬처럼 분단된 반도의 남쪽에 갇혀 살아야 했고 외국에 체류하는 날부터 공황장애 비슷한 압박감에 시달려야 했다. 그것은 외로움이나 향수 때문이 아니라 주체할 수 없는 이국땅의 자유 때문이었다. 그런데 이 넘쳐나는 자유는 그를 공간과 시간으로부터 소외시킨다. 더구나 지식인의 경우에는 이런 느낌 자체가 일종의 모멸감이나 패배감을 불러일으킨다. 그는 한반도를 의식 속에서 벗어나기로 하면서 거리마다 활보하는 유럽 시민과 자신을 동일하다고 착각하게 된다. 그러므로 폐쇄된 반공국가의 한계 상황 따위는 우스갯소리처럼 잊어버린다. 따라서 사리 분별 있고 세상 물정을 아는 지식인이 조잡하고 빤한 북한 출판물을 보고는 가슴을 두근거리면서 경계를 넘어서게 된다. 북한을 몰래 방문했던 사람들은 온갖 죄명을 뒤집어쓰고 사형당하고, 북과 관련있는 사람을 만나기만 해도 십여 년 이상의 장기형을 받는 게 이 땅의 현실이었음에도 말이다. 재일동포나 전쟁 때 부역의 혐의가 있는 사람의 가족들, 또는 고기를 잡다가 자기도 모르게 어로한계선을 넘어가는 바람에 북에 억류되었다가 돌아온 어부들, 아니면 정치사회적 상황에 대한 불평을 술 취해서 떠벌리다 '막걸리 반공법'에 걸린 사람들 등등, 얼토당토않게 조작되어 장기간 수형생활 끝에 근년에 와서 국가를 상대로 소송하여 무죄판결을 받은 경우도 한둘이 아니다. 그나마 운이 좋은 경우지만 본인은 물론 온 가족이 고통받으며 잃어버린 세월은 보상받을 길이 없다.

동베를린 간첩단 사건은 독일에서 북한을 다녀온 어느 유학생이 귀국해서 자수하는 바람에 조직사건처럼 엮이게 된 것이었다. 한국의 요원들은 은밀한 내사를 통해 명단을 입수하고 나서 어떤 이는 약속장소에서 그대로 대사관으로 연행하고 또 어떤 이는 집을 방문해서 8·15 광복절 정부 행사에 초청되었다고 속여서 동행 귀국했다. 당시 한국 정부는 대통령 선거와 국회의원 선거의 부정선거 후유증으로 야당과 학생들의 시위가 계속되어 골머리를 앓던 터라 이 사건은 그야말로 때를 맞춘 호재였다. 사실 한국 정부가 타국에서 벌인 과감한 체포작전은 아무리 냉전시대라 할지라도 유럽 시민사회의 상식으로 본다면 매우 무모한 행동이었다. 곧 독일과 프랑스 정부는 물론이고 전 유럽의 시민사회가 격렬하게 반발했다. 유럽의 예술가와 지식인들은 항의와 석방 운동에 기꺼이 동참했다. 사형과 무기징역 등의 중형을 선고받았던 윤이상, 이응로를 비롯한 서른네 명의 인사들은 몇 년씩의 형기를 치르고 나서 그들이 체류했던 나라로 돌아갈 수 있었다. 한국에 남은 사람들은 자신뿐만 아니라 가족들까지 연루되어 오랫동안 사실상 공민권을 제한받은 채로 군사독재시대를 살아가야 했고, 유럽으로 돌아간 사람들은 자연스럽게 '반한 인사'로 낙인찍혀 다시는 고향으로 돌아오지 못하고 쓸쓸히 이국땅에서 생을 마감했다.

지금 와서 돌이켜보면 참으로 아이로니컬한 것은, 당시 사건을 지휘했던 중앙정보부장 김형욱이 나중에 박정희 대통령과 불화하여 미국으로 망명한 뒤 자신이 반한 인사가 되어 군사정부의 내막을 폭로하는 회고록을 써서 그 원고를 가지고 흥정하다가 살해되었다는 사실이다. 신군부의 계엄령 시절, 박정희를 시해한 김재규의 부하들과 남한산성 군감옥에 같이 수감되었던 민주화운동 활동가들 사이에서는 김형욱이 파리에서 비밀리에 본국으로 납치되어 부마항쟁이 일어나던 무렵에 죽었다는 소문이 돌았는데 사실 여부는 확인되지 않았다. 또한 당시에 독일 현지에서 윤이상 등의 체포를 도왔던 장군 출신 대사 최덕신 역시 대통령과 불화하여 미국으로 망명했다가 북한으로 가서 천도교 지도자로 식객처럼 머물다 사망했다. 이렇듯 수많은 사람들의 삶이 망가지고 하잘것없이 버려졌다. 우리가 아는 몇몇 사람들의 운명을 잠깐 살펴보더라도 얼마나 비극적인가? 이것이 지금도 숙명처럼 우리를 얽어맨 분단체제의 그물이다.

윤이상 선생은 나와 헤어지기 전에 다시 말했다. "나를 만나러 와주어서 고맙소. 누구든지 한국 사람이 나를 만나면 나중에 문책당하고 시끄러워져서 모두 전화도 못하고 안부만 전하고 가거든."

"제가 베를린에서 선생님을 만나뵙지 못하고 그냥 지나갈 수는 없습니다. 한국에 돌아가면 친구들 보기가 부끄럽겠지요" 대답했더니 선생은 내게 나직한 목소리로 말했다. "오해하지 말아요. 나는 민족적으로…… 북한을 좀 도와주려고 합니다. 그들이 창을 열고 세상 밖으로 나와야 해요."

나는 그것으로 그와의 만남은 끝난 줄 알았다. 남은 일정 동안은 한국과 독일 시민들이 모인 어느 사회단체에 가서 '광주'에 대한 강연을 했다. 어느새 입수가 되었는지 광주항쟁을 기록한 책 『죽음을 넘어 시대의 어둠을 넘어』의 복사본이 강연장 입구에 쌓여 있었다. 내 증언은 독일어로 통역되었다. 앞에는 1980년 당시의 해외 특파원들이 찍은 비디오 영상과 사진이 화면에 흐르고 있었다. 나는 마음먹은 대로 문학 얘기는 입에 담지도 않았다.

그 이튿날인가 윤이상 선생에게서 연락이 왔는데 베를린을 떠나기 전에 점심이나 함께하자고 했다. 윤선생과 약속된 레스토랑에 나가보니 옆에 독일인 노부인이 앉아 있었다. 그녀는 소설가 루이제 린저였다. 당시에 윤이상이 육십대 말이고 루이제 린저가 그보다 여섯 살 위였으니 그녀는 칠십대 중반의 나이였을 것이다. 호기심에 빛나는 두 눈은 장난꾸러기 같았고 굳게 다문 입과 도톰한 볼은 의지가 굳으면서도 완강한 고집을 지닌 인물로 보이게 했다. 물론 나는 독일 현대문학을 통해 그녀를 잘 알고 있었다. 이미 1960년대 초반에 그의 소설 『생의 한가운데』가 한국어로 번역되었다. 그 작품을 번역한 전혜린은 뮌헨에서 공부하고 돌아와 번역가와 에세이스트로 활약하다가 갓 서른을 넘긴 나이에 자살해서 이 소설을 더욱 유명하게 만들었다. 한국의 많은 문학소녀들이 전혜린을 통해 루이제 린저의 『생의 한가운데』를 읽고 독문학과에 지원했다고 할 정도였다. 그러나 루이제 린저의 삶은 그들이 생각한 것만큼 로맨틱하지는 않았다. 첫번째 결혼한 오케스트라 지휘자였던 남편은 러시아 전선에서 전사했고, 그녀는 나치에 저항하다 투옥되었다. 현대음악 작곡가 카를 오르프가 그녀의 세번째 남편이었지만 이혼했다. 카를 오르프는 윤이상의 친구였고, 루이제 린저는 윤이상과 더불어 『상처 입은 용』이라는 대담집을 출판하기도 했다.

　루이제 린저가 한국에 관심을 갖게 된 것은 전 세계에 관심을 불러일으킨 김대중 납치와 김지하의 투옥 사건 때문일 것이다. 그녀는 1975년에 처음으로 한국을 방문했다. 한국에 대한 그녀의 인상기는 1980년에 북한을 방문하고 나서 쓴 기행문에 비하면 매우 고약한 것이었다. 아직도 한국의 극우보수측은 루이제 린저를 김일성과 북한의 앞잡이쯤으로 여기지만 그녀 역시 공산주의자가 아니다. 아니, 공산주의자이기는커녕 생태주의자로서 독일 녹색당의 대통령 후보로 추대되기도 했다. 한국인들에게는 불쾌한 기록으로 여겨지는 북한 방문기 『또 하나의 조국』은 오랫동안 한국에선 출판되지 못하다가 나중에 출판된 뒤에도 시장에서 사라져버려 연구자들 사이에서나 돌아다니게 되었는데, 나는 책을 읽지는 못했지만 연구자들이 발췌해놓은 부분들을 일별한 적은 있다.

　그녀가 한국을 방문했을 무렵은 박정희가 1972년 종신집권체제인 유신을 선포한 데 이어 1974년 긴급조치를 발령해서 이에 반대하는 학생, 재야인사들을 체포 구속하는 일이 다반사로 벌어지던 때였다. 민청학련 사건을 조작하여 시인 김지하 등에게 사형을 선고했다가 무기징역으로 감형했으며 대학에는 무기한 휴교령을 내렸고 인혁당 사건을 조작하여 관련자 여덟 명을 사형 집행했다. 전 세계는 이를 '사법살인'이라고 규탄했다. 언론 자유를 요구하는 동아일보와 조선일보 기자들을 해고하고 구속했다. 이때부터 많은 책들이 검열에 걸려 판금되었고 문학인들은 표현의 자유를 잃었다. 유신에 반대하는 문인들을 억압하기 위하여 당국은 '문인간첩단' 사건을 날조했다. 내가 동료 문인들과 함께 '자유실천문인협의회'를 조직했던 것도 이 무렵이었다. 그러니 그러한 때에 방한한 루이제 린저의 한국 인상기가 호의적일 리가 없지 않은가. 루이제 린저는 당국에서 붙인 기관원을 따돌리고 많은 재야인사들을 만났다. 특히 투옥된 김지하의 구명을 위해 시위에 참가하고 연행당하는 일이 일상이 되어버린 그의 어머니를 만났다. 정의구현사제단의 신부들을 만나고 양심적인 지식인들을 만났다. 그녀는 아마도 서울 중심가의 뒷골목에 버젓이 있었던 사창가와 그녀가 기생집으로 표현한 '방석집'이라고 하는 한복 입은 여자들이 나오는 술집도 목격한 듯하다.

　루이제 린저가 북한을 방문했던 1980년, 남한은 처참한 비극의 한가운데에 있었다. 루이제 린저와 한국은 참으로 운명적으로 악연이 될수밖에 없었다. '광주'는 세계의 언론인들뿐만 아니라 예술가들에게도 충격과 분노를 불러일으켰다. 특히 내란음모죄를 적용한 김대중의 구속과 사형 언도는 유럽의 정치인들까지도 들끓게 만들었다. 물론 루이제 린저가 북한에 대해 쓴 기행문은 곳곳에 편견이 보인다. 그것은 같은 유럽인인 앙드레 지드가 『소련 기행』을 썼던 것과는 다르다. 뒤에 더욱 자세히 나오겠지만, 누군가 방북 소감을 물어볼 때마다 나는 거의 같은 말을 해왔다. '나는 감동했고 절망했다.' 그리고 덧붙여 설명해야 했다. '폐허 속에서 자급자족할 터전을 일궈낸 북한 인민들의 생활력에 감동받았고, 북한 체제의 치밀한 통제에 절망했다.'

외국인인 루이제 린저에게는 국가보안법상 고무찬양죄가 적용되지 않으니 그녀는 객관성을 유지하려 했을 테고, 좋은 점과 나쁜 점을 가려 보려고 노력한 것이 문맥에서 느껴진다. 당시까지만 해도 북한은 독재체제지만 초기의 사회적 이상주의의 잔재가 있던 때였고, 전문가들에 의하면 1970년대까지 사회복지 수준이라든가 경제지표가 남한보다 나았다. 그리고 그때는 아직 세습독재가 이루어지기 전이었다. 그래서인지 그녀는 북한의 사회통제에 대해 우리보다는 너그럽게 이해해주었고, 북한 인민이 서방세계의 시민들과 같은 개인적 자유를 누릴 필요는 없다는 유럽적 편견을 유지한 듯하다. 그 예로 그녀는 서구 사회에 만연한 범죄, 마약, 성 문란, 퇴폐적 상업주의 문화 등을 거론하면서 북한 사회를 도덕적이고 청결한 사회로 평가했고, 독재까지도 유교의 영향으로 이해했다. 다만 예술 분야의 상투성과 획일주의에 대해서는 날카롭게 비판했다. 그녀는 북한의 교화소나 수용소의 존재에 대해서 끊임없는 의구심을 가졌지만 중립적인 태도를 취했다. 이 모든 생각은 나도 나중에 경험하게 되는 일이었다. 어쨌든 루이제 린저는 유럽의 지식인이었고 여성이었으며 반인간적 참화를 겪은 전쟁 세대로서, '이만큼이라도 해냈으니 대견하다'는 너그러움이 북한 사회를 보는 그녀의 시선 전체를 관통하고 있었다. 그녀는 윤선생에게서 들었다면서 광주항쟁의 기록에 대해 물었고, 나는 광주를 알리기 위해 많은 이들과 함께 준비하던 과정에 대해 짤막하게 말해주었다. 그녀는 내게 곧 귀국할 예정인가 물었고 나는 아무런 계획이 없었으므로 그렇다고 대답했다. 루이제 린저는 망명할 생각은 없느냐고도 물었다.

나는 단호하게 말했다. "모국어가 있는 곳에 돌아가야 합니다." 그러나 이 말처럼 막연하고 순진한 말이 없다는 것을 오랜 뒤에야 나는 깨달았다. 윤이상 선생이 독일어로 통역을 해주었는데 루이제 린저는 잠시 침묵을 지키다가 쾌활한 목소리가 되면서 말했다. "어쨌든 해외에서 지내려면 독일어든 영어든 좀 배워야겠어요."

그후 나는 그녀를 1990년 제1차 범민족대회 때 백두산 정상에서 다시 만나게 된다. 그때만 해도 내가 꿈꾸는 것과는 달리 세계가 더욱 나쁘게 변할 것이라고는 생각지 않았다. 그러나 제국주의적 욕망이 은폐된 참혹한 내전과 사상적 종교적 갈등으로 인해 과거의 참화보다 더욱 광범위하고 무차별적인 살상의 시대가 우리 앞에 다가오고 있었다.

하루는 행사 주최측에서 우리와 극작가 뒤렌마트의 만남을 주선했다. 역시 점심을 같이 먹었는데 원래는 하인리히 뵐을 만난다고 했다가 그가 병원에 입원하게 되어 취소했다고 했다. 하인리히 뵐은 바로 얼마 뒤 내가 파리에 도착했을 무렵에 사망했다. 뒤렌마트도 건강이 좋지 않아서 식이요법을 하느라고 기름기 없는 흰살 생선만 먹었다. 임진택과 나는 한국의 마당극운동에 대해 간단히 소개했고 이야기가 전통 서사극 탈춤에 이르자 그가 흥미를 보였다. 그는 스위스에 사는 사람답게 온화하고 안정된 표정이었다. 우리는 들끓는 한국의 현실에 대해서는 한마디도 꺼내지 않고 한국측이 베를린에 오면서 준비한 프로그램에 대해서 몇 마디씩 통역을 통해 전달했다. 현재 공연중인 씻김굿에 대해서도 언급했지만 그는 별다른 흥미를 느끼지 못하는 듯했다. 의사소통이 원활하지 않아서인지 형식적이고 밋밋한 만남이었다. 내가 다른 자리에서 기다리는 사람들이 있어서 중간에 임진택에게 맡기고 나가려는 눈치를 보였더니, 독일인 여성 스태프가 정색을 하면서 그것은 큰 실례라며, 그가 여러분을 위해 일부러 시간을 냈다고 나무라듯 말했다. 뒤에 들으니 그녀는 한국측 스태프들에게도 항의했다고 한다. 나의 결례였다고 사과를 전했지만 촌뜨기인 나도 자존심은 상했다. 바깥세상에서 나 자신과 코리아의 부재는 속수무책이었지만 그저 징징대고 살아갈 수는 없는 일이다. 나는 이제 막 벽에 조그만 균열을 내고 너른 세계로 첫걸음을 내딛는 참이었다. 그러나 벽 틈을 빠져나오자마자 이 세계는 북한이라는 장애물을 넘어야만 도달하게 되어 있음을 눈치채게 된다. 바깥세상이 접하고 알고 있는 북한을 나도 알아야만 했던 것이다.

내가 베를린에서 일주일 이상 체류하고 있는 동안에 조각가 요헨 힐트만과 그의 한국인 아내인 화가 송현숙이 행사장에 찾아왔다. 그들은 한 해 전에 광주 집으로 나를 만나러 왔다. 한국에 다큐멘터리 단편 영화를 찍으러 왔다가 송현숙의 고향인 담양을 방문한 김에 내가 광주에 산다는 얘기를 듣고 연락을 해왔던 것이다. 송현숙이 내 소설을 읽고 꼭 만나보고 싶었다고 했다.

함부르크 예술대학 교수였던 요헨 힐트만은 조각은 진작 때려치우고 미술잡지의 편집자이자 비평가로 활동하고 있었는데, 그는 조각 대신 비디오와 사진 작업으로 자신의 예술관을 표현하고 있었다. 그는 젊은 시절에 베트남 반전운동을 했고 그 일로 실직한 적이 있으며 마오주의자이던 때도 있었다. 내가 그런 얘기로 농담하면 요헨은 쑥스러워했다. 그는 그냥 마오의 차림과 같은 인민복을 코듀로이 옷감으로 맞춰 입었던 정도라고 능청을 떨었다. 요헨 힐트만은 아내의 그림에 대한 적극적인 지원자요 대변인이기도 했다. 그가 독일 거리의 전위적인 조형물들을 얼마나 경멸하는지는 '저런 것들 때문에 나는 내 작업을 때려치웠다'고 말하는 데서 능히 짐작할 수 있었다. 그러니 그가 서울의 초현대적인 빌딩가에서 보았던 쇠와 돌로 만들어진 느닷없는 조형물들에 대해 해학적인 표현을 써서 혐오감을 표하는 것은 당연한 일이었다.

송현숙은 담양에서 여고만 졸업하고 다른 많은 파독 간호사들처럼 가난한 가족을 돕기 위해 단기간의 교육을 받고 간호보조원으로 독일에 갔다. 그녀의 일은 환자의 간병이 아니라 병원의 온갖 궂은 뒤치다꺼리를 몸으로 해내는 것이었다. 그녀는 초등학교 시절에 그림을 잘 그린다고 선생님에게 칭찬을 받곤 했고 중학생 때는 사생대회에 나가서 수채화로 상을 받은 적도 있었다. 그렇지만 고등학교에 진학해서 미술반에 들거나 물감이며 화구를 장만할 집안 형편이 못 되었다. 그녀는 독일의 병원 기숙사에서 외로움과 향수를 달래려고 타자 용지에 볼펜으로 자기가 겪는 어려움을 단순한 선으로 그려보곤 했다. 그녀에게는 이 드로잉이 일기나 마찬가지였다. 어느 날 송현숙이 기차를 타고 이웃 도시의 동년배 간호사를 만나러 가던 길이었는데 옆자리에 요헨이 타고 있었다. 두 사람은 친구가 되었고 그녀의 드로잉을 본 요헨이 권유하여 그녀는 함부르크 예술대학에 입학하게 된다. 요헨은 아마도 그녀가 한국에서 미술대학을 다녔다면 그렇듯 천진하고 창의적인 그림이 나오지 않았을 거라고 말하곤 했다. 어쨌든 그들은 광주를 다녀오며 수많은 이야기를 전해듣고 한국 민주화운동의 적극적인 지원자가 되기로 결심한 것 같았다. 나중에 나는 그들 부부에게 많은 도움을 받게 된다.

베를린을 떠나면서 제일 먼저 들렀던 곳이 그들 부부가 살고 있는 함부르크였다. 그들은 요헨의 학교 가까운 곳에 아파트를 빌려 살았는데, 그의 많은 책을 수납할 서재로 쓸 만한 방도 없고 작업실 공간은 더욱 불가능해서 몇 년 전에 덴마크 국경 근처 북해의 섬에 농가 한 채를 장만했다. 함부르크에서 가려면 기차를 타거나 차를 몰고 한 시간 반쯤 북으로 올라가 다게뷜이라는 항구에서 페리를 타고 바다를 건너야 했다. 섬 몇 개가 줄지어 있었는데 그중 가장 큰 섬이 푀르였고 섬의 한가운데에 외베눔이라는 작은 마을이 있었다. 힐트만 부부는 나를 외베눔의 농가 별장으로 데리고 갔다. 백 년이 넘은 농가를 부부는 방학 때마다 머물며 수리를 했다. 그의 서재와 아내의 화실 공간으로 크게 나누고 그 사이에는 거실을, 높은 천장에는 로프트를 올려 침실과 수납공간을 만들었다. 집의 여러 곳에 빈 공간이 많아서 숨바꼭질을 하면 찾기가 어려울 정도였다. 그런 곳에 의자나 작은 탁자를 두어 책을 읽거나 차를 마시기 좋은 공간들로 꾸며놓았다. 지붕은 섬 주위에 키가 넘도록 자라난 갈대를 베어다가 콜타르와 함께 켜켜로 쌓아올렸는데, 그 두께는 오십 센티가 넘어 보였다.

외베눔에서의 어느 날 시인 자라 키르슈가 우리와 점심을 함께했다.

그녀는 비어만이 동독 시민권을 박탈당하고 추방되었을 때 다른 작가들과 함께 항의 성명에 서명했고 이듬해인 1977년에 남편을 동독에 남겨둔 채 서독으로 나왔다. 그녀가 분단으로 만나지 못하는 남편에 대한 연시를 쓴 것으로 보아 아마도 그녀는 돌발적으로 동독을 탈출했을 것이다. 그때는 그녀의 이름도 몰랐고 시도 읽은 적이 없었는데 송현숙이 한국에서 출판된 그녀의 시집을 내게 보여주었다. 송현숙은 자라 키르슈의 부탁으로 고양이처럼 앙증맞은 조선 호랑이를 속지에 그려주었다. 자라 키르슈의 작품은 음울하지만 아름다운 서정시들이었다. 나중에 그녀의 시는 차츰 생태주의의 세계로 진전되었고 평단에서는 자라 키르슈를 동독의 사포라고 일컬었다고 한다.

그녀는 연하의 남자친구인 작곡가를 데리고 왔는데 우리는 아마도 경계에 대한 이야기를 했을 것이다. 송현숙이 그때만 해도 문학에 대해서 폭넓게 알지 못했고 독일어도 서툴러서 대화에는 한계가 있었지만 또한 그 서툰 독일어 통역 때문에 아이들끼리 얘기할 때처럼 쉽고 비유적인 말로 소통하는 묘미가 있었다. 남는 공백은 서로의 생각으로 채워야만 했고 못다 나눈 얘기는 상징화되었다. 그녀는 자신의 시적 테마가 겨울이라고 했는데 자세한 이야기는 할 수 없었지만 그것으로 충분했고, 사회주의권의 속살이 느껴지는 순간이었다. 그녀의 서정시조차 용납할 수 없는 사회는 어떤 모습일까. 나는 어쩌면 좀더 후에 자라 키르슈를 만났더라면 그녀에게 더 깊은 관심을 가졌을 수도 있었다. 당시에 나는 하이네의 시대를 떠올렸고 자라 키르슈에 대한 어떤 선입견을 가질 수밖에 없었다. 그대가 여기서 누리는 자유란 어떤 종류의 것인가, 하는 조급하고 성마른 의심을 거두지 않았었다. 그리고 서정시가 싸우는 자에게도 얼마나 필요한 영역인가를 그때는 돌아볼 겨를이 없었다. 나는 나중에 베를린 망명 시절에 가서야 브레히트의 『부코 비가』라든가 자라 키르슈의 『하얀 오랑캐꽃 곁에서』 같은 시편들을 천천히 읽으며 한국에서와는 다른 일상을 회복할 여유를 갖게 된다.

서독의 여러 도시마다 1960년대에 와서 자리잡은 간호사, 광부들의 모임이 조직되어 있었고 이들은 또한 한국인 유학생들과도 연결되어 있었다. 나는 이들의 안내로 몇몇 도시에서 순회강연을 했다. 강연이 끝나면 뒤풀이로 이어지고 공개된 자리에서는 말할 수 없던 여러 이야기들이 흘러나왔다. 프랑크푸르트를 방문했을 때는 행사장에서 성낙영을 만났고 뜻밖에도 그에게서 1981년 미국 로스앤젤레스로 망명한 윤한봉의 소식을 듣게 되었다. 성낙영은 윤한봉이 설립한 '민족학교'와 '재미한국청년연합'의 초창기 멤버로 활동하다가 괴팅겐에 박사과정을 수학하러 와 있다고 했다. 그는 연세대 재학중에 학생운동으로 수감되었다가 미국으로 이민한 부모와 함께 로스앤젤레스에 가서 대학원을 마치고 윤한봉을 만나게 되어 민족학교 설립의 초창기 멤버가 되었다. 괴팅겐에서 신학 공부를 하고 있던 그는 열정적인 활동가였다. 그는 독일에 한국청년연합 유럽지부를 설립하겠다는 포부를 지니고 있었다. 나는 그가 사는 괴팅겐을 중심으로 프랑크푸르트와 멀리는 뮌헨, 위로는 도르트문트와 뒤셀도르프, 보훔 지역을 돌아다니며 해외동포들을 만났다. 비슷한 기간에 광주의 문병란 시인과 강신석 목사 등이 광주의 민주화운동을 돕고 있던 독일 개신교단의 초청으로 베를린을 방문하고 나서 독일 전역을 돌아다니고 있었고, 리영희 교수도 어느 연구소의 초청으로 와서 쾰른에서 만났다. 우리는 앞서거니 뒤서거니 하면서 독일의 도시를 돌아다니며 해외동포와의 행사를 가졌다. 리영희 교수는 나와 함께 프랑크푸르트와 뮌헨에서 행사를 함께하기도 했다. 나는 한 달이 넘도록 독일에 체류했던 것 같다.

독일의 동포들은 북한 비디오를 수십 편씩 구비해놓고 있었다. 몇 달 뒤에 미국에 가보니 비디오가게에서 버젓이 북한 영화를 대여해주고 있었다. 나는 그렇게 해외동포들의 집에서 처음으로 북한의 극영화와 다큐멘터리를 보았다. 이것은 금기를 깨는 행위이면서 분단 이후 처음으로 북한 사람과 그들의 실생활을 확인하는 계기가 되었다. 우선 백두산, 금강산과 묘향산을 그린 다큐멘터리만 보고도 저절로 눈물이 흘러내렸다. 가장 최근의 것이라는 남한 출신 신상옥 감독의 〈돌아오지 않은 밀사〉는 일제에 의하여 패망해가던 대한제국 말기 헤이그의 세계평화회의에 갔던 이준, 이상설 등 밀사의 행적을 담은 영화였다. 1970년대 말에 있었던 영화감독 신상옥과 배우 최은희 부부의 납치 월북은 한국에서 너무도 유명한 사건으로 한동안 떠들썩했었다. 이들은 내가 영화를 본 그 이듬해인 1986년에 오스트리아 비엔나에서 미국대사관을 찾아가 망명을 신청함으로써 다시 세상을 떠들썩하게 한다.

감독이 남한 사람이어서 그랬는지 나는 최초로 본 북한 영화 〈돌아오지 않은 밀사〉가 전혀 낯설지 않았고 우리 민족의 슬픈 근대사를 그린 서사에 깊은 감동을 받았다. 또한 동유럽에서 공부했다는 북한의 차세대 감독이 만든 〈월미도〉 역시 매우 인상적이었다. 한국전쟁 때 유엔군 최고사령관 맥아더 장군이 지휘한 인천상륙작전을 북한측 시각으로 만든 영화였다. 1개 중대 병력이 나오는 저예산 영화였는데 카메라는 줄 곧 이쪽 땅에서 바다 쪽으로 향하고 있었다. 낙동강 전선에서 후퇴하는 인민군에게 사흘의 시간을 벌어주기 위해 중포중대가 월미도를 사수하다 전멸한다는 내용의 영화였다. 어찌 보면 대단히 비장하고 경직된 내용일 것 같은데 의외로 서정적이고 동네 이야기처럼 정다운 데가 있었다. 그것은 아마도 줄거리를 끌고 나가는 주인공이 열일곱 살의 어린 여군 통신병이었기 때문일 것이다. '봄이면 사과꽃이 하얗게 피어나고, 가을엔 황금 이삭 물결치는 곳, 아아 내 고향 푸른 들 한줌의 흙이, 목숨보다 귀한 줄 나는 나는 알았네.' 그러한 주제곡을 소녀 통신병은 아코디언 반주에 맞춰 노래한다. 곧 전투를 앞두고 참호 정비를 지시하던 중대장이 버럭 화를 내며 감상적인 노래를 하는 소녀를 꾸짖자, 선임하사관 아바이가 중대장에게 넌지시 충고하는 장면이 기억에 남았다. "이들이 지금 저 어린 영옥이의 노래에서 고향에 두고 온 어머니와 아내, 어린 동생들을 보고 있다는 것을 이해해주시오."

이를테면 우리를 둘러싼 수많은 할리우드의 상업주의 오락영화에 비한다면 순수하고 인간적인 호소력이 있었는데, 이렇게 어수룩한 신선함은 갖가지 문화 유형과 수많은 책과 서로 다른 철학이 뒤섞인 매우 복잡한 세계에서 살아온 나를 단숨에 뒤흔들었다. 다 알면서도 이전에는 유치하게 생각했던 단순 소박한 민족주의적 정서가 나를 감동시켜버린 것은 무엇 때문일까. 남과 북은 같은 민족이라는 너무도 당연한 사실을 표현하는 것조차도 금지되어 있었기 때문은 아닌가. 나는 미묘한 일탈감과 동시에 한편으로는 북한과 관계된 모든 것을 두려워하던 나 자신에게 모멸감을 느꼈다.

아직은 조금 일렀지만 그때로부터 불과 삼 년 뒤인 1988년에 이르면 한국 정부도 월북 작가들의 작품을 해금하고 연이어 '북한 바로 알기' 열풍이 일어나서 출판사들이 앞다투어 북한의 책들을 출판하게 된다. 그런데 그 무렵에 해외동포들 사이에서는 이산가족 고향 방문 등으로 좀더 일찍 '북한 바로 알기' 열풍이 시작되고 있었다. 그냥 놔두어도 저절로 시장에서 판가름이 나게 하는 것이 진정한 민주사회의 문화일 것이다. 그 열풍 뒤에도 남한에서는 아무 일도 일어나지 않았고, 북한에 관한 출판물도 1990년대에 이르러 시들해져 전문 연구자들에게나 필요한 책들로 정리가 된다.

*

독일을 떠나 프랑스로 간 나는 먼저 친구인 시인 최민에게 연락했다. 자기는 강의 때문에 파리 북역에 못 나오니 대신 홍세화의 부인에게 픽업을 부탁했노라고 했다. 홍세화는 택시 운전사로, 부인은 몇 시간씩 면세점에서 일하는 것으로 생계를 꾸려가고 있었다. 홍세화는 1979년 세칭 '남민전(남조선민족해방전선)' 사건에 연루되어 검거 선풍이 일어나기 직전에 아슬아슬하게 출국할 수 있었다. 이들 전위조직의 명칭은 원래가 '민투(한국민주투쟁국민위원회)'였는데 공안당국이 사건 이름을 그렇게 붙여서 '남민전'이라는 매우 전투적인 이름으로 불리게 되었다. 민청학련 학생들과 시인 김지하 등이 연루되었던 '인민혁명당'이란 명칭도 당국에 의해 붙여진 것이었다. 그래서 오죽하면 재야인사들이 등산 모임 이름을 지을 때도 빌미를 주지 않으려고 '거시기산악회' 또는 '무명산악회' 등으로 칭했을 정도였다.

홍세화는 박형규 목사의 제일교회에서 노동자를 위한 문화운동의 터전을 만들려고 노력하다가 민투에 들게 되었다. 시인 김남주가 나와 함께 광주에서 '민중문화연구소'를 운영하다가 서울로 도피한 뒤 가끔씩 만나곤 했는데 그때 나는 김남주가 상경해서 만난 사람들이 민투의 홍세화와 최석진이었을 거라고 짐작은 하고 있었다. 나는 그들의 정직하고 올곧은 품성을 믿고 있었다.

홍세화의 집에 가서 바게트와 커피로 간단히 아침을 먹고 쉬고 있는데 초등학교에 다니고 있는 그의 아들과 어린 딸이 나에게 말을 걸었다. 아들이 종이와 연필을 들고 다가와서 내 얼굴을 그려주겠다고 했다. 아이는 나를 그렸고 내가 떠오르는 대로 동물을 이야기하면 그것을 비슷하게 그려냈다. 아버지의 망명으로 낯선 땅에서 머물게 된 아이들의 초롱초롱한 눈망울이 내 마음을 아프게 했다. 나는 광주 집에서 엄마와 함께 아버지를 기다리고 있을 내 두 아이들을 떠올렸다.

얼마쯤 후에 잠깐 틈을 내어 집에 들른 홍세화를 만날 수 있었다. 그는 언제나 그랬듯이 우울한 문학청년의 표정이었는데 몇 년 전 서울의 음악다방에서 보았던 때처럼 말수가 적고 빙긋 웃다가 마는 것이었다. 그는 당시에 친북 인사로 알려진 어떤 사람의 식당에 일자리를 구했다가 헤어져서 말밥에 오르내리고 있었다. 나와 베를린에 동행했던 소리꾼 임진택은 그 일로 못내 걱정을 했다. 망명자는 언제 어디서나 자유롭지 못했다. 최민이 나를 데리러 왔고 우리는 피차 바빠서 술 한잔 나눌 틈도 없이 헤어졌다. 최민에게 아이가 그림을 잘 그리더라고 얘기했더니. 그는 내가 빈손으로 그 집에 갔던 점을 깨우쳐주며 아이들에게 용돈이라도 좀 주지 그랬냐고 말했다. 나는 언제 여정이 끝날지 모르는 불안한 여행자였고 아는 이들의 집에 기숙하며 떠도는 처지였지만 못내 후회스러웠다. 이미 어른이 된 아이들이야 그날의 일을 까맣게 잊었겠지만, 나를 올려다보던 그 어린것들의 눈망울을 떠올리면 빈손으로 갔던 게 두고두고 짠했다.

친구들과 어울려 이탈리아와 스페인을 여행하고 파리로 돌아왔을 즈음에는 여름이 거의 지나가고 있었는데, 괴팅겐의 성낙영에게서 전화가 왔다며 친구들이 소식을 전해주었다. 나는 파리에서 다시 독일로 돌아가서 성낙영이 약속장소로 지정한 뒤셀도르프의 동포 집을 찾아갔다. 광부와 간호사로 만난 그 동포 부부는 그 무렵 이제 힘든 막장일을 벗어나 작은 잡화점을 운영하며 살아갈 작정이었고 새로 얻은 가게는 실내공사중이었다. 보훔의 탄광을 떠난 이들은 주변의 도르트문트, 뒤셀도르프, 에센, 쾰른 등지로 새로운 삶의 터전을 찾아 흩어지고 있었다. 이들은 한국에서 누군가 찾아오면 서로 연계하여 행사를 만들고 안내를 해주곤 했는데, 문병란 시인이 이미 그 집을 거쳐갔다고 했다.

내가 이들 부부를 특별히 기억하는 것은 수개월 전에 아들이 태어났고 새로 시작할 독일 시민으로서의 생활에 대한 희망으로 가득차 있는 모습이 인상에 남았던 때문이다. 나는 독일을 떠난 뒤 미국에서 여러 도시를 돌아다니던 중에 그 젊은 광부의 사고 소식을 듣게 된다. 그는 윤한봉의 작은형 윤광장을 태우고 가다가 기차 건널목에서 차단봉이 내려오지 않은 상태에서 달려오는 기차와 충돌하여 현장에서 죽었다고 했다. 옆자리에 앉았던 (나도 본 적이 있는) 보훔의 다른 광부는 중상을 입었고 뒷자리의 윤광장만 경상을 입고 무사했다. 윤광장은 광주 대동고등학교 교사로서 제자들과 광주항쟁에 참여했다가 구속, 해직되었고 윤한봉의 네 형제 모두 민주화투쟁 과정에서 옥고를 치렀다. 당시 독일의 여러 사회단체들은 한국에서 알려진 반정부 인사나 현장활동가들을 자주 불러내곤 했는데, 알고 보면 현지의 동포단체들이 연대한 독일 기독교단체나 사회단체들이 앞다투어 초청했던 까닭이었다.

뒤셀도르프의 부부 집에서 만난 성낙영은 로스앤젤레스에서 윤한봉이 나를 찾는 전화를 여러 차례 걸어왔다면서, 미국에 들러서 얼굴도 보고 자기 일도 좀 도와주고 들어가라고 했다는 말을 전해주었다. 성낙영이 가지고 온 것은 달랑 팩스로 받은 편지 한 장이었다. 미국의 개신교단체에서 나를 초청한다는 내용이었다. 나는 일 년짜리 단수여권인데다 한국에서 미국 입국비자도 받아오지 못했다. 그래도 한번 시도는 해보자기에 뒤셀도르프에서 가까운 본에 있는 미국대사관에 가서 비자 신청을 했다. 창구의 대사관 직원은 편지를 한번 훑어보고는 역시 고개를 갸우뚱했다. 한국에 돌아가서 현지에서 비자 신청을 해야 하고 이곳에서는 원칙적으로 비자를 내줄 수 없다는 것이었다. 나는 그냥 포기하려 했는데 성낙영이 그에게 뭔가 한참 설명을 하자 여권을 맡겨두고 가라고 했다. 나와서 물으니 초청 당사자인 미국 개신교단체의 사무국에서 직접 본 대사관으로 확인 전화를 하면 어떻겠느냐고 했다는 것이었다. 우리는 다시 동포의 집으로 돌아갔고 로스앤젤레스의 민족학교로 국제전화를 했다. 실로 오 년 만에 윤한봉의 목소리를 들었다. 곁에 있었는지 로스앤젤레스에 살던 내 옛친구들도 차례로 전화를 바꿔가며 통화했다. 윤한봉이 극적인 망명을 한 뒤에 행사 자리에서 그들이 황아무개 이름을 대며 내 친구라고, 당신을 돕겠다고 했다는 것이다. 한국

사회의 인맥이란 한두 다리 거치다보면 대개는 아는 사람들이어서 정말 작은 나라임을 실감했다. 이튿날 약속된 시간에 본 주재 미국대사관에 찾아가니 뜻밖에도 비자 도장이 찍힌 여권을 내주며 직원이 말했다. "당신의 신분을 확인했다. 이것은 특별한 케이스다."

독일을 떠나 로스앤젤레스 공항에 도착하니 옛친구 시인 이세방과 극작가 전진호가 마중을 나와 있었다. 이세방은 아버지가 전쟁 때 좌익으로 행방불명이 되어 초등학교 교사이던 홀어머니 밑에서 누이동생과 함께 자랐다. 그들 식구는 누이동생이 미국에 간호사로 취업하여 이민을 올 수 있었다. 이세방은 시는 때려치우고 사진쟁이가 되어 밥벌이를 하고 있었고 전진호는 1970년대 유신독재 시절에 이세방의 누이와 결혼하여 도망치듯이 한국을 떠나온 터였다.

'민족학교'와 '재미한국청년연합'의 간판을 붙인 코리아타운 부근의 주택에 도착하자 젊은 회원들과 어른들 몇 사람이 음식을 준비해놓고 기다리고 있었다. 현관 앞에 덱과 포치가 있고 뒷마당이 넓은 이층 목조건물이었다. 윤한봉은 짧은 머리에 작업복 차림으로 운동화를 신고 있었는데 일용노동자 같은 옛날 모습 그대로였다. 우리는 서양인들처럼 끌어안지는 않았으나 두 손을 꼭 잡고 흔들었다. 그의 얼굴은 웃고 있었지만 눈가에는 물기가 가득 고였다. 나도 돌아서서 눈시울을 닦았다. 윤은 나보다 다섯 살 아래였지만 웅숭깊은 심성이며 현실에 대한 통찰력과 성실성으로 사람들을 감동시키는 힘이 있어서 내가 좋아하면서도 한편으로는 어려워하던 친구였다.

광주항쟁이 진압되고 나는 서울에 남아 광주에서 도피해 올라오는 후배들을 안정시켜야 했는데 서울 사람들은 자기네 살림 사정에 따라서 숨겨주거나 거절하거나 했다. 윤한봉은 신군부가 절대로 권력을 민간정부에 넘기지 않을 것이며 피바람이 일어나리라고 예견했다. 1980년 봄에 나와 윤한봉과 최권행이 서울에 올라와 있었다. 아마도 그때 우리는 만약의 경우에 대비해서 윤이 은신할 곳을 살피고 있었을 것이다. 나는 짐짓 모른 체했지만 최권행은 내 지인들의 집을 직접 가보기도 했다. 일단 미아리 산동네의 빈민운동가 이철용의 집이 첫번째 도착 지점이고 상황에 따라서 다른 곳으로 이동할 참이었다. 항쟁이 진압된 이후 여러 사람들이 사나흘 동안 이철용의 집을 거쳐 다른 곳으로 흩어졌다.

최권행의 부탁으로 전처 홍희윤이 화가인 선배 언니의 화실을 소개해주었다. 도심지 골목의 개인 화실이란 가정집과 달라서 이웃이 눈여겨보지 않는 이점이 있었기 때문이다. 윤한봉은 항쟁의 배후 조종자로 지목되어 수배중이었고 당시 상황으로 보아 체포되면 아마도 고문 중에 살해당할 수도 있었다. 그는 일 년 가까이 화실에서 숨어 지냈고 우연히 집주인의 친지인 잘 알려진 문인 부부가 방문해 난처한 처지가 되기도 했다. 이제 더이상 그곳에 머무를 수가 없게 되자 주위에서는 그를 해외로 탈출시키려는 계획을 세웠다. 여러 사람이 연루되었는데 드디어 외항선의 선원들과 연결이 되었다. 1981년 4월 29일 밤, 윤한봉은 마산에서 파나마 선적의 레오파드호에 올랐다. 그는 배의 의무실 환자용 화장실에 숨겨졌다. 한 평 반의 화장실 안에서 그는 삼십오 일 동안 긴장과 굶주림에 떨며 숨어 있었다. 보내는 쪽이 있으면 받는 쪽도 있어야 했다. 광주의 개신교 원로들이 미국과 연결하여 미국에 있는 한인 목사가 마지막 기착 항구에서 그를 받아주기로 했다. 그쪽에서 윤한봉에게 "장미꽃을 좋아합니까?" 하면 윤은 "아뇨, 진달래를 좋아합니다"로 대답하는 것이 서로를 확인하기 위한 암호였다. 한국 쪽 목사는 미국에 전화로 '물건을 보냈다'고 밀항자의 승선을 알렸고 로버트 케네디 인권센터에도 그의 보호를 부탁했다.

의무실 화장실은 한쪽 벽으로 보일러 굴뚝이 지나가게 되어 있어서 사우나 같은 찜통 속이었다고 한다. 더구나 호주를 거쳐서 미국 서부 해안으로 가는 항로여서 적도를 두 번이나 지나는 동안 그는 거의 해골만 남은 쇠약한 몰골이 되었다.

미국에서 밀항자를 받기로 했던 목사가 시애틀에서 출발하여 항구에 도착했을 때 부두에 트렌치코트를 입은 미국인들이 서성거리고 있어서 접근하지 못했다. 나중에 확인한 바로는 그들은 케네디 인권센터 측 사람들로 한국 인권단체의 요청으로 역시 윤한봉의 안전을 위하여 나왔던 것이었다. 한인 목사가 간신히 배에 올라 환자 같은 몰골의 윤한봉에게 암호로 물었으나 그는 어리둥절한 채 약속한 대답을 하지 못했다. 목사는 정보부의 함정이 아닌가 의심하고 그대로 배를 떠났다. 그는 집으로 돌아와 한국 쪽으로부터 '틀림없는 물건'이라는 확답 전화를 받고서야 다시 먼길을 되돌아가서 윤한봉을 끌고 내려왔다. 배가 다시 출항하기 한 시간 전이었다. 이러한 고비를 넘기고 살아남은 그를 머나먼 이국땅에서 다시 만나게 될 줄을 어찌 알았겠는가.

윤한봉의 별명 이야기를 해야겠다. 그는 군대에서 제대하고 전남대학 농과대학에 들어갔는데 원래가 늙수그레한 인상에다 동급생보다 네 살이나 위여서 아저씨 소리를 들을 만했고 그야말로 농사꾼 같은 행동거지 때문에 '합수'라는 별명이 붙었다. 전라도 방언으로 합수는 똥과 오줌을 합친 거름을 말하는데, 이를 알게 된 그는 화를 내지도 않고 농부에게 가장 소중한 거름이 자기 별명이라니 이건 참으로 분에 넘치는 호칭이라며 아예 자기 책에다 한자로 '合水'라고 크게 써놓았다. 김남주 시인이 인정에 약하고 후배들에게 너그러워서 '해남 물감자'처럼 물렁하다고 '물봉'이라는 별명이 붙은 것과 대조적이었다.

합수 윤한봉은 그야말로 직업혁명가였다. 한국 사회의 특성상 그가 자신의 사상적 내막을 겉으로 드러내어 말한 적은 없으나 그는 사회주의적 성향과 민족주의적 기질을 갖고 있었다. 내가 이런 식으로 말하는 것은 한국 사회에서 활동가가 대중에게 자기의 이념적 지향을 밝히는 것은 어리석은 행동이었기 때문이다. 내가 민족주의적인 점을 그의 기질이라고 평하는 것은 그가 민족주의를 신봉하지는 않았다는 점을 지적하려는 것이다. 윤한봉이 그 무렵 미국에서 김구나 안중근이나 전봉준을 빌려서 해외동포들에게 한국 사회의 변혁을 얘기한 것은 부처의 말처럼 중생에 대한 소통의 방편이었을 것이다. 우리끼리의 개인적인 대화에서 그가 민족주의를 거론하는 것은 들어보지 못했다. 그렇지만 한편 생각해보면 일제시대의 독립운동가들은 좌우파를 막론하고 민족주의와 함께 국제주의를 존중했다. 양자는 모순된 노선이 아니었다. 세계가 조금 더 다양하고 복잡해지기 이전에는 이들 개념을 해석하기가 지금처럼 복잡하지는 않았을 것이다.

앞서 내가 그를 어려워했다고 한 것은 한편으로는 그가 좀 불편했다는 뜻이기도 하다. 나는 그가 원칙을 고수하는 점과, 노선에 어긋나는 행동을 못 참는 것이며, 이견에 대해 자기 뜻을 투쟁적으로 관철시키

는 태도 등을 때때로 편협하다고 지적했고 현실적인 대중운동에 걸맞
지 않다고 비판했다. 그러나 그는 문화운동의 진행과정에서 나의 자유
주의적 성향을 늘 의심하면서도 결과적으로는 내 편을 들어주었다. 나
는 그를 두고 문화운동 부문의 정치위원 역이라고 농담을 하곤 했다.
그는 로스앤젤레스에 민족학교라는 터전을 마련하고 유학생들을 통하
여 동포 청년들을 만나기 시작했고 서부와 동부의 대도시에서 청년학
생 주최의 간담회 행사를 다녔다. 그는 대중강연보다는 십여 명의 사
람들과 가까이 대면하고 앉아서 흉금을 털어놓고 대화함으로써 더욱
감동을 전하는 능력을 발휘했다.

　청년학생 조직이 시작되자 그들은 분기별로 모여서 수련회와 토론
회를 거치며 결속되었다. 조직이 이루어진 곳에는 센터를 만들었는데
자원봉사자와 상근자들이 살림을 꾸려나갔다. 이들은 기관지를 발간하
고 국내 민주화통일운동의 소식을 정기적으로 스크랩하여 팸플릿으로
유통했고, 미주 동포들의 이민생활에서 일어나는 불법체류 문제라든가
노임 체불, 사회보험, 세금 등 법적 경제적 민원을 대행하는 커뮤니티
센터도 운영했다. 무엇보다도 내가 감탄한 것은 미국의 종교, 인권, 평
화, 여성 등 분야별 시민사회단체들과의 연대활동이었는데, 그들은 여
러 주에서 미국 시민들의 시위에도 동참하고 있었다. 미주 청년들은 바
야흐로 부모 세대인 이민 1세대에서 1.5세와 2세로 세대교체가 이루어
지고 있었고, 한국 유학생들은 최근 남북의 정치사회적 현실에 대한 뚜
렷한 정치의식을 지니고 있었다. 한청련(재미한국청년연합)은 이들 양
자를 결합시킨 것이었다. 외국인 자원봉사자들이 한청련의 사업에 많
은 도움을 주고 있었는데, 이민 1.5세, 2세들이 미국 시민으로서 그들

을 끌어들였다고 해야 할 것이다. 사람 하나가 낯선 타국에서 이렇듯 엄청난 변화를 가져왔다.

조직은 회원제로 회비와 후원금에 의하여 운영되었다. 청년학생들은 준회원과 정회원, 그리고 상근활동가들로 나뉘어 있었는데, 윤한봉은 이들의 지원 세력이자 아직은 재미동포 이민사회의 주축인 어른들의 조직 필요성을 절감하고 있었다. 이들은 이민 1세대들이며 남북의 민족적 정치적 현안에 민감했고 개발독재가 출발한 1960년대부터 1970년대에 조국을 등진 사람들로, 한국식으로 말하자면 이제는 미국에서 '자리를 잡았다'고 볼 만한 사람들이었다. 그들의 직업도 다양해서 교수, 의사, 변호사, 목사, 기업인, 소상공인, 기술자, 농부 등이었는데 이들을 연결하는 곳은 대개가 한인교회였다. 말하자면 그들 각자가 섬처럼 외떨어진 채로 사회적 소속감을 충족시킬 만한 활동이란 일주일에 한 번 교회에 나가서 이웃을 만나는 일밖에 없었다.

윤한봉은 망명 초기부터 청년들에게는 설득력이 있었지만 재미동포 기성세대들에게는 외면을 받았다. 그는 애초에 명망가가 아니었고 목사는커녕 기독교인도 아니었다. 그는 민청학련 사건과 긴급조치 위반으로 두 차례 옥살이를 했던 지방대학의 학생운동가에 지나지 않았다. 어른들 표현으로는 '말썽쟁이 데모꾼'일 뿐이었다. 게다가 '광주사태'는 빨갱이들의 폭동이라는데 그런 일로 밀항을 했다는 사실도 별로 신뢰할 수 없다는 것이었다. 일반 대중은 그렇다 치고 국내 민주화운동에 호의적이고 독재정권에 비판적인 인사들의 경우에도 분파가 복잡했다. 일부에서는 느닷없이 나타난 윤한봉을 북한과 연관된 자나 빨갱이로 몰았고 또다른 부류는 그를 한국 정보부의 첩자로 여기고 경계했다.

나의 미국 방문은 그와 나에게 여러 가지로 의미가 있었다. 나는 한국 민주화운동 인사들이 신뢰할 만한 활동가로 윤한봉을 해외에 파견했다는 보증을 해주어야만 했다. 나는 한국에서 『장길산』의 일간지 연재와 문단활동으로 이름이 알려져 있었고, 최근 물의가 일어난 항쟁의 기록자로서 광주의 진상에 대해 증언할 수 있는 입장이었으므로 윤한봉과 내가 동행한다면 그를 미주 동포 대중에게 확실하게 알리는 기회가 될 것이었다.

우리는 로스앤젤레스에서 대중강연회를 열고 연이어 주위 도시를 돌며 동포 간담회를 가졌다. 이미 민족학교와 연줄이 있던 인사들이 자기 주변 친지들을 모아오는 식이어서 개별적인 파악도 손쉽게 이루어졌다. 서부지역의 샌프란시스코, 새너제이, 시애틀, 샌디에이고, 남부의 댈러스, 휴스턴, 그리고 중부의 덴버까지 돌아다녔고 로스앤젤레스의 민족학교에 돌아와 쉬고 나서 뉴욕으로 갔다. 뉴욕에서도 로스앤젤레스에서와 같은 대중강연회와 지역별 간담회가 계속되었다. 이후 삼개월 넘도록 뉴욕, 필라델피아, 워싱턴, 보스턴, 시카고, 디트로이트 등지를 순회했다. 미국의 13개 주요 도시를 돌아다녔던 것이다. 이를 토대로 윤한봉은 한청련 외에 이민 1세대 동포들을 중심으로 '한겨레운동재미동포연합'을 꾸리게 된다.

우리는 뉴욕을 중심으로 주변 도시를 순회하다가 돌아와서 쉰 다음 다시 나가곤 했다. 어느 때에는 한청련의 일꾼들이 나와 동행하여 안내했고 중요한 도시는 윤한봉이 나와 동행했다. 나는 그의 면면을 잘 알고 있었지만 몇 달 동안 함께 지내면서 미국에서의 그의 일상도 살펴볼 수가 있었다. 그는 몇 가지 생활 원칙을 세워두고 있었다. 첫째로 자신은 미국에 이민 온 것이 아니라 망명자로서 미국 생활에 적응하지 않겠다는 것이었다. 그는 영어를 배우려고 노력하지 않았고 미국식 생활 태도를 지니려 하지 않았다. 둘째로 조국의 수감자들과 가난한 사람들을 생각하여 침대를 사용하지 않고 마룻바닥에 모포만 깔고 잤다. 셋째로는 사사로운 돈을 받거나 지니지 않는다는 것이었다. 그는 언제나 사무국의 결제에 의해 최소한의 여행경비와 식비를 타서 쓰고 반드시 영수증을 제출했다. 그 외에도 그의 금욕적인 태도는 한두 가지가 아니었다. 여행중에 해외동포들의 집에 머물면 폐를 끼친다는 이유로 욕실 사용을 자제했다. 샤워나 목욕은 일주일에 한 번으로 제한했다.

로스앤젤레스 민족학교도 동포 독지가가 내놓은 주택이었는데 뒷마당이 제법 넓었다. 그는 잔디를 걷어내고 거기에 텃밭을 일구어 상추, 쑥갓, 깻잎, 고추 등속의 야채 농사를 지었는데 식비를 절반으로 줄일 수 있다고 했다. 내가 다녀간 뒤에도 여러 사람들이 그곳을 방문했는데, 윤한봉의 성화로 새벽에 일어나야 했고 텃밭에 나가 물을 주거나 잡초를 뽑는 등 울력에 동원되었다는 불평 아닌 불평이 들려왔다. 나도 그랬지만 뒷날 김용태나 유홍준이 갔을 때도 밥상이 온통 풀뿐이어서 여기가 미국인데 어떻게 고기 한 점이 없느냐고, 그 흔한 LA갈비도 없느냐고 농담을 했을 정도였다. 그는 조직이 있는 도시마다 돌아다니며 사람들을 만나고 현안에 대한 조언을 하느라고 늘 여행을 다녔는데, 한국에서 그랬듯이 무슨 행상인의 보따리 같은 작은 비닐가방을 메고 다녔다. 가방의 색은 언제나 짙은 밤색 계열로, 아마도 합수가 그 색깔만 좋아하는 모양이라며 주위 친구들은 '똥가방'이라고 빈정댔다. 가방 안에는 속옷, 양말, 필기도구에서 만능칼과 손톱깎이에 이르기까지 무인도에 가서도 살아갈 수 있는 최소한의 일용품들이 들어 있었고 나는 이것을 '수인의 습성'이라고 말했다.

나는 뉴욕에서 미국펜클럽 센터를 방문했는데 시인 김남주, 이광웅 등 한국에서 수감되어 있는 몇몇 문인들의 근황을 전하고 석방운동의 연대를 요청하기 위해서였다. 워싱턴에서는 한국교회연합의 로비스트로 있는 미국인 선교사와 함께 미 국무부 인권위원회를 방문했다. 광주항쟁 이후 현재의 인권 상황에 대한 의견을 나누는 자리였다. 케네디 인권센터도 방문했고 한국 문제에 관심이 있다는 의원의 사무실도 방문했다. 내가 해외 각 지역을 돌며 만났던 여러 청년들 중에서 인상이 깊었던 사람들은 독일의 성낙영과 워싱턴에서 만난 정기열 목사, 뉴욕의 한호석 등이었다. 성낙영은 나중에 윤한봉과 불화하여 헤어졌는데 윤의 의견에 의하면 '너무 개인적이고 급진적'이라는 것이었다. 윤한봉은 민주화통일운동가였지만 행여라도 오해를 살 만한 일을 만들지 않으려고 북한은 물론 해외의 친북 인사들과 일정한 거리를 두고 있었다. 그는 늘 국내운동의 안전이 우선이라고 말했고 해외운동은 결국 지원운동이라고 했다. 해외에서는 체포당할 위험이나 감옥에 갈 염려가 없으므로 국내 상황에 대해 자칫 무책임할 수 있었다. 그러므로 해외운동은 국내보다 너무 나가서는 안 되고 비유하자면 한 걸음씩만 앞서 내디뎌야 한다는 것이었다. 너무도 타당한 얘기였지만 나는 현실적으로 그러한 자세를 견지하기가 얼마나 어려운가, 더구나 그것이 비교적 자유로운 해외 체류 청년들의 의욕을 충족시킬 수 있겠는가 하는 생각이 들었다.

나는 미국 서부와 동부에서 수많은 동포들을 만났고 그들의 집에 초대받기도 했다. 그들 중에는 이미 한국에서 책이 나온 북한 방문기의 필자들도 있었다. 이들은 이산가족으로 북한에 생존해 있는 가족을 만나러 몇 차례 북한을 방문하고 나서 기행문을 엮어 미국에서 책으로 냈는데 한국에도 들어와 유통되고 있었다. 나뿐 아니라 많은 사람들이 그 책을 읽고 감동을 받았던 터였다. 나는 이들 필자들에게서 더 자세한 북한의 속사정에 관한 이야기를 들었다. 윤한봉은 나와 동행하고서도 시종 아무 말도 없었고 내게 어떤 논평도 하지 않았다. 그러나 어떤 자리에는 내가 참석하지 않았으면 좋겠다고 넌지시 충고했다. 만날 상대가 사상은 둘째 치고 인간이 못 됐다는 이유였다.

우리가 각 도시의 순회여행을 끝내고 나서 뉴욕에서 쉬고 있을 때 나는 문화운동을 담당할 부서를 설립하자는 의견을 냈다. 내가 전라도에 내려가서 처음 시작했던 것이 문화운동을 통해 대중조직을 하는 일이었다. 윤한봉은 광주에서의 경험으로 문화운동이 어떤 것인가를 잘 알고 있었다. 한청련 회원들 중에서 이러한 일에 소질이 있을 듯한 사람들에게 권유하면서 비회원 중에서도 앞으로 문화 분야에서 활동할 수 있는 청년학생들을 끌어들이도록 했다. 나는 우선 마당극 대본을 쓰기로 했다. 한국에서 지난 몇 년 동안 수십 편의 마당극을 만들어냈던 나는 일주일이면 써낼 수 있으리라 생각했다. 막상 시작해보니 거의 보름이 걸렸지만 회원들을 모으고 연습을 시작하면서 뒷부분을 마무리했다. 미국의 교포 청년들과 대중들에게 한국 민중사의 흐름을 보여줄 필요가 있었다. 첫 마당은 동학농민군의 지도자 전봉준이 재판 받고 처형당하는 장면에서 시작했다. 그리고 현대로 이어지면서 시민봉기와 광주 도청의 마지막 밤으로 끝을 냈다. 농악 가락에 맞춘 춤과 동작이 대부분이었고 대사는 상징적으로 압축해서 집어넣었다. 전체적 흐름을 우리네 굿판으로 잡았다. 사물놀이를 연주할 사람을 찾아냈고 안무를 할 사람도 불러왔다. 이때 만난 안무가가 나중에 나의 재혼처가 되는데, 나는 이로써 전처 홍희윤에게 뼈아픈 상처를 남긴다.

뉴욕 한청련의 집회 공간이 연습장이 되었고 한 달 가까이 연습이 진행되었다. 연습은 강행군이었다. 학생들은 학교 강의를 빼먹었고 직장이나 시간제 노동을 하는 청년들은 때려치우거나 휴가를 냈다. 하여튼 공연이 끝나면 모두 거덜이 날 판이었다. 교민들은 소문을 듣고 밥과 반찬을 장만해다 청년들을 먹였고 지원금을 모금하고 미리 공연표를 팔았다. 마당극의 제목은 '통일굿, 청산이 소리쳐 부르거든'이었고 문화패 이름은 '비나리'였다. 한청련의 문화운동패가 창립된 것이다. 이들은 지속적으로 한국에 도움을 청하여 농악, 농무, 탈춤, 민요, 판소리, 굿 등의 기능을 가진 사람들을 통해 연습을 했고 이 기량을 다시 다른 청년학생들에게 전수했다. 그들은 문화패의 놀이꾼이면서 조직적인 활동가가 되었다. 국제적인 연대의 시위장에 그들의 엄청나게 시끄럽고 신명나는 사물이 등장하면서 한국 풍물패 시위대는 곧 유명해졌다. 수년 뒤 나는 방북 후 독일에 체류하다가 미국에 들렀을 때 이제는 거의 전문적으로 성장한 문화패 '비나리'의 공연을 보게 된다.

뉴욕은 이제 겨울에 접어들어 있었다. 12월이었는데 누군가 한청련 사무실로 나를 찾아왔다. 일본 도쿄 대학교의 와다 하루키 교수였다. 그는 워싱턴에 학회 참석차 왔다가 내가 뉴욕에 있다는 말을 듣고 일부러 시간을 내어 왔노라고 했다. 와다 하루키는 도쿄 대학교 사회과학연구소 교수였고 러시아와 북한에 관한 권위 있는 전문가였다. 그는 학자였을 뿐만 아니라 전후 일본 안보투쟁 세대로서 도쿄 대학에서 학생운동을 했고 베트남 반전운동과 한국 민주화운동과의 연대활동에도 적극적이었다. 그는 '일한연대위원회' 위원장이기도 했다. 따라서 와다 교수는 한국 정부의 기피 인물 중 하나였다. 외국의 지식인 작가들로 그러한 예가 하나둘이 아니었지만 이를테면 미국의 브루스 커밍스 교수의 『한국전쟁의 기원』 같은 책은 한국의 분단과 북한에 대한 시각이 이전에 나왔던 미국 학자들과 달라서 당시 한국에서는 불온서적으로 취급되었다. 와다 하루키 교수는 내가 귀국하는 길에 일본에도 들러주면 좋겠다고 요청했다. 일본에는 광주항쟁 이후 조작된 '김대중 내란음모' 사건으로 옥살이를 했던 조성우가 석방되어 유학을 가 있었다. 이주익, 서동만, 강창일 등의 후배들도 가 있었는데 일본에 가서 알게 된 사실이지만 그들 모두가 와다 하루키 교수를 지도교수로 정한 상태였다.

*

크리스마스인 12월 25일에 일본에 도착하자 윤한봉에게서 연락을 받은 조성우가 공항에 마중을 나왔다. 와다 하루키 교수의 일한연대위원회를 비롯해서 일본의 작가들, 언론인들, 교수들, 그리고 사회단체 인사들을 차례로 만났고 그들이 기획한 간담회에 참석하는 것으로 일정을 보냈다. 조성우는 고려대에서 학생운동을 하며 몇 차례 투옥을 당한 뒤에 복학해서 졸업을 했고 '내란음모'라는 엄청난 죄를 뒤집어쓰고 다시 투옥되었다가 요행히 사면되어 일본 유학길에 오를 수 있었다. 그가 출국할 때 홀어머니가 온 가족과 친척을 데리고 공항에 나와 배웅했다는데, 조성우가 일본에 가서 박사학위를 취득하고 성공해서 돌아오기를 애타게 소망하는 마음에서였을 것이나 불행히도 그 기대는 좌절되고 말았다. 당시의 활동가들이나 지식인들은 거의가 광주 참사에 대한 부채감에 시달리고 있었고 조금이라도 심신이 안정된 상태에 있으면 부끄러움과 자기 모멸감에 빠지곤 했다. 조성우는 세월이 흐른 뒤에 자기가 공부를 때려치운 것이 나 때문이었다고 농담조의 원망을 하곤 했지만 그 역시 광주에 대한 부채감 때문에 한국 사회를 위해 뭔가 해야 한다고 생각했을 것이다. 그는 나중에 남과 북, 해외동포들의 통일운동단체인 범민련(조국통일범민족연합) 결성에 주도적인 역할을 한다.

도쿄 대학 박사과정을 밟고 있던 이주익은 재간이 반짝이는 머리 좋은 친구였는데 한국에서 외국어대학 중국어과에 입학했던 첫해에 다른 학생들과 함께 나를 찾아왔다. 내 소설 「돼지꿈」을 학교에서 연극으로 올리고 싶다는 것이었다. 대학 신입생이 그런 당돌한 요청을 하는 것이 신통해서 나는 학생들을 노량진수산시장에 데리고 가서 소주와 생선회를 실컷 먹인 적이 있었다. 그는 내가 일본에서 행사와 간담회를 하는 자리마다 통역을 맡아주었다.

문학평론가 이토 나리히코 주오 대학 교수와의 만남은 내게 행운이었다. 와다 교수와 더불어 그는 나에게 여러 가지로 깊은 감명을 준 친구이자 선배가 되었다. 도쿄대 안보투쟁 당시에 와다 하루키가 이념적인 활동가였다면 이토 나리히코는 도쿄 대학 신문의 편집장 출신으로 문화 부문을 감당했다. 와다와 이토는 그렇게 개성이 달랐지만 이후 베트남전 반대운동과 김지하, 김대중 구명운동 등 한국 민주화운동 지원에 함께했고, 동아시아에서의 일본의 전후처리 문제를 정상화하는 일과 함께 북한에 대한 객관적인 관점을 위해서도 노력해왔다. 그들은 여러 시민운동단체와 전국적인 네트워크를 형성하고 있었다.

나는 일본 시민사회의 벗들과 사귀면서 그들 개개인의 겸손함이며 근면성과 성실성에 대해 늘 존경하는 마음을 지니고 있었다. 나는 그들의 실천이 아시아의 평화를 위한 일이기도 하겠지만, 무엇보다도 일본의 민주주의를 위한 실천이었다고 생각했다. 아시아에서 가해자였던 일본이 피해자인 한국의 분단이라는 희생을 토대로 이루어낸 번영의 그늘에는 꼼짝달싹할 수 없게 된 일본 민초의 억압적 삶이 있었다. 일본 제국주의시대로부터 전후에 이르기까지 사회적 변화란 '요람에서 무덤까지' 바랄 수 없는 소망이었다. 이른바 요지부동한 '근대'였다.

나는 와다 하루키의 소개로 월간 『세카이世界』지 편집주간이던 야스에 료스케를 만나게 되었다. 재일조선인들에게는 그에 대한 특별한 기억이 있었다. 징용과 노동이주 등으로 불가피하게 타국에서 살아가게 되었던 조선인들 중 일부는 해방이 되자마자 귀국했지만 수많은 사람들은 이미 삶의 터전이 되어버린 일본땅을 떠나지 못했다. 해방이 되고 분단이 되기 전까지 일본의 조선인 공동체는 한몸이었다. 그들은 갑자기 해방된 민족의 일원으로서 이제까지 지배자였던 일본인들 속에서 민족적 권익을 지키며 살아가야 했다. 이들 대부분은 식민지 종주국이던 일본에서 사회적으로 하층민이었고 노동자 계급이었다. 해방이 되자 '재일본조선인연맹'이 조직되었고, 조국의 분단과 함께 남측인 '재일본대한민국거류민단'과 북측인 '재일본조선인총연합회'로 분열하게 된다. 그러나 반세기가 넘도록 분단이 지속되는 동안 재일동포들은 비극적이게도 남과 북의 정부에 정치적으로 이용만 당하면서 민족적 권익을 조국으로부터 보장받지 못했다.

일본에 사는 동포들이 '자이니치在日'라는 특이한 자기 정체성을 확인하게 되는 계기는 1959년에 시작된 북한 송환이라는 사건과 1955년부터 실시되어 1993년에야 폐지되는 외국인등록법에 의한 지문 날인에 저항하는 운동이었다. 재일동포들은 대한민국, 조선민주주의인민공화국, 그리고 통일이 될 때까지 남북 어느 쪽도 선택하지 않겠다면서 해방 이전의 식민지 반도의 명칭을 고집하는 '조선' 세 가지 국적으로 분류된다. 남한 국적의 재일동포들 외에 일본과 외교관계가 없는 북한 국적과 조선적 동포들은 사실상 임시체류자로 규정되어 온갖 차별과 불이익을 받는 것은 물론 여행조차 마음대로 할 수가 없었다. 이들이 일본 밖으로 여행을 하려면 출국 전에 한시적으로 재입국비자를 받아야만 했다. 육십여만 명의 재일동포들은 남북으로 나뉘어 있었고, 삼십만 명 이상이 일본 사회의 차별과 억압으로 일본인으로 귀화했다.

야스에 료스케에 대해 회상하면서 이렇듯 장황하게 재일동포 사회의 역사를 거론하는 것은 그와 남북 코리아의 깊은 인연을 살펴보기 위해서다. 그는 젊은 시절 이와나미쇼텐 출판사에 재직하다가 몇 년간 사회봉사로 미노베 도쿄 도지사의 특별비서를 맡았는데, 비서 재직 시절에 조선인들이 자기네 학교를 설립하려고 애쓴다는 것을 알고 '조선대학교' 설립 인가를 얻어내는 데 결정적인 역할을 했다. 내가 몇 년 뒤에 북한을 방문하려고 일본에 다시 들렀을 즈음에 그는 이와나미쇼

텐의 사장이 되어 있었다. 이와나미쇼텐은 이미 전쟁시대에 반전의식을 직간접적으로 표현했고 전후에도 일본 지식인들의 양심과 평화적인 세계관을 대변해온 진보적인 출판사였다. 특히 월간지『세카이』는 일본의 우경화와 전후처리 문제에 대한 일관된 비판과 제3세계 인민들의 삶의 조건에 대한 깊은 관심을 지속적으로 보여왔다.

야스에 료스케가 한국에 관심을 갖게 된 것은 1960년 4·19 학생혁명과 그뒤 5·16 군사 쿠데타, 동베를린 간첩단 사건에 의한 세계적인 작곡가 윤이상과 화가 이응로의 체포, 1971년 박정희의 종신집권에 대항한 김대중의 대통령 출마와 좌절, 그리고 일본에서의 납치 사건 등이 계기가 되었다. 그는 1973년부터 1988년까지 'TK생'의 '한국으로부터의 통신'이라는 특집기사를『세카이』지에 연재했다. 한국의 지식인 학생들은 야스에 료스케라는 편집주간의 이름은 몰라도 'TK생'이라는 얼굴 없는 한국 사람의 별명은 알고 있었다. 그것은 당시 한국 언론에는 나오지도 않는 한국에서의 여러 가지 사건들을 증언하고 고발하는 내용이었다. 게다가 그는 자신과 김대중과의 대담을 여러 번 잡지에 실었고 북한에 가서 김일성과 인터뷰했던 기사를 몇 차례에 걸쳐 연재했는데 이것은 일본의 저널리즘 역사상 처음인 일이었다. 그러니 한국 정부가 야스에 료스케를 어떻게 생각할지는 너무도 뻔한 일이었다. 그는 야당인 사회당은 물론 여당인 자민당 인사들과도 폭넓게 교유했고 일본과 아시아의 미래에 대한 어떤 신념을 가지고 있었다. '아시아 평화공동체' 구상은 그와 그의 주변 동료들이 가지고 있던 소망이었고 한국의 우리들도 공명하고 있던 터였다.

그는 대단히 소탈하고 유머러스했다. 적에 대해 농담조로 말할 때도 빈정거리는 것이 아니라 동네 친구들의 잘못을 지적할 때처럼 정답고 여유가 있었다. 나는 대화중에 그가 일본인이라는 느낌을 가질 수가 없었다. 내 말은 그가 일본 지식인 특유의 날카로움이나 직정성 같은 면모를 보이지 않았다는 뜻이다.

어느 날인가 야스에 료스케가 점심을 하자고 나를 불러서 이와나미 출판사에 갔더니 소설가 오에 겐자부로를 소개해주었다. 아마도 소설가인 나와 사회과학자 와다 하루키 교수와의 대담만으로는 만족할 수 없다는 뜻이었을 수도 있고, 작가인 나에 대한 예의의 표현이었는지도 모르겠다. 아무튼 나는 오에 겐자부로와의 뜻하지 않은 만남에 당황했고 한편 기뻤다. 그는 나보다 여덟 살 위였고 태평양전쟁 당시 소년이었다. 나는 그 기간에 만주에서 태어나 부모를 따라 38선을 넘어 남한 서울에 정착했고 한국전쟁을 소년기에 겪었다. 나는 해방 이후 우리말로 교육을 받게 된 한글세대로서 1960년 4월 학생혁명을 체험했다. 그리고 일본이 일미안보조약 반대투쟁의 소용돌이에 휩싸인 것처럼 한국에서는 한일회담 반대투쟁이 일어났으며 그것이 일본과 한국의 학생 지식인들을 연결시켜주는 접점이 되었다. 한국전쟁으로 식민지 이래의 한국 문단은 남북으로 갈라졌으며 폐허 속에서 북한 문학은 당과 수령을 위한 선전문학이 되고, 남한 문학은 반공을 고취하는 정훈문학 아니면 일체의 현실을 배제한 순수주의를 지향하게 된다. 4월 혁명 이후 막혔던 봇물이 터지듯이 외래 사조가 몰려들어오기 시작했는데, 서구의 조류가 넘쳐 흘러드는 태평양의 제방인 일본을 통한 것들이 대부분이었다. 이 무렵 일본의 고전과 전후 현대문학, 그리고 대중적 장르 소설과 역사물 등이 광범위하게 우리말로 번역되었고 월간 여성지와 패션잡지, 문예지, 미술잡지 등이 유입되었다. 일본을 통한 외서 수입도 활발해져서 도심지 뒷골목에는 외국 서적을 파는 서점과 노점상들이 헌책방처럼 늘어났다. 다양한 종류의 세계문학과 사상전집이 출판되었으며 문고본도 수십 종이 발간되었다. 나는 학생 시절에 종전 이후 일본의 현대문학을 통하여 세계로 열린 문학의 현대성을 엿보았으며 그것은 사방이 벽으로 막힌 공간에서 비로소 밖을 내다볼 수 있게 열린 창문 역할을 했다. 우리는 일본을 징검돌 삼아서 단숨에 멀고 먼 서구 현대문학과 한반도의 자기 내면을 왕래했다. 그것은 자기 안의 식민지성을 극복해가는 과정이었고 그맘때에 현대 한국문학을 세계 속에서 올바로 해나가려는 문예지운동이 시작되었다.

오에 겐자부로는 베트남전 반대운동부터 김지하를 비롯하여 세계 곳곳에 구속된 문학인 지식인들의 구명활동에 이르기까지 아시아의 평화를 위한 연대운동에 참가했고 일본 안의 시민운동에도 적극적이었다. 그는 겸손하고 조용했지만 노년에 이르기까지 작가로서의 뜻과 행동을 일관되게 지켜나갔다. 오에는 내게 말했다. 그렇듯 서사가 많은 나라에 살고 있는 당신이 부럽다고. 나는 이야깃거리가 많다는 것은 결국 삶의 우여곡절과 고통이 많다는 뜻이어서 약간 시니컬하게 답변했을 것이다. 나는 당신의 자유가 부럽다고. 오에가 다시 덧붙였다. 자기는 강자가 아니라고. 겨우 버티며 산다고. 자기들 부부에게는 아픈 아이(지적장애자)가 있는데 일상의 어려움이 많았다고. 그러나 그 아이 때문에 작가로서의 긴장을 늦추지 않고 지탱해온 것 같다고 그가 조용히 말했을 때 나는 깊은 감동을 받았다. 그리고 시니컬했던 내 답변이 정말 부끄러웠다.

나는 어떤 의미에서는 재일동포들에게 도쿄보다 더욱 중요한 장소인 간사이 지방을 돌아보아야 했다. 그래서 오사카를 중심으로 인근의 교토, 고베, 나라 등지에서 교민과 일본 시민단체의 주선으로 강연을 하며 돌아다녔다. 오사카에서는 재일동포 2세 여성과 결혼하여 대학에서 박사과정을 하고 있던 양관수가 조성우와 연락하여 모든 행사를 준비해놓고 있었다. 양관수는 서울대에 재학하다가 유신 반대 시위로 투옥되었고 광주항쟁 이전에 유학을 나왔는데 고향이 호남이어서 늘 자신이 밖에서 편히 지내고 있는 데 대해 괴로워했다. 그리고 그는 몇 달 전부터 재일한국청년동맹 회원들 중 한국어를 잘하는 젊은이 몇 사람과 함께 광주항쟁 기록인『죽음을 넘어 시대의 어둠을 넘어』를 번역하여 일본어판을 내놓고 있었다. 책은 이미 각 지역의 좌우 재일동포단체와 일본 시민사회단체를 통하여 배포되고 있었다. 각 지역의 강연 주제는 자연스럽게 '광주항쟁과 한국 민주화운동'으로 정해졌고 나는 이제 뒤로 물러설 수가 없는 입장이었다. 미국에서도 여러 도시를 돌며 광주항쟁에 대한 이야기를 했지만 미국과 일본은 장소의 상징성만 놓고 보더라도 비교가 되지 않았다.

　　당시 일본은 남과 북의 국적을 가진 교민들이 육십여만 명이나 뒤섞인 채 살아가고 있어서 어찌 보면 군사적 대치가 엄중한 한국보다 더 위험한 지역이었다. 과거 한국 정부는 정치적으로 위기가 올 때마다 간첩사건을 조작했고 그 대부분이 일본과 관련된 사건들이었기 때문이다. 그것은 일본 정부가 자기 사회에 살고 있는 한국인의 인권에 대해 별로 관심을 보이지 않고 방임주의로 일관한 탓도 있었다.

일본에서의 내 정치적 행동을 한국 정부가 그대로 내버려둘 리가 없을 거라는 생각이 들었다. 그러나 나는 광주에서 죽어간 사람들을 생각하고 두려움을 떨쳐냈다. 광주항쟁의 진상을 알리는 일은 책과 더불어 다른 누구에게 미룰 수가 없는 일이었다.

청중 가운데는 책을 읽은 사람도 있었고 못 읽고 온 사람도 많았지만 강연회장은 매번 슬픔과 분노의 장소로 변하곤 했다. 오래 잊히지 않는 어느 청중의 질문이 있었다. 해방 이후 사십 년 동안 남북이 갈라져 있는데 당신은 북조선을 어떻게 생각하는가라는, 어찌 보면 매우 평범한 질문이었다. 그러나 한국인에게 공개적인 자리에서의 이런 질문은 신앙 간증을 요구할 때처럼 자신의 양심을 걸고 대답하거나, 회피하기 위해 돌려서 말하거나, 적어도 어느 한편을 선택한 다음에 다른 한편을 비난하는 식으로 말하지 않으면 안 된다. 그러나 내가 즉답을 피하고 질문을 받지 않아도 비난할 사람은 없었다. 청중들도 한국의 국가보안법을 잘 알고 있었기 때문이다. 나는 대답했다. "나는 분열주의자는 아닙니다. 다만 북한에 가보지 못했기 때문에 뭐라고 말씀드릴 수 없습니다. 확실하게 대답할 수 있는 것은 저와 제 문학은 남한 역사의 산물이며, 그런 의미에서 남한은 저의 운명이라는 것입니다."

질문한 사람이 돌연 격렬한 태도로 외쳤다. "그러면 당신은 조국의 분단을 그냥 운명이라고 체념하고 살아갈 거요? 남부 조국에 사는 작가인 당신이 그렇다면 이 낯선 타국에서 살아가는 우리는 어떻게 하란 말요?"

사회자인 양관수가 재치 있게 다음 질문을 받았고, 이로써 어색한 순간을 넘길 수 있었다. 나의 대답은 독일 베를린에서 있었던 어느 강연희에서 저절로 습득한 방식이었다. 그때도 광주에 대한 강연이 끝나자마자 누군가 손을 번쩍 들더니 질문을 했다. 당신은 처음부터 끝까지 대한민국에 대한 비판만 늘어놓는데 어째서 북한에 대한 비판은 한마디도 하지 않는가 하는 질문이었다. 나는 주저하지 않고 대답했다. 내가 비판한 것은 대한민국이라는 나라가 아니라 현재의 신군부정권이다. 그들은 쿠데타로 정권을 장악했으므로 국민의 정부가 아니다. 그리고 북한은 내가 가본 적도 없고 아는 바도 없으므로 비판할 수가 없지 않으냐. 당신은 나에게 북한에 가보라고 권유하는 것 같다. 그는 얼굴이 붉으락푸르락하면서도 더이상 말을 못하고 자리에 앉았고 청중석에서는 고소하다는 듯이 일제히 박수가 터져나왔다. 뒤에 들은 말로는 그 남자가 한국식당을 하면서 대사관을 들락거리는데 한국에서 온 재야인사나 유학생들의 모임에 나타나 엉뚱한 소리로 방해하곤 한다는 거였다.

오사카의 그 청중은 총련계 사람이었을 수도 있고 아니면 남도 북도 아닌 조선적의 중립적인 사람일 수도 있었다. 아마도 통일 문제에 관심이 많은 것으로 보아 재일교포 1세대일 것이다. 그런데 그의 말투로 짐작하건대 배운 사람일 거라고 나는 생각했다. 나는 그의 말 중에서 남한 또는 한국이라고 하지 않고 '남부 조국'이라고 바꿔 말한 것이 오래 기억에 남았다. 그에게 북한은 당연히 북부 조국이 될 것이었다. 나중에 양관수와 의견을 나누다가 그 청중의 질문 이야기가 나왔고 양관수는 아마도 그 사람은 총련계는 아닐 거라고 단정했다. 총련 사람들은 성격이 다른 남의 집회에 와서 미묘한 문제를 질문할 정도로 비정치적이지 않다는 것이었다.

'그러면 당신은 조국의 분단을 그냥 운명이라고 체념하고 살아갈 것인가?' 나는 그 질문을 오랫동안 되새겼다. 평소에도 그렇게 생각하고 있지는 않았다. 그러나 아무것도 시도하지 않으면서 국가보안법이 무서워서 한계를 그어놓고 활동하고 말하고 글 쓰며 살아온 건 사실이 아닌가, 하는 자괴감이 들었다. 북한에 대한 생각을 말해보라면 국보법의 한계를 넘어서 고무하고 찬양하면 안 되니까, 무조건 나는 공산주의를 반대하므로 멸공통일을 해야 된다, 라고 말하면 끝나는 걸까. 나는 한국전쟁 당시 남과 북에서 죽어간 사람들과, 지금까지 알게 모르게 이 경계의 금기를 깨뜨렸다가 갇히고 처형당한 사람들, 그리고 광주에서 민주화를 요구하다 죽은 시민들을 생각했다. 이 경계를 어떻게 해서든 넘어서지 않으면 나는 더이상 작가도 뭣도 아니었다.

나는 후배들과 논의하여 일본에서 문화패를 조직하고 마당극을 공연할 계획을 세웠다. 우선 청년들을 모으기 전에 먼저 한국식으로 사회인사들의 모임을 구성하기로 했다. 말하자면 집 짓기 전에 울타리를 두르는 식이었다. 먼저 준비위 사무실이 필요했고 가능하다면 그 장소를 공연이 끝난 뒤까지 보장받고 싶었다. 내가 일본 친구들에게 앞으로의 계획을 얘기했더니 그들은 하나같이 황당하다는 표정으로 말없이 바라보다가 고개를 돌리고는 픽 웃어버렸다.

이토 나리히코 교수의 소개로 하라다 시게오라는 일본인 사업가를 만나게 되었다. 그는 도쿄 중심가는 물론이고 해외에도 아파트 단지와 빌딩을 여러 곳에 소유한 부동산 사업가였다. 하라다 씨가 어떤 연유로 김대중 후원자가 되었는지 알 수는 없었지만 그는 한국의 민주화에 깊은 관심을 가지고 있었다. 그는 일본 시민단체에도 기금을 지원하고 있었으며 여당인 자민당 의원들과도 친하게 교류했다. 나는 조성우, 이토 나리히코 등과 함께 와세다 거리에 있는 그의 회사 사무실을 방문했다. 하라다 씨는 유쾌하고 거침없는 말투로 나를 대했고 자기는 돈이 많아서 좌익이 될 수는 없다고 농담을 했다. 나는 우리가 준비하는 일이 남과 북, 중립, 그리고 일본 귀화로 몇 갈래나 갈라져 있는 동포 젊은이들의 모국에 대한 문화교육을 위해서 긴요하다고 설명했다.

그는 우리를 저녁식사 자리에 데려갔다. 그는 먼저 자신이 김대중을 돕는 후원자단체를 지원하게 된 것에 대해 말했다. 우연히 어느 강연회에서 한국 민주화에 대한 김대중의 강연을 들었는데 얼마 후 그가 일본땅에서 한국 중앙정보부 요원들에게 몰래 납치되었다는 사실 때문이라는 것이었다. 자신은 사업밖에 모르는 단순한 사람이지만, 누군가 내 집에 온 손님을 주인의 의견도 묻지 않고 들어와서 함부로 끌고 가면 이것은 참을 수 없는 모욕이며 그래서 그 손님을 돕기로 했다는 얘기였다. 그리고 그런 인연으로 한국의 민주화운동에 관심을 갖게 되었다고 말했다. 그는 와세다 구역의 다카다노바바 전철역 근처에 있는 맨션아파트 한 채를 서슴없이 우리에게 쓰라고 내주었다. 물론 임대비는 무료에다 기간도 무기한이었다. 우리는 부랴부랴 준비위원회를 구성하는 작업에 들어갔다.

나는 입장과 처지에 따라 여러 갈래로 개인화되어 있는 재일동포와 일본인 인사들을 만나기 시작했다. 일본의 권위 있는 문학상인 아쿠타가와 상을 받은 소설가 이회성은 오에 겐자부로와 같은 연배로 나보다 여덟 살이나 위였지만 순수하고 소년 같은 사람이었다. 그의 부모가 일제시대에 사할린으로 흘러갔다가 종전 뒤 일본으로 탈출하여 수용소를 거치게 되면서 이북 고향으로 돌아가지 못한 바람에 그는 홋카이도와 도쿄에서 자라고 교육받았다. 그는 청년기에는 총련계의 신문기자로 활동하다가 일본 정부와 북한의 협상으로 진행된 재일동포 북송의 후과가 드러나던 무렵에 총련에서 탈퇴했다.

이회성은 광부였던 아버지가 일본으로 오면서 고향 황해도를 기반으로 하여 북한 국적을 선택했던 까닭에 총련에 속했고, 거기서 탈퇴하고서도 남한 국적을 선택하지 않고 북도 남도 아닌 조선인을 선택한다. 조선인이란 국적상 어느 쪽으로도 분류할 수 없는 재일거류민 등록상의 애매한 지점으로서 일제시대에 현해탄을 건너온 조선인이 자리잡았던 위치였다. 이회성은 북송된 동포들의 구체적인 북한 생활에 대한 후문 등을 통해서, 그리고 총련에서 이탈한 뒤의 조직에 대한 일종의 환멸 등으로 북한과 그 조직에 대한 심한 트라우마를 갖고 있었다. 내가 방북한 뒤에 도쿄에 들러 그에게 전화를 했을 때, 이회성은 어쩐지 냉담하게 '이제 황형과 나는 서로 다른 길을 걷게 되었다'고 말했고 나는 그의 말을 이해했지만 굳이 설명하려 하지 않았다. 역시 한 걸음 떨어진 곳에서 현장의 상황을 파악하기란 쉽지 않으며 보다 복잡하다는 것을 인정해야 한다고 나는 그때 생각했다. 그는 나중에 몇 차례 한국을 방문하고 한국 국적을 선택하게 된다. 그것 역시 그에게 현실적으로 가능한 선택이라고 나는 생각했다. 작가의 삶이란 때로는 한 가지 길뿐만이 아니라 이렇게 어렵고 미로처럼 복잡한 것일 수도 있다.

제주 4·3사건에 매달려 몇 년째 대하소설 『화산도』를 연재중이던 김석범 소설가는 일본 오사카에서 태어났다. 그는 소년기에 아버지의 고향인 제주도를 찾아가 반년쯤 머물렀는데, 식민지 소년이었던 그에게 제주도의 아름다운 자연과 척박한 생활 조건에서 살아가는 가난한 토착민들의 삶은 강렬하게 각인되었다. 그는 4·3사건으로 수많은 제주의 생존자들이 쪽배를 타고 오사카로 건너와 살아가는 것을 지척에서 지켜보면서 이를 소설로 쓰기 시작했다.

그는 나보다 열여덟 살이나 많아서 내가 만났을 때 이미 노인의 풍모였다. 김석범은 도심지에서 조금 떨어진 외곽이라 할 우에노 시장의 조선음식점 거리로 나를 데려갔다. 벽에 붙은 식단을 살펴보니 제주도 토속음식점이었다. 그는 식당 아줌마에게 '그것 둘만 달라'고 간단히 주문했다. 투박한 뚝배기에 가득 담아 내오는 것을 보니 '새끼회'였다. 무슨 피의 곤죽처럼 보였다. 모양만으로도 도저히 그릇에 수저를 담글 수가 없었다. 그것은 제주 토박이들이 즐기는 음식으로 새끼 밴 돼지를 잡아 태 속에서 그야말로 태어나기 직전의 새끼 돼지를 꺼내어 칼로 다져서 갖은 양념을 한 날것이었다. 새끼보의 양수를 섞어서 함께 다진 탓에 물회나 죽처럼 걸쭉했다. 김석범 선생은 아마도 나를 은근히 떠보려고 했을지도 모르겠다. 소주와 곁들이면 그런대로 먹을 만하다. 떠돌이인 나는 한국의 오지에까지 돌아다니지 않은 곳이 없을 정도여서 진작 이 음식을 먹어보았던 것이다. 토속음식 가운데는 이렇듯 외방인이 보기엔 야만적인 음식들이 종종 있다. 내가 주저하지 않고 아주 맛있게 그것을 먹어치우자 노작가는 매우 놀란 듯했다. 이쯤 하면 내가 아마도 두 손을 들 줄 알았던 모양이다. 이런 엽기적 만찬에 한국에서 온 후배를 초대하고 어쩌나 보면서 즐거워하는 노선배를 나는 맛있게 먹는 것으로 위무해드렸다.

김석범은 이회성처럼 남도 북도 아닌 조선적을 선택하여 살았고(아흔이 넘은 지금까지 고수하고 있다), 일본에서 태어나 다른 나라에서 살아보기는커녕 여행도 제대로 못 해본 사람이다. 그는 1988년에야 사십여 년 만에 한국에 올 수 있었지만 보수정부가 들어선 뒤에는 그의 국적이 나라가 없는 가상의 '조선'이라는 이유로 입국이 거부되기도 했다. 이러저러한 연유로 같은 조선적이었던 이회성이 한국 국적을 취득할 때 김석범은 그를 비판했고 이들 사이에 공개적인 논쟁이 있었다.

소설가 오다 마코토는 나와 진작부터 인연이 있던 사람이었다. 그는 종전 이후에 밖으로 나가기 어려웠던 일본에서 청년 시절에 세계를 돌아다녔고, 베트남전쟁중에는 반전운동에 앞장서서 '베트남에 평화를! 시민연합'을 결성하여 대표를 맡았다. 그는 특히 베트남전쟁중 일본으로 휴가를 나오는 미군 병사들의 탈영을 도와 제3국으로 보내는 시민운동조직과 함께 탈영병 돕는 일을 했는데 이때 많은 지식인들과 시민들이 자기 집에 그들을 숨겨주고 함께 생활하는 고역을 마다하지 않았다. 한국 민주화운동을 도와 김지하, 김대중 지원활동을 벌였으며 김지하의 로터스 상 수상에도 역할을 했고 자신은 훨씬 뒤에 로터스 상을 받았다. 간단히 그의 이력을 떠올려보더라도 그가 얼마나 자기 문학과 현실적 실천을 연결시키기 위해 세계를 누비고 다녔는지 짐작할 만했다.

나는 그가 1970년대 중반에 앰네스티 한국지부를 통해 나를 일본에 초청했었다는 사실을 늦게나마 알 수 있었다. 내가 구로공업단지에 취업했다가 나와서 쓴 단편 「돼지꿈」과 르포 「구로공단의 노동실태」를 읽었다고 했다. 오다 마코토는 나를 만나려 했지만 그때는 어긋났다.

정경모는 1924년생이니 나에게는 아버지 같은 어른이다. 미국에서 떠나오기 전에 기독교 인사들의 모임에 갔을 때 그들 중의 누군가가 그는 '위험한 사람'이니 일본에 가도 만나지 말라고 했던 기억이 있었다. 또 어떤 사람은 정경모는 조직에 들지 않고 혼자 망명하고 있는 분이니 '안전하다'고 엇갈린 의견을 냈다. 나는 그가 한일관계에 대해서 쓴 평론집 『어느 한국인의 감회』를 읽고 그를 꼭 만나야겠다는 결심을 하게 되었다. 그는 당시에 『씨알의 힘』이라는 팸플릿 잡지를 간행하면서 재일동포와 일본 시민들이 함께하는 시민단체를 이끌고 있었고 '여운형 선생 기념사업회'도 주도하고 있었다. 해방공간에서 여운형의 좌우합작 노선은 양측에서 협공을 당할 수밖에 없는 입장이었고 결국 그는 정보기관의 사주에 의해 백의사 단원에게 암살을 당한다. 정경모가 그를 기억하고 기념하겠다는 것이 바로 그의 통일에 대한 정치적 노선이었을 것이다. 그는 주위 사람들이 평하는 것처럼 원칙의 사람이었고 바늘 끝만한 타협의 여지도 없어 보였다. 그는 과학을 전공한 사람인데도 문화예술에 대한 폭넓은 지식을 갖고 있었고 한반도를 둘러싼 미국, 일본, 중국의 시사적 문제에 대해서도 정확한 인식과 깊이 있는 견해를 가지고 있었다.

　　그가 미국 에모리 대학 유학중 한국전쟁이 터져 도쿄의 맥아더 사령부에 통역으로 소집되었을 때 미국에서 신학을 공부하던 문익환 목사도 함께 통역으로 와 있었고, 그가 일본인 아내와 결혼할 때도 문목사가 주례를 섰다. 정경모는 문목사에게 늘 형님이라고 호칭했다. 나는 『찢겨진 산하』라는 그의 시사평론집을 읽었을 때는 그의 개인사에 대해 별로 알지 못하다가 그와 교유하면서야 그의 일본 체류에 대해서 자세히 알게 되었다. 그는 약삭빠르게 선택하고 처신했다면 얼마든지 순조롭게 평탄한 삶을 살 수 있었을 것이다. 그럼에도 그는 인생의 고비마다 세상과 타협하지 않고 오직 지성과 양심에 따라 갈 길을 선택했다. 그 첫번째는 한국전쟁중 통역장교로 판문점 근무를 하면서 미군에 원활하게 협력하지 못했던 것이다. 그가 통감한 것은 종속적인 민족 현실의 참담함과 자괴감이었으며 이는 일찍이 리영희 교수가 같은 기간에 느끼고 발견했던 분단된 후진국 지식인의 자기 모멸감이었을 것이다. 이는 나도 베트남 전장에서 경험한 자각이었다. 두번째는 그가 한국에서 취직하여 군사정부의 근대화 계획에 참여했을 때였는데, 그때도 그는 역시 적응하지 못했다. 부패와 편법이 만연했던 때였으니 그가 주위 동료나 군 출신의 상부와 사사건건 마찰을 일으켰을 것은 뻔한 노릇이다. 그후 박정희 군사독재가 종신체제인 유신의 길로 접어들 때 그는 일본으로 발길을 돌리는데 그것이 세번째 선택이 되었다. 일본에 오자마자 '한민통(한국민주회복통일촉진국민회의)'에 들어 기관지 편집자가 되었다가 조직과 불화를 겪으면서 탈퇴하고 외롭게 자기 노선을 지키며 집필에 몰두했다. 그는 그야말로 여권도 비자도 없는 임시체류자인 '경계인'의 처지로 자신을 내몰게 된다. 한국인 망명자이니 여행의 자유가 없는 셈이며 일본인 아내 역시 한국인의 아내로 일본 국적을 버린다. 일본에 살면서 일본은 물론 남과 북 그 어느 쪽에도 속하지 않고 중립을 지킨다는 것은 그야말로 생애를 건 모험이다. 나는 1989년에 그와 더불어 방북을 하면서 그와 더욱 깊은 인연으로 맺어지게 된다.

우리는 미국에서 공연했던 '통일굿, 청산이 소리쳐 부르거든'의 일본 공연을 위한 준비위원회를 꾸렸고 준비위원장에 이회성, 그리고 민단, 총련, 조선 국적의 한국인들과 일본의 시민단체 또는 개별 인사들을 위원으로 '울타리'를 만들었다. 기자회견으로 관심을 모은 다음, 공연할 젊은이들을 모집했다. 국적을 따지지 않고 일본에 사는 코리안 젊은이 모두를 대상으로 정했다. 일본 극단 '구로 텐트'의 연습장을 한시적으로 사용하기로 하고 오디션을 열었는데 백여 명의 교포 젊은이들이 모여들었다. 처음에는 한국어를 말할 수 있는 청년들을 우선적으로 선발한다는 원칙이었지만 그렇게 하면 총련계가 대다수가 될 것이라는 누군가의 지적으로 방침을 바꾸기로 했다. 총련계는 민족학교에서 우리말을 가르치지만 민단은 대개가 일본의 일반학교를 다녔기 때문에 거의 한국어를 못하거나 유년기에 부모에게서 얻어들은 초급 정도의 말을 간신히 구사할 뿐이었다. 고교를 졸업한 뒤에 자기 정체성과 필요에 의하여 한국어를 배운 젊은이들도 있었다. 이들은 모두가 한국인 2세나 3세들이었다.

나는 '한민통'이라는 단체에 대해 자세히 알지는 못했지만 그들의 출발과정이나 나중에 억울하게 간첩 조직의 누명을 썼다는 사실 등은 해외에서 여러 인사들을 통해 듣게 되었다. 그러나 이들 역시 두 차례의 길고 긴 군사독재 기간 동안 해외라는 특수한 환경 때문에 북한에 대해 전향적인 자세를 갖고 있었는데, 이런 입장과 처지가 남한의 활동가들에게는 적지 않은 부담이 되었다.

한민통은 박정희와 김대중의 1971년 대선 이후 박정희가 대통령이 되고 이듬해 개헌을 거쳐서 종신집권제인 유신체제가 선포되자 그에 저항하기 위해 창설되었다. 1973년 7월 6일 미국 워싱턴에서 망명중인 김대중을 중심으로 발족해 그가 초대 의장으로 선임됐다. 그러나 8월에 한민통 일본지부를 설립하기 위해 도쿄로 간 김대중은 중앙정보부 요원들에 의해 납치된다. 일본의 일부 민단 인사들이 김대중 구명운동을 벌이면서 8월 15일에 한민통 일본지부를 설립하는데, 한민통은 그 준비 단계부터 김대중의 민주화운동과 한국의 군사독재정부에 대한 저항운동을 지원했기 때문에 반체제 활동 또는 북한의 활동을 돕는다는 혐의를 받아왔다.

한국 정부가 한민통을 반국가단체로 규정한 근거는 조작된 간첩사건 때문이었다. 1977년 4월 서울에 유학을 와 있던 재일동포 김정사와 유성삼이 군 보안사에 의해 체포되어 불법 구금되었고 6월에 간첩 혐의 등으로 기소되었다. 1978년 6월 19일 대법원은 김정사에게 징역 십 년을, 유성삼에게는 징역 삼 년 육 개월을 선고했다. 그 판결 과정에서 법원이 한민통을 반국가단체로 규정한 것이다. 이 판결은 1980년 김대중 내란음모 사건 당시 김대중이 한민통 결성을 준비하고 의장 활동을 했다는 이유로 사형을 선고하는 데 근거로 이용되기도 했다. 수십 년이 흐른 뒤인 2010년에 가서야 진실화해위원회는 이 사건이 수사기관의 강압적인 수사로 조작됐다고 밝혔다. 서울고법 형사8부는 2011년 9월 23일 이 사건으로 실형을 선고받고 복역했던 김정사와 유성삼이 청구한 국가보안법 위반 사건 재심 재판에서 무죄를 선고했다. 재심 재판부는 이들의 간첩 혐의에 대해 '영장 없는 구속과 고문, 계속된 위협으로 이루어진 자백은 증거가 되지 못한다'고 밝혔다.

민단 산하에 있던 '한청(재일한국청년동맹)'은 한민통이 결성될 당시에 한국의 민주화운동을 지원하고 연대하기 위하여 민단에서 떨어져 나왔다. 그러므로 독재정권 내내 한청 역시 반국가단체로 규정되었다. 한청의 젊은이들 중에는 청년학생은 물론 삼십대의 직장인들도 있었는데 이들 중에는 부모의 영향인지 우리말도 잘하고 한국 출판물을 구독하는 사람도 있었다. 우리는 처음부터 우리 문화를 사랑하는 민족 구성원 누구나 함께하자고 했으므로 열의와 소질을 중심으로 출연자를 뽑았고 나머지 자원봉사를 원하는 젊은이들을 스태프로 참여시키기로 했다. 오십여 명의 식구가 생겼다. 이들 중에는 오사카, 교토 같은 간사이 지역에서 온 청년들도 있었다.

우리는 공연 준비에 들어가기 전에 사무실에 '우리문화연구소'라는 간판을 달았다. 모여든 출연진의 구성을 감안하여 극단 이름은 '한우리'로 정했다. 오사카의 양관수도 '우리문화연구소'를 설립할 준비를 하고 있었다. 간사이 지역에서는 오사카를 중심으로 교토, 나라, 고베까지 아우를 수가 있게 된 셈이다. 도쿄 공연은 두 달 가까운 연습 기간을 거쳐 3월 초에야 '총평(일본노동조합총평의회)' 회관 강당에서 사흘에 걸쳐 열렸다. 첫날 전례 없는 봄눈이 쏟아져서 교통이 막히고 난리가 났지만 관객들은 초만원이었다. 가운데 놀이판을 중심으로 관객들은 둥글게 모여앉았다. 무대는 그냥 열려 있으며 공연자와 관객의 구별이 없고 서로 주고받으면서 함께 놀이판을 이끌어갔는데, 이는 한국의 공장과 농촌에서 어디든 마당이나 빈터만 있으면 놀아보던 그대로를 재현한 것이었다.

총평회관 로비는 여러 시민단체에서 나온 구성원들이 제각기 자신들의 회지며 팸플릿 등속을 관객들에게 나눠주며 선전하느라 북새통을 이루었다. 우리는 매번 공연의 뒤풀이마다 관중과 어우러져 난장춤을 추고 나서 고사떡과 돼지머리 고기와 막걸리를 나누어 음복했다. 이러한 공연은 연이어 오사카와 교토까지 이어졌다. 그야말로 난데없이 재일동포들의 '통일굿'으로 일본에 야단법석이 벌어진 것이다.

우리가 염려했던 것은 일본의 지하에서 활동하던 극좌파가 공연하는 곳마다 선전 삐라를 뿌리고 오사카에서는 경찰서를 향해 로켓을 날린 사건이었다. 로켓은 장난감 폭죽 정도에 지나지 않았지만 그들의 존재를 알리고 일본 대중사회를 시끄럽게 만드는 데는 성공했다.

나는 당시 일본 시민들도 내부에서는 변화에 대한 열망이 들끓고 있음을 알 수 있었다. 또한 일본이 한국보다는 훨씬 자유로운 사회지만 선진적인 민주주의를 달성했다고는 여기지 않았다. 일본은 메이지유신 이래로 백여 년에 걸쳐서 근대화의 토대를 갖추었지만, 서구와는 달리 자유, 인권, 평등 같은 아래로부터의 변혁의 경험이 아닌 천황 중심의 파시즘으로 왜곡된 근대화를 추진해온 곳이었다. 일본은 제국주의시대 이래로 형성된 기득권층이 권력과 자본을 독점하고 전후에는 동아시아에서 미국의 냉전전략에 기대어 발흥할 수가 있었고, 민주주의 역시 민중이 쟁취한 것이 아니라 패전 이후에 미 점령군에 의해 주어진 것이었다. 한국전쟁 기간에 일본은 미국의 후원으로 손쉽게 전후복구를 할 수 있었으며 단숨에 전쟁 전의 경제 역량을 넘어섰다. 그리고 십여 년 뒤에는 다시 베트남전 특수가 일어나 선진국 대열에 들어서게 된다. 내면적인 회한과 자기 성찰의 기회를 갖지 못한 채 왜곡된 근대사회로 진입한 일본은 스스로에게도 위험한 사회를 지향하고 있었다. 일본은 강력한 토대를 가진 여당이 한 번도 정권교체를 거치지 않은 채 수십 년 동안 집권했고 얼핏 보아 자유로워 보이는 언론도 어느 한계선을 스스로 넘지 못했다. 어쨌거나 한국의 개발독재가 자본주의 근대화를 한다며 그 뒤를 부지런히 추종해왔지만 분단 때문에 한국과 일본의 현실은 매우 다르게 진행될 것이었다.

*

1986년 5월 9일, 나는 한국으로 돌아왔다. 공항 출구에는 나의 체포를 염려한 이명준, 최열 등 사회단체의 후배들이 마중을 나와 있었지만 국가안전기획부 직원들이 기다리고 있다가 나를 남산 안기부 본부로 연행했다. 나는 유럽, 미국, 일본을 거친 한 해 동안의 여정에서 내가 벌인 모든 행적에 관해 강도 높은 조사를 받았다. 밖에서는 진보 문인단체인 자유실천문인협의회가 농성을 시작했다. 마침 국제펜대회가 독일 함부르크에서 열렸는데 독일과 미국, 일본의 작가들은 나와 함께 행사도 가졌고 나의 활동에 대해서도 잘 알고 있던 터여서 대회는 황석영 석방을 촉구하는 자리가 되어버렸다. 다른 나라들과는 달리 한국펜은 설립 당시부터 전통적으로 관변단체였으며 현재까지도 그러한 성격이니 그때는 더 말할 필요도 없었다. 전숙희 한국펜 회장이 '황석영 소설가는 문학적인 것이 아닌 정치적인 이유로 조사받고 있다'고 변명하자 격노한 서독펜 회장 귄터 그라스가 강단으로 뛰어올라가 그녀의 마이크를 빼앗아버렸다. 이러한 정황은 나중에 부회장이던 정을병 소설가가 어디선가 함부르크 펜대회의 소회를 밝히며 쓴 글을 통해 알게 되었고, 일본 작가들에게서도 자세한 얘기를 들었다. 이렇게 세계 문학인들의 지원 때문이었는지 아니면 여전히 광주항쟁 자체를 이슈화하지 않으려는 당국의 방침 때문이었는지 나는 기소되지 않고 풀려날 수 있었다. 당시 안기부장은 전두환 대통령의 오른팔이라는 장세동이었다.

내가 미국에서 공연을 준비할 때 우리 가락과 장단을 아는 안무가의 도움이 필요해 수소문하여 참여시킨 사람이 김명수였다. 그녀는 마사 그레이엄 무용학교를 거쳐 미국에서 활동하고 있었다. 김명수는 어려서부터 발레를 배웠고 대학에서 현대무용을, 그리고 졸업해서는 수년간 한국의 전통춤인 승무, 살풀이, 태평무 등을 전수받았다. 그래서 우리네 국악 장단과 가락은 물론 서사 마당극에 대해 잘 이해하고 있었다. 뉴욕에서도 그녀 덕분에 마당극 공연을 시도할 수 있었고 우리는 친밀한 관계가 되었다. 일본에 갔을 때 조성우는 벌써 이런 사실을 알고 있어서 공연 준비를 위해 미국에 연락했고 김명수는 마침 귀국하려던 때라 일본에 들러서 우리를 돕기로 했다. 일본에서 있었던 '통일굿' 공연이 바로 그녀의 도움에 의한 것이었는데, 이렇게 나는 다시 그녀와 육 개월 가까이 함께 일하게 되었다.

일본에서의 공연이 끝나자 주위에서는 우리가 한국에 입국하면 체포당하게 될 것을 걱정했다. 그래서 나온 의견이 김명수는 안무만을 담당했으니 먼저 입국하고 나는 시간차를 두고 들어가는 게 좋겠다는 것이었다. 김명수가 먼저 입국했지만 별일 없이 조용한 듯했다. 나중에 들으니 그녀는 연행당하지는 않고 안기부 직원이 시내 호텔의 커피숍에서 몇 시간쯤 면담하는 것으로 취조를 대신했던 모양이었다.

나는 남산의 안기부 지하실을 나와 일 년 만에 광주 집으로 돌아갔다. 홍희윤은 겉으로는 아무 일도 없는 것처럼 따뜻하게 나를 맞아주었다. 그러나 그녀는 이튿날 아이들이 모두 학교에 가고 둘이 남게 되었을 때 미국과 일본에서 함께했던 김명수와의 관계에 대해 알고 있음을 밝혔다. 그리고 딸 여정이는 아직 초등학생이지만 맏아들 호준이는 중학생이라 감수성이 예민한 사춘기에 접어드는데 자기는 아이들에게 전념하고 싶다고 했다. 또한 홍희윤은 지난 일 년 동안 우리의 이혼에 대하여 깊이 생각해왔다고 말했다.

나는 김명수와의 관계에 대해 솔직하게 털어놓았다. 소문이 아니라 나에게서 사실을 확인하게 된 그녀는 슬프고 절망적인 표정이 뚜렷해졌다. 나는 참으로 어리석었거나 아니면 될 대로 되라는 자포자기의 심정이었을 것이다. 성격상 무조건 아니라고 잡아떼지도 못하면서 그녀가 받아만 준다면 시골에 틀어박혀 한 반년쯤 작품을 쓰면서 냉각기를 가졌다가 집으로 돌아갈 생각도 했다. 그러나 내가 늘 밖으로 떠돌다보니 한 여자의 남편으로서 충실하지 못했고 이 때문에 속앓이를 해왔던 그녀는 이미 마음 정리를 한 듯 한번 내린 결정을 절대로 바꿀 생각이 없는 것 같았다.

아이들은 내가 오랜만에 집에 온 것을 너무 기뻐하고 있었다. 홍희윤은 나에게 말을 걸지 않았고 끼니때가 되면 말없이 밥상을 차려주고 방으로 들어가버리곤 했다. 아이들도 금세 우리의 어색한 분위기를 눈치챘다. 나는 점점 견딜 수가 없게 되어 그녀의 제안을 받아들이기로 했다. 그때 나는 좀더 그녀의 마음을 헤아렸어야 했다. 배신감과 분노, 원망감이 격렬하게 들끓는 내면을 침묵으로 다스릴 수밖에 없었던 그녀의 성품을 나는 잘 알면서도 오히려 내가 더 못 견뎌했다.

당시 가장 큰 수입원이던 『장길산』 인세를 가족 몫으로 주기로 하고 나는 맨몸으로 집을 떠나기로 했다. 홍희윤이 이혼 서류를 가지고 와서 작성했고 우리는 함께 법원으로 갔다. 판사가 관료적으로 무덤덤하게 우리의 합의이혼 의사를 확인하고 나서 서류를 접수했다. 질문하고 확인하는 판사의 일관된 반말이 몹시 거슬리는 것을 가까스로 참았는데, 법원을 나설 때 그녀 역시 분한 마음을 드러내며 나를 위로하듯이 말했다. "저런 식으로 우리를 모욕하는군요."

나는 집을 떠나기 전에 아들 호준이와 함께 목욕탕에 갔다. 아이도 이제는 머리가 커서 어릴 때처럼 내가 직접 씻겨주지는 못했다. 나와서 길을 걸으며 나는 아들에게 말했다. 네 엄마와 나는 헤어지기로 했다. 그러니 내가 없으면 네가 동생과 엄마를 보호해줘야 한다. 호준이는 어려서부터 참을성이 많은 아이였다. 아들이 내게 물었다. 아버지는 집을 떠날 거냐고, 그러면 우리는 이제 다시는 아버지를 못 만나게 되느냐고. 나는 나가서 따로 살 테지만 너희들을 만나러 가끔 집에 들를 거라고, 그리고 아빠는 너와 네 여동생을 사랑한다고 말했다.

내가 집을 떠나던 날 홍희윤은 간단한 짐을 꾸리는 내게 서울 가서 거처가 정해지면 내 물건과 책들을 보내주겠다고 했다. 그녀는 애써 냉정한 표정이었지만 내가 대문을 나와 골목길을 걸어나가다 돌아보니 문 앞에서 고개를 내밀고 바라보고 있었다. 나는 그렇게 가족을 떠났다. 결혼한 지 십오 년째 되던 1986년 여름이었다.

한 달쯤 뒤에 화가 홍성담이 연락을 했다. 그는 내 측근으로 우리집에서는 아이들이 삼촌이라 부를 만큼 가까웠다. 홍성담은 내가 얻은 전셋집의 주소를 확인했고 그날 저녁 무렵이 되어서야 내 이삿짐을 싣고 도착했다. 책장과 책과 액자 등속에 내 메모 노트들과 앨범까지 알뜰하게 챙겨보낸 짐들을 풀어놓았다. 홍희윤은 역시 빈틈이 없었다. 홍성담을 배웅하러 아파트 입구까지 따라 나갔는데, 그냥 잠깐 부부싸움하는 줄 알았더니 이게 무슨 짓이냐며 그는 내 팔을 붙잡고 울음을 터뜨렸다. 짐 정리를 하다가 나는 앨범에서 떼어지거나 사진이 잘려나간 빈자리를 발견하고 한동안 우두커니 앉아 있었다. 그렇게 그녀는 내 기억 속에서 사라져버리기를 원했고 나는 그때부터 또다른 삶을 살아가야 했다.

감옥 1

　5월 중순에 검찰에 기소되어 한 달가량의 수사가 끝나자 비로소 감
옥에서나마 한숨 돌리게 되었다. 1993년 4월 27일에 귀국하자마자 구
속 수감되었으니 수인생활이 어느덧 석 달째 접어들고 있었다. 그동안
은 아침을 먹자마자 불려나가 수갑 차고 그 위에 포승줄로 두 팔과 손
목을 묶는 출정 준비를 하고 다른 피의자들과 버스에 올라 검찰청으로
향했다. 의왕 서울구치소에서 교대앞 사거리를 지나 검찰청 언덕으로
오르는 길은 전부터 잘 아는 거리였지만 철망이 쳐진 버스의 차창 안
에서 내다보는 풍경은 매우 낯설었다. 횡단보도를 건너려고 무심하게
서 있는 남녀와 건물 앞에서 담배를 피우며 떠들고 있는 젊은이들은
영화 속 장면처럼 내가 절대로 끼어들거나 접근할 수 없는 다른 세계
의 사람들처럼 보였다.
　검찰은 안기부의 조서를 재확인하고 더 많은 혐의 사실들을 끌어내

기 위해 집요하게 문장 하나하나를 짚으면서 인정하기를 요구했다. 내가 순순히 사실이라고 응해주는 것이 대부분이었지만 어떤 경우에는 도저히 용인할 수 없을 때도 있었다. 안기부에서 수사가 거의 종결되었을 즈음이었는데 밤중에 야근하던 수사관이 내려왔다. 한 가지 부탁할 게 있다면서 그가 종이와 볼펜을 내밀었다. 재야단체인 '전민련(전국민족민주운동연합)'의 인사들 중 몇몇 사람의 인물평을 써달라는 것이었다. 그 수사관은 키도 작고 목소리도 나직해서 겉보기에는 어디 초등학교 교사를 하면 좋을 것 같은 얌전한 인상이었다. 갑자기 인물평을 부탁하다니 그걸 어디다 써먹으려고 그러냐고 내가 물으니 기념으로 자기가 간직하겠다는 것이었다. 참으로 막연해서 아무 생각도 나지 않았는데 마침 몇 달 전에 뉴욕에 체류할 때 시사월간지에 재야인사들의 프로필이 나온 것을 읽은 기억이 떠올랐다. 이부영은 기자 출신으로 외유내강한 지식인형이며, 김근태는 민주청년단체의 조직자로서 원칙을 지키지만 도량도 넓은 리더형이며, 장기표는 정치적 순발력이 빠르고 현실과 대중운동에 대한 이해가 깊은데 어쩌고 하는 식으로 두세 줄씩 써서 내밀었더니 수사관은 조금 더 세밀하게 써줄 수 없느냐고 보챘다. 나는 이미 조사가 끝난 상황이고 검찰로 넘어갈 날짜만 기다리고 있던 처지라 더이상 대답도 하지 않고 손을 내저었다. 얌전한 수사관은 한참이나 졸라대다가 그냥 올라가버렸는데 검찰에 넘어와보니 그 내용이 조서에 올라와 있었고 내가 방북했을 때 북쪽 사람들의 질문에 응답한 것으로 조작되어 있었다. 나는 검사에게 인물평을 쓰게 된 경위를 말하고 이것은 그야말로 끼워맞추기니 첨부해서는 안 된다고 강력하게 항의했다. 검사는 내 언성이 높아지자 자기도 화를 내면서 말했다.

―북에 가서 이보다 더한 말도 했을 텐데 뭐 이까짓 거 갖구 그래? 여기 어딘가 보니까 남한에는 핵이 천여 발이나 있다고 그랬다던데.

―그건 민족이 말살되는 전쟁은 하면 안 된다는 뜻으로 내가 말한 적이 있어요. 신문 잡지에 다 나왔던 얘기요.

―글쎄 이런 사실들은 모두 참고할 사항에 지나지 않는다니까.

내게는 방북한 사실만으로도 이미 국가보안법상의 모든 조항이 적용되는 판이었다. 게다가 범민련에 참여하여 대변인직을 맡았다는 사실만으로도 북한의 지령을 받고 반국가단체를 조직했다는 식으로 조작되어 가장 엄중한 처벌이 내려지기에 충분한 상황이었다. 지칠 대로 지친 나는 '그래 너희 마음대로 사형 언도라도 때려라' 하는 자포자기 심정이 되었다. 아무튼 이러한 인물평이 나중에 간첩죄의 가장 확실한 증거가 되는 '기밀누설죄'에 해당한다는 점을 내가 알아차린 것은 재판정에 가서였고 이미 때가 늦은 뒤였다.

구치소의 일상은 하루 세 끼니의 식사시간과 출정이 없는 날 하루 한번 허가되는 면회와 변호인 접견, 그리고 한 시간의 운동시간으로 이루어졌다. 내게는 세 사람의 변호인이 나섰는데 나와 가족, 그리고 바깥 사회단체와의 연락에서 나의 개인 애로사항에 이르기까지 감당하는 박성귀 변호사가 담임이었다. 그와는 이전에 내가 정리한 광주항쟁 기록을 출판한 풀빛출판사 나병식 사장이 『한국민중사』 출판 사건으로 기소되었을 때 내가 증인으로 참석하여 친분이 생겼다. 박성귀는 재야 단체나 민주화운동과는 관련이 없었는데 나병식의 호남 친구로 우직하고 의리가 있었다. 그는 나병식과 나와 관련된 사건을 맡았지만 무슨 정치의식이 남다른 점은 없었고, 일반 민형사 사건에서 교섭 능력이 뛰어나긴 했지만 재야의 인맥이나 사람 이름도 잘 모르고 있어서 내가 설명해줘야 할 정도였다. 누구든 일반 율사들은 국가보안법 사건 맡기를 싫어하는데 이길 승산이 거의 없는데다 생기는 것 없이 공연히 찍히기만 한다는 이유에서였다. 그래도 박변호사의 충직함과 부지런함은 내가 감옥에 갇혀 있던 세월 동안 변함이 없었다. 그는 내가 구속된 뒤에 미국에 남아 있던 재혼처 김명수가 나병식 사장 추천으로 선임했는데, 그에게는 당연히 수임료가 지불되었을 것이다.

또 한 사람은 한승헌 변호사로, 그는 내가 안기부에 체포되자마자 맨 먼저 달려와 변호사 접견권을 주장하며 나를 만나려 했다. 그는 재야에서 유명한 인권변호사였고 나중에 민주정부의 감사원장을 하게 된다. 한승헌 변호사는 크고 작은 국가보안법 사건을 도맡았으며 한때는 독재정권에 밉보여 법정 구속되기도 했었다. 특히 아무런 연고도 없이 한국에 유학 오거나 여행 왔다가 간첩죄로 몰린 재일동포들의 사건을 여러 번 맡아왔다. 그는 나를 위해 무료 변론을 자청했는데 접견을 하면서도 농담을 잊지 않았다. '국보법은 이길 수 없는 법이라서 나는 한변필패(한변호사는 반드시 패한다)라는 별명이 붙어다닌다'면서 '그래도 때로는 징역을 깎기도 한다'고 말하여 우리는 함께 웃었다.

훗날 서울시장이 되는 박원순 변호사가 역시 무료변론에 나섰다. 나는 그가 '역사문제연구소'를 창립하기 이전부터 그를 잘 알고 지냈다. 주위의 경기고 출신 후배들은 그를 '신입생 선발대'라고 놀렸는데, 그는 서울대 사회계열에 입학하여 수강 신청을 하고 한 두어 달 등교하던 무렵에 선배들에 의해서 시위에 동원되었다. 선도자가 열변을 토하고 열을 지어 교문을 향해 나가게 되었는데 하급생들이 주로 앞줄에 배치되기 마련이었다. 신입생 박원순도 앞줄에 서 있었는데 교문을 나서자마자 대기하고 있던 경찰 병력이 시위 행렬을 자르고 포위하여 닭장차에 태워버렸다. 이들이 한 사오십 명 되었다는데 당국에서는 본보기를 보인다고 전원을 구속 후 퇴학시켜버렸다. 박원순은 입학한 지 삼 개월 만에 목표했던 법대 본과에 진급하기는커녕 서울대 사회계열에서 퇴학당했고 얼결에 빵잽이가 되었다. 그는 자기가 왜 시위에 나섰는지 어째서 퇴학을 당해야 했는지 뒤늦게 스스로를 되돌아봐야 했다. 그는 우리 역사를 다시 공부해야겠다고 생각하고 단국대학 역사학과를 다녔고 나중에 고시에 합격해서 검사 발령을 받았지만 사퇴하고 변호사를 개업했다. 이후 그는 여러 가지 시국사건과 인권 관련 사건을 맡았고 역사문제연구소를 설립하고 '참여연대'와 '아름다운재단' 등 시민사회단체를 주도적으로 창립했다. 그는 내가 베를린과 뉴욕에서 망명중일 때 주위의 눈을 의식하지 않고 내 집에 머물기도 했다.

  한승헌, 박원순 변호사 등은 자신의 저서를 통해 국가보안법이 자유민주주의의 기본 정신에도 어긋날 뿐만 아니라 개정 철폐되어야 할 반인권적 악법임을 밝혀왔다. 한때는 안기부에서조차 조사를 할 때 국보법 이야기가 나오면 소크라테스를 들먹이며 '악법도 법이니 지켜야 한다'는 식으로 국보법이 악법이라는 점을 전제하고 시작했다. 그러다가 두 차례의 민주정부가 들어선 뒤에도 이 기괴한 형틀이 개폐는커녕 존치되어오더니 나중에는 국가보안법 철폐를 주장하면 북한에 동조하는 빨갱이라고 공격받게 되었다. 수십 년 전부터 유엔과 미 국무부가 국가보안법의 철폐를 권유해온 것은 이 법이 정상적인 민주국가의 자유와 인권을 해칠 수 있는 독소조항이 너무 많기 때문이다. 남북 분단의 특수 상황을 거론하지만 이미 남한은 정치경제적으로 북한을 압도적으로 앞섰다. 그리고 대한민국의 북한에 대한 체제 우위는 선진적인 민주화에 의해 공고해질 것이다. 국보법은 권력을 가진 측에 의해 정치적으로 이용되는 폐해를 막기 위해서도 철폐되어야 하며 안보를 위해서라면 현행 형법상의 규정으로도 충분하다.

한승헌, 박원순 두 변호사는 공판 전에 한 번씩 들러서 자기가 맡은 부분의 사실을 확인하는 정도였고 주로 나를 찾아온 것은 박성귀 변호사였다. 문인 친구들이 차례로 면회를 왔고 정치인들도 특별면회 형식으로 나를 찾아왔다. 수인 한 사람당 하루에 한 번밖에 면회가 허용되지 않기 때문에 뒤늦게 찾아왔다가 영치금만 넣고 허탕을 치고 되돌아간 이들도 많았다.

그들 외에 오후에 별일이 없으면 나를 찾는 이른바 '전담반'이라는 곳이 있었다. 예전에 좌익수의 전향 작업을 전담하던 부서였는데 이제는 정치범을 개별적으로 관리하는 곳으로 업무가 약간 개량되었다. 국회의원들이 나에게 면회를 오면 대개는 전담반 사무실에서 특별면회 형식으로 만나게 해주었다. 무궁화 세 개를 붙인 과장급 교정관이 구치소의 전담반장을 맡고 있었다. 그는 독실한 기독교인으로 어느 교회의 장로라고 했다. 그는 나와 처음 만났을 때 나의 양해를 구하고 나서 나를 위해 기도했다. 그런 모습은 기독교 가정에서 자란 내게 별로 어색하게 보이지는 않았다. 그의 기도가 끝나자 '아멘'이라고 그를 따라서 중얼거렸을 정도였다. 1심 재판에서 내가 무기징역 구형을 받았을 때 그는 내 두 손을 잡고 진심으로 위로하면서 하나님께 힘을 달라고 간청했고 나는 감동을 받았다. 앞날이 두렵다거나 절망적이라는 느낌도 없었고 길고 긴 세월을 감옥에서 보내야 한다는 어떤 실감도 들지 않았다. 사실 만약 정부가 내게 글을 쓰게 해주었다면 내 징역은 훨씬 견디기 쉬웠을 것이다. 내게 펜과 종이만 주어진다면 어디서든 두려울 게 없었다. 그러나 그것은 어디까지나 나의 희망사항에 불과했다.

국가보안법 위반 혐의로 옥에 갇혀 있는 작가 황석영씨를 석방시키기 위한 국내외의 움직임이 활발해지고 있다.

영국 런던에 있는 국제펜클럽 본부 투옥작가위원회는 지난 21일 민족문학작가회의(회장 신경림) 앞으로 보낸 팩시밀리 전문에서 전 세계 펜클럽과 함께 구명운동을 전개중이며, 그의 문학세계와 투옥생활을 소개하는 영문 팸플릿을 준비중이라고 알려왔다.

이와 함께 미국과 독일 펜클럽이 황씨를 명예회원으로 받아들인 사실도 전해왔다. 미국펜클럽은 "같은 시대에 사는 제3세계 작가의 운명에 깊은 관심을 갖고, 미국의 문화예술계와 인권기관 등을 상대로 작가 황석영의 구명운동을 벌이고 있다"고 알려왔다.

또 일본펜클럽 본부도 23일 작가회의 사무국으로 전문을 보내 황씨 구속 사건에 대한 진상조사단을 다음달 초순 한국에 보내 작가회의 등을 방문할 예정이라고 알려왔다. 이에 앞서 런던에 있는 국제사면위원회(앰네스티) 세계본부는 황씨가 구속된 지난 4월 27일 즉각 '긴급 행동 촉구' 성명을 내고 그가 양심수임을 천명했으며, 그뒤 전 세계 앰네스티 산하조직에 전문을 보내 그의 석방운동을 펼치고 있다. 이에 따라 전 세계 앰네스티 회원들이 황씨의 석방을 촉구하는 항의서한을 한국 정부·사회기관과 언론 등에 지속적으로 보내오고 있다.

또 미국 워싱턴의 저명한 인권단체 아시아워치에서는 하버드대 옌칭연구소 부소장 에드워드 베이커 교수를 중심으로 미 의회 의원들 및 인권 문제 관련 미 정부기관 등을 상대로 황씨의 석방을 촉구하는 구명 캠페인을 벌이고 있는 것으로 알려졌다.

한편 방북 이후 황씨를 초청했던 독일예술원은 초청 기간중 그의 독일 내 활동 상황을 담은 '확인서'를 작가회의 사무국에 보내왔다. 독일예술원은 이 글에서 "작가 황석영은 1990년부터 91년 11월까지 독일예술원 초청인 자격으로 독일에 머물면서 독일 예술인과 청중에게 한국문학의 이해를 돕는 많은 강연과 연설을 함으로써 독일문화와 한국문화를 잇는 중개자 구실을 훌륭히 수행했다"고 평가하고, "그가 자유로운 창작활동을 할 수 있도록 한국 정부가 그를 하루빨리 석방할 것을 간절히 호소한다"고 밝혔다.

황씨가 이사로 있는 민족문학작가회의와 한국민족예술인총연합(공동의장 염무웅·강연균)은 안기부가 발표한 황씨에 대한 피의 사실 가운데 북한 당국으로부터 공작금을 받았다는 25만 달러가 그의 소설『장길산』의 영화화에 따른 원작료인 것을 비롯해 안기부가 과거 군사정권 당시의 악습을 전혀 벗어버리지 못하고 허위와 기만에 가득 찬 내용으로 황씨의 명예를 심각하게 훼손했다고 결론내리고, 검찰의 공소장을 입수하는 대로 '작가 황석영 석방대책위원회'를 결성하기로 결정했다.

대책위는 범문단 석방 서명운동과 '황석영 문학의 밤' 등을 펼쳐나갈 계획이며, 전 세계 인권단체 및 문학예술단체와 연대하여 그가 풀려날 때까지 지속적인 활동을 펼칠 예정이다.

—한겨레신문, 1993년 6월 29일

8월 초에는 밖에서 문화예술계와 재야 정계 인사 등 사백십이 명이 '황석영 석방대책위원회'를 결성했다는 소식이 들려왔다. 대책위는 발표한 성명에서 국가보안법 철폐, 양심수 대사면, 정치범의 집필 활동 자유 보장 등을 촉구했다. 그리고 나의 북한 방문기 『사람이 살고 있었네』가 출간되었다. 9월 6일에서 12일까지 '문학의 길'이라는 주제로 스페인에서 열린 제60차 국제펜대회에서는 각국 대표자회의에서 '황석영 소설가의 석방 결의안'을 만장일치로 채택하고 결의문을 통해 '그의 방북은 동료 작가를 만나고 평화통일을 이룩하기 위한 노력'이며 '한국 정부는 국가보안법 위반을 이유로 한 그에 대한 기소를 중지해야 할 것'이라고 밝혔다.

처음에 나는 감옥에서도 설마 집필은 허용되겠지 하는 터무니없는 기대를 했다. 그렇게만 해주면 작가에게 감옥은 갇혀 있는 곳이 아니라 자질구레한 일상의 방해를 벗어나 마음껏 상상의 날개를 펼 수 있는 공간이 된다. 수백 년 전에 동서양의 감옥에서 집필된 결작 고전이 얼마나 많은가. 그러나 수십 년의 군사독재를 거친 한국의 감옥에서는 집필은커녕 펜과 종이도 자유롭게 주어지지 않았다. 수감자는 가족 친지에게 편지를 쓸 때도 규정된 봉함엽서를 사용해야만 한다. 한정된 면에 되도록 많은 사연을 담기 위해서 붙이는 면에까지 화살표를 그려가며 깨알처럼 작은 글씨로 적어나가야 했다. 탄원서니 자술서니 하는 법정에 제출하는 문서의 경우에도 권당 스무 장 정도의 붉은 횡선이 쳐진 종이를 담당을 통해 그 용처를 적고 신청하여 구매하는데 쓰다가 모자라면 다시 신청을 해야 한다. 그리고 유일한 필기도구인 모나미 볼펜 한 자루를 내주는데 볼펜에는 담당 교도관의 도장이 찍힌 종이쪽지를 스카치테이프로 붙여놓는다. 볼펜이 다른 용처로 다른 장소에서 사용되다가 발각되면 사동 교도관이 책임지게 되어 있다는 뜻이다. 펜을 사용할 수 있는 시간은 점심 먹고 나서 담당 교도관이 야근자와 교대하기 전까지다. 볼펜들은 한 자루도 남김없이 각 방에서 수거하여 숫자를 확인한 다음 자물쇠가 채워진 근무자의 책상 서랍에 간수한다. 집필은 수감자의 봉함엽서와 법원 제출 문서 이외에는 절대로 허락되지 않는다. 나는 이제 민간정부가 되었으니 내가 감옥에 있는 동안 행형제도가 개혁되어 언젠가는 집필이 자유화되겠거니 생각하고 일단 꿈을 접기로 했다. 내가 교도소로 이감된 뒤에 이 문제로 이십이 일 동안의 단식을 결행했던 때도 있었지만 집필은 석방되는 날까지 허용되지 않았다. 아니 기술적으로 허용하는 척했다. 방북 후 사 년의 망명 기간에는 작가라기보다 사회활동가로서의 삶을 살았으니 그렇다 치더라도, 감옥에서 글을 쓸 수 없다는 것은 작가에게 또다른 형벌임을 저들은 잘 알고 있었다.

각 사동의 입구에 있는 교도관 근무처는 말하자면 수위실처럼 복도 한쪽에 만든 초소 같은 곳이다. 이곳에서는 주로 교도와 교사 등 실무자들이 주야간 교대근무를 한다. 수인들을 직접 담당하는 일선 근무자가 잎사귀 두 개의 '교도'인데 수인들이 그들을 부르는 호칭은 '담당님'이다. 바로 그 위에 잎사귀 세 개가 '교사'이며 호칭은 '부장님'이다.

주간에 사동 초소에 근무하는 교도관은 모두 교사들이다. 그리고 접견하러 데리러 오거나 운동시키러 나가거나 하는 일들은 주로 잎사귀 두 개짜리 교도가 담당한다. 야간에 사동에 들어와 교대근무를 하는 것도 모두가 교도들의 일이다. 잎사귀 세 개의 교사는 한 사동을 책임지고 지키며 교도들이 그를 보좌한다. 사동을 나가 각 사동을 잇는 큰 통로에 나서면 입구에 다시 작은 사무실 하나가 있고 이곳은 무궁화 두 개의 '교감'이 책임자인데 호칭은 '계장님'이다. 그 아래 무궁화 하나짜리 '교위'는 '주임님'이라고 부른다. 교감, 교위 등이 맡은 몇 동의 사동을 묶어 관구라고 부른다. 몇 관구 몇 사동 몇 호 하면 수인의 방이 되는데 그래서 수인복 한쪽에 이 번호를 붙이고 다른 한쪽에는 자기 수인번호를 붙인다. 그래서 마주 걸어오는 수인의 가슴팍을 보면 대개는 그가 어느 곳에 있는 몇 번인지 파악할 수 있게 되어 있다. 내가 처음 배치받았던 곳은 우연히 그랬는지 아니면 관리하기 편하게 하느라고 그랬는지 정치범이나 경제사범 같은 사회에 알려진 이들을 모아놓은 사동이었다.

내가 처음 들어간 방은 바로 얼마 전에 '사노맹(남한사회주의노동자동맹)'의 주범이었던 시인 박노해가 있던 방으로 그는 형이 확정되어 교도소로 이감을 간 뒤였다. 여기에 정치인들이며 대기업 회장, 학교 이사장, 군 장성 등등이 차례로 들어왔다. 노태우 정부의 실세였던 국회의원 박철언, 대전고검장 이건개, 동화은행장 안영모, 국회의원 김종인, 그리고 율곡 사건으로 들어온 이종구, 이상훈 전 국방장관, 그리고 전직 현직 해군 참모총장, 공군 참모총장, 해병대 사령관, 한양건설 회장, 한화 김승연 회장, 현대 사장, 그리고 나와는 사동이 달랐지만 눈에 띄는 이들로 도박업계의 정덕진 형제와 전략원 회장, 건국대 이사장, 아내가 이사장인 상문고 교장 등 당시에 화제가 되었던 사람들이 통로를 오갈 때면 이곳저곳에서 나타났다. '전국연합(민주주의민족통일전국연합)'의 황인성 집행위원장과 이창복 의장이 바로 내 아래층 독방에 나란히 들어앉아 있었고 그 끝에는 '평불협(조국평화통일불교협회)'의 법타 스님이 있었다. 교도관들 얘기로는 지난 정권까지만 해도 구치소가 넘칠 만큼 시국사범이 많아서 서로 사동을 방문하기도 하고 옥내생활 개선에 대한 요구도 거의가 관철되었다고 했다. 말하자면 '징역 살기 좋았다'는 것이다. 그러나 이제는 민간정부가 들어섰으니 마치 파장이나 다름없다고 말했다. 이제부터 징역살이도 원칙적으로 돌아가게 될 거라고 교도관들은 예측하고 있었다.

우리가 생각하는 정치범이란 정부 정책에 대해 변화를 요구하거나 정권에 저항하다가 들어온 사람들이었는데, 구치소 당국은 정권측 인사들로 부정부패로 들어온 사람들 역시 정치범 취급을 하는 것 같았다. 어찌 보면 관리하기 위해서였겠지만 교도관들의 생각은 단순한 데가 있었다. 그들은 나와 농담을 하게 되면, 따지고 보면 다 도둑놈 아뇨? 왼쪽이든 오른쪽이든 법을 어겼으니 도둑놈들이지, 하고 서슴없이 말했다. 우리는 일반수와는 운동도 같이 할 수 없으니 그들과 함께 운동하러 나갔다. 그리고 법원에 출정하거나 변호사 접견과 면회를 갈 때도 몇 명씩 함께 데리고 갔다. 그래서 밉든 곱든 특별사동의 정치인이나 경제사범들과 하루에 한 번 이상씩 만나게 되어 있었다.

율곡비리 사건으로 들어온 이상훈 전 국방장관이 나와 함께 면회를 나간 적이 있었다. 키가 작고 땅딸막한 체격의 그가 나를 올려다보며 말했다.

─북한에 갔으면 거기서 살지 뭐하러 들어왔소?

나는 그게 호의를 가지고 묻는 질문이 아님을 잘 알았다. 나는 화를 내지 않고 진심으로 말했다.

─내가 북한에 갔던 것은 남한을 위해서였지요. 저는 대한민국 사람이니까요.

그는 아무 말이 없었지만 내 대답을 알아들은 것으로 보이지는 않았다. 교도관들의 귀띔에 의하면 그의 아내가 매일 면회를 온다고 했다. 그리고 그를 데리고 나갔던 교도관이 나중에 보자기에 싼 찬합을 들고 돌아왔는데 특별 차입된 찬이라고 그랬다. 사실은 그런 일이 모두 감옥 용어로 말하자면 '범치기'인 셈이다. 양반이라는 말처럼 양면성을 가진 낱말이 없겠는데 아무튼 그는 조선시대의 양반처럼 보였다. 양반처럼 보이던 사람 중에 전 고검장 이모씨도 있었다. 그는 일반 교도관은 물론 간부들에게도 거침없이 반말을 해서 주위의 빈축을 샀다. 그가 운동시간에 운동장에 나가면 삼층 건물로 된 사동에서 일반 미결수들이 그의 이름을 부르며 욕을 했다. 교도관들이 뛰어올라가고 소동을 벌였지만 그뒤에도 몇 번 그런 일이 벌어져서 이씨는 개별 운동시간을 갖게 되었다.

내가 인상 깊게 본 사람은 박철언 의원과 이종구 전 국방장관이었다. 박철언은 운동시간이나 변호사 접견시간에 자주 만났는데 언제나 나를 정중하고 반갑게 대했다. 그는 어린 교도관에게도 존댓말을 했고 간부들에게는 먼저 인사를 해주었다. 사동에서 일반수들과 어울려 청소를 열심히 하는 것도 보았다. 운동시간에 나가면 우리는 산책을 하거나 양지쪽에 모여앉아 한담을 하는 때도 많았다. 그는 남북이 서로 민족적 이익을 위해 도울 수 있으면 도와야 한다는 점을 강조했다. 나중에 알았지만 사실 그는 정상회담을 추진했고 수십 차례 방북을 했다. 나도 범민족대회 당시에 그가 평양에 와 있다는 사실을 한시해 통전부(통일전선부) 부부장에게서 들은 적이 있었다. 한시해와 박철언은 이를테면 남북 접촉의 카운터파트였다. 그는 『장길산』의 남북합작 영화 추진과정에 대해서도 알고 있었다. 우리는 깊은 얘기는 나누지 않았지만 개인적인 가정사에 관한 의견을 나누기도 했다. 그가 구속되고 의원직을 잃게 되면서 보궐선거에 그의 아내가 출마한다고 했다. 그의 아내는 가정밖에 모르고 정치와는 거리가 멀었지만 그렇게 해서라도 실망한 지역구민들의 자존심을 달래야겠다는 것이었다. 박철언도 그렇고 김종인 의원도 겉으로 내놓고 말은 안 했지만 돈 많이 드는 현재의 선거제도가 혁파되어야 한다고 말한 것은 그들이 정치자금에 얽혔다는 간접 표현이었을 것이다.

박철언이 어느 날 면회를 나갔다가 서둘러 돌아오면서 내게 알려주었다. 오늘 고깃국 나오는 날이오. 어서 가서 밥 말아서 김치랑 먹읍시다! 박철언은 교도관들 사이에서 '젠틀맨'으로 불렸고 나도 그 점은 동감이었다. 들어왔던 사람들이 하나둘씩 형이 확정되거나 집행유예로 풀려나가고 마지막까지 남았던 사람이 박철언과 나였는데 그가 십오일쯤 먼저 확정되어 몇 달 남은 형기를 마치기 위해 구치소를 떠났다. 그는 일부러 내 방에 와서 인사를 하면서 말했다. 이제 나가면 정치 안 하고 아내와 가족을 위해서 살 겁니다. 나는 그가 지금은 나와 다른 쪽에 서 있지만 남북 교류의 경험으로나 그간 쌓인 정치적 경륜으로 보아 나중에 그의 능력이 필요할 때가 있으리라 생각했지만 그는 조용히 사라졌다.

이종구 전 국방장관은 그야말로 군인이었다. 평소에도 지켜보면 자세가 꼿꼿하고 말투도 강직해 보였다. 함께 소형 버스를 타고 출정을 나간 적도 여러 번이었다. 하루는 그가 말했다.

—나는 군인이지만 전쟁은 반대합니다. 병법에도 전쟁을 하지 않는 것이 상책이라고 했습니다.

나는 이러한 군인이 실수한 것은 한국 군대의 어떤 시스템 탓이 아닌가 생각했다. 민간정부로 넘어오자마자 감옥에 수십 개의 별이 들어와 있으니 이게 무슨 일인가. 나는 전현직 해군 참모총장, 공군 참모총장, 해병대 사령관 등과 한담을 나누면서 형량에 대한 그들의 불안과 기대에 동참하기도 했다. 어느 날 이종구 전 국방장관과 함께 차를 타고 출정하다가 그가 수갑 찬 두 손을 내게 내밀었고 내가 얼결에 묶인 손을 내밀어 그와 악수한 기억이 난다. 그가 내게 말했다.

—나는 아마도 오늘 나갈 겁니다. 이렇게 헤어지게 되었군요. 건강하게 잘 지내고 사회에 나오면 또 봅시다.

그는 그날 집행유예로 나갔다.

김종인은 다른 재소자와 달리 무늬가 유별난 한복을 입고 배구공을 들고 나와서 벽에다 차는 것으로 운동시간을 보냈다. 내가 공을 받아 차면 그는 제대로 받지 못하고 종종 헛발질을 하곤 했다. 내가 그의 한복 저고리를 쓰다듬으며 농담을 했다.

—아니 이거 실크 아뇨?

그는 멋쩍은 듯이 대답했다.

―집에서 지어 보냈어요.

하긴 나도 소내에서 파는 한복을 사 입기는 했다. 푸른 수인복이 봄 여름에는 입을 만한데 겨울에는 홑겹이라 안에 스웨터를 입어도 한기가 스며들었다. 회색 바지에 흰 저고리로 이루어진 관복 한복은 그래도 솜으로 누빈 것이라 따뜻했다. 그가 식민지시대부터 시국사범의 변호사로 유명했던 가인 김병로 대법원장의 손자임은 누구나 알고 있어서 귀한 집 자손이려니 여겼다. 나는 그가 전두환 정권에서 국보위에 들어간 것이나 노태우 정부의 청와대 경제수석을 지낸 것 등 정치 경력에 대해서는 경제 테크노크라트로서 사회에 기여하고자 하는 욕망이었으리라고 이해한다. 나는 작가이므로 누구에게나 순혈주의적인 시선으로 대하지는 않는다. 언젠가 운동시간에 나갔더니 그는 저쪽에 따로 떨어져서 혼자 앉아 있고 다른 사람들은 양지쪽에 몰려앉아 해바라기를 하고 있었다.

―저 양반 오늘은 공 안 차나?

내가 물었더니 누군가 어제 오 년 형이 나왔다고 했다. 나는 무기 구형을 받아놓은 처지라 남의 형량을 가지고 말할 형편이 아니라서, 확정판결도 아닌데 징역이 깎이지 않겠느냐고 조심스레 말했다. 혼자 돌아앉은 그의 등이 마음에 걸려서 그에게로 다가갔다. 그러고는 일반수들의 경우를 보더라도 아마도 절반쯤으로 깎여서 판결날 거라고 말해주었다. 그는 나중에 이 년 육 개월 형이 확정되어 교도소로 이감되었다. 어느 날 운동시간에 나가보니 그가 떠났다고 했다. 나중에 세월이 흘러 내가 오 년을 살고 석방된 지 일주일쯤 후에 인사동 어느 주점에서 그와 마주쳤다. 아이구 이거 오랜만이라고, 제법 술에 취한 그가 반갑게 말했을 때, 나는 그를 알아보지 못했다. 정말 모른 척한 게 아니라 누구인지 알 수 없어서 조심스럽게 누구시냐고 묻자 그가 픽 웃더니 가버렸다. 나중에 술이 깨서야 그가 김종인이었음을 깨달았다. 김종인과 배구공을 오래 기억하고 있었지만, 나도 그때 세상으로 돌아오는 데 일정한 시간이 필요했던 것이다.

한화 김승연 회장은 경기고를 나온 후배의 친구여서 서로간에 안면은 없었지만 복도에서 마주치자 그가 먼저 반갑게 인사를 했다. 내가 쓴 『장길산』을 읽었는데 여기서 그 책만큼 시간이 잘 가는 읽을거리가 없다는 얘기였다. 그리고 우연한 기회에 해외에서 부딪친 북한의 김영남 외교부장이 황석영 작가의 구속 수감에 대해서 안타까워하더란 얘기를 전했다. 그도 역시 변호사 접견실에서 자주 부딪쳤는데 먼저 집행유예로 나간다면서 교도관을 통해 옷 보따리를 전해주고 갔다. 나중에 보니 자신의 징역이 아마도 겨울까지 가리라고 예상했던 듯 고급 스웨터 몇 벌이 들어 있었다. 그것들은 징역 다섯 해 동안 겨울마다 내가 즐겨 입어서 낡아빠지게 되었다. 나는 나중에 내 책이 나올 때 얼핏 생각이 나면 그의 비서실로 책을 보냈고 뒤로는 마주친 적이 없었다. 다만 그가 감옥을 다녀오더니 몇 해 걸러 한 번씩 잊어버릴 만하면 수감과 석방을 되풀이하는 것을 보고 안타까운 마음이었고 팔자다 싶었다.

부정입학 사건으로 들어온 건국대 이사장은(자신은 모함에 의한 것이라고 주장했다) 자기가 내 고등학교 후배라고 하면서 애독자였다고 말했다. 그는 수완이 좋아서 이상훈 전 국방장관처럼 특별면회를 나갔다 돌아올 때는 별찬을 교도관에게 들려서 갖고 들어왔다. 그의 방에서 박철언 등과 함께 맛있는 점심을 몇 번 얻어먹었다. 이 일을 고검장 이아무개가 관구에 항의했다는 소문도 있었고 안영모 동화은행장은 함께 나눠먹었으면 괜찮았을 텐데 끼리끼리만 먹어서 탈이 난 거 아니냐고 농담을 했다. 그는 황해도 이북이 고향이라는데 월남하여 어려운 세파를 헤쳐온 이력 때문인지 낙천적이었다. 그는 특별사동에서 먼저 나간 사람들을 거론하면서 인상적인 얘기를 했다.

　─그 사람이 출소한 지 벌써 석 달이 지났어요. 석 달이면 백일기도에 소원성취한다는 그 기간입니다. 여기서는 아직도 그 사람을 기억하고 있지만 나간 사람들은 여기 일은 벌써 다 잊어버렸을 거예요. 아마 엊그제 저녁에 먹은 불고기보다 더 기억에 남아 있지 않을 거요.

　겨울쯤에 나는 이웃 사동으로 방을 옮겼는데 먼저 있던 방보다는 남동쪽에 있어서 햇볕이 잘 들기 때문이었던 것 같다. 관구계장이나 전담반장이나 모두 내게 호의적이었는데 나의 애독자라는 핑계를 댔지만 그보다는 내가 주위의 일반수들이나 정치범들 사이에서 말썽 없고 대체로 사동 분위기를 좋게 한다는 평판이 있었던 모양이었다. 대개는 사동 근무자들인 교사들의 이야기였을 것이다. 근무자들이 수인에게 호감을 표하는 방법은 슬그머니 문을 따주어 사동 안일망정 복도나 세면장이나 근무실 주변에서 어슬렁거릴 수 있게 해주는 것이다. 한 평이 못 되는 비좁은 방안에 하루종일 갇혀 있다가는 그나마 하루 한 시간 규정인 운동시간마저 없어지는 비 오는 날이면 자기도 모르게 비좁은 방안을 수없이 서성댄다. 교도관들의 말을 들으니 이돈명 변호사도 협심증 발작을 일으켜 숨이 막힌다고 문을 차며 소리를 지르곤 했다고 한다.

　좀더 적극적인 교도관은 저녁밥을 먹고 나서 슬그머니 식구통 문을 열고는 불붙인 담배 한 대를 들이밀고 사라진다. 흡연자들 사이에 '식후불연이면 소화불량이 아니라 즉사'라는 농담이 있을 정도로 밥 먹고 나면 담배 한 대가 간절한 법이다. 감옥에서 쓰는 속어로 담배를 '강아지'라고 하는데 성냥은 '대가리', 불을 일으키는 마찰면은 '장판'이라고 부르고 딱성냥이든 라이터든 불은 '꽃'이라고 한다. 가난한 재소자를 '개털', 돈 있고 권세 있는 자를 '범털'이라고 하는데 개털들은 소내 매점에서 파는 전기면도기의 배터리를 사용하고 범털들은 버젓이 일회용 라이터를 쓴다. 이러한 물품들은 주로 감방 안의 마룻장 아래 '금고'가 있어서 그 속에 숨겨둔다. 한 달에 한두 번씩 관구에서 사동을 지목하여 일제히 검방을 실시하는데 이때 발각되면 징벌을 먹거나 다른 사동으로 이감을 간다. 일반수들이 질색인 것이 이감인데 시간이 지날수록 사동과 감방 안에서의 서열이 올라가다가 이감을 가면 맨 밑바닥에서 다시 시작해야 하기 때문이다.

　대개 감옥에서의 비리는 담배가 가장 첫번째였다. 유통이 좋을 때는 담배 한 갑에 십만원 정도지만 단속이 심해져서 보급이 끊기면 이십만원까지 오른다. 그러니 한 보루에 백만원 이백만원이 된다. 그리고 그다음이 '비둘기'다. 비둘기는 통신수단인데 예전에는 변호사 접견 때 전할 수 없는 은밀한 내용을 가족과 친지 또는 공범에게 알리는 쪽지를 말했다. 교도관을 통해서 밖으로 나간 쪽지가 가족이나 친지, 공범에게 전해지고 그 답장까지 받아 보는 것이다. 구치소에서의 모든 서신과 통신이 검열을 받아야 하고 통제되어 있으므로 비둘기는 대단한 가치가 있었다. 내용의 긴급함과 중대함에 따라서 비용이 올라가는데 대개는 수백만원이라고 했다. 시대가 바뀌면서 교도관이 휴대전화를 재소자에게 빌려주는 것이 비둘기가 된다. 나중에 공주교도소에 갔을 때 간부들부터 말단 교도에 이르기까지 여럿이 처벌을 받았는데 당시에 갇혀 있던 조폭 보스가 마음대로 소내에서 사용한 휴대폰 때문이었다.

소내 병원에서 진찰을 받아 병동으로 옮기는 것과 사회 병원으로 외진을 받으러 나가는 일 등이 모두 '범치기'로 가능하다고 하니 감옥은 자본주의적 계급사회의 축소판이었다. 앞서 언급했듯이 강남의 신흥 명문 고등학교 교장이 각종 비리로 내 옆방에 들어왔는데, 그는 아내를 이사장에 앉혀두고 자신은 교장직을 맡아 교사와 학생들을 억압하고 부정을 저지른 혐의로 방송에까지 대대적으로 보도된 뒤에 수감되었다. 나는 그가 누군지 관심이 없어서 잘 몰랐는데 교도관들이 그에 대해 박하게 평하고 애들 코 묻은 돈까지 먹던 사람이라며 쑥덕였다. 그가 들어오고 며칠 후부터 밤만 되면 울고불고 문을 두드리고 하여 야근하던 교도관들이 달려가면 심장이 터질 것 같다며 문을 열어달라고 통사정을 했다.

한번은 국회의원 아무개가 왔다고 하여 특별면회를 하고 나오는데, 그 교장이 나를 보았던 모양이다. 옆방에서 나를 찾길래 창가에 가서 통방을 하는데 그 국회의원을 잘 아느냐고 물었다. 그 의원은 담당 분과가 교육이라고 나도 모르는 사실을 알려주면서 자기에게 소개해줄 수 없느냐고 간청했다. 나는 그 국회의원 아무개와 친구이기는 하지만 이런 일로 댁을 소개할 입장은 못 된다고 대답해주었고 무엇 때문에 소개를 해달라는 거냐고 물었다. 그랬더니 그는 사학 경영의 어려움과 자신의 억울함을 실컷 늘어놓고 나서 자기가 협심증이 심한데 어떻게든 나가서 재판을 받을 수 없겠는가 지푸라기라도 잡고 싶은 심정이라고 말했다. 나는 그가 간교한 사람임을 대번에 알아보았으나 옆방의 소란이 귀찮기도 하고 딱하기도 하여 나름대로 충고를 해주었다. 당신이 입건된 혐의를 벗지 못하는 한 죽을 정도로 아프지 않으면 당신을 내보내지 않을 것이다. 그러니 당신이 나가려면 건강이 매우 나빠야 하는데 건강을 아주 빠른 시일 안에 나쁘게 할 방법은 감옥 안에서의 경험으로 보아 단식이 제일 좋다. 한 일주일만 굶으면 기력이 쇠하고 안색이 달라진다. 그러면 소내 병원의 진찰이 있을 때 당신이 주장하는 협심증 진단을 얻어내면 될 것이다. 일단 병동으로 옮긴 다음에 거기서 지내든지 밖으로 나가든지 하는 것은 당신 능력에 따라서 가능할지도 모르겠다. 그는 잠잠히 내 충고를 듣더니 이튿날부터 조용해졌고 밥을 못 먹는다는 소리가 들리고 정말 일주일 만에 병동으로 옮겨갔다. 그가 뒤에 나갔는지 어떻게 되었는지는 알 수 없었지만 내가 교도소로 이감된 한참 후에 그가 다시 학교의 경영권 때문에 법정 소송을 일으켰다는 기사를 읽은 기억이 난다.

야간에 우리 사동에 들어오던 이십대 교도가 하루는 식구통을 열더니 내 소설집을 내밀고 서명해달라고 청했다. 서명을 해주고 그럴듯한 글귀까지 한 줄 적어주었더니 그가 그때부터 나와 친해져서 아예 근무를 들어오면 한밤중에 내 방 식구통을 열고 쭈그려앉아서 얘기를 나누곤 했다. 고향이 광주였던 그는 나의 해남과 광주살이에 대해 잘 알고 있었다. 그는 내가 출생지는 만주이지만 다섯 살 때부터 서울에서 자란 도시내기임을 얘기하자 뜻밖이라는 표정이었다. 그는 주위에서 내 고향이 해남이라고 들었던 모양이었다. 어린 교도관은 고등학교를 나와 9급 공무원 시험을 치르고 교도관이 된 지 이제 겨우 이 년이 조금 넘었다고 했다. 그는 방송통신대학에 입학해서 틈틈이 공부를 했고 졸업하면 직장을 옮길 거라고 말했다. 무슨 일을 하고 싶으냐니까 교사가 꿈이라고 했다. 나중에는 9급 공무원도 옛날의 고등고시처럼 경쟁이 치열하고 어려워졌지만 이 무렵의 교도관이란 그야말로 박봉에다 야근과 군대 같은 규율에 얽매인 기피 직종이었다. 그가 내 책을 열심히 읽어서 내가 출판사에 연락해서 『장길산』 열 권을 받아 서명해주었더니 감격했는지 그는 처벌의 위험을 무릅쓰고 담배 한 갑을 식구통 안으로 들이밀고 내뺐다. 감방 안에서 담배 한 갑이 생겼다는 것은 일반수들 방이었다면 '징역이 화끈하게 풀리는' 일이었다. 그런데 그도 나에게 '꽃'까지 줄 여유는 없었는지 내게 담배가 있어도 불을 붙일 방법이 없는 것이 안타까운 노릇이었다.

수감자는 방에 갇혀 있는 한 손발이 없는 셈이다. 사동마다 '소지'라는 사람이 있는데 제도의 모든 것이 그렇지만 일제시대에 생긴 행형제도가 그대로 남겨진 탓에 언어도 그대로 남은 것들이 많다. 소지란 '소제掃除'라는 한자어의 일본식 발음이다. 사동에서 근무자를 도와 배식을 하거나 구매 물품을 전하거나 사동 청소를 담당하는 사람이 소지다. 이들은 대개 다른 수인들보다 비교적 가벼운 죄를 짓고 들어와 형기가 짧은 젊은이들 중에서 뽑았다. 소지는 사동 안에서 자유롭게 복도를 오가며 여러 감방과 접촉할 수 있다는 점에서 권력이었지만, 무엇보다도 각 감방 안의 은밀한 사정을 교도관에게 전달할 수도 있다는 점에서 더욱 그러했다. 수인들은 이 소지를 잘 활용하기 위해 각자의 영치금으로 속옷이나 먹을 것 등을 구매하여 이들에게 줌으로써 환심을 사려고 했다. 구치소는 먹을 것과 구매 물품이 넘쳐나는 곳이라 그야말로 개털들은 여기서 징역 준비를 해야 한다.

나는 독방에 사는 정치범이라 소지에게 신세질 일이 없고 오히려 그들이 내 눈치를 보아야 하는 판이었다. 이른바 민주인사는 때에 따라서는 소장보다 셀 경우가 많아서 어느 사동에서든 거북한 존재다. 정치범과 비슷한 입장이라면 사형수가 있었는데 이들도 독방살이였고 죽는 것이 최종 판결이라서 역시 사동 안에서 불편한 존재다.

구치소 사동의 입구에는 독방 네 개가 나란히 붙어 있는데 이곳에는 사형수, 정치범 또는 유명 경제사범 등이 수감되었다. 내 방의 옆에도 사형수 두 사람이 나란히 입감되어 있었다. 나는 소지를 불러서 꽃을 어떻게 구할지 넌지시 물어보았다. 그는 눈을 빛내더니 곧 강아지가 있느냐고 물었다. 한 마리 있다고 했더니 절반을 주면 갖다주겠다고 답했다. 나는 서슴지 않고 담배 한 개비를 꺾어서 그에게 절반을 내주었다. 그는 잠시 후에 손끝으로 뭔가 붓털 같은 것을 내밀었다. 그것은 설거지에 쓰는 철수세미 가닥을 뜯어낸 것이었다. 그가 나를 가르쳤다.

―전기면도기 있지요? 그 안에 보면 배터리가 있잖아요. 마이너스 플러스에다 쇠실을 대면 불이 생겨요. 거기다 붙이세요.

그리고 그가 덧붙였다.

―우리는 아까워서 휴지 두른 얇은 종이에 가늘게 말아 먹어요. 한 대면 네 대가 나오지요.

담배를 직접 대면 불이 잘 붙지 않으니까 휴지의 겉싸개를 가늘게 말아서 대면 불이 잘 붙는다고 했다. 어떤 방에서는 영어사전을 구매해서 담배말이 종이로 쓴다고도 했다. 시키는 대로 해보았더니 불똥이 보였고 대번에 가늘게 꼰 종이 심지에 불이 붙었다. 담배 몇 모금을 빨아들이자 하도 오랜만이라 머릿속이 몽롱해지면서 팔다리에 힘이 풀렸다. 감방 용어로 '홍콩' 가는 것이다. 유신시대 긴급조치에 걸려 들어가던 서대문구치소 시절에 쓰던 용어들이 당시에도 서울구치소까지 따라와서 사라지지 않고 통용되고 있었다. 그 당시 최고의 해외 나들이는 홍콩에 다녀오는 것이었기 때문이다.

어쨌든 하루에 한 대의 담배로 가느다란 꽁초를 서너 개 만들어 나누어 피울 수가 있었는데 그야말로 한 달이 휘딱 지나가버렸다. 끊임없이 찾아오는 벗들이 들여준 책들이 영치품으로 쌓였고 밖에서 미처 읽지 못했던 고전들을 찾아 읽기 시작하면서 수감생활도 처음보다 많이 안정이 되었다. 그러다가 한 달 만에 담배가 떨어지자 밖에 있을 때보다 더욱 초조해졌다. 감옥 안에서 흡연이 유일한 낙이 되어버렸기 때문이다. 나는 변호사 접견을 나갔다가 나도 모르게 박성귀 변호사의 양복 호주머니에 손을 넣어 담배를 빼앗았다. 어어, 그러다 걸리면 망신인데요, 하면서도 박변호사는 딱했던지 라이터까지 슬쩍 쥐여주며 요것만 피우고, 이참에 딱 끊으세요, 하고 다짐을 두었다. 그 담배로 나는 다시 기한을 연장했다. 소지도 내 덕에 가끔 한두 대씩 얻어 피웠다. 그것마저 떨어지자 나는 틈만 나면 소지에게 어떻게 구해보라고 일렀고 어느 날 그가 꽁초 하나를 구해왔다. 그는 어쩌다 운좋게 구하는 방법을 말해주었다. 교도관들은 근무중에 사동 안에서 흡연을 하지 못하게 되어 있기 때문에 사동 근무실 앞 작은 화장실에서 담배를 피운다는 것은 나도 알고 있었다. 소지는 근무자들 중에 창밖으로 꽁초를 버리지 않고 무심결에 바닥에 떨어뜨리는 경우가 있는데 절반이 넘는 왕건이지만 물에 젖은 것이 흠이라고 했다. 그가 식구통으로 내민 것도 그곳에서 주워온 젖은 꽁초였다.

나는 소지가 가르쳐준 대로 뜨거운 물을 받아놓는 플라스틱 물통 위에 꽁초를 까서 젖은 담배를 펼쳐두고 말렸다. 한밤중이 되자 담배는 포슬포슬 말랐고 나는 그것을 가늘게 말아서 불을 붙이고 몇 모금 빨았다. 아마도 오줌에 젖었던 것이었을까. 타는 냄새가 고약했다. 느닷없이 모멸감이 느껴졌다. 나는 중간쯤 타들어간 꽁초를 변기에 떨어뜨리고 물을 내려버렸다. 순간 담배를 끊어야겠다는 결심을 했고 이후 옥살이를 하는 동안 담배를 피우지 않았다. 그리고 담배를 몰래 피우는 행위 자체가 정치범에게는 되돌이킬 수 없는 약점이 된다는 것도 알아차렸다. 노련한 교도관은 담배를 가지고 주었다 빼앗았다 하면서 사동 분위기와 각 방을 조종한다는 말도 있었다. 그리고 담배를 얻어 피우기 시작하면 정치범은 사동 일반수들의 인권 문제와 소내 처우에 대해 그어떤 항의도 할 수 없게 된다.

또다른 범치기가 있는데 이는 구치소를 거친 정치범들이라면 경험한 사람이 많을 것이다. 말하자면 밀주를 담가 먹는 것이다. 매점에서 요구르트 한 판과 식빵을 구매하고 소화제 겸 영양제로 파는 원기소를 소내 약방에서 구입하면 준비 끝이었다(원래 구치소에서는 매점에서 각종 생활용품부터 식품과 반찬에 이르기까지 구매할 수 있었다. 그러나 민간정부가 들어서고 일 년쯤 뒤부터 비리를 방지한다는 명목으로 구매 물품과 식품의 품목이 엄격하게 제한되면서 관급 식사 이외에는 거의 먹을 수 없게 되어 '곱징역'으로 변하게 된다). 식빵을 물에 살짝 적셔서 햇빛 좋은 창틀에 얹어놓으면 이내 곰팡이가 슨다. 이 곰팡이 핀 빵조각을 뜯어 페트병에 넣고 요구르트를 채운 다음 원기소를 몇 알 넣으면 된다. 주둥이를 휴지로 느슨하게 막고 화장실 모퉁이에 세워놓고 한 닷새 기다리면 시큼하고 달달한 막걸리가 된다. 아래층에서 통방한 어느 학생은 내게 밑바닥에 남은 찌꺼기를 절대로 버리지 말라고 충고했다. 그게 주정인데 주정만 있으면 제작비가 훨씬 절감되고 더 맛있는 와인도 만들 수 있다는 것이다. 실제로 깡통 포도에 주정을 넣으면 맛있는 와인이 되었다.

우리는 3·1절, 4·19, 5·18, 8·15 광복절 기념 투쟁이니 하여 한 해의 전반기를 '샤우팅'이나 단식으로 보내다가도 누군가 새로 들어오거나 교도소로 넘어가거나 석방되는 날이면 서로 연락해서 축하하는 시간을 가졌고 노래 제창으로 끝내곤 했다. 그럴 때면 각자 능력껏 양조한 막걸리를 마셨는데 사회에서 먹던 것에 비하면 도수도 약하고 질도 떨어졌지만 평소 입에 대지도 못하던 알코올 기운에 제법 불콰하게 취기가 올랐다. 사실 이러한 빵잽이의 낭만도 구치소의 일이지 교도소로 넘어가면 어림도 없는 일이었다.

구치소에 있는 동안 방을 세 번쯤 옮겼을 것이다. 각 사동의 초입에 있는 독방 네 칸 가운데 나는 세번째쯤에 넣어주었다. 네번째 방은 바로 옆이 일반수들의 혼거방이라서 그들과 격리하려는 이유도 있었을 것이고 첫째 둘째 번 방은 근무자의 초소에서 가까우니 피차 부담스러웠을 것이다. 교도관의 근무실 오른쪽 앞은 작은 화장실이 있었고 왼쪽에는 제법 널찍한 세면장이 있었다. 세면장에는 샤워 꼭지도 달려 있어서 일주일에 한 번 일반수들이 목욕을 했다. 소지들이 청소도구를 보관하고 설거지를 하는 곳도 거기였다. 화장실 옆이 첫번째 독방, 두번째 독방, 그리고 내 방이었다. 대개는 첫째 둘째 방에 사형수를 들이고 그다음에 정치범 그리고 끝 방에 사회경제사범을 입감했다. 그뒤로는 일반수들의 혼거방이 줄지어 복도 끝까지 있고 맞은편에는 창문을 천장 가까운 위쪽으로 배치하여 바깥의 이웃 사동 창문이 보이지 않도록 해두었다. 그래서 일반수들은 식사가 끝난 뒤에 각 방에서 식사 당번이 나와 설거지를 할 때나 운동을 나갔다 들어오는 사이에 짬을 내어 세면장에서 옆 사동과 통방을 했다. 물론 감방에서도 변소 창문을 통해 아래위층과는 통방을 할 수 있었다. 교도관들은 웬만한 통방은 대개 모른 척하고 넘어가지만 주변에 관구의 간부들이 나타나거나 너무 시끄러우면 자기도 창문으로 고개를 내밀고 통방하는 놈은 징벌을 먹인다고 으름장을 놓았다.

'징역은 헤아리다 간다'는 말이 있을 정도로 수시로 인원점검이 실시된다. 자고 일어나자마자 야근자가 교대하기 전에 점호하고, 아침 먹고 출정 인원이 나간 다음에 점호한다. 운동 끝나고 입방한 다음에 점호하고, 면회자며 출정자들이 모두 돌아온 뒤에, 그리고 저녁 먹고 나서 주간자와 야근자 교대 전에 다시 점호한다. 마지막으로 취침 직전에 관구에서 나온 당직 간부가 최종 점호한다. 내 수인번호는 83번이지만 언제나 세번째 방이어서 내가 외치는 숫자는 '셋'이었다. 하나 둘 셋……으로 시작되어 혼거방에서는 맨 첫 줄부터 앉은 차례대로 자기 수인번호를 불러나간다. 각 방의 문짝에는 호실과 인원수와 수감자의 수인번호를 쓴 팻말이 붙어 있다.

통방할 때면 나는 황인성, 이창복 등 전국연합 인사들과 이야기를 나누곤 했는데 둘 다 점잖은 사람들이라 북한 다녀온 얘기나 좀 묻고 해외 인사들 소식이나 들려주는 정도였다. 맨 아래 사동 끝 방에 있던 법타 스님이 통방에 적극적이었는데, 그는 미국 로스앤젤레스 사원의 주지로 있다가 평불협 일로 북한측과 접촉하여 국보법 위반으로 들어왔다. 마침 내가 뉴욕에서 기르던 진돗개 얘기가 나왔다. 뉴욕에 두고 온 아들 호섭이가 네다섯 살 무렵에 이웃집 개를 보고 부러워했다. 시내에 나갔다가 우연히 애완견 파는 데를 갔더니 순하게 생긴 누렁 강아지가 한 마리 눈에 띄었는데, 철창에는 한글로 타이핑된 족보까지 붙어 있었다. 진돗개 새끼인데 족보를 보니 그 어미와 아비가 이민 와서 미국에서 태어난 강아지였다. 플러싱의 베이사이드 주택에서 그 개를 길렀고 육 개월이 되자 늠름하게 자랐다. 개의 이름을 돌쇠라고 지었다. 돌쇠는 내가 떠난 뒤에 자꾸만 집을 나가 동네를 맴돌았는데 가족이 맨해튼 아파트로 이사를 가게 되자 뉴저지의 주택에 사는 김효신 목사 집으로 보내졌다. 거기서도 마음을 붙이지 못하고 자꾸만 동네 개들을 물어서 아이 엄마가 하는 수 없이 한국의 친정으로 보냈으며, 그 돌쇠가 세관 창고에 머물고 있다는 소식을 들은 참이었다. 기한 내에 찾아가지 않으면 유기견 관리소에 보내어 안락사를 시킨다는데, 장모는 개를 매우 싫어해서 맡을 수가 없다고 했다. 통방중에 내가 그런 얘기를 했더니 법타 스님은 잘되었다고, 자기 절에 보내면 스님들이 잘 길러줄 거라면서 모두 부처님 인연이라고 시원시원 대답했다. 그러나 나중에 조치를 취하려고 보니 장모는 이미 돌쇠를 찾아다가 남에게 줘버린 상태였다. 나는 몹시 낙담해서 어린 아들은 물론 기르던 개도 책임지고 돌볼 수 없는 무능한 가장임을 새삼 절감했다. 이 일은 또 한 번 가족이 해체되는 것을 암시하는 불길한 전조처럼 느껴지기까지 했다. 이 무렵 매주 한 번꼴로 재판이 있었는데 그때마다 되풀이되는 검사의 인정신문에 지칠 대로 지친 상태였고, 몇 달째 같은 질문에 시달리면서 안간힘을 써봤자 별도리 없겠다는 무력감이 나를 지배하고 있던 터였다.

바로 아랫방에 누군가 새로 들어왔는데 아마도 풋내기 청년이 분명했다. 나는 처음에 그가 사형수인 줄 몰랐다. 저녁밥만 먹고 나면 아랫방 청년이 변소 창가에 나와 고개를 내밀고 한껏 목청을 높여 노래를 부르는 것이었다. 노래 곡목은 언제나 〈아침이슬〉이었다. 노래를 잘해도 늘 같은 노래를 들으면 싫증이 나는데 그는 내가 듣기에 지독한 음치였다. '긴 밤 지새우고 풀잎마다 맺힌 진주보다 더 고운 아침이슬처럼'까지 같은 음조에 같은 박자였다. 그냥 책을 읽는 것 같았는데 그러다가 '나의 시련일지라 나 이제 가노라 저 거친 광야로' 하는 대목에서 갑자기 음정이 높아지며 전혀 엉뚱한 노래가 되었다가 '서러움 모두 버리고 나 이제 가노라'에서 빠른 행진곡풍이 되면서 끝났다. 그런데 같은 노래인데도 부를 때마다 음조와 박자가 매번 달랐다. 나는 책을 붙잡고 엎드려서 그의 노래가 끝날 때까지 기다리곤 했는데 끝났는가 하면 잠시 뜸을 들였다가 다시 시작되는 것이었다. 이런 일이 되풀이되자 나는 도저히 참을 수가 없어서 변소 창가로 가서 누구에게랄 것 없이 허공에 대고 중얼거렸다.

　—아니 웬 노래를 그렇게 맨날 같은 노래만 부르고 그래. 그리고 노래를 잘못 배웠구만. 노래를 하려면 제대로 하든가. 시끄러워서 어디 살 수가 있나.

　그랬더니 한참을 잠잠하다가 다시 시작이었다. 내가 불평하는 소리를 들었는지 문에 달린 시찰구로 담당의 얼굴이 나타났다.

　—왜 그래요?

　—이 아랫방 사람이 매일 〈아침이슬〉을 부르는데 너무 노래를 못해서 여간 거슬려야지.

　—그 친구 빨간 명찰이에요. 밤마다 심란해서 그런가?

　나는 대번에 알아들었다. 사형수를 소내에서는 최고수라고 불렀는데 그들의 명찰은 일반수와 구별하기 위해 붉은 헝겊에 수인번호만 찍혀 있었다. 우리 정치범의 표지인 세모난 빨간 비닐 딱지는 민간정부가 들어서고 나서 몇 개월 뒤에 사라졌다. 내 옆방에 체격이 우람하고 수염이 새카만 사내가 있었고 그 옆방에는 인상이 여자같이 곱상하고 안색이 창백한 젊은이가 있었는데 그들 두 사람도 최고수였다. 사십대 중반인 허씨는 팔 년째 형집행 대기중이었다.

　구치소에서는 나라 살림이 넉넉하지 않다고 냉방은 물론이고 난방도 들어오지 않았다. 그냥 시멘트 벽에 페인트를 칠한 감방 안은 여름에는 초열지옥이고 겨울에는 한빙지옥이었다. 아주 추운 날은 그래도 형식적으로 매달려 있는 라디에이터에 더운물이 채워져 사동 안에 온기가 감돌았다. 일주일에 한 번 목욕하는 날이면 일반수들이 세면장에서 더운물 샤워를 하는 동안 독방의 독거수들은 차례로 복도 초입에 있는 직원 화장실에서 더운물을 가득 채운 물통 두 개를 들여놓고 목욕을 했다. 허씨와 나는 늘 목욕을 같이 했다. 고참인 그의 제안에 따라 우리는 타이어 재생품이라는 고무 물통의 뚜껑을 열어놓고 증기탕을 했다. 열기로 인해 비좁은 화장실 안에 증기가 가득차면 숨을 들이쉴 수도 없을 만큼 뜨거워졌다. 우리는 수건을 뒤집어쓰고 땀을 내고는 창문을 열어 환기하고 나서 씻기 시작했다. 서로의 등을 밀어주곤 했는데 어깨가 떡 벌어진 허씨는 힘이 좋아서 때를 시원하게 밀어주었다. 나도 그의 단단한 등판을 밀어주는데 신통치가 않았던지 그는 내 손에 감은 때밀이 수건을 고쳐서 매주기도 했다. 비누칠하고 끝내기 전에 우리는 각자 물통 속에 몸을 담갔다. 허씨는 아침마다 기상하자마자 불경을 외웠고 목욕하면서도 염불을 외우곤 했다. 그는 봄이 되면서 차츰 침울해지고 말수도 적어졌는데 겨울을 나고 새봄에 집행이 많다는 소문 때문이었다. 자신이 걱정하는 것은 죽음이 아니라 들어올 때 절에 맡기고 온 딸이라고 그가 어눌하게 말한 적이 있었다. 내가 염려하는 기색으로, 뭐 이렇게 오래 기다렸는데 설마 사면이 안 되겠어요? 하면 허씨는 굳었던 표정을 풀고 비시시 웃으면서, 얼른 가야죠, 딴사람들 고생 안 시키게, 하고 아무렇지도 않게 남의 일처럼 중얼거렸다.

다른 한 사람, 최군은 얌전하고 똑똑한 청년이었다. 홀어머니가 면회를 다녔는데 그는 손목에 어머니가 보리수로 직접 깎아준 염주를 차고 있었다. 허씨와 최군을 잊을 수 없는 것은 내가 그들의 죽음을 하루 전에 알았기 때문이다. 전담반에서 면담이 있다고 해서 오후 운동시간을 빼먹고 찾아갔더니 계장이 무슨 서류에 정신이 팔렸는지 책상 위에 코를 박고 있었다. 그는 내가 자기 등뒤에서 기다리고 섰는 줄도 모르고 열심히 들여다보고 있었다. 나는 무심코 그의 어깨 너머로 이름이 죽 적힌 명단을 보았고 거기서 두 사람의 이름을 보았다. 뒷전에서 인기척을 느낀 계장은 당황해서 얼른 서류를 뒤집어놓고는 회전의자를 돌려 내 쪽으로 돌아앉았다. 뭘 하는 거요? 아무렇지도 않게 물었더니, 그는 아직도 긴장이 덜 풀린 얼굴로 주위를 둘러보고는 말없이 한 손을 쳐들었다. 계장이 손을 날처럼 꼿꼿이 세워서 목을 치는 시늉을 해보였다. 나는 대뜸 짚이는 게 있어서 입짓으로만 언제? 했더니 그도 입짓으로 내일. 이라고 중얼거렸다.

방에 돌아온 나는 마음이 무겁고 답답했다. 최군이 창가에 나와 통방하자고 나를 불렀는데 내키지 않았지만 나도 변소 창문가로 나갔다. 그는 책에서 보았다는 자신의 사주풀이를 말했다. 그는 수십 년 후의 말년 운수를 말했고 나는 이제 몇 시간 남지 않은 그의 목숨에 대해 생각했다. 그 기억은 오랫동안 가슴에 남았다. 바로 그날 새벽에 기상시간이 되자 평소처럼 허씨가 목탁을 두드리며 아침 예불을 드리기 시작했다. 내가 먼저 아침 운동시간을 가졌고 그들은 점심 직전에 운동을 했다. 교도관을 통해 분위기가 전달이 되었는지 아니면 사람이 가진 예지력 때문인지 최고수들은 물론 일반수들도 뭔가 알 수 없는 불안감에 짓눌려 사동 전체가 고요하게 가라앉아 있었다. 점심시간도 조용하게 지나갔다. 밥 많이 먹어라, 식사 야마 야마로 많이 해요, 떠들썩하게 서로 인사를 나누는 통방 소리도 없이 쥐 죽은 듯했다.

점심시간이 끝나자마자 빨간 모자를 쓴 특교대가 들이닥쳤다. 모든 방마다 침묵을 지켰다. 먼저 허씨가 끌려나오며 투덜대는 소리가 들렸다. 보기 숭하게 잔뜩 멕여서 매달 건 뭐야. 이럴 줄 알았으면 물만 마셨을 거 아냐. 그리고 그는 내 방 시찰구 앞에 섰다. 황선생 나 먼저 갑니다. 훗날에 저승에서 만납시다. 허씨가 사라지고 이어서 최군이 시찰구 앞에 섰다. 저…… 이거 가지세요. 울 어머니한테 편지나 한 장 써주세요. 그가 내민 것은 보리수 열매로 만든 염주였다. 나는 그 염주를 버리지 않고 지금껏 가지고 있다.

구치소에서는 수년 만의 사형을 집행하고 나서 독거수들의 방을 전부 바꿔버렸고 나는 행정본부가 좀더 가까운 쪽으로 옮겨갔다. 역시 독방이라 아무 생각 없이 들어갔는데 벽을 향해 돌아눕다가 하얀 시멘트 벽 위에 깨알 같은 볼펜 글씨 한 줄이 보였다. 거기 이렇게 쓰여 있었다. '존재하는 것은 행복하다.' 그곳도 최고수가 지나간 자리였다.

한 달쯤 지나서 우연히 법정에 동행하게 된 어느 교도관과 소형 버스를 타고 나란히 앉아서 갔다. 그가 불쑥 사형 집행에 대한 얘기를 꺼냈다. 그에게서 나는 허씨와 최군의 마지막 장면을 듣게 되었다. 당직 근무자들 수십여 명이 제비를 뽑는데 그도 몇 사람의 교도관과 함께 '재수없이' 차출되었다. 재수없었다는 것은 그의 표현이다. 한국식 사형 집행은 교수형이라고 한다. 검찰측과 구치소장, 종교인 등이 참관인으로 들어오고 창살 맞은편 이층 정도의 높이에 교수대가 있으며, 보이지 않는 뒤편에 바닥을 여는 조종장치가 있고 세 사람이 배치된다. 그는 차라리 뒤편 조종실에 가기를 원했지만 앞에 배치를 받았다. 앞수갑과 포승 결박을 한 사형수의 머리에 검은 두건을 씌우고 목에 밧줄을 걸면 커튼으로 가려지는데 거기까지가 참관인이 보는 장면이며 발아래 바닥이 열리면서 아래층으로 떨어지지만 벽으로 막혀 있어 밖에서는 보이지 않는다. 이십 분쯤 기다렸다가 교도관과 의사, 종교인 등이 아래층 방에 들어가 사망을 확인하는 순서이다.

최군은 사형장에 들어가기 전부터 이미 두 다리가 풀려 걷지 못했기 때문에 양쪽에서 두 교도관이 부축하고 입장해야 했다고 한다. 허씨는 비교적 침착했으며 머리에 두건을 씌우기 전부터 우람한 목청으로 불경을 외우기 시작했다. 두건을 씌운 뒤에도 불경 소리는 그치지 않았다.

최군은 대학을 다니다 군대에 다녀온 뒤 복학하기 전에 상가에 방을 얻어 초등학생 과외를 했다는데, 가르치던 아이의 엄마가 이자를 준다며 돈을 빌려갔다. 청년이 복학할 때가 되어 돈을 갚으라고 여인에게 여러 차례 독촉했지만, 계주를 했다는 그녀는 오히려 무슨 증거가 있느냐고 잡아뗐다. 과외하던 아이도 발길을 끊자, 최군이 아이가 다니는 학교에 찾아가 차에 태우고 다니면서 빚 독촉을 했다. 이 사건은 결국 인질 사건이 되었고 최군은 아이를 지방 어느 한적한 도로에서 살해하고 야산에 암매장했다.

허씨는 야채 중개상이었다. 김장철에 트럭을 몰고 지방에 내려가 이른바 밭떼기로 입도선매하여 고랭지 배추를 실어다 청과물 시장에 넘겼다. 어느 날 대금을 지불한 밭에 찾아가보니 이미 배추는 다른 사람에게 넘겨진 뒤였다. 밭 임자는 시세보다 좋은 가격을 부른 구매자가 있어 넘겼다면서 돈을 돌려주겠다고 했고 시기를 놓친 허씨와 언쟁이 벌어졌다. 흥분한 허씨가 말다툼중에 밭고랑에 던져진 곡괭이를 휘둘러 밭 임자를 죽여버렸다. 정신이 돌아온 허씨는 시신을 트럭에 싣고 가서 어느 산골에 묻었다. 아무도 없는 줄 알았지만 밭고랑 부근에서 두 사람이 다투는 것을 멀리서 목격한 사람이 있어서 허씨는 금방 잡혔다.

나는 이러한 뒷이야기를 무슨 까마득한 전설처럼 교도관들에게 얻어들었다. 어쩌다 흉악범죄를 저질렀지만 그들은 본성이 선량한 사람들이었다. 나는 그들과 함께 벌거벗고 목욕을 하면서 서로의 몸을 문지르며 보낸 겨울 한철을 잊지 못할 것이다. 최군이 내게 남긴 염주를 매만질 때마다 그의 곱상한 얼굴과 홀어머니에 대한 사랑이 떠올랐다.

김영삼 정부는 세 차례에 걸쳐 오십칠 명의 사형을 집행했고 마지막 사형이 있었던 1997년 이후 이십여 년 동안 사형 집행이 없었다. 한국은 국제앰네스티로부터 사실상의 사형 폐지국으로 분류되고 있다.

1993년 10월 25일, 나의 선고공판이 있었다. 재판부는 '북한은 국가보안법상의 반국가단체'라는 기존 입장을 고수했지만, 당국이 반국가단체로 규정한 범민련에 대한 엄격한 해석과 함께 국가기밀의 개념 규정을 새롭게 한 점이 눈길을 끌었다. 재판부는 나의 국가기밀 누설 혐의에 대해 대법원의 기존 판례를 뒤집는 해석을 내렸다. 내가 북한 방문 기간에 재야 운동가들의 신원 정보와 운동권 동향을 북한 당간부들에게 알려준 혐의(어디까지나 조작이지만)에 대해 '국가기밀이란 기밀로서 실질적인 가치가 있어야 한다'면서 이런 정보의 전달 행위를 국가기밀 누설로 볼 수는 없다고 무죄를 선고한 것이다. 사실 이는 앞서 밝힌 바와 같이 안기부에서 조사받을 때 '인물평'을 써달라는 수사관의 수사기법에 넘어간 것이었고 조서에 끼워넣은 것이라고 항변했지만 기정사실이 되어버렸다. 나는 이 사항이 대단히 민감하다는 것을 느꼈는데 국가보안법상 실질적인 간첩 혐의는 '기밀누설'이기 때문이었다. 그리고 『장길산』 남북합작 건으로 남에서 2억, 북에서 25만 달러(당시 환율로 2억)를 받은 사항을 공작금으로 압박함으로써 간첩으로서의 신빙성을 구체화하려는 것이었다.

나는 1심 재판에서 징역 팔 년에 자격정지 팔 년의 선고를 받았다. 검찰은 이에 대해 일부 무죄가 선고되고 형량이 낮은 점에, 그리고 변호인 쪽은 법원이 북한을 반국가단체로 규정한 전제에서 유죄판결을 내린 데에 각각 불복하여 항소했다.

미국펜클럽은 회장 루이스 베글리와 함께 나에 대한 계속적인 구금에 항의하는 편지를 김영삼 대통령에게 보냈다. 편지에서 김대통령이 약속한 민주개혁을 증명하기 위해 황석영 작가를 즉각 석방하고 아울러 표현의 자유를 억압하는 도구로 쓰일 수 있는 국가보안법을 전면 재검토할 것을 촉구했다. 또한 황석영의 집필을 허용하지 않고 계속 구금하는 상황이 계속되는 한 새롭게 떠오르는 민주주의라는 한국의 이미지는 손상을 입을 수밖에 없다고 지적하고, 아울러 초기 수사 단계에서 그가 받았다고 전해지는 가혹행위도 빨리 조사하라고 촉구했다. 편지는 북한을 방문한 사실 때문에 내가 처벌받고 있는 점을 비판하면서 여행의 자유를 그렇게 무차별적으로 처벌하는 어떤 법률도 국제적 인권 기준에 미치지 못하는 것이라고 지적했다.

감옥에서의 첫 겨울은 유난히 춥고 길게 느껴졌다. 앞으로 몇 번을 더 감옥에서 겨울을 보내야 할지 막막한 가운데 해가 바뀌었고, 1994년 1월 18일에 문익환 목사가 작고했다. 그는 일제 때 후쿠오카 감옥에서 요절한 시인 윤동주와 박정희 정권에 의해 의문사한 사회운동가 장준하의 친구로서, 친구의 죽음을 계기로 반독재운동에 나서서 1976년에 첫번째 투옥되었다. 문목사는 뒤늦게 민족민주운동에 나서게 된 자신의 삶에 맞게 '늦봄'이라는 호를 썼다. 군사독재 기간 동안 여섯 번 투옥되었고 통산 십여 년의 옥살이를 했다. 그는 1993년에 석방되자마자 자신에게 주어진 역할인 범민련 남측본부 의장으로서 범민족대회를 성사시키려는 노력을 했고 그 과정에서 집행부의 의견이 분열되었다. 형식적이지만 민간정부로 넘어왔으니 정부와 타협하면서 대중적인 통일운동을 하자는 측과 정부와 싸우면서 비합법 전위투쟁을 하자는 측으로 의견이 엇갈렸다. 이때 문익환 목사는 전민련(전국민족민주운동연합)을 중심으로 대중적인 통일단체를 꾸려내기 위한 노력을 했고 기존의 범민련 해외측 인사들이 반발하면서 북측도 우려를 표명했다. 작고하기 전날, 그는 전민련 사무실 부근의 식당에서 범민련측 일부 인사들과 식사하면서 언쟁을 벌였다고 한다. 문목사는 그들에게서 '정보부 프락치'라는 심한 말까지 듣고 귀가했는데 급체했던 모양이었다. 가족들이 병원으로 옮겼지만 문목사는 곧 절명했다. 나는 면회 온 사람들에게서 뒷소문을 듣고 그러한 언쟁이 가능했으리라고 판단했다. 미국에서 귀국하기 전에 문목사와 전화로 이야기를 나누었는데, 우리는 범민련의 문제점에 대해 서로 공감한 부분이 있었다. 통일운동이야말로 대중운동이 되어야 하며 국가보안법이 개폐되거나 민주정부와 동반자가 되지 않는 한 불가능할 것이라는 게 우리의 생각이었다. 그리고 이제는 통일이 되기 전에 한반도의 평화체제를 위한 노력이 우선되어야 할 것이라고 생각했다. 나는 그의 소식을 듣고 방북 당시 만났던 마지막 모습을 떠올리며 안타까운 마음을 금할 길이 없었다. 목회자로서 평탄한 삶을 살 수도 있었건만 자신을 돌보지 않고 사회운동에만 헌신해온 그의 일생을 생각하면 너무도 가슴 아픈 결말이었다. 그러나 이 땅에서 그렇게 스러져간 운명이 어디 한둘이랴.

1994년 2월에 열린 항소심에서 재판부는 나에게 징역 육 년, 자격정지 육 년을 선고했다. 그러나 5월에 대법원은 상고심에서 기밀누설 혐의에 대하여 무죄를 선고한 원심을 파기하고 고등법원으로 돌려보냈다. '신문기사나 책자 등을 통해 널리 알려진 사실이라도 반국가단체인 북한에 유리한 자료가 되고 대한민국에 불이익을 초래할 수 있다면 국가기밀에 해당한다는 것이 대법원의 일관된 판례'라고 대법원은 판결문에서 밝혔다. 간단히 말하자면 널리 알려진 사실이라도 북한에 이로우면 '기밀'이 된다는 것이었다. 이에 대하여 재야 법조계는 한정합헌보다 후퇴한 냉전 사고의 산물이라며 거세게 반발했다.

바로 그즈음에 미국과 북한의 핵 협상이 얽히면서 교착상태에 이르렀고 미국은 영변 핵시설에 대한 폭격과 국지전을 준비하고 있었다. 너무 잘 알려져 있는 사실이지만 한국은 전쟁이 한창이던 1950년대에 이승만이 전시작전권을 맥아더에게 내주었던 이래로 국방 주권을 상실했고 전쟁과 평화에 대한 권한은 주한 유엔군 사령관인 미군 사령관에게 있다. 원칙상 군대의 이동이나 개전 및 종전의 모든 작전권을 미군 사령관이 가지고 있으므로 국민은 물론이고 한국 대통령과 정부는 속수무책이었다. 이 무렵에 미국 정부는 펜타곤에서 전쟁 시뮬레이션까지 마친 상태였다. 김영삼 대통령의 회고록을 보면 그는 이 정보를 듣고 밤잠을 이루지 못했다고 한다. 그 몇 주간이 실로 아슬아슬한 줄

타기와도 같았다. 이때 카터가 북핵 위기를 뚫고 방북하게 된다.

지금에 와서 일부에서는 그때 차라리 전쟁을 했어야 한다면서 카터가 김일성에게 이용당했고 핵개발의 시간과 기회만 준 것이라고 비판하는 논리도 있는데, 이는 그야말로 민족의 생존권을 건 모험주의이거나 평화를 위한 정치적 협상의 세계를 모르는 무모한 의견이다. 우선 북핵의 시발과 전개과정을 한번 짚어보자. 해방 이후 칠십 년 동안 분단이 지속되고 있다. 내전이면서 국제전이라는 한국전쟁을 겪었고 이로써 유럽에서 극동에까지 이르는 세계적 냉전체제가 완성되었다. 1990년에 냉전이 해체되고 동서독이 통일되면서 동유럽의 사회주의권이 붕괴된다. 남과 북은 유엔에 각각 개별 국가로 가입한다. 이는 남북에 대한 교차 승인을 기대했기 때문이었다. 즉 러시아, 중국은 남한을 승인하고 미국, 일본은 북한을 승인한다는 것이다. 러시아와 중국이 남한과 외교관계를 가지게 되었으나 미국과 일본은 북한을 승인하기를 유보했다. 기대가 좌절되면서 북은 협상의 강력한 수단으로 '핵개발'을 추진하면서 미국과의 협상을 개시했다. 협상의 최종 목표는 체제 안전과 평화통일을 위해서 현재의 휴전체제를 평화체제로 바꾸는 것이었다. 남한의 김대중 민주정부는 이른바 '햇볕정책'을 내세워 북한, 미국, 남한, 중국이 참여하는 협상 테이블로 북을 이끌어내고 포용하려 했다. 그것이 국가연합체 내지는 1국가 2체제론이며 그 전제조건이 평화체제였다. 2005년 베이징 9·19 공동성명에서 이제 평화체제에 대하여 논의하자는 원칙적 합의만 해놓고는 미국의 금융제재 등으로 약속이 이행되지 않은 것을 이유로 협상은 결렬된다. 이후 중동전쟁에 여념이 없던 미국은 '방임주의'로 일관했고 북한은 장거리로켓과 제5차 핵실험에까지 이르게 되었다. 그동안 한국의 보수정부는 한반도 위기 문제에서 주도권을 행사하지 못했을 뿐만 아니라 중국을 견제하려는 미국, 일본의 정책 변화에도 대응하지 못했다. 미국의 협조와 격려 아래 일본은 2차대전 이후 지켜왔던 평화헌법을 폐기하려 하면서 자위대의 설립 취지를 변화시켜서 작전 범위를 세계화했다. 일본 자위대는 중국을 제1의 적으로, 일차적 작전 영역을 한반도로 규정한 지 오래되었다. 이것은 일본 군사주의의 전통적인 대륙관이다. 현재 미국은 일본, 한국을 묶은 삼각안보를 통해 동북아에서 신냉전체제를 형성하려고 한다. 일촉즉발의 전쟁 위기 앞에서 한반도의 휴전체제를 평화체제로 바꾸려는 국제적인 노력이 시급하다.

수년 전에 일본 시민단체의 초청으로 강연을 하게 되었는데 누군가가 북핵에 대해 물었다. 나는 어찌 보면 이 단계에서 북핵을 이야기하는 것은 무의미하다고 말하면서 그에게 질문했다. 북한의 중장거리 미사일이 수백 기나 된다는데 일본에는 이미 위치가 명백한 핵발전소가 수십여 군데나 되지 않는가. 핵발전소에 미사일이 떨어지면 엄청난 참화가 일어날 것이다. 그런 조건은 우리도 같다. 판도가 좁은 한반도는 핵발전소 몇 군데만 폭파당해도 남과 북 모두 사람이 살 수 없는 곳으로 변해버릴 것이다. 나는 우선 동아시아와 한반도에서 평화체제를 이룩하기 위한 노력을 해야 한다고 덧붙였다. 어느 나라에나 리스크는 있고 정치는 이를 관리하기 위해서 필요하다. 일본의 리스크가 지진이라면 중국은 너무 다양한 민족의 이해관계가 그것이고 한국은 분단이 가장 심각한 리스크다. 우리는 이것을 관리해내야 하며 그것은 동아시아 전체의 평화체제를 위해서도 해야 할 일이다. 외세의 평계를 대지만 한국은 북한을 관리하는 데서 리스크의 주도권을 쥐어야만이 외교적으로도 자립할 수 있게 될 것이다.

6월 초에 한국의 신문 방송은 미국 전 대통령 카터의 방북과 김일성과의 회담 등을 대대적으로 보도했다. 남북 정상회담에 대한 가능성이 예견되면서 내게 면회 오는 문인과 정치인 친구들은 노골적으로 '축하한다'는 덕담까지 해줄 정도였다. 아마도 남북 정상회담이 이루어지면 내가 사면 석방되리라고 생각했기 때문이었다. 이 무렵에 주간 담당 근무자인 교사가 우리 사동에 '북에서 내려온 사람'이 있다고 내게 알려주었다. 그가 국가보안법 위반자인가 물었더니 죄명이 '접시'라고 했다. 감방에서는 죄명을 법적 용어로 부르지 않고 흔히 우스개로 말하는데 성범죄를 '물총'이라고 부르는 것처럼 경제사범을 사기꾼이라고 부르지 않고 접시라고 부른다. 남을 속여먹으려고 재간을 부리는 것을 '접시 돌린다'고 하는 말에서 왔을 것이다. 그리고 교도관은 그가 김정일이 이모부라고 주장한다고 했다. 나는 별로 흥미를 느끼지 않았고 이른바 귀순자가 남한의 자본주의적 생활에 적응하지 못한 것이겠거니 하면서 건성으로 넘겼다. 탈북 주민들 가운데 북한에서 '잘나갔다'는 사람이 한두 사람이 아니었기 때문이다. 하루는 일반수들이 운동 나간다고 복도를 가득 메우며 지나가는데 식구통이 열리더니 인상이 밝고 쾌활하게 생긴 젊은이가 얼굴을 내밀었다.

—안녕하세요? 처음 뵙겠습니다. 저는 북에서 온 사람입니다.

나는 들은 게 있어서 그저 건성으로 마주 웃어주면서 말했다.

—고생이 많네요. 어떻게…… 귀순했어요?

그는 그냥 웃더니 얼버무렸다.

—머 복잡해요. 선생님 방북 기행문은 집사람이 차입해줘서 다 읽었습니다.

북한 주민이었다는 그의 말에 나는 조금 멋쩍게 말했다.

—나중에 생각하니 보여주는 것만 썼다는 느낌인데…… 가보니 예상보다는 열심히들 살더군요. 그래서 칭찬만 많이 늘어놓았소.

—여기도 그렇잖아요? 어디든지 명암이 있지요. 선생님은 통일 생각하시고 밝은 얘기만 많이 쓰신 거구요.

북에서 왔다는 젊은이는 단순하면서도 나의 말뜻을 잘 이해하고 있는 듯한 대답을 했다. 오며 가며 인사만 하고 지내다가 내가 잘 아는 교도관이 들어왔기에 그에게 청하여 젊은이와 대화를 나눌 수가 있었다. 일반수들의 운동시간에 그는 운동장에 나가지 않고 나와 함께 세면장에 앉아서 편하게 이야기를 나누곤 했다. 그가 첫마디에 내가 머물던 초대소의 지명을 정확하게 말해서 나는 그가 가짜가 아님을 알 수 있었다.

—평양역 부근이라면 서재골 초대소가 맞고, 저수지 앞에서 낚시를 하셨다니 거기는 철봉리 귀빈 초대소가 맞아요. 철봉리에 최은희, 신상옥 감독이 있었지요.

우리는 여러 차례 세면장 면담을 가졌고 그에 대해서 상세하게 들을 수가 있었다. 그의 이름은 이일남. 창녕 성씨의 종손 성유경과 김원주 부부의 외손자였다. 어머니가 성혜랑이고 어머니 손아래 동생이 이모 성혜림이다. 성유경은 일제시대에 일본 유학을 하고 사회주의자가 되었고 해방공간에서는 남로당 재정부장을 맡았다. 창녕 성씨는 대대로 봉건 귀족이었으며 만석지기 대지주 집안이었다. 김원주는 『개벽』 잡지 기자로서 신여성이었고 1948년 김구 선생도 참석한 남북연석회의가 열렸을 때는 남측 여맹(남조선민주여성동맹) 대표로 참가했다. 이들의 장남 성일기는 17세의 나이로 차출되어 남도부의 경남지구 빨치산으로 활동하다 휴전 이후 포로가 되었고 좌익수로 복역 후 남쪽에 홀로 남았다. 성유경은 월북 후 남로당의 몰락과 더불어 제대로 뜻을 펴지 못하고 쓸쓸하게 죽는다. 장녀 성혜랑은 결혼했다가 남편이 교통사고로 사망한 뒤에 이일남, 이남옥 남매를 키우며 살았다. 차녀 성혜림은 평양연극영화대학을 나온 뒤 배우를 하다가 소설가 이기영의 장남 이평과 결혼하여 딸을 출산했는데 인민상을 받고 유명해지면서 연하인 김정일의 연모를 받게 된다. 이평은 김정일의 고민을 보다못해 양보하는데, 이때부터 김정일과 성혜림의 '15호 관사' 동거가 시작된다. 이러한 변칙적인 동거 때문에 김정일은 아버지 김일성에게 털어놓지도 못하고 장남 김정남을 낳게 된다. 아마도 이 무렵부터 김원주는 차녀 성혜림이 사는 관사에서 손자를 키우며 함께 살았을 것이다.

이일남, 이남옥 남매는 김정남이 초등학교에 들어갈 무렵부터 어머니 성혜랑을 따라서 15호 관사에 들어가 함께 살게 된다. 성혜랑은 물리학을 전공했지만 기자였던 어머니의 영향을 받아 문필에도 재질을 보여 작가로 등단했고 단편소설을 발표하고 있었다.

나중에 내가 석방된 무렵에 우연히 친구가 소개하여 성혜랑이 집필한 회고록 『등나무집』을 읽었다. 그때는 이미 성혜랑 성혜림 자매와 이한영(이일남의 남한 이름)의 죽음에 관한 스캔들이 파도의 썰물처럼 휩쓸고 지나간 몇 년 뒤였기 때문에 이 책은 대중의 시선을 끌지 못했고 어찌된 영문인지 재빨리 절판이 되어버렸다. 내가 성혜랑의 회고록을 읽으며 깊은 감동을 받은 것은 그 내용이 정치적으로 남과 북 어느 편에도 치우치지 않은 객관성을 유지하고 있으며, 개인의 기록인데도 당대의 잊혀진 역사적 사실들을 상세히 담고 있었기 때문이다. 그것은 그야말로 '경계인'의 기록이었다. 앞부분은 『개벽』의 기자이며 사회주의 활동가였던 어머니 김원주와 조선의 봉건지주 댁 도련님 성유경의 혁명활동에 관한 것이고, 북한에 올라가 겪은 전쟁과 전후의 사정들이 기록되어 있다. 그리고 후반부에 성혜랑 성혜림 자매가 초대소 생활을 하면서 겪게 되는 김정일과의 관계와 북한 사회의 변화과정들이 담담하게 사실적으로 기록되어 있다.

이일남은 어머니와 이모와 누이동생 남옥이 그리고 친동생이나 다름없던 사촌 김정남과 살았던 15호 관사의 일상에 대한 여러 가지 일화를 앞뒤 순서도 없이 내게 이야기했다. 그들 식구는 일반 평양 시민과는 분리된 채로 그야말로 초대소의 손님처럼 살았다. 며칠에 한 번씩 집에 들어오는 김정일을 식구들은 '대장'이라고 불렀으며, 밖에 나가서 놀 수도 없고 친구도 없어서 아이들은 언제나 셋이서 놀았다. 별채에는 운전사와 요리사 그리고 중년의 수행원이 머물렀다. 그는 김영남이나 오진우, 김용순 같은 당중앙의 높은 사람들의 전화 내용이나 대화 내용이 적힌 서류들이 김정일의 개인 사무실로 날마다 들어왔는데 대장이 보고 나면 서류들을 분쇄기에 넣어 파기 처분했다고 말했다. 유명한 간부들이 집에 찾아오면 김정남은 아무에게나 반말을 했고 간부들은 존댓말을 썼는데 김정일은 이에 대해 말이 없었으나 성혜림이 어른에게는 존댓말을 써야 한다며 아들을 가르쳤다고 한다. 그는 운전사와 수행원이 사무실에서 상자에 담아온 달러나 금괴를 사람 키가 넘는 크기의 캐비닛 같은 금고에 쌓는 것을 몇 번이나 보았다고 했다. 식사중에 대장이 무슨 음식인가를 찾으면 며칠 후에는 틀림없이 식탁에 올라왔고 국내에서 구할 수 없는 것이라도 한 주 후면 구입이 되어 있었다고도 했다. 집안에 영화관람실이 있어서 며칠에 한 번은 온 식구가 유럽이나 할리우드 영화를 보았다.

이일남은 만경대혁명학원을 거쳐 모스크바로 유학 갔다가 김정남이 밖으로 나오면서 함께 스위스 제네바로 갔다. 그는 누이동생 이남옥과 함께 프랑스어 연수를 하기도 했다. 거기서도 생활은 비슷해서 주로 집안에 틀어박혀 지냈는데 김정남은 그 무렵에 퍼지기 시작했던 전자게임에 몰두했다. 함께 생활하는 수행원이 학교에 데려다주고 집으로 데려왔다. 그때가 1980년대 초반이었는데 당시 스무 살이던 이일남은 미국에 가보고 싶었다. 어려서부터 초대소에서 할리우드 영화를 보며 자랐고 게임기도 미국제가 많았으며 미국 팝송에 푹 빠져 있던 터였다. 학교에서 친구들에게 그런 얘기를 했더니 미국에 가려면 비자가 필요한데 한국대사관에 신청하면 될 거라고 했다. 이일남도 그랬지만 스위스 아이들은 코리아가 남과 북으로 갈라져 있다는 사실은 잘 몰랐고, 알았다 하더라도 그리 심각하게 생각하지 않았다. 그는 몇 번이나 망설이다가 공중전화로 한국대사관에 전화를 걸었다. 전화를 받은 사람은 이내 그 젊은이가 누구인지 파악하게 되었고, 미국에 가려는데 도와줄 수 있느냐는 이일남의 물음에 얼마든지 도와줄 수 있다고 했다. 며칠 후에 이일남이 다시 전화를 했더니 다른 사람에게 말하지 말고 어디론가 나오면 여권을 줄 수 있다는 대답이 왔다. 이일남은 시내의 카페에서 그를 만났고 여권을 가지러 가자고 해서 차에 탔다. 이일남이 내게 말했다.

—제가 그로부터 며칠 뒤에 깨어났는지 모르는데요, 정신이 들고 보니까 어떤 이층집이었고 거기가 한국의 서울이라고 했어요.

1982년 9월의 일이었다. 그는 한국으로 자기를 데려온 사람들이 실망한 것 같더라고 말했다. 남측은 이일남을 김정일의 자식 중 하나가 아닌가 생각했고 뜻밖에도 자진해서 접촉을 해오자 기대가 컸지만 알고 보니 처조카에 지나지 않아서 '곁가지'라고 했다는 것이다. 이듬해에 전두환 대통령을 노린 아웅산 테러가 터져 여러 명의 각료들이 현장에서 사망하거나 부상당하는 등 1980년대는 남북의 첩보전이 극도로 예민한 때였다.

그는 수년 동안을 안기부의 안가에서 생활했다. 이름도 한국에서 영원히 산다는 뜻으로 이한영이라고 바꿨고 성형수술도 받았다. 남북 접촉이 있을 때 북측은 혹시 이일남이 남에 있는가고 몇 차례나 물었다고 한다. 그는 한양대에 입학하여 연극영화과를 졸업하고 당국에서 주선한 대로 KBS 국제방송에 PD로 취직했다. 그는 한창 잘나가던 시절을 자랑삼아 이야기했다. 안기부에서는 성의를 다하여 뒷바라지를 했고 그는 결혼까지 했다. 아내는 서민 집안의 얌전한 아가씨로 모델 일을 하고 있었다. 이한영은 그 무렵에 카폰이 달린 그랜저를 탔고 아내는 체로키를 몰았다고 했다. 강남에서 제일 고가인 H빌라 팔십 평대에서 살았다고 그가 말했다. 그러나 그는 자기 힘으로 생활을 개척해온 경험이 없었고 남에서나 북에서나 온실 속의 화초처럼 보호받고 살아서 그랬는지 겉모습과는 달리 어린애처럼 보였다. 그의 쾌활함과 단순성은 세상 물정을 모르고 기분 내키는 대로 살아온 탓이었다. 이러한 친구를 사기꾼이 보고 그냥 놔둘 리가 없었다. 그는 재력이 있다고 허세를 부렸고 사기꾼이 조합주택 건설사업을 제안했다. 그는 당국에서 자립하라고 대준 돈이며 부동산 등을 담보로 잡히고 가진 것을 몽땅 털어서 건설에 투자했지만 공사는 날림이었다. 조합원들이 계약 내용과 다른 엉터리 주택에 입주를 거부하고 건축주를 사기죄로 고소하자 돈을 떼먹은 자들은 모두 자취를 감추고 이한영이 감옥에 들어오게 되었다. 그는 아내와 딸을 걱정하고 있었다. 지금 오갈 데가 없어서 친정에 얹혀 있다며 한숨을 쉬었다.

이한영이 어느 날 운동을 나가다가 식구통을 열더니 다급하게 말했다.

—선생님, 혹시 한겨레신문 기자 아는 사람 없어요?

—왜, 뭣 때문에?

그는 무엇 때문에 화가 났는지 호흡도 거칠었다.

—재판을 받았는데 모두 제가 뒤집어쓰게 되었어요.

개인적인 민사소송은 신문기자가 나서서 취재할 거리가 아니라고 내가 말해주었지만 그는 전혀 다른 얘기를 했다.

—나쁜 놈들! 지들 맘대루 끌고 올 때는 언제고 이제는 들여다보는 놈이 한 놈도 없잖아요. 이대루 나를 버리면 나도 할말이 많다구요. 신문에 폭로할 거예요.

그제야 나는 이한영의 말뜻을 알아들었다. 그전에 자네를 담당해주던 사람이 있을 거 아니냐. 그쪽과 의논하는 게 좋을 거라고 나는 그에게 충고해주었다.

―집사람이 그러는데 정권이 바뀌어서 아는 사람들도 모두 부서를 옮겼대요.

어느 누구도 개인의 인생을 나라가 책임지지 않는다는 것, 당신은 특수한 사연을 가지고 있는데 그것을 폭로하거나 시끄럽게 떠드는 짓은 자신에게 해가 된다는 것, 그러니까 그 비밀을 함부로 남용해서는 안 된다는 점 등을 나는 상식적으로 말해주었다. 그런 후 한동안 잊고 있었는데, 그가 내 방 앞을 지나다가 다시 식구통을 열었다.

―저 곧 나갈 것 같습니다. 전에 돌봐주던 사람이 해결해준다구 그랬대요.

아마 내 입장이었어도 그는 골칫거리였을 것이다. 자신의 말처럼 일주일쯤 후에 기소유예로 출소하게 되었는데 그는 참으로 철이 없었다. 그가 징역 보따리를 들고 복도를 지나자 나는 교도관에게 청하여 문을 따고 나갔다. 사동 입구까지 나가서 작별을 했다. 그는 나간다는 기쁨으로 몹시 들떠 있었다.

―선생님, 여러 가지로 감사합니다.

―이제 나가면 열심히 사시오.

그는 절을 꾸뻑하고는 내 손을 잡고 흔들면서 말했다.

―예, 저도 열심히 통일운동을 하겠습니다.

나는 그의 손을 놓아주지 않고 한 손으로 그의 어깨를 두드리며 말했다.

―절대로 그런 일은커녕 생각도 해선 안 돼요. 그냥 생업에 열중하세요.

나는 다시 당부했다. 당신은 특수한 처지의 사람이다. 그러니 더욱 조심하며 살아야 한다, 가족과 함께 조용히 성실하게 살면 된다. 이제 는 전과 같지 않을 테니 근검절약하고 생활에 충실하라고 말해주었다.

그리고 세월이 흘러 1995년 겨울인가, 내가 공주교도소에서 복역하 고 있을 때 『월간조선』에 이한영의 수기가 연재되기 시작했고 모스크 바에 산다는 그의 어머니 성혜랑과 전화통화를 한 녹취록이 부록으로 딸려 있었다. 신문에서는 연일 성혜랑 성혜림 자매와 김정일과의 사 생활이며 성씨 자매의 망명 가능성에 대해 보도했다. 이한영은 출옥한 뒤에 전과 같은 생활을 할 수는 없었던 것으로 보인다. 부부가 함께 젊 고 철없을 때였고 가진 것을 모두 잃고 새 출발을 하려니 어려움이 많 았을 터였다. 당시의 신문 보도를 보면 그는 (아마도 이전에 그를 보살 피던 측의 도움일 것으로 추측하는데) 백화점에 초콜릿 코너를 얻을 수가 있었다. 사실 보통 서민들에게는 그 정도의 혜택도 고마운 일이 지만 그는 늘 쪼들렸다. 그래서 월간지에 연재도 하고 책도 엮어내면 목돈이 생기리라 생각했던 모양이다. 이한영이 어머니 성혜랑과 통화 한 후에 그의 처가 홍콩에 가서 시어머니를 만나 도움을 받았다는 설 도 있었고 돈을 송금해주었다는 보도도 있었다. 성혜랑과 이남옥은 그 일을 전후로 하여 모스크바를 빠져나왔으나 끝내 한국으로 망명하 는 않았다.

나는 이미 예상하고 있었다. 이한영은 냉전이 해체된 이후 급변하는 시대 상황에서 볼 때 남과 북 양쪽에 큰 부담이었다. 신문 곳곳에 그 가 자의로 온 것이 아니며 성형하고 이름까지 바꾼 일화도 자세히 나 왔고 제목은 '선정적'으로 '대동강 로열패밀리'라고 되어 있었다. 황장 엽의 망명 발표가 있고 이틀쯤 뒤의 일이었다. 이한영은 분당의 한 아파트에서 두 명의 괴한에게 총격을 받고 피살된다. 그가 머리와 가슴에 총격을 받고는 숨지기 전에 목격자에게 손가락 둘을 쳐들어 보이며 '간첩'이라고 중얼거렸다는 증언이 있었다. 그는 이후 뇌사상태에 빠졌다가 며칠 후에 병원에서 사망했다는 당국의 발표가 나온다. 괴한들은 전문가답지 않게 심부름센터를 통해 이한영이 수감되었던 서울구치소에 수인번호와 이름을 대고 현주소를 문의하여 그의 거주지를 알아냈을 정도로 뚜렷한 행적을 남겼다. 분당의 그 아파트는 이한영의 동서네 집으로 그는 방 한 칸을 얻어 지내고 있었다고 한다. 수사 책임은 분명히 분당경찰서에 있었지만 사건 직후 안기부가 철저하게 통제해 현장검증에서 검시에 이르기까지 경찰은 아무것도 할 수 없었다고 당시 분당경찰서장은 항의하고 있었다. 처음에는 탄피가 한 개만 발견되었다고 했었는데 검시할 때 시신의 점퍼 호주머니에서 또 하나가 발견되었다며 검시관이 불평했다는 기사도 있었다. 몇 달 후에 안기부는 부부 간첩이 검거되었다면서 그들의 진술에 의하면 이한영의 죽음은 북한 사회문화부 공작원의 소행이었고 그들은 이미 북한에 귀환했다고 발표했다. 나는 이 젊은이의 죽음을 오랫동안 잊을 수가 없었다. 얼마나 많은 일들이 저 음습한 경계선을 넘나들며 벌어졌던 것인지 분단 이후의 긴긴 세월을 돌아보게 되는 것이다.

아무튼 이 무렵 카터는 방북하여 김일성과 만난 자리에서 남한의 김영삼 대통령과의 정상회담을 제의했고 김일성은 즉각 응낙했다. 이로부터 한 달 동안 남한 언론은 남북 정상회담 기사로 가득찼다. 김일성 주석은 김영삼 대통령을 맞을 초대소의 준비 상황을 직접 일일이 점검

했다고 전해졌다.

7월이 되자 전례 없는 폭염이 전국을 뒤덮었고 나는 달아오른 감방 시멘트 벽의 열기를 감당할 길이 없어 팬티 바람에 변소에서 찬물을 끼얹고 물수건을 머리에 쓰고 앉아 있을 정도였다. 그런 어느 날 정상 회담 소식으로 풍선처럼 부풀어오른 국내외의 기대감이 갑작스레 터져버리듯 김일성의 사망 소식이 전해졌다. 사망 원인은 심장마비였고 뉴스에 보도된 것은 하루 지난 다음날이었다. 하루종일 뒤숭숭한 마음으로 보내고, 젖은 수건을 마룻바닥에 깔고 벌거벗은 채 누워서 뒤척였다. 이제 징역도 오래갈 것이며 분단은 좀처럼 해소되지 못할 것이라는 암담함과 번뇌 때문에 도무지 잠을 이룰 수가 없었다.

방북

1986~89

1986년 일본에서 귀국한 후 전처와 헤어지고 얼마쯤 있다가 김명수
와의 새로운 생활이 시작되었다. 처음에는 서울의 아파트에 살다가 집
필 조건이 마땅치 않아서 교외에 집을 짓기로 했다. 내가 왜 그렇게 새
로운 거처를 찾아 헤맸는지 생각해보니 집필을 핑계삼긴 했지만 그때
마다 내 생활에 만족할 수 없었기 때문일 것이다. 무슨 인연이었는지
전라도 해남에 내려갈 때도 화가 여운이 소개를 했었는데 내가 전세를
얻은 아파트 동네 가까운 곳에 그가 노모를 모시고 살고 있었다. 그와
함께 서울 교외의 경기도 광주에 소풍을 나갔다가 풍광이 좋은 곳을
발견했다. 제법 너른 개천이 내려다뵈는 언덕에 있는 폐축사였다. 역
시 여운의 소개로 건축업자를 만나 집을 지었다. 몇몇 출판사들의 계
약금을 그러모아 간신히 건축비를 마련했다. 나는 스무 권쯤의 '이야
기 한국사'를 쓸 작정이었다. 연재를 하면서 동시에 책으로 출간한다

는 계획이었다.

　나는 김명수와 살면서 반년쯤 지나자 이 선택이 잘못되었다는 것을 깨달았다. 우선 그녀는 내가 무엇을 추구하고 있는지, 시대의 부침 속에서 작품을 통해 무엇을 말하고자 하는지 정확히 이해하지 못하는 눈치였다. 독서량의 부족이 대화에 장애가 된다고 여긴 나는 이런저런 책을 읽어보도록 권유해보았으나 단순히 그런 문제만은 아닌 것 같았다. 아버지가 예술가였고 자신도 어려서부터 무용을 하면서 안무가로 성장했기 때문에 예술가로서의 삶이 어떤 것인가 하는 정도의 분위기는 파악하고 있었으나 그녀는 전형적인 서울 중산층의 사고 범위를 벗어나지 못했고 영리했지만 참을성은 별로 없었다. 종종 자신의 존재감을 확인하고 싶은 욕구가 작가의 아내로서 희생당하고 있다는 피해의식을 자극하는 듯 갖가지 불만으로 표출되었다. 나는 나대로 전처와의 이혼과 아이들과의 결별로 인한 자책과 갈등이 늘 마음 한켠을 지배하고 있는데다 새살림을 꾸리기 위해 사방에서 인세를 당겨쓴 바람에 빚쟁이처럼 작품을 써야 한다는 중압감에 시달리고 있었다. 내가 얼마나 이기적이고 자기중심적인 사람이었던가는 다툼이 있을 때마다 그녀를 탓하는 데서 드러나곤 했다.

　내 방에서 글을 쓰다가도 광주에 남겨두고 온 아이들 때문에 마음이 허공을 날아다니는 것 같았다. 한밤중에 호준이와 여정이 앞으로 긴 편지를 쓰기도 했다. 그런 편지들을 책상 서랍에 넣어두었다가 김명수 몰래 없애버리는 일이 반복되었다. 언젠가는 광주에서 전화해달라는 연락이 인편으로 왔다. 전처와 통화를 해보니 아이들이 자꾸만 나를 찾는다고 했다. 호준이는 내색을 하지 않았지만 여정이가 아빠를 보고 싶다며 보챘다고 했다. 아마도 전처와 아들은 초등학생이던 딸아이에게 우리의 이혼 사실을 숨겼던 모양이었다. 나는 아이들과 함께 서울에서 한창 상영중이던 스필버그 감독의 〈구니스〉를 보기로 했다. 호준이는 불과 몇 달 사이에 전보다 훨씬 의젓해진 것 같았다. 영화를 보고 나서 저녁을 먹는데 여정이가 비싼 것을 먹지 말자고 자꾸만 말하는 것이 저희와 떨어져서 글을 쓰는 아빠의 주머니 사정을 염려하는 듯했다. 아이들을 고속버스터미널까지 바래다줄 때는 그냥 광주로 따라가고 싶은 마음에 하마터면 함께 버스에 오를 뻔했다.

경기도 광주로 이사 가서(공교롭게도 전라도 광주와 지명이 같은 곳에 자리를 잡았다) 그해 겨울에 방문객들이 나를 찾기 시작했는데 그중에는 전남대 교환교수로 한국에 온 요헨 힐트만과 그의 아내인 송현숙도 있었다. 민문협(민중문화운동협의회)의 김용태가 함께 왔다가 내가 일본과 미국에서 연결해온 '한국 민중미술 전시회'의 진행과정을 말해주었다. 일본에서는 조성우, 양관수 등이 도쿄와 오사카에서 우리문화연구소 주최로 전시하여 성황리에 끝났고, 미국에서도 윤한봉의 한청련 산하 문화패 비나리가 중심이 되어 각 도시에서 순회전시중이라고 했다. 몇 사람의 화가들이 전시회 참석차 출국했다고도 했다. 그런데 문제는 처음 약속했던 그림값을 일본측에서 지불하지 않고 있다는 거였다. 우리문화연구소로 전화했더니 부소장인 김순애가 전화를 받았다. 그녀는 그림 대금을 모두 거두어 아무개에게 주었다고 했다. 이 일로 두 사람이 다투게 되었고 아무개가 일본인 조력자들로부터 크게 신뢰를 잃는 계기가 되었다. 이러한 일은 오사카에서도 마찬가지였다. 나는 처음에 이런 일이 왜 벌어졌는지 눈치채지 못했고 이것이 나중에 간첩 조작사건의 빌미가 될 줄은 생각조차 못했다.

인천 출신의 이호웅이 한밤중에 나를 찾아왔던 생각도 난다. 그는 내가 일본에서 귀국하기 직전에 있었던 인천사태 이후 수배되어 도피 중이었는데 박계동과 함께 서울 시내 모처의 아파트에서 은신하고 있었다. 잠시 외출했다가 들어가려던 차에 형사들이 몰려들어가는 것을 먼저 발견한 그는 은거지가 발각되었다고 판단했고, 누군가의 귀띔으로 우리집을 찾게 된 것이었다. 그는 개천 옆으로 따라 들어오는 외길이 마음에 걸려 반대쪽의 길도 없는 산을 넘어 내려왔다고 했다. 며칠 동안 우리집에 머물던 그는 안전하다고 생각했던지 자신의 아내와 만나고 싶다고 말했다. 그는 감옥을 다녀온 뒤에 출판사를 하고 있었지만 실무는 거의 아내에게 맡기고 사회단체에서 활동중이었다. 집이 인천이었는데 다른 이를 시켜서 서울의 출판사에 연락하도록 했고 저녁에 그의 아내가 우리집으로 왔다. 나는 그들에게 주의를 주었다. 전라도 광주에서도 그랬지만 여기 와서도 내게는 담당이 있었다. 우선 현지 경찰서의 정보과 형사가 일주일 간격을 두고 방문하고 있었으며 안기부 담당관이 가끔씩 전화로 체크하든가 한 달에 한 번쯤 방문했다. 그맘때엔 별다른 일이 없어서 그들이 불쑥 찾아오지는 않을 테지만 만약의 경우에 대비하여 퇴로를 생각해두어야 했다.

이층에 침실과 서재가 있었는데 침실의 북향 창을 열면 바로 집 뒤편에 언덕이 있었다. 비탈을 깎아서 축대를 쌓은 지형이라 창문에서 언덕은 일 미터가 채 못 되는 간격이었다. 여차직하면 접었다 펼 수 있는 밥상을 그 사이에 걸치고 건너갈 수 있었다. 그렇게 두 부부의 몇 달 만의 면회가 이루어졌고, 이튿날 오후에 나도 안면이 있는 그의 친구가 그들을 데리러 차를 몰고 왔다. 부부는 서울 시내에서 각자 헤어지기로 했는데 이호웅은 아내를 따라 인천까지 갔던 모양이다. 나중에 들은 바에 의하면, 인천에서 그의 아내는 집으로 가고 그는 시내에서 사우나 목욕탕에 들어갔다. 목욕탕에서 비누칠을 잔뜩 하고 있었는데 누군가가 그의 앞에 서더니 반가운 목소리로 아무개씨 아니냐고 외쳤다. 상대는 이호웅의 지역 담당 형사였다. 이호웅은 형사나 기자들이 오후에 사우나탕에 잘 들른다는 사실을 깜박 잊고 있었다. 벌거벗은 몸으로 달아날 수도 없게 된 그는 어쩔 수 없이 '축하한다'고 말해주었다. 그의 체포에 일계급 특진과 상금이 걸려 있었기 때문이다.

1986년에 있었던 5·3 인천항쟁의 여파가 이듬해까지 계속되던 중 박종철 학생이 치안본부 남영동 대공분실에서 고문을 당하다 사망했다. 그동안 몇 차례 의문사 사건이 있었음에도 신군부 군사정권은 용케 은폐하고 위기를 모면해왔으나 박종철 사건에 대한 진상 규명 요구는 잦아들지 않아 이듬해 신년 벽두부터 정국이 떠들썩해졌다. 권인숙 여학생의 부천경찰서 성고문 사건이 만천하에 공개된 데 이어 박종철 사건도 천주교 정의구현사제단에 의해 공안당국의 물고문에 의한 살해 은폐 정황들이 폭로되었고, 그로 인해 시위가 격화되던 중에 이한열 학생이 최루탄에 맞아 뇌사상태에 이르렀다. 전두환 대통령은 4월에 자신이 체육관에서 유신 잔재인 통일주체국민회의에 의하여 집권했던 것처럼 다음 후계자도 그렇게 대통령이 되리라는 것을 국민에게 일방적으로 통고했다. 구시대의 악법을 개헌하지 않겠다는 뜻이었다. 6월 10일부터 시작되어 재야와 학생 그리고 시민들까지 합세한 시위는 전국적으로 번져 29일까지 계속되었다. 당시에 시위 군중의 구호는 '호헌철폐, 독재타도'였다. 재야에서는 '민주헌법쟁취국민운동본부'가 발족되었고 학생 시민들은 명동성당을 점거하여 농성했다. 국민운동본부가 제안한 '평화대행진'에 백만이 넘는 시민들이 참여함으로써 경찰의 치안 능력으로는 해산시킬 수 없는 상황에 이르렀다. 시위가 격화되자 전두환은 한때 군대를 투입하여 친위 쿠데타를 통해 호헌을 관철시키려고 밀어붙이다가 미국의 완강한 반대로 철회했다. 내가 참여하고 있던 작가회의와 민문협도 당연히 국민운동본부에 소속되어 있었으므로 나는 재야와 시민들의 평화대행진에 나갔다. 거의 날마다 약속장소와 시위 방침에 대한 연락을 받고 아침 일찍 나가서 밤늦게 귀가하거나 때로는 서울에서 자고 들어와야 했다. 옷에서는 늘 매캐한 최루가스 냄새가 났다. 자연스럽게 소설의 신문 연재는 중단되었다.

6월항쟁은 신군부정권의 타도가 아니라 민정당의 다음 후계자로 나선 노태우의 '6·29선언'으로 막을 내렸다. 한마디로 말하자면 대통령 직선제를 실시하겠다는 내용이었다. 새로운 질서에 무리 없이 안착하겠다는 신군부의 의도와 재야 세력의 민주화에 대한 갈망의 결과였다. 이는 구질서를 그대로 남겨두고 형식적으로 받아들인 타협안이었고 민주화가 진전되면 구질서가 자연스럽게 극복되리라는 낙관주의의 산물이기도 했다(이 미진한 결과물을 훗날에 '87년 체제'라고 부르게 된다).

7월 중순쯤이었는데 채광석에게서 밤늦게 전화가 왔다. 그는 시도 쓰고 평론도 쓰는 이른바 문예활동가의 한 사람이었는데 김정환, 김도연과 더불어 1975년 서울대생 김상진 할복자살 사건 이후 처음으로 문화운동 부문의 시위를 이끌었다. 내가 우이동에 살 때 심야에 찾아온 김근태의 권유로 성명서도 쓰고 유인물도 함께 만들었던 그 사건이었다. 그런 연유로 나는 김정환, 김도연과 함께 채광석을 늘 애틋하게 아우처럼 생각하고 있었다. 그렇지만 그의 어딘가 가파른 '민중문학론'에 동의한 것은 아니었다. 내가 광주항쟁 기록을 통해 같이 일을 시작한 풀빛출판사에서 채광석과 김명인이 계간지를 내고 있었는데, 그들은 애초에 노동자를 비롯한 기층 민중이 글쓰기의 주체가 되어야 하며 작가 개인의 집필보다는 현장 중심의 집체창작이 더욱 힘이 있다는 매우 급진적인 의견을 내놓고 있었다. 전라도 광주에 살 때 그가 문득 찾아와서 내 집에 한 달 가까이 머물다 간 적도 있었고 내가 서울 근교로 올라온 뒤에는 거의 며칠에 한 번씩 만났다. 현장에서 올라오는 노동자의 글 중에서 괜찮은 것들이 있으면 함께 돌려보고 평가도 했고 추천하여 문단에 내보내는 작업도 했다. 심야에 만나자는 채광석의 전화를 받고 나는 바로 엊그제 만난 참이라 밤이 깊었으니 내일 오후에나 보자고 핀잔을 주고는 그냥 잠이 들었다.

그날 새벽 네시쯤 평론가 김명인이 울먹이는 목소리로 전화를 했다. 채광석이 교통사고로 사망했다는 것이었다. 그는 강직하고 성격이 급했으며 전두환 정권 말기의 숨가쁜 상황 속에서 문예운동 부서의 '독전관' 역할을 해냈다. 따라서 선후배 문인들 사이에서 그는 불편한 존재이기도 했는데 그야말로 서로간에 미운 정 고운 정이 들어 있던 사이였다. 연대 세브란스병원 영안실에서 치러진 그의 장례에는 문인뿐만 아니라 수많은 현장활동가와 사회단체 인사들이 몰려들었다. 고은 시인과 내가 그의 입관을 지켜보았다. 병원 뒷마당 곳곳에 펼쳐진 텐트 아래 술자리가 벌어졌는데 갑자기 자리가 술렁술렁하며 분위기가 이상해졌다. 누군가를 잡아끌기도 하고 뿌리치기도 하는 모양이 저만치 떨어진 자리에서 벌어지고 있었다. 여익구가 내 팔을 잡아 일으키며 보안사 요원들이 몇몇을 연행하고 자기는 물론 나를 찾고 있다고 말했다. 우리는 장례식장 뒷문으로 나와 연세대 교정을 가로질러 무사히 빠져나왔다.

이튿날 경기도 광주의 집으로 안기부 담당에게서 전화가 걸려왔다. 모종의 사건이 있어 조사를 좀 해야겠는데 남산에 오겠는가 아니면 집에서 받겠는가 하는 물음이었다. 그들은 집으로 찾아왔고 내 서재에서 이틀 동안 조사가 이루어졌다. 황아무개를 남산 사무실로 연행하면 너무 시끄러워질 테니 집이 낫겠다는 거였다. 사건은 일본에서 연 민중미술 전시회 때문이었다. 원래 보안사에서 사건을 너무 크게 벌여놓아서 안기부가 넘겨받아 축소 정리하는 중이라고 했다. 그제야 나는 6월 항쟁 이후 정국이 바뀐다는 걸 실감할 수 있었다. 당시에 그들이 보여준 도표를 보니 김영삼, 김대중을 비롯해서 동교동, 상도동계와 선배 몇 사람과 종로5가의 기독교연합측과 민주화운동권의 활동가들 대부분이 연계되어 있었고 그것은 다시 일본의 총련과 닿아 있었다. 내가 국내 연락 총책이고 부책이 김용태로 되어 있었다. 그들은 문제가 되었던 민중미술 전시회 수익금이 정치권에 흘러들었다고 했다. 나중에 우리 내부에서 알아본 바에 의하면 원래가 문화운동 일꾼이 아니던 양관수는 그림 대금으로 국내에 각 정치운동 그룹들을 연결할 작은 사무실을 마련했던 모양이었다. 일본 쪽 연락책은 오사카의 양관수와 유학생 장의균으로 적혀 있었다. 1987년 9월에 발표된 사건을 보니 당국은 국내 인사들을 모두 끊어내고 일본 쪽의 양관수를 간첩으로, 그리고 같은 고향 출신의 장의균을 그에 포섭된 것으로 꾸며놓았다. 그 바람에 서울대에서 세 차례 제적당한 뒤 일본에서 유학하던 양관수는 문민정부가 들어설 때까지 귀국하지 못했고, 국내에 잠시 귀국했던 장의균은 체포되어 칠 년의 옥살이를 하게 되었다.

시국은 대번에 대선 국면으로 돌변했고 김대중과 김영삼은 각자 자기 사람들을 거느리고 서로 다른 정당으로 분열되었다. 재야 사회단체와 내가 조직하고 관여했던 민문협도 몇 개 분파로 찢어질 위기에 놓였다. 애초 나는 조영래 변호사의 연락을 받고 단일화를 촉구하는 쪽에 들었는데 양김이 서로 힘을 합쳐도 이길지 말지 하는 상황에서 분열은 안 된다는 지극히 상식적인 판단이었다.

내가 살다가 떠나온 호남 광주는 김대중에 대한 열망과 광주 참사에 대한 한이 워낙 뜨겁고 깊어서 집전화가 하루에도 수십 번씩 울렸다. 전화로 '단일화를 요구하는 무리는 즉 김영삼 지지자'라고 비난하거나 대놓고 폭언을 하는 후배도 있었는데 민문협은 뭘 하고 있느냐는 것이었다. 김용태를 비롯한 집행부의 절반쯤이 백기완 '민중 대통령 후보'를 내세우고 있었다. 이 또한 단일화 촉구의 한 방식일 수도 있었지만 양김의 정치적 한계를 더욱 상징적으로 드러낸 것이기도 했다. 당시에 김영삼 지지가 '단일화'로 비쳐졌다면 김대중 지지는 '비판적 지지'라고 했는데 작가회의의 젊은 후배들은 거의가 비판적 지지파였다. 그때 나는 민중 대통령을 추진한 친구들에게 '순수한 종파'라는 농담조의 별명을 붙여주기도 했다. 단일화가 완전 결렬로 판명된 대선 열흘 전쯤, 나는 애초의 내 입장을 포기하고 비판적 지지로 돌아서서 김대중 지지 텔레비전 방송 연설을 하게 되었다. 김용태측은 무용가 이애주가 나와서 백기완 지지 연설에 나섰다. 대통령 선거는 당연히 참패로 끝났고 현실정치에 대한 환멸과 실망이 대중을 휩쓸었다. 어떻게 얻어낸 민주정부의 기회를 이렇게 분열로 말아먹었는가 하는 반성이 뒤늦게 찾아왔다. 양김의 분열은 이후 깊은 상처가 되어 민주화운동 세력 전체에 오랫동안 영향을 끼쳤다.

그렇게 선거가 끝나자 시인 김정환을 비롯한 후배들은 민문협을 현장운동 중심으로 다시 재편성하겠다며 지도부 책임론을 들고 나왔다. 일리가 있는 의견이었으므로 김용태와 나는 오히려 예술인과 전문가 중심의 예술단체를 꾸리기로 합의했다. 이후 일 년 남짓한 기간 동안 나는 김용태와 거의 매일 각 분과 조직을 구성할 예술인들을 만나러 다녔다. 문학, 미술, 건축, 사진, 서예, 연극, 연행, 영화 등 장르별로 조직이 꾸려졌고 분과별 토론회와 선출을 거치고 각 분과위원장과 사무국 조직까지 갖춘 게 1988년 11월 23일 출범한 '민예총(한국민족예술인총연합)'이었다. 선배들 중심으로 각 분과를 짜고 김용태가 사무국장, 나는 대변인을 맡았다.

선거에 의한 정권교체에 실패한 민주화통일운동 진영은 분야별로 전국적인 통합조직을 꾸려 전열을 가다듬었다. 전대협(전국대학생대표자협의회), 전노협(전국노동조합협의회), 전농련(전국농민운동연합), 전민련(전국민족민주운동연합), 전교협(민주교육추진전국교사협의회) 등은 1980년대 광주항쟁에서 6월항쟁으로 이어진 멀고 먼 도정에서 현실적으로 쟁취해낸 조직들이었다. 이들은 지역별 직업별 계층

별로 분리되어 있었지만 전국이 하나로 연결되면서 연대와 소통이 일사불란하게 되었다. 그리고 어떤 이는 두 개 이상의 조직에 참가하는 식이 되어 통합의 의의는 더욱 강화되었다. 내 경우에도 민예총과 작가회의에 참여하면서 자연스럽게 재야와 종교계, 정치권이 망라된 전민련에도 참여하는 식이었다.

88서울올림픽을 앞두고 이들 각계 사회단체들은 제각기 북한과의 관계 개선과 자주적 교류에 대한 안을 내놓고 정부 당국을 압박했다. 내용으로는 신군부의 구질서를 물려받았으나 외형적으로는 선거에 의한 민주정부인 노태우 정부가 들어서고, 나라는 온통 1988년 9월에 개최될 서울올림픽 준비로 들끓었다. 그 와중에 박정희 유신시대에 동아일보, 조선일보에서 언론 자유를 실천하다 쫓겨났던 해직 기자들이 모이고 재야와 정치권, 시민들이 힘을 모아 자본과 권력으로부터 자유로운 한겨레신문을 창간했다.

국제펜클럽은 서울올림픽을 앞두고 펜클럽 세계대회를 서울에서 개최하기로 결정했다. 미국펜의 회장인 수전 손택과 국제펜의 부회장 아서 밀러는 공동 명의로 한국 대통령에게 서신을 보냈다. 그들은 서신에서 시인 김남주와 저널리스트 김현장을 미국펜의 명예회원으로 가입시켰음을 밝히고 출판인 이태복을 포함하여 이들의 석방을 촉구했다. 앞에서도 언급했지만 사실 한국펜클럽은 국제펜에 가입한 1955년 이승만 정권 이래로 두 차례의 군사독재 기간 내내 정부의 관변단체였으며, 1970년대 이래 표현의 자유와 민주화를 주장해왔던 문인들과는 소통이 없었고 이러한 관계는 현재까지도 지속되고 있다. 나는 1985년에 뉴욕에 가서 미국펜을 방문했고 뉴욕 한청련의 문화 담당자들은 지속적으로 미국펜 사무국과 소통해왔다. 그해 여름에 내가 참여하고 있던 작가회의로부터 연락이 오기를 미국펜에서 손님이 찾아왔다고 했다.

마포의 작가회의 사무실에서 미국펜 회장 수전 손택이 보낸 캐런 케널리를 만났다. 그녀는 일본에서 수년간 체류한 적이 있어서 중국이나 한일관계 등 극동에 대해서 비교적 많이 알고 있었다. 캐런 케널리는 미국펜이 한국에 와서 다른 무엇보다도 투옥중인 한국 문인들과 여전히 제한적인 표현의 자유에 대해 깊은 우려와 관심을 표명할 것이라고 말했다. 그녀는 일종의 선발대로 먼저 와서 관변단체의 성격을 가진 한국펜과 달리 제도권 밖에서 민주화와 표현의 자유를 위해 싸우는 문인들을 만나고자 했다. 작가회의는 국제펜대회가 열리는 같은 기간에 장외 문학행사를 세계의 문학인들과 함께 개최하기로 약속했다. 외국의 문인들은 국제펜대회가 열릴 무렵에 한국에 왔고 작가회의측과 만나기로 했다. 나와 고은, 백낙청이 그들과의 간담회에 참석했다. 수전 손택은 물론이고 미국, 영국, 독일, 프랑스 등 유럽과 미주의 유명 작가들 이십여 명과 함께 신촌의 한정식집에서 간담회를 가졌다. 그들이 서울 대회에 참가하는 명분은 표현의 자유와 구속된 한국 문필가들의 석방을 위해서이며 본대회에서 '석방 촉구 결의문'을 전 세계 문학인들의 이름으로 채택 발표하고자 한다는 것이었다.

수전 손택은 한국에도 몇 권의 번역서가 나와 있었고 그녀의 다양한 예술 장르에 대한 전방위적 집필과 사회정치적 활동가로서의 진면목이 한국 지식인들 사이에 잘 알려져 있었다. 우리가 서울에서 만났을 때 그녀는 암 투병도 거쳤고 오십대 중반의 나이였지만 여전히 지칠 줄 모르는 열정과 호기심을 잃지 않고 있었다. 그녀는 누군가 외국인 작가가 발언하면 내게 고개를 숙여 그가 얼마나 좋은 작가인지 낮은 목소리로 소개하곤 했다. 지금도 그렇지만 내 영어란 베트남전쟁에서 배운 신통치 않은 실력이어서 조금씩 알아듣기는 해도 의사 표현은 늘 단문이었다. 그러나 그녀는 참을성 있게 쉬운 말로 천천히 말하곤 했다. 그녀가 문학과 현실주의에 관한 백낙청의 견해를 잠시 듣더니 내게 눈을 끔뻑해 보이고는 엄지를 세워 보였다. 그의 견해가 훌륭하다는 제스처였을 것이다.

우리는 그들이 조사해온 문필가 명단에 몇 사람을 더 포함했는데 기억이 희미하지만 구속자 명단은 김남주, 김현장, 이태복, 이산하, 장의균, 이부영 등이었다. 이들은 시인, 르포 작가, 출판인, 기자 등으로 국제펜이 설립될 때부터 구성원으로 명시된 사람들이었다. 어쨌든 역시 그들의 관심은 김남주 시인에게 온통 쏠려 있어서 내가 그와 활동을 함께했고 잘 알고 있다고 곁에서 누군가 알려주자 내게 질문이 쏟아졌다. 나는 김남주의 약력을 이야기로 풀어서 짧게 소개해주었다. 그가 하인리히 하이네, 파블로 네루다, 베르톨트 브레히트, 프란츠 파농의 책들을 번역했다고 했더니 수전 손택은 대번에 그의 남민전 조직 참가를 이해했다. 그가 감방에서 집필이 허용되지 않아 우유갑이나 담뱃갑의 은박지를 이용해 못으로 쓴 시편들을 밖으로 내보냈다는 말에는 그녀의 눈자위가 이내 붉어졌다. 한국의 펜클럽과 문인협회, 예총 등 기존의 주류 관변단체들은 유신 종신체제와 신군부의 집권 등 중요한 정치적 계기가 있을 때마다 지지 찬동하는 성명서를 발표해왔는데, 김남주 등 구속 문인들의 석방에 대해서는 그들이 '좌익 공산주의자'이기 때문에 석방되어서는 안 된다는 견해를 표명했다. 그때나 지금이나 반정부는 즉 좌익 공산주의가 되는 것이다. 따라서 서울 워커힐호텔에서 열린 국제펜 대회는 '한국 구속문인 석방 촉구 결의안'을 관철시키려는 미국펜을 위시한 해외 문인들과 이를 반대 부결시키려는 한국펜의 서로 상반된 입장이 맞선 그야말로 아이로니컬한 집회가 되었다. 수전 손택과 서구의 문인들은 워커힐의 대회장으로 돌아가 아직 사정을 모르는 러시아를 비롯한 다른 나라 문인들에게 동참 서명을 받는 활동에 열중했다.

대회가 열리기 전날 나와 고은, 백낙청 등이 수전 손택과 해외 펜 작가들과 함께 명동에서 기자회견을 가졌다. 수전 손택이 해외 문인을 대표하여 자신의 견해를 발표하고 우리가 차례로 의견 표명을 했는데 어떤 젊은이가 갑자기 옥중에서 나온 서신이라며 읽어나가기 시작했다. 요지는 외세에 의한 분단의 성공적인 전시장으로서의 올림픽을 반대하며 또한 미국펜의 투옥 수감자들에 대한 자유주의적인 인권적 접근도 거부한다는 매우 편협하고 과격한 내용이었다. 얼핏 들으면 맞는 부분도 있었지만 전체적으로 보아 당시 젊은이들의 '자주'라는 개념만을 강조한 경직된 주장이었다. 나는 외국 문인들이 미국, 영국, 프랑스 등 서구의 시민일진대 이른바 제국주의적 정부와 시민을 구분해서 정부의 정책과 싸우면서 그 나라의 민중들과는 연대하는 것이 도움이 되리라고 보았다.

고은이 단상에 나선 젊은이의 팔을 잡아당기며 설득하려 했지만 그는 막무가내로 읽어나갔고, 이러한 이상한 분위기는 해외 문인들에게 그대로 전달되었다. 수년 뒤에 뉴욕에서 만난 수전 손택은 당시의 그러한 작은 소동을 그때까지도 이해하지 못하고 있었고 더구나 서울 펜 대회에서의 참패를 나쁜 기억으로 간직하고 있었다.

기자회견이 끝나고 해외 문인들이 요청해서 나는 그들과 뒤풀이 자리를 함께했는데, 항상 인파로 북적대는 명동은 저녁 무렵이라 들여다보는 식당이나 주점마다 앉을 자리가 없었다. 지금 생각해보면 아마거리의 '삐끼'였을 텐데 좋은 술집이 있다고 하여 손님들을 이끌고 후미진 뒷골목에 있는 이층 주점으로 들어갔다. 수전과 다른 작가들이해산물이 좋겠다고 해서 찾은 집이었는데 산낙지가 나왔다. 수전은 산 것처럼 꼬물거리는 잘게 다진 낙지 다리를 젓가락으로 집을 생각도 못하고 '꺅!' 하고 소리를 질렀다. 그러나 표정은 호기심 가득한 웃는 얼굴이었다. 소개비 때문이었는지 식당 분위기와는 달리 가격이 좀 비쌌던 기억이 난다. 나중에 뉴욕에 갔을 때 수전 손택이 산낙지 안주에 놀랐던 것과 계산서를 보고 비싸서 놀랐다는 얘기를 했다.

워커힐에서의 국제펜대회 풍경은 다행히 같은 해 5월에 재야와 시민들의 모금으로 창립한 한겨레신문이 있어서 객관적으로 접할 수 있었다. 결의문 채택파가 그렇게 노력했건만 대회장에서 실시한 투표에서 부결되고 말았다. 수전 손택과 해외 문인들은 분하여 눈물을 흘렸고 한국펜과 문인협회측은 기뻐했다면서, '동료 문인을 석방하자는 해외 문인들의 결의안을 부결시키고 오히려 기뻐하는 한국 문인들의 정체성에 혼란을 느꼈다'고 기자는 썼다. 당시 한국펜클럽 회장은 워커힐과 파라다이스 그룹의 회장이었던 전락원의 누나인 전숙희 수필가였다. 국제펜대회장에서 '한국 구속문인 석방 촉구 결의안'은 부결되었지만 해외 문인들은 장외에서 작가회의와 여의도 백인회관에서 '88서울민족문학제'를 함께하면서 다른 방식으로 이를 발표했다.

오랜 세월이 흐른 뒤인 2001년 9월 초, 나는 노르웨이 트롬쇠에서 열린 '노벨평화상 100주년 기념 문학 심포지엄'에 초청받아 참석했다. 당시의 주제는 '전쟁과 평화'였는데 행사 포스터를 보면 '전쟁'은 크게, '평화'는 아주 작은 글씨로 찍혀 있어서 세계의 현실을 웅변적으로 말해주고 있었다. 여기서 나는 동독의 원로작가 슈테판 하임과 이스라엘의 아모스 오즈를 만났다. 독일 작가 한스 크리스토프 부흐나 노르웨이 작가 할프단 프레이호브 등은 그뒤에도 오래 친교하는 사이가 되었다.

저녁 때 자유시간이었는데 숙소의 바에 앉아 있으려니 누군가 다가와서 내게 인사를 건넸다. 그는 러시아 시인 옙투셴코였다. 나도 1960년대에 흐루쇼프 시대의 반스탈린주의의 영향 아래 신세대 전위적인 시인으로 한국에 소개되었던 예브게니 옙투셴코의 시편을 읽은 기억이 있었다. 이제 그는 더이상 청년 시인이 아니라 육십대 말의 노년에 접어들어 있었다. 그는 내게 처음부터 뭔가 작심하고 할말이 있는 것처럼 보였다. 옙투셴코가 자기는 꼭 한 번 한국의 서울에 갔던 적이 있으며 1988년 올림픽 때였다고 말했다. 물론 나는 그해를 너무도 또렷하게 기억하고 있어서 국제펜대회에 참가하러 왔던 거냐고 그에게 반문했다. 그는 내게 분명히 말했다. 그때 참가 문학인들 사이에서 한국의 시인과 작가 등 문인 몇 사람이 감옥에 있다는데 석방을 촉구하자는 얘기가 있었다. 지금 생각해보면 그들은 아마 당신 친구였을 것 같다고.

옙투셴코가 펜대회에 참가하기 위해 서울에 도착했을 때 주최측인 한국펜의 회장과 실무자가 호텔방에 찾아와 인사를 했다. 그들은 현재의 어수선한 분위기에 대해 간단하게 설명하고는 문학행사에서의 정치적인 결정에 대한 우려를 표명했다. 그리고 봉투를 놓고 갔는데 열어보니 미화 오천 달러가 들어 있었다. 뒤이어 회원들의 표결이 있기 전날 누군가 방문해 투표와 외부 행사에 참가하지 말아달라고 당부하면서 다시 봉투를 놓고 갔으며 역시 오천 달러가 들어 있었다. 옙투셴코는 소련 작가협회 회장과 이런 일을 두고 심각하게 논의했고 그들은 투표와 외부 행사에 참가하지 않았다. 그리고 관여하지도 않고 침묵하기로 했다. 다른 나라 참가자들에게 어떤 일이 있었는지는 그도 모른다. 다만 당시에 일만 달러는 개혁개방의 문턱에 서 있던 소련에서 엄청나게 큰돈이었다. 귀국해서 아내에게 사실을 말했더니 그녀는 "이런 얘기는 당신이 무덤까지 가지고 가야 한다"고 말했다. 그는 이러한 사실 때문에 괴롭고 부담스러웠다면서 "첫날 한국에서 온 당신을 보고 이번에 반드시 이 이야기를 털어놓고 싶었다"고 덧붙였다. 내가 그에게 이 얘기를 신문이나 잡지에 써도 되겠느냐 물었더니 내가 당신에게 말하는 것은 공개해도 좋다는 뜻이라고 대답했다. 나는 돌아와서 이 일화를 어느 일간신문에 짤막하게 썼다.

올림픽 개최 직전 한국 정부는 이른바 '7·7선언'을 발표했다. 이는 소련의 페레스트로이카 이후 개혁개방 정책과 중국 덩샤오핑의 흑묘백묘론으로 상징되는 개혁개방 정책에 따른 세계적 냉전체제의 변화를 감지한 것이었다. 그러나 재야 민주화운동권은 박정희 시대 7·4 남북공동성명의 경험을 기억하고 있었다. 7·4 남북공동성명은 그 내용이나 취지가 분단시대 이후 가장 획기적인 것이었으나, 통일에 대비한다는 미명 아래 남한은 종신체제인 유신체제로, 북한은 수령 유일체제로 진입하는 수단으로 이용되었다. 이것은 결국 통일 문제가 남북 집권 세력에게 정치적으로 활용될 때에 적대적 공존의 수단으로 전락하게 된다는 것을 보여준 사례이다. 우리는 이렇게 실천하지 않는 통일 캠페인을 '정권 마케팅'이라고 냉소할 수밖에 없었다. 그러나 어쨌든 7·7선언의 내용은 남북 대결과 멸공통일이 유일한 가치였던 데서 훨씬 앞서나간 것이었다. 이것은 노태우 정부가 출범하자마자 전국적으로 일어난 통일 여론에 의한 것이기도 했다. 1988년 7월 7일 '민족자존과 통일번영을 위한 특별선언'이라는 제목으로 발표된 이 선언은 '한반도의 평화를 정착시킬 여건을 조성하기 위하여 북한이 미국, 일본 등 우리 우방과의 관계를 개선하는 데 협조할 용의가 있으며 우리는 또한 소련과 중국을 비롯한 사회주의 국가들과의 관계 개선을 추구한다'고 밝힘으로써 이후 외교정책의 변화와 평화통일에 대한 의지를 내놓은 것이었다.

   남북 동포의 상호 교류 및 해외동포의 남북 자유 왕래 개방
   이산가족 생사 및 주소 확인, 서신 왕래, 상호 방문 적극 주선
   남북한 간 교역 및 문호 개방
   민족경제의 균형적 발전 및 비군사적 물자에 대한 우방국과 북한
   간 교역 용인
   남북 간 소모적 경쟁 및 대결외교 종결, 국제무대 상호협력
   북한과 미국 및 일본, 한국과 소련 및 중국과의 관계 개선

   위와 같은 내용의 7·7선언은 당시 사회주의권의 변화 가능성을 정확하게 예측한 것이었고 이후 1990년대에 이르러 냉전의 해체와 남북

의 유엔 동시 가입으로 구체화되었으며, 소련과 중국의 남한 수교와 함께 미국, 일본의 북한 수교라는 이른바 남북 교차 승인의 수순을 밟게 되는 것처럼 보였다. 그러나 앞서 언급했듯이 소련과 중국은 남한을 승인하고 외교관계를 갖지만 미국, 일본은 북한에 대한 승인을 유보하게 된다. 사회주의권에서 쿠바와 함께 고립된 북한은 이후 협상의 강력한 카드로 '핵개발'에 몰입하게 된다. 아무튼 이것이 한국 북방정책의 시발점이었다.

올해중으로 남북 작가들이 한자리에 모일 수 있을까. 지난해 민족문학작가회의(회장 김정한)가 남북작가회담을 제의한 이래 최근까지 한국소설가협회(회장 김동리), 미주 한국문인협회(회장 고원) 등이 각기 남북 문학 교류를 제안하거나 추진하고 있어 그 귀추가 주목된다. 또 국제펜클럽 한국본부(회장 전숙희)도 지난해 8월 서울 국제펜대회에서 남북 문학작품 교류, 북한 문학의 개방과 북한펜 설립을 촉구하는 등 국제펜을 통해 궁극적인 남북 문인의 만남을 추진하고 있다.

분단 이후 남북 문학의 교류를 처음으로 제의한 민족문학작가회의는 북쪽의 긍정적 답변을 받고 회담 준비에 박차를 가하고 있다. 작가회의측은 작년 7월 7·4 공동성명 16주년을 맞이하여 '남북작가회담의 개최를 제창한다'는 성명서를 전격적으로 발표했다. 회장단의 이름으로 발표된 이 성명서는 7·4 공동성명의 통일 원칙을 존중하는 남북의 작가들이 만나 같은 민족으로서, 그리고 같은 문학인으로서 허심탄회하게 문학 교류를 논의하는 자리를 만들자고 제의한 것이다.

이같은 제의에 대해 북한은 조선작가동맹 중앙위원회 이름으로 지난 2월 17일 '남북 작가는 물론 해외동포까지 포함하는 회의를 갖는 데 찬성한다'고 밝히는 공개서한을 보내왔다. 한편 작가회의는 지난 4일 작가동맹 중앙위에 작가회담 개최를 위한 구체적 실무 방안을 담은 공개서한을 발표, 이를 통일원을 통해 북쪽에 보내기로 했다.

작가회의는 회담 추진을 위해 남북작가회담 준비추진위를 결성하고 위원장에 고은씨, 위원에 천승세, 백낙청, 신경림, 황석영, 김병걸, 김규동, 이선영, 박완서, 염무웅, 김진경, 임형택씨, 그리고 총무에 현기영씨, 간사에 강형철씨를 위촉했다. 작가회의측은 또 예비회담을 이달 27일경 판문점(일본 혹은 기타 지역도 무방)에서 하는 것과 본회의는 6월중 서울과 평양에서 번갈아 열자고 제의했다.

또 회담 의제로는 남북 간의 작품 교류, 모국어와 민족 정서의 동질성 보존을 위한 공동작업, 국문학 연구를 위한 현지답사반의 교환 등 지속적인 인적 교류 방안, 정기적인 남북문학인대회 및 축제 개최 등을 논의할 것을 제시했다.

준비추진위원장 고은씨는 "남북 문인의 만남을 위해 정부의 협조를 요청한 바 있으며 정부측도 전향적으로 생각하고 있다는 언질을 받았다"며 "작가회담은 동서독과 같이 현상 유지를 위한 교류나 교류를 위한 교류가 아닌 통일을 앞당기기 위한 기본 수단이 되는 만남으로 추진할 방침"이라고 밝혔다.

—동아일보, 1989년 3월 6일

위의 신문기사에 보이는 것처럼 1989년 초부터 문화예술계의 신년 활동방향은 남북 문화 교류에 집중되고 있었다. 나로서는 몇 년 전에 유럽, 미국, 일본을 돌면서 접한 해외 민주화통일운동 인사들과 외국의 정치 문화계 인사들의 도움에 의하여 고무되었던 점이 많았다. 따라서 이 무렵에 민예총을 이끌기 시작한 김용태와 더불어 남북 문화 교류에 대한 구체적인 실천 방안을 논의하고 있었다. 한편으로는 내가 참여한 작가회의의 고은, 백낙청도 북한과 소통할 수 있는 채널이 필요하다고 보았다. 일본의 작가 지식인들과의 연대를 통해 그들의 도움을 받을 수 있으리라는 기대도 있었다. 일본 문학평론가 이토 나리히코 교수가 1988년 한국을 방문했을 때 내가 백낙청 평론가에게 그를 소개한 바 있었고 이후 일본 문인 지식인들과 이와나미 출판사와 와다 하루키 교수의 일한연대위원회가 나서서 고은과 백낙청을 일본에 초청했다. 두 사람은 내가 1985년 겨울부터 이듬해 5월까지 순회한 길을 따라 일본을 순방하고 일본의 벗들을 통해 남북작가회담에 대한 의사를 북측에 전달했고 이후 구체적인 성사를 위해 도움을 받기로 했다.

김용태와 나는 남북 교류가 진전되려면 누군가가 직접 방북해서 북측과 협의를 해야 한다는 결론에 이르렀다. 당국이 우리의 제의를 허용해줄 것처럼 말하지만 결국은 온갖 핑계를 대면서 저지할 게 뻔했기 때문이었다. 나로서도 방북의 중요한 목적은 문화 교류의 전령사를 해내겠다는 점에도 있었지만 그야말로 객관적인 '북한 방문기'를 써보고 싶다는 의욕이 앞섰다. 국가보안법상의 처벌을 받게 된다 하더라도 정치인이 아닌 작가의 처벌은 국가보안법의 문제를 전 세계에 알릴 수 있는 계기가 될 것이었다. 염려되었던 것은 국가보안법상 '불고지죄'였다. 어처구니없는 죄목이지만 불고지죄란 국가보안법을 위반할 것을 알면서도 신고하지 않으면 그것이 가족이든 친구든 조직이든 모두 처벌의 대상이 된다는 항목이었다. 이는 내가 개인적으로 처벌을 받는 것뿐만 아니라 이제 막 시작한 민예총과 작가회의가 조직적인 탄압을 받게 된다는 것을 의미했다.

궁리 끝에 한 가지 묘안이 떠올랐다. 나는 광주에서 윤한봉과 현대문화연구소를 설립하면서 미술계 친구들의 도움을 받은 적이 있었고 유신독재 때의 자유실천문인협의회를 민족문학작가회의로 재창립하던 때도 화단의 도움을 받았었다. 동서양화가들 중에서 대중에게 널리 알려진 화가, 서예가 등을 동원하여 초벌구이를 마친 도자기에 서예와 그림을 그리게 해 도자기를 제작했고 이 작품들로 미술품 바자회를 열었다. 이것은 정부에 비판적인 문인단체에 직접 후원금을 내기 어려운 기업이나 개인 또는 정치인들의 지원을 얻기 위한 수단이었다. 작가회의에서는 성공적으로 기금을 마련했고 이후 오랫동안 남은 도자기들을 팔 수 있었다. 민예총에서도 같은 방식을 모색하면서 김영삼계와 김대중계 양측에 발이 넓은 김상현 의원에게 부탁했는데, 그는 독지가들에게서 소장하고 있던 그림을 기증받아 전시회에 내놓는 형식으로 기금을 모아 민예총의 설립 자금 마련에 힘을 보탰다. 김용태와 나는 의논 끝에 이번 일에도 김상현 의원을 끌어들이기로 했다. 일종의 '물귀신 작전'이었는데 현실정치에 능수능란한 김상현 의원이라면 우리가 당면한 문제를 어떻게든 헤쳐나가리라 여겼다. 불고지죄가 문화예술단체뿐만 아니라 현실정치권의 야당 지도부 전체에 파급되면 정부도 감당하기 어려울 것이라 판단했던 것이다. 김상현 의원과 약속이 정해졌는데, 우리에게는 어려운 '조찬회동'이었다.

이른 아침부터 졸린 눈을 부비고 호텔 식당으로 나가니 김상현 의원이 나와 있었다. 김용태는 이를테면 곁에서 지켜보는 증인 역할이었고 내가 말을 꺼냈다. 내가 북한을 방문할 예정인데 동교동과 상도동에도 미리 알려달라는 부탁이었다. 김의원은 평소에 그렇듯이 별다른 표정을 드러내지 않고 재미있는 농담만 나누다가 아침을 함께 먹고 헤어졌다. 이로부터 이틀 뒤에 김상현 의원에게서 전화가 여러 번 왔다며 김용태가 내게 급히 연락해왔다. 그는 아마도 김의원이 초조해진 것 같더라며 미안해했다. 김상현 의원은 우리와 함께 아침을 먹을 때는 표정을 감추고 있었지만 헤어지고 나서 생각해보니 코가 꿰인 듯한 심정이었을 거라고 김용태가 말했다. 약속장소인 인사동은 민예총 사무실 근처이기도 했는데 김상현 의원은 당시에 유행하던 간이요정 비슷한 '방석집'에 방을 예약해놓고 우리를 기다리고 있었다.

그가 말했다. "이 사람들아, 그런 중요한 계획을 어떻게 나 혼자 감당할 수 있겠는가. 그래서 내가 친구 한 사람을 부르기로 했다네."

김용태와 나는 그의 친구가 누구인지 모르고 있었는데 잠시 후에 근처에서 갑자기 불려나온 듯 실내용 슬리퍼에 양복 상의를 벗은 차림으로 한 사람이 들어섰다. 그는 당시 집권 여당인 민정당 사무총장을 하고 있던 이종찬 의원이었다. 생각해보니 바로 골목 건너에 민정당 사무국이 있었고 그는 아마도 김상현 의원의 전화를 받고 사무실에서 그대로 건너온 모양이었다. 이종찬 의원은 비록 집권 민정당의 의원직을 하고 있었지만, 만주의 전설적인 독립군 신흥무관학교를 설립한 이회영의 손자이며 김구와 함께 임시정부를 이끌다가 대한민국 초대 부통령을 지낸 이시영이 그의 작은할아버지였으니 신군부의 사나운 장군이나 대령들과는 다른 인물이라고 생각했다.

김상현 의원이 김용태와 나를 그에게 소개했고 우리의 민예총에 대해서도 간략하게 설명해주었다. 이종찬 의원은 약간 의외라는 표정이었지만 내가 일반 대중에게도 알려진 소설가여서 이내 마음을 놓는 듯이 보였다.

김의원이 내 무릎을 꾹 누르고는 이야기를 꺼냈다. "이 사람들이 뭔가 계획이 있는 거 같은데 말요. 나 혼자 들어서는 뭐 도와줄 힘이 있어야지." 그의 말이 떨어지자 내가 서슴지 않고 말했다. "사실은 제가 평양을 가보려고 하는데요. 총장님 생각은 어떠십니까?" 그는 역시 당황한 표정을 지었다가 얼른 웃으며 말했다. "그야 민족적으로 좋은 일이지요. 어떻게, 당국의 허가는 받으셨는지?" "물론 허가를 받아야겠지요." 내 대답에 이종찬 의원은 내심 안심이 된 것처럼 보였다. 신년 들어서 모든 문화예술단체와 사회단체들이 일제히 남북 교류를 들고 나오고 있다며 정부는 전향적으로 잘 검토해야 할 거라고 그는 덧붙였다.

우리는 그가 육군사관학교에 입학하게 된 사연을 들었다. 자식이 없던 이승만 대통령이 이기붕의 아들 이강석을 양자로 들여 이종찬과 함께 사관학교에 입학시켰던 것이라고 그가 말했다. 우리는 그의 집안 이야기를 들으면서 비록 권도이기는 했으나 이러한 인연이 훗날 미담으로 변하게 되기를 내심 기원했다.

우리는 민예총 내부 모임에서 황아무개가 평양을 방문하게 될 것이라고 아무렇지도 않게 말을 꺼냈고 은근히 소문이 나기를 바라고 있었다. 내게는 지역 정보과, 치안본부, 안기부의 담당자가 있었는데 가장 자주 만나는 사람이 지역 경찰서의 정보과 형사였다. 치안본부측은 사회적으로 큰 사건이 있을 때면 정보과 형사를 앞장세워 등장했고 안기부측은 가끔씩 안부 전화를 하거나 몇 달에 한 번씩 식당이나 호텔에서 면담을 하는 정도였다. 내게는 동년배로 친구와 같았던 안기부의 아무개씨는 '사는 게 다 욕이다'라는 인상적인 말을 남긴 사람이었다. 이제 와서 생각해보면 그 일로 나는 그에게 뜻하지 않은 인생의 풍파를 던져준 셈이었다. 그에게 전화를 걸어 다른 때와는 달리 집에서 보자고 말했고 그는 이튿날 약속시간에 정확하게 우리집을 방문했다. 나는 안기부 직원에게 내 책『무기의 그늘』이 다음달 말에 일본에서 나오는데 출판기념회 참석차 출국하겠다는 말을 했다. 그리고 일본에 가면 북한에 갈 수 있는지 알아보고 평양을 방문하고 싶다는 생각을 넌지시 내비쳤다. 그는 황선생이 다녀오면 우리야 여러 가지로 좋다는 대답을 했다. 왜 그러냐니까, 작가니까 보고 듣는 것마다 보통 사람들과는 다를 테니 우리 대신 많이 보고 오라는 소리까지 했다. 그러면서 다짐을 잊지 않았다. 일본 가거든 북한에 갈 수 있는지 없는지 알아보고 초청장을 받게 되면 일단 귀국하여 당국과 의논을 마친 뒤에 가야 할 거라고 그는 말했다. 거기서 서로의 생각이 다르다는 게 명확해졌으나 나는 물론 당국과 의논을 할 생각이라고 대답해주었다. 어쨌든 방북 의사는 통보해놓은 셈이었다.

*

1989년 2월 28일 나는 일본으로 출국했다. 일본에는 아직도 유학 중인 강창일, 서동만, 이주익 같은 후배들이 있었지만 만나지 않고 이토 나리히코 교수를 불러냈다. 그는 문학평론가였고 일본 시민단체의 오랜 활동가여서 정치감각도 남달랐기 때문이었다. 누구를 통해서 북측에 의사를 전달하느냐 하는 것이 첫번째 과제였다. 재일조선인 또는 한국인을 통하는 것은 그들에게도 피해가 가지만 나중에 한국측 운동권에도 '간첩사건 조작' 등 복잡한 여파를 일으킬 수가 있었다. 일본 정치계와 닿고 총련에서도 불편하지 않으며 무엇보다도 북측에서 어느 정도의 신뢰가 있는 인물이면 좋겠다는 결론이 내려졌다. 그것은 이와나미 출판사의 『세카이』지 주간을 지내고 이제는 사장이 되어 있는 야스에 료스케 선배였다. 그렇지만 실제로는 그가 북측에 나의 의사를 통보하되 그를 겉으로 드러내서는 안 된다는 생각이었다. 앞서 언급했듯이 야스에 사장은 『세카이』지에 수년 동안 '한국으로부터의 통신'을 연재하여 한국의 민주화운동을 일본 시민들에게 알려온 탓으로 한국 정부에 일본의 기피 인물 1호로 찍혀 있었고, 그의 코리아 통일을 위한 가교로서의 역할은 앞으로도 소중하겠기 때문이었다. 북에서 초청장이 오고 나의 방북이 결정된 뒤에 공식적으로 나를 북측에 연결했다는 사람을 미리 정해두어야 했다. 이토 교수의 의견에 따라 일본 사회당의 도이 다카코 위원장으로 정하기로 하였다. 그녀는 국제적으로도 알려진 인물이고 남한의 작가가 문화 교류를 목적으로 북한을 방문하는 길을 주선한다는 것은 이웃나라의 정당 대표로서 정치적으로 당연히 해야 할 일을 하는 셈이기 때문이었다.

먼저 야스에 료스케 사장을 만나서 저간의 한국 사회의 대북 민간교류에 관한 동향을 말하고 나의 방북 의사를 밝히며 도움을 청하자 그는 기꺼이 응낙했다. 그리고 나는 시부야에 있는 정경모 선생의 '씨알의 힘' 사무실로 찾아갔다. 내가 방북할 의사를 밝히자 정선생은 빙긋이 웃으며, "그렇게 가고 싶다고 아무나 갈 수 있나 뭐" 하면서 사뭇 시치미를 뗐다. 그는 저녁이나 먹자면서 사무실 근처 식당으로 자리를 옮겼고 술 몇 잔이 들어가자 슬슬 본론이 나오기 시작했다. 어떤 일 때문에 그는 북에 다녀왔다고 했다. 평양의 인상을 말하고 초대소에서 먹었던 옛날식 간고등어구이의 맛을 이야기했다. 어려운 형편에도 열심히 소박하게 살아가고 있더라는 얘기였다. "내가 늙어서 그런가, 툭하면 눈물이 나와서 아주 혼났네." 그러더니 일본인 손님들뿐인 식당 안을 한번 둘러보고 목소리를 낮추어 문익환 목사의 방북을 준비중이라고 말했다. 나도 그런 풍문을 들은 적은 있었지만 그것이 사실임을 알고는 좀 놀랐다. 우리 외에도 여러 분야에서 방북의 가능성을 타진하고 있었던 것이다. 정경모 선생은 한 팔에 문익환 목사를, 다른 팔에 우리 황석영 작가를 끼고 38선을 넘게 될 줄은 몰랐다면서 어린아이처럼 즐거워했다.

나는 조심스럽게 문익환 목사의 방북과 나의 일을 분리해줄 것을 요구했다. 문익환 목사는 '전국민족민주운동연합'이라는 사회단체의 명분상 통일을 위한 정치협상의 성격을 가진 방북일 터였다. 나로서는 '문화 교류' 이외의 다른 명분을 가지고 있지 않음을 분명히 하고 싶었고, 무엇보다 민예총이나 작가회의와 조직적으로 논의하지 않은 우발적 상황이기 때문이었다. 문익환 목사는 이미 북한의 '조평통(조국평화통일위원회)'으로부터 공식적인 초청을 받아놓고 있던 반면에 나는 북한 '문예총(조선문학예술총동맹)'으로부터의 초청장을 기다리고 있었다. 나는 작가로서 북에서의 나의 운신의 폭을 보다 넓고 유연하게 해야 하며, 내 활동은 보다 대중적이어야 한다고 판단했다. 그리고 북한 기행문을 한국의 잡지든 신문이든 공식 매체에 싣고 출판하는 것까지 염두에 두고 있었다. 물론 국가보안법은 그러한 경중을 가리지 않았고 결국은 상황에 따라 나의 활동도 작가의 분수를 넘어서게 될 줄을 그때는 몰랐다.

정경모 선생은 나의 말을 곧 이해하고 그러면 누구에게 방북 주선을 부탁할 거냐고 물었다가 내가 그저 웃기만 하자 더이상 묻지 않았다. 그리고 이토나 와다 교수 같은 일본인들에게 문목사의 일에 대해 발설해서는 안 된다고 주의를 주었다. 그는 한민통 등 다른 재일동포단체들을 별로 믿지 않고 있었으며 이런 복잡한 관계를 잘 모르는 일본인 벗들이 경솔하게 그들에게 알릴까 염려했다. 그것은 이미 자신이 동포 조직에서 당했던 여러 가지 상처들 때문인 듯했다. 우리는 약하고 곡절 많은 나라의 백성들이어서 그런지 해외 통일운동에서도 파당이 심하고 서로 음해하며 이해관계에 따라 모이고 흩어지고를 되풀이했다.

보름쯤 지나서 야스에 료스케 사장이 문예총 백인준 위원장 이름으로 보내온 초청장을 내게 전달해주었다. 그리고 야스에 사장은 내게 소개장 한 장을 써주었다. 나는 이토 나리히코 교수와 함께 중국대사관에 가서 통과비자를 받았다. 일본을 떠나기 전에 이토 교수가 비서 고토 마사코 씨를 통해 도이 다카코 사회당 위원장과의 면담을 주선해주었다. 나는 몇 년 전 일본에서 육 개월을 체류했을 때 출판기념회 자리에서 도이 위원장을 만난 적이 있었는데 정면으로 바라보는 큰 눈과 시원시원한 태도가 여성으로 느껴지지 않을 정도였다. 그녀는 나의 방북 이후 행보가 어려워질 것을 염려해주었다. 내가 사십여 년 만에 고향에 가는 길이라고 북행을 설명하자, 도이 위원장은 좋은 여행이 되기를 빈다면서 부럽다고 말했다. 그녀 역시 바야흐로 냉전체제에 변화가 올 것이라는 예감이 든다고도 했다. 어쨌든 나의 방북 주선을 그녀가 공식적으로 감당해주기로 했으므로 헤어지기 전에 이토 교수가 '증명사진'을 찍었다. 나는 이토 교수와 일한연대위원회 총무인 다카사키 소지 교수 등에게 나의 방북 사실이 언론에 보도된 후에 발표하라며 성명서를 써서 맡겼다.

일본으로 출국한 지 약 이십 일 만인 3월 18일, 나는 베이징행 중국 민항기에 올랐다. 승객 대부분이 일본에 다녀가는 중국인들이었고, 그들 중에는 관료나 사업체 간부인 듯한 사람들도 있었으며 일본인 관광객들은 그때만 해도 별로 눈에 띄지 않았다. 일찍 좌석 배치를 받아서였는지 아니면 배려 때문이었는지 내 자리는 비행기 맨 앞쪽 세 좌석의 가운데 자리였고 아무도 내 곁에 앉지 않았다.

바다를 건너자 구름 사이로 중국 대륙의 험준한 산맥이 끝없이 흘러가고 있었다. 젊은이들이 성명 문건을 쓸 때마다 '통일염원 몇 년'이라고 쓰던 일이 생각났다. 그렇다. 분단 사십사 년의 세월이 흐른 것이다. 나는 떠나기 전날 호텔에서 잠을 이룰 수가 없었고 여권을 공항 구내에서 잃어버렸다가 다시 찾기도 하면서 허둥댔다. 다카사키 교수는 내 머리에 알밤을 먹이는 시늉을 하며 주의를 주었다. 미지의 북한은 옛날이야기에 나오는 도깨비 나라나 마녀의 은신처처럼 떠오르기도 했고 낯설고 무수한 눈들이 내 등뒤에서 노려보고 있는 듯한 착각도 일어났다. 나는 호텔방에 앉아서도 나 자신이 분리되어 스스로의 행동을 남처럼 지켜보고 있는 것 같은 이상한 느낌에 사로잡혔다. 나는 이 느낌이 반세기 동안 분단된 채 살아오면서 익숙해 있던 금기를 깨뜨리면서 일어난 일종의 가벼운 편집증이라고 생각했다.

비행기는 차분히 내려앉지 못하고 한 단계씩 툭 떨어지는 것 같았다. 입국심사대 앞에 섰을 때 출입국 관리는 통과비자가 찍힌 별지를 찬찬히 들여다보면서 고개를 갸우뚱했다. 그때까지만 해도 한국과 중국은 아직 미수교국이었던 것이다. 출입국 관리가 중국말로 뭐라고 물었지만 나는 알아듣지 못했으므로 아무 대답도 하지 않았다. 그가 누군가를 부르니 여성이 다가섰다. 그는 남자 옆에서 내 여권을 집어 들춰보고 나서 영어로 물었다. "어디로 가는가?" "확정되지 않았다." 나는 준비했던 대답이 아니라 즉흥적으로 말했던 것 같다. 그녀는 고개를 갸웃했다. "통과비자가 아닌가?" "그렇다. 너희 정부가 허락해주었다." "다음 행선지가 어디인가?" 나는 그냥 벌쭉이 웃을 수밖에 없었다. 그녀는 두 손을 들어 보이며 여권을 내밀었다.

짐 찾는 곳에서 아직 정돈되지 않은 베이징 공항의 혼잡을 겪어야 했다. 공항 구내는 마치 시골의 시외버스 정류장처럼 어둠침침하고 어수선했다. 승객들은 비좁은 구내에 몰려서 우왕좌왕하면서 한 시간 가까이 짐이 나오기를 기다려야만 했다. 화물을 얹은 운반벨트도 정품이 아니고 합판과 타이어 조각으로 엉성하게 이은 것이라 볼품이 없었다. 나는 한산해질 때까지 기다릴 작정으로 층계의 맨바닥에 쭈그려앉아 있었다.

점퍼 차림의 땅딸막한 사내가 이리저리 둘러보면서 내 쪽으로 다가왔다. 그는 나를 잠깐 쳐다보더니 또렷한 우리말로 물었다. "황선생입니까?" 그렇다고 하니까 그는 다시 물었다. "짐이 많습네까?" 나는 혼잡스러워서 기다리는 중이라고 대답했다.

처음 내 앞에 나타난 그 사내가 북한 사람이라는 것을 알았지만 별로 놀라지는 않았다. 그의 모습이 좀 부자연스러워서 나는 그를 두고두고 놀렸다. 그는 조평통의 과장쯤 되는 직책이었던 모양인데 내게 친근한 모습을 보여주려고 그랬는지 껌을 질경질경 씹으며 나타났던 것이다. 뒤에 평양에 가서는 그가 그렇게 맛있게 껌 씹는 모습을 본 적이 없으니 아마도 의도적이었던 게 분명하다. 아마 그도 남한 사람인 나에게 말을 거는 일은 평생에 처음이었을 것이다. 마치 1930년대의 배우처럼 머리를 올백으로 넘기고 봄 코트의 깃을 세운 그의 얼굴은 햇볕에 몹시 그을려 한껏 멋부리고 대도시에 나온 시골 사람 같았다. 나중에 그들 중앙당 소속 사무원들이 매주 금요일마다 평양 교외의 '남새농장'에 나가서 노력봉사를 한다는 얘기를 들었다.

"인차 차를 부를 테니까 잠깐만 기다리기요." 그가 어디론가 훌쩍 가버린 뒤에 나는 다시 공항 대합실에 혼자 남아서 이제는 되돌이킬 수 없이 북으로 가게 되는구나 생각했다. 그가 묻지도 않고 내 가방을 끌고 나가서 검은색 대형 벤츠에 실었다. 운전석의 사내가 푸념 반 인사 반 섞어서 내게 투덜거렸다. "수요일부터 매일 공항에 나왔수다. 거 한번 만나기 힘들구만."

그는 앞서 만났던 안내인과는 분위기가 어딘지 달랐다. 맵시가 있고 표정이 차가운 데가 있었다. 그가 공항 구석에 쪼그리고 앉아 있던 나를 제일 먼저 알아보았던 모양이다. "황선생 안경은 언제부터 썼소?" 그가 나를 오래전부터 알고 있었다는 듯이 물었다. "한 일 년쯤 됐어요." "사진보다 미남이오."

곁에 앉은 안내인이 말했다. "오늘이 토요일이니 북경에서 이틀 밤 자야겠습니다. 일없겠지요?" 평양에 가는 비행기가 월, 화, 그리고 금요일에 있다는 것이었다. 그러니 월요일에 떠난다는 말이겠다.

줄지어 늘어선 포플러의 그림자가 자동차 불빛에 휙휙 지나쳐가고 있었다. 우리는 베이징 호텔에 도착했다. 호텔은 근대 이래로 세 번이나 잇달아 증축했다는데 비좁고 아기자기하고 빈틈없는 일본 호텔에 비해서 어딘가 썰렁하고 엉성해 보였다. 그렇든 저렇든 내 마음은 벌써 저편 한반도의 북쪽 땅에 날아가 있었던 탓에 어떠한 이국 풍물도 눈에 들어오지 않았다.

안내자와 나는 어쩐지 썰렁하기만 한 방에서 그가 사온 술로 건배를 했다. 우리는 별로 할 얘기가 없어서 중국에 대한 험담을 늘어놓았다. 그는 중국의 잡동사니 같은 뒤죽박죽의 사회 변화와 '혁명의 변질'에 대해 이야기하다가도 몇 번씩이나 감탄했다. "기래두 이 많은 인구를 멕여살리는 일이 간단치 않아요."

이튿날은 일요일이라 천안문광장이며 자금성이며 대충 둘러보았지만 나는 원래 고적이니 기념물이니 관광에는 시큰둥한 편이라 역시 거리의 사람들을 관찰하는 게 재미있었다. 가끔씩 젊은이들이 다가와서 달러를 바꾸자고 말을 걸기도 했고, 젊은 아가씨가 자기를 사달라고 멀리까지 따라붙을 때도 있었다. 나는 서구의 유행을 서투르게 흉내낸 듯한 많은 남녀를 보았는데 그들은 외국인과 눈이 마주치면 어쩐지 쑥스러워하는 듯한 눈치였다. 나는 심리학자는 아니지만 그러한 자의식이 많은 고장에서 태어나 자랐기 때문에 쉽사리 알아볼 수 있었다. 방북 이후 돌아가는 길에 다시 베이징에 들렀을 때 나는 '천안문사태'의 시발점이 되는 산발적인 시위를 보게 되었고, 거리의 젊은이들의 어딘가 불안정하던 표정을 다시 떠올렸다. 당시만 해도 나는 자본주의 세계에 대한 역증이 심하던 때여서 그들이 뉴욕의 자유의 여신상을 만들어 시가행진에 앞세운 순진함을 약간 냉소적으로 보았다. 그랬다가 망명하여 뉴욕에 이르러서야 당시의 참사에 대해 자세히 알게 되면서 중국 젊은이들의 그 순진함을 이해하고 우리와는 또다른 세계의 자유에 대한 열망으로 받아들이게 된다.

다음날 공항에 나가니 조선 민항기를 타려는 승객들은 재일동포들이 많았고 고국으로 돌아가는 북한 유학생들로 보이는 말쑥한 차림의 젊은이 몇 명이 보였다. 미국에서 오는 듯한 교포도 있었다. 나는 그들이 주고받는 말투에서 사는 지역을 대강 짐작할 수가 있었다.

어째서 다른 나라에 나가면 어린이와 여성에게서 고국의 낯익은 향기를 느끼게 되는 것일까. 비록 푸른 제복을 입고 있었지만 키가 훤칠하고 달덩이 같은 조선 여자가 비행기 안에서 음전하게 인사하고 있었다. "음료수 드시겠습니까?" "뭐가 있어요?" "배 사이다, 샘물, 맥주가 있습니다."

나는 샘물을 시켰다. '신덕샘물'이라는 딱지가 붙어 있었다. 잠시 후에는 쟁반에 껌을 받쳐들고 왔는데 '진달래'표였다. 옛날에 담뱃갑에서 보던 것과 비슷한 꽃 그림이 조악한 인쇄로 찍혀 있었다. 안에는 은박지를 쓰지 않고 빳빳한 파라핀 종이 비슷한 것으로 포장을 했다. 껌을 접으려고 했지만 토막토막 부러져버렸다. 그러나 한참 우물거리니까 부드러워지기 시작했다. 제법 씹을 만했다. 이런 서투른 상품에서

북을 엿보는 느낌이었는데 그래도 승객에게 당당하게 권하고 있었다.

베이징에서 평양까지는 한 시간 반이 걸리는 거리라 음료수에다 사탕에다 나올 만큼 나왔는데도 기내 음식이 또 나왔다. 쟁반을 받고 보니 카스텔라 두 쪽에 국영농장에서 나왔다는 굵은 소시지 썬 것과 삶은 달걀과 소금이었다. 마치 초등학교 소풍날이나 운동회날에 먹던 음식 같았다. 달걀을 깨 껍질을 벗기다보니 기차 여행도 생각이 났다. 이런 달걀이라면 능히 옆자리의 사람에게 권할 수 있을 것이다. 곁에 앉았던 안내인이 나의 팔을 건드리며 말했다. "지금부터 조국의 상공입네다."

나는 얼른 창문으로 아래를 내려다보았다. 북쪽에서부터 험난하게 이어진 산맥의 골짜기들이 주름살처럼 보였고 응달에는 아직도 흰 눈이 두텁게 덮여 있었다. 갑자기 뜨거운 것이 목구멍 너머에서 울컥하더니 눈물이 눈가를 적시고 저절로 양볼을 타고 흘러내렸다. 아, 우리 땅이다! 그토록 오랫동안 밟을 수 없던 국토가 지금 눈 아래 펼쳐져 흐르고 있었다. 평양이 가까워지면서 비행기의 고도가 차츰 낮아졌고 마을과 언덕이 내려다보였다. 대부분의 야산들은 모두 계단식 밭이나 과수원으로 개간되어 있었으며 관개수로가 일직선으로 서로 엇갈려서 연결되어 있었다. 아직은 가지가 앙상하게 드러난 이른봄이라 벌건 황토흙이 끝 간 데 없이 계속되고 있는 듯했다. 직선의 관개수로들이 모여 드넓은 저수지로 이어지기도 했다.

*

비행기가 평양 북방의 순안비행장에 내렸고 다른 승객들이 모두 내려서 공항 건물로 들어갈 때까지 나는 안내인과 기내에서 기다려야 했다. 안내인이 말했다. "황선생 방문은 문목사 일행이 오기 전까지는 비공개입네다. 행사도 조촐하니까 양해하시라요."

창밖을 보니 푸른 코트 차림의 소녀가 꽃다발을 들고 서 있고 그 뒷전에 몇 사람이 서성거리는 게 보였다. 트랩을 내려가자 소녀가 앞으로 나서며 한 손을 위로 비스듬히 쳐들었는데 나중에는 익숙하게 된 소년단의 경례였다. 소녀가 또랑또랑한 목소리로 말했다. "황석영 선생님이 조국에 오신 것을 환영합니다." 나는 얼결에 꽃다발을 받고 나서 아이의 뺨에 뽀뽀를 해주면서 중얼거렸다. "오 그래 고맙다. 우리 딸 같구나."

곁에서 의전을 맡아보는 듯한 남자가 나를 어느 키 큰 노인에게 소개했다. "조선문학예술총동맹 위원장 백인준 동지입니다." 그가 나를 와락 껴안더니 등을 두드리며 말했다. "잘 왔소, 이게 얼마 만이오."

나는 다시 최승칠 소설가와 최영화 시인과 차례로 껴안으면서 우리가 같은 동포이며 더구나 모국어를 사랑하는 문인이라는 생각으로 가슴이 뜨거워졌다. 우리는 몇 대의 차량에 나누어 타고 시내로 들어갔다. 야산의 과수원 입구에 써붙인 '우리 식대로 살아나가자'라는 구호가 첫눈에 들어왔고 그것은 나의 북에 대한 인상을 어느 정도 결정지은 말이기도 했다.

나는 평양 시내 외곽의 초대소에 안내되었다. 사방에 숲이 우거지고

도로 쪽으로는 과수원에 둘러싸여 있어서 처음에는 어디가 어딘지 분간을 할 수가 없었다. 나중에야 평양 중심가에서 십여 분쯤 걸리는 시의 서북방 교외 어디쯤이라는 짐작을 하게 되었는데, 이곳은 초대소로뿐만 아니라 예술가들의 창작실로도 쓰인다고 했다. 작가들만이 아니고 작곡가나 연극 영화 대본가들도 집중적으로 빠른 시일 안에 작품을 완료하려 할 때 자주 이용한다고 했다. 나중에 내가 다시 방북하게 되었을 때 가족과 함께 주로 머물던 곳도 이 서재골 초대소였는데 그 무렵 외국 사절이나 외교관들도 머물고 있었는지 외국 국기가 집 앞에 게양되어 있는 게 눈에 띄기도 했다. 그리고 철봉리 초대소에서 장기간 머물기도 했는데 그곳은 외국 귀빈들이 머물던 곳이라고 했으며 너른 저수지 둘레로 저택 네댓 채가 멀찍이 떨어져 서 있었다.

기다란 단층 양옥인데 카펫이 깔린 복도를 따라서 피아노가 있는 응접실 겸 영화실, 식당, 방이 연달아 있으며 서재가 있고 욕실 겸 화장실, 그리고 당구대와 탁구대가 있는 오락실, 벽의 삼면이 책으로 가득한 도서실이 있으며, 내 방은 현관에서 가장 가까운 곳에 있는 널찍한 방이었다. 방의 초입은 거실 겸 서재이고 다시 문을 열고 들어가면 안쪽에 욕실이 붙은 침실이 있었는데 호텔의 스위트룸과 비슷한 구조였다. 서재에는 백과사전류며 여러 종류의 참고 서적이 꽂힌 책장과 책상, 안락의자가 있고 텔레비전이 있으며 구석에 천리마표 냉장고가 있었다. 책상 위의 문갑을 열어보니 만년필, 연필, 볼펜, 백지며 두툼한 노트와 메모 수첩이 있었다.

냉장고 안을 열어보았다. 역시 배 사이다, 귤물, 금강산 오미자물,

백두산 들쭉물, 룡성맥주, 금강생맥주, 그리고 광천수와 신덕샘물 등이 있었다. 우유과자와 가운데 크림을 넣은 샌드 비스킷, 젤리와 오랜만에 보는 가래엿도 눈에 띄었다. 또한 투박한 배와 알이 작은 토종 사과가 두 개씩 접시에 놓여 있었다. 나는 그중에서 샘물과 오미자물이 가장 좋았으며 엿이 그럴듯했다. 엿은 엿기름을 고아 만든 전통 방식의 지나치게 달지 않은 구수한 맛이었다. 방에는 모두 개성산 화문석 돗자리가 정갈하게 깔려 있었다. 개성에서는 주로 이와 같은 종류의 토산품이나 경공업 제품이 나온다는데 전쟁 직후부터 그곳의 제품으로 지명했다고 했다.

침실에는 나무침대와 붙박이 옷장, 그리고 의자 두 개와 작은 다탁 위에 커피, 인삼차, 중국 재스민차와 홍차가 있고 전열 주전자가 있었다. 경대가 있고 그 위에 미안수, 크림, 나리꽃 향수, 포마드, 동백 머릿기름 등속이 놓여 있었다. 목욕탕에는 소나무 향내가 나는 솔비누와 인삼치약이 있었다. 다른 나라의 침실과 다른 것은 오직 한 가지, 벽에 김일성 주석과 김정일 비서의 사진이 걸려 있고 그들의 교시가 적힌 액자가 걸려 있는 점이었다. 내가 이렇듯 기억을 되살려 장황하게 집과 방과 물건들을 소개하는 것은, 이것이 고위층을 포함한 북한 서민들의 실생활을 반영하는 바는 아닐지라도 어쨌든 그들이 지향하는 '유복한 생활'의 모습일 테고 그들이 세계시장에서 비켜나 있으면서도 만들어낸 '국산 소비품'의 소박함을 엿볼 수 있었기 때문이다.

내 방에는 언제나 과자나 초콜릿 같은 단것이 준비되어 있었는데 나의 동반자로 초대소에 함께 기거한 최승칠 작가는 몇 주 동안에 서로 흉허물이 없는 사이가 되어 나를 방문한 김일성대학 교수나 사회과학원 연구교수 등이 나갈 때면 얼른 그런 주전부리를 한 움큼씩 집어다 그들의 호주머니에 쏟아넣어주곤 했다. 손주들 갖다주라는 것이 그의 인사말이었다. 그러고는 북한에는 경공업제품이 귀해서 어린이들이 이런 과자를 얻어먹는 것은 수령의 생일이나 명절날에 배급으로 나올 때뿐이니 일 년에 한두 번이라고 내게 속삭였다.

도착 첫날 초대소에서는 나를 환영하는 작은 연회가 열렸다. 백인준 문예총 위원장과 최영화 제1부위원장, 최승칠 소설가, 그리고 나를 베이징에서부터 안내한 과장과 집의 살림을 맡은 일꾼, 나의 외부 행사를 위한 뒷바라지를 총책임진 것 같은 일꾼, 그리고 나까지 일곱 사람이 둥근 식탁에 둘러앉았다. 나는 당일꾼이라는 사람들의 직책과 이름을 물어본 적이 없었고 그들도 내게 말해주지 않았다. 조선노동당 당원이 이백만이라고 하는데 전체 인구의 십 분의 일쯤 되는 셈이다. 나는 이름과 직책을 모르니 불편한 점도 있고 해서 며칠 사이에 내 특유의 낙천적인 장난기로 그들의 별명을 지어서 불렀다. 베이징에서 만났던 일꾼은 고향이 함북 산골이라고 하여 '산골 아바이'로 불렀고, 살림 맡은 사람은 키가 작고 바지런한 중학교 교원 출신이라 '훈장'이라 지었으며, 민요를 걸쩍하게 부르고 고지식하여 그들 말대로 '인민적인' 책임자는 '머슴 동지'라고 불렀다.

머슴 동지와 함께 나의 시찰 일정을 준비하고 수행하는 사람이 두 사람 더 있었는데 그중 하나는 대학에서 불문학을 전공했다는 얼굴이 창백한 미남이었다. '불란서 배우'라고 별명을 지을까 하다가 그가 나와 동갑내기며 그에게 바이올린을 잘하는 열여섯 살짜리 맏딸이 있다기에 농담이 다른 곳으로 번졌다. 통일이 되면 내 큰녀석과 혼인을 시키자는 것이었다. 만일 그애들이 결혼 적령기가 될 때까지 통일이 안 되면 둘 다 노총각 노처녀로 시들어버릴 게 아닌가 걱정을 하다가도, 그러니까 반드시 통일이 되도록 서로 노력하자고 다짐하기도 했다. 그래서 그의 별명은 당연히 '사돈'이 되었고 그가 나를 부를 때도 사돈이라고 불렀다. 이들은 내가 문학예술인들과 함께 북한의 여러 곳을 돌아보고 다니는 동안에 뒷전에서 숙소와 교통편, 식사 안내 등을 조직하고 뒷바라지를 하느라고 참으로 고생이 많았다. 그들은 내가 때로 감정이 격해져서 눈물을 흘릴 때마다 뒤에서 찔끔거리며 따라 울었다.

소설가 최승칠은 함주 사람으로 김일성대학을 나와 노동신문 기자를 하다가 시를 발표하며 북한 문단에 나왔다. 나중에 알게 되었지만 그의 아내는 남한의 유명한 민속학자 임석재 교수의 둘째 딸이었다. 해방 이후 여대생이던 그들 자매는 국대안(국립서울대학교 설치 계획) 파동 때 반대운동에 나섰고 고모 등과 함께 월북했다. 그가 소설을 쓰고 조선작가동맹에 들어 전업작가가 된 것은 노동신문 기자를 그만둔 뒤의 일이라고 했다. 그는 나보다 열 살 위인 1933년생이어서 내가 선배님이라고 불렀는데 정직하고 따뜻한 분위기를 지닌 사람이었다. 그는 한 번도 자기를 내세우거나 설득하려고 하지 않고 내가 이해할 때까지 조용히 기다릴 줄 알았으며, 일꾼들과 내가 견해 차이로 실랑이를 하면 언제나 내 편을 들어주었다. 그와 나는 인생에 대한 여러 가지 이야기를 밤늦도록 나누고는 했다. 그는 나에게 우리가 남쪽에서 전혀 모르고 있었던 남한 출신 월북 문인들의 후일담을 때로는 암시적으로 때로는 안타깝게 얘기해주곤 했다. 또한 북의 일부 작가들이 작품을 도식적으로 만들어내는 경향에 대해서는 비판을 아끼지 않았다. 나는 그의 아파트를 방문해서 가족들과도 만났다. 내가 몇 차례 방문하고 1991년 마지막으로 평양을 떠날 때까지 그는 나의 동반자로 늘 함께 초대소에 와서 머물곤 했다. 나중에 소식을 전해듣기에 그는 내가 귀국하여 옥중에 있을 때 뇌졸중으로 사망했다고 한다.

백인준 위원장은 당시에 일흔이었으며 연희전문과 릿쿄 대학을 다니다가 학병으로 끌려갔다고 한다. 그는 릿쿄 대학에 다닐 때 도쿄 다카다노바바의 하숙집에서 시인 윤동주와 함께 하숙했다고 말했다. 윤동주는 릿쿄 대학에서 교토의 기독교계 사립대학인 도시샤 대학으로 옮겼다가 독립운동 혐의로 체포되어 후쿠오카 감옥에서 '생체실험'을 당하고 사망한다. 백인준은 도쿄의 그 하숙집에서 윤동주가 썼던 시 몇 편을 기억하고 있었고 술이 몇 잔 들어갔던 탓인지 그의 「쉽게 쓰여진 시」를 낮은 목소리로 읊었다.

창밖에 밤비가 속살거려
육첩방六疊房은 남의 나라,

시인이란 슬픈 천명天命인 줄 알면서도
한 줄 시를 적어볼까,

땀내와 사랑내 포근히 품긴
보내주신 학비 봉투를 받아

대학 노트를 끼고

늙은 교수의 강의 들으러 간다.

생각해보면 어릴 때 동무들
하나, 둘, 죄다 잃어버리고

나는 무얼 바라
나는 다만, 홀로 침전沈澱하는 것일까?

인생은 살기 어렵다는데
시가 이렇게 쉽게 쓰여지는 것은
부끄러운 일이다.

육첩방六疊房은 남의 나라
창밖에 밤비가 속살거리는데,
등불을 밝혀 어둠을 조금 내몰고,
시대처럼 올 아침을 기다리는 최후의 나,

나는 나에게 작은 손을 내밀어
눈물과 위안으로 잡는 최초의 악수.

　백인준은 근년에 들어 영화문학(시나리오)을 하는데 4·19를 다룬
〈성장의 길에서〉라든가 항일무장투쟁을 주제로 한 시나리오를 여러
편 썼으며 〈꽃 파는 처녀〉 등 혁명가극의 창작에도 참여했다고 했다.

머리가 벗어진 그는 허리가 꼿꼿하고 어깨가 딱 벌어진 건장한 체격이었다. '4월의 봄 축전' 공연을 함께 보다가 해외동포들의 순서가 되자 그들이 통일된 조국에 떳떳하게 돌아와 살지 못하는 나라 형편이 분하다고 눈물을 짓기도 했다. 그는 몇 해 전의 남북 문화 교류 때 서울에 왔던 적이 있어서 비교적 서울을 잘 아는 편이었다.

시인 최영화 부위원장은 육십대였는데 체격이 마르고 약해 보였지만 의외로 강골인 듯했다. 그가 가끔 흘리는 말을 듣다보면 손자들의 사탕을 빼앗아 먹기도 하는 모양이고, 주위에 어려운 처지를 당한 문인들이 생기면 자신에게 문제가 될 터인데도 당에 항의도 하고 어떻게든 해결해보려고 이리저리 뛰어다닌다고 했다. 사실 그는 자신의 아내가 암으로 입원해 있는 어려운 처지인데도 나와 동행하여 여러 곳을 순방해주었다. 전에는 후배들이 밤늦게 떼를 지어 우르르 몰려가면 인근 상점에서 맥주를 상자로 날라다가 밤새껏 '자빠뜨리며' 마시고 문학 얘기로 싸움도 하고 목청이 터지라고 노래도 부르고 했단다.

다른 식구들은 때에 따라 들락날락하는 사람들이었고 내 식사와 청소를 거들어주는 여성들과 요리사와 운전사, 그리고 살림을 총괄하는 '훈장' 일꾼과 최승칠 작가가 고정된 식구인 셈이었다. 요리사는 서른 갓 넘은 젊은이였는데 육전대에 갔다 와서 요리사 교육을 받았노라고 했다. 역도를 했다는데 구십오 킬로까지 들었다고 자랑했다. 술을 마시면 빠른 박자의 서양 젊은이들 춤을 추어 보이고는 했는데, 팔뚝에다 문신을 새겨넣었으며 성격은 매우 단순하고 우직해 보였다. 아마도 그는 중국요리 계통의 조리법을 배웠음이 틀림없었다. 나는 차츰 이 초대소 겸 창작실의 음식에 질리기 시작했는데 그가 어떤 음식을 하든지 중국음식 비슷하게 느끼했다.

그리고 혜숙이가 있었다. 그녀는 이제 스물한 살 먹은 예쁜 처녀였는데 어머니와 함께 초대소 일에 배치되었다. 집은 평양에서 가까운 서해안의 남포라고 했다. 어머니는 이삼 일에 한 번씩 집에 다녀오는 모양이지만 그녀는 거의 외출을 하지 않는 것 같았다. 아버지는 기술자이고 동생들은 중학교에 다니고 있었다. 혜숙이는 고등학교를 졸업하고 아직 대학에 가지 못했다. 기회가 오면 교원대학에 가겠다고 했다. 북한 젊은이들은 모두 학교에서 예능 한 가지씩을 배운다고 들어서 그녀에게 무슨 악기를 다룰 줄 아느냐고 물었다. 바이올린이나 손풍금 또는 플루트나 첼로를 할 줄 안다는 대답을 듣는 것은 북에서는 아주 흔한 일이었다. 그러나 혜숙이는 예술체조를 전공해서 여러 번 발표회에 나갔다고 말했다. 역시 나중에 보니 노래는 썩 잘하는 편은 아니었다. 그녀는 주로 나와 최승칠 작가의 식사 시중을 들어주고 차를 끓여 내오거나 빨랫감을 내가거나 외출할 때는 배웅하고 귀가할 때는 현관 앞에 마중을 나왔다. 별로 말이 없었지만 감정은 풍부한 편이었다. 대개 책을 읽고 식탁을 차릴 때는 그즈음 평양에서 인기라는 빠른 박자의 전자음악을 틀어놓았다. 한번은 우리가 서커스 교예를 구경하러 갈 때 동행한 적이 있었는데 한복 맵시가 훌륭해서 칭찬해주었더니 공연이 끝나 돌아갈 때까지 수줍어서 우리 곁에 나타나지 못했다.

나는 북에서 잠들었던 첫날 밤을 잊을 수가 없다. 아마도 긴장이 풀려서였는지 연회에서 몹시 취했던 모양인데, 언제 침실로 들어가 누웠는지도 기억이 없었다. 목이 말라서 깼는데 두세시쯤 되었을 것이다.

주위는 적막한데 먼 숲속에서 소쩍새가 울고 있었다. 밤새 소리는 마치 서울의 북한산 기슭이나 광주 또는 해남의 야산 언저리에서 듣던 것과 똑같았고 어느 마을에선가 들려오는 컹컹 개 짖는 소리도 다를 바가 없었으니 결국 온 강토가 한마을인 셈이었다. 남쪽에서의 내 삶의 기억들이 캄캄한 어둠 속에서 아득히 먼 곳의 일처럼 흘러갔다. 자본주의 공산주의 소쩍새가 따로 있을 리 없건만 우리는 제 민족끼리 끔찍하게 갈라져서 서로 다른 삶을 살아온 지 벌써 사십 년이 넘었다. 그 긴 세월을 건너서 내가 북에 와 있다는 현실이 믿기지 않는데다 우리 아이들에게도 언제까지 서로 오고가고 만날 수도 없는 운명을 짊어지고 미래를 살아가게 할 것인가 하는 생각 때문에 잠이 완전히 달아나버렸다.

새소리에 이끌려 창문을 열고 컴컴한 숲 쪽으로 고개를 내밀었다. 어슴푸레하게 동이 터오고 있었다. 어두운 하늘가에 새벽녘 가느다란 빛의 띠가 나타나고 있는 중이었다. 젖은 땅냄새가 훈훈하게 풍겨오는 듯했다. 평양에서의 새날이 그렇게 밝아오고 있었다.

평양은 내 어머니의 고향으로 우리 식구가 월남하여 남쪽에서 자라면서 어머니에게서 그녀의 유년 시절이며 가족들의 습관과 음식과 친척들의 이야기를 귀에 못이 박히도록 들어서인지 친숙하게 느껴졌다. 흐르는 대동강을 보면서도 얼어붙은 강 위에서 스케이트를 타던 여고 시절의 어머니가 그려졌다. 어머니는 남에서 혼자가 되어 우리 사 남매를 키우고 억척으로 살아가는 동안에 어려운 때마다 '나는 평양 여자다. 어디다 내놔두 너이들 데리고 살 수 있다'고 자신과 우리에게 다짐하곤 했었다. 북의 여성들이 생활력이 강하다는 말을 되풀이하던 어머니는 여기서는 아무도 우리를 도와줄 사람이 없으니 우리 힘으로 살아가야 한다는 나름대로의 각오를 보여주려고 했던 것이다. 나는 긴 겨울밤에 동치미에 말아 먹는 메밀국수의 맛이라든가 노티 맛이나 큼직한 왕만두의 맛에 대해서도 어머니의 솜씨를 통해서 알게 되었는데 어머니는 언제나 남한의 모든 음식맛이 고향 것만 못하다고 탄식을 했다.

어머니는 만주와 이북에서 살던 때의 집 문서나 일제시대의 채권 따위를 피난 시절부터 돌아가시기 전까지 낡은 손가방에 보관해두고 잠들기 전에 혼자서 몰래 꺼내 펼쳐보고는 했었다. 그것은 아마 재산권을 확인하려던 것이 아니라 추억 속의 집과 부근 풍경을 되새겨보려는 몸짓이었을 것이다. 내가 다섯 살 무렵까지 평양에 살던 기억은 마치 꿈속에서처럼 희미하지만 어머니의 추억담으로 그 잔상이 오래 남아 있었다.

평양은 한마디로 서울과는 전혀 다른 모습을 하고 있었으며 도쿄나 뉴욕과는 더욱 다른 도시였다. 굳이 외국 도시와 견주자면 베를린과 비슷한 인상을 받았다. 평양과 베를린 모두 혹심한 폭격으로 부서진 폐허 위에 건설된 도시다. 장벽이 무너진 뒤에 동베를린 구역에 가서 전후복구 시기의 아파트들을 보면서 평양 보통강 구역의 1950년대에 지어진 벽돌 단층 아파트들과 모양과 구조가 거의 똑같다고 생각했다. 그것은 사회주의식 속도전으로 지어진 모스크바의 집단 주거지를 그대로 적용한 것이라는 설도 있었다. 어느 외국인은 평양이 여러 가지 건축 양식이 혼잡된 도시라고 비판적으로 보기도 하는데, 그것은 전쟁 직후부터 1980년대에 이르기까지 북한의 이념적인 진전과 사회 발전에 따른 건설의 질적 양적 변화에서 그 이유를 찾아볼 수가 있을 것이다. 서양 고전 양식과 동양적인 양식이 섞여 있으며 조경은 우리 식인데 광장이라든가 다리나 기념물들이 서양식이라는 느낌을 받았다. 그리고 근년에 지어진 것들은 그야말로 초현대적인데 자금 부족으로 짓다가 중단한 상태이던 유경호텔의 외관은 전위적으로 보였다. 평양은 이미 수천 년 역사의 흔적을 지닌 고도가 아니라 잿더미 속에서 사회주의적 도시계획으로 새로 건설된 신흥 도시였다. 남북교류가 활발하던 1990년대 말에서 2000년대 중반에 이르기까지 개성, 금강산, 평양 관광으로 남한 사람들 백여만 명이 방문을 했고 이제는 수시로 평양 시내가 한국의 방송에 비춰지는 시대라서 별로 새로울 것도 없게 되었다. 하지만 내가 첫 방문을 했던 때만 해도 아직 소련을 비롯한 사회주의권이 존재하고 있었고 어려운 가운데도 자급자족 형식의 배급경제가 기본 시스템을 유지하고 있었다. 몇 년 안 가서 북한은 급속도로 어려워졌고, 나는 감옥 안에서 저들이 말하는 '고난의 행군' 시기를 텔레비전 방송을 통하여 보게 된다.

평양은 직장을 중심으로 구역이 조직되어 같은 직장 사람들이 같은 아파트 구역을 배당받고 살아가고 있었다. 나중에 암거래하는 장마당이 지방에서 먼저, 그리고 훨씬 어려워진 뒤에는 평양의 뒷거리에도 생겼다고 하지만 내가 가본 곳은 우리네의 면세점이라고 할 외환상점과 백화점과 각 기업소 부근에 있는 편의시설 등이었다.

서방 기자들의 눈에 비친 평양 인상기는 대개가 비슷한 것이었다. 평양에 인적이 없으며 자동차도 상가도 드물다거나, 구호가 적힌 현수막이나 주석을 위한 건조물과 동상만 있다든가, 행인들의 옷차림이 협수록하다, 백화점에 물건이 없다, 바깥 세계가 어떻게 돌아가는지 모르고 상품의 질도 형편없다는 식이었다. 모두가 정해진 시각에 학교나 직장에 나가고, 정해진 시각이면 교통이 끊기고, 별다른 밤문화라든가 유흥시설이 없는 평양에서 출퇴근시간을 넘기면 인적이 한산해지는 것은 당연했다. 내가 처음 방문했을 당시만 해도 북의 살림살이가 남한에 비해 뒤처져 있어도 부족한 대로 자급자족하는 분위기였다. 그래서 주말이나 휴일 오후에 대동강변이나 모란봉 근처에 가면 허름한 작업복을 외출복으로 갈아입고 놀러 나온 젊은이들과 가족들을 어디서나 볼 수 있었다. 다만 그들의 생활은 단조롭고 조직되어 있었다. 그들은 허락된 범위 안에서만 자유로울 뿐 개인적인 일탈은 조직적으로 금지되어 있었다. 어느 조직에나 학급의 주번처럼 담당 세포가 있는 듯했고, 내가 초대소에서 지내는 동안에도 그곳의 구성원들은 일이 끝난 뒤에 총화회의를 하고 주말학습을 하는 눈치였다. 하루는 혜숙이가 주방 탁자에 쪼그리고 앉아 뭔가 열심히 노트에 적고 있어서 들여다본 적이 있었다. 그녀는 '친애하는 지도자 김정일 동지의 현지지도 말씀'을 필사하는 중이었다. 아마도 조직의 숙제였을 것이다. 나는 이른바 고위층이라는 간부들과 수령인 김일성 주석마저 매우 단조롭고 심심하고 외로울 거라고 상상했다. 실제 평양에서의 내 일상이 그러한 단조로움의 반복이었기 때문이다.

나는 문익환 목사가 한국에서 출국하여 일본을 떠나올 때까지 비공개로 조용히 평양 시내를 둘러보았고 만수대예술단, 피바다극장, 인민대학습당, 평양산원, 학생소년궁전, 평양백화점, 지하철, 시범농장 청산리, 주체사상탑, 모란봉, 김일성 생가인 만경대 등지를 안내하는 대로 따라다녔다. 3월 25일인가 과장이 창작실에 들렀다가 내게 문익환 목사가 무사히 도쿄를 떠나 베이징을 거쳐 평양에 도착했다고 말해주었다. 문익환 목사는 일본의 정경모, 한국의 중소기업가 유원호 등과 함께 일본기독교교회협의회의 주선으로 방북할 수 있었다고 했다. 이에 앞서 현대그룹 명예회장인 정주영이 당국의 승인 아래 북한을 방문했고 금강산 개발에 대한 기획을 발표했다. 북측은 한편 '북남 제정당 사회단체 연석회의'를 개최하자며 각 당 대표와 김수환 추기경, 문익환 목사, 백기완 등을 개별적으로 초청했다. 그러나 전자는 정부의 승인을 받았으니 괜찮고 후자는 북한의 통일전선 전략에 말려든 것이라며 불허하고 처벌한다는 것은 7·7선언의 기본 원칙에도 어긋나는 모순된 처사였다. 이때부터 남한의 언론 방송은 일제히 문익환 목사 일행과 나의 방북에 대해 호들갑스럽게 뉴스를 쏟아내기 시작했고 일부 언론은 비교적 차분하게 사실 보도를 내놓았다.

당국의 승인 없이 김일성과 통일 문제를 논의하겠다며 북한을 전격 방문, 충격을 던지고 있는 문익환 목사는 유신 때인 74년부터 십오 년째 반정부활동을 해오고 있는 골수 핵심 재야인사 중의 한 사람.

문목사는 74년 10월 유신체제 반대를 위해 결성된 재야단체인 '민주회복국민회의'에 참가하면서 재야활동을 시작했으나 본격적으로 민주화투쟁의 한복판에 뛰어든 것은 75년 8월 절친하던 장준하씨가 야산에서 의문의 변사체로 발견되면서부터. 76년 3월 1일 소위 '명동 사건'으로 불리는 '3·1민주구국선언 사건' 선언문을 초안, 긴급조치 9호 위반으로 구속돼 이십 년의 중형을 선고받았다. 77년 12월 형집행정지로 이십이 개월 만에 석방됐으나 '유신체제 6주년을 맞아'라는 성명 발표에 연루돼 78년 10월 형집행정지 취소로 재수감됐다.

10·26 이후 출소한 그는 80년 'YWCA 위장결혼 사건'과 '김대중 내란음모 사건'으로 다시 수감되었으며 지난 86년 5월 민통련 의장 당시 '5·3인천사태'와 서울대에서 과격 시위를 선동한 혐의로 구속되는 등 지금까지 네 차례에 걸쳐 칠 년간 옥살이를 했다.

문목사는 1918년 북간도 명동에서 문재린 목사의 장남으로 태어나 용정 은진중학, 만주 광명고보와 조선신학교(한국신학대학의 전신)를 졸업했다. 시인 윤동주 등과 함께 중학교를 같이 다녔던 문목사는 당시 북한에서 명문으로 꼽히는 평양고보에 진학했으나 신사참배에 반대하다 광명고보로 전학했으며 일본신학교 유학중 학도병 지원을 강요받고 스스로 중퇴하기도 했다.

문목사는 55년 미국 프린스턴 신학대에서 석사학위를 받고 귀국, 한빛교회 목사, 한국신학대 교수를 역임했다. 그는 85년 3월 민주통일 국민회의, 민중민주운동협의회 등 재야단체를 통합, 민통련을 발족시켜 의장직을 맡아 재야운동의 '사령탑' 역할을 해오다 금년 초 전민련이 설립되면서 민통련을 해체하고 고문직을 맡아 사실상 재야활동의 일선에서 물러났다.

특히 통일에 대한 집념이 강해 '통일꾼'이라 불리는 그는 대학가, 사회단체 등 각종 강연을 통해 재야통일운동을 주도해왔다.

문목사는 "분단 오십 년 내에 통일을 이루지 못하면 분단이 영구 고착된다"는 말을 주변 사람들에게 입버릇처럼 해왔으며 김일성의 북한 초청을 백기완씨와 함께 환영하기도 했다.

지난해 말 TV에서 방영한 북간도 다큐멘터리를 보고 "인터뷰에 나온 사람들이 모두 잘 아는 고향 사람들"이라며 향수에 젖곤 했다는 것. 고향 용정에는 어머니 김신묵 여사의 6형제 후손과 조부모의 산소가 있으며 문화대혁명 때 숙청당한 연변대학 전 총장 임민호씨가 이종사촌이기도 하다.

부인 박용길 장로와의 사이에 3남 1녀를 두고 있다. 장남 호근씨는 오페라 연출가, 둘째 성근씨는 〈칠수와 만수〉의 주역을 맡는 등 연극계에서 손꼽히는 배우. 평민당 부총재 문동환 의원이 친동생이기도 하다.

─경향신문, 1989년 3월 27일

3월 27일 아침에 나의 행사를 총괄하는 책임자가 긴장한 기색으로 아침 일찍부터 등장하여 '오늘 중요한 행사가 있다'고 알리면서 양복 차림에 넥타이까지 매라고 일일이 복장 지침까지 내려서 나는 좀 불편했다. 초대소 식구들은 내가 전날 어떤 모임으로 음주를 하게 되면 아침 일찍부터 식사하라고 잠을 깨우지는 않았으며 오전 일찍부터 시작하는 행사는 되도록 늦춰주곤 했다. 그가 일찍 찾아와 긴장한 기색을 보여서 나는 오늘 행사가 뭔가 중요하다는 것은 눈치를 챌 수 있었다. 나는 그에게 묻지는 않았으나 아마도 문익환 목사 일행과 같이 하는 공개 행사가 아닌가 생각했다. 책임자와 과장이 나를 차에 태우고 숲으로 둘러싸인 저택으로 데려갔는데 나는 처음에 거기가 어디인지 알 수 없었다. 현관 로비 앞에 차가 서자 검은 정장에 넥타이 차림의 젊은 이가 차문을 열어주었고 책임자가 곁에서 이곳이 주석의 거처라고 속삭였다. 현관을 들어서자 안쪽 로비에 낯익은 정경모 선생의 얼굴이 보였다. 서로 반갑게 안부를 묻고 문목사의 얼굴을 찾으니 정선생이 그는 지금 주석과 회견중이라고 말했다. 문익환 목사는 조평통의 초대 손님으로 김일성 주석과 독대하여 북의 연방제 통일방안과 남의 한민 족공동체 통일방안에 대하여 일종의 정치협상회의를 한 것으로 안다. 그것은 김일성 주석이 남한의 재야 민간 통일운동권과 통일론의 실천 방향에 대한 논의를 했다는 의미였다. 사실 노태우의 한민족공동체 통 일방안은 김일성의 연방제 통일방안에 대한 시대적 요구에 의한 응답 이었다(이것은 십수 년 뒤에 노무현과 김정일의 10·4공동선언에서 진 전 확인되었던 내용이다). 문익환 목사를 비롯한 재야 통일운동권은 당시 남측 대통령인 노태우의 통일방안을 반대하지 않으며 북측의 고 려연방제 안이 현실적으로 몇 가지 어려운 장애가 있음을 지적하고 이 행기의 단계를 거쳐야 함을 설득했다.

남측 재야의 연방제 안은 말하자면 남과 북이 자기의 사상과 제도를 절대화하거나 그것을 상대방에게 강요하면 대결과 충돌을 피할 수 없 게 되고 분열을 심화시키므로 서로 상대방의 사상과 제도를 그대로 인 정하는 기초 위에서 동등하게 참여하는 민족통일정부를 세우고, 그 밑 에서 양측이 같은 권한과 의무를 지니고 각각 지역자치를 실시하는 연 방공화국을 수립하여 통일하는 것이 가장 합리적이라는 것이었다. 이 러한 연방제 안은 1990년대 내내 탄압을 받았다. 1994년 8·15 행사과 정에서 이천사백여 명이 연행되었으며, 1996년 8·15 행사 때에는 육 천여 명이 연행되어 사백여 명이 구속되었다. 어쨌든 북의 주장은 두 체제를 그대로 둔 채 통일하자는 것이고, 남의 연합제 역시 서로의 존재를 이해하자는 것이니 결국은 평화공존을 하면서 통일해나가자는 뜻이다. 그것이 남과 북의 연방제와 연합제의 가장 중요한 골자이고 공통점이다. 즉 평화통일은 남과 북의 엄숙한 민족적 의무로서 전제되어 있다.

이후 내가 석방되고 나서 이 년쯤 있다가 2000년 6월 15일 평양에서 대한민국 김대중 대통령과 조선민주주의인민공화국 김정일 국방위원장이 정상회담을 통해 공동선언을 발표했으니 이를 '6·15 남북공동선언'이라고 한다. 그 5개 기본조항은 다음과 같다. 1. 남과 북은 나라의 통일 문제를 그 주인인 우리 민족끼리 서로 힘을 합쳐 자주적으로 해결해나가기로 하였다. 2. 남과 북은 나라의 통일을 위한 남측의 연합제 안과 북측의 낮은 단계의 연방제 안이 서로 공통성이 있다고 인정하고 앞으로 이 방향에서 통일을 지향해나가기로 하였다. 3. 남과 북은 올해 8·15에 즈음하여 흩어진 가족, 친척 방문단을 교환하여 비전향 장기수 문제를 해결하는 등 인도적 문제를 조속히 풀어나가기로 하였다. 4. 남과 북은 경제협력을 통해 민족경제를 균형적으로 발전시키고 사회, 문화, 체육, 보건, 환경 등 제반 분야의 협력과 교류를 활성화하여 서로의 신뢰를 다져나가기로 하였다. 5. 남과 북은 이상과 같은 합의사항을 조속히 실천에 옮기기 위하여 빠른 시일 안에 당국 사이의 대화를 개최하기로 하였다.

합의안의 두번째 항에서 보듯이 남측의 연합제 안과 북측의 낮은 단계 연방제 안이 공통점이 있으니 이 방향으로 통일을 지향하자는 뜻이다. 남한 정부의 3단계 통일방안 중 1단계인 '남북연합'은 남과 북이 독립국가로서 국방 및 외교권을 각각 보유한 채 남북연합 정상회의와 남북연합회의, 남북연합 각료회의 등을 통해 협력하는 단계로서 '1민족 2국가 2체제 2정부' 형태를 뜻하는 것이다. 반면에 북조선이 주장하는 낮은 단계 연방제는 완전한 '고려연방제' 달성에 앞서서 잠정적으로 지역 정부에 국방과 외교권까지 부여하는 것으로 연합제 안과 '1민족 2체제 2정부'는 같지만 '1국가'를 표방하고 있다. 그러나 남북한의 체제 공존을 인정한다는 점에서는 남북연합과 공통점을 지니고 있다. 근년에 와서 한국 보수정부는 '북한 붕괴론'을 전제하고 '흡수통일'을 공공연하게 주장했지만 이것은 한반도에 대한 기득권을 직간접적으로 주장하는 미국과 중국의 영향력을 일부러 외면한 비현실적인 가상의 희망에 지나지 않았다. 일본이 유사시 자위대가 한반도와 북한 영역에 진출할 수 있음을 언급한 데 대하여 한국측이 우리와 논의를 거쳐야 할 것이라고 밝히자, 일본측이 다시 '한국의 권한은 휴전선 이남에 한한다'고 답했던 사실을 기억해야 한다. 헌법에 한반도와 부속 도서를 국토로 규정하고 분단된 북한 지역을 평화적으로 통일해야 함을 대통령의 임무로 정한 이상, 그 누구도 통일을 목적으로 전쟁을 수단화할 수는 없다.

로비와 접견 장소 주위에는 검은 정장의 건장한 남자들이 서 있었는데 그들이 호위총국 요원들임을 나중에야 알았다. 호위총국 사람은 나에게 주석을 만나기 전에 질문하면 대답하라든가, 단답형으로 짧고 큰 목소리로 말하라든가, 주석의 말을 끊거나 묻지 않은 이야기를 하지 말라든가, 밝은 내용을 말하라든가, 아무튼 여러 주의사항을 늘어놓았지만 나는 기질상 접견실에 들어가는 순간 잊어버리고 '자유주의적인' 언행을 해버려서 측근들을 당황하게 했고 김일성은 그게 더욱 재미있었는지 나의 튀는 행동에 크게 웃곤 했다.

접견 장소로 들어가는데 김주석이 문 안쪽에서 기다리고 서 있었다. 체격이 크고 쇳소리가 나는 음성이었다. 한 사람씩 악수를 하던 그는 내 차례가 되자 반갑다는 듯 나를 포옹했다. 그가 키도 덩치도 나보다 커서 그의 품에 파묻히는 느낌이 들었다. 나중에 들으니 그는 멀리서 손님이 오거나 특히 해외동포들이 오면 포옹하고 등을 가볍게 두드려준다고 했다. 정주영 회장이나 문선명 교주와 만났을 때도 포옹을 했다고 한다. 그는 누구에게나 정중한 경어를 쓰고 간혹 친근한 자리가 되면 나직하게 반말로 묻곤 했다. 나에게도 격의 없는 자리가 되면 황동무, 황작가라고 부르다가 공식석상에서는 황석영 선생이라고 깍듯이 말했다. 그는 젊은 시절의 사진에서 보는 것처럼 호남자였고 회색의 반백 머리를 올백으로 넘겼으며 특히 눈썹이 길고 짙게 드리워진 것이 인상적이었다. 원형 탁자에 김주석을 중심으로 왼편에 문목사, 오른편에 내가 앉고 정경모, 유원호, 북쪽의 조평통 위원장 겸 통일전선부 부장인 윤기복 비서와 정준기 조평통 부위원장이 동석했다. 주석은 백 살이 가까운 문목사 어머님의 안부도 물었고 용정이나 북간도 시절의 추억도 이야기했다.

문목사는 용정에 살 때 수많은 독립운동가들이 집에 묵어가기도 하고 여럿이 드나들었는데 안중근 의사도 모친이 대접해드린 일이 있다고 말했다. 김주석도 만주 시절을 이야기하면서 중국 항일연군과 연대할 때 중국인 부락을 지나다가 군량을 보급받거나 숙박하고 나서 현금이 없으면 간단한 차용증을 써주고 '조선인민혁명군 김사령'이란 글을 남기곤 했는데, 중국혁명 후에 옛날 지주들을 척결하면서 김사령의 차용증을 보관하고 있던 지주들은 거의 다 사면했다는 말이 있더라고, 중국 정부의 간부들 중에서 자신과 가장 가까웠던 저우언라이가 전하더라면서 웃었다. 특히 만주는 옛날 기록이나 '꺼우리'라는 만주 지역 사람들의 성으로도 알 수 있듯이 고구려의 옛 땅이라는 점을 강조했다. 중국의 시안을 비롯한 예전 고구려 땅에서는 남한에서 '식혜'라고 부르는 감주를 담가먹는데 덩샤오핑이 감주를 썩 좋아한다고 하면서, 안타깝게도 그 너른 땅을 우리 조상들이 국토로서 지켜내지 못했다고 말했다. 함경북도 일대에 한때는 여진족이 살았다고 하면서 아오지탄광, 주을온천 등의 지명이 여진의 옛말인데 아오지는 '불타는 돌'이고 주을은 '뜨거운 물'이라고, 인민들 중에도 예전 여진의 성을 가진 이가 간혹 있어서 모두 우리 식으로 고쳐주었다고도 이야기했다. 그는 어느 지방에 관해서 말할 때도 "거 전쟁 때 삼 형제를 잃은 명천 아주마니네 맏손자 있디. 올해는 아무래두 장가를 보내줘야가서. 기래야 그 아주마니 맘이 편하갔디" 하는 식으로 항상 그 동네 누구네라고 정확하게 기억하고 있었고 반드시 인민들에 대한 이야기로 되돌아가고는 했다.

정경모가 느닷없이 주석님 어머님이 전도부인이 아니셨느냐고 묻자 그는 잘 못 알아들었다는 듯 되물었고, 모친께서 교회당에 나가시지 않았느냐는 말씀이라고 측근이 설명해주자 웃으면서 "우리 오마니는 살기 힘드시니까 교회에 가서 주로 주무셨디" 하고 대꾸했다. 나중에 정경모 선생에게 주석의 모친에 대하여 질문했던 이유를 물었더니 그의 외조부가 장로교회 목사였고 외삼촌은 장로였으며 부친도 장로교단 소속의 숭실학교를 다녔고 모친의 성명이 '강반석'이라 '베드로'라는 기독교 이름이 아닌가 하여 물었다고 했다. 그러고 보니 나의 외가도 마찬가지지만 당시 이북의 개화 지식인이라면 대부분 기독교와 관련이 있었다. 김주석의 부친 김형직은 교회식의 야학을 운영하면서 청년들을 모으고 민족주의적 독립운동을 하다가 나중에 러시아혁명과 신문물을 접하면서 무산자계급을 중심으로 하는 새로운 독립운동에 눈뜨게 되는데, 이때가 아마도 그가 가족을 평양에 남겨두고 만주로 떠날 때였을 것이다.

김일성은 교회 이야기를 잠깐 하고 나서 슬그머니 화제를 다른 곳으로 돌렸다. "우리가 한창 백두산을 중심으로 활동할 때인데 그때 백두산 근처엔 인가가 하나두 없었소. 우리 말고는 거저 천불교인지 뭔지를 믿는 사람들 집단이 있댔는데 화전을 갈면서 귀틀집 몇 채를 짓구 부락을 이루어 살았지요. 거참 종교라는 거이 대단해. 그 사람들 단군도 믿고 부처도 믿고 산신령도 믿는 잡탕인데 대단한 사람들이야. 원시림 속에서 뭐 먹을 것이 있갔소. 백두고원 지대가 겨울이 되면 무섭습네다. 눈하구 바람밖엔 없어요. 우리가 행군하다가 그 사람들 가끔씩 마주치군 했다. 40년대에 들어와서 왜놈들 토벌이 심해지자 그 사람들두 안 보이두만. 나중에 우리만 남았디."

그는 이야기를 매우 쉽게 했고 직접적으로 대답하는 것보다는 사물이나 자신의 옛날 체험을 비유로 들며 돌려서 자기의 생각을 표현하곤 했다.

문익환 목사 일행은 김일성 주석과의 면담을 마치고 4월 3일에 평양을 떠날 예정이었다. 나는 북한의 지방 취재를 위하여 이십여 일가량 더 체류할 작정이었고 문목사 일행이 평양을 떠나는 날 오전에 그들의 숙소를 방문했다. 숙소는 외국 수반들이 오면 묵는다는 대동강변의 영빈관이었는데 차가 넓은 정원 안으로 들어가다가 정자 부근에서 멈추었다. 문익환 목사가 정자 위에서 혼자 대동강을 내려다보며 쉬고 있었다. 그는 방금 시 한 편을 썼노라며 수첩에 적은 싯귀를 큰 소리로 낭송했다. 우리 모두 어쩔 수 없는 낙천주의자들이었지만 이제 돌아가면 구속될 험준한 길을 앞에 두고 어쩌면 저렇듯 무사태평인지 나는 문목사가 낭송하는 시를 들으며 그의 순수한 열정에 감복했다. 우리는 처음부터 분리해서 방북했던 취지를 서로 확인했다. 그리고 서로가 준비되지 않은 상태에서 어쩔 수 없이 동행하게 된 기업인 유원호에 대해 걱정했다. 아마도 조사과정에서 약한 고리인 그가 가장 심하게 당할 것 같다고 말했다. 그가 나중에 뒤처져서 들어가면 더욱 고립되고 입장이 난처해질 것이었다. 어쨌든 유원호 자신이 선택한 길이었고 그는 걱정했던 것과는 달리 의연하게 고초를 이겨낸다. 문목사는 내게 당부했다. "이번에 우리가 다 몰려들어가서 구속될 필요는 없어요. 황선생은 아무튼 북한 기행문을 써야 한다구. 그거 다 쓰고 들어오세요. 헌데 고생이 많을 거야. 시간이 길어질수록 부담도 커질 텐데."

칠십대 노인인 그가 오히려 내 걱정을 해주고 있었다. 정선생은 방에 있을 거라는 문목사의 말을 듣고 나는 영빈관 안으로 들어갔다. 방문을 열고 거실에 들어서자 정경모는 나에게 말없이 손을 들어 보이고는 그대로 앉아 있었다. 자세히 보니 귀에 이어폰을 꽂고 뭔가 열중해서 듣고 있는 모양이었다. 내가 뭐하시냐고 물으니 그는 입가에 손가락을 대며 조용하라는 시늉을 해 보이고는 이어폰을 내게 내밀었다. 슈베르트의 연가곡 '겨울 나그네' 중 열여덟번째 노래인 〈폭풍우의 아침〉이었다. '광란의 폭풍우는 하늘을 찢고 흩어진 구름은 몸부림치고 있다' 라고 시작되는 노래다. 맨 앞에 나오는 노래는 〈밤의 안녕〉인데 '살을 에는 듯한 밤의 추위 속으로 나는 사랑을 떠나 방랑의 길에 나선다'는 내용이다. 잃어버린 사랑의 추억을 남기고 정처 없이 먼길을 떠나는 나그네의 심경이 드러난 곡이다. 내가 한참 듣고 있었더니 정경모 선생이 말했다. "이 노래 사연이 꼭 우리들 같지 않아?"

엄중한 분단 상황 속에서 처벌을 각오하고 방북했다지만 어찌 이렇게들 태평할 수가 있는지 참으로 어처구니가 없었다. 앞에서 언급했지만 당시 남측은 '국가연합'으로 북측은 '연방제'로 통일방안이 팽팽하게 맞서 있었는데, 사실은 글자만 몇 개 다를 뿐 같은 소리였다. 문 목사가 남측의 형편상 중간에 과도적 기간이 있어야 한다고 떼를 써서 김일성 주석이 한발 물러섰다고 하는 것이 '느슨한' 또는 '낮은 단계'를 앞에 붙인 연방제 안이었다. 이 '느슨하고 낮은 단계'의 연방제는 우리들 행동의 흔적으로서 훗날 6·15 남북공동성명에 남게 된다. '느슨한'은 이제 우리 같은 사람들이 남북 위기의 시기마다 어떻게 해야 되는지를 잘 드러내는 정신이 되었던 것 같다. 우리 같은 사람들의 '느슨한' 통일관에 대해 감상적 통일관이라고 말하는 정치인들에게 하고 싶은 말이 있다. 그러는 당신들은 현실화되지 않은 내일을 현실이라고 생각하지 말라. 이제 김일성도 죽고 그의 후계자였던 아들 김정일도 죽었는데 북한이 붕괴했는가. 반세기 이상이나 한반도 북쪽에서 버티어오던 정치세력이 그렇게 간단하게 일시에 무너질 거라고는 보지 않는다. 김일성이 사망한 지 이십여 년이 지났건만 지금도 붕괴를 요행수로 바라고 강경한 대북정책을 유지해서는 안 된다. 또한 갑자기 무너진다면 매우 위험한 노릇이기도 하고, 우리가 개입하고 주도력을 갖지 못한 상태에서는 8·15 때처럼 강대국들이 한반도의 운명을 좌우하게 될 것이다. 하여튼 남북 모두가 살길을 찾으려면 우리가 주인답게 변화를 이끌어내야만 한다는 게 나의 생각이다.

나는 그들을 떠나보내고 북한에 이십여 일 동안 더 체류하면서 백두산 금강산 묘향산 일대와 두만강변을 돌아보았다. 그리고 김일성의 생일인 4월 15일을 전후해서 열리는 '4월의 봄 축전' 공연도 관람했다.

*

김일성의 생일에 그의 부인 김성애와 측근 몇 사람과 캄보디아의 노로돔 시아누크 부부가 동석한 식사 자리에 초대를 받았다. 장소는 주석청 건물이었는데 김일성은 로비에 나와서 기다리고 있었다. 만찬장 입구에 있는 응접실에 김일성 주석과 오진우 인민무력부장이 나란히 앉았고 나와 윤기복 비서가 맞은편에 앉았다. 시아누크 부부와 김성애의 모습은 아직 보이지 않았다. 응접실은 각자의 의자 앞에 탁자가 있을 정도로 넓은 홀이었다.

김일성은 거침없이 이야기했다. '나는 항일투쟁 시기부터 왜놈들이 몇 번이나 죽었다는 소문을 냈다. 몇 년 전에도 갑자기 서방 언론과 남쪽 신문에서 내가 죽었다는 기사가 났는데 여기 앉은 오진우 동무가 나를 쏘고 인민군대가 들고일어났다고 했다. 오래전에 남쪽에서 5·16 군사정변이 일어났을 때에 내 측근 누군가가 우리 쪽 사람이 일으켰다고 했지만 나는 믿지 않았다. 좀더 기다려보자고 했다. 역시 민간정부보다 더욱 북조선을 적대시하는 쪽으로 가더라. 나는 평생을 종파주의 때문에 마음고생을 많이 했던 사람이다. 만주에서 처음 무장투쟁을 시작했을 때, 초기에 독립운동하던 사람들도 점점 상황이 나빠지니 투항하거나 휴지 분자가 많아졌다. 안 하려면 저나 가만있으면 좋을 것을 목숨 걸고 싸우겠다는 젊은이들 사이에 분란을 일으켜서 서로 자기 세력으로 만들려고 동지들끼리 싸우게 했다. 민족주의다 사회주의다 싸우는 데서 그치지 않고 같은 주의자들끼리 작은 노선 싸움으로 서로 원수가 되었다. 조선 사람이 얼마나 파당 만들기를 좋아하는가 하면 조선 사람 둘이 모이면 네 당, 내 당, 우리 당 해서 당파가 셋이 된다'고 그는 말했다. 파당이 생겨서 틈이 벌어지면 바로 그 사이로 적이 들어오고 분란이 생긴다는 것이다.

김일성은 드디어 자기가 하고 싶었던 말을 꺼냈다. '박헌영이 당의 이론가로서 도움도 많이 주었지만 국내외에 분파를 많이 만들었다. 나야 젊어서부터 국외에서 무장투쟁을 했지만 국내에서 오래 정치투쟁을 한 사람 주위에는 정탐이나 반동도 많다는 것을 알아야 한다. 박헌영이를 내가 부수상으로 추대하고 결혼도 시키고 했는데 그가 주위 사람 관리를 잘못했다. 전쟁 때 우리가 옮겨다니며 회의를 했는데 숙소도 자주 옮겼다. 내가 옮겨다닌 곳마다 미군 비행기가 몇 번이나 정확하게 폭격했다. 그래서 우리 안에 밀정이 있다는 걸 알게 되었다.'

나는 그의 말에 독립운동의 초기부터 뿌리가 달랐고 조직도 달랐던 경쟁자 박헌영을 미제의 간첩으로 몰아 숙청한 그의 회한이 담겨 있다는 느낌을 받았다. 연구자들 사이에서는 1953년 남로당계의 숙청과

1956년 김두봉 등 연안파와 소련파의 숙청을 두고, 전자는 전쟁의 책임을 떠넘기는 작업이었고 후자는 중·소의 내정간섭에서 벗어나 수령체제를 공고히 하려는 작업이었다고 주장하는 설도 있다. 나는 나중에 베를린에서 윤이상 선생과 김일성에 대한 인상기를 나누게 되는데, 그가 표현하기를 김주석은 평상시에 너그러운 대인의 풍모를 보이다가도 심기가 거슬리는 일이 있으면 냉혹한 표정이 스치는데 날카로운 범의 눈이 여간 무섭지 않더라, 하는 말에 김의 두 얼굴에 대해 다시 생각하게 되었다. 감춰진 냉혹함이 있었기에 동지였으나 경쟁자가 된 많은 이들을 과감히 숙청할 수 있었을 것이다.

김일성이 자신은 동지들과 인민의 사랑을 많이 받은 사람이라면서 덧붙이기를, '만주에는 무장투쟁을 하던 조선인 부대가 많았고 이들을 이끌던 부대장들은 김책이나 최현 동무들처럼 모두 나보다 나이도 많고 경험도 많던 선배들이었다. 나는 부족한 점이 많았는데도 동무들이 나를 내세워주고 받들어주어서 막중한 책임을 떠맡게 되었다'고 했다.

그렇게 한참을 김의 이야기를 듣고 앉았는데 시아누크 부부와 김성애가 들어왔고 윤기복이 나를 김성애와 시아누크 부부에게 소개했다. 그들은 영어로 내게 몇 마디 인사치레의 말을 하고는 시종 프랑스어로 이야기했고 주석과 그의 사이에 간이의자를 놓고 앉은 통역이 대화를 이어주었다.

시아누크 캄보디아 왕은 유년기부터 프랑스식 교육을 받았고 프랑스 현지에서 고등교육을 받았다. 그는 19세 때 왕이 되었는데 대통령, 수상, 국회의장, 유엔 상임대표, 망명정부의 수반 등을 역임해 가장 직위를 많이 가진 왕이라는 별명이 붙을 정도였다. 2차대전 때 일본에 고

무되어 프랑스로부터 캄보디아의 독립을 선언하려 했으나 종전 후 프랑스 군대가 다시 들어오자 1953년 프랑스가 인도차이나에서 패퇴하기까지 참고 기다렸다. 젊었지만 온건하고 현명했던 것이다. 부인은 캄보디아와 프랑스 이탈리아계 혼혈인 모니크 이지 여사로 여섯번째 결혼이었다. 시아누크는 대외적으로 중립주의를 택하여 그가 온건 정치를 편 십오 년 동안 다른 동남아 국가들이 격변을 겪은 데 반해 캄보디아는 비교적 평화로웠고 번영을 누렸다고 한다. 베트남전쟁에 대해서도 중립을 지켰던 그는 차츰 미국에 불편한 존재가 되었다. 북베트남이 공산당인 크메르루주를 지원하지 않는 대신에 베트남 공산군이 캄보디아 동부지역을 기지로 하여 은밀히 작전하는 것을 묵인했던 것이다. 1970년 미국의 지원을 받은 론 놀 장군의 쿠데타로 시아누크는 실각했다. 크메르루주의 폴 포트는 캄보디아 인민들의 지지를 얻으려고 시아누크 왕을 상징적 국가수반으로 내세운 다음 활용하고 나서 지위를 박탈했고. 그는 중국으로 망명했다가 김일성의 호의로 북한에도 망명처를 얻었다. 그는 이후 중국과 북한을 왕래하며 지냈는데 영화 제작과 감독을 자청하여 북한의 도움으로 영화를 만들기도 했다. 파리에서 캄보디아 연합정부의 평화협상이 진행되어 십삼 년의 추방과 망명 생활 끝에 그는 1993년 왕위를 회복하게 된다. 아무튼 결말은 좋게 끝났지만 이 낙천적인 도련님에게도 아시아 약소국의 탈식민지 과정은 길고도 험난했다.

수수한 회색 한복 차림의 김성애는 그저 집안에서 일하는 노부인처럼 보였는데 북의 신문 방송에서 부인을 기사로 다루거나 사진을 내는 일이 전혀 없다고 했다. 그녀는 전쟁중에 인민군 전사로 낙동강 전선까지 내려왔다가 낙오되어 천릿길 행군을 감행한 것으로 알려져 있었다.

모니크 왕비는 중년의 혼혈 여성으로 앉아 있는 내내 잔잔한 미소를 머금은 표정으로 말하는 사람을 바라보았다.

키가 좀 작고 땅딸한 몸집의 시아누크 왕은 기다란 손가락과 크고 축축한 눈이 정 많고 감성이 풍부한 인물로 보였다. 시아누크는 캄보디아에서 실각된 뒤에 중국으로 망명해 있었지만 일 년 중 봄과 가을은 북한에서 지낸다고 했다. 김일성은 국제 비동맹회의의 부의장을 지냈으므로 제3세계의 지도자들 중에 가까운 이들이 많았는데 당시 불우한 처지의 시아누크를 아우처럼 보살펴주고 있었다. 티토가 먼저 비동맹회의 의장을 지냈는데 그가 죽고 나서 모두들 김일성을 의장에 천거했으나 극구 사양했다고 한다. 그때 그는 이제 반제혁명을 부분적으로 완료했으나 제 나라와 민족도 통일을 못했는데 어떻게 그런 막중한 소임을 맡을 것인가 하며 부의장직만 수락했다고 전해진다. 당시 캄보디아 문제는 제네바에서 평화적 해결을 위한 협상회의가 이미 상정된 때여서 만찬석의 화제는 그쪽으로 돌아가고 있었다. 시아누크는 중국과 소련에 각자 세를 대고 있던 폴 포트와 헹 삼린이 자기의 중재에도 좀처럼 화해를 하지 않는다고 걱정을 했다. 그러면서 김주석이 선배로서 그들 사이를 중재해달라고 말했다.

김일성은 대답했다. "작은 나라일수록 종파가 심한 법입네다. 자기 인민의 힘을 믿지 못하고 큰 나라의 힘을 빌려서 권력을 잡아볼라구 하기 때문이오. 사실 나두 사십 년 동안이나 종파에 시달렸습네다. 세계에는 나라도 많고 민족도 많은데 모두 제각기 자기 식대로 살아가는 게 좋겠지요. 조선은 조선식으로, 캄보디아는 캄보디아식으로 살아야지 미국식이나 소련식으로는 살 수 없습네다. 이번에 성과도 좋아야 하겠지만 캄보디아 문제가 진정으로 해결되려면 먼저 캄보디아 사람들끼리 힘을 합쳐야 합네다. 남이 이래라저래라 한다구 해서 문제가 해결되지는 않습네다. 언제 그 두 분도 친왕 전하께서 한번 데리구 오십시오. 내가 중재를 해서 잘되면 친왕 전하가 술 한잔 내시오." 그는 이어서 시아누크를 위로했다. "내가 오래전에 수카르노 대통령이 살았을 때 인도네시아에 가본 적이 있습네다. 그길루 캄보디아에두 갔댔디. 인도네시아에는 빈민이나 거지가 많았소. 하디만 시아누크 친왕 전하가 있을 때, 캄보디아는 참 잘 살았소. 오순도순 욕심내지 않구 자기 인민들과 부지런히 일하면서 살문 어느 나라나 살 만한 거요. 그걸 힘센 나라가 못하게 하니까 그렇디."

시아누크는 흰 손수건을 꺼내 눈시울을 닦았고 모니크 왕비도 눈자위가 붉어져 있었다.

당시 나는 백두산을 다녀온 지 며칠 안 되었을 때였는데 김일성이 백두산 이야기를 꺼냈다. 백두산에서 안개 속에 끝없이 펼쳐진 개마고원을 내려다보던 감흥이 아직 생생할 때였다. 천지 건너편 봉우리들은 중국 땅이었으므로 만주는 내려다볼 수 없었지만 남쪽으로 아득한 백두고원에서부터 우리 국토가 연결되어 있음을 확인하던 감동을 내가 말했고 김일성은 자연스럽게 국경 문제에 대하여 말했다.

"우리가 중국하구 국경 문제를 확정한 건 전쟁 뒤였소. 제일 까다로운 게 백두산 문제였는데 국경 문제루 얘기가 나온 건 중국이 혁명하구 얼마 안 되었을 때니까 1950년 무렵이었을 거요. 중국에서두 만주가 있으니까 거길 저희 이름으루 장백산이라구 하거든. 리조시대 때에

청나라하구 이미 국경 문제를 해결했댔는데 백두산 정계비라구 있었다. 한번 찾아보라구 지시했더니 간신히 찾기는 찾았는데 백두산 근처에두 못 가구 저기 남포태산 아래 백두고원에다 던져두었소. 그러니까 아마 나라에서 정계비를 세우랬더니 책임을 맡은 벼슬아치가 가마 타구 근처까지 오긴 온 거요. 원시림 지나 고원을 넘어서 백두산 꼭대기까지는 안 올라간 게야. 고생스러우니까 그냥 적당한 데다 내던지고는 내려갔겠지. 중국에서 이걸 알고는 정계비에서부터 정하자는 거요. 당연히 얘기가 잘 진행이 될 턱이 있나. 나중에 주은래하구 팽덕회가 온다구 기래. 주은래는 거 사리가 통하는 사람이오. 나는 아프다구 병원에 들어가 있대서. 기래 둘이서 문병차 왔더구만. 내가 국경 문제를 꺼냈다. 아픈 사람하구 콩이야 팥이야 하기가 불편했갔디. 그 자리에서 결말이 났소. 압록강을 꼭 절반으로 나누어서 강 저편은 중국, 이편은 조선 하는 식으로 하구 백두산두 그런 이치로 나누었디. 두만강은 상류가 개천인데 개천 건너는 중국, 이쪽은 조선 하는 식으로 확정이 되었소."

화제는 다시 시아누크가 꺼낸 건강 문제로 넘어갔다. "건강의 비결이 뭐 따로 있소. 규칙적으로 생활하고 낙관적으로 생각하면 되는 게지. 우리네는 육십 청춘 구십 환갑이라구 하는데 그렇게 보면 나는 아직두 환갑이 못 되었소. 시골에 가면 아흔 넘은 노인들이 많습네다. 나는 항일투쟁하던 시절부터 최근까지 여러 번 죽었다는 소문이 나서 아마 오래 사는 모양이오. 일본 관동군이 김일성이 사살되었다, 체포했다, 여러 번 삐라를 뿌리구 관보에까지 나갔다. 혁명하려면 인민들처럼 낙관적으로 생활해야 합네다."

사실 옆에서 보기에도 김일성은 치아가 가지런했고 주름살도 별로 없는 편이었다. 다만 오른쪽 귀가 약간 어두워 측근 사람들이 음성을 높여 말하곤 했고 탁자에 마주앉아 담화할 때는 매 사람마다 자리 앞에 작은 스피커를 놓고 진행을 했다. 공식적인 때만 그렇고 대개 사적인 자리에서는 바로 옆에다 손님을 앉혔다. 그는 시아누크에게 코리아의 통일에 대해서 잠깐 언급했다. 그러고 나서 나에게 사진 한 장을 건네주었다.

"이건 지난주에 찍은 사진이오. 내가 아침에 정원에 나갔더니 잔디에 처음 보는 흰 새가 날아와 앉았더구만. 처음에는 웬 비둘기가 날아왔나 했는데 자세히 보니 흰까치요. 그래서 내가 부관보구 얼른 사진기 가지구 나와 찍으라구 했디."

사진에는 김일성의 말대로 꼬리가 길고 경쾌한 몸집의 하얀색 까치가 소나무 등걸 아래 앉아 있었다.

"두 번이나 날아왔소. 우리 전래에는 그런 일이 없는가 하구 그 홍기문 선생한테 물어보라구 했소. 『세종실록』에두 나오구 몇 차례 된다는 거요. 나라에 경사가 있을 제 나타났다구 하더군. 우리나라가 통일이 될래는 모양이오. 그 사진은 황작가가 잘 간직하시오. 기래서 통일의 기쁜 소식을 온 민족에게 알리는 흰까치가 되시오."

그후 몇 번의 북한 방문길에서 김일성은 틈이 날 때마다 개인적인 자리에 나를 불렀고 여러 가지 이야기를 했다. 이듬해에는 마침 가족이 독일로 나와 합류하게 되어 근심거리가 풀렸으니 잘된 일이라면서, 문목사가 처음에 무기 구형을 받았다가 십 년 징역의 언도가 내려진 것을 환기시키면서 말했다. "거 국가보안법인가…… 지금 풀면 앞으로 운신하기가 편해질 텐데…… 남쪽 사람들이 혼자선 그럴 여유가 없는 것 같소. 내가 문목사를 딱 두 번 만나서요. 두 시간이 채 못 될 거야. 그래 두 시간에 빨간 물이 들었으면 얼마나 들었갔소. 십 년 징역이면 노인보고 감옥에서 죽으라는 말인데 너무하다. 문목사님은 정말 하나님을 믿는 분이고 애국자입네다. 기런 분들이 오래 사셔야 할 텐데 내가 무슨 길이 없나 물어봤어요. 노인들은 추위가 좋지 않아, 보약을 좀 보내드려야 하갔는데."

내가 독일에 체류하고 있던 때에 임수경이 평양 세계청년학생축전에 남측 대학생 대표로 참석하기 위해 방북했는데 김일성은 그때를 상기하며 안타까운 심경을 가감 없이 표현했다. "임수경 학생은 정말 민족의 딸이요 영웅이다. 판문점 넘어가는 거 처음엔 말렸대서. 간부들이 찾아가선 노혁명가들이 편히 앉아서 어떻게 어린 여학생을 범의 입에다 넣겠느냐, 그랬더니 못 넘어가게 하면 호텔 삼십사층에서 떨어져 죽갔다구 하더라는 게야. 판문점에서 단식할 젠 모두들 밥이 안 넘어갔다."

그는 자신이 육문중학 시절에 길회선 철도 부설 반대투쟁으로 옥살이를 했던 경험을 이야기하면서 자기는 운이 좋아 옥살이를 길게 하지는 않았지만 다른 동지들은 처형당하거나 수십 년씩 감옥살이를 한 사람이 많다면서 투옥 경험의 좋은 점과 나쁜 점을 말했다. "나는 평생 동안 사람을 많이 만나서 관상을 좀 볼 줄 압네다. 우리 황작가는 재간둥이니 일을 많이 할 거요. 그 좋은 재간을 민족을 위해 끝까지 써야 합네다. 초기의 이광수의 재간은 얼마나 조선 청년들에게 힘이 되었소. 나중에 그 재간을 왜놈들에게 팔아먹으니까 민족에 큰 해가 되었거든. 황작가는 통일이 된 뒤에도 대작을 많이 남기시오. 이전에는 나두 현지지도를 다니면서 책을 읽었댔는데 요즈음은 눈이 많이 나빠져서 잔글씨는 오래 보지 못합네다. 꼭 읽고 싶은 책은 여기 남녀 배우들 시켜서 녹음하라구 하디. 그래 녹음기로 틈틈이 듣습네다. 문건은 활자를 크게 해다주기두 하구."

김일성은 부관이 장만해다준 녹음 『장길산』을 모두 들었는데 무척 칭찬을 했다는 전갈을 윤기복 비서에게서 들었다. 김일성이 젊어서부터 책을 많이 읽고 다른 나라의 혁명가들처럼 문학예술에 대한 저작도 했으므로 문학 이야기를 꺼내는 것도 자연스러운 일이었다. 그는 일본어는 물론이고 중국어를 유창하게 구사하며 러시아어도 좀 한다고 했다. 혁명사 박물관에 전시된 그의 옛날 사회과학 도서를 보면 대개가 일본어, 중국어로 번역된 책들이었다. 초창기에는 주로 신문물에 관한 일본 도서를 읽었던 것 같았다.

"내가 처음 과학을 접한 것은 만주로 가서 아버님이 내주시던 '10월 혁명'과 '파리코뮌'에 관한 일본 번역판으로 나온 책이었소. 체르니셉스키의 『무엇을 할 것인가』도 그 무렵에 읽고 감동을 받았소. 처음에는 소설을 별로 읽지 못하고 신사조에 관해서만 열심히 탐구했디. 무송을 떠나서 화전에 있던 화성의숙에 가보니 민족주의자들이 청년들을 키우느라고 세운 이 년제 정치학교였는데 한 육십여 명의 학생들이 있두만. 개중에는 독립군부대에서 추천을 받고 온 스무 살이 넘는 청년들두 있대서. 그중에는 나중에 같이 투쟁하게 된 동지들두 있었디. 화전 읍내에 아버님 친구분이 있었는데 거기서 책을 많이 빌려 보구 동무들과 토론도 많이 했디. 『공산당선언』『자본론』『임금로동과 자본』등을 그 무렵에야 읽었소. 본격적으로 다방면의 책을 본 건 육문중학교에 들어가서요. 학생총회에서 내가 도서주임으로 매번 선출되었디요. 육문중학교에는 당시에 최신 진보적인 서적들이 많았소. 특히 식민지 민족 문제와 제국주의에 관한 레닌의 평론들은 매우 유익했어요. 거기서 만든 독서회가 '타도제국주의동맹'의 모체가 됐소. 고리키의 『어머니』 『해연의 노래』, 오스트롭스키의 『강철은 어떻게 단련되었는가』도 당시에 밤을 새우며 읽은 책들이었소. 나중에는 톨스토이의 『부활』이나 알렉세이 톨스토이의 『고난의 길』 같은 책들도 읽었지. 도스토옙스키나 셰익스피어도 보았는데 거 다 위대한 작가디만 인민들 입장에서 보문 반동적이오. 나중에 산에서 빨치산 투쟁할 때에는 책을 구할 수가 없어서 주로 우리가 만든 등사판 신문에 나온 동지들의 글을 보았소. 동아일보나 일본 신문은 조선촌에 선을 대어서 보름치씩 모아다 보았고. 어쩌다가 정치공작 나갔던 동무들이 서울서 출판되어 나온 묵은 책과 잡지들을 민가에서 구해오는 일이 있댔는데 우리글로 된 거이 반가워서 광고까지 빼지 않고 봤디요. 한번은 웬 작가의 소설을 봤는데 머 발가락이 어쨌다는 제목이오. 끝까지 읽고 나서 우리 인민들의 실상을 생각하니 통탄스러웠소. 물론 그 작가는 서울에서 살았으니 눈보라 속에 있는 우리의 투쟁은 몰랐을 테지만 주위 인민들의 참상은 날마다 보았을 게 아니오. 이런 식으로 문학예술을 해서는 안 됩네다."

그는 점심으로 나온 콩물국수를 먹다가도 이렇게 말했다. "이거이언 감자 국수라고 하는 거요. 일전에 독일의 루이제 린저 여사가 왔을 때 독일에 감자 음식이 많은 줄 아는데 이런 방법은 아느냐고 했더니 얼린 감자로 요리하는 건 세계에서 조선밖에 없다고 하더군."

국수는 검은 색깔이었고 면발이 찰지고 맛이 있었다. 언 감자를 우려내어 녹말을 낸 다음에 반죽하고 썰어서 끓는 물에다 국수를 삶아낸다는데 차디찬 콩국물에 말아 먹기 좋았다. 위에는 검은깨를 뿌리고 함경도식 들갓김치를 얹어서 먹었다.

"우리가 두만강 연안에서 투쟁할 때에 인민들이 많이 도와주었소. 화전하는 인민들도 저희 먹을 것도 없는데 우리가 지나가는 산길에다 표를 해두고 감자를 묻어놓군 합네다. 눈이 한 길이나 쌓이고 땅은 꽁꽁 얼어붙어 있디. 감자를 파내면 다 시꺼멓게 얼어서 돌덩이야. 근거지루 짊어지구 가두 언 감자는 구워도 못 먹고 삶아도 못 먹어요. 그때 왜놈들 청야작전이 철저해서 보급선을 멀리서 차단하고 있대서. 얼어죽거나 굶어 죽고, 살아남으면 그때 빨치산들을 토벌하겠다는 소리요. 인민들이 준 것을 버려서는 안 된다구 그때 함경도 화전민 출신 동무가 녹말 우려서 국수 만드는 법을 생각해냈소. 가난한 인민들은 다 살아갈 궁리를 하는 지혜가 있두만. 맹물에다 소금만 넣고 끓인 국수가 어찌나 맛이 있든지."

한번은 김일성이 내게 북조선을 좀 다녀보았으니 우리 사회의 문제가 무엇인가 말해보라고 불쑥 물었다. 나는 그때도 다른 방문객들에 비해서 격의 없이 자유롭게 표현을 했던 것 같다.

"인민들의 생활력에 매우 놀랐습니다. 그런데 문제가. 북조선 사회에는 관절이 없는 게 아닌가 생각했습니다."

"관절, 거 무슨 소리요?"

"책에 보니까 주석님은 저 자강도 오지까지 현지지도하러 나가신다고 합니다. 그런데 어떻게 그 모든 곳을 다 돌아보시겠습니까. 작은 문제에서 큰 문제에 이르기까지 말단 손가락 발가락 끝에서 심장 중심부로 문제가 몰리겠지요. 중간중간에 문제를 스스로 해결할 수 있도록 민주적 재량권을 주는 게 낫지 않을까요? 그게 관절입니다. 전류도 과부하를 받으면 통하지 않게 됩니다. 관절이 굳으면 마비가 올 위험이 있습니다."

나의 말뜻은 당중앙이 모든 결정권을 쥐고 있으면 절차의 형식성과 허위 보고라든가 실적주의 같은 관료주의의 폐단이 심각해지리라는 얘기였고, 사회주의노동자 청년연맹이라든지 직업동맹이라든지 여성 동맹 등등의 당 외곽 단체에 민주적 재량권이 주어져야 하는 게 아닌가 하는 의문을 표현한 것이었다. 나는 어느 지방의 군에선가 김일성이 현지지도를 온다는 소식을 듣고 연도에 유실수를 급히 옮겨다 심고 예정하지 않은 배급을 주어 밥을 짓게 하였다는 일화를 기억하고 있었다. 내가 함경도 지방을 여행할 때 곳곳마다 '흙깔이 전투'라는 표어가 붙은 것을 보았다. 조심스럽게 물었더니. 그동안 지역에서 생산 목표의 몇 프로 달성이니 하는 식으로 보고가 올라왔지만 현지에 가서 보니 생산량은 점점 떨어지고 있었다고 했다. 비료는 들어오지 않고 퇴비도 장만하지 않아서 토질이 나빠지고 토지의 표층이 농사를 지을 수 없는 땅으로 변해가고 있었던 것이다. 대대적으로 조사를 해본 결과 이대로 두었다가는 몇 년 안에 농사를 지을 수 없게 될 땅이 엄청나게 많았다. 그래서 산에서 새 흙을 파다가 밭 위에 덮어주는 작업을 한다는 것이었다. 1990년대 이후의 대기근에는 물론 외부의 봉쇄가 큰 작용을 했겠지만 내부의 이러한 형식주의와 관료주의로 '주체농법'의 주체인 농민의 생산의욕이 말라버린 것도 원인이 되었을 것이다. 주석이

불시에 어느 농가에 들어가 밥솥을 열어보고 먼지가 하얗게 내려앉은 꼴을 보고는 봉당에 쭈그리고 앉아 눈물을 흘렸다는 일화를 어느 유명한 해외 인사의 부인이 내게 귀띔해주기도 했었다.

"거 훌륭한 관찰이오. 인민들은 관료주의와 투쟁해야 합네다. 당이 거저 내리먹이는 식으로 해서는 될 일도 안 됩네다. 너무 가진 게 없는 데서 잘해보려니 무리가 가는 거요. 우리는 자기 인민의 힘밖엔 믿을 데가 없으니까."

당시 정주영 회장의 방북에 대해서는 남쪽의 재야에서는 당황하고 달갑지 않아했다. 더구나 정회장이 방북하던 날에 현대 노동자들은 구사대로부터 집단 폭행을 당했던 것이다. 해외동포들 사이에서도 의외의 인물인 문선명 교주를 김주석이 만난다든가 극우적인 동포를 환대했다는 기사가 나오면 한결같이 좋지 않은 논평이 나왔다. 그러한 문제에 관한 김주석의 의견은 의외의 것이었다. "정주영이나 김우중 같은 사람을 남쪽에서 젊은 사람들이 뭐라구 부른다구?"

곁에 있던 측근이 대답했다. "예, 매판독점자본가라구 한답니다."

"오, 매판독점자본가라구 한다는데 나는 그렇게만 보지 않습네다. 돈 버는 것두 재간이오. 아무나 못합니다. 크게 보면 미쓰비시나 미쓰이는 남의 것이고 이건 기래두 우리 땅에 있는 거요. 조국과 민족을 위해서 쓴다면 좋은 일이디. 내가 해방 직후에 처음 인민들 앞에서 연설하면서 돈 있는 사람은 돈을 내고, 지식 있는 사람은 지식을 내며, 힘있는 사람은 힘을 내어서 새 조국 건설에 이바지하자구 했는데, 지금도 그 생각엔 변함이 없소. 분단된 상태에서 외세와 코를 맞대구 있으니까 남과 구별하자는 말이오. 우리 민족끼리 사이좋게 하나가 되면 그때는 당연히 생산관계가 달라져야디."

　김일성의 일생은 자기 표현대로 종파에 대한 투쟁과 더불어 통일전선을 확대해간 과정이었다고 해도 지나치지 않은 말일 것 같다. 만주에서 중국 군벌 반일부대들과 연대하던 일이라든가, 일본군과 싸우는 일보다 공산주의자의 박멸에 몰두했던 민족주의 우파와 합작하는 과정에서의 최창걸의 활동을 회상하고 평가하는 이야기를 김일성은 몇 번 되풀이하여 말했다. 최창걸은 민족주의 우파 단체인 '국민부'의 중대장이었는데 김일성의 간곡한 호소에 의해 병력을 이끌고 좌파 쪽으로 오다가 반발한 부하들의 총에 맞았다고 한다. 그때 그는 부상으로 죽어가면서도 자기를 쏘았던 부하를 절대로 처벌하지 말라고 신신당부했다고 하는데, 그것은 사상과 정견의 차이로 분열하지 말고 힘을 합쳐서 주적이며 외세인 일제와 싸워야 한다는 의식을 독립군 부대들에 올바로 전파하기 위해서였다는 것이다.

　좌경하면 길이 좁아진다든가, 대중활동은 복숭아처럼 먹음직한 거죽과 말랑한 과육과 단단한 씨알과 그 속의 부드러운 핵처럼 이루어져야 한다든가(거죽은 대중적 정치노선, 과육은 대중, 씨알은 중심조직, 핵은 조직 성원들 간의 의리와 동지애), 변혁을 위한 사상이 얼음처럼 냉정하고 단단한 논리일수록 그것을 현실 속에서 체득한 '지혜'라는 불씨로 녹여서 써야 한다든가 하는, 쉬운 비유 이외에도 재미있는 비유가 많았는데 나는 그것을 김일성의 '인민화법'이라고 명명했다. 독일 녹색당 대변인이며 국회의원인 라이너 베닝이 나에게 전해준 이야기도 재미있다. 개방개혁 문제에 관한 그의 질문에 김일성은 이렇게 말했다고 한다. "글쎄 답답하니까 창문을 좀 열긴 열어야겠소. 그런데 조금 열면 신선한 바람이 들어오지만 너무 많이 열면 파리, 모기 같은 벌레들이 많이 들어오겠지. 방충망을 쳐야 되겠지요."

그는 나에게 분단 현실에 관한 인상적인 말을 했다. "남쪽 현실은 옛날 양반들이 머리에 쓰던 갓과도 같습네다. 결국은 갓이 분단 문제라면, 이 갓은 머리에 얹혀서 두 줄 갓끈으로 지탱하지요. 하나는 미제의 갓끈이고 다른 하나는 일제의 갓끈이요. 한쪽만 느슨해져도 갓은 벗겨져버리고 맙네다."

이렇듯 만날 기회가 있을 때마다 달변인 그는 참으로 많은 이야기들을 했는데, 겉보기와는 달리 의외로 많은 독서량과 박식함이 엿보여서 내심 놀라곤 했다.

나에게 누군가가 개인적으로 '김일성을 어떻게 생각하느냐'고 묻는다면(누구든지 나의 방북 경험을 알고 있어서 강연이 끝나고 나면 불쑥 그런 질문이 도전적으로 날아오기 마련인데), 먼저 김일성이라는 이름을 빼놓고 우리 현대사를 이야기할 수 있는가 되묻고 싶다. 우선 객관적으로 드러난 그의 족적을 더듬어볼 필요가 있겠다. 그는 1912년생이니까 이른바 러시아를 비롯한 유럽이 제국주의 전쟁과 혁명의 시대로 접근하고 있던 때이며 혁명활동을 시작한 것은 학생운동조직이었던 1926년 '타도제국주의동맹'부터라고 알려져 있다. 따라서 그는 레닌, 스탈린, 티토, 마오쩌둥, 호찌민 등과 함께 사회주의 혁명가 1세대라고 하겠다. 다른 나라의 혁명가나 사회주의 사상가들은 우리에게 비교적 잘 알려져 있는 편이다. 우리 현대사에서도 일제강점기의 애국계몽운동이나 민족개량주의 문화운동 등은 과대하게 알려진 반면에 1930년대의 사회주의운동과 항일무장투쟁은 이념 문제 때문에 축소

되거나 잘 알려져 있지 않았다. 그는 일제시대 이래로 사망설과 가짜 설에 오르내렸고 그의 전력을 밝히더라도 주로 중국 자료나 소련 자료 에 빗대어 대국의 끄나풀 정도로 설명되었다. 아시아에서 혁명 초기까 지 코민테른 국제당은 중앙집권적 지도권을 행사하였으며 나라를 잃 은 베트남과 조선의 혁명가들은 '일국일당주의 원칙'에 따라 중국 당 에 소속되어 처음에는 중국혁명에 투신했다. 광둥과 상하이 코뮌에서 희생당한 혁명가의 많은 수가 조선 청년들이었다는 것은 김산의 『아리 랑』에서도 볼 수가 있다. 앙드레 말로도 그의 소설 『인간의 조건』에서 광둥 코뮌을 그리고 있는데 같은 시기에 호찌민도 중국 공산당 일원으 로 참가하고 있었다. 이런 연유로 김일성도 중국 공산당에 적을 두었 고 국제당과 조선 혁명의 과제라는 갈등을 넘어서기 위하여 두만강 연 안으로 활동 근거를 옮기게 된다. 당시 조선 혁명가들의 불우한 처지 는 옌안에서 식객으로 얹혀 있던 김산의 울분에서도 드러나고 있다. 평생을 혁명에 바쳐온 그도 마침내는 스파이로 몰려서 처단당한다. 연 해주에서 전설적인 무장투쟁을 벌여오던 홍범도도 말년에 스탈린에 의해 중앙아시아로 강제이주당한 뒤 극장 청소부로 쓸쓸하게 인생을 마감한다.

　김일성의 항일부대는 소련군의 앞잡이에 지나지 않으며 1940년대 에 우리의 항일 무장 역량은 전무했다는 식으로 주장하는 설이 있다. 사실 이 무렵에는 일제의 토벌작전이 치열해져서 항일 빨치산들은 소 부대 활동을 주로 하게 된다. 해방 직전에 미국과 소련은 유럽과 아시 아에서 해당 국가의 저항군과 연합부대를 편성한다. 프랑스, 이탈리아, 그리스, 유고 등지의 레지스탕스와 빨치산들이 그러했고 베트남의 호찌민과 디엔비엔푸의 명장 보응우옌잡도 미국 OSS의 훈련을 받고 연합군에 편성되어 항일전에 투입되었다. 이것은 임시정부에 있던 광복군들도 예외가 아니어서 한반도 침투를 위한 OSS의 군사훈련을 받고 대기하다가 원폭 투하로 해산되었다는 사실을 김준엽, 장준하 등의 수기에서 살펴볼 수가 있다. 두만강 연안 지형과 민심을 잘 알고 있던 김일성 부대가 당시의 연합국이던 소련군에 편입된 것은 당연한 일이며 새로운 사실이 아니다. 이는 미 국무부 자료에서 일본 관동군과 조선인들 사이에 널리 알려진 김일성 부대에 대해 언급하고 있는 것으로도 알 수 있다. 따라서 유일한 조선인 무장력으로서 인정받고 정규 연합군 부대에 편입되었다는 사실은 이전부터 동만주 일대에서 활동한 항일부대의 실존을 방증하는 자료가 된다. 따라서 분단의 반대쪽에 있다고 하여 김일성에 관한 최소한의 객관적 사실마저 왜곡하는 주장들은 바람직한 역사적 태도가 아니다. 김일성의 공과 과를 함께 이야기할 수 있어야 하고, 박정희의 공과 과 역시 균형 있게 말해야 한다. 남과 북의 평화를 주장하고 대화를 한다면서 서로 왜곡하고 비방하며 공격만 해서는 새로운 관계가 성립되지 않는다는 게 방북 당시 나의 기본적인 입장이었고, 가급적 너그러운 시선으로 북을 바라보려고 애썼다. 내가 몇 차례 그를 만날 때마다 주고받은 말들을 앞서 열거한 것은 결코 동의할 수 없는 그의 통치 방식과는 다른 인간적 면모가 엿보이는 대목들이 인상적으로 기억에 남아 있기 때문이다. 어쨌거나 해방 이후 분단에 책임이 있는 직접 당사자인 그가 한반도의 절반을 통치하는 과정에서 범한 많은 오류는 북한 인민의 삶을 도탄에 빠뜨렸다. 또한 미국의 끊임없는 대북 봉쇄 정책에도 원인의 일단이 있겠지만, 철저한 폐쇄정치로 아들에 이어 손자에게까지 권력을 세습하는 독재의 토양을 만든 장본인이라는 점에서 그의 이름은 전 세계에 독재의 상징이 되었으며 역사에도 그렇게 기록될 것이다.

*

누구에게나 어린 시절의 추억이 있기 마련이지만 다시는 와볼 수 없을 줄 알았던 땅에서 옛날의 희미한 기억을 더듬어보는 것은 평생 잊지 못할 감동이었다. 애초에 이러한 느낌이 나의 어떤 편향을 자극했을지도 모른다. 내가 이제 와서 북에 대한 당시의 느낌에 편향이 있었다고 자인하는 것은 서방세계에서 살아온 독일의 루이제 린저가 북한에 대해 되도록 너그럽게 표현하려고 애썼던 것과는 또다른 심리적 원인이 있었기 때문이다. 그것은 우선 내 어린 시절의 가족 친척들과 관련된 기억 때문이리라. 아니, 출발은 심리적인 것이었지만 은연중에 정치 사회적인 동기도 있었을 것 같다. 평양에서 정경모 선생은 문목사에게 "이번에 우리는 북측이 팥으로 메주를 쑨다고 우기더라도 그렇다고 해줍시다"라고 말해주었다면서, "그래야 대화의 실마리가 풀려나가지 않겠나? 북에 오는 외부 인사마다 아니다, 그렇지 않다, 반대한다고 해왔으니까" 하고 내게 심경을 말했다.

일단 인민들의 생활력은 칭찬해 마땅하다고 생각했다. 북한은 전쟁 당시 일본에 있던 맥아더 장군의 GHQ 작전보고서에서 '북한에는 더 이상 타깃이 없다'고 할 정도로 생산시설과 항만, 철도, 작은 저수지와 보에 이르기까지 폭격을 맞았다. 미군측 작전참모의 표현대로 '거의 석기시대로 돌아갈 정도로 완전히 파괴'된 땅을 자력으로 복구하고 그나마 '자급자족'하는 체계를 만든 것은 모두 북한 인민들의 힘이었으며 이를 서방 선진국들과 비교해서 폄하할 수는 없었다. 북한의 통치 이념인 '주체사상'이나 '수령 중심의 독재' 체제를 비판하는 것은 그다음의 일이며, 평화통일을 위한 교류의 단계를 심화해 '변화'를 유도할 수 있는 아량과 여유를 가져야 한다고 생각했던 것이다. 북한을 조금이라도 좋게 표현하면 국가보안법상 '고무찬양죄'에 걸린다는 걸 알면서도 대동강변의 들판과 숲과 언덕들이 개발되지 않은 옛 모습 그대로여서 더욱 좋았다.

모란봉은 작은 언덕인데 서울의 남산과 같이 평양을 동서로 가르는 구실을 하며 도심지 중심가에 있는 공원으로서 언덕에 오르면 대동강과 그 너머의 동평양 벌판이 내다보인다. 모란봉의 그 유명하던 소나무숲은 전쟁 때 폭격으로 거의 없어져버렸지만 각종 꽃나무와 유실수를 심어서 봄꽃이 만발했다. 전후에 지은 개선문 쪽에서 조금 내려가 경기장 못미처에는 우리 식구가 만주에서 나와 살던 일본식 이층집이 있었다. 그 주변 동네는 사라지고 이제는 녹지대 사이로 고층 아파트들이 들어서 있었는데 나는 동쪽으로 마주 바라다보이던 모란봉의 서측 언덕을 어림짐작하여 옛 동네가 있던 자리를 찾아가보았다. 내가 네 살 무렵이었으니 기억들은 마치 토막토막 끊긴 새벽녘의 꿈자리 같은 것이었지만, 어머니 누나들과 더불어 수십 년 동안 반추했던 기억들이었기 때문에 부분적으로는 아주 선명했다. 그 이층집의 아래층에는 소련군 장교 부부가 살았고 이층에 우리 식구가 살았다. 서양 여자는 나를 귀여워해서 먹을 것도 주고 내 옷에다 울긋불긋한 견장과 훈장도 달아주곤 했다. 방은 모두 다다미방이었고 커다란 '오시이레(붙박이장)'가 있었는데 그 안에 들어가 숨으면 아늑함에 곧잘 잠이 들곤했다. 그러면 식구들은 내가 없어진 줄 알고 작은 소동이 나던 게 생각난다.

이층 창문으로 내다보면 맞은편에 모란봉의 언덕이 보였다. 현재 개선기념비와 벽화가 서 있는 언덕 쪽에 비탈을 따라서 그 당시에는 작은 한옥들이 줄지어 있었다. 맞은편에 작은이모(월남해서 1970년대에 작고) 집이 보였는데 아침이면 이모가 분주하게 마당을 오가는 모습이 똑똑히 보였다. 그래서 누나들이 창문턱에 고개를 내밀어 일제히 "이모오!" 하고 부르면 이모가 자기 집 마당에서 손을 흔들던 일이 선명하게 기억난다.

모란봉의 서쪽 언덕길을 오르면 칠성문이 나오고 아침마다 나는 아버지의 손을 잡고 칠성문을 지나 을밀대까지 산책을 가고는 했다. 가끔은 을밀대 근처에 '미루꾸(캐러멜 캔디)'를 파는 아저씨가 있어서 재수좋은 날에는 아침부터 군것질을 할 수가 있었다. 칠성문 부근에서 뒤를 돌아보면 예전 우리 동네가 있던 곳에서 조금 떨어진 곳에 여전히 대로가 지나가고 있었는데 그 부근이 전차 종점이 있던 곳이다. 나와 누나들은 하루종일 우리끼리 놀다가 퇴근하는 어머니를 만나러 종점에 가서 기다리고는 했다. 어머니가 '나마카시(생과자)'나 '센베이(전병)'를 사가지고 웃으면서 달려와 나를 안아올리던 일이 생생하다.

나는 예전처럼 칠성문을 통해 모란봉에 올라갔다. 아직도 문루와 성벽과 돌계단은 그대로였다. 어릴 적에는 그렇게 까마득히 높은 산처럼 보이더니 이제 와 다시 오르니 역시 작은 동산이었다. 칠성문을 지나

굽어진 돌계단을 오르면 바로 을밀대 밑이 되는데 을밀대의 계단으로 올라가는 모퉁이에 작은 반석이 하나 있었다. 내가 아버지와 함께 그곳에 이르면 잠시 다리쉬임을 하던 곳이다. 아! 그 바위가 바로 그 자리에 아직도 있었다. 나는 거기서 아버지와 함께 사진을 찍은 적도 있어서 그 장소를 한눈에 알아보았다. 실로 사십여 년 만에 어렴풋한 기억 속에 남아 있던 꼭 그 자리에 앉아서 아버지보다도 더 나이 먹은 중년 사내로 돌아와 이번에는 나 혼자서 사진 한 장을 찍었다. 나는 잠시 돌아앉아서 눈물을 흘렸다. 기쁨도 서러움도 아닌, 이런 식의 사람살이가 야속했다고나 할까.

나는 여러 곳에서 우리 외가의 이야기를 했다. 가령 「한씨연대기」 같은 작품도 어머니와 큰외삼촌이 전후에 남한에서 겪었던 사건을 뼈대로 하여 썼던 소설이다. 어머니는 평양 토박이였고 도쿄에서 전문학교 교육까지 받은 신여성이었다. 외할아버지는 젊어서는 동학에 들었다가 기독교에 입문했고 신학교를 나와 목사가 되었다. 그는 3·1운동 당시 평양에서 주모자의 한 사람으로 몇 년 옥살이를 했고 이어서 신사참배 반대운동으로 수년의 옥살이를 했다. 그 영향으로 어머니의 형제들 중 큰이모와 작은외삼촌은 사회주의자가 되었고 결과적으로 해방 이후에 형제들은 남과 북으로 갈라지게 되었다.

어머니의 젊은 날의 추억은 평양과 도쿄 언저리에서 맴돌고 있었다. 어머니는 전후에 혼자가 된 다음 우리 사 남매를 교육시키느라고 억척어멈이 되어 고생을 많이 했다. 나는 어머니에게 우리가 통일이 되어야 잘 살 수 있다는 이야기며 언젠가는 꼭 고향에 돌아가야 한다는 이야기를 수없이 들으면서 자랐다. 내 어머니는 형제들 가운데서 나만을 편애했고 모든 희망이 나였던 것 같다. 하지만 나는 그녀의 기대처럼 되지 못했다. 그녀가 원한 것은 아들이 소설가가 되는 것은 아니었다.

북에 가자마자 나는 당연히 외가의 친척들을 찾았다. 나는 어머니와 큰외삼촌의 이남에서의 고달프고 외로웠던 말년을 생각하고 있었다. 그리고 혼자 교사로 살다가 돌아간 작은이모가 어머니와 마주앉기만 하면 평양에서 여학생 때 부르던 노래를 화음을 맞추어 노래하던 것도 생각났다. 나는 일본으로 나올 때 큰누나와 함께 이북에 남아 있을 친척들의 명단을 확인했었다. 북의 당일꾼들에게 그 명단을 주었고 어머니의 형제들 중 막내인 셋째 이모가 사리원에 살아 있다는 연락을 받았다. 그리고 큰외삼촌의 자식들인 나의 외종사촌 형제들은 모두 함경도 명천에서 살고 있다고 했다. 그들은 모두 평양 토박이였는데 전쟁 당시에 외숙모가 남편을 이남으로 보내고 살 수가 없어서 함경도의 친정으로 돌아가서 그들은 모두 명천 사람이 되어 있다는 것이었다. 나중에 2000년 무렵 어느 탈북자가 전화를 걸어 전해준 바로는 명천에 있던 사촌들 중 첫째와 막내가 고난의 행군 기간에 굶주려 죽었다고 한다.

고려호텔 면담실에서 그들을 처음 만났을 때 나는 첫눈에 막내이모를 알아볼 수가 있었다. 어머니가 생전의 모습으로 거기 앉아 있었기 때문이었다. 막내이모도 대뜸 나를 알아보았고 어릴 적의 내 이름으로 "수남아!" 하고 불렀다. 한참을 서로 붙잡고 울고는 사촌들 소개가 끝난 다음에 남과 북의 형제들 근황을 이야기하고 나서야 정신을 수습한 막내이모는 내 얼굴을 다시 한번 살피며 말했다. "너 인상이 많이 변했다. 어릴 젠 곱상하구 웃기를 잘했는데…… 지금 보니깐 날카롭구 무서워져서."

막내이모의 그 말이 내내 잊히지 않았다. 여러 고비를 넘기면서 유신시대와 광주항쟁을 겪고 현재의 상황에 이른 나의 얼굴은 여러 가지로 순박한 인상이 아니었을 것이다.

막내이모는 신사참배 반대운동으로 외할아버지가 다시 감옥에 간 뒤에 외가가 몰락해서 어머니가 만주에 데려다가 공부를 시켰다고 한다. 그래서 어린 나를 돌봐주었고 해방 뒤 평양에 몇 년 살 적에도 아직 처녀 때라 나를 업어주고 노상 데리고 나들이를 다녔다. 우리 가족이 서울로 오기 직전에 일본의 메이지 대학 법대를 나온 사회주의자였던 남편을 만나 결혼했다.

전라도 해남에서 어머니를 모시고 살 때 어머니가 간밤 꿈에 평양할머니가 찾아오셨다고 하던 생각이 났다. 외할머니는 그래도 형편이 좋았던 막내이모네가 모시고 살았는데, 어머니가 꿈에 자주 보인다던 무렵에 한 일 년쯤 앓다가 1978년에 사리원에서 돌아가셨다고 했다.

전쟁과 남북의 분단은 이렇듯 많은 이들의 가족을 갈라놓았을 뿐만 아니라 우리 문학사를 두 동강이로 잘라냈고 수많은 문인들의 인생과 문학을 실종시켰다. 남북 양측의 독재체제에서 내쫓겼던 그들의 문학과 삶은 다행히도 남한의 민주화 과정이 진전되면서 복원될 수 있었고, 이는 북측에 대한 직간접적인 압력이 되기도 하였다. 따라서 분단의 극복이란 '좌파 타령'이나 '북에 가서 살라'는 폭언과 편향된 생각으로 되는 게 아니라, 오히려 남한의 올바른 민주주의의 실현에 의해서 획득될 수 있을 것이다.

나는 월북한 작가들 중에서 가장 원로였고 아직도 그들의 작품을 기억하고 있는 사람들로 홍명희, 이기영, 박태원 소설가를 지목하고 그들의 가족들에 대해서 문의했다. 함께 기거했던 최승칠 소설가에게서도 월북 작가들의 여러 후일담을 들을 수 있었다. 사상과 원칙의 유무를 불문하고 문인은 동업자에게 동정적이기 마련이다. 이용악 시인은 전후복구 시절 평안남도 수로공사를 개통하는 행사시를 한 편 쓰고는 거의 절필하고 말았는데 그의 아들이 화가로 성장하여 인민예술가 칭호를 받았다고 했다. 백석 시인은 만주에 머물다가 해방 후에 돌아와 지방에서 살았으며 아동문학을 몇 편 쓰고는 그뒤 행적이 알려지지 않았다. 소설가 이광수는 납북되어 전쟁 시기에 만포까지 후퇴하는 대열에 있었고 피난처에서 결핵으로 목숨을 거두었다. 소설가 한설야가 조선문학예술동맹 위원장을 지낼 때 집안에 외제 카펫을 깔고 보드카를 마시며 소련 사람들과 주말마다 파티를 했다는 등의 소문이 숙청 이후에 알려졌다거나, 무용가 최승희가 남편 안막이 처형되고 벽지로 유배된 몇 해 뒤에 김일성이 보내준 쌀가마를 그러안고 통곡했다거나, 연안파 김두봉이 농장원으로 하방된 지 일 년 만에 고된 노역을 못 견디고 작고했다거나, 정지용 시인이 경기도 북쪽 지역에서 미군기에 폭사했다는 이야기(최승칠은 이를 박산운 시인에게서 들었다고 했다), 그리고 이태준의 말년에 대해서도 들었다. 그는 이태준이 남로당 숙청 사건 이후 1964년에 가까스로 복권되어 당중앙 문화부 창작실에 배치된 이후에 만난 적이 있었다고 말했고, 작품을 쓰지 않아 몇 년 뒤 다시 지방으로 '소환'되었다고 했다.
　이태준에 대한 최후의 기록은 남파공작원으로 남한에서 체포되어 장기수로 살아남은 김진계의 『조국』이라는 구술자료에 나온다. 그는 이남에서 생존할 수 있는 현장 훈련을 위하여 땜장이가 되어 원산에서 평양으로 이동하던 중 마천령산맥 기슭에 있는 강원도 장동탄광 지역에서 열흘간 머물렀다. 마을 사람들이 뚫어진 냄비나 솥단지 등속을 들고 나오면 김진계가 능숙한 솜씨로 땜질을 해주었는데 어느 노인이 구멍난 솥을 들고 나타났다. 노인은 키가 훤칠하고 나이에 비해 건장한 체구였다. 젊었을 때는 꽤 미남이었을 것 같은 얼굴이었다. 게다가 남한 말씨를 써서 궁금증이 더했다. 김진계는 노인을 어디선가 본 적이 있다는 생각이 들었다. 땜질하면서 그는 노인의 얼굴을 곰곰이 뜯어보았다. 혹시 글 쓰는 분이 아니냐고 묻자, 무슨 충격이나 받은 것처럼 노인은 먼 곳을 바라보는 표정이더니 빙긋이 웃고는 조용히 대답했다. "이태준이라고 합니다." 김진계는 그를 사진에서 보았을 뿐 직접 만난 것은 처음이었다. 그는 평북 안주군에서 선전실장을 할 때 도서실을 정리하면서 이태준의 소설집 『달밤』이나 단편소설 「까마귀」를 읽어본 적이 있었다. 『문장강화』라는 책이 좋다는 말은 여러 번 들어보았다. 그때 이태준의 글을 읽은 느낌은 우리말을 자유롭게 쓰면서 아름답게 표현해 상당히 민족적이라는 것이었다. 하지만 소시민적이고 뭔가 약하다는 느낌도 들었다고 한다. 그러다가 1954년 어느 날 그의 책들이 도서실에서 사라졌다. 땜질을 하면서 김진계는 궁금한 것을 조심스럽게 물었다. "헌데 아직도 글을 쓰십니까?" "쓰고는 싶소만……" 중얼거리며 먼 곳을 바라보는 노인의 표정이 무척 쓸쓸해 보였다. 이태준의 나이 66세이던 1969년의 일이다. 장동탄광 노동자지구에서 사회보장으로 두 부부가 이름도 잊은 채 살고 있었다. 다른 자료에는 그

의 자식들이 각처로 뿔뿔이 흩어졌고 딸들은 남편들과도 헤어졌다고
되어 있다.

　최승칠은 이런 경우를 완곡하게 돌려서 말했다. 소설가나 시인이 국
가로부터 집과 급료를 받는데 몇 해 동안 작품 성과를 내지 못하면 당
에서 주의를 주고, 그래도 생산을 하지 못하면 전업 배치를 하게 된다
고 설명했다. 최승칠로부터 얼핏 들었던 정지용 시인의 최후에 대해서
는 훨씬 뒤인 2001년 8·15 평양 통일축전에 도종환, 정희성 시인 등 남
쪽 문인들과 참석했다가 북한 계간지 『통일문학』 주간이던 조정호 평
론가에게서 자세히 들을 수 있었다. 북한 소설가 석인해(1990년 작고)
는 1950년 9월 21일 아침 남쪽에서 문화공작대 사업을 마치고 북으로
귀환하던 길에 동두천에서 정지용을 만났다. (김수영 시인이 같은 시
기 의정부 북방에서 겪은 경험담이 그의 미완의 기록 「의용군」에 나온
다. 청장년 문인, 연극인, 영화인 등이 대열을 이루어 북행하고 있었는
데, 여러 차례의 공습과 기총소사를 받았다.) 석인해와 정지용은 함께
동두천 북방의 산을 넘었는데 석씨가 산 이름이 '소요산'이라고 말하자,
정지용은 '이름이 풍류가 있다'며 껄껄 웃었다고 한다. 그때 갑자기 미
군 전투기가 날아와 로켓포를 쏘고 기총소사를 했다. 김수영도 그의 산
문에서 그라망 전투기들이 계속해서 북행하는 대열을 따라다니며 수시
로 하강 공격했다고 썼으니 같은 장소 같은 시간이었을 것이다. 전투기
가 사라진 뒤에 석인해가 정지용을 찾아 둘러보니 가슴에 기관총탄을
맞고 숨져 있었다. 일행과 함께 길옆에 대충 묻고 제대로 표시도 못하고
떠났다고 한다.

　나는 평양중앙도서관에서 박태원의 아내 권영희, 홍명희의 손자인

소설가 홍석중, 이기영의 막내딸인 평론가 이을남 등과 면담을 가졌고 그들의 집을 차례로 방문했다. 박태원, 홍명희, 이기영, 그들은 모두 작고했고 가족들이 내게 여러 이야기를 해주었다. 이기영의 집은 아파트 일층에 있었는데 우리로 치면 삼십 평 정도의 아파트 두 채를 터서 한 채로 만든 꽤나 넓은 집이었다. 이기영의 노부인과 두 형제 부부와 손자들까지 삼대가 함께 살아서 식구가 많았던 때문일 것이다. 아마도 맏아들과 둘째네 식구들이었을 텐데, 나를 안내해준 것은 작가 간담회에 나왔던 문학평론가 이을남이었다. 나는 그들에게 내색은 하지 않았지만 이기영은 고향 충청도에서 조혼했던 본처가 있었다. 그는 일본 유학을 거쳐 문단에 나오고 카프(조선프롤레타리아예술가동맹) 활동으로 두 차례의 옥고를 치른 뒤에 철원으로 칩거하게 되면서 재혼했다. 남한의 풀빛출판사에서 그의 문학전집을 냈는데 당시 유족으로 어느 중학교 교장 선생을 하던 장남을 찾아냈다. 그는 선친의 모든 작품 인세를 기부하겠다고 알려왔다. 나는 젊은 시절에 이기영의 작품 중에서 단편 몇 편만 찾아 읽었는데 1970년대 청년 문인 친구들과 청진동 청계천 등지의 헌책방에서 이른바 '말똥종이' 책을 찾아내 읽던 시절에 이기영의 『봄』과 『고향』을 뒤늦게 읽었다. 말똥종이 책이란 해방 이후 몇 년간 반짝 검열이 느슨하던 시기에 쏟아져나온 일제시대의 '불온서적'을 의미했는데 당시는 물자가 귀하던 시절이라 폐지를 재생한 누런 종이로 만든 책이었다. 이기영은 작가로서의 출발도 카프였고 해방되고 분단이 시작될 무렵 철원은 38선 이북이었기 때문에 자연스럽게 평양에서 북조선문학예술총동맹 활동을 하게 되었다고 유족들이 말했다. 그는 문예총 위원장을 지내는 등 말년까지 문화예술과 관련한 활동을 멈추지 않았고 작품도 많이 썼으며 소련에서 번역되어 문학상도 받은 것으로 알려져 있다.

앞에서도 말했지만 맏아들 이평은 김일성대학 재학 시절 김정일의 친구였으며 성혜림과 결혼했다가 김정일에게 양보했다. 둘째 아들 이종혁은 처음에는 외교 일을 하더니 나중에 여운형의 둘째 딸 여연구처럼 조국통일민주주의전선의 일을 했다. 이종혁은 영어, 불어, 독일어 등 외국어에 능통하다는데 함부르크 대학의 어느 독일인 교수는 '그렇게 독일어를 잘하는 외국인을 본 적이 없다'고 했을 정도였다. 나는 나중에 베를린에 체류하던 시절에 로마에 있던 이종혁의 안부 전화를 받은 적이 있었다. 그는 아마도 로마에 체류하던 루이제 린저를 만나는 일로 로마에 머물고 있던 모양이었다. 중앙일보 홍석현 회장이 방북했을 때 지정된 동반자가 이종혁이었는데 그는 서구적 교양이 풍부한 신사였다고 말했다. 나는 풀빛출판사 건도 있어서 하는 수 없이 남쪽에 있는 교장 선생의 인세 이야기를 꺼냈고 식구들은 서로 얼굴을 보며 침묵했다. 방문을 마치고 나오는 내게 맏며느리 되는 이가 따라 나오더니 서울에서 나오는 전집의 인세는 모두 남쪽에 계신 그분에게 일임하겠다고 가만히 말했고 "이건 어머님 뜻입니다"라고 덧붙였다.

박태원은 1946년 조선문학가동맹이 서울에서 결성되었을 때 중앙집행위원을 맡아 남로당계의 문예운동 실무진으로 활동했으나 1948년 남한에 체류하고 있었기에 검거 처형을 모면하려고 보도연맹에 가입한다. 전쟁이 발발하자 전국에서 보도연맹원의 처형이 이루어졌지만 박태원은 이때 구사일생한 것으로 알려졌다. 내가 처음 방북했을 당시 박태원은 이미 1986년에 작고한 후였고 그의 말년 처 권영희(2001년 작고)가 보통강 구역의 아담한 아파트를 혼자 지키며 살고 있었다. 바닥에 마루를 깔고 주방과 거실이 트인 전형적인 서양식으로, 온돌이 아니라 라디에이터가 있는 집이었다. 권영희는 겨울엔 좀 춥다며 거실에 연탄난로를 피운다고 했다. 그녀는 박태원이 누워서 구술해주던 큰방을 보여주었다. 스프링침대 하나가 놓였고 작은 책장이 있었다. 나의 방문 때문에 온 식구가 모였는데, 박태원의 장녀 박설영, 권영희와 전남편 정인택의 딸인 정태선 정태은 자매 등이었다. 장녀 박설영은 평양기계대학의 교수로 재직했고, 정태선은 무용가, 정태은은 나중에 작가활동을 시작했지만 당시에는 인민군 교향악단의 첼리스트였다.

점심 무렵부터 황혼에 이르기까지 내가 그 집에 머물러 있었으니 우리는 참으로 많은 이야기를 나누었다. 박태원과 이상, 그리고 정인택은 식민지 경성의 모던보이 짝패들이었다. 신여성 권영희는 처음에 이상과 애인 관계였는데 정인택이 연모하여 자살 소동을 벌인 끝에 친구들이 주선해서 두 사람이 결혼하게 되었다. 소설가 박종화가 주례를 서고 이상이 사회를 보았다. 소설가인 정인택은 의친왕 망명을 도모했던 언론인 정운복의 아들로 서울 출생인데 일제 말에 최재서처럼 총독부 문학상을 받을 정도로 적극적인 친일 행적을 남겼다. 권영희가 전남편에 대한 언급에서 그냥 '기자였다'고만 말한 것으로 보아 그녀는 정인택의 문학세계를 인정하지 않는 것으로 보였다. 정인택은 해방공간에서 이태준과 박태원이 참여했던 조선문학가동맹에 가입했다가 다시 살길을 찾아 보도연맹에 들었고 전쟁중에 월북했다. 북측 문인들과 권영희가 말해준 박태원의 전쟁 시기 '생존 전설'에 의하면 그는 예비검속되었다고 한다. 보도연맹에 가입한 자들은 일종의 블랙리스트에 오른 인물들로, 실제로 이승만 정부는 남쪽으로 후퇴하면서 각처에서 이들을 학살했다. 서울에서는 급박하게 후퇴하느라고 미처 처형하지 못했다는 설도 있다. 개성과 서대문 형무소를 인민군 정찰대가 탱크를 앞세우고 재빨리 접수하면서 많은 수감자들이 살아남았는데, 박태원도 그 속에 끼어 있었다는 것이 권영희의 증언이다. 정인택 역시 보도연맹에 속해 있었으니 그들에게 월북은 생존을 위한 최후의 길이었던 셈이다. 박태원의 친구인 영문학자 조용만이 1950년 7월에 그를 서울에서 마지막으로 보았다고 했는데, 아마도 종군작가단의 일원으로 평양 방문이 이루어졌을 때, 먼저 월북했던 동료 문인들을 따라 올라갔을 것으로 추정된다.

박태원과 권영희의 인생 후반기는 거의 드라마와 같았다. 1950년 9월 인천상륙작전으로 서울 수복이 임박했을 때에 많은 지식인, 문화인, 유명 인사 등이 분야별로 편성되어 북향길에 올랐고 그 가족들도 뒤늦게 서울을 떠났는데, 권영희와 두 딸도 수송트럭을 타고 가다가 황해도 어름에서 잠시 쉬는 사이에 장녀 태선이 차를 놓치고 혼자 떨어진다. 태선은 인민군 병사의 등에 업혀 평양까지 갔다가 다시 다른 병사에게 인계되어 청천강을 건너 피난민의 최종 집결지인 압록강변까지 간다. 다리목에는 헤어진 가족들이 서로를 찾는 종이쪽지가 하얗게 붙어 있었고, 거기서 극적으로 엄마 권영희와 합류한다. 정인택은 전쟁 시기 종군중에 폭사했다고 권영희는 말했다. 자료에 의하면 1952년 12월 박헌영을 비롯한 남로당계의 숙청이 본격화된 이후 1954년까지 '자아비판'의 후폭풍이 휘몰아치면서 남한 출신 문인들은 심사와 재교육 대상이 되었다. 남로당 사건에 이어서 1956년 연안파와 소련파의 청산 작업이던 '8월 종파사건' 때 이태준을 비롯한 많은 문인들이 본격적으로 숙청된다. 이때 박태원은 평남 강서의 협동농장으로 추방되었다가 함흥 시골의 소학교 교장을 지낸 뒤에 1960년 평양으로 복귀한다.

박태원의 서울 가족들은 그가 월북할 때까지 행방을 모르고 있었다. 다만 장녀 설영은 중학생 때 아버지 박태원과 헤어졌다가 1951년 1·4후퇴 당시 월북하여 아버지를 찾아가려 했지만, 남한 출신 학생들이 많이 있던 개성의 송도학원에 머물며 인편으로 연락만 했던 듯하다. 전쟁이 끝나고 박태원이 평양으로 돌아온 뒤에 그녀도 평양에 직장을 잡아 수 년 만에 아버지와 만날 수 있었다.

1956년 어느 가을날 장녀 설영을 앞세우고 박태원은 권영희의 집을 찾았다. 시인 이상과 함께 남편 정인택의 친구인 박태원은 젊은 시절부터 너무도 잘 아는 사이였고 친척도 없는 평양에서 그녀에게는 친척보다도 가까운 사람이었다. 권영희는 당시 종합예술학교에서 교원으로 일했고 두 딸과 함께 학교 구내에서 살았다. 아마 장녀 설영의 손에 이끌려 왔을 테지만 박태원은 '우리 두 가정을 한데 합치는 게 어떠냐'고 권영희에게 청했다. 그때 그는 이미 시야가 좁아지기 시작하여 말 그대로 활자 두 자씩만 알아볼 수 있을 정도였다. 그는 정치적으로도 그랬지만 건강마저 위기에 처해 있었다. 이들의 결합에는 박태원의 장녀 설영과 권영희의 장녀 태선의 노력도 있었던 듯하다. 박태원은 권영희에게 "우리가 예전부터 모르는 사이도 아니잖습니까?" 하고 입을 떼었다고 한다. 이미 남한 출신 지식인들의 심사와 재교육이 진행되던 무렵인데 박태원으로서는 새로운 작품의 집필이 절체절명의 긴급한 과제였을 것이다. 친구의 아내와 남편의 친구였던 두 사람은 남쪽의 벗들이 하나둘씩 사라져간 타향에서 결합했다. 권영희는 자기가 이 병든 소설가의 집필을 도와줄 수 있을지 자신이 없었다. 함께 산 지 몇 개월이 지나서 박태원은 어느 자료를 내밀며 읽어보라고 했고 권영희는 고문 투로 인쇄된 옛 일본의 관보를 읽어나갔다. 박태원은 "됐다. 됐어!" 하며 환성을 질렀다. '이렇게 되어 우리 부부생활, 아니 전우로서의 결합이 이루어졌소'라고 그녀는 나중에 남긴 편지 기록에서 썼다. 기록은 이렇게 계속되었다. '다른 것은 그만두고라도 시신경 위축으로 장님이 되고 게다가 정신착란, 뇌출혈로 반신불수, 다시 혈전에 의해 전신불수에 언어의 심한 장애. 그에게는 귀밖에 성한 것이 없었소. 병원에서도 기적이라고 하오. 이런 형편에서 그가 초인간적인 힘으로 일하였고, 또 천하에 둘도 없을 이런 불구의 아내가 바가지를 들고 남의 집 문전에 서지 않은 것은 우리 제도에서만 있을 수 있는 일일 걸세.'

병든 박태원을 부축하고 대동강변에 나가면 그의 시력 때문에 팔짱을 껴야만 했는데, 사정 모르는 짓궂은 청년들이 이를 아니꼽게 보고는 달려들어 두 팔을 갈라 떼어놓고 웃으며 지나갔다. 그녀는 말할 때마다 꼭 '우리 박태원 동무는……' 하고 운을 떼었는데 자세히 듣지 않아도 말년에 두 사람이 넘은 인생 고개가 얼마나 험난했는지를 짐작할 수 있었다. 하방해간 유배지와 부임지마다 그녀는 막내딸 태은과 함께 박태원의 곁을 지켰을 것이다.

그는『계명산천은 밝아오느냐』의 1부를 탈고한 후 2부 집필중에 갑자기 시력이 나빠져 병원에 가보았더니 '양안 시신경 위축'에 '색소성 망막염'이라는, 그 당시 의학 기술로는 불치의 병으로 곧 시력을 잃게 될지도 모른다는 진단을 받았다고 한다. 박태원은 시력이 꺼지기 전에 자료를 더 빨리 많이 찾기 위해 북한 전역을 뛰어다니며 도서관과 박물관의 고문서들을 들춰내어 읽기도 하고 쉽게 구할 수 없는 책은 전부 베껴쓰기도 했다. 그는 실명되기 전에 한 장이라도 소설을 더 쓰기 위하여 서둘렀다. 시력 보강을 위해 새로 도수 높은 확대경도 준비했건만 1965년 어느 날, 평양에 돌아와 자료를 읽던 그는 눈앞이 캄캄해지며 쓰러졌다. 2부가 거의 끝날 무렵 뇌출혈로 쓰러져 반신불수가 되었던 것이다. 그는 원고지 모양으로 특수 틀을 만들어 손가락으로 더듬어 글을 썼다. 1976년에 뇌출혈로 두번째 쓰러져 당초 16부작으로 계획했던 『갑오농민전쟁』을 3부작으로 바꾸어 집필을 계속했다. 부인 권영희에게 구술로 받아쓰게 하여 2부까지 마쳤으나 1981년에는 언어장애까지 와서 구술 능력을 상실한다. 뒷부분은 권영희가 박태원의 메모와 자료에 의거해 집필하여 읽어주고 박태원은 고갯짓과 눈짓으로 의사소통하면서 완결한다. 1986년 7월에 그는 사망했고, 1988년에 남한에서 월북 작가들의 작품이 해금되었다. 그에게 글을 쓸 수밖에 없도록 만든 것은 '조선노동당'의 지도 편달이었을까. 아니면 글을 쓰지 않으면 존재가 사라져버리는 예술가로서 시간의 미망을 뛰어넘으려는 몸부림이었을까. 이것이 분단체제 속의 한국문학의 맨얼굴이다.

　　벽초 홍명희 선생은 대하역사소설 『임꺽정』을 쓴 대작가로 알려져 있지만 그는 일제 식민지 시절 민족주의자로서 사회주의자들과의 연대합작을 주장하고 신간회 활동 등으로 일제 패망 때까지 한용운 시인과 더불어 훼절하지 않고 일관되게 저항운동을 했던 독립운동가이기도 하다. 1948년 이승만의 남한 단독선거 단독정부 수립안에 위기감을 느낀 홍명희는 민족의 분단을 저지하고 미군과 소련군의 동시 철수를 주장하며 남과 북의 제 정당이 모인 남북연석회의에 참가하기 위해 평양에 갔다가 북에 머물게 되었다. 함께 참석했던 김구는 남한에 돌아간 뒤 이승만측에 의하여 암살되었고 홍명희는 이후 부수상으로 북한 정부 창립자의 한 사람이 되었다. 그의 장남 홍기문은 남한에서도 유명한 국학자로서 북한에 올라가 사회과학원 원장을 지냈고 『조선왕조실록』의 번역을 완성하는 등 많은 업적을 남겼다. 손자인 홍석중은 소설가로 나보다 두 살 많았는데 내가 형 아우보다는 친구가 되자고 하니 '할아버지가 토지를 소작인들에게 나누어주고 하인들에게도 존댓말을 쓴 정신에 의하여 황모를 친구로 허통한다'며 너스레를 떨었다.

홍석중은 우리 남측 문인들이 모여서 술 마시던 청진동 골목 모퉁이의 수송국민학교를 다녔다. 그는 가족을 따라 북에 가서 김일성대학을 나와 초년에는 기자를 했고 할아버지의 뒤를 이어 소설가가 되었다. 홍석중은 말이 빠르고 상황에 대한 예리한 판단 등으로 소설가라기보다는 저널리스트의 기질을 가진 것처럼 보였다. 그의 몇몇 소설들은 북한 작가들 중에서는 가장 빨리 남한에 소개되었는데 역사소설이라는 점도 있었고 홍명희의 손자라는 점도 작용했을 것이다. 그는 나를 격려하느라고 그랬는지 자기 아버지 홍기문 선생이 당시에 살아 있었는데 '아버지가 말씀하시기를 할아버지의 전통을 이은 건 바로 황석영 작가다'라고 했다는 것이었다. 나는 겉으로는 '영광이다'라고 말했지만 속으로는 '시대가 다르다'는 단서를 붙여야 할 것이라고 생각했다.

남한 문학이 독재에 저항하고 표현의 자유를 쟁취하며 세계적인 의미에서의 현대성을 확보해왔다면, 북한 문학은 프롤레타리아 독재적당의 강력한 지도 아래 선전 부문을 담당해온 측면이 강했다. 1987년 6월항쟁 이후 남한 출신 북한 작가들의 작품이 해금되었고 이후 출판인들의 투쟁 속에서 북한의 문학, 역사, 인문 서적들이 소개되어 거의 제한이 없는 범위에까지 이르렀다. 또한 대학 도서관이나 공공도서관에서 북한의 신문과 자료들을 열람해볼 수 있게 되었다. 북한 문학은 대체로 네 가지로 크게 분류할 수 있다. 첫째, 수령과 지도자의 역사적 행적과 위업을 선전하는 종류, 둘째, 당 정책을 선전하는 종류, 셋째, 민족적 정서를 고취시키는 역사소설, 넷째, 긍정적 교양을 위한 인민의 일상생활을 그린 소설 등이다. 우리가 주목하는 것은 셋째와 넷째 항목의 작품들이었다. 역사소설과 인민의 일상생활을 그린 소설은 북한 문학에서 일종의 '열린 숨통'으로 보이기 때문이다. 2004년 분단 이후 처음으로 남한의 명망 있는 '만해문학상'이 북한 작가 홍석중에게 수여되었다. 상금이 전달되었고 책이 남한에서 출판되었으며 영화화되었다. 이 작품은 조선왕조시대에 기생이며 시인이었던 황진이의 사랑에 관한 역사소설이다. 그리고 나는 백남룡의 『벗』이라든가 남대현의 『청춘송가』 같은 장편소설을 문학계에 소개했다. 2005년에 분단 이후 최초로 남북작가대회가 평양에서 열렸는데 남한과 해외의 동포 작가 백이십여 명과 북한 작가 백여 명이 만나 토론회와 시 낭송 등 행사를 가졌다. 우리는 교류 자체가 북한 작가들에게 도움이 되기를 바랐다. 나는 개인적으로 그들의 어려움을 잘 알고 있다. 그리고 위와 같은 남한에서의 출판과 문학상 수여 등등이 북한 당국에 대한 은근한 압력이 되기를 바랐다. 그러나 보수정부가 들어서고 남북관계가 얼어붙으면서 민간 교류 자체가 금지되었다.

*

    호적상 나의 원적은 황해도 신천군 온천면 온정리로 되어 있다. 그곳은 아버지의 고향이다. 나는 신천에서 태어나지도 않았고 가본 적도 없으나, 아버지가 소년기에 만주로 떠나기 전에 살았던 그곳에 안내를 받아 방문하게 되었던 것은 나중에 알았지만 다른 이유가 있었다. 신천에는 한국전쟁 당시에 일어났다는 미군의 양민학살을 고발하는 '미제 신천 양민학살 기념박물관'이 있었고 나는 그곳으로 안내되었다. 평양에서 개성으로 뚫린 고속도로를 통해서 갔는데 신천은 넓은 평야 가운데 있었다. 부근의 재령, 은률과 더불어 광활하게 펼쳐진 나무리 벌과 어루리벌이 서해안과 경기도에 걸친 연백벌까지 이어져 서북의 곡창지대를 이루고 있었다. 전국의 팔십 퍼센트가 산지라는 북한에서 이 고장이야말로 북한 인민을 먹여 살릴 만한 곳이었다.

    '신천학살'은 남한에서만 모르고 있었을 뿐 전쟁 당시에 이미 국제적으로 유명한 사건이었고, 사회주의권 나라들은 물론이고 사회당과 공산당이 합법화된 서구에서도 조사단을 보내고 떠들썩했던 참사였다. 파블로 피카소가 스페인 내전 때 벌어진 나치와 파시스트의 만행을 〈게르니카〉라는 유명한 그림으로 고발했던 것처럼 〈한국에서의 학살〉이라는 제목으로 묘사했던 것이 바로 신천학살이었다. 나중에 파리의 피카소미술관에서 직접 보게 되지만 그 그림은 마치 고야의 〈처형〉을 입체파식으로 재해석한 것처럼 무기의 일부가 된 기계 같은 무리와 학살당하는 여자와 아이들로 구성되어 있다. 우리는 1950년대에 바깥 세계가 어떻게 돌아가고 있는지 전혀 알 길이 없었지만 내가 고등학생 때 있었던 작은 소동이 기억에 남아 있다. 학생용 문구를 생산하던 회사가 '피카소'를 상표로 내걸고 수채화 물감과 크레파스를 내놓았는데 반공법에 걸려서 신문에 보도가 되었다. 우리는 농담삼아 아마도 빨간색을 많이 팔아서 그랬을 거라고 빈정거렸는데 그 일을 계기로 피카소가 공산당원이었다는 사실이 알려졌다. 그가 신천학살을 주제로 그린 〈한국에서의 학살〉에 대해서는 당국도 몰랐을 것이다.

미제학살 박물관을 만들어놓고 있는 북한의 공식 입장은, 미군이 진주하여 황해도 신천에서 양민을 대량 학살했는데 그 절반 이상이 부녀자와 아이들이었다는 것이다. 박물관은 예전에 군청 건물이었고 학살이 벌어진 중심지였다고 한다. 해설원이 지시봉을 쳐들어 주석의 교시를 짚으면서 읽어내려갔고 연이어 이 박물관을 세우게 된 동기에 대해서 밝혀나갔다.

"지난 조국해방전쟁 시기 미제 침략자들은 조선에서 인류 역사상 일찍이 그 유례를 찾아볼 수 없는 전대미문의 대규모적인 인간 살육 만행을 감행함으로써 이십세기 식인종으로서의 야수적 본성을 만천하에 낱낱이 드러내놓았습니다. 흡혈귀 신천지구 주둔 미군 사령관 해리슨 놈의 명령에 따라 감행된 신천 대중학살은 그 야수성과 잔인성에 있어서 제2차세계대전 시기 히틀러 도배들이 감행한 아우슈비츠의 유혈적 참화를 훨씬 능가하였습니다. 미제 침략자들은 신천에서 살아 움직이는 모든 것을 잿가루 속에 파묻으라고 지껄이면서 오십이 일 동안에 신천군 주민의 사분지 일에 해당하는 삼만 오천삼백팔십삼 명의 무고한 인민들을 가장 잔인하고 야수적인 방법으로 학살하는 천추에 용납 못할 귀축 같은 만행을 감행하였습니다."

대부분의 전시물은 사진이었고 당시의 외신 보도나 포스터들이 붙어 있었다. 그리고 물건들이 전시되어 있었다. 잡다한 종류의 신발 무더기가 있었는데 우선 여자의 흰 고무신이 보였다. 그것은 두 짝이었고 하나는 중동이가 끊어져 있고 색깔도 누렇게 퇴색되어 있었다. 찌그러진 구두, 녹슨 못이 튀어나온 구두 뒤축들, 아이들의 작은 검정 고무신, 끈이 끊어진 낡은 검정 운동화 한 짝, 그리고 동그랗게 무슨 팔찌처럼 엉켜 있는 수많은 전화선과 굵은 철삿줄 등 누군가의 손발을 묶었던 것들은 그래서 더욱 사라진 몸의 부재를 선명히 드러내고 있었다. 저것들은 아마도 구덩이 속에서 유골의 잔해와 함께 파냈을 것이다. 그것들을 보며 나는 같은 야만의 시대에 남쪽의 도처에서 이루어진 이승만 정부에 의한 보도연맹원 학살 사건을 떠올렸는데, 세월이 흐른 뒤 시대가 바뀌면서 살아남은 유족들과 뜻있는 이들의 노력으로 발굴된 학살자의 잔해를 사진으로 보던 것과 다르지 않았다. 나는 이 신천학살에 처절한 분단의 '씨앗'이 들어 있다고 보았으며 이것을 잘 규명해내는 것이 진정한 '북한 기행문'이라고 생각했다.

베를린 망명중에 허리 디스크의 물리치료를 받으려고 북한을 재방문했을 때 부근의 삼천온천에 다니기 위해 신천의 초대소에서 장기 체류한 적이 있었다. 다시는 박물관을 방문할 일이 없었지만 그곳이 내 원적지임에도 불구하고 정이 들질 않았다. 산천은 아름다웠지만 읍내 분위기는 어딘가 음울했고 특히 비 오는 궂은 날이 되면 밖에 나돌아다니기가 께름칙했다. 북을 떠나 일본에 가서 주위에 신천학살에 관해 물었는데 몇몇 학자는 그 사건이 '기독교인과 공산주의자들 사이에 벌어진 참극'이라고 말해주었고 나중에 자료까지 보내주었다. 그리고 거처를 미국으로 옮겼을 때 알게 된 신천 출신의 재미동포들 몇 사람에게서 보다 자세한 내용을 듣게 되었다. 이들은 뉴욕과 로스앤젤레스에 각기 떨어져 살아 서로 모르는 사이였지만 둘의 이야기에는 공통점이 있었다. 그것은 '우리끼리' 저지른 사건이었다는 것이다. 나중에 내가 석방된 뒤에 신천학살을 소설로 쓴『손님』이 발표되자 뉴욕의 그 교포는 공개적으로 내가 들었던 증언이 사실이 아니라고 자신의 이야기를 번복했으며 나를 공격하기까지 했고 국내에서도 좌우가 동시에 나의 관점을 비난했다. 나는 뉴욕에 살던 이의 가족이 아직도 북에 살고 있음을 확인했고 그의 피치 못할 사정을 이해하게 되었다. 그는 가해자의 가족으로서 중학생 때 신천의 참사를 목격했던 것이다. 나는 소설을 쓰기 위해 나름대로 황해도 신천 출신의 사람들을 통해 해방 전후에 그 부근에서 있었던 여러 갈등을 조사했었다.

황해도는 중부지방에서 가장 너른 평야지대가 있는 곳이었다. 전라도와는 달리 왕궁이 있는 한양에 가까웠고 같은 중부지방인 충청도에 비해 토반, 향반의 세가 드세지 않았다. 이는 원래 조선왕조시대의 서북 차별에 의한 것이지만 과거를 통해 입신출세한 사대부 가계가 없었던 탓이었다. 호남평야, 연백평야, 재령평야가 조선의 3대 평야인데 그중 연백, 재령 두 들판이 모두 황해도에 있었으니 경작지가 가장 넓은 고장인 셈이었다. 연간 일조량과 강수량도 가장 많고 토질이 좋은데다 일교차가 적당하여 농산물의 맛이 좋았다. 따라서 이곳에 궁방전이 몰려 있었으며 왕궁에 바치는 '공어미'가 따로 생산되었다. 호남과 달리 대지주가 없었는데 땅의 대지주가 왕실이었기 때문이다. 다산 정약용이 곡산 군수를 거치고 나서 아전의 횡포가 드센 전라도보다 황해도가 백성들의 부역이 더욱 심하다고 지적했을 정도였다.

빈농과 소작농이 많았던 황해도는 조선시대에는 도적도 많고 민란도 잦았는데 향반이나 토반이 없는 대신 궁방전을 관리하는 중간계층인 마름이 백성들 위에 군림했다. 이들 중간계층 가운데서 대농과 중농이 나왔고 이들은 조선조 말에 이르면 지방에 허용된 과거인 향시를 통하여 관계 진출을 도모하게 된다. 김창수(김구)가 지방 향시를 참관하고 동학 접주를 한 것이며 안중근 일가가 천주교에 입교하고 동학토포를 위한 사병을 모집한 것 등으로 이들이 지방에서 밥술깨나 먹던 집안임을 짐작할 수 있다. 개화기에 이르러 중국을 거점으로 삼았던 개신교 선교사들이 가장 먼저 교회를 세우고 기독교를 전파했던 곳도 황해도 일대였다.

해서와 서북 지방 사람들은 봉건시대 내내 차별을 받고 조정에 진출은커녕 어떤 벼슬자리도 맡을 수 없었고, 그 때문에 전통사회의 규범에 대한 부담이나 구애를 받지 않았다. 이들 지방에서 기독교와 서구의 새로운 사상은 모두 봉건적 굴레를 벗어나게 하는 개화 문물이었다. 구한말에서 일제로 넘어가는 시기에 황해도, 평안도 등지에서 기독교와 개화주의가 광범하게 전파된 것은 어찌 보면 당연한 일이었다. 일제가 들어왔을 때 황해도 일대의 궁방전은 국유지로서 식민지 수탈기관인 동양척식회사와 식산은행의 관리 아래 들어갔다. 따라서 이곳은 일제 치하에서 소작쟁의가 제일 많이 일어났던 곳이기도 했다. 해방이 되고 북에 사회주의 정권이 설립되자 당연히 토지개혁이 사회변혁의 첫번째 과업이 되었다. 비슷한 시기에 혁명과 사회개혁을 치른 베트남이나 중국에 비해 북한은 표면적으로는 비교적 온건하게 진행되었다고 해도 지도층은 시간이 별로 많지 않다고 느낀 듯했다. 무상 몰수 무상분배가 토지개혁의 원칙이었는데 그것은 식민지 봉건사회에서 막바로 공산주의 사회로 이행하는 과정이었다. 북한은 다른 사회개혁에 비해서 친일파 척결과 토지개혁은 원칙대로 엄격하게 집행한 것 같다.

해방 당시 이북에서 개신교도들은 도시 소시민 또는 중산층이었고 지방에서는 대개 중농 이상의 지주층이거나 적어도 자작농들이었다. 사찰과 교회가 소유한 땅도 많았다. 북한 정권은 이들과 마찰을 일으키며 토지개혁을 실행해나갔으며 전쟁 전에 이미 대지주와 기업가들은 남한으로 이주했다. 중농과 자작농이 많았던 신천에서는 동네에서 머슴이나 일꾼이던 소작농들이 토지개혁의 주체가 되면서 갈등이 커졌다. 이들 마을의 하위계층들은 평양에 올라가 단기교육을 받고 귀향하여 토지 몰수에 앞장섰고 마을 유지들이었던 개신교인들과 적이 되기 시작했다. 미군정에 이어서 친일파를 사회의 주요 역량으로 끌어안은 남한에서는 북한에서 기득권을 빼앗기고 내려온 계층의 청년들이 극우단체를 형성했다. 이들이 허술한 38선을 통해 고향에 드나들며 구질서를 회복하려는 활동을 하는 가운데 전쟁이 터진다. 1950년 6월 북한군이 낙동강까지 밀고 내려왔고 인천상륙작전을 통해 9월 말에 서울이 수복되고 미군은 북진한다.

전쟁 직전 북한 전역의 개신교도들은 3·1절 행사와 선거 불참 사건 등으로 북한 당국과 불화관계에 있었고 미군이 북진해오자 신천, 재령 등지의 기독교 청년들과 우익 청년들이 봉기했다. 처음에는 재령에서 북한군과 당원들이 기독교 인사들을 처형하고 후퇴했는데 미군이 진주하기 전에 치안 공백 지대였던 신천에서 일어난 우익 청년들은 미처 후퇴하지 못한 공산주의자와 그 가족들에 대한 보복적 살육을 시작했다. 10월 18일 미군이 신천, 재령 지역에 진주했지만 인민군과의 전투는 없었다. 미군 병력은 24사단 19연대 3대대의 2개 중대였는데 사단 주력은 평양 탈환을 위해 북상했고 중대 병력은 신천에 잠시 머물렀다가 사단의 배후 방어와 철도 수비를 위해 사리원 방면으로 진주했다. 이때 미군이 우익 치안대와 청년단에게 노획 무기와 탄약 등을 보급했다는 당시 우익 인사의 증언도 있었다. 미군이 신천 외곽에 주둔한 18일부터 대량학살이 본격화되었다. 당시 목격자의 증언에 의하면 미군이 직접 학살을 주도하거나 가담하지는 않았다고 한다. 북한이 학살의 주범으로 지목하는 해리슨 중위는 대대원 명단에 없으며 미군이 학살을 자행했다는 미군측의 기록도 없다. 다만 하사관급의 미군이 본대에 보낸 보고서에 한국인 우익 치안대의 존재와 학살이 기록되어 있으며 미군측은 처음부터 이 참사를 알고 있었다는 사실이 드러나 있다. 미군이 적극적으로 주도했다기보다는 묵인 방관하거나 무기와 탄약 지원까지 했음은 분명해 보인다. 어쨌든 북한이 신천학살을 미군의 주도적 만행으로 치부하고 단죄하는 것은 우선 작전지휘권이 미군에 있었고, 북한 전역을 융단폭격으로 폐허화하고 이백만 명 이상을 살상했으며 핵무기 사용까지도 진지하게 고려했다는 점에서 이해할 수 있는 반응이기도 할 것이다. 신천학살을 미군이 주도적으로 저지른 것은 아니지만 동서고금의 군사 정치적 상식으로 보자면 군대는 피아를 막론하고 점령지 민간인의 안전을 보장할 책임이 있다는 점에서 분명한 과오가 있다. 그런 의미에서 '한국전쟁'에 대한 북한의 입장은 '조국해방전쟁'이며 '내

전'이 될 수 없는 것이다.

우익들의 봉기 초기에는 기독교가 그들의 정신적 무기였으나 살육의 광기가 점점 상승하면서 그들은 십자군에서 사탄의 무리로 전락하며, 좌익들은 계급투쟁을 통하여 자신의 권리를 획득했지만 그 때문에 마을 안에 증오의 씨앗을 뿌린 셈이었다. 『한국전쟁의 기원』에서 브루스 커밍스는 우익측이 주장하던 '어중이떠중이 머슴 건달 떠돌이'의 모임이라는 인민위원회가 북한에서 능률적인 행정기관이었다는 미국 정보기관의 보고를 예로 들고 있다. 북한 전역에서 하층민과 항일투사 다수가 인민위원회를 주도했다는 사실과 함께 미군정과 남한 정부의 주요 역량이 친일파였다는 점에서 최초의 출발은 남과 북이 대조적이었다. 이후 북한이 사회주의적 이상의 실천에 좌절하여 군사독재로 변모하고 남한이 민중의 피와 땀에 의하여 나름대로의 민주화와 산업화를 이루어온 과정 또한 대조적이다. 그런 점에서 통일은 남북 양측에 결코 만만한 과업이 아님을 나는 잘 알고 있었다. 그래서 평화체제로의 전환이 절실하다고 보았고, 그러기 위해서는 문화 교류부터 물꼬를 터야 한다는 의지를 가지고 방북을 결행했던 것이다. 북에서의 일정을 마무리하고 돌아갈 날이 점점 다가오자 나는 방북 목적을 되새기며 작가로서 할 수 있는 일만 생각하기로 했다.

나는 오 년간의 투옥 기간을 거치고 석방된 후 『손님』이라는 소설로 이 신천학살을 그려냈다. 한국전쟁 50주년이던 2000년에 이 소설을 쓰기 시작했다. 작품을 출간한 직후에 세계를 강타한 9·11테러의 역풍으로 북한이 이른바 '악의 축'으로 지목되고 전쟁의 위협마저 가해진 것은 한국전쟁과 더불어 완성되었던 냉전체제의 와해에도 불구하고 한반도가 여전히 전쟁의 취약한 고리로 묶여 있음을 섬뜩하게 일깨워주었다. 이후 북한은 평화체제 협상에 좌절하여 핵개발에 매진하게 되고 동북아 전체가 냉전시대로 돌아가게 된다. 나는 첫번째 망명지 베를린에서 장벽이 무너지고 세계가 격변하는 현장에 있으면서 더욱 확신하게 된 생각이 있었다. 즉 나는 내 방식으로 세계를 보겠다는 것이며 세계의 현실을 우리 형식에 담겠다는 생각이었다. 진실은 그 끔찍한 학살을 '우리끼리' 저질렀다는 것이며 이러한 내면적인 죄의식과 두려움이 지금도 그치지 않는 광적인 증오의 뿌리라는 것이다.

나는 자료와 목격담을 모아나가다가 귀국해서 투옥되면서 집필권을 얻지 못하고 중단해야 했다. 옥방에서 나의 구상이 더 무르익을 때까지 이러저러한 형식을 적용시켜볼 수 있었던 점은 오히려 다행이었다. 기독교와 마르크시즘은 식민지와 분단을 거쳐오는 동안에 자생적인 근대화를 이루지 못하고 타의에 의해 지니게 된 모더니티라고 할 수 있었다. 이를테면 하나의 뿌리를 가진 두 개의 가지였다. 천연두를 서병西病으로 파악하고 막아내고자 했던 근세의 조선 민중들이 이를 '마마' 또는 '손님'이라 부르면서 '손님굿'이라는 무속의 한 형식을 만들어냈던 것에 착안해서 나는 이들 기독교와 마르크시즘을 주인의 반대말인 '손님'으로 규정했다. 『손님』은 저러한 악몽의 오십여 일을 드러내는 한 판의 해원解冤굿이다. 이 작품은 '황해도 진오귀굿' 열두 마당을 기본 얼개와 형식으로 하여 썼다. 여기서는 굿판에서처럼 살아 있는 사람과 죽은 사람이 동시에 과거와 현재를 넘나들면서 등장하며 그들의 회상과 이야기도 제각각이다. 나는 과거로 떠나는 '시간 여행'이라는 하나의 씨줄과, 등장인물 각자의 서로 다른 삶의 입장과 체험을 통해 사건을 드러내는 다중 화자의 날줄을 서로 엮어서 한 폭의 태피스트리를 짜듯 구성했다.

기억의 잔여물은 그것이 만들어진 과정을 망각하려 할수록 더 견고해지기 마련이라면, 산 자든 죽은 자든 과거의 망령에서 결코 자유로울 수 없을 것이다. 그런데 그 망령은 그냥 헛것이 아니라 전쟁의 참극이 오늘의 우리에게 풀어야 할 카르마로 물려준 역사의 짐이라는 점에서 지금도 생생한 현실이기도 하다. 죽은 자의 넋이 신격神格의 저승사자를 따돌리고 산 사람과 해후하는 굿의 형식은, 그 신격의 절대적 권위를 참칭하며 숱한 인간을 희생시킨 역사의 맹목적 필연을 해체하여 인간의 시간으로 되돌려주려는 소설의 본령과 맞닿아 있다.

나는 평양에서 하루나 이틀 간격으로 들어오는 한국 소식을 통신문을 통해 읽고 있었다. 일일통신문 철은 꽤 두툼했는데 주로 서방세계의 외신 기사를 번역한 것들과 한국 신문을 복사한 것들이었다. 겉에는 '간부에 한함'이라는 직인과 함께 담당자의 이름이 적혀 있었다. 통신의 내용을 보면 현지와 거의 이삼 일 차이였다. 내가 주위에서 들은 얘기가 있어서 여러 번 얘기했더니 책임자가 '허가가 떨어졌다'면서 직접 가져왔고 그뒤로는 아침에 일어나 서재에 들어가면 통신문 철이 책상 위에 놓여 있었다. 시사월간지나 하다못해 여성지 등도 매월호가 배달되고 있는 것 같았다. 그래서 나는 문익환 목사 일행이 귀국하자마자 구속된 사실이며 당국의 동향 등을 비교적 상세히 알게 되었다.

판문점에서 만나기로 했던 남북작가회담은 남측 당국의 저지로 참가 작가 전원이 연행당했고 회담은 무산되었다. 북측에서는 작가들이

회담 하루 전에 개성까지 가서 숙박하고 판문점에 나가 대기했지만, 뒤늦게 남측 당국이 막았다는 소식을 듣고 허탈하게 되돌아왔다. 그런 사실은 북측의 소설가들인 최승칠, 남대현, 홍석중 등에게서 자세히 들었다. 예측했던 일이지만 혹시나 했던 기대가 무너지자 앞으로 겪게 될 일들이 더욱 현실로 다가선 듯하여 마음이 무거워졌다. 민예총이 나의 방북에 대한 성명서를 발표했다는 것도 알았다. 민예총은 '황석영 작가의 북한 방문은 모든 민족예술인들의 의지를 대변한 것'이라고 주장하고 '본 연합 대변인인 황석영씨의 방북을 형식적 실정법으로 범죄시하는 정부의 처사에 분노를 느낀다'면서 '국가보안법 등 반역사적, 비인간적인 법으로 황씨 일행을 처리한다면 전 민족예술인은 이에 맞서 싸울 것'이라고 밝혔다. 그리고 민주당의 김상현 의원이 나의 방북 보도가 나오자마자 기자회견을 자청하여 내가 민정당 사무총장 이종찬 의원에게 알리고 갔다는 사실을 밝혔고, 민예총 사무차장 김용태는 안기부 담당자에게도 문의를 했다는 것까지 공표했다. 이종찬 의원은 당시의 일을 사실대로 말하고 '허락을 받고 나가겠거니 생각했고 실제로 방북하리라고는 생각하지 않았다'고 덧붙였으며 관계당국에서는 '허락을 받고 방북하라고 했다'고 답변했다.

나는 나중에 일본에 도착해서 몇몇 기자들을 만난 자리에서 집권당 사무총장과 안기부 직원에게 알리고 나갔던 사실을 재확인하고 이에는 '대통령과 안기부장이 함께 책임을 져야 할 것'이라고 말해두었다. 사실 나 때문에 김용태, 조성우 등이 연행당했으며 나의 전처 홍희윤과 재혼처 김명수가 안기부에서 조사를 받았다. 문목사 일로는 전민련의 이부영, 김근태, 이재오 등이 연행 조사를 받았다. 문목사가 출국

전에 전민련 집행부와 논의를 했고 당시 국회의원이던 김대중과 면담을 했던 사실도 조사 대상이었다. 이들 모두가 조직과 개인에 대해 '불고지죄'를 적용하려는 것이었지만 이러한 공세에 대해 야당과 재야에서는 내가 집권당 사무총장과 안기부 담당자에게 분명히 고지한 사실을 들며 미리 알고서도 국가보안법을 위협의 무기로 공안정국을 조성하려는 고의적인 공작 기획이 아니냐고 따졌다.

나는 평양을 떠나기 전에 인민문화궁전에서 북한 작가들과 공개 간담회를 가졌고 '남과 북이 민족문학예술을 통일적으로 발전시키기 위한 합의서'를 조인했다.

1. 쌍방은 문학예술활동을 통하여 조국을 자주적으로, 평화적으로, 민족 대단결의 원칙에서 통일하기 위한 성스러운 민족적 위업에 적극 이바지하며 나라의 분열을 영구화하고 민족의 단합을 해치는 모든 행위를 반대하는 것을 남과 북의 문학예술인들의 가장 숭고한 민족적 임무로 한다.

2. 쌍방은 민족문학예술의 통일적 발전을 실현하기 위하여 남과 북의 문학예술인들이 집체적으로도 만나고 개별적으로도 만나는 사업을 추진시킨다.

3. 쌍방은 근 반세기간의 국토 양단과 민족 분열로 말미암아 남과 북의 문학예술인들이 같은 민족이면서도 서로 상대측 문학예술의 실상에 대하여 바로 알지 못하고 있는 현실을 극복하기 위하여 우선 '현대 우리나라 문학'이라는 표제로 남에서 창작된 진보적 문학작품들과 북에서 창작된 문학작품들을 합본 출판하여 남과 북에서 각기 발행

보급하며 이것을 점차 정기간행물로 전환시킨다.

4. 쌍방은 남과 북의 각계 예술인들이 비록 갈라져 있지만 하나의 민족으로서 민족문학예술 발전에 함께 기여하기 위하여 가능한 모든 방법을 다하여 문학예술작품 창작활동을 공동으로 전개하도록 한다.

우선 문학 분야에서 소설이나 서사시 등을 남과 북의 소설가·시인들이 서로 협의하여 합작하거나 같은 주제 같은 제목을 가지고 각기 창작하여 출판 발행하는 사업을 전개하도록 한다.

이러한 방법으로 음악, 미술, 영화, 사진, 연극, 무용, 교예 등 여러 분야에서도 합작과 교류 사업을 널리 진행하도록 한다.

5. 쌍방은 남과 북의 문학예술인들이 공동으로 '영화제' '사진전' '미술전'을 비롯하여 문학예술의 여러 분야에서 공동전시회, 합동공연, 공동축전을 다양한 형식과 방법으로 조직 진행하도록 한다.

6. 이상과 같은 사업을 구체화하여 적극 추진하기 위하여 남의 민족예술인총연합과 북의 문학예술총동맹 중앙위원회 사이에 회담을 마련하도록 한다.

우선 이미 일정에 올라 있는 남과 북, 해외동포 작가회의를 위한 남북작가 예비 접촉을 판문점이나 서울, 평양, 혹은 제3국에서 빠른 시일 안에 개최하여 음악, 미술, 영화, 사진, 연극, 무용, 교예 등 여러 분야에서의 접촉과 대화도 실현되도록 공동으로 노력한다.

7. 이 합의서를 이행함에 있어서 제기되는 구체적인 문제들은 남의 민예총 대표들과 북의 문예총 대표들이 자주 만나 협의하며 이것이 어려울 때에는 편지 거래와 방송 수단을 이용하여 협의하고 실천에 옮기도록 한다.

감옥 2

    민간정부가 들어선 뒤 감옥에 제일 먼저 찾아온 변화는 일간신문의 구독이었다. 발표는 텔레비전 방송까지 시청할 수 있다고 했지만 여건이 아직 미흡하여 점차 실행하기로 했다고 구치소 당국은 말했다. 일반 수들에게는 방 하나에 한 가지 신문이었지만 나는 일간지 두 종류를 신청했다. 운동시간과 오전에 신문 읽는 일은 큰 즐거움이었다. 신문에서는 연일 김일성의 갑작스런 죽음을 보도했는데 후계체제가 안정되기까지 남북관계의 경색은 피할 수 없으리라고 예견했다. 한국의 방송들은 김일성 동상에 조문하고 슬퍼하는 북한 인민들을 비춰주면서 그들이 얼마나 세뇌를 당했으면 저럴까 하고 딱하게 여겼지만 북한 사람들 입장에서 보자면 그야말로 어버이가 죽은 것과 같았을 것이다. 한국 언론에서는 '인민의 조문 강요'라며 비아냥댔지만 당시 북한에 있던 외국인들은 한결같이 북한 인민의 슬픔이 진심이었음을 토로하고 있었다. 어느 외신 기자는 점원이 하도 울어서 상점에서 물건을 살 수 없을 정도였다고 썼다. 미국의 클린턴, 영국의 존 메이저, 프랑스의 미테랑, 일본의 호소카와, 러시아의 옐친 등 세계의 지도자들이 김일성 주석의 사망에 조의를 표했지만 한국 정부는 침묵을 지키고 있었다. 오히려 미국 정부의 고위급 인사가 북한에 조문을 간 것에 대해 김영삼 대통령은 강력하게 항의했다. 불과 보름 뒤에 정상회담을 갖기로 했던 당사자로서 느닷없이 돌변한 태도였다. 이부영 민주당 의원이 회담하기로 한 상대가 작고했으니 조문을 해야 하지 않겠느냐고 국회에서 질의한 것이 빌미가 되어 보수언론과 여권에서 난리가 났다. 연이어 신부인 박홍 서강대 총장이 남한에는 수십만의 '주사파(김일성주의자)'가 있다고 발언한 것이 기정사실화되어 공안정국이 조성되었다. 갑자기 대학과 사회단체를 수사하고 닥치는 대로 체포했는데 구금자는 백이십여 명이었다. 나중에 검찰 조사에 의하면 박홍 총장의 발언은 양치기 소년의 '늑대가 나타났다'라는 말처럼 근거가 없는 것으로 밝혀져 흐지부지되었다.

나는 내 재판이 이 공안정국의 영향을 받으리라는 것을 알고 있었지만, 그보다는 세계적 냉전체제의 해체 이후 이행기인 바로 이맘때가 남북이 휴전을 그치고 평화체제로 진입할 적기라고 생각하고 있었다. 그래서 보수주의자이긴 했지만 일차적으로 자유민주주의를 위해 김대중과 더불어 군사독재와 끈질기게 싸워온 김영삼이 북한의 김일성을 만나 남북관계를 평화적으로 진전시켜주기를 간절하게 기대했다. 후대를 위해서 김일성이 김영삼과 함께 준전쟁 상태인 휴전체제를 평화체제로 변화시키고 떠났더라면 그의 이름은 '항일무장투쟁을 했던 민족주의적 사회주의 혁명가이자 통치자'로서 역사에 달리 기록되었을 테고, 국제사회에서 한반도의 위상이 크게 달라졌을 것이다.

어느 날 옥창 밖에서 귀뚜라미 소리가 들리더니 저녁마다 시원한 바람이 불어들어왔다. 이제 구치소에 들어온 지도 일 년 반이 넘어가고 있었고 형이 확정된 사람들은 차례로 서울구치소를 떠났다. 정치범 가운데 남아 있는 사람들도 별로 보이지 않았고 뒤늦게 잡혀들어오기 시작한 사노맹 사건의 관련자 청년 몇 사람만 운동시간에 마주칠 뿐이었다.

노르웨이작가동맹(NAU)은 국제펜클럽이 선정한 '박해받는 작가 7인' 중 나를 포함한 5인의 석방을 위해서 해당 국가에 진상조사단을 파견할 것이라고 발표했다. 토르발 스텐 NAU 회장은 노르웨이 스타방에르에서 삼 일간의 일정으로 열린 '표현의 자유에 관한 국제 심포지엄' 첫날 회의 개막연설에서 NAU와 국제펜클럽은 '전 세계가 자신의 의견을 발표했다는 이유로 구속되거나 위협을 받고 있는 사람들을 망각하지 않도록 노력할 것'이라면서 '이를 위해 한국, 나이지리아, 쿠바, 터키, 예멘 등 5개국에 진상조사단을 파견하고 이를 총괄할 진상조사위원회를 설치할 것'이라고 밝혔다.

2심에서 육 년 형이 선고되었다가 대법원에서 파기환송된 뒤에 1994년 9월 27일에 열린 나의 결심공판에서 재판부는 '다 알려진 사실도 기밀이 된다'는 판례에 따라 국가기밀 누설죄를 적용하여 나에게 징역 칠 년에 자격정지 칠 년을 선고했다. 그야말로 혹 떼러 갔다가 혹 붙인 셈이 되었다. 재판부는 판결문에서 '피고인의 문학적 업적과 방북 동기가 민족 분단을 하루빨리 종식시키고 통일을 앞당기려는 점이었음은 인정되지만, 국가기밀 누설죄를 유죄로 인정한 대법원의 법률적 판단에 따라 이같이 선고한다'고 밝혔다.

징역형이 확정되었으니 나는 이제 교도소로 이감 갈 날만 기다리게 되었다. 이 무렵에 오에 겐자부로의 노벨문학상 수상이 발표되었고 이듬해 교도소로 이감한 뒤에 그가 야스에 료스케 이와나미 사장과 함께 한국을 방문하여 김영삼 대통령에게 나의 석방을 건의했다는 보도가 나왔다. 오에 선배는 내게 편지를 보냈는데 겉봉에는 호텔 주소가 찍혀 있었다. 나를 위로하는 말과 함께 도움을 주지 못해 미안하다며 아시아가 새로운 세기에는 평화로운 공동체가 되도록 함께 노력하자고 그는 썼다. 뒤에 오에 선배가 세계의 문인단체와 몇몇 사람들에게 나의 석방 요청에 관한 서신을 여러 차례 보냈다는 얘기를 전해들을 수 있었다.

감방을 옮긴 뒤에 구치소 방침이 바뀌어 독거수들은 일반 운동장에서 운동시키지 않고 개별적으로 할 수 있는 시설에서 운동하도록 했다. 나가보니 누가 생각해서 만들어놓았는지 참으로 묘하게 생긴 건물이었다. 제러미 벤담의 원형감옥 파놉티콘의 실제 형상을 보게 되었다. 나는 몇 년 전에 광주에서 계엄법 위반으로 상무대의 군 감방에 갇혔을 때 부채꼴 모양의 반원형 감방을 체험했던 적이 있었다. 그런데 이 시설물은 거의 완벽한 일망감시─望監視의 재현이었다. 벤담의 감옥 아이디어는 원래 베르사유의 동물원 시설에서 착상을 얻었다는데 이 시설물은 수인 각자가 보여지기만 할 뿐 남을 볼 수는 없게 되어 있었다. 가장 바깥쪽에 원형의 높고 긴 담을 둘러치고 케이크나 피자를 자르듯이 부채꼴 모양으로 칸을 나누었다. 각 칸막이마다 문이 달려 있어서 수인을 안으로 밀어넣고 문을 닫으면 그는 그냥 부채꼴의 시멘트 담 속에 혼자 갇힌다. 원형의 탑이 중앙에 있고 이것은 이층으로 되어 있다. 감시자는 계단을 통하여 위로 올라가 사방의 칸막이를 위에서 동시에 관찰할 수가 있다. 그러나 나는 감시자가 우리를 칸막이에 넣어두고 정말로 충실히 수인들을 관찰하기 위해서 탑의 가장자리를 돌아다니거나 하는 꼴을 본 적이 없다. 그는 어딘가 보이지 않는 편안한 자리에 앉아 담배를 피우고 있거나 동료와 잡담을 하고 있었을 것이다. 하지만 위에서는 언제라도 마음만 먹으면 고개를 쭉 빼서 둘러보고 어느 칸에서 누가 무엇을 하는지를 살필 수가 있었다. 어쨌거나 감시탑의 창은 모두 검게 선팅되어 있어서 수인은 감시자를 볼 수가 없다. 시설은 참으로 상징적이었다. 수인들의 맴도는 움직임은 연구실의 쥐새끼들 같을 것이다.

어떤 이는 칸막이 너머에서 혼자 씨부렁거리며 공을 시멘트 담에다 차고 부딪쳐오면 되차기를 반복한다. 어떤 이는 그냥 좁은 공간을 한 바퀴씩 숫자를 헤아리며 걷는다. 또 어떤 사람은 우두커니 서서 담 너머로 보이는 야산이나 하늘을 올려다본다. 나는 주로 하늘과 땅을 오르내렸다. 하늘에는 구름을 가르며 때때로 새가 날아갔다. 그리고 여러 가지 모양의 여객기가 같은 코스를 날아갔다. 나는 남쪽으로 직행하는 것과 동남쪽으로 가는 것들을 구분할 수가 있었고 그것이 국내선인지 국제선인지도 비행기의 크기와 모양으로 짐작했다. 나는 그 안에 타고 있는 사람들을 생각했다. 의자를 편하게 뒤로 젖히고 잠든 사람, 부스럭거리며 뭔가 먹고 있는 사람, 아이를 달래는 사람, 잡지나 신문을 보는 사람, 음악을 듣는 사람, 통로를 오가는 남녀 승무원들, 그리고 화장실에서 쭈그리고 볼일을 보는 사람, 애인과 입맞추려고 고개를 돌리는 사람, 그들 무심한 모든 세상의 개인들…… 그러나 나는 시멘트 콘크리트의 칸막이에 갇힌 한 마리 짐승과 다를 바 없었다.

운동시간의 그 칸막이 안에서 내가 좋아하던 놀이가 있었다. 화초 기르기와 개미 돌보기였다. 봄에서 여름까지 칸막이 안에는 시멘트 담의 그늘과 양지를 따라서 작은 풀꽃이며 잡초들이 쉴새없이 자라났다. 가장 흔한 것이 민들레나 씀바귀 그리고 제비꽃이었다. 나는 그중에서 제일 예쁘게 꽃이 핀 줄기에 물을 주었다. 빈 우유갑에 물을 담아가지고 칸막이까지 찾아와 간신히 피어난 풀꽃들의 목을 축여주었다.

다른 잡풀들로는 뭉툭하게 한줌이 될 만하게 꺾어서 시멘트 담에다 글씨를 쓰는데 일단 푸른 풀물이 들었다가 하루만 지나면 그 빛깔이 퇴색되었다. 그러나 빗물에도 씻기지 않고 하얗게 바랜 흔적이 남아 있곤 했다. 시국사건으로 들어온 학생과 노동자들이 시멘트 담의 사방에 저희들의 구호라든가 투쟁 목표를 적었고 공범들에게 메시지를 남겨두기도 했다. 어떤 날은 나를 격려해주는 '황석영 선생님 힘내세요'라는 문구를 발견하기도 했다. 파쇼를 타도하라, 노동자에게 권력을, 민주주의 만세, 조국 통일 만세. 법무부 검열이 있게 되면 교도관들은 우선 시멘트 담벽을 씻어내고 각 칸막이 안의 잡초를 깨끗이 쓸어버린다. 그냥 손으로 꺾는 게 아니라 잡역들을 시켜 호미로 파버린다. 아아, 내가 소중하게 길렀던 꽃들도 뿌리까지 뽑혀서 말라붙어버렸다. 꽃은 너무 여려서 이미 흔적과 형체도 남아 있지 않았다.

하루는 운동시간에 바깥 대기실에서 키가 훤칠하고 배우처럼 생긴 젊은 사람을 만났는데 그가 먼저 내 이름을 부르며 인사를 했다. 지방 대학에서 전임강사를 하던 법학자 조국이었다. 그는 잘생긴 남자들이 어쩐지 섬약해 보이는 것과는 달리 강인하고 남자다워 보였다. 조국은 사노맹의 백태웅 등과 더불어 현장활동을 했고 그에 연루되어 교단에서 체포되어 끌려왔다. 나중에 국회의원이 된 은수미는 봉제공장에서 수년간 현장활동가로 일했다. 은수미는 체포되어 공안당국의 물고문으로 악성 폐렴에 시달렸고 장 절제 수술까지 받았으며, 내가 구치소에 갔을 때 시인 박노해는 경주로, 그녀는 강릉으로 이감 간 뒤였다. 조국은 감옥 안에서 어쩌다 만나면 늘 웃는 얼굴로 건강한 모습이었는데 수십 년 뒤에 만났을 때도 여전히 젊고 활달해서 나를 놀라게 했다.

칸막이 안에는 여러 종족의 개미들이 살아간다. 가장 작고 몸집이 새까만 것들, 윗몸은 검고 아랫도리는 통통하고 붉은 것들, 그들보다 조금 크고 재빠른 것들, 아주 크지만 무리가 적은 왕개미들. 나는 그중에서도 굴 파기를 잘하고 작업에 열광적인 작은 검정개미들을 사랑했다. 내가 그들을 하염없이 들여다보며 사귀게 된 것은 바깥에서 넘어 들어온 날벌레들 때문이었다. 한정된 공간의 담 안으로 많은 날것들이 저도 모르게 날아들어왔다가 개중에는 높은 담을 다시 넘어가지 못하고 칸막이 안에서 맴돌며 부딪치기를 반복하다 시들시들 죽는 벌레들이 있었다. 메뚜기나 방아깨비도 있고 풍뎅이 종류도 있고 때로는 웬일로 멀쩡한 잠자리도 있었다. 거닐다가 그런 벌레들을 보면 다른 수인들도 그런다지만 제 신세가 생각나서 대개는 조심스럽게 주워다가 담 밖으로 날려보내준다.

사탕을 한두 개씩 호주머니에 넣고 나가서 조금 빨다가 축축한 채로 개미굴에서 적당한 거리에 떨어뜨려주곤 했다. 가끔 담 가에 쪼그리고 앉아서 꼼짝도 않는 나에게 감시탑의 담당이, 거기서 뭘 하쇼? 하고 묻는 때가 있었다. 그러면 나는 그냥 고개를 돌려 씩 웃는 얼굴을 보여주었다. 그들도 독거수가 칸막이 안에서 무슨 버릇이 생기는지 다 알고 있을 터였다. 개미들은 사탕을 발견하면 일단 여럿이 달라붙어 몇 시간이고 꼼짝도 않고 진액을 빨며 녹이거나 일단 흙을 덮고 나서 아래로부터 땅굴을 파서 사탕을 지하에 갈무리한다. 설탕 가루는 앙증맞은 이로 한 알갱이씩 물어 나른다. 가을이 오면 여왕개미까지 날아올라 분가하는 것도 보게 된다. 그러다가 겨울에는 정말 아무것도 남아 있지 않게 된다. 구치소에서의 그 칸막이, 시멘트 상자 안에서도 미물들의 아름다움이 빛났고 나는 차츰 단단해졌다.

비행기의 항로가 되었던 칸막이 위의 하늘에서 나는 다른 세상의 자유를 상상했고 지상의 미물들에게서는 생명의 아름다움을 엿보았다. 여기서 나는 『오래된 정원』이라는 소설을 구상했다. 그것은 유토피아에 대한 일종의 패러독스였다. 나는 이 제목을 동양의 오랜 전설인, 어느 골짜기의 아름다운 화원이 있는 숨겨진 세상의 이야기에서 따왔다. 나는 망명지 베를린에서 변화되는 세계를 바라보며 스스로에게 속삭였다. '이제 혁명은 끝났다'라고, 그리고 새로운 시작이라고.

냉전 해체 이후 세계는 쓰디쓴 환멸에 직면해 있었다. 생태계는 더욱 무참하게 파괴되어가고, 종교와 인종에 따른 국지전과 내란이 시작되었으며, 테러와 반테러를 명분으로 한 패권적 전쟁은 아직도 세계를 휩쓸고 있었다. 이른바 주변부 세계는 아직도 독재와 저항과 좌절을 차례로 겪으면서 다시 전쟁과 가난과 굶주림에 시달리고 있었다. 자본주의 세계체제는 사회주의의 몰락으로 독주하게 되면서 상식적으로 보더라도 불안한 종말의 징후를 보이며 불확실한 미래에 기대를 걸고 있을 뿐이었다. 더구나 남북으로 분단된 상태에서 남한 군사독재정권에 항거한 1970년대에서 1980년대에 걸친 민주화운동이 일단 정권을 바꾸는 데는 성공했지만, 정작 그 싸움의 주체들은 1990년대로 들어서면서 지난날의 열정과 변화된 현실의 일상 사이에서 몸과 마음이 찢어지는 분열을 어떤 형태로든 겪지 않을 수 없는 상황이었다. 이 주체의 위기는 사회주의권 붕괴 이후 찾아온 이념의 소멸과 더불어 잃어버린 것들을 곱씹는 과정에서 더욱 심화되었다.

『오래된 정원』은 사랑에 대한 이야기로 쓰일 참이었다. 이 소설이 위기의 시대를 살아갔던 두 남녀의 분리된 삶을 다룬 연애소설의 형태를 갖는 것은 이와 같은 나의 생각을 표현하기에 적절한 틀이었다. 사랑하는 남자와 여자가 각기 스스로의 내면을 진술하는 혼잣말로 지난 세월을 이야기한다. 이야기의 유기적 통합을 간섭하고 끊어버리는 각자의 내면세계가 현실을 서로 다른 관점에서 넘나든다. 우선 연대기적 시간대로 본다면 앞뒤로 연결되어야 할 서술의 두 축이 제각기 자신의 삶의 이야기를 써나가는 남자와 여자의 일인칭 시점 안에 머물면서 끝까지 평행선을 이룬다. 그것은 물론 여자의 기록으로 재현되는 십팔 년의 세월 동안 남자가 감옥 안에 있었고, 발신자의 사후에야 접수된 편지와 일기들을 통해서만 그녀에게 다가갈 수 있다는 시공간적 격리와 단절의 다른 표현일 것이다. 그러나 이 단절은 텍스트를 읽는 독자의 행위에 의해 삼인칭적 시각으로 완성되고, 이들의 사랑과 엇갈린 시간들을 '지금, 여기'에서 연결하는 것이 가능해진다.

서술 형식상 서로 만날 수 없는 내적 제약은 감옥에서의 남자의 갇힌 일상과 바깥세상에서 겪었던 여자의 쓸쓸한 삶의 여정이 서로 따로 읽히면서 갈등을 일으킨다. 이 분열의 갈등은 변혁운동의 주체가 이제는 냉정히 승인할 수밖에 없는 역사적 좌절에 의한 것이라는 사실이 서서히 드러난다. 인간을 살아 있게 해주는 역사적 진실의 진전은 언제나 지상의 시간 제약 때문에 의미부여된 기호와 따로 떨어져서 뒤늦게 체험된다. 그렇지만 지상의 무상한 시간을 견디고서 속세의 먼지 가운데서 빛나는 것들을 알아보는 그 기억의 힘이 결코 작다고는 할 수 없을 것이다.

추석 즈음 바깥세상에서는 '지존파' 사건으로 떠들썩했다. 1993년 7월에 이십대의 젊은이 여섯 명이 범죄조직을 결성하여 일 년 남짓 동안 다섯 명을 연쇄살인했다는 것이었다. 그들은 거의가 빈곤한 농촌에서 태어나 중학교나 고등학교를 중퇴하고 건설현장을 전전했다. 그들 중 스물여섯 살로 가장 나이가 많았던 김기환은 세 살 때 아버지와 헤어져 이후 중학교를 중퇴했다. 어렸을 때부터 막노동판을 전전하며 생계를 꾸려왔으며 그의 어머니는 중풍 환자였다. 그들은 조직 강령까지 만들었는데, 물론 경찰 조서를 보도한 것이겠지만 내용은 이러했다. 1. 돈 많은 자를 납치해 돈을 빼앗는다. 2. 납치한 사람은 반드시 죽인다. 3. 각자 십억원을 모을 때까지 범행을 계속한다. 4. 조직을 이탈한 자는 지구 끝까지라도 쫓아가서 죽인다. 5. 여자는 어머니도 믿지 말라.
그들은 살인 실습을 위해 이십대 여성을 납치하여 성폭행하고 야산에 암매장했고, 이를 괴로워하다 범행 자금으로 함께 모은 돈 중에 삼

백만원을 훔쳐 달아난 조직의 막내인 십대 소년을 배신자라고 살해한 후 암매장했다. 그들은 돈 있고 백 있는 자의 것을 빼앗고 그들을 죽인다는 행동원칙 아래 강남 현대백화점의 천이백 명에 달하는 고객 명단을 입수하여 범행 계획을 세웠다. 건설현장 경험이 있었던 이들은 김기환의 어머니가 살던 빈집에 지하실을 파고 창살 감옥과 시신 소각장을 만드는 등 살인 공장을 준비했다. 일당은 두목 김기환이 강간죄로 교도소에 먼저 구금된 뒤에는 수시로 면회를 가서 지시를 받았다고 했다. 고급차를 타고 교외에 드라이브를 나왔던 남녀를 납치해서 돈을 요구했지만 남자는 야간업소의 악사였고 여자는 카페 종업원이었으며 차도 중고차에 지나지 않았다. 그들은 남자에게 다량의 술을 먹여 교통사고로 위장하여 살해했고 여자는 윤간하고 나서 살려줄 테니 범행에 가담하여 같은 패거리가 되라고 강요했다.

이들 일당은 대검, 도끼, 쇠파이프, 가스총, 엽총, 다이너마이트 등의 무기를 갖추고 있었다. 본격적인 범행을 준비하기 위해 보다 많은 자금이 필요했던 그들은 추석을 앞두고 호젓한 야산 묘지에 벌초하러 왔던 중년 부부를 납치했다. 이들 부부 역시 그들이 노리던 부자는 아니었고 남자는 공고를 나와 공장에서 일하며 자수성가한 중소기업 사장에 불과했다. 어쨌든 부인을 인질로 아지트에 잡아두고 남편을 데리고 나가 회사 사람이 건네주는 수천만원의 돈을 받아가지고 돌아온 즉시 납치했던 카페 여종업원 이씨를 시켜 엽총으로 살해했다. 남편이 죽기 전에 아내는 제발 살려달라고 애원했지만 일당은 부인도 칼과 도끼로 살해했고 일당 중 한 사람인 김현양은 그녀의 시신에서 인육을 도려내어 먹었다고 체포된 뒤에 당당하게 말했다. 그러고는 사람을 더 많이 죽이지 못한 것이 한이라는 둥, 자신의 어머니도 죽여야 했는데 못했다는 둥 기자들에게 떠들었다. 이들은 부부의 시신을 소각로에 화장하면서 일대에 냄새가 퍼질 것을 우려하여 마당에서 바비큐 파티까지 했다.

며칠 뒤 소지하고 있던 다이너마이트의 모의실험을 하다가 뇌관 폭발로 김현양이 부상당했고 카페 여종업원 이씨의 부축을 받아 병원에 갔다. 이씨가 병원에 함께 갔다가 가까스로 탈출하여 택시 등으로 서울까지 달려가 신고하고 일당은 아지트 부근에서 모두 잡힌다. 마치 끔찍한 엽기적 범죄소설 같은 이야기가 신문 전면을 며칠 동안 메꾸었고 현장검증을 하는 장면이 텔레비전에 시간마다 등장했다. 이들은 자신들이 저지른 잔인한 연쇄살인의 동기를 불평등한 사회 탓으로 돌렸는데, 좋은 차 타고 다니는 것들, 백화점에서 거액의 쇼핑을 하는 것들, 대학에 돈 주고 부정입학한 것들에 대해 적개심을 드러냈다. 그러나 그들이 말하는 것처럼 방탕한 상류층에는 접근조차 할 수 없었고 그들이 해친 사람들은 자기들과 처지가 별반 다를 것 없는 약한 여성이나 성실하게 살던 서민들이었다. 그렇다고는 해도 한국 자본주의는 개발독재 이래로 계층별 빈부격차가 심화되었고 두 차례의 군부독재 기간에 부패와 비리는 졸부의 성공 요건이 되었다. 이 무렵에 등장한 한국의 중산층은 독재체제 아래에서 물질적 혜택을 얻은 대신 근대적 의미에서의 '시민'이 되기에는 아직 부족했다. 이를 두고 여론은 자조적으로 '천민자본주의'라고 표현했다. 이들 지존파 일당들은 모두가 십대 때부터 전과자였으며 배타적인 경쟁사회의 가치로 보자면 사회의 쓰레기였다. 이들을 내다버린 것은 같은 시대를 살아온 우리들이었고 끔찍한 범죄는 이 속에서 생겨난 오물이나 질병과도 같았다. 그들의 범죄는 어쨌든 사회가 병들었다는 증거였다.

어느 날 오전에 복도가 떠들썩해졌고 빨간 모자를 쓴 건장한 특교대 담당들이 앞수갑에 포승을 묶은 죄수를 데리고 복도로 들어왔다. 독거방인 내 옆방이 비어 있었는데 그들은 죄수를 그 방에 넣지 않고 그다음 방인 일반수들의 혼거방에 넣어버렸다. 감옥 안의 소문은 소지를 통해서 재빨리 퍼지기 마련이다. 신입자는 지존파 두목 김기환이라고 했다. 강간치상 혐의로 몇 개월 먼저 광주교도소에 구속 수감되었다가 서울구치소로 이송된 것이다. 그에게 살인, 범죄단체 구성 혐의가 죄목에 추가됐다. 감옥 안의 누가 보더라도 이들 지존파 전원은 사형감이었다.

최고수는 보통 심신이 안정되면 독거방에 수용하지만 초기에는 자해라든가 돌발행동을 우려하여 합방을 시키는데 자나깨나 수갑을 풀어주지 않는다. 합방당하는 일반수들은 최고수가 들어오면 곱징역이 된다고 투덜댄다. 우선 상석이 그들 차지가 되고 방장은 차석 자리로 찌그러져야 한다. 그와 마찰이라도 일어났다가는 일반수 처지에 방을 옮기거나 징벌을 받거나 득될 것이 없다. 상해하면 징벌을 당하고 그쪽이 앙심을 품고 자는 동안에 젓가락으로 눈이라도 쑤시면 사형수야 기왕에 최고형을 받아놓았으니 더 때릴 형벌도 없는 셈이다. 그러니 죽을 놈이 제일 무서운 법이다. 식사 때도 최고수의 수갑은 구치소 당국의 허가가 없으면 풀어주지 못하니 한방 사람들이 그에게 먹여주어야 한다. 사동 입구의 초소에 담당 교도관이 있는데도 징집병인 경교대 젊은

이가 김기환이 수용된 방 앞에 배치되었다. 녀석이 교대시간에만 목청껏 '충성!' 하고 외치며 경례를 붙이는 줄 알았더니 무조건 상급자가 오면 시도 때도 없이 고함이었다. 깊은 밤에도 예외는 아니어서 잠을 잘 수가 없었다. 내가 담당을 불러 항의하니 야간에는 고함을 치지 못하도록 주의를 주겠단다. 공범 여섯 명을 각 사동으로 흩어서 수용했는데 그래도 여기는 두목이 왔으니 점잖지 않겠냐고 그가 말했다.

김기환이 들어온 지 며칠 되어서 담당 교사가 내게 면담을 하지 않겠냐고 물었고 나도 응낙을 했다. 소지에게 짜장면을 해 먹자고 일러두었다. 돼지고기 나오는 날과 쇠고깃국 나오는 날이 있었고 어느 날은 카레나 짜장이 나왔는데 마침 그날은 점심에 짜장이 나오는 날이었다. 보통은 보리잡곡밥에 비벼 먹지만 따로 라면을 삶아 짜장 소스를 끼얹어 먹는 것이 수인에게는 특식인 셈이었다. 내가 김기환이 있는 혼거방 철창 앞에 서서 말을 걸었더니 그는 벌떡 일어났다. 담당님께 말씀 들었다고 했다. 나는 그와 함께 점심을 먹기로 했던 터였다. 담당이 김기환을 데리고 세면장에서 소지와 같이 먹는 건 되지만 수갑은 풀어주지 못한다고 했다. 소지가 배식을 끝내고 세면장에 들어와 버너에 면을 삶는 동안 우리는 별로 할 얘기가 없었다. 나는 그가 얼마 전에 집행당한 허씨나 최군처럼 우발적인 범죄자가 아니라 범죄단체를 조직하고 기획 살인한 사람임을 잊지 않았다. 소지가 짜장을 비비고 면을 젓가락으로 집어서 그의 입가에 대어주자 그는 열심히 받아먹었다. 나도 오랜만에 맛있게 먹었고 그래도 음식을 함께 나눈 사이가 되어 처음의 긴장과 어색함은 많이 가셔 있었다. 내가 먼저 입을 떼었다.

―이제 여기 들어왔으니 어떡해? 다른 재소자들하구 잘 지내면서

징역 살아야겠지요?

　—저두 빵잽이라 잘 압니다. 아무튼 폐 끼치지 말구 얼른 가야죠.

나는 그의 거리낌없는 말투에 딱히 할말이 떠오르지 않았고 그가 불쑥 말했다.

　—우리 동생들 모두 불쌍한 놈들입니다.

　—남을 해치지 않구 살았으면 좋았을 텐데……

내가 조심스럽게 말하자 그는 남의 이야기 하듯 무심하게 대답했다.

　—나두 그렇구 걔들도 그런데요. 진작 희망을 버렸습니다요. 그냥 아무 때나 죽어두 괜찮다 말이죠.

　—그런데 그 김현양이라는 친구는 왜 그렇게 입이 험한가? 사람고기를 먹었다느니 어머니를 죽이지 못해 한이라느니, 끔찍하더만.

　—일부러 그런 거예요. 세상이 미운께 겁줄라고 깡다구로 보일라고 그러지요. 죽은 사람들한테는 미안하지만요. 현양이 걔도 어려서는 교회도 나가고 착실했답니다.

나는 그에게 옆방의 허씨와 최군 이야기를 해주었고 그들은 얼마 전에 집행되었다고 간단히 말했다.

　—나도 그렇고 자네도 그렇지만 사람은 누구나 언젠가는 죽어요. 독심을 품기보다 마음을 풀고 가면 좋겠지요.

　—누구를 위해서요?

　—자기를 위해서지, 누군 누구요?

그뒤부터 그는 출정을 나가거나 운동을 나갈 때 꼭 내 방 앞에 들러 식구통을 열고 인사를 하고 지나갔다. 이감이 가까워지자 구치소 당국은 나를 햇빛이 잘 들고 앞산이 내다뵈는 남향의 첫째 줄 사동으로 옮겨주어서 그와는 다시 만나지 못했다.

내가 공주교도소로 이감 가서 꼭 일 년 만인 1995년 11월에 지존파 일당의 사형 집행이 신문에 보도되었다. 최후로 할말이 있느냐 하니 그는, 남자는 자기가 한 말은 끝까지 지켜야 하지 않겠습니까? 하면서 냉소하는 듯한 미소를 지었다고 한다. 아마도 그 젊은이는 죽음 따위는 전혀 두려울 게 없다는 태도를 보이는 게 사내다운 면모라고 생각했던 것 같다. 누군가 그들을 잘 가르칠 수는 없었을까. 그는 중풍에 걸려 앓는 어머니 생각이 난 듯, 어머니께 내가 새 인생을 걷는다고 전해주십시오, 라고 말했다고 한다.

바깥세상에서는 악마의 현신처럼 알려진 그도 막상 마주 대하고 보니 운명이라는 덫에 걸려 포획된 가련한 인생으로 보였다. 이곳에서 실로 다양한 얼굴들을 만났으며 떠나보냈고 인간에 대한 연민으로 울적해지기도 했다. 다행스럽게도 살아 있는 한 시간은 흐른다. 바깥세상에서의 나는 정지된 화면 속에 갇힌 것처럼 유폐되어 있지만 어디든 사람이 있는 곳은 또다른 세상살이의 연장이었으며 단조로운 일상을 견디는 데도 내공이 쌓여가고 있었다.

망명
1989~93

1989년 4월 24일 평양을 출발하여 베이징에 도착했다. 왔던 길로 다시 돌아가는 셈이니 일본을 거쳐야 했고 당시는 한국과 중국이 수교 이전이라 비행기 직항편도 없을 때였다. 호텔에 일단 짐을 풀고 일본 입국비자 수속을 할 작정이었다. 호텔에 들어갔을 때 어떻게 알았는지 한국 기자가 내 방에 전화를 걸었고 나는 하는 수 없이 그와 단둘이만 만난다는 조건으로 커피숍에서 만났다. 그는 동아일보 스포츠 담당 기자였는데 이듬해에 있을 베이징 아시안게임 취재차 왔다가 우연히 나와 같은 호텔에 들었고 특종을 하게 된 셈이었다. 내가 그를 용납했던 것은 내가 월간지 『신동아』에 소설을 연재하다가 중단한 적이 있었고 1970년대에 민청학련 사건 출신으로 나중에 역사학자가 된 서중석이 그 잡지에서 기자로 일하고 있었으며, 내심 방북 기행문을 『신동아』에 전재했으면 하고 생각하던 중이었기 때문이다. 편집주간도 잘 아는 사이였는데 얌전하고 합리적인 사람으로 보였다. 합리적이라는 것은 생각이 달라도 상식에 맞으면 서로가 거부하지 않을 수 있다는 것을 의미하는 말로서 한국에서는 양심적이라는 말보다도 믿음직한 표현이었다. 그만큼 비합리적인 일이 많이 일어나는 사회였으니까. 또한 동아일보는 한국의 대표적인 보수매체지만 시사월간지 『신동아』는 신문보다는 훨씬 운신의 폭이 넓었고 중립적인 관점만 유지한다면 게재를 할 수 있을 것이었다. 나에게는 『창작과비평』이나 한겨레신문 같은 진보적 매체가 훨씬 마음도 놓이고 편했지만 다른 무엇보다도 통일 문제란 여러 가지 생각을 가진 대중과 더불어 대화할수록 효과적이라고 생각했던 터였다.

이튿날 아침, 평양에서 동행한 안내인과 함께 로비에 내려가니 지난번에 공항에서 나를 데려다주었던 북한대사관 직원이 기다리고 있었다. 그날 하루는 쉬고 이튿날 일본대사관에 가기로 했는데, 지금 중국 분위기가 심상치 않다고 그가 말했다. 4월 15일 온건파 후야오방이 사망하자 베이징에서 이틀 동안 학생과 노동자들이 그의 죽음을 애도하고 시위를 벌였으며 인민영웅비와 천안문광장 앞에서 수천 명이 시위를 벌였다. 내가 베이징에 도착하기 이틀 전의 후야오방 장례식 때는 시안에서 시위대가 성 정부를 습격하고 노동자 농민이 연합하여 폭정을 타도하자고 주장하며 수십 대의 차량에 불을 질렀다. 덩샤오핑은 이 사태에 대하여 강력 통제를 지시했고 인민일보는 반혁명 폭동으로 규정했다. 나는 영문을 모르고 있었는데 북한 사람인 두 사람은 그것이 개혁개방에 따른 자본주의의 영향일 것이라고 단정했다. 그날 중국의 전국 팔십 개 대학생 십오만 명이 정치적 민주화와 자유를 요구하며 시위에 나섰다는 것을 나는 나중에야 알았다.

4월 26일에 베이징 주재 일본대사관에 가서 한 달의 체류비자를 신청했지만 십오 일의 비자를 받았다. 다음날 호텔에서 나와 공항으로 향했는데 깃발과 피켓이며 플래카드를 치켜든 젊은이들이 끝도 없이 거리를 행진해갔다. 그들은 모두 천안문광장으로 향하고 있었다. 나는 북한 안내인들에게 부탁하여 광장 쪽으로 돌아서 갔다. 이미 광장은 학생들로 가득차 있었다. 나는 나중에 일본에 가서야 자세한 소식을 알 수 있었는데 베이징 스물한 개 대학의 학생연합이 주동한 시위였다고 했다. 내가 일본에 머물던 이 주 이상의 기간에 중국의 상황은 점점 악화되었고 독일 체류 무렵이던 6월까지 중국의 시위는 멈추지 않더니 천안문 참사가 일어나고 말았다. 나는 멀고먼 내 여정의 첫 출발점이었던 1980년 5월의 광주를 떠올렸다. 세계 어느 곳에서든 결국은 민주주의를 할 것인가 말 것인가의 문제였다. 세상은 너무도 천천히 그리고 처음 생각하던 것과는 다른 모습으로 변화하여 우리 앞에 나타나게 될 것이다. 세상살이가 원래 그렇지 않던가.

중국 민항기 편으로 베이징을 떠나던 날『신동아』기자가 본사의 지시를 받고 비행기 옆자리에 앉아 도쿄까지 동행했다. 나리타 공항에 내렸더니 이주익과 이와나미의 오카모토 아쓰시가 미리 연락을 받고 마중나와 있었다. 그들은 다른 기자들이 접근하기 전에 나를 이끌고 밖으로 나와 대기시켜두었던 차에 태우고 도쿄 시내로 들어갔다. 야스에 료스케 이와나미 사장이 예약한 야마노우에 호텔로 갔는데 그곳은 일본인들조차 아는 사람이 드문 외지고 호젓한 주택가의 언덕 위에 있었다.

　야스에 료스케 사장과 이토 나리히코 교수와 셋이 저녁을 함께 먹으면서 앞으로 일본에서 해야 할 일들을 의논했다. 그들은 내가 북한 방문기를 써야 한다는 것을 알고 있었고 그 때문에 문목사 일행과 떨어져 귀국을 미루었다는 것도 알았다. 우선 가장 중요한 것이 나의 일본 체류 연장 문제였다. 변호사를 통해 비자 기간 연장을 위한 소송을 하면 재판하는 동안만이라도 일단 추방을 면할 수가 있었다. 두번째로는 기자회견이었는데 어쨌든 통과의례를 치르지 않으면 계속해서 특파원들의 추적을 받게 될 것이었다. 그리고 일본 정부는 김대중 사건의 전례도 있어서 나를 보호관찰하게 될 것이며 한국 정부도 동태를 면밀히 내사할 것인데 호텔은 나에게 안전한 거처가 아니라는 거였다. 그러니까 셋째로 내가 장기 투숙할 다른 숙소를 구해야 한다는 것이었다. 다른 숙소가 확정되면 호텔을 떠나기 직전에 회견을 갖기로 했다. 그리고 내가 혼자 있으면 안 된다며 누군가 교대로 하루에 한 번씩 찾아와서 시간을 보내기로 했다.

　이토 나리히코 교수가 먼저 하라다 시게오 씨를 만나 내 거처 문제를 논의했고 와세다 거리에 있는 그의 부동산 회사에서 멀지 않은 곳에 있는 널찍한 사무실과 침실이 딸린 오피스텔을 빌려주기로 했다. 도쿄 대학 와다 하루키 교수 밑에서 박사과정을 밟으며 한겨레신문 통신원 일을 하고 있던 이주익과 서동만이 교대로 오전이나 오후에 들러서 나와 함께 시간을 보냈다.

　호텔을 떠나기로 한 날 오전에 서동만이 먼저 내 짐을 가지고 정해 둔 숙소로 갔고 나는 이토 교수와 함께 호텔 로비에서 간단한 기자회견을 했다. 내가 처음 호텔에 들어오던 날 경시청에서 나왔다는 경찰 간부가 기다리고 있다가 명함을 내밀며 인사를 했는데, 그는 내가 보호관찰 대상이며 일본을 떠날 때까지 자기들 팀이 일정한 간격을 두고 경호를 하게 될 것임을 통보했었다. 일본 경찰은, 내가 일본 국내법을 지키는 한 보호해야 할 의무가 있으며 한국 당국과 나의 문제는 자기들의 문제가 아니라는 점을 분명히 밝혔다.

로비에는 연락을 받고 달려온 도쿄 주재 한국 특파원들이 진을 치고 기다리고 있었다. 북한 방문의 인상, 김일성 주석에 대한 인상 외에 그들이 집중적으로 관심을 보인 것은 역시 내가 방북 전에 이종찬 민정당 사무총장과 김상현 민주당 부총재 등 여야 정치권에 방북 의사를 밝힌 내막과 안기부 담당자에게 정부의 의사를 타진한 것의 사실 여부였다. 나는 여야 정치인들이 내 방북을 결정할 위치에 있지 않다는 것을 잘 알고 있었으나 국가보안법상 '불고지죄'가 있으니 민예총, 작가회의, 그리고 내 주변 사람들에게만 책임을 묻는 것보다는 국민의 대표인 정치인이 국가보안법에 대해 함께 책임을 져야 한다고 말했다. 나는 안기부 담당자에게 의사 표명을 했으나 '허가받지 않고 방북할 줄은 몰랐다'고 말했다는 보도를 보았는데, 그렇다면 방북 의사를 밝혔는데도 어째서 출국을 허가했는지, 방임했다가 나중에 책임을 물으려던 함정이 아니라면 안기부와 정부는 국가보안법상 불고지의 책임을 피할 수 없을 것이라고 말했다. 망명을 끝내고 귀국하여 조사받으면서 예전의 그 담당 직원이 나의 방북 사건 때문에 지방으로 좌천되었다가 퇴직 직전에야 서울로 올라왔다는 소식을 들었고 개인적으로 안타깝게 생각했다. 나는 수사과정에서 더이상 피차 그 문제를 언급하지 않겠다고 말했으며 재판과정에서도 그 약속을 지켰다. 그리고 여당 사무총장직에서 물러난 이종찬 의원에게는 미국 망명 시기에 지인을 통해 유감의 뜻을 전했다.

나는 기자들에게 방북 기행문을 쓰기 위해 국가보안법상의 위험을 무릅쓴 것이므로 집필을 마치고 나서 귀국할 것임을 밝혔다. 제목은 '사람이 살고 있었네'로 정했고, 기행문을 쓰는 데는 한 달 이상이 걸릴 것이며 현재 십오 일간의 체류비자를 받았으나 연장이 안 되면 제3국 으로 가서라도 마치고 들어가겠다. 당국이 나의 방북과는 상관없는 주 변 사람들과 가족을 연행하여 며칠간 조사를 했다는데 매우 유감스럽 게 생각한다는 요지의 말들을 했는데, 이튿날 보도를 보니 기자들은 대 개 내가 말했던 그대로 받아적었다.

남미인가 필리핀인가 정확하게 기억나지는 않지만 어디선가 현대의 민담이라며 재미있는 이야기를 소개한 글을 읽은 적이 있다. 밀림 속 에 원주민의 작은 마을이 있었다. 이 마을에는 언제부턴가 금기가 전 해내려오는데 마을 뒤의 '큰 산'에는 주민들 누구도 올라가서는 안 된 다는 것이었다. 산 위에는 무서운 마왕이 살고 있어서 누군가 그를 본 다면 마을에 큰 재앙이 내리게 될 거라고 했다. 호기심 많은 어떤 소년 이 마을 사람들 몰래 산에 올라갔다. 숲을 헤치고 바위절벽을 기어올 라 천신만고 끝에 정상에 올라보니 이상한 기계와 낯선 외국인들이 있 었고 그곳은 미사일 기지였다. 소년은 처음 보는 엄청난 광경에 넋이 나갈 정도로 겁을 먹고는 정신없이 산을 내려왔고 그 일을 아무에게도 말하지 않고 있다가 결국 참지 못하고 옆집 친구에게 은밀히 말했다. 야금야금 소문이 퍼져서 모든 마을 사람들이 알게 되었고 소년은 마을 원로들 앞에 끌려나갔다. 소년은 더듬더듬 자기가 보았던 사실을 말했지만 아무도 그것을 믿지 않았다. 그곳에는 마왕이 살지 않는다고, 이상한 기계와 낯선 외국인들이 있다고 주장하는 소년의 말에, 마을 원로들은 그건 사실이 아니며 네가 잘못 본 것이라고 하면서 마을의 금기를 범했으니 처벌해야겠다고 결론을 내렸다. 그때 한 원로가 고개를 저으며 말했다. 우리 중에 어느 누구도 큰 산에 오른 자가 없다. 그러니 소년이 보았다는 것을 본 사람이 없다. 우리는 거기 마왕이 살고 있는지 그렇지 않은지 모르니까 우리가 정한 금기가 옳은 것인지 잘못된 것인지도 모르게 되어버렸다. 따라서 우리는 이 아이를 처벌할 수가 없다.

이런 우화는 예전에 어느 잡지에선가 읽고는 잊어버리고 있다가, 방북 이후 망명 시절에 어쩌다 한국 사람들 특히 기자와 만나서 이야기할 때면 더욱 또렷하게 기억이 났다. 미지의 것 때문에 금기의 억압이 있다면 작가는 자유로워지기 위하여 그것을 위반하고라도 확인해야만 한다. 국경, 장벽, 철조망 너머로 날아오고 날아가는 철새들을 본 적이 있다면 생명의 본성과 사람이 정해놓은 잡다한 규정들이 어떤 의미가 있는지 반문하게 될 것이다. 망명 기간은 이후 내가 '국가와 민족'이라는 개념을 믿지 않고 세계시민이 되겠다는 포부를 갖게 한 하나의 학교였다. 다만 내 문제를 세계 사람들과 더불어 생각하고 세계의 문제를 내 것으로 생각하겠다는 단서를 붙인다면 말이다.

이토 교수와 헤어져 혼자 서동만이 가르쳐준 대로 지하철을 타고 새로 잡아놓은 숙소로 향하다가 아무래도 미심쩍어서 주위를 살폈더니 낯익은 일본인이 뒤를 따르고 있었다. 사복경찰인 듯하여 어쩌나 보려

고 인파 속에서 아무 전철이나 탔다가 다음 정거장에서 그 차가 출발
하기 직전에 내려서 다른 쪽 출구로 뛰어가 반대편 방향의 전철에 올
랐다. 문이 닫히기 직전에 어느 젊은 일본인이 숨을 헐떡이며 올라탔
다. 그는 내 눈에 띄었던 형사가 아닌 다른 형사였다. 그가 서투른 영어
로 내게 말을 걸었다. 나는 당신을 보호한다. 당신은 브이아이피다. 협
조해야 한다. 나는 고개를 숙이며 감사하다고 말했다. 아마도 다른 팀
원은 나를 놓치고 전철을 타지 못했을 것이다. 저희끼리 연락이 되겠지
하면서도 어쩐지 미안한 생각이 들었다.

나는 오는 길에 스파이 영화 한 편을 찍었다고 서동만에게 우스갯소
리를 했다. 그는 나중에 대학교수를 하다가 노무현 정부 시절에는 국가
정보원의 기획조정실장이 되었다. 내 기억이 맞는지 모르겠지만 그는
정치학을 전공했는데 북한에 관한 논문으로 박사학위를 받았으니 전공
을 살린 셈이었다. 인생이란 살다보면 그런 식으로 엎치락뒤치락하는
모양이다.

하라다 회장이 마련해준 오피스텔 정리가 아직 끝나지 않아서 근처
다카다노바바의 호텔에서 이틀쯤 머물기로 했다. 서동만과 함께 하라
다 회장을 찾아갔더니 그는 나를 따뜻하게 맞아주었고 북한 방문기를
모두 마칠 때까지 편하게 지내라고 말했다. 그는 회사 일을 같이 하는
아들을 불러 나에게 소개시키고 무슨 일이 있으면 언제든지 그에게 연
락하라고 했다. 1986년 초에 처음 만났을 때도 전폭적인 지원을 받았
는데 이번에도 그는 아들을 통해 내가 도쿄에 체류하면서 쓸 경비까지
도와주었다.

일본에 체류하는 동안 그와 단둘이서 술을 마신 일이 있었다. 이런저

런 얘기를 나누다가 그는 고향과 가족에 대한 얘기도 했는데, 돌아가신 할머니에 대한 추억을 말하면서 깻잎장아찌와 김치에 대한 얘기를 꺼냈다. 하라다는 나보다 십여 년 위였으니 아마도 그건 일제시대의 추억이었을 게다. 하라다의 할머니는 조선인이었다. 하라다는 자신에게 조선인의 피가 사분의 일쯤 섞였다고 하면서 웃는 얼굴인데도 눈은 붉게 충혈되었다. 얼마 후 내가 일본을 떠나 베를린으로 망명했을 때는 하라다의 아들이 분데스플라츠의 내 아파트를 방문해 하룻밤을 자고 갔다. 하라다의 아들은 나의 안내로 무너진 베를린장벽이며 동서 베를린의 접경이던 체크포인트 찰리 부근을 부지런히 카메라에 담았다. 아버지가 베를린에 가서 꼭 나를 만나고 장벽이 무너진 베를린 곳곳을 찍어오라고 했다는 것이다. 수년이 지난 뒤에 나는 구치소 벽을 바라보고 누워서 문득 그의 사분의 일의 피를 뒤늦게 생각해보았다. 일본에서 만난 많은 사람들이 저마다 깊은 인상을 남겼지만 하라다와 그의 아들을 떠올리면 인연의 소중함을 새삼 되새기게 된다.

서동만이 돌아가고 혼자 호텔방에 들어가 앉으니 며칠 동안의 긴장이 풀려서인지 만사가 귀찮아졌다. 짐을 풀다가 기다란 직사각형의 포장된 상자를 꺼냈다. 그것은 북의 초대소에서 떠나기 전에 호위총국에서 보내왔다는 김일성 주석의 선물이었다. 그가 백두산 산삼과 녹용한 쌍을 문익환 목사와 나에게 보냈는데 문목사는 그것들을 가지고 가봤자 보안법상 금품수수죄에 걸려 압수당할 것이 뻔해서 일본에 두고 간다고 했었다. 나중에 내가 독일에 있을 때 정경모 선생이 옥중의 문목사 건강이 염려된다고 산삼과 녹용을 환약으로 제조하여 차입할 방법을 논의해온 적이 있었다. 그뒤 가족을 통해 전달이 되었는지 모르 겠다.

나는 상자를 열어 이끼를 걷어내고 싱싱한 산삼 세 뿌리를 들여다보 았다. 푸른 잎이 달려 있고 몸통은 작았지만 뿌리가 길었다. 뻗어나간 뿌리 끝마다 테이프로 고정시켰는데 끝을 조금 잘라서 씹어보니 입안 가득 향긋함이 감돌았고 부드러운 식감이 그냥 씹어먹을 만했다. 나는 그때까지만 해도 결국 일본에서의 통과비자 기간이 끝나면 곧 귀국하 게 되리라고 여겼다. 가만 생각해보니 공항에서 안기부 지하실로 곧장 연행될 테고 소지품은 즉각 압수당할 게 뻔했다. 안기부장이 먼저 백두 산 산삼 한 뿌리를 먹고, 남은 두 뿌리는 위에 올리면 대통령과 영부인 께서 사이좋게 한 뿌리씩 잡수실 테지. 이제부터 돌아가면 고생길이 훤 한데 남 좋은 일 시키느니 내 몸보신부터 해야겠다. 산삼은 먼저 먹는 사람이 임자라니까. 이렇게 생각한 나는 백두산 산삼을 한 뿌리 집어들 고 거침없이 몸통부터 천천히 씹어먹기 시작했다. 뭐 그냥 인삼맛이었 다. 한 뿌리를 몇 번 씹어 꿀떡 삼키고 나서 다시 하나를 집어들고 대번 에 씹어먹어버렸다. 마지막 남은 한 뿌리를 들여다보다가 에라 모르겠 다, 하고는 마저 먹어치웠다. 남들은 평생에 한 번 먹어볼까 말까 하다 는 백두산 산삼을 앉은자리에서 세 뿌리나 먹어치우고 나서 물 한잔 마 시고는 우두커니 앉아 있는데 아무 일도 일어나지 않았다.

한 시간쯤 지나니까 갑자기 감기가 오는 것처럼 으슬으슬하고 졸 렸다. 오후까지 한잠 자야겠다고 생각하고는 침대에 누워 그대로 깊 은 잠에 빠져들었다. 그렇게 얼마나 시간이 흘렀는지, 목이 말라 잠이 깨서 주위를 두리번거리다가 냉장고에서 생수를 꺼내 반병쯤 마셨다.

그러고는 화장실에서 큰 볼일을 보고 나왔는데 누군가 초인종을 누르고 시끄럽게 도어를 두드리기까지 했다. 문을 열었더니 이주익이었다. "지금 밖에선 연락이 안 된다고 다들 걱정하구 있었어요. 무슨 잠을 그렇게 주무세요?" 나는 어리둥절했다. 지금 몇시냐고 물었더니 저녁 여덟시가 넘었단다. 내가 오후 세시쯤에 침대에 누웠으니 한 다섯 시간쯤 잔 모양이라고 하자 이주익이 고개를 흔들었다. "어제부터 연락이 끊겼잖아요."

나는 날짜를 물었고 그제야 어제 잠들었다가 이튿날인 오늘 저녁 여덟시 넘어서 깨어났다는 걸 알았다. 도대체 몇 시간을 잔 거야? 나는 손가락으로 헤아려보다가 그만두었다. "어제 산삼 세 뿌리를 먹고 골로 갔던 모양이네." 나는 간략하게 그 백두산 산삼은 김일성의 작별 선물이었다고 그에게 설명해주었다.

그가 탁자를 두드리며 한탄했다. "에이, 나 좀 주지. 의리 없이 혼자다 잡숴요? 그거 틀림없이 진짜일 텐데." "네가 어떻게 아나?" "주석에게 바치는 건데 가짜를 올렸다간 그대로 아오지탄광으로 직행할 거라구. 그러니까 진짜지. 그거 세 뿌리 한꺼번에 다 먹었으니 한 팔십 프로는 변으로 나갈 거요. 그래두 이십 프로는 흡수되었겠지." 나는 방금 볼일을 보았는데 황금빛으로 아주 때깔도 좋더라고 너스레를 떨었다.

이 산삼 세 뿌리 사건은 두고두고 화제가 되어서 나중에 안기부에서 조사받을 때도, 그리고 옥중에서도 교도관들 사이에 입담거리가 되었다. 내가 춥다고 불평하면 교도관들은 "뭘 이 정도 추위 갖구 그러세요? 산삼 세 뿌리 왕창 잡순 양반이" 하면서 이죽거렸다. 하긴 그래서였는지 나는 망명 사 년과 감옥 오 년을 보내면서 감기 한 번 앓지 않았다.

내 작품의 일본어 번역자였던 다카사키 소지 교수와 부인 이순애씨
는 내가 오피스텔에서 쓸 살림이며 침구 등속을 구비해주었다. 다카
사키 소지는 일찍이 박정희 유신시대에 한국에 왔다가 양성우 시인의
「노예수첩」을 보고 『세카이』지에 실었고 그 일로 양성우는 구속 수감
되었다. 다카사키 소지는 나와 동년배로 성실하고 겸손한 일본 시민의
전형이라고 할 만했다. 그는 내가 방북하고 나서 성명서를 발표해주었
고 내가 일본을 떠난 뒤에도 다시 성명서를 발표하고 한국에도 연락하
는 등 온갖 궂은일을 도맡아주었다.

집필한다고 공개적으로 말은 해놓았지만 집중할 수 있는 처지가
아니었다. 그런대로 방북 기행문의 첫번째 장을 썼는데 한국에서 잘
알고 지내던 소설가 전진우가 김명수를 통해서 연락을 해왔다. 그는
1970년대에 해직 기자로 지내다가 동아일보에 다시 들어가서 기자로
일하고 있었다. 나는 그와 방북 인상에 대한 인터뷰를 했다. 그는 며칠
동안 내 오피스텔에 머물며 취재를 했고 '방북기' 원고의 첫번째 대목
을 받아들고 돌아갔다. 기행문은 『신동아』에 연재하기로 결정되었다.

나의 체류비자는 5월 11일에 만료되는 것이라 이토 나리히코 교수
와 함께 일본의 니미 다카시 인권변호사를 만났다. 우리는 법무성에
출두해서 체류 기간 연장을 신청했지만 이튿날 당국은 거부 의사를 공
식적으로 밝혔다. 니미 변호사는 다시 특별체류 청원서를 제출했는데
통상적으로 서류 심사에 시간이 걸리므로 출국 일자를 한두 달 미룰
수가 있었기 때문이다. 그동안 이토 교수는 만약의 경우에 대비해서
독일대사관측과 접촉하고 있었다. 그는 젊은 시절에 독일에서 유학했

고 로자 룩셈부르크 연구로 학위를 받았다. 아무튼 나도 나중에 그에게서 자세한 이야기를 들었지만 독일에서는 나의 서독 체류를 흔쾌히 받아들였고 같은 분단국가로서 보호해줄 의사를 밝혔다. 그에 반해 일본은 청원서 심사에 통상적으로 걸리는 시간에 비하면 놀라울 정도로 신속하게 일을 처리하여 일주일 안에 법무상의 성명을 통해 즉각 거부 의사를 밝혔다.

일본을 떠나는 날 오후에 기자회견이 내정되어 있었지만 성명서를 다카사키 소지 교수에게 맡기고 나는 조용히 떠나기로 했다. 도쿄 시내 카페에서 조촐한 작별 모임을 가졌는데 와다 하루키 교수를 비롯한 일한연대위원회 사람들과 몇몇 지인들이 나왔다. 목적지인 베를린까지는 이토 나리히코 교수가 동행하기로 했다. 공항에서 출국 게이트로 나가려는데 누군가 와서 이토 교수와 내게 양해를 구하고는 사진을 찍었다. 이토 교수는 비켜서 있다가 내게 말했다. 일본의 공안요원일 텐데 증거 사진이 필요하지 않겠는가 하는 얘기였다. 나는 1989년 5월 19일 루프트한자 편으로 일본을 떠나 베를린으로 향했다.

*

도중에 프랑크푸르트에서 내려 베를린행을 갈아타야 했는데 환승구역으로 걸어가는 우리들 앞으로 누군가 불쑥 나서면서 사진을 찍었다. 동양인이었는데 그가 두어 차례 사진을 찍고 물러서자 또다른 동양인이 내게 다가섰다. "황석영씨죠? 다음 행선지가 어디예요?" "당신은 누구요?" 내가 되물었더니 그는 그냥 웃고는 옆으로 따라 걸으면서 말했다. "제가 누군지 잘 아시잖아요?" "베를린에 갈 거요. 됐죠?" "건강하세요." 그는 한마디하고 곧 뒤에 처졌다.

옆에서 긴장하고 걷던 이토 교수가 기자냐고 물어서 내가 웃으면서 기자는 아닐 거라고 대답하자 그가 말했다. "열렬한 팬이로군." 우리는 함께 웃고 나서 긴장이 풀렸다.

베를린 테겔 공항에서도 기다리는 사람들이 있었다. 공항이 작은데다 출구에서 주차장으로 나가는 동선도 짧아서 나는 그들을 쉽게 알아볼 수 있었다. 그들은 접근하지 않고 사진만 찍고는 사라졌다. 우리는 시내 중심가에 호텔을 정했고 이토 교수가 윤이상 선생 댁에 전화를 걸었다. 이토 교수도 윤선생과 예전부터 잘 아는 사이였다. 김대중이 사형 언도를 받았을 때 전 세계적으로 구명위원회가 조직되었고 윤이상은 독일에서 연락을 맡고 있었다. 윤이상은 이전에 동베를린 사건으로 무기형을 받고 투옥되어 있었을 때 이토 교수 등 일본 시민단체 회원들의 도움을 많이 받았다. 윤이상은 김대중을 구명하려고 유럽의회에 나가 서명운동도 벌였고 서독 외무장관이던 빌리 브란트에게 직접 호소도 했다.

윤선생 부부는 우리의 방문을 반겨주었지만 나의 베를린 체류는 반대했다. 문익환 목사의 재판이 좀더 진행되고 우리의 방북 파장이 가라앉을 때까지 어느 시골에 가서 은거하는 게 좋겠다는 의견이었다. 이튿날 나는 이토 교수에게 몇 년 전 독일에 왔을 때 한동안 신세를 졌던 송현숙과 요헨 힐트만 부부 이야기를 꺼냈고 그들을 찾아가겠다고 말했다. 나는 미안하기도 해서, 내가 어린애도 아닌데 당신은 그만 일본으로 돌아가라고 했더니, 이토 교수는 내 거처가 결정되기 전에는 절대로 헤어질 수 없다고 고집을 부렸다.

　송현숙의 친구인 간호사 출신 교포에게 연락을 하자 이야기를 전해 들은 현숙이 삼십 분쯤 지나서 전화를 걸어왔다. 지금 주말이라 외베눔 시골집에 와 있는데 월요일에는 함부르크 아파트로 돌아갈 예정이라고 했다. 이토 교수와 나는 함부르크로 갔고 토요일과 일요일 이틀 동안 그야말로 관광 여행을 다니는 기분으로 시내와 교외를 오가며 빈둥거리고 보냈다.

　요헨 힐트만과 송현숙 부부는 떠들썩한 한국 보도를 통해 나의 방북을 알고 있었고 외베눔 시골집을 집필실로 쓰라고 먼저 제안했다. 이토 교수와 힐트만은 독일어로 이야기할 수 있어서 그랬는지 아니면 정치적 관심사가 같아서였는지 만나자마자 친해졌다. 이토 교수는 나와 함께 힐트만 교수의 아파트에서 하루 자고 이튿날 기차 편으로 프랑크푸르트로 가서 일본으로 돌아가는 비행기를 타기로 했다. 힐트만은 월, 수, 목요일에 강의가 있었는데 목요일 강의는 휴강하고 나를 데리고 외베눔 시골집에 가기로 했다.

　이튿날 오전에 힐트만 부부와 같이 이토 교수를 배웅하러 함부르크 역에 갔다. 플랫폼에서 기차에 오르기 전 이토 나리히코와 나는 포옹을 했고 돌아서는 그를 보니 눈물을 흘리고 있었다. 나도 눈물이 났다. 힐트만 교수가 그의 어깨를 두드리며 황석영은 우리가 잘 보호할 테니까 염려 말라고 말했지만 그는 눈이 붉게 충혈된 채로 기차에 올라 통로에 서서 '좋은 글 쓰라'고 말했고 나는 '다시 만나자'고 말했다. 기차가 떠나자 나는 형과 헤어진 것처럼 섭섭하고 허전했다. 일본인은 좀처럼 자기 마음을 내보이지 않으며 섣불리 책임을 떠맡지도 않지만,

일단 결정하고 나면 약속을 성실하게 지키고 책임을 진다는 점에서 철저한 데가 있다고 생각했다. 그에 비하면 나는 성급하고 즉흥적이며 감정이 앞서고 성실하지도 못하다.

요헨, 현숙, 그리고 그의 다섯 살짜리 아들 한송과 함께 나는 예정대로 함부르크에서 다게빌 항으로 출발했다. 요헨이 차를 운전했는데 현숙이 옆에 앉아서 너무 속도를 낸다고 잔소리를 했다. 그는 누군가 앞에서 차를 막고 천천히 가면 경적을 울리고는 급히 추월하곤 했는데, 솔직히 나 또한 성질 급하기로는 자타가 공인하는 사람이라 내심 속이 후련했다.

항구에서 페리를 타고 북해를 건너 푀르 섬으로 갔다. 요헨의 시골집이 있는 외베눔 마을은 숲과 들판을 지나 섬의 한가운데 있었다. 우리는 주말 내내 자전거를 타고 섬 주위를 돌아보거나 포구에서 생선을 사다가 구워먹고 해변에 나가 돌아다녔다. 바닷물이 빠지고 갯벌의 군데군데 물 고인 웅덩이가 있는 곳에서 나는 우연히 발밑에서 뭔가 물컹하는 느낌을 받았고 지긋이 힘을 주어 밟고는 그것을 잡아올렸더니 크기가 두 뼘이나 되는 가자미였다. 그런 식으로 한 시간 동안에 무려 이십여 마리의 가자미를 잡아올렸다. 요헨이나 현숙도 나처럼 발을 움직이며 더듬어보았지만 겨우 한두 마리 잡았을 뿐이었다. 웅덩이 속을 걸어다니며 쉴새없이 잡아올리던 나의 모습이 요헨에게는 동양의 신비로운 무술을 지닌 도사 정도로 보였는지 두고두고 감탄을 했다. 그것은 영등포의 샛강에 나가 놀았던 나의 유년 시절을 그가 몰랐기 때문이었다. 나중에 그와 사소한 일로 언쟁을 하게 되었을 때 나는 요헨이 동양에 대해 가진 편견으로 그 예를 들었다. 동양인은 이성보다는 본능이 발달하고 감각이 민감해서 보다 자연에 가깝다든가 하는 것들이 모두 편견이라고 나는 그에게 말했다. 나는 요헨에 비해서 어린 시절의 경험이 있었던 것뿐이라고.

요헨 힐트만 가족이 함부르크로 돌아간 뒤에 외베눔에는 나 혼자 남았다. 아니 코발스키라는 이름의 식구가 하나 더 있었다. 코발스키는 온몸이 새카만 고양이였다. 요헨은 시인 자라 키르슈에게서 새끼 고양이 한 마리를 분양받았는데 코발스키라는 이름도 시인이 지은 것이었다. 송현숙은 나에게 코발스키를 돌봐달라고 부탁했다. 별로 귀찮은 일은 없었고 하루에 두 번 밥을 주고 저녁에 반드시 집으로 불러들이면 되었다.

나는 고양이를 길러본 적도 없었고 별로 좋아하지도 않아서 거리를 두고 지냈더니 이 녀석도 금방 눈치를 채고는 나에게 접근하려 하지 않았다. 고양이가 독립적이라더니 과연 그랬다. 코발스키는 내가 늦잠을 자고 있으면 침대 발치로 다가와서 밥 달라고 시끄럽게 울었다. 어쩌다 일하느라고 밥때를 놓치고 있으면 내게 달려들어 기어오르면서 앙칼지게 울었다. 그래서 내 무릎에 작은 상처가 나기도 했다. 고양이 밥이란 현숙이 마트에서 사다놓은 통조림이었다. 물그릇과 밥그릇이 부엌 옆에 있어서 거기에 쏟아놓으면 되었다. 코발스키는 아침에 밥을 한번 주면 어디로 놀러 나갔는지 한동안 보이지 않았다. 너른 마당 건너편에 이웃 농가가 있었고 도로와 언덕 너머에 다른 집이 한 채가 더 있었다. 저녁에 어둑해질 때까지 녀석이 눈에 띄지 않으면 나는 집 앞 도로 건너편 언덕에까지 올라가 '코발스키, 코발스키' 하면서 외치고 돌아다녔다. 몇 번 부르다가 집으로 돌아오면 언제 왔는지 부엌으로 들어오는 뒷문 앞에 얌전히 앉아 있었다.

나는 외베눔에서 북한 기행문을 써나갔고 단조로운 일상 속에서 심신이 안정되었다. 아침에 일어나 숲으로 산책을 나가거나 마을 빵집에 가서 브뢰첸을 사가지고 조금씩 뜯어먹으며 돌아오기도 했다. 집에 요헨 부부의 자전거가 있어서 섬 주변 한적한 해안도로 쪽으로 나가곤 했다. 나는 자전거 타기에 서툴렀지만 마을 밖으로 나가면 사방이 밭과 인적 없는 들길이어서 신나게 돌아다녔다.

힐트만 부부는 방학이 되어서야 시골집으로 돌아왔고 나도 기행문의 절반 정도를 썼다. 원고는 방학에 한국에 나가는 어느 유학생을 통해서 서울의 김명수에게 전했다. 『신동아』에 그 첫 부분이 소개되었으나 적지 않은 대목이 삭제 편집되어 있어서 나는 국제전화로 편집주간과 언쟁을 벌인 끝에 연재를 중단하기로 결정했다.

7월 초였는데 베를린의 활동가 후배에게서 전화가 왔다. 남한의 전대협(전국대학생대표자협의회)에서 평양에서 열리는 세계청년학생축전에 대표를 파견했는데 수만 관중을 향하여 활기차게 두 손을 흔들며 경기장에 입장하는 앳된 여학생을 텔레비전에서 보고는 저절로 눈물이 흐르더라는 것이었다. 외국어대학에 재학중이던 스물두 살의 여대생 임수경은 평양에 당도하기까지 일본을 거쳐서 동서 베를린을 경유하고 대륙을 횡단하는 머나먼 우회의 길을 가야 했다. 임수경은 대회를 마치고 세계에서 가장 엄중한 무력이 대치하고 있는 휴전선을 관통하여 남쪽으로 걸어내려오고자 했다. 천주교 정의구현사제단에서는 해외에 있던 문규현 신부를 급히 평양으로 보내 천주교 신자인 임수경을 보호하기로 했다. 며칠 동안의 단식 끝에 임수경은 문규현 신부와 손을 잡고 판문점을 통과하여 남측 구역에서 대기하고 있던 당국 요원들에게 체포당했다. 이러한 극적인 모든 순간들은 세계청년학생축전을 취재하러 북에 가 있던 외신 기자들에게 포착되어 생생하게 신문 방송에 보도되고 있었다.

나는 남과 북의 상황을 너무도 잘 아는 사람으로서 방북한 임수경의 행동은 당당하고 지혜로웠으며 한국 대학생의 결기를 보여주었다고 생각했다. '조선은 하나다' 같은 북한식 슬로건에 대해 '조국은 하나다'라고 남한식으로 고친 어깨띠를 스스로 만든다든가, 판문점에서 농성할 때는 물감을 요구해서 태극기를 그려 몸에 두른다든가 하는 것들 모두가, 자신이 남한 사회에 속하며 자신과 연결된 친구들인 전대협의 입장을 잊지 않겠다는 자세로 보였다. 뒤에 들으니 그녀는 북의 요구 조건을 고분고분 들어준 적이 한 번도 없었다고 한다. 그녀는 학생운동가들이 잘 부르는 전투적인 운동권 가요를 부르지 않고 일반인들에게 동요로 널리 알려진 〈우리의 소원〉을 줄기차게 불러서 북에서도 대중이 따라 부르도록 만들었다. 나는 북한 인민들의 임수경에 대한 열광은 무엇보다도 남쪽에서 온 스물두 살 처녀의 남다른 분위기, 활달하고 거침없는 자유분방함, 그리고 주눅들지 않는 한 개인의 에너지 등에 의한 것이라고 생각했다. 수십만 대중 앞에서 준비하지도 않은 즉흥적인 연설을 감동적으로 해내고 자기 주관대로 행동하는 소녀의 모습은 매스게임이나 집체적 행동에 익숙한 북한 젊은이들에게는 놀라운 것이었으리라. 북한은 대중 감성에 민감한 사회이고 그것을 조직해내기도 하는데 곧 임수경을 '통일의 꽃'이라 부르면서 대내외적으로 선전했다. 반대로 남에서는 사회 지도층과 어른들이 온갖 비난을 퍼부으면서 임수경이 돌아오자마자 체포하여 사회로부터 단절시켜버렸다. 이러한 편견과 비난은 사회 일각에서 지금도 계속되고 있으며 그녀는 파란만장한 후반기의 인생을 살아가고 있다.

나는 여름이 끝나갈 무렵에 외베눔을 떠나 베를린으로 갔다. 윤이상 선생 부부가 몇 번이나 당신들 집으로 오라고 전화를 해왔던 것이다. 베를린에서 자리가 잡힐 때까지 윤선생 댁에서 지내기로 했다. 윤선생 집은 이층 위에 다락방이 있었는데 그가 작업실로 쓰던 공간이었다. 침실과 서재가 따로 있는 제법 넓은 공간이었다. 나는 그야말로 게으르고 까다로운 손님이어서 사모님이 마음고생이 많았을 것이다. 자고 일어나는 시간도 불규칙하고 가족들과의 식사시간도 지키지 않은 때가 많았다.

윤선생은 대형 캠핑카를 가지고 있었는데 반제 호숫가의 햇볕과 바람이 잘 드는 경치 좋은 곳에 차를 끌어다놓고 아침이면 산책을 겸해 그곳까지 걸어나갔다. 선생은 캠핑카 안에서 작곡을 했고 점심때가 되면 사모님이 점심 바구니를 날라다주었다. 가끔씩 사모님이 나에게 같이 가자고 해서 셋이서 피크닉을 나온 것처럼 점심을 함께 먹기도 했다.

앞에서도 언급했지만 그는 프랑스에 있던 이응로 화백과 함께 역대 한국 정부의 요주의 인물 또는 기피 인물로 찍혀 있었다. 윤이상은 자신과 가족이 받았던 정치적 핍박을 해외에서 한국의 민주화운동을 지원하는 활동으로 넘어섰다. 그러나 그 길은 외로웠고 죽는 날까지 모함과 비난이 그치지 않았다.

이미 세상을 떠난 윤선생이나 부인이 직접 밝히지 않았으니 조심스럽긴 하지만 그들에게는 아픈 상처가 있었다. 두 분은 서독 주재 한국 대사관의 회유로 광복절 기념식 참석차 귀국했다가 앞에서 밝혔듯이 중앙정보부장 김형욱의 기획 공작으로 조작된 '동베를린 간첩단 사건'의 피의자가 되어 부부가 투옥되었다. 윤이상 부부가 함께 투옥되자 문제는 서독에 남은 딸과 아들을 돌봐줄 사람이 주위에 없었다는 것이다. 윤이상이 뒤늦게 유학을 와서 아내를 부르기까지 오 년이 걸렸고 아이들은 어린 나이로 친척집에 맡겨져 있다가 엄마와 헤어진 몇 년 뒤에야 뒤늦게 합류했으니, 그들이 아버지와 만나기까지 십 년 가까운 세월이 흘러간 셈이다. 그런데 감수성이 가장 예민한 십대 때에 또다시 부모와 갑작스레 영문도 모른 채 헤어지게 되었으니 독일에 남은 이들 남매는 마음의 상처가 클 수밖에 없었다. 삼 년의 강제 이산을 겪고 부모가 돌아왔을 때 장녀는 어떻게든 견뎌냈지만 심약한 아들은 정신이 황폐해져 있었다. 개인적인 이야기는 되도록 겉으로 드러내지 않는 부인이었지만 아들 얘기만 나오면 대번 눈물이 앞서곤 했다. 윤선생도 가족에게 언제나 미안하게 생각했고 내게도 자식들 얘기를 물으며 예술가의 아내 노릇이 가장 어렵고 아이들은 더욱 어렵다고 자신의 회한을 내비치곤 했다.

나중에 김일성 주석에게서 듣기로, 윤선생의 사정을 알게 된 그는 북측에 직접적인 책임은 없지만 어쨌든 동베를린 사건으로 잡혀가서 부모가 고초를 겪는 동안에 아이들이 졸지에 고아가 되어 잘못된 일이니 어떻게든 도와줘야겠다는 생각이 들더란다. 북에는 유흥지도 없고 퇴폐적인 장소가 없으니 건전한 일상생활을 잘해나가면 저절로 심신이 건강한 사람이 될 수 있으리라며 불러들였고, 윤선생의 아들은 북에 와서 직장도 갖고 결혼도 했다. 그렇게 안정을 찾아가는가 싶더니 어느 날 다시 나가겠다고 해서 내보내주었는데 주위에서 돌봐주던 사람들이 좀 섭섭했을 것이라고 에둘러 말했다.

그러나 역시 양쪽 얘기를 들어봐야 정확한 내막을 알 수 있는 법이다. 나는 나중에 윤선생과 부인에게서 좀더 구체적인 이야기를 듣게 되었다. 아들은 때마침 북한에 들어가 영화사를 설립한 신상옥 최은희 부부 밑에서 스태프로 일하게 됐고, 카메라와 사진에 깊은 흥미를 갖게 되어 현장을 따라다녔지만 별로 만족스럽지는 않았던 것 같다. 윤선생 부인의 말로는 신상옥이 원래 감정 조절이 안 되고 분방하며 사려 깊은 사람이 아닌데다가 잔심부름이나 시키던 모양이라고 했다. 원산의 지방 예술단 무용수로 있던 북한 처녀와 결혼하여 가정을 꾸리면서 아들은 안정이 되는 듯싶었다. 그러나 그는 차츰 단조롭고 통제가 심한 북한 사회를 못 견뎌했고 북한을 방문한 부모를 만날 때마다 나가서 살게 해달라고 호소했다. 윤이상 선생은 아내와 더불어 못내 괴로워하다가 루이제 린저에게 속내를 털어놓게 된다. 얘기를 들은 루이제 린저가 당장 북한을 방문해서는 김일성 주석에게 직설적으로 들이댔다. 어째서 윤이상의 아들을 부모가 있는 독일로 내보내주지 않는가. 그들은 한가족이니 당연히 함께 살도록 해줘야 하지 않겠는가. 김일성은 결국 담당자인 조평통 위원장 허담에게 지시하고 윤이상의 아들을 내보내도록 조치하면서 그 자신이 섭섭했던 듯싶다. 그뒤로 김일성은 윤이상을 수년 동안 만나지 않는 것으로 그 섭섭함을 표현했다. 이러한 사연들은 내가 방북하기 훨씬 전에 있었던 오길남 사건과도 무관하지 않았다.

오길남은 경북 출생으로 편모슬하에서 신문 배달을 하며 중고교를 마치고 서울대학에 입학해서도 가정교사 등으로 고학을 하며 졸업했다. 그는 당시에 어렵다는 유학생 시험을 치르고 에버트 재단의 장학금을 받아 독일에 유학하여 경제학 박사학위를 취득했다. 유학하는 동안 독일에 간호사로 와 있던 여성을 만나서 결혼하여 두 딸을 두었다. 1985년에 학위를 마친 그는 한국의 몇몇 대학에 교수로 취임할 준비를 하고 있었다. 그러나 그에게는 한 가지 장애가 기다리고 있었다. 박정희의 종신집권체제인 유신 선포 이후 독일에 거주하는 지식인들과 유학생들은 '민건회(재독민주사회건설협의회)'라는 단체를 조직하여 독재정권에 대한 저항운동을 전개했는데, 그러한 과정에서 오길남은 독일에 망명했고 민건회의 부회장을 맡고 있었다. 때문에 그가 대학교수가 되기 위해 귀국하려면 망명을 취소해야 하고 반성하는 자술서를 쓰는 부끄러움을 무릅써야 했다. 그때 북한에 가면 조국 건설과 통일에 학문적으로 크게 기여할 수 있으리라는 제의가 들어온다. 오길남은 마르크스 정치경제학으로 박사학위를 받은 터라 북에 가면 자신의 학문적 기량을 펼칠 수 있으리라 생각하고는 부인을 설득했다. 부인은 간호사로 수년을 병원에서 일하며 가족을 부양한 성실한 생활인이었으므로 이러한 남편의 결정을 납득할 수 없었다. 그녀는 온 가족이 무조건 갈 것이 아니라 먼저 한번 방북해보고, 특히 직장이 마음에 드는지 미리 알아보아야 하지 않겠느냐고 반대했지만, 이미 흥분에 들뜬 오씨는 부인의 말을 듣지 않고 재산을 정리해서 가족을 데리고 입북을 강행한다. 그들 가족은 처음에 입북해서 삼 개월 동안은 초대소에 머물다가 창광거리에 아파트를 제공받아 살면서 직장도 얻게 된다. 그렇지만 입북을 권유받을 때의 내용과는 달리 대학교수가 아니라 대남 선전을 담당하는 부서였다.

오길남은 입북한 지 꼭 일 년 만인 1986년 12월에 다시 친구들 앞에 나타난다. 오씨는 조선노동당 중앙위원회 하급 간부에게 유학생 후배가 있는데 그 역시 입북 의사를 밝힌 적이 있으니 데려오면 어떻겠냐고 넌지시 건의했다. 얼마 후 당중앙 하급 간부는 오씨에게 덴마크에 함께 출장 가자고 했고 그들은 동베를린을 거쳐 코펜하겐 공항에 도착한다. 오씨는 공항 출입국심사대 앞에서 급히 적은 쪽지를 여권에 끼워 내밀었다. 쪽지에는 '아이 앰 어 노스 코리언 스파이, 헬프 미'라고 적혀 있었다. 그는 즉각 공항 안전 책임자에게 인계되었고 서독으로 보내줄 것을 요청했다. 서독 정부는 오씨의 신원을 조회하고 그의 이전 신분이었던 망명여권을 발급해주었다. 그는 친구들에게 갑자기 행방불명되었던 지난 일 년간의 얘기를 하면서, 자신이 생각했던 것과는 달리 경제학자로서 자유롭고 창의적인 학문활동을 할 기회와 여건이 주어지지 않았고, 다른 일에는 자신도 없고 별로 유용하게 기여할 일이 없다고 판단되어 되돌아왔다고 말했다. 그러나 부인과 딸아이들은 북에 남아 있다며 눈물을 흘렸다.

친구들은 책임감 없는 행동이라고 그를 호되게 질책했다. 북한의 출판물이 선전하듯이 지상낙원인 줄 알았느냐, 자기 자신뿐만 아니라 가족의 삶을 송두리째 바꿔놓을 중대한 결정을 하면서 보다 신중했어야 했다는 비난이 쏟아졌다. 입북 동기가 경제학 박사학위에 대한 세속적 보상을 바란 것 외에는 아무런 의미가 없었음이 드러난 것 아닌가. 더구나 가족을 남겨두고 혼자 빠져나오는 것은 용납될 수 없다는 게 주위 사람들의 의견이었다.

친구들에게 호된 질책을 받고 나서 오길남은 혼자 방황했다. 그는 어느 소도시의 역 앞에서 쓰러져 구급차에 실려 입원하게 되었고 홈리스를 위한 남성 기숙사에서 생활하다가 작은 아파트를 얻어서 옮겼다. 나는 그러한 사연을 프랑크푸르트에서 '우리나라문고'라는 출판사를 하는 오석근씨에게서 자세히 들었고 베를린의 옛 민건회 사람들에게서도 들었다. 주위 친구들은 오길남에게 고생이 좀 되더라도 부인과 아이들이 남아 있는 북한으로 돌아가라고 권유했다. 그리고 북한 공관에 오씨가 돌아갈 경우 어떤 처우를 받겠는가를 문의했다. 북측은 '조국 배반에 대한 죄를 뉘우치고 다시 돌아온다면 전과 똑같이 대우하고 직장도 마음에 안 든다면 바꾸어줄 수 있다'고 답변했다. 오씨는 이 제의를 받아들일 수 없었고 가족의 송환만을 간절히 바라고 있었다.

윤이상 선생 부부는 외교 채널을 통해 북에 건의하기도 하고 1987년 여름에 북한을 방문하여 고위 간부들에게 인도적 차원에서의 해결을 호소했지만 냉담한 답변만 들었을 뿐이었다. 민건회측도 북한 외교관과 두 차례의 간담회를 가졌고 북한과 접촉이 있는 미국의 명망가들에게 오씨의 가족을 위해 노력해줄 것을 간청하는 등 다방면의 노력을 한 것으로 알려져 있다. 오씨 자신도 탄원서를 보내고 끈질기게 호소하여 1988년 초에 비엔나에서 북한측과 만나게 되었는데 민건회측에서도 동석했다. 북한측 사람들은 세 번이나 면담을 미루다가 겨우 만나서는 "무엇 때문에 만나자고 했습니까? 이야기나 들어봅시다" 하며 고압적인 태도로 일관했다. 북측 해외동포원호위원회 국장은 이 사건에 대한 사전 정보가 거의 없었는지 "조국으로 빨리 돌아오시오"라는 말만 되풀이했다고 한다. 가족 송환의 요구가 결렬된 뒤에 오길남은 절망에 빠졌다. 주위 사람들에게 여러 차례 전화를 걸어 원망하기도 하고 싸우기도 했다.

내가 범민족대회 참석차 방북하게 되었을 때 윤이상 선생은 저간의 일을 나에게 상세하게 말해주고는, 이 사건은 모두 오씨 개인의 경솔한 실수였지만 북한이 좀더 너그럽게 해외동포에 대한 방침을 바꾸면 되는 일이라고 하면서 내게 북한 간부들을 설득해보라고 당부했다. 나도 사정 이야기를 듣고는 안타깝게 생각했고 오씨는 만나본 적도 없었지만 북측의 처사는 비인도적이라는 생각이 들었다. 방북해서 초대소에 찾아온 북의 통일전선부 부장 윤기복에게 오길남 사건에 대해 묻고 가족을 돌려보내야 하지 않겠느냐고 말했다. 윤기복은 내게 누구에게서 그런 얘기를 들었느냐고 물었다. 나는 베를린 동포들에게서 들었다고만 말했는데 윤기복은 윤이상 선생이 그러더냐고 재차 물었다. 선생도 같은 의견이라고만 대답했는데 그는 얼굴을 찌푸리며 혀를 찼다.

"그거 허담 비서 때의 일입니다. 여러 가지로 때가 안 좋았지요. 우리 일꾼들이 잘 처리하지 못했습니다. 윤이상 선생도 자식 일이 있으니 그런 일에 나설 입장이 아닙니다." 그러고 나서 윤기복은 나를 정면으로 주시하면서 경고 비슷하게 말했다. "황선생까지 나설 필요 없습니다. 다시는 이런 일에 개입하지 마세요."

그의 굳은 표정에 나는 입을 다물고 말았다. 몇 년 뒤에 오길남은 한국 안기부에 자수했고 귀국하면서 '전향 간첩'으로 크게 보도되었다. 남측에서는 기회라는 듯 그가 윤이상 선생과 송두율의 권유로 영주입북을 감행했던 것으로 왜곡시켰고, 이로 인해 윤이상 선생 사후에까지 논란이 되고 있다. 그 역시 분단체제의 희생자였고 결국은 남과 북 양측에서 분리주의에 이용된 것이다.

*

베를린의 여름은 그다지 덥지 않았지만 8월 중순이 넘어서자 어느새 가을 날씨가 되어버렸다. 무더위 속에서 임수경의 방북과 귀환으로 한바탕 소용돌이친 한국에서는 8월 18일에 김동리, 황순원, 전숙희, 김남조 등 원로 문인 36명이 '당면한 시국을 염려하는 시국선언문'을 발표했다. 이들은 '폭력혁명 세력의 선전도구 구실을 일삼고 있는 일부 목적주의 문학 집단을 배격한다'고 밝히고 정치권에 대해 '국론 분열을 조장하는 문익환, 황석영, 임수경, 문규현 등 일부 불순 세력의 준동에 대해 시비를 분명히 가릴 것'을 촉구했다.

이들은 대부분 전쟁 이후 분단된 남한의 주류가 되었으며 이른바 순수주의를 표방하면서 관변단체의 역할을 해오던 '문인협회'의 문인들이었다. 이에 대해 한겨레신문에는 어느 독자의 비판적인 글이 실렸다. '지난 18일 문단의 일부 원로들이 요즘 시국을 걱정하는 문인 시국선언을 냈는데 이 선언은 문익환 목사, 황석영씨 등이 공산 집단에 동조하는 불순 세력이고 민중문학이 좌익 이념의 시녀로 전락하여 사회가 혼란으로 치닫고 있다는 내용으로서 그 단순한 논리 전개가 우리를 놀라게 한다'고 그는 지적했다. '오늘의 사회적 혼란은 문단 원로들이 주장하는 것처럼 일련의 방북 사건이나 민중문학의 확산 때문이 아니라 오히려 오랜 독재와 정치적 모순 구조에서 비롯된 것'이라면서 그는 '민중문학은 국민의 절대다수를 이루는 민중의 생활과 감정을 표현하는 문학으로서 역사가 거꾸로 돌아가지 않는 한 민중의 생존권을 지키고 분단 극복과 민족 통일을 지향하는 민중문학은 계속 대중적 기반을 확보하리라고 본다. 그런데도 이와 같은 어려운 시기에 원로들이 내놓은 의견이 고작 안보 논리를 끌어다 극우 논리만 합리화시키는 것이어서 유감'이라고 지적했다.

9월 초에 나는 윤이상 선생의 집에서 나왔다. 윤선생은 내게 베를린 예술원의 사무총장을 소개했고 그들은 독일에서의 나의 신분 보장과 거처 마련을 위해서 지원할 것을 약속했다. 예술원 행사가 있던 날 나는 많은 회원들을 만났고, 회장인 발터 옌스 소설가와 인사를 나눴다. 얼마 뒤에는 DAAD(독일학술교류처) 베를린 사무국의 연락을 받고서 책임자인 사르토리우스 박사를 만났는데 그는 나중에 세계의 독일문화원을 관장하는 괴테 인스티투트의 총책임자가 되었다. 사무국장은 바르바라 리히터였다. 나는 베를린예술원의 초청 작가로서 거처와 경비 등은 DAAD의 지원을 받기로 결정이 되었다. 그들은 주한 독일대사관을 통하여 나에 관한 여러 가지 정보를 취득한 이후여서, 내가 한국 작가로서 북한을 방문한 이후 국가보안법 위반자가 되어 한국 정부의 탄압을 받고 있음을 잘 알고 있었다. 나에게 집이 배정되기는 했지만 입주자의 기한이 아직 끝나지 않아서 한 달을 기다려야 했다.

내가 베를린 시내로 나오면서 주로 어울리게 된 것은 유럽 민협(민족민주운동협의회)의 식구들이었다. 앞에서도 언급했듯이 독일에는 광부와 간호사로 나왔던 이들이 스스로 조직하여 '전태일 기념사업회'

'노동교실' '여성회' '한독문화협회' 등을 꾸리고 있었는데 1980년대에 들어서 한국에서도 각 사회단체들의 연합화가 이루어지던 추세에 부응해서 유럽 민협이 설립되었고 기관지 『민주조국』을 출간하고 있었다. 이들은 대개가 광부, 간호사 그리고 유학생 출신으로 구성되었다. 민협의 총무와 『민주조국』의 편집을 맡고 있던 어수갑은 내가 처음 독일 방문을 했을 때 함부르크에서 만난 적이 있었다. 그는 연세대 출신으로 독일에서 법철학 박사과정을 수강하고 있었는데 아내가 이국땅에서 병고에 시달리다 아들을 남기고 귀국해버렸고 그는 베를린에 와서 민주화운동에 뛰어들게 되었다.

어수갑은 내가 외베눔에 칩거하고 있었던 때 일본에서 걸려온 한 통의 전화를 받았다. 전대협에서 평양 세계청년학생축전에 참가할 대표를 보내는데 좀 도와달라는 것이었다. 어수갑은 유학을 떠나오기 전에 한국에서 학생운동에 참여했던 경력이 있었다. 그가 대학원 시절 쓴 논문이 일제강점기의 '신간회' 연구였으니 그것만으로도 그의 이념적 세계를 추측해볼 수 있으리라. 그가 『민주조국』 편집인을 맡은 이래로 한국의 재야 사회단체와 학생운동권과의 연결이 자연스럽게 이루어졌고 그러한 연결 속에서 전대협측의 연락도 가능했던 것이다.

그는 붉은 장미꽃 한 송이를 들고 베를린 테겔 공항에 나갔다. 연락의 내용중에는 붉은 장미를 들고 서 있으면 상대가 다가와서 시간을 물어본다는 약속이 정해져 있었기 때문이었다. 서투른 첩보 영화를 연상시키는 내용이지만 서로가 초면이고 누가 어떤 함정을 만들지 알 수 없었던 것이다. 어수갑은 오전 아홉시에 테겔 공항에 내린 임수경을 만나 크로이츠베르크 구역에 있는 자신의 집으로 데려가 점심을 먹이고 오후 한시에 동독 지역의 쇠네펠트 공항으로 넘어가는 버스정류장까지 데려다준다. 바로 이 네 시간 때문에 그는 임수경의 방북 조사과정에서 북한 공작원으로 지명수배되었고 십팔 년 동안 고국에 돌아올 수 없게 된다. 그렇지만 우리는 누구나 당시에는 해야 할 일을 한다는 가벼운 마음으로 일에 임했고 그것이 얼마나 엄청나게 우리들 개개인의 운명을 바꿔놓게 될지는 예측하지 못했다. 그리고 이러한 우리의 삶의 조건은 현재까지 반세기가 넘도록 지속되고 있다.

민협의 구성원들은 독일과 프랑스, 영국 등지의 유학생 출신들이나 과거 민주화운동 등으로 망명한 사람들 또는 재유럽 동포들이었다. 사무국을 지키고 있던 사람들은 어수갑을 중심으로 유학생 김성경 양영미 부부가 있었고 영화를 공부하던 황철민 등이 편집진이었으며, 그들은 교정도 보고 급하면 원고도 쓰고 기자 노릇까지 하면서 익명으로 사무국을 도왔고 '독일여성회'의 오랜 활동가인 최영숙이 누나처럼 이들을 도와주고 대외적인 일을 감당하면서 끌고 갔다. 물론 이들 외에도 유학생이면서 신분을 공개하지 않은 채 연락이나 원고 집필 등으로 돕는 사람들도 십여 명이 있었다.

10월 초에 베트남전쟁에 관한 나의 장편소설 『무기의 그늘』이 만해문학상을 받게 되었다는 연락을 창작과비평사의 이시영 시인에게서 받았고 수상소감을 팩스로 보냈다. 심사위원회의 선정 이유는 '제3세계 피압박민족의 현실을 냉철한 리얼리즘의 정신으로 묘파해 세계 자본주의를 대표하는 미국의 본질적 자태를 명쾌하게 폭로하고 있다'는 것이었다.

수상 소식을 듣고 나서 일주일쯤 후에 드디어 DAAD에서 배정받은 집이 비워져 입주할 수 있었다. 분데스플라츠의 광장 모퉁이에 있는 공동주택이었다. 원래는 공장이었는데 예술가의 작업실 겸 주거공간으로 개조했다고 한다. DAAD는 베를린 시내 곳곳의 건물에 게스트하우스를 소유하고 있었다. 내가 들어간 곳은 루마니아의 여성 작곡가가 머물렀던 집이었다. 이 건물의 다른 층에도 나 같은 초청자가 몇 명거주하고 있는 것 같았다. 나와 마주보고 있는 방에는 작고한 베를린출신의 화가 부인이 살고 있었고 아래층에서 가끔씩 플루트나 첼로 소리가 들리는 것으로 미루어 음악가가 거주하는 듯했다. 집은 원룸식이었고 공장 건물답게 보통 집의 이층 정도로 천장이 높았다. 방의 전면은 유리창이고 방 넓이의 삼분의 일쯤에 로프트를 올려 그 위가 침실공간이었다. 로프트 아래도 사무공간이나 침실로 쓸 만했고 거실도 화가들의 아틀리에로 써도 될 만한 넓이였다. 옆으로는 부엌과 욕실 겸화장실이 붙어 있었다. 소파와 침대, 책상, 식기류 등 살림살이 일체가구비되어 있었다. 필요한 것들이나 고장 수리 등 문제가 발생하면 사무처에 요청하면 되었는데, 그러면 전담 관리인이 방문해서 해결해주었다. 대개의 초청자들은 육 개월에서 일 년 만기로 체류할 수 있었으며 한 번쯤 더 연장할 수도 있다고 했다.

11월에 접어들면서 해가 차츰 짧아지더니 위도가 높은 베를린에서는 오후 세시가 되면 벌써 어둠이 내리기 시작했다. 밤늦게까지 책을읽거나 글을 쓰다가 늦잠을 자고 오후 한두시에 일어나면 며칠 동안햇빛을 볼 수가 없었다. 나는 차츰 습관이 되어 러시아 소설에나 나옴직한 침울하고 고독한 일상을 즐기게 되었다.

1989년 11월 9일, 저녁 무렵에 한창 방북 기행문을 쓰고 있는데 전화가 울렸다. 수화기를 들었더니 좀처럼 전화를 하지 않는 윤이상 선생의 떨리는 목소리가 들려왔다. "혹시나 해서 걸었는데 집에 있었구면. 지금 온 세상이 난리가 났는데 황선생 모르고 있었나?" "네, 무슨 일이요?" "동독 정부가 베를린장벽의 철폐와 자유 왕래를 선언했다네." 그는 전화를 붙들고 하염없이 흐느끼기 시작했다.

나는 노예술가의 흐느끼는 음성을 착잡한 마음으로 듣고 있었고 아직은 갈피를 잡을 수가 없었다. "우리는 언제나 저렇게 만날 수 있겠소. 보시오! 어느 누구도 어떠한 힘도 한 민족을 둘로 갈라놓을 수는 없어요." 윤선생은 지금 텔레비전에 그 감동적인 장면이 나오고 있다면서, 지금 동서독을 가르는 베를린장벽이 터져서 양쪽 시민들이 밀물처럼 몰려가고 있다고 전했다.

나는 그 자리에서 글쓰기를 때려치우고 일어났다. 연이어 사방에서 전화가 걸려오기 시작했다. 그들 역시 한결같이 감격한 목소리였다. 한 유학생이 신문을 가져왔는데, 호외에는 '베를린장벽이 사라졌다'라고 큰 제목이 달려 있고 그 아래쪽에는 '베를린은 다시 베를린이 되었다!'라는 소제목이 붉은 글씨로 찍혀 있었다. 어수갑도 전화를 걸어 흥분한 음성으로, 민협 사무실인데 나를 데리러 오겠다고 했다. 어수갑은 기관지에 쓸 사진을 찍기 위해 브란덴부르크 광장 앞으로 먼저 가고 김성경 양영미 부부가 나를 데리러 왔다.

사실상 전조는 이미 시작되고 있었다. 몇 달 전 여름에 수많은 동독 시민들이 서베를린으로 넘어오겠다며 망명 신청을 했고 헝가리를 경유한 망명자 집단이 서독으로 왔다. 가을에는 라이프치히에서 여행 자유화를 요구하는 시민들의 시위가 벌어졌으며 바로 일주일 전에도 동베를린에서 수십만 명이 시위를 했다.

평소 한적하던 한밤중의 도로는 중심가로 몰려가는 차량들로 가득차 있었고 자동차의 행렬은 가다가 멈추기를 되풀이하면서 서행중이었다. 김성경이 샛길로 요리조리 빠지면서 가까스로 티어가르텐 근방까지 나아가는데, 자동차마다 젊은이들이 가득 타고 가면서 축구장에서처럼 뿔나팔을 불고 환호성을 질렀다. 온 시내가 깨어 일어난 것만 같았다. 각 문을 향하여 시민들이 물결처럼 밀려가고 있었다. 차가 멈출 때마다 사람들은 서로 차창 밖으로 미소를 보내고 손가락으로 V자를 만들어 흔들기도 했다. 보통 때의 냉정하고 무뚝뚝한 독일인의 모습이 아니었다. 인도와 차도를 군중이 가득 덮고 있어서 우리는 차를 인도에 걸쳐두고 인파 속을 걷기 시작했다.

처음에는 그저 엷은 안개가 낀 것 같더니 가녀린 이슬비가 되어 내리기 시작했다. 불탄 흔적이 아직도 남아 있는 제국의회 광장을 지나 장벽 쪽으로 다가서자 장벽의 한쪽을 헐어낸 곳으로 자동차와 동독 시민들이 쏟아져나오고 그들의 행렬에 길을 열어준 서독 시민들은 박수와 환호로 맞고 있었다. 그들은 엇갈리면서 서로 꽃을 주고받았고, 어린이를 목말 태운 젊은 부부, 꼭 껴안고 걸어오는 젊은 연인들, 두리번거리며 연신 웃어대는 노인들, 그리고 동독의 상자갑 모양의 자동차들과 서독의 미끈한 자동차들이 엇갈리면서 "후라(만세)!"를 연발하고 있었다.

성미 급한 서독 젊은이들은 장벽 곳곳에서 해머로 벽을 때려 부수려고 번갈아 내려치기도 하고 새떼들처럼 장벽 위에 몰려앉아 있었다. 군중들은 제각기 와인이나 샴페인을 들고 와서 서로 부어주기도 하고 장벽에 뿌리기도 하면서 외치고 노래했다. 돌아보니 군중들 틈에 우리 세 사람만 동양인이었다. 나는 절로 눈물이 흘러서 연신 소매로 얼굴을 닦았는데 무슨 유행가 가사처럼 때마침 내리는 이슬비로 눈물인지 비인지 모르게 되어버렸다. 왜 울었느냐고? 아마도 생각이 있는 한국 사람이라면 그 순간에 눈물이 나올 수밖에 없었으리라. 우리는 서베를린 시민과 동베를린 시민들이 한데 엉켜 일제히 밖으로 쏟아져나온 듯한 밤거리를 한참이나 걸어서 오이로파 센터가 있는 부다페스트 거리까지 나갔다. 김성경은 거리에 세워둔 차에 대해서는 별로 걱정도 하지 않았다. 까짓 고물차, 지금 차가 문제냐는 것이다. 우리는 새벽 세시 가까이 되어 서베를린 중심가인 쿠담으로 돌아왔다. 광장과 도로는 여전히 인파로 뒤덮여 있었고, 모든 카페는 발도 들여놓을 수 없을 정도로 가득차 있었다.

서베를린 시장 발터 몸퍼는 방송을 통해 '이십팔 년 동안 우리가 그렇게 꿈꾸던 날이 바로 오늘이다. 국경은 더이상 우리를 갈라놓지 못할 것이다'라며 동서독 간의 국경을 양쪽 국민에게 개방한 동독 정부의 결단에 찬사를 보내고 '어느 누구도 이제는 제3국을 통해 여행할 필요가 없다. 우리들 대부분이 이제 동독을 방문할 것이며 또한 많은 토론이 있게 될 것이다. 바로 그 때문에 나는 모든 베를린 시민에게 동독의 손님인 동포들을 열린 가슴으로 환영하기를 부탁한다. 수십 년 동안 방문하지 못하고 오직 텔레비전을 통해서만 알던 나라를 우리는 이제 눈앞에서 만나고 있는 것이다'라는 감격의 메시지를 발표했다.

약속한 선술집에서 어수갑과 합류한 우리는 소음 속에서 소리를 질러가며 이야기했다. 아무런 느낌도 없이 저절로 눈물이 나더라고 하니까 서로 자기도 그랬다고 말했다. 동쪽이 바람직한 사회는 아니었지만 그래도 서쪽의 거울이었는데 이제는 서쪽이 조심성도 없어지고 멋대로 할 수 있게 되는 건 아닌가, 아니다 서독이 얼마나 참을성 있게 동독의 변화를 위해서 노력했는데, 그런데 남한이 국가보안법 가지고 하는 짓 봐라, 서독 정부는 국민들에게 동독을 방문하고 동독 사람들을 되도록 많이 만나라고 권장해왔다. 그런 노력들이 쌓여서 동독 사람들을 변화시키고 개방하지 않을 수 없도록 만든 것이다, 등등의 얘기가 오갔다. 어쨌든 인간을 제한하던 것들이 사라지는 장면은 언제나 멋있다. 저쪽 골짜기에 꽃이 피면 이쪽 골짜기에도 눈이 녹을까. 그러나 동독은 북한이 아니고 서독은 남한이 아니었다. 나는 그날 늦도록 마시고 만취했다.

베를린 DAAD 사무국장 바르바라 리히터에게서 급한 일이라며 당장 보자고 연락이 왔다. 바르바라는 오십대의 문화행정가로 몸매가 뚱뚱하고 웃는 모습이 선량해 보이는 독일의 전형적인 아줌마 인상이었다. 그녀는 내가 집을 배정받자마자 방문해서 무슨 문제가 없는지 꼼꼼하게 살폈고 이사한 날은 나를 불러내어 축하한다며 저녁을 사기까지 했다. 내가 사무실에 들어서니 그녀는 엊그제 일어났던 장벽 철폐에 대해 딱딱한 발음의 영어로 쉴새없이 말했는데, 이제 너희 나라에도 변화가 올 거라고 말하면서는 눈이 붉게 충혈되었다. 이제 좀 있으면 너희 나라 대통령이 방문할 거라면서, 그때 우리가 너를 위해 할 일이 좀 있다고 바르바라는 말을 꺼냈다. 요지는 이랬다. 원래 우리의 학자 예술가 초청 프로그램은 그의 가족까지 해당되는데 너도 가족이 베를린에 와서 함께 지내야 한다. 우리는 베를린예술원과 더불어 너희 가족을 초청하려고 하는데 한국의 독일대사관에 문의한 결과 너희 가족은 출국금지 조치가 내려졌다고 하더라. 그래서 바이츠제커 독일 대통령이 너희 가족의 출국에 대해 한국 대통령에게 언급할 것을 우리가 제안하고자 한다. 우리의 제안서와 당사자인 너의 탄원서가 대통령 비서실과 외무부 장관에게 각각 전달될 것이다. 그녀의 말을 듣고 나는 감동하지 않을 수 없었다. 나는 김명수와 아들의 생년월일, 이름 등을 적어주었고 내일까지 탄원서를 작성하겠다고 대답했다.

유럽 여러 나라를 순방중이던 노태우 대통령은 11월 20일부터 22일까지 독일을 방문했다. 그의 북방정책이 가동하기 시작한 것이다. 대통령 방문단이 다녀간 뒤에 바이츠제커 대통령의 비서실에서 우편물이 날아왔다. 바이츠제커 대통령은 나의 사정을 보고받고 한국의 노태우 대통령에게 황석영 가족의 출국을 선처해달라고 부탁했으며 그는 이에 대하여 긍정적으로 대답했다는 내용이었다. 바르바라에게 전화했더니 그녀는 자기네도 같은 내용의 편지를 받았다고 환호성을 내질렀다. 곧 주한 독일대사관에서 당신 가족의 출국 준비를 실행에 옮기도록 하겠다고 그녀는 말했다.

한국에서는 나의 장편소설 『무기의 그늘』에 대한 만해문학상 시상식이 수상자인 내가 없는 채로 열렸다. 그러나 바로 전날 안기부는 계간지 『창작과비평』 겨울호에 내가 써보낸 방북 기행문 「사람이 살고 있었네」가 실린 것과 관련하여 잡지의 주간인 이시영 시인의 자택을 압수 수색함과 동시에 이씨를 연행하여 국가보안법 위반 혐의를 조사 중이라고 밝혔다. 내 방북 기행문을 원천 봉쇄하기로 결정한 공안당국은 이시영 주간과 김이구 편집자를 구속 수감했다. 안기부는 또한 창작과비평사 사무실에 대한 압수 수색을 벌였다. 안기부는 열일곱 명의 요원들을 동원하여 내 북한 방문기의 원고와 교정지, 단행본 출판 계약서와 영수증 원본, 내가 독일에서 다카사키 소지 교수를 통해 창비로 보낸 특별항공우편 봉투, 만해문학상 수상소감 원고와 독일에서 팩시밀리로 보낸 만해문학상 수상 연설문 등을 압수했다.

창비는 '이번 조처는 국민의 알 권리와 표현의 자유에 대한 중대한 침해'라는 성명을 발표했고 몇몇 신문도 사설에서 방북 기행문과 편집자 구속 사건에 대하여 논평하고 있었다. 국민은 북한의 객관적 실상을 올바로 알 권리가 있으며 이 권리와 언론 출판 학문의 자유는 정부 당국의 일방적인 판단이나 개입으로 인해 침해당해서는 안 된다는 것이었다.

이시영 시인의 석방을 요구하며 농성에 들어간 작가회의도 성명을 통해 방북 기행문이 이미 월간지 『신동아』에 연재되었다는 점에서 이씨의 구속은 형평의 원칙에 어긋난 법 적용이라고 주장했는데, 안기부는 『신동아』에 실린 1, 2회분은 북한을 미화한 내용을 수정한 것이지만 제3회분은 『신동아』에서 싣지 않을 정도로 '북한 찬양 일변도'라고 밝혔다. 그러나 신문 사설은 일부 수정만으로 글의 내용이 얼마나 바뀔 수 있는지는 의문이며, 『신동아』는 문제가 안 되고 『창작과비평』만 문제가 된 것이 수정하는 성의를 안 보였기 때문인지, 북한 방문기의 제작 판매 등이 과연 국가의 안전과 국민의 생존을 위태롭게 하는 반국가 활동인지를 따져보면 어느 쪽의 주장이 타당한가를 헤아릴 수 있다고 지적했다. 일련의 사태에 대해 언론은 이시영 시인이 '이적표현물 제작, 반포, 통신, 연락, 편의 제공' 등 혐의로 구속된 것은 표현의 자유와 법 적용의 형평성 문제를 둘러싼 논란을 불러일으킨다고 비판하고 있었다.

문익환 목사, 임수경 학생, 문규현 신부 등의 잇따른 방북이 있었고, 그 여파 속에서 당국은 나의 북한 방문기에 대해 민감한 반응을 보여왔다. 『신동아』쪽도 안기부로부터 '기소 중지자의 글을 실어서는 곤란하지 않으냐'는 압력을 여러 차례 받은 것으로 알려졌다. 또한 이번 조치는 합법, 비합법적인 북한 방문이 잦아지면서 연이어 쏟아져나올 각종 북한 관련 저술의 발표에 미리 쐐기를 박는다는 의미도 있을 것이라는 분석도 있었다.

안기부가 북한을 방문한 뒤 서독에 머물고 있는 소설가 황석영씨의 고교생 아들을 지난 24일 영장 제시 없이 불법 연행한 사실이 드러나 정치문제화되고 있다. 이해찬 의원(평민당)은 28일 국회 예결위 전체회의에서 미성년자인 황호준(17, 광주남도예술고 2년)군을 영장 없이 연행, 삼 일간 조사한 안기부의 지시자와 연행자를 밝히라고 주장하고 문책을 요구했다.

정웅 의원(평민당)은 27일의 예결위에서 정책 질의를 통해 황군이 지난 24일 오후 네시께 서울 영등포구 여의도동 63빌딩 앞길에서 안기부 요원 네 명에게 끌려가 삼 일간 조사를 받은 뒤 풀려났다고 폭로했다.

이에 대해 강영훈 총리는 28일 답변을 통해 "황군은 광주 지역 고등학생대표자협의회의 간부로서 불순단체 구성 혐의로 안기부에 연행됐다가 조사 뒤 가족에게 인도된 것은 사실"이라고 밝히고 "원칙상 그같은 일이 있어서는 안 된다고 생각하며 절차상 문제에 대해서는 유감"이라고 말했다.

황군은 지난 24일 오후 네시께 여의도 63빌딩 정문 앞에서 부산에서 올라온 친구 한 명과 함께 네 명의 안기부 요원들에 의해 남산 안기부로 연행됐다는 것이다.

—한겨레신문, 1989년 11월 29일

나는 이같은 소식을 사나흘 뒤에 유럽 민협 친구들이 말해줘서 기사를 찾아보고 알게 되었다. 광주에 전화를 걸었고 전처 홍희윤에게 어떻게 된 일이냐고 물었다. 그렇지 않아도 나는 내 방북의 여파가 전처와 내 아이들 호준과 여정에게까지 미치게 될까봐 우려하고 있었고 그들이 나의 정치사회적 활동으로 인한 영향을 받지 않고 평화롭게 살아가기를 바라고 있었다. 홍희윤은 울음을 터뜨렸고 나도 감정이 격해져서 뭐라고 말할 수가 없었다. 광주에서부터 시작되었던 '민주교육추진 전국교사협의회'가 발족되고 스승이 먼저 민주화운동에 나서자 고교생들도 전대협의 선배들을 이어 전국고등학생대표자협의회를 만들자고 서로 각처에 연락하여 그중에 아홉 명의 전국 대표를 선임했는데 호준이는 고교생 대표의 한 사람이었다. 간부를 맡았던 고교생들은 모두 안기부에 연행되었다가 몇몇은 구속되었고 전원 모두 조사받고 나서 퇴학당했다. 당시 호준이는 고등학교 2학년생이었다. 호준이는 퇴학당했다가 나중에 검정고시를 거쳐서 대학에 진학하지만 십대 때의 나처럼 호된 방황의 기간을 거치게 된다.

나는 바르바라 리히터를 만나 장남 호준에 대해서 의논했고 그녀는 초청자 명단에 장남도 넣자고 했다. 여기 와서 음악 공부를 하는 게 낫지 않겠느냐는 것이었다. 나는 호준 엄마와도 의논을 했는데 출국 금지가 되어 있는데다 아버지에게 부담이 되는 건 호준이가 원하지 않는다고 했다. 호준이는 어렸을 때부터 생각이 깊었고 우리집을 드나들던 광주의 활동가 후배들 틈에서 자라서인지 그들 말대로 일찍 '의식화'가 되어 있었다.

베를린장벽이 무너지고 해가 바뀌면서 사실상의 냉전이 해체되어가는 가운데 베를린을 찾는 사람들이 많아졌다. 하루는 정경모 선생에게서 곧 베를린을 방문할 예정이라는 전화가 왔다. 나는 만리타향에서 혼자 떨어져 외롭던 차에 혈육을 만나는 것처럼 가슴이 설레었다. 최영숙씨가 차를 가지고 나와서 쇠네펠트 공항으로 정선생을 마중나갔다. 정경모 선생은 두터운 코트에 베레모를 멋지게 쓰고 맨손으로 걸어나왔다. 비행기 표값이 싸길래 러시아 민항기인 아에로플로트를 탔는데 모스크바 공항에서 환승하려고 보니 짐이 도착하지 않았다고 했다. 결국 그의 짐은 베를린에 머물던 내내 도착하지 않았고 도쿄로 돌아가기 전에 항공사에 연락하여 차라리 일본에서 찾겠노라고 그쪽으로 보내줄 것을 부탁해야 했다. 최씨와 나는 선생을 모시고 무너진 장벽 일대와 동독 지역을 안내하며 돌아다녔고 저녁에는 유럽 민협과 여성회 사람들과 어울려 환영 모임을 가졌다.

정경모 선생이 방문하고 돌아간 뒤에 며칠 있다가 조심스런 목소리로 전화가 걸려왔다. 나는 깜짝 놀랐다. 그것은 문학평론가 염무웅의 목소리였기 때문이다. 그는 나에게는 젊은 시절부터 동지이자 형이었다. 염형은 나보다 두 살 위였지만 내게는 결여된 침착성이라든가 사려 깊은 점에서 나보다 대여섯 살은 더 나이든 사람 같았다. 그가 속내로는 정이 많은 줄은 알고 있었지만 워낙 조심스러운 사람이라 베를린에 와서 나를 만나기로 했다는 것은 보통 용기를 낸 것이 아니었다. 우선 이시영을 보더라도 내 원고를 받아 잡지에 게재했다는 것만으로 편의 제공과 통신회합죄 등으로 구속이 된 직후가 아니던가. 당시 각 대학에서 교수들이 모스크바와 동유럽의 변화를 견학하러 나오는 분위기였는데, 그도 그 여행팀에 끼어 독일에 왔을 것이다. 베를린은 지나가는 길이었지만 떠나기 전에 이시영을 통해 내 전화번호를 수소문했던 것으로 보아 아마도 나를 만나려고 별렀던 눈치였다. 그는 베를린에서 이틀간 체류할 거라고 했고, 나는 당장 그를 만나러 나갔다.

첫날은 베를린 동물원역 이층의 한 카페에서 그를 만났는데 반갑고 흥분이 되어 무슨 얘기를 나눴는지 기억나지 않는다. 다음날에는 적어준 주소를 들고 그가 내 거처로 찾아왔다. 문을 열자 그가 서 있었고, 전날 만났는데도 우리는 처음 만나는 사람들처럼 좀 어색하게 악수를 했다. 그가 방안을 두리번거리고 의자에 앉더니 첫마디가 "꼭 감옥 같군요" 그랬다. 물론 그 공간 자체를 두고 말한 것이 아니라 나 혼자 외부와 단절되어 있는 상황을 뜻하는 것이려니 생각했다. 그는 면세점에서 나와 함께 마시려고 샀다면서 들고 온 위스키를 땄다. 우리는 전날 카페에서 만났을 때보다 좀더 느긋하게 술잔을 나누었다. 그가 언제 들어올 거냐고 물었고, 나는 내 여권 기한이 삼 년이니 그 안에 들어갈 작정이라고 말했다. 염무웅은 문익환 목사 등이 받은 형량을 언급하면서 내가 소기의 목적은 달성했으니 더이상 일을 저지르지 말라고 충고했다. 아무튼 우리는 한국 사회의 민주화가 더욱 진전되지 않는 한 분단 상황을 개변시킬 역량은 생겨나지 않을 것이라는 점에 의견이 일치했다. 헤어져야 할 시간이 되자 그가 몸을 일으키며 나오지 말라고 했다. 나는 계단 아래까지만 그를 배웅했고, 마지막 계단을 내려서면서 우리는 동시에 서로를 와락 끌어안았다. 그가 내 등을 두드리며 건강 조심하라고 말했다. 나도 여행 잘하라고 말하려는데 울컥 목이 메었다.

그로부터 며칠 뒤에 이수인 의원이 전화를 걸어왔는데, 그는 현직 의원인 자신의 신분상 차마 나를 만날 수는 없다면서 애석해했다. 그러고는 대뜸 "왜 김일성은 만나고 그러냐"고 힐난했다. 나도 좀 짜증이 나서 누가 만나고 싶다고 했느냐, 방북했더니 일정이 그렇게 짜여져 있더라고 말하고 전화를 끊으려니까 그가 못 찾아가서 미안하다고 말했고 나는 "미안하면 전화나 걸지 말든지" 하고 더욱 짜증을 내고는 끊었다. 이수인 형은 이수성 전 총리의 둘째 동생이고, 막내인 이수억은 나보다 세 살 아래로 젊은 시절부터 주당으로 한 패거리였다. 손학규와 구로공단에 취업해 있던 시절에 술이 고프면 그의 사무실로 찾아갔고 이수인 형은 그때마다 월급을 가불해서 우리에게 술과 고기를 잔뜩 먹이고 용돈까지 쥐여주곤 했다. 그는 김지하나 이부영 등 우리 또래 친구들에게 의리의 사나이로 알려져 있었다. 전화를 끊고 짜증이 가라앉고 나자 나는 그의 입장이 충분히 이해가 되었고 미안한 마음이 들었다.

또 며칠 뒤에는 이토 나리히코 교수가 문득 연락을 해왔다. 나를 함부르크에 남기고 떠났던 그가 어찌나 반갑던지 즉시 베를린 중심가로 그를 만나러 나갔다. 그는 일본 시민단체와의 연대운동으로 독일 교민들과도 잘 알던 사이여서 최영숙도 나왔다. 이토 교수는 동독 훔볼트 대학의 교수 부부와 함께 기다리고 있었다. 동독인 교수가 시내 산책차 서베를린 구역으로 전철을 타고 나온 것을 보니 세상이 변했다는 게 새삼 놀랍기만 했다.

우리는 함께 저녁을 먹었는데, 동독인 교수는 나의 방북 얘기를 들었는지 김일성의 권력투쟁에 대해 질문했다. 박헌영과 남로당의 숙청에 대해서 어떻게 생각하는가였다. 나는 현재의 남과 북이 어떻게 하면 만날 수 있는가를 생각할 뿐 과거에 북한 내부에서 있었던 정치적 사건에 대해서는 관심이 없다고 말했다. 사실 나는 북한에서 노선이 다르다는 이유로 일제와 싸우던 사회주의자들이 단합하지 못했던 점을 안타깝게 생각하고 있었고, 남한에서도 이승만이 경쟁자였던 김구, 여운형, 조봉암 등을 제거한 것에 대해서 비판적이었다. 어찌 코리아에서만 그런 일이 있었겠나. 스탈린은 트로츠키를 비롯한 수많은 정적을 말살했다. 정치사회적 변화는 동독의 예에서 보았듯이 독재자가 허용해서 오는 게 아니고 민중이 움직여야 찾아온다. 내가 그에게 물었다. 동독 시민들은 통일을 원하게 될 것인가? 그는 대답했다. 현재의 호네커 정부는 결국 시민들의 저항에 굴복한 것이며 퇴로는 있을 수 없고 통일로 가는 구체적인 절차만 남아 있다고.

나는 참을성 있게 화제를 돌리려고 애썼다. 대화 도중에 그가 북한의 사회주의는 물론 남한의 자본주의를 시니컬하게 표현하는 것에서 유럽인이 대체로 아시아 사회에 대해 지니고 있는 우월감이 엿보였기 때문이었다. 나는 이후 베를린에서 만난 동독 출신 지식인들에게서 말로 표현할 수 없는 어떤 야릇한 반동을 느꼈다. 그것은 물론 동독 공산당에 대한 환멸이기도 하며 자신의 이념에 대한 부재증명이기도 할 것이다. 어느 심포지엄에서 북한을 냉소적으로 신랄하게 비판하는 독일인 강사의 이력을 살펴보았더니 북한에 유학했던 사람이었다. 이를테면 그들은 급진적으로 우회전하는 중이었다. 그러고 나서 독일이 통일되고 몇 년이 지난 뒤에 이들은 다시 서독 사람들과의 이질감과 불화를 호소하게 된다.

이토 나리히코 교수는 베를린에 로자 룩셈부르크의 새로운 원고를 뒤지러 왔고 곧 모스크바에도 가서 찾아볼 것이라고 했다. 그는 나중에 이렇게 재발견된 원고를 바탕으로 책을 썼다. 그는 이와나미에서 야스에 료스케 사장이 내게 보낸 인세와 몇몇 잡지의 원고료며 가게쇼보 출판사의 『장길산』 계약금을 챙겨가지고 왔는데, 이것은 내 망명생활에 큰 도움이 되었다. 이토 교수는 돌아가면서 내게 말했다. 너는 러키 가이라고. 세계가 이렇듯 엄청나게 변화하고 냉전이 해체되고 있으니 너희가 짊어진 국가보안법도 해체될 것이라고. 그러나 그의 예언은 한반도에 관한 한 어긋나버렸다. 한반도 정세는 해가 갈수록 풀릴 듯하다가도 제자리걸음이 되거나 전보다 더욱 악화됐으니까.

DAAD 사무실에서 내 가족이 곧 출국하게 되었다는 연락이 왔다. 나는 집에 전화를 하고 싶었지만 상황이 어떻게 될지 몰라서 집에서 먼저 연락해오기를 기다리기로 했다. 독일과 한국의 대통령들이 약속했다면 가족의 출국은 이루어질 거라고 나는 믿고 있었다.

12월의 어느 날 한국에서 전화가 왔는데 여성의 목소리였다. 자기는 독일대사관 직원이며 당신 가족이 오늘 루프트한자 편으로 출국했다고 전했다. 나를 도와주던 유학생에게 비행기 편명과 아내 이름을 가르쳐주고 예약 상황을 알아봐달랬더니 프랑크푸르트에서 갈아타는 비행기 편과 베를린 테겔 공항 도착시간까지 알려주었다. 이튿날 예정된 시각에 공항에 나갔더니 내가 언젠가 얼핏 본 정보 영사는 보이지 않았고 그 대신 어느 한국식당 주인이 카메라를 들고 서 있었다. 나는 못 본 척하고 그와 멀찍이 떨어져서 기다렸다. 그는 내가 가족과 만나는 장면을 카메라로 찍어갔을 것이다.

얼마쯤 기다리니 승객들이 몰려나오는 뒷전에 아장아장 걷는 어린 호섭이의 손을 잡고 나오는 김명수의 모습이 눈에 들어왔다. 호섭이를 들어 안았더니 녀석은 내가 낯설었는지 얼굴을 찡그리고 제 엄마에게 가려고 몸을 비틀었다. 우리는 잠깐 외출했다가 만난 가족처럼 새삼 반길 새도 없이 덤덤하게 내 거처로 돌아왔다.

DAAD에서는 가족이 오는 문제를 상의할 때부터 가족이 합류하면 그에 걸맞은 다른 아파트를 마련하겠다고 약속했었다. 아틀리에로서는 그럴듯하지만 가족이 생활하기에는 어딘가 썰렁한 공간이기 때문이었다. 호섭이는 집을 떠나와 갑자기 환경이 바뀌어서인지 "엄마, 집에 가자, 집에 가자" 하고 자꾸만 보챘다. 나는 어린것에게 "여기가 우리집이야"라고 말하면서 마음이 아팠다. 김명수는 자기가 안기부에 연행되어 며칠 동안 아이를 떼어놓을 수밖에 없었는데, 아이를 맡았던 여동생의 말에 의하면 안기부 직원이 엄마를 연행해 집을 나가자 꼬마가 안방의 벽을 향해 돌아앉아 울더라고 했다. 어쨌든 호섭이에게 그러한 풍파는 이제 시작에 불과했고, 아이는 자라면서 계속 가족의 이산을 겪어야만 했다.

김명수는 한 달 전에 주한 독일대사관에서 방문해달라고 해서 대사와 영사를 차례로 만난 얘기를 했다. 그들은 출국 의사를 묻고 나서 출발 날짜에 맞추어 이삿짐을 보내고 여행할 준비를 하라고 일러주었다. 출국할 때는 영사가 자기 차로 김포공항까지 직접 데려다주고 루프트한자 직원에게 안내해줄 것까지 부탁했다니 독일 정부가 여러 방면으로 배려해주었음을 알 수 있었다.

며칠 후 분데스플라츠에서 전철로 한 정거장 떨어진 분데스 가로의 베를리너 스트라세에 있는 아파트로 이사했다. 바로 옆에 폴크스 공원이 보이는 모퉁이 건물이었고 넓은 거리의 어디에서나 일층인 내 거처가 훤히 보이는 위치였다. 아마 외지고 조용한 곳보다는 큰길 옆이 우리 가족의 안전에 유리하다고 생각했던 듯싶다. 거실과 방이 세 칸인 제법 너른 공간이었다. 김명수가 출발 전에 이삿짐을 모두 꾸려서 내 주소지로 보냈다고 했는데 대부분이 나의 서재를 그대로 옮겨오는 책짐이었다. 짐은 거의 달포나 지나서 이듬해 초에 도착했다.

크리스마스가 가까워진 무렵이었는데 동베를린 구역의 북한대사관에서 전화가 왔다. 윤기복 비서가 베를린을 방문했는데 차제에 만나보았으면 한다는 것이었다. 기억이 희미하지만 아마 이듬해 10월에 동서독이 통일을 선포한 뒤부터 북한대사관은 폐쇄되고 이익대표부로 통일독일 정부와의 외교관계를 바꾸게 되었던 것 같다. 지나고 나서 생각해보니 그는 아마도 통일전선부장으로서 급변하는 유럽에 대한 대처와 통일 정책의 점검을 위해 왔던 것으로 짐작된다.

장벽이 무너진 후 같은 베를린 시내가 되어버린 북한대사관에 가서 윤기복과 같이 점심을 먹었다. 지난봄에 평양에서 문익환 목사와 함께 만난 이후라 그는 한동안 문목사와 임수경에 대해 언급했고 이어서 남측에서 특사도 오고 문화 교류에 대한 여러 가지 제안도 있었다면서 말을 꺼냈다. 그는 우선 내 장편역사소설『장길산』의 북한 출판에 대해 제의했고, 나는 처음부터 남북 문화 교류를 주장하고 합의서까지 썼던 장본인이어서 흔쾌히 응낙했다. 이어서 윤기복은 최근에 김정일 비서의 결재가 났는데 광주항쟁을 주제로 한 영화를 북한에서 제작하기로 했으니 나에게 좀 도와달라는 요청을 했다. 무엇을 어떻게 도울 수 있는지 물었더니 '북의 작가는 남의 현실을 잘 모르니 대본 작업을 도와달라'는 얘기였다. 나는 그저 틀린 부분에 대해 조언해줄 수는 있다고 대수롭지 않게 대답했다.

이듬해 2월부터 한겨레신문에 새 장편소설『흐르지 않는 강』을 연재하기로 되어 있었다. 내가 이 소설을 구상하게 된 것은 처음 방북해서 평양백화점에 안내받아 갔을 때 만난 부지배인과의 대화가 동기가 되었다. 부지배인은 백발의 노인이었지만 키가 크고 허리가 꼿꼿했다. 노인은 내가 대번에 알아챌 수 있을 정도의 옛날식 서울말을 쓰고 있었다. "고향이 어디세요?" 내가 물었더니 그는 빙긋이 웃으며 서울이라고 말했다. 서울 어디냐니까 영등포라고 했다. 반가운 김에 내 쪽에서 먼저 우리 동네 이야기를 꺼냈더니 그는 반색을 하며 자기 집이 그 건너편 동네에 있었다고 말했다. 우리는 상품 진열대 앞을 지나치면서 계속 영등포 이야기를 했다. 부근에 초등학교가 있었고 일제 때 지어진 목조건물에 불이 났다, 변소까지 탔는데 오물이 끓어서 온 동네가 고약한 냄새로 며칠 동안 밥을 못 먹었다는 등의 얘기가 오갔다. 나는 아홉 살, 그는 서른 살 가까운 무렵의 일이었다. 우리는 서로의 기억이 같다는 데서 묘한 친밀감을 느꼈고 일과가 끝난 뒤에 한번 더 만나기로 했다.

초대소에 머무는 동안 빡빡한 일정으로 좀처럼 틈이 나지 않았으나 내가 안내인들에게 여러 차례 부탁을 해서 가까스로 저녁에 시간을 낼 수 있었다. 평양 대동강변에 수산시장이 있었는데 최승칠 작가를 안내인 삼아 거기서 부지배인 노인을 다시 만났다. 우리는 명태무침과 가자미구이를 안주로 소주를 마시면서 노인의 이야기를 들었다. 그는 영등포 철도공작창 동네에 살던 철도원이었다. 그의 아버지 역시 철도원으로 일제 때 경성과 신경을 오가는 기차의 기관사였다. 그는 십대 때부터 아버지의 조수가 되어 기차를 탔고 아버지의 뒤를 이어 기관사가 되었다. 경성을 지나 개성을 넘어 들꽃이 피어난 아름다운 황해도의 간이역들과 타고 내리는 촌사람들과 낯익은 인근의 장사꾼들, 그리고 그들의 차츰 억세지는 서북 사투리, 가도 가도 끝없는 수수밭과 검고 기름진 흙이 드러난 만주 대평원을 달리다보면 석양이 지면서 세숫대야만한 붉고 둥근 해가 지평선 너머로 떨어져가던 것이며, 겨울에는 압록강 너머로 날아가는 오리떼와 어린애 머리만큼이나 크고 탐스런 눈이 하늘을 빽빽하게 메우면서 내리던 것이며를 한없이 이야기했다. 그는 해방 이후 '전평(조선노동조합전국평의회)'에 들었고 1946년 대구 10월항쟁 이후에 당시 중학생이던 아들을 데리고 월북했다. 나는 이들 철도원 삼대의 이야기를 소설로 쓰리라고 마음먹었다. 우리 문학에 근대적 노동자에 대한 소설이 거의 없다는 생각이 들어서 이 소재가 더욱 의미 있게 느껴졌다. 무엇보다도 철도와 기차는 근대의 상징이며, 섬처럼 고립된 분단 이후 우리는 대륙에 대한 기억을 잃어버리고 말았다는 점에 착안하여 소설을 구상했다. 나는 그 중학생 소년과 나를 매개로 영등포를 중심으로 전후 세대의 이야기에서 시작할 작정이었다. 마침 한겨레신문에서 베를린으로 기자를 보내 내게 의사를 타진해왔을 때 나는 '철도원 삼대'의 이야기를 염두에 두고 있었으나 그런 소재와 형식이 마음에 걸렸다. 나는 세계가 격변하는 현장에 있었기 때문이었다. 작가의 본능으로 나는 세계가 전혀 다르게 변해갈 것이며 나의 서사도 변해야 할 거라고 느끼고 있었다.

그러고 보니 『흐르지 않는 강』은 이 소설이 완성되지 못하고 중단되어버릴 운명임을 그 제목이 먼저 말해주고 있는 것만 같다. 지금 그 제목을 다시 보면 방북과 베를린에서의 충격이 가시지 않은 채 뭔가 의미심장하게 말하려고 벼르고 있는 듯한 느낌이 든다. '분단'이라는 말을 그럴듯 직설적으로 들이대는 듯한 제목이라니! 막상 소설을 쓰기 시작하자 나는 첫 단추를 잘못 끼웠다는 생각이 들었고 형식은 더욱 마음에 들지 않았으며 내가 현실에 너무 가까이 들이댔다가 화상을 입은 것 같은 느낌이었다. 망명자의 급박한 처지로는 적절한 거리감을 유지할 수 없었던 것이다. 어쨌든 남과 북은 여전히 나를 옥죄고 있었고, 글을 쓰고 있는 내 등뒤의 좌우에 서서 나를 노려보고 있는 듯했다.

1990년 2월 말경에 북한대사관의 참사라는 이에게서 연락이 왔다.

북한의 작가가 나를 만나러 평양에서 왔다는 것이었다. 나는 다음날 저녁에 그를 우리집으로 초대하여 한식을 차려 접대했다. 방문자는 리춘구라는 북한의 영화문학 작가와 고학림 감독이었다. 북에서는 시나리오 작가를 영화문학 작가라고 불렀다. 리춘구는 1942년생으로 나보다 한 살 위였는데, 비록 남과 북에서 자라난 환경은 달랐지만 어린 시절에 전쟁의 참화를 겪은 세대라서인지 분단의 아픔을 서로 깊게 공감할 수 있었다. 그가 '당과 인민으로부터' 가장 사랑받는 영화문학 작가로서 많은 명작들을 내놓았다기에, 나는 나중에 수편의 작품들을 비디오로 찾아보았다. 작품마다 다른 줄거리와 구성으로 진행되지만 소박한 순수성과 함께 일정한 '틀'이 있어 보였다. 북의 당 정책에 따른 계몽주의적 성향이 두드러졌는데, 의도나 주제를 북한 인민들의 생활 속에서 배어나오게 형상화하는 것이 그의 장기였다. 그러나 전형과 사상성의 배합이라는 의도 때문에 보편성을 벗어나 특출한 개인을 다루는 식의 도식적 편향도 보였다. 이를테면 선전을 노골적으로 드러내지 않으려고 노력하지만 영화 전편에 지속되는 도덕주의와 함께 결국은 당이 옳다는 식으로 귀결된다. 리춘구의 작품에 나타나는 주인공들은 하나같이 치열한 문제의식과 투쟁성을 지니고 있었으며 완전한 당일꾼과 같은 책임감을 가지고 있었다. 나는 이러한 문제점들이 '당의 지도'가 필수적인 북한 예술의 특성이라고 이해는 하면서도 보다 복잡하고 갖가지 얼굴을 가진 인간을 그려내는 데는 한계가 있다고 보았다. 나는 북한 작가들이 그의 작품에 대해 일종의 포스터와 같은 단순성을 지적하는 말을 듣기도 했다. 그리고 그가 '너무도 일 욕심이 많아서 지칠 줄 모르고 일을 해댄다'는 영화창작단 쪽의 푸념도 듣게 되었다. 어쨌든 그는 열성적이고 정력적인 북의 일급 영화문학 작가였다.

그는 내가 광주 현장의 후배들과 함께 기록한『죽음을 넘어 시대의 어둠을 넘어』를 읽었고, 감옥에서 단식중에 옥사한 전남대 학생회장 박관현의 전기나 광주항쟁에 관한 남한 젊은 문인들의 작품과 각종 자료들을 모두 섭렵했다면서, 자기가 쓴 대본을 읽고 의견을 말해주든지 수정을 해달라고 했다. 대본을 읽어보니 역시 염려했던 대로 도식적 편향을 그대로 드러낸 내용이라 예술적 완성도를 찾아보기는 어려운 작품이었다. 일주일 뒤에 리춘구를 다시 만나 대본을 읽은 소감을 말하면서 몇 가지 문제점을 지적했더니 그는 수긍할 수 없다는 듯 반론을 제기했다.

나는 북한 문학에서 거북하게 느꼈던 점을 그의 대본을 보면서 재확인하게 되었는데, 북한은 일제강점기의 카프 문예운동을 소개는 하면서도 결국은 김일성이 주도했다는 빨치산 문학을 현대 조선문학의 정통적인 주류로 정해놓은 듯했다. 사실 북한은 남한의 자주적 역량을 별로 기대하지 않으면서 얕보는 경향이 있었다. 또한 독재에 저항하는 남한 민주화운동을 선전하지만 체제에 대한 저항의식 자체는 위험시하는 속내를 드러내곤 했다. 예를 들어 남한의 운동가요가 범민족대회처럼 필요한 때와 장소에서는 묵인되지만 북한 사람들 사이에서는 엄하게 금지하고 있는 것을 보면 미루어 짐작할 수 있다. 그래서 남한의 통일운동가는 원칙을 가지고 늘 북측 일꾼들과 다툴 마음의 준비를 해야 했다. 그래서 통일의 과정 속에 과도기를 설정하는 '1국가 2체제론'이 나왔을 것이다.

정작 대본을 손봐달라고 들고 왔으면서 내 의견이 수렴되지 않은 채 서로 다른 주장만 하다가 리춘구는 평양으로 돌아갔다. 나는 이듬해에 디스크 치료차 평양에 갔다가 때마침 영화 〈님을 위한 교향시〉 시사회에 참석하게 되었는데 제목 밑에 '공동각본 리춘구 황석영'이라고 적혀 있었다. 내용을 보니 리춘구가 베를린에 가져왔던 대본 그대로였다. 나는 윤기복 등 북한 통전부 간부들에게 내가 전혀 관여하지 않은 영화에 어떻게 내 이름이 올라 있느냐고 따졌다. 그들은 리춘구 작가가 황선생의 광주항쟁 기록을 참고한 것이니 당연하지 않으냐고 했고, 나는 자막에 나오는 내 이름을 빼야 한다고 주장했다. 또한 자막에 '주제곡 윤이상'이라고 나오는데 작곡가 윤이상 선생의 〈광주여 영원히〉라는 쾰른 서부독일방송 교향악단이 초연한 교향시곡을 배경에 깔고는 영화 제목으로 '임을 위한 행진곡'을 연상시키는 '님을 위한'과 '교향시'를 합성한 것이었다. 북한으로서는 남한을 소재로 영화를 만들면서 윤이상과 황석영을 끌어들임으로써 일석이조의 성과를 거둔 셈이다. 나는 이런 사실을 공개할 수밖에 없다고 간부들에게 말했고, 실제로 베를린에 나오자마자 남한 매체와 인터뷰하면서 모든 정황을 밝혔다.

내가 첫 방북 이후에 이렇듯 북에 몇 차례 더 발걸음하게 된 것은 1990년에 열리는 범민족대회에 참석하기로 결심하면서부터였다. 범민족대회의 시발점은 1986년 일본이었다. 앞에서 얘기했지만 당시 나는 유럽을 거쳐 미국에 가서 윤한봉의 미주 한청련과 함께 마당극 '통일굿, 청산이 소리쳐 부르거든'을 공연했고 일본에 가서도 조성우와 함께 문화운동조직을 만들고 같은 마당극으로 순회공연을 했다. 그때 우리는 처음으로 민단, 총련, 그리고 중간 세력인 한민통 산하의 한청 젊은이들을 한데 모았는데 이는 재일동포 이민사회 사상 처음으로 남과 북이 공개적으로 함께 치른 행사였다. 행사가 모두 끝나고 나서 조성우는 이런 잔치가 남북 해외 전 민족으로 확대되어 서울에서 열린다면 어떻겠느냐고 말했다. 나는 참 환상적이고 낭만적인 얘기지만 그게 이루어지겠느냐고 조성우의 말문을 막아버렸다. 지금 생각해보면 그에 비해 작가라고 하는 내 상상력이 현실 속에서 너무 초라하게 위축되어 있었던 게 아닌가 싶다. 나는 당시 귀국하자마자 구속당할 처지라 다른 곳으로는 생각을 확대할 만한 심적 여유가 없었다. 다행인지 불행인지 귀국하여 조사만 받고 나와서는 1987년의 6월항쟁과 대선활동에 참여하게 되고 국제펜대회에 온 외국 문인들과의 연대활동으로 구속 문인 석방을 위한 '서울민족문학제' 행사를 준비하느라 여념이 없었다. 사실 나는 개인적으로 범민족대회의 성사 가능성에 대해 회의적이었던 여러 사람들 중의 하나였다. 그 이유는 첫째로, 남한 정부가 대회를 허용할 리가 없으며, 둘째는 전 세계적인 냉전이 엄존하는 상태에서 한반도를 둘러싼 주변국 관계로 보아 성사가 안 될 것이라고 생각했고, 셋째는 한국 사회의 민주화가 미완성 단계이며 통일운동권의 대중적 역량이 아직은 그런 범민족적 대회를 벌일 정도로 성숙되지 않았다고 여겼기 때문이었다.

조성우는 통일운동 일꾼들을 모아서 처음으로 1988년에 '한반도 평화와 통일을 위한 세계대회'를 치러냈고 이것이 범민족대회의 시작이었다. 이 대회를 추진하면서 문익환 목사를 비롯한 남측 각계 인사 천여 명이 서명한 '한반도 평화와 통일을 위한 세계대회 및 범민족대회 추진본부 발기 취지문'을 통해, 남북 해외동포를 망라한 모든 민족이 참여하는 범민족대회를 열어 통일방안과 실천 과제를 논의하자고 제안했다. 이러한 제안에 해외 민주화통일운동권이 즉각 환영했고 북한의 조국평화통일위원회는 1988년 12월 공개서한으로 전폭 수용의 입장을 밝혔으며, 남한 정부는 1990년 7월 20일 대통령 특별발표를 통해 조건부 허용을 밝혔다. 범민족대회는 7·4 남북공동성명에서 밝혔던 자주, 평화, 민족 대단결의 3대 원칙을 받아들이는 민족 구성원 누구나 참여하자는 취지였고, 서로의 사상과 제도를 앞세워 주장하거나 서로가 상대방 정부를 타도하자거나 폭력으로 투쟁하자는 것이 아닌 전 민족적인 만남의 잔치였다. 이는 세계적 냉전체제의 해체가 진행되는 가운데 한반도의 평화적 통일을 실현하기 위한 첫 출발이라고 나는 생각했다.

1990년 서울에서 열린 실무회담에 참가하고 돌아온 해외 대표들이 나에게 대회에 참가해줄 것을 정식으로 요청해왔다. 범민족대회에는 남측에서 누군가가 나오기로 되어 있었기 때문에 적극적으로 참여할 뜻은 없었다. 더구나 나는 신문에 연재중인 『흐르지 않는 강』의 집필에 몰두해 있던 차였다. 그러나 문익환, 임수경 등 수많은 정치범들이 투옥되어 있는데 방북 기행문을 쓴다는 명분으로 입국하지 않은 채 칩거와 글쓰기로 스스로의 역할을 제한해온 것이 부끄럽게 여겨지기 시작했다. 만약에 남측에서 아무도 나오지 못하게 된다면 내가 그들이 하지 못하는 몫을 감당해야 한다는 책무감이 느껴졌다. 나는 해외 인사들의 범민족대회 참가 제안을 받아들이지 않을 수 없었다. 미래를 예측할 수 없는 망명객의 입장인 나로서 이러한 결정은 귀국의 길로부터 점점 멀어지는 일이고, 개인적인 생활상의 손해를 감수해야만 하는 부담이 컸다. 그러나 막상 결심하고 나자 나는 국가보안법을 더욱 큰 범위에서 뛰어넘어 그것이 무색할 정도로 자신의 행동을 적극적으로 확대해야 한다는 생각이 들었다.

범민족대회를 앞둔 6월 말, 나는 막내이모가 위독하다는 연락을 받았다. 병명은 척추암이라는데 이미 1989년 방북했을 당시에 만났을 때도 암 말기라고 들었었다. 내가 망설이다 김명수에게 북한에 다녀오겠다고 말하자 그녀는 펄쩍 뛰었다. 그녀의 감정은 베를린에 온 뒤로 매우 불안정했는데, 낯선 환경과 드나드는 사람들 때문에 더욱 신경이 날카로워져 있었다. 베를린으로 오라고 했던 내 잘못이었지만 망명자가 그야말로 '즐거운 나의 집'을 꾸려가기가 얼마나 힘든 노릇인지 날마다 실감하는 일상이었다.

*

나는 신문사에 전화해서 연재소설을 중단하겠다고 통보했다. 그러고는 매주 목요일마다 베를린에서 떠나는 북한 비행기에 올랐다. 평양 공항에는 최승칠 소설가와 낯선 과장이라는 사람이 나와 있었다. 과장은 농담도 잘하고 서구 사회도 잘 아는 매우 노련한 오십대 말의 당일꾼이었다. 그들은 서재골에 내 숙소를 마련해놓고 있었다. 내가 기거할 집에는 한시해 부부장이 기다리고 있었다. 그는 뉴욕에서 칠 년 동안이나 유엔의 북한 대표부 대사를 지낸 외교관 출신답게 세련된 사람이었다. 막내이모가 지난주에 평양병원에서 이미 임종했다고 과장이 알려주었다. 장례식도 끝났고 사리원 공동묘지에 모신 상태였다. 나는 이제 우리 집안의 이산가족 1세대가 모두 돌아가셨다는 걸 확인하고 있었다. 남쪽에 내려갔던 외가 쪽 사람들은 큰외삼촌, 어머니, 작은이모 모두 돌아가셨고 북에서는 큰이모, 작은외삼촌, 막내이모를 끝으로 이제는 나와 같은 다음 세대로 넘어온 것이다.

이튿날 과장과 동행하여 사리원의 사촌아우 집에 갔다. 이모에게 사남매가 있다고 들었는데 그날은 장남, 장녀와 차남 셋이 모여 있었다. 사실 나는 이제 그들의 이름도 얼굴도 기억나지 않는다. 그들의 어린 아이들이 몇 명이었는지 아들인지 딸인지도 전혀 기억에 없다. 어쨌든 그들은 나를 위해 장남의 집에 모였고 음식을 정성스럽게 차려놓고 기다리고 있었다.

장남이 안내해서 시 외곽으로 나갔다. 돌과 바위투성이의 야산에 올라 새로 써서 벌건 흙더미가 드러난 이모의 무덤 앞에 섰다. 주위에 드문드문 무덤들이 있는 것을 보니 이곳이 시 공동묘지인 모양이었다. 비석이 없는 무덤도 많았는데 그래도 이모의 묘 앞에는 검은색 비석이 서 있었다. 장남이 말했다. "돌아가시기 전에 오마니께서 형님 이름을 꼭 넣으라구 하셌습니다."

비석 뒷면에 이모의 직계가족 이름이 새겨졌고 맨 끝에 내 이름이 들어가 있었다. 그것이 어머니의 생전 그리움을 내가 대신해서 북의 혈족들에게 남긴 흔적이었다. 과장은 고개를 끄덕이며, 그래도 고인의 남편이 이전에 국영농장 지배인까지 지냈으니 인민위원회에서도 잘해주었을 거라고 말했다. 나는 가지고 갔던 꽃을 놓고 삼배를 올렸다.

부근에 할머니 묘가 있다고 하여 가보자고 했다. 외할머니를 뵌 적은 없으나 어머니에게서 하도 귀에 못이 박히도록 들어서 머릿속으로 얼추 모습이 그려졌다. 가보니 할머니 무덤은 비석도 없이 잡초에 뒤덮여 있어서 무덤의 형태도 잘 보이지 않을 정도였다. 장남이 보기에 민망했던지 일 없는 날에 와서 풀을 좀 매겠다고 중얼거렸다. 그냥 선 채로 한참이나 묵념을 올렸다. 어머니는 살아가며 힘든 날마다 아침에 일어나 "간밤 꿈에 어머니가 오셨더라"고 말하곤 했다. 그 돌과 바위 많은 야산 모퉁이에 있던 이모와 외할머니의 묘지는 지금도 그대로 있을지, 내가 또 찾아갈 수 있는 날이 올지 막연하기만 하다.

평양을 떠나기 전 서재골 초대소에서 윤기복, 한시해 등과 저녁을 함께하는 자리에서 이번에 열리게 될 제1차 범민족대회에 가족과 함께 참가하겠다고 말해버렸다. 그들은 내가 범민족대회에 참가하겠다는 것이 무슨 뜻인지 잘 알아들었다. 그것은 내가 이제부터 해외에서 통일운동에 적극적으로 참여한다는 통보였다.

베를린으로 돌아와 민협과 여성회, 노동교실의 회원들에게 내가 범민족대회에 참가할 것임을 알렸다. 독일 쪽에서도 범민족대회 참가 준비를 위해 각 지역 모임이 시작되고 있었다. 김명수는 처음에는 한사코 반대를 하다가 자기도 호섭이를 데리고 함께 갈 것이며 기왕 갈 바엔 적극적으로 참여하겠다고 말했다. 자신도 판문점에서 벌어질 남과 북 그리고 해외동포들의 문화행사의 일원으로 공연을 하겠다는 것이었다. 그녀는 문화 부문을 담당한 최영숙씨와 의논을 했고 나도 몇 가지 기획안을 내놓았다. 마침 윤이상 선생의 며느리도 북한의 무용수 출신이어서 해외동포들의 판굿에 순서를 넣었고 김명수는 판문점의 남북 경계에서 북한 무용수들과 함께 자신이 안무해서 추겠다고 했다.

나는 다시 8월 초에 가족들과 함께 베를린에서 평양으로 갔고 숙소는 서재골 초대소였다. 범민족대회 개막일이 가까워지자 각 지역의 해외동포들이 연이어 도착했는데 그들은 고려호텔에 숙소를 배정했다. 남측의 노태우 정부는 7월 20일 성명에서 범민족대회를 허용한다고 발표했다가 대회를 위한 남과 북, 해외 3자 회담인 판문점 회의를 무산시켜버렸다. 결국 이미 입국해서 회담을 기다리고 있던 해외 추진위원들은 남측과의 합의사항을 가지고 다시 북에 가서 마무리 합의를 통하여 가까스로 3자 합의의 모양을 갖추어 범민족대회를 열게 된다.

개막식 전날 범민족대회 북측 준비위원회 위원장인 전금철이 서재골의 숙소로 나를 찾아왔다. 남측 정부가 범민족대회 남측 추진본부의 판문점 참가를 공개적으로 불허한다고 발표했으니 황석영 선생이 남측 대표로 참가했다가 나중에 추인을 받으면 되지 않겠느냐고 말했다. 나는 공개적 위임이 없으면 곤란하고 사실상 내가 국가보안법상 기소 중지자로 되어 있으니 남측 동료들에게는 부담이 될 것이라고 말했다. 더구나 내가 무슨 출세하고 감투를 쓰는 문제도 아니고 오히려 누가 보더라도 망명자인 나의 처지를 더욱 곤경에 빠지게 하는 일이었다. 전금철은 계속해서 북측과 해외측이 합의했다가 나중에 3자 합의에 의해 추인받도록 하자고 나를 설득했다. 사실 나로서도 기왕 불이익을 무릅쓰고 범민족대회에 참석할 결심을 한 터에 무산된 채로 돌아가면 앞으로는 그러한 시도 자체가 더욱 어려워질 것이라는 판단이 들었다. 나는 상징적으로 남측 대표의 역할은 맡되 의견을 내지는 않을 것이며 남측에서 공개적으로 제안된 바에 대해서만 행동하겠다고 기본 원칙을 밝혔다. 그리고 그 역할을 혼자 감당하기로 했다. 내 성미가 어릴 적부터 한번 결심하면 끝장을 봐야 직성이 풀리는지라, 기왕 찍힌 몸 불쏘시개 역할이라도 해야겠다는 오기 같은 게 발동했던 것 같다. 나는 이러한 일을 김명수와 상의하지 못했고 이는 서로간에 상처로 남게된다.

개막식은 예전 모란봉 아래 전차 종점이 있던 자리에 지어진 김일성경기장에서 수십만의 평양 시민들이 참석한 가운데 열렸다. 입구에는 미주, 유럽, 일본, 중국, 소련 등 해외동포 각 지역 대표단이 모여 있었으며 이들은 무슨 선수단 입장을 할 때처럼 지역 팻말을 든 한복 차림의 여성을 따라 경기장을 돌아서 주석단 아래 정렬할 것이었다. 정신없이 평양시 인민환영대회를 마치고 '평화대행진'을 하게 되었는데 안내원이 나를 경기장 입구의 휴게실로 데려갔다. 음료수를 파는 북쪽식의 카페였는데 안에 들어가자마자 나는 좀 놀랐다. 흰 소복 차림의 할머니들이 자리를 가득 채우고 앉아 있었다. 안내원은 차례로 할머니들을 내게 소개했는데 지금은 모두 기억할 수 없지만 이를테면 남쪽에서 잘 알려진 사람들의 직계가족들이었다. 한국 최초의 여기자라는 최은희씨가 일란성쌍둥이라는 사실도 처음 알았다. 여사의 쌍둥이 언니가 생존해 있었으며 서울대 임석재 교수의 백 살 가까운 두 누님과 두 따님도 있었고 장기려 박사의 아내와 소설가 박태원의 맏딸 박설영, 여운형 선생의 맏딸 여연구는 당간부여서 빠지고 그 남매들 등이 있었다. 할머니들은 남에서 왔다는 내 손을 잡고 울기 시작했다.

행진이 시작되었다. 북측이 미리 사회주의노동청년동맹 선전원들을 인도 좌우의 군중들 틈에 배치해두고 있어서 그들은 기획대로 차도로 뛰어들어와 우리 대표단을 한 사람씩 기마를 태워 '조국 통일, 조국

통일!'을 외치며 달려나갔다. 나는 예기치 않았던 상황에 당황스러웠지만 그들과 함께 구호를 외쳤다. 열띤 분위기에 군중들은 차츰 흥분했다. 김일성광장에 다다랐을 무렵에 나는 인도를 메우고 차도에까지 밀려나온 군중의 앞줄에 아까 그 하얀 소복의 할머니들이 이동되어 일렬로 서 있는 것을 보았다. 우리 행렬이 가까이 다가서자 군중들이 앞줄의 할머니들을 밀치며 차도로 몰려나왔다. 한 할머니가 넘어졌고 이것을 본 내가 청년들의 어깨 위에 올라탄 채로 급박하게 "사람 죽어요, 사람 죽어!" 하고 외쳤는데, 사실 그날 목말을 탔던 캐나다 대표와 미주의 필라델피아 대표는 떨어져서 허리와 머리를 다쳤다. 나중에 북에서 나온 비디오를 보게 되었는데, 북쪽 해설자가 격앙된 어조로 "투쟁을 절규하는 남조선 작가 황석영"이라고 외치고 있었고, 남측에서는 이를 다시 극적인 장면들만 모아서 '좌경 용공분자의 광기'로 묘사해놓았다. 당국에서는 좌경 친북 용공분자들의 실상을 국민들에게 알려야 한다는 취지로 짜깁기된 나의 방북활동이 담긴 영상자료를 직장이나 예비군 훈련장 등에서 보여주었다고 한다.

북측은 애초에 남측은 물론이고 해외측과도 공개적인 연대운동을 해본 경험이 없었으며 더구나 사회제도가 서로 달라서 범민족대회 초반부터 해외측 대표들과도 적지 않은 의견 차이와 마찰이 있었다. 한마음 한뜻으로 어떻게든 함께 연대하자고 하는 노릇이면서도 일의 진행 방식이나 절차를 놓고 합의점을 찾기가 쉽지 않았다.

남에서는 당국의 원천봉쇄와 저지를 뚫고 서울을 비롯한 지방 12개 지역 66개 부문, 연인원 이십만 명이 참가한 제1차 범민족대회를 실행했고 8월 17일 범민족대회 남측 추진본부에서 범민족적인 통일운동체를 결성할 것을 결의했다고 전해왔다. 이에 따라 해외측은 평양을 떠나 각자의 거주지로 돌아가자마자 유럽 지역부터 범민련 유럽본부를 조직하는 일에 착수했는데 범민족대회에 참가하고 돌아온 재유럽 동포들이 중심이 되었다.

1990년 10월 3일 동독의 주들이 서독 독일공화국에 가입하는 형식으로 독일이 통일되었다. 이는 베를린장벽 붕괴 이후 동독에서 일관되게 진행한 민주개혁의 결과였고 이 기간에 동독은 자유선거를 통해 일당독재를 폐지했다. 서독의 민주주의와 변함없는 동방 화해정책이 동독을 변화시킨 결과였다. 범민련 결성을 추진하던 우리는 이러한 사실들에 고무되어 있었다.

유럽과 일본 지역본부가 발족했을 때 남측 추진본부는 남, 북, 해외 3자 회담을 제안했다. 판문점을 회담 장소로 제안했지만 남측 통일원에서 북한 주민 접촉에 대해 불허를 통보했다. 11월에 남측 추진본부는 베를린에서 3자 실무회담을 가질 것을 공표했다.

11월 초에 조성우가 느닷없이 베를린에 왔다. 그는 우리집에 머물며 범민련 유럽 지역본부 사람들과 만나면서 진행과정을 청취했다. 11월 20일 이틀에 걸친 장시간의 토론 끝에 남, 북, 해외 3자 회담을 갖고 전민족적인 통일기구로서 조국통일범민족연합체를 결성하기로 합의했다. 여기서 나의 역할은 팽팽하게 의견 대립이 있었던 해외측과 남측을 조정하여 합의를 이끌어내는 것이었으며 북측은 일단 중립을 표방했다.

해외 운동권은 유신독재 시기에 형성되어 반체제 인사로 분류되거나 용공분자로 찍혀 군사독재 기간 내내 각종 탄압에 시달렸다. 특히 일본에서 출발했던 한민통은 공공연하게 반국가단체로 지목받은 바 있었다. 어쨌든 해외 거주자들이라 구속될 염려가 없는 운동이었으니 안전지대에 있었고 그 때문에 운동 방향이나 내용이 이념적으로 급진적인 성향을 보였다. 그리고 일본이라는 장소가 남측으로서는 부담인 것이, 총련이 있었고 1970년대와 1980년대의 공안사건 대부분이 일본을 배경으로 조작되었기 때문이었다. 한민통은 두 차례의 군사독재 기간에 일본을 중심으로 미주와 유럽 이민사회의 인사들을 조직하여 '한민련(한국민주민족통일해외연합)'을 설립했다. 그러나 광주항쟁 이후 미국에 망명한 윤한봉과 유럽 등지의 유학생들은 이들 선배 세대 인사들의 급진적인 운동 방식이 남측 운동에 큰 부담을 준다고 보았다. 우선 그들은 한국을 떠난 지 수십 년이 지났기 때문에 현실을 모르고 있으며 따라서 관념적이라고 보았다. 무엇보다도 현장은 한국이었고 동시에 한국의 변화가 북한의 변화를 추동할 것이라고 생각했다.

베를린 3자 회담의 쟁점은 남측이 조국통일범민족연합의 명칭과 조직, 구성을 모두 바꾸라고 요구했으나 해외측은 전혀 양보하려고 하지 않는 데 있었다. 결국 명칭은 해외측의 주장대로 판문점에서 선포한 '조국통일범민족연합'으로 하되, 조직 구성은 남측의 주장대로 남과 북, 해외에 각기 본부를 두고 이를 총괄 협의할 '공동사무국'을 두는 것으로 확정했다. 그리고 남측 대표들은 나에게 미국으로 옮길 것과 공동사무국을 유엔이 있는 뉴욕에 둘 것을 요청했다. 나와 조성우는 통일운동을 하는 데 있어서 아직은 정부와 갈등관계에 있기 때문에 공동사무국을 통해서 북측과 해외측의 독주를 견제하며 남쪽 정세에 맞게 일을 추진해나가야 한다고 의견을 모았다.

회의가 끝나고 모두들 돌아갈 때가 되었다. 남측에서 나온 조용술 목사와 이해학 목사 그리고 조성우는 입국하자마자 구속당할 처지였다. 조성우는 떠나기 전날 밤 나와 술 한잔을 하면서 말했다. "여기 오기 전에 사실은 윤한봉과 의논하고 왔어요. 형님을 베를린에서 떠나게 해야 한다고. 내 생각도 그래요."

아마도 내가 베를린에 있다보니 북측에서 이런저런 이유로 개인적인 접촉을 해오는 것이 염려가 되는 눈치였다. 나도 '거리'의 필요성을 절감하고 있던 터라 공동사무국을 꾸리는 데까지만 역할을 하고 귀국할 생각이라고 말했다.

"남측에서 일꾼을 파견하는 한이 있더라도 공동사무국장은 남측이 맡아야 합니다." 조성우가 말했고 현실적으로 그것이 불가하다면 남측 활동가들과 직결된 윤한봉을 중심으로 한 미주 조직이 공동사무국을 주도해서 끌고 나가야 한다는 것에 합의했다. 해외본부 의장은 윤이상 선생이었고 남한 준비위원회 위원장은 문익환 목사였으나 문 목사와 이창복 실행위원장이 구속된 상태라 남측은 1995년에야 뒤늦게 남측본부를 결성하고 강희남 목사가 의장이 되었다. 그에 앞서 북측은 1991년 초에 본부를 결성했으며 윤기복이 의장을 맡았다. 여기서 짚고 넘어갈 점이 있는데, 북측 범민련이 처음 구성되었을 때 의장에서부터 중앙위원에 이르기까지 통전부와 조평통 등 당간부 중심이어서 이를 따지자 북측은 '우리는 인민에서 당까지 일심동체이기 때문에 문제 될 것이 없다'고 고집을 부렸다. 나는 이런 식이면 범민련이 북측의 공작에 끌려다닌다는 남측 당국의 주장에 할말이 없게 된다고 항의했다. 토론을 거쳐서 북측 범민련은 구성원의 거의 모두를 문화인, 지식인,

종교인, 언론인, 노동자, 농민 등으로 바꾸게 되었고 의장도 문예총의 백인준 작가가 맡게 되었다.

1991년 1월 초순, 날씨가 몹시 춥던 어느 날 나는 욕실에서 세수를 하던 중에 허리가 삐끗하면서 그대로 주저앉고 말았다. 통증 때문에 한 걸음도 걸을 수가 없게 되어 누워 지내야 했다. 하루이틀 쉬면 나아지려니 했지만 날이 갈수록 통증은 더욱 심해지고 다리를 굽히고 펴기도 힘에 겨웠다. 베를린대학병원에 가서 엑스레이를 찍어보니 중증 디스크란다. 척추 사이의 연골이 삐져나와 신경에 닿아 있는 모양이 사진에 선명하게 나와 있었다. 독일인 의사는 당장 수술을 해야 한다며, 그래야 통증이 사라질 거라고 단언했다. 나는 뼈에 칼을 대는 것이 두려워 수술은 좀 생각해보겠다 하고는 집으로 돌아왔는데 윤이상 선생이 전화를 했다. 내 얘기를 듣고는 수술 안 하기를 잘했다며 디스크는 물리치료로 천천히 치료하는 게 유리하다고 말했다. 그리고 물리치료는 한양방을 겸해서 치료하는 북한의 의사가 대안의학 경험도 많으니 잘할 거라고 알려주었다. 나는 비행기에 앉아 장시간 버틸 자신이 없었지만 무턱대고 수술을 하느니 다른 방법이 있다면 하루라도 빨리 가서 치료를 받아보고 싶었다.

나는 1991년 1월 17일에 베를린을 출발하여 모스크바를 경유하는 평양행 조선 민항기를 예약했다. 떠나기 전날 병원에 가서 장거리 비행을 한다고 말하니 독일인 의사는 주사 한 대를 놓아주며 목적지에 도착하는 즉시 반드시 병원을 찾으라고 당부했다. 내가 당시 출발 날짜를 정확하게 기억하고 있는 것은 비행기 안에서 영자신문에 실린 제

1차 이라크전쟁의 뉴스를 보았기 때문이었다. 이라크의 사담 후세인은 지난여름 내가 범민족대회에 참가하기 위해 평양에 있을 때 쿠웨이트를 침공하여 사우디를 위협하고 있었다. 중동전쟁이 본격적으로 시작되는 신호였다. 나는 모스크바 공항이 어쩐지 한산하고 썰렁하다고 느꼈다. 러시아 알파벳은 읽을 수가 없었지만 신문에 실린 사진이나 텔레비전 뉴스의 영상으로 이라크전쟁에 관한 뉴스임을 짐작할 수가 있었다.

평양에서 우리 가족이 지내게 된 숙소는 철봉리 초대소였다. 저수지 주변에 주택들이 멀찍이 떨어져 있었다. 이튿날 봉화진료소에 가서 진찰을 받았는데 역시 수술을 않고 치료한다면 시일이 꽤 걸릴 거라고 했다. 봉화진료소는 북한에서 당간부와 그 가족들을 전담하는 병원이라는데 김일성, 김정일의 주치의도 이 병원 소속이라고 했다.
나는 파라핀 온열 찜질을 하거나 등 전체에 부항을 뜨는 등 물리치료를 받았다. 숙소의 침대가 너무 푹신해서 매트리스 위에 두터운 합판을 얹고 얇은 요를 깔았다. 처음에는 등이 배길 정도였지만 오히려 허리 통증은 덜했다. 우리는 보름쯤 뒤에 황해도로 옮겨갔다. 신천 군내에 머물면서 차로 삼십 분 정도 떨어진 삼천온천에 가서 물리치료를 받았다. 부근에 달천온천이 있었는데 그곳은 인민휴양소라고 했고 삼천온천에는 인민군요양병원이 있었다. 훈련중 다친 이들이 휠체어를 타거나 목발을 짚고 들어와 걸어나간다는 곳이었다. 이곳 욕탕은 커다란 홀에 개인 욕탕이 칸칸이 나누어졌고 물리치료 기구가 있는 개인 전용 욕실도 따로 있었다. 나는 겨드랑이를 끼우고 발목을 천천히 당기는 기구가 욕탕에 설치된 방을 하루에 한 시간씩 이용했다. 뜨거운 물에 몸을 담그고 팽팽해질 때까지 천천히 몸을 당겼다가 서서히 이완시킨다. 나는 십오 분이 그렇게 긴 시간인 줄 몰랐는데 얼굴과 어깨를 드러내고 있건만 땀으로 범벅이 되었다. 욕탕 밖에 나와서 잠시 쉬었다가 다시 들어가곤 하면서 세 번씩 되풀이했다. 한 달이 지나기 전에 허리 통증은 없어졌고 걷기에도 불편하지 않았다.

처음 계획이 한 달 요양이어서 안내인들과 함께 『장길산』의 배경이 되었던 곳을 둘러보며 일주일을 보냈다. 구월산의 패엽사와 월정사에도 가보았다. 월정사 대웅전의 불상들은 없어졌고 벽의 탱화만 남아 있었는데 문외한인 내가 보기에도 그 탱화들은 고려풍으로 보였다. 물론 지키는 스님은 있을 리가 없고 아랫마을의 인민위원회에서 번을 정하여 아주머니들이 돌아가며 청소나 하는 정도로 관리하고 있었다. 벽에 습기가 찼는지 곰팡이가 슬었고 탱화에도 번진 것으로 보였다. 나는 나중에 평양에 가서 최승칠 작가에게 주의를 환기시켰다. 잘은 몰라도 국보급일 텐데 그냥 두었다가는 다 썩어버릴 것 같더라며 회수해서 평양박물관에라도 보존해야 하는 것 아니냐고 그랬더니 나중에 관련 부서에 전화를 했다고 들었다.

인근의 봉산, 재령 등지에도 가보았지만 탈춤에 대해 안다는 이를 만나기가 힘들었다. 몽금포를 지나 휴전선 접경지대인 장산곶에도 가보았다. 나는 금강산에서도 고성이 훤히 건너다보이는 해금강의 끝까지 갔는데 판문점의 북쪽 지역에서 거꾸로 남쪽을 바라보던 감회도 그랬지만 이제 장산곶에서 훤히 바라다뵈는 백령도는 다른 나라처럼 보였다. 돌아오는 길에 몽금포 부근에서 잠시 휴식중이었는데 무엇인가 비탈길 아래 관목 덤불에서 퍼덕이고 있었다. 무슨 새인지는 모르지만 제법 큰 놈이었다. 날개가 나뭇가지에 걸렸던 모양이었다. 운전기사와 안내인이 내려가 잡으려고 했는데 기사는 그냥 잡으려다 새가 손목을 할퀴어 부상을 입기까지 했다. 안내인이 점퍼를 벗어 새를 둘러씌우듯 해서 잡았다. 그것은 바로 매였다. 황해도 지역 당일꾼이라는 안내인은 이것이 '해동청 보라매'라고 했다. 이게 중국에서 알아주던 조선매라는 것이다. 그가 매의 회색 깃털과 목 아래 짙푸른 털을 가리키며 해동청이라는 이름이 그래서 나왔다고 설명했다. 나는 어쩐지 가슴이 두근거렸다. 대하소설 『장길산』의 서장을 나는 '장산곶 매'의 전설에서 시작했던 터였다.

1984년에, 십 년간의 연재 끝에 『장길산』을 전10권으로 출간하고 출판기념회 대신에 김금화 무속인과 더불어 '장길산 초혼굿'을 벌인 기억이 났다. 내가 그때 '공수'를 받았다. 공수란 굿에서 신 내린 무당을 통해 제주가 신탁을 받아 무엇인가 자기 소리를 하는 순서였다. 그때 나는 느닷없이 '휴전선으로 막혀버린 북한 땅에 꼭 가겠다'고 발설했던 것이다. 그 때문에 뒤풀이 자리에서 이게 무슨 통일운동 굿이냐고 우스갯소리까지 들었다.

운전기사는 초대소에 가서 매를 종이박스에 넣어갔고 나중에 그 어린 매를 평양동물원에 갖다주었다는 말을 들었다. 나는 못 가보았지만 호섭이가 엄마와 매를 보러 갔었다고 말했다. 꼼꼼하게도 북한 당국은 매의 기증자로 내 이름을 써서 팻말을 붙여놓은 모양이었다. 매를 놓아줄 걸 그랬다고 나는 못내 찜찜하게 생각했다. 여담이지만 2006년 파리에 체류할 때 장편소설 『바리데기』를 썼는데 완결된 원고를 메일로 출판사 창비에 보냈다. 그때 담당자 두 사람이 원고를 받아 일요일인데도 편집 업무를 보러 회사에 나갔다. 출판사는 파주출판단지에 있었는데 웬 큰 새가 갑자기 열린 창으로 날아들어와 벽과 창문에 부딪치며 퍼덕였다. 비둘기가 들어왔나보다고 한 사람이 말하자 다른 한 사람이 비둘기치고는 좀 크다며 자세히 보니 사진이나 그림에서만 보던 매였다고 한다. 그래서 맞은편 창문을 모두 열어 매를 밖으로 날려보냈다고 파리로 전화가 왔다. 어쨌든 매는 신의 계시를 전하는 메신저라고 무속에서 알려져 있는데 나와 인연이 있는 모양이다.

허리가 완치되지 않은 상태에서 무리한 탓인지 약간의 불편함이 느껴졌다. 다시 진찰을 하니 아직 제자리를 잡지 않았다고 하여 가족은 평양에 남겨두고 나만 경성온천(옛날 주을온천. 여진말이라 하여 고쳤다고 한다)으로 삼 주 동안의 요양을 떠났다. 여기서는 감탕 치료를 받았다. 온천물에 시커먼 갯벌 같은 감탕을 채워넣은 욕탕에 하반신을 담그고 앉아 있는 것이다. 그리 뜨겁지는 않았지만 이십 분을 앉아 있기가 힘들 정도로 상반신이 땀에 흠뻑 젖는다. 그리고 욕탕에서 나와 등에 부항을 떴다. 평양에 돌아가 봉화진료소에서 엑스레이를 찍어보니 신경을 건드리고 있던 연골이 깨끗하게 가라앉아 있었다. 진찰 결과는 완치였다.

평양은 어느 결에 새봄이었다. 아직 날씨가 싸늘하고 산마다 눈이 희끗하게 보였지만 생강나무나 버들강아지에 움이 텄고 곧 노란 꽃이 피었다. 어느 날 철봉리 초대소로 북한 '문예출판사' 사장이 찾아와서 『장길산』과 『무기의 그늘』에 대한 출판 계약을 했다. 그가 북에는 인세

제도가 없으며 저작권은 국가 소유가 된다고 했다. 그 대신에 원고료가 나온다는데 워낙 각 지방의 출판보급소가 직장 단위마다 있어서 수십만 부를 한꺼번에 찍는다고 했다. 나는 원고료를 사양하면서 당시에 통일거리 건설현장에서 일하고 있던 노동자들의 부식비로 희사하겠다고 말했다. 나중에 뉴욕에 체류할 때 북의 간부로부터 『장길산』과 『무기의 그늘』이 출판되었다는 소식을 들었다. 처음 방북했을 때 김일성은 『장길산』을 큰 활자로 확대한 복사본으로 두 권 분량을 읽었고 나머지는 남녀 성우에게 낭독을 시켜서 녹음테이프로 들었다고 했는데, 그는 내가 자료에 의존해서 쓴 북한의 지리지나 세시풍습의 묘사에 깊은 관심을 갖고 있었다.

사실 나의 일차적 방문 목적은 우리 민예총과 북한 문예총의 문화 교류였다. 당시 나는 민예총 의장단의 위임을 받아 북한 문예총 부위원장 최영화 시인과 합의서를 작성한 바 있다. 그뒤에 한국에서는 음악 분야 외에는 교류가 원활하지 못했지만 일본, 미국 등지에서 전람회나 영화제, 공연 등의 교류가 이루어진다. 내가 북측에 남북한 문인들의 작품을 함께 수록하는 계간지를 만들자고 제안하여 나중에 '통일문학'이라는 명칭의 문예지가 탄생했는데, 남한측 시인 소설가들의 작품이 많이 소개되었다. 박경리의 대하장편 『토지』도 그 계간지에 연재되었다. 그 잡지가 아직도 나오고 있는지는 알 수 없다.

북을 떠나기 전에 첫 방문 때 만나 가까워진 벽초 홍명희의 손자 홍석중이 숙소로 찾아와서 자기가 『장길산』의 교정을 맡아보겠다고 하여 이틀 동안 함께 개정판에 대한 의논을 했던 기억이 난다. 그가 남한의 풍부한 국학 자료를 부러워하기에 베를린으로 돌아간 뒤 내가 갖고 있던 영인본 『의금부 추안급국안』 전질과 『군읍지』, 『한국구비문학전집』 전100권 등을 꾸려서 부쳐주었고 북한 사회과학원으로부터 고맙다는 소식을 받았다.

며칠 뒤에 김일성 주석과도 작별인사차 점심을 같이 먹게 되었다. 우리 부부가 함께 갔고 리춘구 부부도 동행했다. 리춘구 작가는 김일성이 "아이가 몇이가?" 하고 물으니 식탁 앞에 앉았다가 벌떡 일어나더니 "옛, 셋입네다!" 하고 우렁차게 대답했고, 그러자 김일성은 그다음부터는 그에게 말을 걸지 않았다. 북한 주민에게 주석이 어떤 존재인가 하는 것을 보여주는 듯했다. 김일성은 가족 이야기에서 시작하여 만주 시절의 어머니 이야기로 갔다가 내가 미국으로 거처를 옮긴다는 소식을 들었던지 "거 캉구단(갱단)도 많은데 거긴 왜 가냐"고 걱정스럽게 말했다. 그는 이기영 소설가의 이야기를 꺼냈다. "홍명희 선생은 남북연석회의에 참가했다가 돌아가시지 않았다구 기래서 북조선에 남아선 우리를 도와줬습네다. 그분이야 돌아가실 때까지 민족주의자였디. 나라가 어렵던 때에 부수상을 맡아서 주위와 화합하며 잘해나가셨디요. 리기영 선생한테두 당 일을 좀 도와달라구 했는데 거저 자기는 글만 쓰시갔대. 기래서 뭘 도와드렜으면 좋갔나 물었더니 거저 조용히 글 쓸 집 한 간 있으문 좋갔다구 기래. 순안에 복숭아 과수원이 있다구 기래서 내드렜지. 한데 거 작가들이 게으르긴 하두만. 일 년 뒤에 리선생 댁에서 복숭아를 땄다구 한 바구니를 보내서. 먹을라구 봤더니 절반이 썩어서. 벌레두 좀 잡아주구 하디 않구 거저 글만 쓰신 모양이디." 그리고 그는 해외 이민사회를 말할 때도 흥미있는 견해를 말했다. "해외에 나간 우리 동포들 거 아마 이담에 통일된다구 해두 다 들어와 살지 못할 게요. 뿌리를 찾아간다는 건 옛말이구, 사는 데서 번성해야디. 해외동포운동은 통일운동 우선이 아니구 그 나라에 살면서 잘 살 수 있도록 민족권익운동을 해야 됩네다. 기렇게 본다문 일본 총련은 좌경했디요. 그때 급박했으니까." 그는 다시 유럽의 변화를 잠깐 이야기하고는 "세계가 몽땅 변하는데 우리가 구름 위에 살디 않구 지상에 발을 대고 사는 한 우리도 변해야디"라고 말했다. 그는 자신의 시대에는 사회주의 이외에 조선 인민들을 위하여 일제와 싸울 수 있는 사상이 없었다고도 말했다. 나는 그의 말을 아직도 분명히 기억하고 있다. "나는 거저 남조선이 서구라파 같은 부르주아 민주주의 의회만 되어도 우리 노동당이 진보정당으로 남아 있는 통일이면 가능하다구 생각하오." 그는 헤어지기 전에 나와 포옹을 하고 나서 "황작가, 어디 가디 말구 우리하구 같이 살자우" 하며 섭섭함을 표시했다.

내가 초대소에 돌아와서 짐을 꾸리려니 그날따라 간부들이 하나도 나타나지 않았고 하루에 한 번씩 들르던 과장과 한시해 부부장 등도 보이지 않았다. 북한에 입국할 때는 일단 여권을 맡겨두는 형식이어서 그들이 여권을 내주지 않으면 출국할 수 없었다. 나는 과장을 불러달라고 몇 번이나 청했고 뒤늦게 그가 나타났다. 그의 말로는 한시해 부부장이 해외출장을 갔으니 그가 돌아온 후에 떠나라는 것이었다. 나는 뭔가 눈치를 채고 그러면 미국에서 올 초청장이며 수속 때문에 가족들은 먼저 베를린에 나가 있어야 하니 나만 남고 가족이 먼저 출국하게 해달라고 설득했다. 그는 이튿날 김명수의 여권을 내주었고 그녀는 아이를 데리고 먼저 평양을 떠났다. 나는 혼자 남아 열흘 남짓 기다리다가 처음 방북할 때 야스에 사장이 강주일 통전부 제1부부장 앞으로 소개장을 써줬던 것을 떠올리고 그를 만나게 해줄 것을 요청했다. 그는 김정일이 김일성대학에 입학했을 때 민청위원장(학생회장)이었고 김정일의 민청생활을 보필했다고 알려져 있었으며 북한 사람들 말로는 '친애하는 지도자 동지의 오랜 측근'이라고 들었다. 강주일은 나보다 다섯 살 위였다. 그는 내가 보기에 합리적이고 따뜻한 사람으로 느껴졌다. 그에게 내 여권을 돌려주지 않는 이유를 물었더니 그는 처음 듣는다는 표정이었다.

나는 격앙되어서 말했다. 나는 여기서 살아서는 안 되는 사람이다. 나는 남한의 독자들을 떠나서는 살 수 없을뿐더러 민주화통일운동 진영의 많은 동료들과 함께해야 할 의무가 있다. 나는 어디까지나 남한 역사의 산물이므로 내가 여기 있어봤자 식객일 뿐이다. 결국 남에 있든 북에 있든 이런 종류의 식객들은 결과적으로 분단을 고착화하는 분리주의에 봉사하게 된다. 나는 망명 기간을 끝내면 한국으로 돌아가 처벌을 달게 받을 것이다. 그러나 자유를 쟁취하고 본업인 글을 쓰면서 공동체의 이익에 보탬이 되는 작가로 살아갈 생각이다.

내 말을 잠잠히 듣고 앉았던 강주일은 눈시울이 벌게지면서 고개를 끄덕였다. "그건 아우님 말이 맞아. 어디에 있든지 민족의 이익을 위해서 삽시다. 오늘은 작별주나 한잔하기요."

다음날 내 여권이 돌아왔고, 나는 평양을 떠났다. 1991년 5월이었다. 나는 김일성의 '우리하구 같이 살자'던 작별의 표현이 아랫사람들에게 잘못 이해되었고 이 역시 과잉 충성의 한 예가 아니었을까 하는 생각이 들었다.

베를린에 돌아가서 뉴욕의 미국펜과 한청련 사무실에 전화를 걸었다. 미국펜에서는 캐런 케널리가 소식을 알려왔다. 미네소타와 위스콘신의 예술가 프로그램에서 나를 받겠다는 연락이 왔다고 했다. 지도를 찾아보니 중서부였고 상상 속에 끝없이 펼쳐진 밀밭과 옥수수밭이 그려졌다. 정말 글을 쓰고 가족이 안정되려면 그곳으로 갔어야만 했다. 그러나 나는 뉴욕으로 가야 할 분명한 이유가 있었다.

사실상 그 무렵 나는 1991년 6월 베를린에서 열렸던 범민족대회 2차 준비회의 및 해외의장단 회의를 끝으로 직책만 전체 범민련의 대변인을 그대로 맡고 있을 뿐 범민련을 위한 아무런 활동도 못하고 있었다. 유럽 지역본부에서 임시로 범민련 해외본부와 공동사무국의 역할을 맡아왔는데 해외동포의 형성으로나 민족운동의 역사로나 맨 많이가 될 수 있는 일본에 해외본부를 두는 게 효율적이라고 판단하여 도쿄로 옮겨가 버렸기 때문이었다. 더구나 남측 범민련은 아직 준비위 형태에 머물러 있으며 남측 의장인 문익환 목사는 옥중에 있고 준비위를 맡았던 이창복 위원장마저 구속된 상태였다. 따라서 내게는 뉴욕에 가서 범민련 공동사무국을 꾸려야 할 소임이 주어져 있었다.

이 무렵 한국에서 잘 알려진 배우 이덕화에게서 전화가 걸려왔다. 『장길산』의 영화화 문제로 사람을 베를린으로 보내겠다는 내용이었다. 며칠 후 나는 베를린에 찾아온 한국의 어느 영화제작사 사장을 만났다. 그의 말에 의하면 배우 이덕화와 코미디언 이주일이 올림픽 개폐막식을 총제작한 자신의 프로덕션과 관계가 있었으며 박철언 정무장관과 가깝다고 했다. 나는 박철언이 북한 한시해 부부장의 상대역으로 수십 차례 방북했고 범민족대회 때도 평양에 체류하고 있다는 얘기를 한시해로부터 직접 들었던 적이 있었다. 박철언은 노태우 대통령의 북방정책을 위한 브레인이었으며 정상회담과 남북 교류 사업에 깊이 관여하고 있었다. 그중 가장 먼저 시행할 사업이 영화, 방송, 가요 등 남북 대중문화 교류였다. 이러한 논의 단계를 거쳐서 연예인들의 북한 공연이 연이어졌으며 비정치적인 자연이나 역사에 관한 다큐멘터리 공동합작이 이루어지고 북한 역사드라마 〈임꺽정〉 등이 남한에 방영된다. 나중에 알게 되었지만, 남북은 내 의사도 묻지 않고 『장길산』의 영화 또는 드라마 합작에 대한 논의를 깊숙이 진행했던 것이다.

사실 이전에 『장길산』의 드라마 제작 건으로 MBC 표재순 부국장이 광주로 직접 찾아와 계약했고 장길산 역에 유인촌, 그의 양부모 역에 최불암과 김혜자 등이 확정되어 2회 분량까지 찍었다가 무산되어버린 상태였다. 제작사 사장은 영화 남북합작 문제는 한국 정부의 허용 방침이 내려진 일이니 북측의 의사를 재확인해달라고 했다. 나는 베를린의 북측 대표부를 통해 '가능하다'는 답을 듣고 그와 함께 가계약서를 썼고 나중에 본계약을 하기로 약속했다. 본계약 장소는 북의 요청대로 베이징으로 할 수도 있지만, 내가 곧 미국으로 거처를 옮기니까 그곳에 가서 다시 논의하기로 했다.

막상 미국으로 떠나기로 하고 보니 나의 여권 기한 만료일이 얼마 남지 않은 게 문제였다. DAAD 원장인 사르토리우스 박사를 비롯해서 사무국장 바르바라 리히터도 걱정을 했고 어느 독일 외교관은 나에게 정식으로 독일에 망명할 것을 권유했다. 변호사를 통해서 망명 신청을 하면 받아주겠다고 하여 그가 소개해준 변호사를 한번 만나기도 했다. 그러나 끝내 결정하지 못했던 것은 이제 와서 생각해보면 쓸데없는 명분 때문이었다. 두려워서 피하듯이 망명자가 되는 건 스스로 용납할 수가 없었다. 나는 뜻을 함께했던 다른 사람들과 같이 당당하게 감옥으로 가는 것이 망명자의 삶보다는 훨씬 떳떳하다고 생각했다. 어떻게든 체류를 연장하려 애쓰면서 공동사무국만 설립하면 즉시 돌아가리라고 내심 벼르고 있었다.

이 무렵 내 삼 년 만기의 여권은 국제적으로 서로 비자를 내줄 수 있는 최소한의 유효기간인 육 개월이 채 못 되는 사 개월 정도밖에 남아 있지 않았다. 하필이면 그때 김명수는 비장결석이 발견되어 당장 수술을 받아야 할 형편이었다. DAAD에서도 우리 사정을 알고 초청 기한을 삼 년으로 연장해주면서 여권 연장에 도움이 되도록 해주었으나, 베를린 주재 한국 총영사관에서는 더이상 연장해줄 수 없음을 전화로 통보해왔다. 연장을 거부하는 공식적인 입장과 이유를 문건으로 정확히 밝혀줄 것을 영사에게 요청했지만 그는 '본국의 지시가 없다'는 말만 되풀이했다.

뉴욕 한청련의 소식을 기다리던 어느 날 롱아일랜드 대학의 지창보 교수가 초청장을 보내왔다. 경제적 도움은 주지 못해도 숙소는 제공할 수 있다는 내용이었다. 내게는 찬밥 더운밥을 가릴 여유가 없었다. 한청련에서 내 일을 도와주는 청년들이 걱정하던 것은 무엇보다도 여권 만료 기한이 얼마 남지 않아서 비자를 받기가 곤란할 것이라는 점이었다. 워싱턴의 관계기관을 거친 다음에 한청련측이 받아서 내게 보낸 초청 관련 서류가 급행으로 도착했지만 내 여권 기한은 이제 삼 개월쯤으로 줄어들어 있었다. 나는 비자가 거부될 것이 뻔한 상황이어서 거의 포기하고 있었는데, 사흘쯤 후 전화가 걸려왔다. 그는 발음이 조금 어색한 한국말로 유창하게 말했다. "나는 미국 사람입니다. 미국 대학의 초청장과 페이퍼를 받았지요? 내가 황선생을 조금 도와줄 수 있습니다."

그가 만나고 싶다고 했을 때 나는 놀랍기도 하고 반가워서 얼른 만나자고 대답했다. 그가 시간과 장소를 말해주었고 이튿날 저녁 나는 최영숙씨를 불러서 그녀가 운전하는 차를 타고 약속한 장소에 나갔다. 굴다리 옆에 있는 술집 겸 식당이었는데 평일이라 좌석은 많이 비어 있었다. 그는 자신이 미국 정부에서 일한다고만 말했다. 한국에서도 근무했으며 태권도를 배워서 검은띠를 땄다고 했다. 나는 여권과 서류를 가져갔는데 그는 보자고 하지도 않고 대뜸 내일 가족과 동행하여 비자를 받으러 미국영사관으로 나올 수 있겠느냐고 물었다. 내가 가족의 것은 괜찮지만 내 여권은 기한이 삼 개월밖에 남지 않았으니 비자를 받기가 곤란하지 않겠느냐고 물었더니 그는 간단히 대답했다. "아, 그 패스포트는 한국 정부의 것이죠. 미국 정부의 비자와는 상관이 없습니다." 나는 그의 말을 대번에 이해했다. 우리는 유쾌하게 약간의 음주를 하고 헤어졌다.

이튿날 약속된 시간에 우리 가족은 미국영사관으로 가서 길게 줄지어 선 사람들 뒤에 서지 않고 그가 말했던 문 옆에 서서 기다렸다. 비자를 받으려는 사람들은 베를린장벽이 무너진 뒤에 이곳을 찾아온 동유럽 사람들이라는데 대개는 친척이나 가족이 미국에 있는 사람들이었다. 곧 그가 나타났고 우리는 그의 뒤를 따라서 영사관으로 들어가 이층의 영사실로 올라갔다. 그야말로 수속은 채 일 분도 걸리지 않았다. 영사인 듯한 사람에게 그가 말했다. "이 사람이 내가 말했던 그 젠틀맨입니다. 여기는 그의 가족입니다." 영사는 우리에게 씩 웃어 보이고는 즉시 비자를 발급해주었다. 그는 우리를 영사관 정문 앞까지 바래다주고는 다시 한국어로 말했다. "안녕히 가세요."

1991년 11월 14일, 나는 독일을 떠났다. 독일에서는 초청자 신분으로 병원의 보험 처리가 되어서 김명수는 비장결석 수술을 받고 뒤따라오기로 하고, 나 혼자 뉴욕 롱아일랜드 대학의 초청 날짜에 맞춰 먼저 뉴욕으로 갔다.

*

공항에는 롱아일랜드 대학의 지창보 교수가 차를 가지고 마중을 나와 있었다. 그는 대학 부근의 숲속에 있는 백 년 가까이 되었다는 낡은 목조주택에서 혼자 살았다. 지창보 선생은 전 유엔 대사였던 임창영 선생이나 워싱턴의 치과의사이며 작곡가인 노광욱 선생 등과 함께 냉전시대부터 한반도의 평화통일과 영세중립화를 주장하던 사람이다. 이들은 모두 일제에서 해방되던 무렵에 진보적인 청년학생들이었으며 좌우 대립 속에서 어느 쪽도 선택할 수 없었던 사람들이었다.

그는 평양 출생으로 나의 외할아버지가 창설한 광성고보 출신이었다. 일본 주오 대학으로 유학을 갔다가 학병을 피하여 귀국을 미루던 중에 분단이 되었고 그 이후에야 뒤늦게 고국으로 돌아왔지만 집으로 가려면 38선을 넘어야 했다. 집이 어디로 이사 갔는지 몰라서 무작정 평양역 부근을 헤매다가 날마다 역에 나와서 그를 기다리던 고모와 모친을 만나 가족들과 합류할 수 있었다고 한다. 그는 다시 38선을 넘어와 연세대에 입학했고 국대안 반대운동에 가담했다가 퇴학당한다. 기독교계의 사회봉사기관에서 일하다가 선교사의 도움으로 전쟁 직전에 미국 유학길에 올랐다. 학위를 마친 그는 몇몇 미국 대학에서 강의를 하다가 롱아일랜드 대학에서 사회학 교수가 된 지 이십여 년이 되었다.

그를 만나고 보니 윤한봉이 미국에 와서 재미한국청년연합과 한겨레운동재미동포연합 등 대중적인 동포 조직을 만들 때 이렇듯 어느 한쪽에 치우치지 않은 양심적인 원로들의 지원이 있어서 가능했을 거라는 생각이 들었다. 지창보 선생은 날마다 집에서 스스로 요리를 해 먹었고, 손님이 오면 능숙하게 밥과 반찬을 해서 대접했다. 나는 그에게 왜 결혼을 하지 않았느냐고 묻지는 않았다. 그는 젊은 시절부터 취미로 수묵화를 그리다가 나중에는 아마추어의 수준을 뛰어넘은 동양화가가 되었다. 나는 거실에 걸려 있는 그의 그림 중에서 〈댕기머리 백로〉와 〈감〉을 기억하고 있다. 한쪽 다리로 선 채 머리를 구부린 새 한 마리는 자기 자신 같았고 〈감〉은 그가 청년 시절에 알았던 어느 여성과의 가을 이야기와 관련이 있었다. 비교적 긴 이야기였는데 그녀는 조선민주애국청년동맹 소속이었고 전쟁 때 지리산에서 죽는다. 나는 지창보 선생에게서 들었던 이야기를 짤막한 에피소드로 줄여서 내 소설 『오래된 정원』에 나오는 아버지와 딸의 이야기로 활용했다.

먼저 롱아일랜드 대학에 가서 학장과 인사를 나누었다. 인사가 끝나고 나오니 문 앞에 오십대쯤의 반백 머리 백인 남자가 기다리고 있었다. 지창보 교수가 그와 인사를 하고 나서 내게 소개했다. "이분이 황선생을 만나보고 싶다고 하네요." 그가 내게 명함을 주었다. 나는 그의 명함을 받아 들여다보는 순간 아! 하며 비로소 깨닫게 되었다. 지난번 베를린에서 나의 미국 비자를 도와준 유창한 한국어의 남자도 같은 명함을 주었던 기억이 났다. 그는 '아메리칸 에듀케이션 센터'의 베를린 지부 소속이었고 지금 만난 사람은 '아메리칸 에듀케이션 센터'의 모스크바 지부 소속이었다.

그는 자기가 예약해둔 근처의 일본 레스토랑으로 우리를 데려갔다. 나는 영어가 서툴러서 옆에 앉은 지창보 교수가 도와주었다. 대화 내용은 의외로 내가 베트남전에 참전했던 경험이나 유럽의 변화에 대한 것들이었다. 그리고 가족의 안부도 물었다. 저녁을 마치고 그와 헤어져 집으로 돌아오던 길에 지창보 교수는 "황선생 이제 보니 중요 인사야" 하고 농담을 했다.

나는 은행 구좌를 열고 아마 우리 식으로는 구청이라 할 만한 관청에 가서 사회보장번호를 받았다. 나중에 알았지만 사회보장번호는 취업과 노동을 할 수 있다는 의미여서 여권이 만료된 임시체류자에게 주어진 것은 매우 흥미있는 일이라고 주위 사람들은 말했다. 이 번호는 나와 내 가족이 미국에서 신분을 보장받을 수 있다는 의미였기 때문이다.

한참 시간이 흐른 뒤에야 나는 베를린에서 내게 미국 비자를 발급받게 도와준 미국인이나 지창보 선생과의 만남 등이 모두 우연이 아니라 미국측이 나를 관리하기 위해 표나지 않게 일종의 라인을 가동시킨 게 아닌가 하는 데 생각이 미쳤다. 나는 냉전의 상징적 장소인 서울, 평양, 동서 베를린을 체험했다. 범민련 베를린 3자 회담 때 베를리너 스트라세의 그 길가 집에서 나는 우연히 목격한 것이 있었다. 분데스플라츠 방향 길 건너편에는 눈에 익은 한국대사관의 차가 서 있었고, 집 모퉁이의 폴크스 공원 입구 근방에 붉은 바탕의 번호판을 붙인 차가 서 있었는데 그것은 동독의 외교관 차에 붙이던 번호판이어서 북한 차라는 것을 눈치챌 수 있었다. 그리고 왼쪽으로 지하철역이 있는 길 건너편 멀찍이에는 창에 짙은 선팅을 한 밴이 있었는데 그것은 독일측의 차였다. 남, 북, 해외의 3자 회담을 하던 사흘 동안 그들은 아마도 내 집에 드나드는 사람들을 관찰했던 듯싶다. 그리고 내가 북한을 다녀온 이튿날쯤에는 항상 쾌활한 인상의 남녀 젊은이 두 사람이 방문해서는 가스나 전기 등 집안에 별 이상이 없는지를 묻고 가곤 했다. 이런 경우는 내가 보호를 받고 있다는 느낌이 들었다.

미국으로 옮기고 좀 안정된 뒤에 롱아일랜드 대학에서 간단한 행사를 하고 나오는데 강의실 앞에서 웬 미국인 젊은이가 인사를 했다. 그는 유창한 한국어로 자신은 대학원생이며 아내가 한국 사람이라고 밝히고는 자기도 플러싱에서 산다고 했다. 나는 그가 차로 집까지 데려다준다고 하여 동행했다. 그는 얼마 안 가서 나와 친해졌고 집에서 술도 한잔했다. 한국말을 어디서 배웠느냐고 물으니, 미국에서도 배웠고 군대생활을 한국에서 했다고 했다. 한국 있을 때 군대에서 뭘 했느냐고 묻자 솔직하게 대답했다. "대북 감청을 주로 했습니다." 그의 한국인 아내는 유엔에서 사무원으로 일하고 있는데 자기 일을 매우 좋아한다고 그가 말했다.

하루는 그가 한국인 처남과 그의 아내를 데리고 우리집에 와인을 들고 방문했다. 그의 처남은 유학생으로 내 독자라고 하면서 뵙고 싶었다고 말했다. 그가 술이 좀 들어가자 자기 매제를 가리키며 말했다.

"선생님, 저 친구하구 놀지 마세요. 입장도 그러신데 신경쓸 일 있어요?" 그리고는 매제에게 "빨리 공부 마치고 다른 직장 찾아봐라" 했다. 나는 그저 웃기만 했다. 그는 이라크전에 참전하고 돌아왔다는 한국인 2세 청년을 데리고 놀러오기도 했다. 내가 바빠져서 나다니기 시작한 후로는 그의 방문도 차츰 뜸해지더니 연락이 끊겼다.

몇 달 뒤에 베를린의 최영숙이 아들의 영어 연수 일로 뉴욕을 방문했고 당시에 비자를 도와주었던 사람의 이야기가 나왔다. 그녀는 내가 떠난 뒤에 김명수의 독일 출국을 앞두고 그 미국인과 한번 더 만났다고 했다. 그와 맥주 몇 잔을 나누었는데 뭐하는 사람이냐고 묻고 그녀가 짓궂게 "아 유 시아이에이?" 그랬더니 간단하게 '국방부'라고 대답하더라는 것이다. 어림짐작이 들어맞는 것을 보니 역시 한반도는 전쟁 구역이구나 싶어 쓸쓸했다. 그들은 은연중에 내가 자기들의 시스템 아래 있다는 사실을 알려주었던 것이다.

윤한봉은 지창보 교수 댁으로 전화를 해서 나의 미국 도착을 반겨주었고 거처를 구하고 살림 준비를 하는 일들을 한청련 식구들에게 당부해놓았다고 했다. 나는 일주일쯤 뒤에 한청련 사무실로 옮겼다. 지역을 담당한 사무국장의 도움으로 월셋집을 얻었고 모자라는 가구와 살림도구들을 장만했다. 집은 한국 교포들이 많이 사는 플러싱에서 좀 떨어진 베이사이드 부근이었는데 집주인은 홍콩 출신의 중국인 이민자였다. 하루는 로스앤젤레스에 있던 윤한봉이 집으로 찾아왔다.

광주항쟁의 주모자로 수배를 받고 있던 윤한봉이 미국으로 밀항하여 제일 먼저 착수한 것은 한인 동포들이 밀집해 있는 로스앤젤레스에서 민족학교를 설립하는 일이었다. 민족학교는 청년 전업활동가의 조직과 교육을 목표로 하여 몇 년 사이에 수백 명의 청년 회원과 어른들의 후원 세력을 만들어낼 수 있었다. 재미 한청련의 활발한 활동은 미주 한인사회의 운동에 새로운 전기를 마련했는데, 자원봉사자로 투신한 청년 전업활동가들이 핵심이 되어 평범한 동포들을 위한 대중운동을 통해서 저변을 확대해나간 점 때문이었다. 이들은 첫째로 명망가 중심으로 이루어졌던 미주 동포 사회 운동을 벗어나 청년층의 헌신적인 참여와 운동의 생활화를 중시했으며, 둘째, 미주 운동에서 등한시했던 민족교육, 민족문화운동을 포함시켰다. 셋째, 모국의 운동조직 및 미국의 사회운동단체, 그리고 아시아, 남미, 유럽 등지의 평화인권단체들과 관계를 유지하며 다양한 국제연대운동을 확대시켰다. 넷째, 평화운동을 미주 한인사회운동의 주요 과제로 설정하고 한반도에서의 미 핵무기 철거, 주한미군 철수, 평화협정 체결, 남북 군비 축소 등을 촉구하는 한반도의 평화적 통일을 위한 운동을 적극 전개하였다. 다섯째, 다른 단체에 비해 매우 체계적이고 지속적인 홍보활동을 펴나갔다. 윤한봉은 1987년 후원층이던 동포 대중을 조직하여 '한겨레(한겨레운동재미동포연합)'를 출범시켰다. 한청련이 청년 조직이라면 한겨레는 한청련과 동일한 목적을 가진 36세 이상의 동포들을 회원으로 하는 장년, 중년, 노년층의 조직체였다. 한겨레는 기왕에 한청련이 있던 일곱 개 지역에 조직 기반을 둔 전국 조직으로 각 지역에서 한청련을 후원하고 행사에 함께 참여하는 등 행동을 같이하고 있었다. 재미 한청련은 장년(한겨레), 홍보(한겨레미주홍보원), 문화(문화패 비나리), 교육(민족학교 마당집 계열)의 전문 부서와 조직을 갖춘 체계적인 단체로서 미국 전역의 동포 사회에 뿌리를 내렸다.

나는 윤한봉과 함께 방북 이후 독일에 체류하던 이야기와 범민족대
회 이야기, 그리고 남, 북, 해외 3자 회담에 대한 이야기를 나누었다.
그는 대강은 알고 있었지만 자세한 내막은 모르고 있는 부분도 많았
다. 내가 뉴욕에 공동사무국을 꾸리고 그것을 한청련측에서 감당하면
어떻겠느냐 물었는데 그는 웃기만 하다가 말을 꺼냈다. "국내는 피 터
지고 감옥 가기 바쁜데 여기서는 무슨 단체 협회가 그리 많은지 모르
겠습디다. 그것도 감투라고 기득권이 됩니다."

나는 어떤 운동이나 조직도 오래되면 관료화되고 권력화된다는 걸
잘 알고 있었다. 일본의 한민통은 1970년대에 설립되어 어찌 보면 가
장 전위에 섰던 해외 조직이었고 총련과 민단 사이에서 아슬아슬하게
존재했으므로 복잡하기도 했다. 이들이 중심이 되어 미주와 유럽에 조
직한 것이 한민련이었고 미주의 북한 창구 역할을 내세운 통협(조국통
일북미주협회)도 한민련에 들어간 인사가 대부분이었다. 윤한봉으로
서는 망명 초창기에 기존 민주화통일운동 인사들로부터 '남측의 프라
치'라는 음해와 견제도 많이 받았다. 따라서 그는 그의 표현대로 '혼자
서 코 씩씩 불며' 독자 노선을 견지해가는 수밖에 없었다. 나는 윤한봉
에게 그간에 있었던 여러 가지 일들을 들을 수 있었다.

한국 전대협이 파견한 임수경 학생이 참가했던 '제13차 세계청년학
생축전'에 한청련 회원들이 토론 끝에 참가하기로 결정했다. 한청련은
추진본부를 결성하고 북한 당국에 참가자들의 인적사항을 보내고 답
을 기다렸지만 북한 당국은 그들의 초청장을 한청련에 보내지 않고 통
협으로 보냈고 통협측은 어떤 이유인지 이를 전달해주지 않았다. 그러

면서 한편 통협은 학생회담을 앞두고 미국 서부의 일부 청년들이 급히 만들었던 또다른 청년단체인 '미주청년조국통일협의회'에는 북한에서 보내온 초청장을 즉시 전해주었고, 이러한 사정을 뒤늦게 알게 된 한 청련은 평양축제 참가를 포기했다. 나중에 급해진 북한측이 부랴부랴 연락하여 현장 사정을 몰랐다며 수습했고 한청련은 북측이 기획하지 않은 '코리아의 평화와 통일을 위한 국제평화대행진'을 주도했다. 이들은 1989년 7월 21일 백두산 정상에서 출정식을 갖고 판문점까지 칠일 동안 행진했다. 이 행사에는 미국과 캐나다에서 28명, 중남미 6개국에서 8명, 아시아 7개국에서 30명, 유럽 8개국에서 11명, 중동에서는 팔레스타인 1명, 중국, 소련, 독일, 캐나다, 미국, 일본에 거주하는 해외동포 113명, 북한 70명, 남한에서는 임수경과 문규현 2명이 참석했고 이 사업은 이후 '코리아의 평화와 통일을 여는 국제 연대위원회'로 확대 발전되었다.

윤한봉이 말했다. "공동사무국을 우리가 끌고 나가도록 다른 단체에서 결코 용납하지 않을 겁니다. 조성우는 감옥 가면서 형님과 나에게 짐을 떠맡긴 셈인데 여기 형편을 몰라서 그래요. 그리고 우리가 밀어붙이면 무리를 하게 됩니다. 피해는 남측 식구들에게 가게 되겠지요."

나는 공동사무국 안은 그래도 회담에서 결정된 일이고 약속을 했으니 관철해야 되지 않겠냐고 말했지만 윤한봉이 결론적으로 말했다. "한겨레 어른들 중에 범민련에 가입한 분들도 있어요. 그분들과 상의를 해보세요. 한청련은 범민련에 대해서는 아직 입장 정리를 못했고 공동사무국에도 관여할 뜻이 없습니다."

우리 사이에는 한참이나 어색한 침묵이 흘렀다. 윤한봉이 굳었던 얼굴을 풀고 환하게 웃으면서 말했다. "그래도 성우가 형님을 이리로 오게 한 것은 정말 다행입니다. 저도 든든하구요" 하고 나서 그는 평화대행진에 참가하고 돌아와 들뜬 일부 청년들에게 잔치는 잔치로 끝난 거라고 호통을 쳤다고 말했다. "우리는 나라가 아니라 각자의 양심으로 모인 어찌 보면 약한 개인들입니다. 어려워도 줏대 없이 세력에 휘둘리면 안 됩니다."

내가 미국에 온 지 한 달 가까이 되어서 김명수가 호섭이를 데리고 도착했다. 나는 그동안에 범민련에 가입한 한겨레 사람들과 만났고 3자 회담에 참석했던 이행우씨도 만났는데 공동사무국과 범민련에 대해서는 윤한봉과 의견이 같았다. 로스앤젤레스에 가서 통협 사람들과도 만나보니 이들은 공동사무국에 관심이 많았고 어떻게든 미주에 설립해야 한다며 적극적이었다. 그러나 조성우와 내가 논의했던 것과는 다른 방향이었다. 이들과 함께 어떻게 남측과 연대할 수 있겠는가 하는 생각이 들었다.

어느새 한 해가 다 가고 1992년이었다. 나는 베를린으로부터 새로운 소식을 전달받게 되었다. 이미 해외본부를 일본으로 옮겨간 터라 임시로 범민련 해외본부와 공동사무국을 겸임했던 베를린에서 해외의장단 회의를 통해 공동사무국의 역할도 미국에 설치될 때까지 일본에서 겸임하기로 결정했다는 것이었다. 즉 내가 미국에 공동사무국을 설치하지 못하면 일본의 한민통·한민련계가 범민련 운동을 자연스럽게 접수하게 되는 모양새가 되었다. 윤한봉의 예측이 맞아떨어진 셈이었다.

나는 미국의 각 대학 유학생 모임에서 초청하는 강연회를 하며 돌아다녔고 뉴욕의 한인 인사들과 예술가들을 만나러 다녔다. 미국펜 사무실에 들러서 당시의 회장 래리 맥머트리와도 만났고 펜이 마련한 작품 낭독회에도 참가했다. 보스턴의 하버드 옌칭연구소를 방문하여 에드워드 베이커 교수와 인사했고 강연회도 가졌다.

어느 날 윤한봉이 한청련 동부지역 회의에 참여차 왔다가 나에게 연락을 했다. 사무실에서 두부김치찌개를 끓여놓고 나를 위해서는 소주도 내놓았다. 우리는 조촐한 밥상을 마주하고 삼 개월 만에 다시 만났다. 윤한봉이 입을 열었다. "형님, 내가 뭐랬소? 절대로 우리에게 공동사무국을 허용하지 않을 거라구 했죠. 사실은 우리도 남측 형편상 불가능하다고 보았구요.""글쎄 말이야. 통일운동은 대중운동인데 저러다가 급진 소수가 되면 어떡하지?""형님에게 맞는 일을 하세요. 광주에서도 문화운동을 우리들에게 가르쳐주었잖아요."

나는 그렇지 않아도 뉴욕에 있는 교수, 지식인, 예술가 들을 만나고 있다고 말했고 이들과 아시아 이민자들인 중국, 대만, 베트남, 일본 젊은이들과 소통할 생각을 말했다. 윤한봉은 문화패 비나리에 참가했던 청년들 중 몇 사람과 한청련 회원이었다가 나이가 들어 한겨레의 2선으로 물러난 청년 몇 사람을 나에게 소개하겠다고 제안했다. "형님 손발이 필요할 것이오. 이 친구들 성실하고 순수한 사람들입니다. 형님의 집을 지으시면 그것이 흔적이라도 오래 남을 거요."

나는 선배들 중에서 『상록수』의 소설가 심훈 선생의 셋째 아들인 심재호 선배를 우연히 만나게 되었다. 동아일보 기자였던 그는 유신 시절 '동아투위(동아자유언론수호투쟁위원회)'에 가담했다가 해고되어 몇 년 실업자로 고생하던 끝에 미국으로 이민을 왔다. 마침 그의 아들과 며느리가 한청련 회원이었는데 대화 도중에 아버지 이야기가 나오고 나도 전부터 심재호 선배를 알고 있어서 그를 찾게 되었다. 마침 같은 동아투위 출신으로 한겨레신문의 워싱턴 특파원으로 나와 있던 정연주 기자가 뉴욕에 올 때마다 심선배의 집에 들렀다. 그의 집이 우리 집에서 멀지 않은 곳이라 가끔씩 어울려 술 한잔씩 함께했다. 또한 조선일보 기자를 하다가 컬럼비아 대학으로 유학을 나왔고 목회를 하고 있던 김민웅 목사와도 컬럼비아 유학생 모임에서 만나게 되었다. 화가 박원준과 그의 후배들인 젊은 화가들, 그리고 뉴욕대와 컬럼비아대에 출강하는 일본, 중국계의 강사 몇 사람, 한국, 중국, 베트남 2세 젊은이들 등이 각자의 연줄을 따라 모여들었다.

나는 미국에 도착해서 얼마 되지 않아 일어난 'LA폭동'의 전 과정을 지켜보면서 미국에서의 코리아 공동체의 정치사회적 단합이 우선적으로 해결해야 할 과제라는 것을 알게 되었다. 어떻게 보면 이는 동포들에게 통일 문제보다도 더 절실한 민족 문제였다. 그래서 각계의 동포들과 만나 여론을 듣는 중에 이민 1.5세 2세들의 자기 정체성을 세워주는 일이 시급하며 앞으로 이들이 미국 동포 사회 운동의 중심 세력이 되어야 한다고 생각했다. 또한 코리아 커뮤니티뿐만 아니라 같은 동아시아 젊은이들과의 연대가 무엇보다도 중요하다고 생각했다. 나는 지창보 교수를 중심으로 위원회를 꾸리고 소장을 맡았으며 개소식을 겸한 현판식을 가졌다. 사무실 이름은 '동아시아문화연구소'였고 우리는 매 주말마다 동포 젊은이들의 대화 모임을 열게 되었다. 한청련 필라델피아 지부를 맡았던 김종호를 사무국장으로 정하고 한인 2세 여성 두 사람을 상근자로 정했다. 두 여성은 고학력의 전업주부였는데 서로 형편에 따라 오전 오후로 번갈아 사무국 일을 도와주었다. 해외와 조국의 남북을 동시에 잇는 팸플릿 형식의 『남·북·해외』와 『어머니 대나무*Mother Bamboo*』라는 영자지를 각각 월간으로 내기로 했다.

1992년 8월, 3차 범민족대회가 다시 평양에서 열렸다. 하지만 여권이 사라져버린 나는 미국 밖으로 나갈 수 없는 처지라 소식만 들었다. 10월경에 드디어 통협계의 로스앤젤레스에 있는 서부지역 범민련과 한청련·한겨레계의 동부지역 범민련이 마지막으로 통합 타협을 한다는 소식이 전해졌다. 아직은 범민련 전체 조직의 대변인을 맡고 있던 나는 중재에 나서기를 원하여 10월 23일 로스앤젤레스에서 열리는 통합회의에 참석하기로 했다. 그러나 그 하루 전인 22일에 한청련·한겨레계가 통합의 명분조차 주지 않고 일방적으로 동부지역 범민련의 해체를 선언했다. 하는 수 없이 한 달여 동안 노심초사하면서 뉴욕 '이산가족찾기 후원회'의 도움으로 몇몇 동포들을 재조직하여 동부지역 범민련을 재건하고 가까스로 12월 5일 서부 로스앤젤레스에서 열린 미주본부 범민련 총회에서 모양을 갖춘 '통합'을 해낼 수 있었다. 그러나 범민련 뉴욕 회의에서 '공동사무국 안건'은 부결되고 말았다. 나는 12월 16일 유럽을 통해 일본에 있는 해외본부 겸 공동사무국으로 나의 대변인직 사임서를 제출했다.

그 무렵에 뉴욕에 산다는 주동진이라는 사람에게서 연락이 왔다. 나는 전화와 이름만으로는 그가 누구인지 기억할 수 없었으나 플러싱의 한국식당에서 만났을 때 그를 알아볼 수 있었다. 그는 1970년대에 내

단편소설「삼포 가는 길」을 영화로 제작했던 연방영화사 사장이며 감독이었다. 이 영화는 우여곡절이 많았던 작품이었다. 이만희 감독이 영화를 찍던 도중에 간암으로 쓰러져서 미완이던 것을 제작자인 주동진이 나서서 뒷부분을 만들어 붙였다. 영화의 마지막 장면은 원래가 역에서 백화를 보내고 두 노동자가 눈발 속에서 기차에 오르는 것이었는데, 당시의 검열 당국이 문제를 삼자 주동진은 두 노동자가 관광지로 개발된 삼포를 보며 환호하는 '새마을 영화' 같은 결말로 바꾸어버렸다. 나는 그 때문에 오랫동안 마음이 불편했던 기억이 있었다.

주동진은 당시 얘기를 하며 오죽하면 백오십여 편의 영화를 만든 내가 한국을 떠났겠느냐, 당국에서 나를 주시하며 여러 가지로 괴롭혔다고 말했다. 무엇보다도 북에 있는 그의 큰형이 문제였다. 그의 큰형 주동인은 조선영화촬영소 소장을 거쳐 1960년대에 조선작가동맹 상무위원을 역임한 원로 영화인이었다. 우연의 일치였지만 남북의 형제가 같은 영화사업을 하고 있었던 셈이었으니 정보당국이 신경을 쓸 만했다. 미국으로 이민 와서 그는 아내에게는 쇼핑몰 운영을 맡겼고 자신은 '시네마 엠파이어'라는 영화 수출입회사를 차려놓았다. 그는 1990년에 뉴욕에서 제1차 남북영화제를 기획했고 집행위원장을 맡아서 성공적으로 해냈다.

그는 이제 남북 영화 합작을 위한 남북 영화인 세미나와 영화제를 미 국무부와의 협의 아래 추진중이라고 말했다. 그리고 『장길산』의 남북합작에 대한 얘기를 들었다면서 의견을 물었고 나는 베를린에서 있었던 사실을 그에게 이야기해주었다. 그는 내가 응낙해준다면 자신이 에이전트로 나서서 남북합작을 성사시켜보겠다고 의욕적으로 말했다.

그는 사흘이 멀다 하고 내 집을 방문하거나 맨해튼의 동아시아문화연구소 사무실로 찾아와서 경과를 전해주었다. 한국에서는 여러 곳에서 관심을 보이고 있는데 한국일보 전 회장인 장강재, 삼성측, 기타 영화제작사, 방송사 등이라고 말하고 며칠 뒤에 영화배우 김보애씨가 남측 계약자로 뉴욕에 오기로 했다고 전해주었다. 김보애는 영화배우 김진규의 아내로 당시 삼성측을 대행한다고 했다. 그녀는 또한 베를린에 사람을 보내 내게 의사를 타진했던 이덕화의 처형이기도 했다.

남북 세미나와 영화제 날짜가 되었는데 바로 그때 대선 기간에 접어든 남쪽에서는 북풍을 준비하고 있었다. 나중에 알게 된 사실이지만 안기부 수사국을 지휘하던 정형근은 이른바 '이선실 간첩단 사건'을 준비중이었고 대선 무렵에 남북 화해 분위기는 오히려 여당에 도움이 안 된다는 눈치였다. 따라서 북한과 관련된 모든 행사나 접촉은 일제히 중지되었다. 남측 영화계 인사들과 배우들은 로스앤젤레스까지 왔다가 뉴욕으로 오지 못하고 되돌아가버렸고 김보애는 서울에서 바로 뉴욕으로 왔다. 북측에서는 조선영화촬영소 부소장과 남녀 배우 두 사람과 영화작가 리춘구가 왔다. 나는 주동진의 연락을 받고 나가 그들과 저녁을 함께 먹었다. 리춘구는 나를 만나자 반가워했다. 그 자리에서는 못 만났지만 '조선영화인대표단' 단장으로 온 북한의 연예·영화 총괄자인 선전부 부부장이 '이미 『장길산』의 남북합작 영화화 안건은 김정일 비서의 재가가 다 끝난 일'이라고 했다고 주동진이 전했다. 남측에서는 김보애씨가 영화제작사를 대신하여 주동진에게 계약을 위임했고 북측은 조선대외영화합작사가 계약 당사자가 되었으며 남북의 제작 진행은 주동진의 시네마 엠파이어가 맡기로 했다.

김명수가 한국 친정으로 확인을 해보더니 은행에 원작료가 입금되었다고 했다. 당시에 나는 망명 기간이 길어질 경우라든가 동아시아문화연구소의 운영 등을 고려하여 남과 북측에 각각 2억을 원작료로 요구했는데, 당시 환율이 8백 대 1이었으므로 미화로 25만 달러였다. 북측 영화인들은 마침 외화를 지참하고 나오지 않았으니 이 주 후에 인편으로 보내겠다고 확약하고 돌아갔다. 뒤에 북측은 유엔 총회에 나오는 대표단 편으로 북측 지분의 원작료를 내게 지불했다.

『장길산』의 남북 영화합작 계약에 대해서는 에이전트 역할을 담당한 주동진 사장이 기자들에게 공개했다. 나중에 내가 귀국하여 구속되자 안기부는 북측 계약금을 '공작금'으로 발표했는데 나는 재판정에서 남측 계약자였던 김보애씨를 증인으로 채택했다. 김보애씨는 법정에서 발언했다. "정부에서 영화 합작을 허락해서 나간 겁니다. 이제 와서 하지 말라면 안 하겠습니다." 나는 기자들에게 남북 합의에 의해서 공표하고 받는 '공작금'도 있느냐고 항의했지만, 국보법상 금품수수는 어떤 명목의 것이든 돈은 물론이고 북에서 받은 접대며 내가 씹어먹은 산삼에 이르기까지 위법 사항이었던 것이다.

어느 날 소설가 이문열이 뉴욕에 왔다면서 내게 전화를 했다. 나는 외롭던 시절이고 문인이 해외에서 나를 찾은 것도 오랜만의 일이라 반가웠다. 그래서 쇼핑몰로 돈을 번 지인에게 돈을 빌려 맨해튼으로 나갔다. 아무리 망명자 신세라지만 마땅히 선배인 내가 술을 한잔 사야겠다는 허세였다. 이문열은 연출가 윤호진, 후에 한국연극협회 이사장을 하기도 한 정진수 등과 함께 왔는데, 그때 이미 뮤지컬 〈명성황후〉

를 기획하고 있어서 원작이 될 희곡 『여우사냥』을 쓰기로 한 그와 함께 브로드웨이 뮤지컬 견학차 방문했다고 했다.

술이 몇 잔 돌아간 뒤에 그가 언제 귀국할 거냐 물었고, 나는 그냥 때를 보고 있는 중이라고 말했다. 그가 동구 사회주의권의 붕괴에 대해 얘기하고 북한 사회체제의 불합리성에 대해 격렬하게 얘기를 꺼냈다. 나는 무덤덤하게 듣고 있다가 나도 이형과 같은 생각이라고 대꾸했다. 북은 냉전시대를 거치면서 강력한 단합과 통제를 위한 일종의 '농성체제'를 유지하면서 사회주의의 본질에서 멀어졌고, 실상 사회주의와 군사 파시즘의 양면성을 지닌 독재체제였다. 그럼 왜 방북했냐기에, 나는 언제나 상식적으로 말했던 것처럼 '민주화와 통일은 한몸이다'라고 대답했다. 우리 사회의 민주화가 성숙되는 것이 북한을 변화시킬 수 있는 힘이 되며, 그것이 평화적 통일의 길이라고도 말했을 것이다. 거기에 덧붙여서, 내가 방북한 뒤에 이전에 제도권 언론들이 썼던 것과는 다른 내 발언들이 편향으로 보였을 것 같다. 그러나 이것은 버스 운전사가 핸들을 갑자기 오른쪽으로 꺾으면 저절로 몸이 왼쪽으로 쏠리는 승객들처럼 균형을 잡으려는 것이겠다. 우리 같이 균형을 잡도록 힘쓰자고도 얘기했던 것으로 기억한다.

피차 술이 좀 취하자 그가 문득 월북한 아버지 얘기를 꺼냈다. 그도 당국을 통해 여러 가지로 알아본 바를 말했고 나에게 좀더 확실하게 알아볼 수 있겠냐고 물었다. 나는 생각한 바가 있어서 언제 뉴욕에 다시 오느냐고 물었더니 그가 워싱턴을 방문하고 일주일 뒤에 귀국 비행기를 타러 뉴욕으로 다시 올 거라고 했다. 그럼 그때 연락하라고 그에게 일러두었다. 나는 로스앤젤레스에서 여행사 겸 '이산가족 상봉' 업무를 하는 교포를 알고 있었지만 가까운 뉴욕에 유엔으로 파견된 북한 대표부가 있는 것도 알고 있어서 직접 전화를 걸었다. 그러고는 이문열이 남겨둔 부친의 월북 시기와 인적사항을 적어서 팩스를 넣었다. 좀 기다려보라더니 정확하게 사흘 뒤에 팩스와 전화가 차례로 왔다. 팩스에는 이문열 부친의 간단한 이력과 가족관계가 적혀 있었고 생존해 있는 현주소도 나와 있었다. 그러고는 내게 전화를 건 서기관이 몇 마디를 덧붙였다.

예정대로 이문열이 일주일 뒤에 뉴욕에 들렀고 우리는 다시 만나서 이번에는 그가 사는 술을 한잔했다. 한참을 지나서 내가 팩스로 온 종이를 내밀었다. 나는 지금도 기억한다. 그의 부친 이원철은 북에 가서 전공을 농업경제사가 아닌 수리공학으로 바꿨다. 아마도 남로당 등에 대한 숙청과 재교육이 만연했던 1956년 이후의 일이었을 테고 평안도 전담의 수리공사가 대대적으로 시행되던 무렵이었을 것이다. 시인 이용악이 평안도 물길 공사에 대한 행사시를 장시로 남기고는 절필해버렸던 때이기도 했다. 그의 부친은 몇 줄 안 되는 약력으로 보더라도 대단히 유능한 지식인이었다. 그래서 살아남았을 것이다. 그는 원산의 어느 공업대학인가에 직을 얻었고 재혼하여 오 남매를 두었다. 그의 아우들 이름과 직업과 나이가 길게 나열되어 있었다. 그 종이를 들여다보고 있던 이문열이 고개를 돌리더니 갑자기 무너지듯이 허리를 굽히고는 입을 꼭 다물고 흐느끼기 시작했다. 나는 그 처절한 장면을 차마 보지 못하고 고개를 돌리고 눈시울을 닦았다. 한참 뒤에 격정의 파도가 가라앉고 나자 그는 술 한 잔을 넘기고는 애써 웃음을 지으며 말했다. "영감쟁이, 우리 어머니는 진작 재혼할 줄 알고 있습디다." 나는 북에서 나중에 전화로 덧붙이던 얘기까지 해주었다. 베이징 북한대사관에 오면 아버지와 통화하게 해줄 것이라고. 그러나 이건 내 생각인데, 유명한 축구선수 아무개가 감독이 되어 국제경기차 베이징에 갔다가 아버지 소식을 들었고 북한대사관에 가서 통화를 하고는 엉엉 울고 그대로 입북해서 만났다는 소문이 있더라고. 그뒤에 쉬쉬하고 구속은 안 되었지만 그는 공식적인 모든 직위에서 사라져버렸다고. 이건 아마도 북에서 낚시를 던진 것 같다고 말했을 것이다. 그리고 뉴욕에서 그와 헤어지기 전에 말했다. 이제는 당신 아버지를 용서하라고. 그때 아버지는 당신의 아들뻘이었고 훨씬 미숙했던 젊은이였다고.

그가 귀국하고 사나흘 뒤인가, 우리측 정보 영사의 전화가 왔다. 그는 내가 전화를 받자마자 힐난조로 말했다. "황선생, 그러다가 어떻게 귀국하려고 그럽니까, 왜 월북 권유를 하고 다니쇼?" 그 순간 씁쓸한 생각이 들면서 나는 그런 일도 없고 그럴 사람도 아니라고 대답할 뿐이었다. 동시에 이 모든 분단의 억압에서 놓여나고 문학에 대한 노심초사도 벗어버리고 익명의 망명자로 살아가고픈 생각이 들었다. 그때까지 나는 미국 각계의 망명 권유를 마다하고 무국적자로 체류하고 있었던 것이다. 그러나 나는 이내 이문열의 두려움을 이해할 수 있었다. 나는 그가 하루속히 물귀신 같은 이념의 덫에서 벗어나 작가로서 자유로워지기를 바랐다.

그해 연말 대선에서 김영삼 후보가 대통령으로 당선되었다. 김영삼 대통령은 당선되자마자 남북관계 개선의 의지를 표명하고 '우방보다 민족이 우선한다'며 '언제든지 김일성과 만나서 민족 문제를 논의할 의사가 있다'고 취임사에서 밝혔다. 미국에서도 클린턴 정부가 들어섰고 한국의 정치인들이 그의 취임식 참석차 왔는데 김덕룡 의원 등이었다. 그들은 피차 잘 아는 처지의 사람을 내게 보냈으며 만나서 얘기를 들어보니 '남북 정상회담을 하려는데 김일성 주석의 의향을 알고 싶다'는 것이었다. 나는 필라델피아에 살고 있는 어느 동포 사업가가 원자재 일로 북에 간다고 하여 일봉 서신을 전했다. 그가 열흘 뒤에 돌아왔고 평양에 가서 고려호텔에 머물다가 편지를 전하고 나서 갑자기 서재골 초대소로 옮겼다고 말했다. 그는 주석의 점심 자리에 불려갔다. 김주석이 의견을 표명했고 그것은 구두로 전달된 것이었다. 첫째, 장소는 베이징이다. 둘째, 사람은 비공개 차관급이다. 셋째, 의제는 남북 정상회담이다. 넷째, 처음에는 미국 모르게 시작하자 하는 내용이었다. 나는 그것을 전달해줄 사람을 이미 지정받았기 때문에 당시 워싱턴 한국대사관의 반기문 공사에게 전화를 했다. 그는 한 다리 건너 친구의 친구였다. 그에게 북에서 답변이 왔다고 전하자 그는 나에게 워싱턴으로 오라고 했다. 내가 사정상 갈 수 없다고 했더니, 그렇다면 다른 방법을 찾아보자고 하고는 전화를 끊었다. 이튿날 다시 사람을 시켜 연락이 와서 약속장소로 나갔더니 두 사람이 기다리고 있었다. 한 사람은 언젠가 얼핏 본 적이 있는 정보 영사였고 다른 한 사람은 외교관이었다. 나는 그들에게 네 가지 사항을 구두로 전달했다. 네번째 조건에서 그들은 고개를 갸우뚱했다.

그런 일이 있은 뒤 박형선이 로스앤젤레스에서 전화를 했다. 나는 오랜만에 그의 목소리를 듣고 깜짝 놀랐다. 그는 전남대를 다니다 민청학련 사건으로 윤한봉 등과 투옥된 전력이 있었다. 뒤에 윤한봉의 누이동생과 결혼했는데 당시 삼십대 나이였던 나에게 주례를 부탁했고 사회는 시인 김남주가 보았다. 박형선의 여동생 박기순은 전남대 학생으로 노동운동을 한다고 공장에 취업하여 일하다가 과로로 숨졌다. 광주항쟁 때 시민군으로 도청을 사수하다 계엄군에게 사살당한 윤상원과 영혼 결혼을 시키면서 내가 노래극을 만들었는데 그 주제곡이 바로 〈임을 위한 행진곡〉이다. 박형선이 뉴욕에는 들르지 못하고 간다며 형님 목소리나 듣고 싶어 전화를 걸었다고 말했다. 그리고 그는 "형님 이제는 들어오셔서 좋은 작품 써야죠" 하고는 "금년 5·18 전에 꼭 들어오시라고 광주 아우들이 그럽니다"라고 덧붙였다. 그 무렵 건축업으로 성공하여 일상이 분주해진 그가 자형인 윤한봉을 만나러 나왔을 때는 그만한 일이 있었을 텐데 나는 아무것도 눈치를 채지 못했다. 윤한봉은 그때 십 년의 망명생활을 끝내고 귀국을 결정한 상태였고, 그래서 박형선을 시켜 내게 그 뜻을 전한 것임을 나중에야 깨닫게 된다. 망명객이 된 나에게 혼자 들어간다고 차마 직접 말을 꺼낼 수가 없었을 것이다.

다음날에는 느닷없이 작가회의 사무국에서 시인 김남주가 전화를 했다. 그의 이야기 역시 나의 귀국 문제였다. 그는 작품도 작품이지만 형님이 들어와서 투옥되고 석방운동하고 그러면 국가보안법에 대한 국제적인 환기를 시킬 수 있지 않겠느냐면서 거기서 일할 사람은 형님 말고도 많을 것이다. 그리고 형편이 바뀌면 감옥에서 좋은 작품을 쓰라고 말했다. 서로 약속이라도 한 듯 며칠 뒤에는 후배 소설가 최인석이 영화 때문에 뉴욕에 왔다가 집으로 나를 찾아왔다. 작가회의에서 나의 귀국 요청을 공식화하겠다는 것이었다.

나는 귀국을 결심하고 3월부터 신변 정리를 해나가기 시작했다. 우선 범민련 해외본부와 유럽측에 귀국 의사를 통보했다. 이것은 내가 끝까지 공적인 책임을 다했고 이제 마무리를 하겠다는 의사 표시였다. 그들은 섭섭함에 말을 잇지 못했고 사무총장을 맡은 임민식은 울먹울먹하며 말했다. "그동안 마음고생 많았네. 나도 돌아가는 사정이 그러하니 도와주지 못해 안타까웠네. 가서 조사받게 되면 전부 내게 미루어. 내가 그러라고 했다고 말이지."

나는 베를린에서는 남과 북의 첨예한 냉전의 근접거리 안에서 두 눈을 부릅뜨고 중심을 잡으려고 안간힘을 쓰다가 그 긴장으로 몸의 기둥이라고 할 척추가 고장이 나버렸고, 미국에 와서는 광막한 대륙의 큰 울타리 안에 갇혀버린 신세가 된 느낌이었다. 애초에 베를린을 떠날 때는 범민련의 공동사무국만 꾸리면 귀국하리라고 마음먹었었지만 막상 미국에 와서 현실에 맞닥뜨리고 보니 회의와 염증이 나를 지배했다. 또한 방북 후 망명생활이 길어지면서 내가 작가이기보다는 활동가의 삶을 살고 있다는 정체성에 대한 불안감도 서서히 고개를 들기 시작했다.

나는 집으로 돌아가고 싶었다. 결국 내가 돌아가야 할 곳은 문학이라는 집이었다. 세상의 뒤안길을 떠돌며 노심초사하다가도 퍼뜩 정신이 들면 나는 늘 집을 그리워하고 있었다.

3월 6일에 문익환 목사가 3·1절 특별사면으로 석방되었다. 이튿날 그의 집으로 전화를 했다. 인사를 하고 건강은 어떠시냐 묻고는, 나는 약속을 지키려고 노력했다고 말했다. 그렇지만 범민련은 우리의 생각보다 몇 걸음 더 나아간 것 같아서 내가 할 역할이 없어 보였다고도 덧붙였다. 문목사는 내 말뜻을 이해했다는 듯, 통일운동은 원래 대중운동이 되어야 하고 흥겨운 잔치여야 하는데 너무 활동가들 중심으로 전위적으로 가서는 안 될 거라며 염려했다. 우리는 서로의 의견이 같음을 확인했다. 내가 범민련 대변인직에서 물러났다고 말하자, 문목사는 뉴욕에 거주하고 있던 아우 문동환 목사를 한번 만나달라고 당부했다. 나는 그의 말뜻을 알아들었고 며칠 뒤에 한청련을 통해 문동환 목사가 연락을 해왔다. 뉴저지의 자택으로 가서 미국인 사모님이 차려준 한식 밥상을 받았다. 나는 개인적인 얘기보다는 범민족대회와 남, 북, 해외 3자 회담 이후 미국에서의 범민련 통합과정과 공동사무국 안건의 부결 등을 사실대로 문동환 목사에게 전했고 그는 곧 형님을 만나러 귀국한다고 했다. 나도 아마 올해 상반기 안에 귀국하게 될 거라고 말했다.

나는 귀국을 결정하고 김명수와 여러 가지를 논의했다. 그녀도 우리의 불안정한 생활을 타국에서 오래 지속할 수 없다는 것을 체득하고 있었다. 귀국하면 조사받고 재판이 끝나 형이 확정될 때까지 대충 십사 개월가량 걸릴 터였다. 그즈음에 가족이 뒤따라 들어오면 될 것 같았다.

1993년 4월 27일, 우리는 공항에 함께 나갔다. 내가 출국하는 문으로 나가는 순간 갑자기 호섭이가 무엇을 느꼈는지 큰 소리로 "아빠!" 하고 부르는 소리가 들렸다. 등뒤로 문이 닫히고 검색대 쪽으로 걸음을 옮기는데 아이가 터뜨린 울음소리가 귀에 쟁쟁했다.

감옥 3

1994년 9월 27일에 형이 확정되고 나서 한 달쯤 후, 그러니까 10월 말경이었을 것이다. 이감 일주일 전쯤에 보안과장이 보자고 하여 그의 방에 불려갔다. 그가 이런저런 덕담을 해주고는 내가 가야 할 교도소를 가르쳐주었다.

— 공주교도소라네요. 아무리 생각해도 참 좋은 곳이지요.

— 어째서요?

— 대도시도 아니고 얼마 전까지 공주는 군이었어요. 교육도시라 주민들 분위기도 좋고. 또 너무 작은 교도소는 예산이 적어서 빡빡하지요. 중급 정도의 교도소라 지낼 만할 겁니다.

그러고 보니 서울구치소에서 생활한 지도 어느새 일 년 육 개월이 되었다. 이감 가던 날은 구치소에 들어올 때와 역순이었다. 먼저 신체검사와 짐 검사를 하고 나서 영치된 품목을 확인한 뒤 수갑 차고 포승을 묶고 버스에 올랐다. 일반수들이 법정을 오갈 때 쓰는 닭장차였는데 주임과 교사 두 사람 그리고 나까지 넷이 타고 가기에는 너무 큰 버스였다. 버스는 의왕에서 출발하여 천안을 지나 온양을 지나고 차령산맥을 넘어서 유구 마곡사 협곡을 지나는 산길이었다. 산등성이와 골짜기에는 늦가을 단풍이 울긋불긋했고 나는 소풍이라도 가는 것처럼 마음이 홀가분했다.

오후에 공주교도소에 도착했고 구치소에서 찾아온 영치품들을 다시 영치시켰다. 나는 이끄는 대로 교도소 구내의 통로를 걸어서 내가 배치된 사동으로 갔다. 이층 건물의 일층 복도로 들어가니 맨 끝에 철문이 달린 내 방이 있었다. 방 번호가 붙었고 수용인원 1명에 0.8평이라고 적은 나무 팻말이 문 위쪽에 걸려 있었다. 담당 교도가 와서 인사를 건네며 이 방에서 문규현 신부가 살다가 사면받고 나갔다고 말해주었다. 일반수들의 방은 대개 십여 명이 쓰고 있었고 독방은 그런 방을 셋으로 나눈 정도의 넓이였다.

독방 셋이 나란히 붙어 있었지만 복도의 층계 옆방은 비품 등을 넣어두는 창고로 쓰고 있었다. 내 옆방은 소지들의 방이었으며 일반수들의 방은 두 개가 '고시반' 수인들의 방이었고 그다음 방들과 이층 전체가 취역수들의 방이었다. 고시반은 수감자들 가운데 지원을 받아 중고등학교 검정고시를 준비할 수 있도록 도와주는 교정제도였으며 나는 이런 과정을 매우 긍정적으로 생각했다. 고시반 수인들에게는 교과서와 참고서가 지급되고 목공소에서 제작한 일인용 책상이 주어지며 정기적으로 교사나 학원 강사가 찾아와 강의도 해주었다. 나는 나름대로 이들을 돕기 위해 몇몇 출판사에 편지를 보냈고 출판사에서는 수백 권의 각종 교양서적과 참고서를 보내주었다.

한 달쯤 지나서 나는 이층으로 방을 옮겼다. 이층은 전체가 취역수들이 수감되어 있었는데 아침이면 출역을 나갔다가 저녁 입감할 때 돌아왔다. 그래서 낮에는 사동 안에 나 혼자만 있었으니 엄중 독거 처분인 셈이었다. 공주교도소는 이층의 학교 건물 같은 사동 네 채가 일렬로 늘어서 있었는데 내가 있는 사동은 제일 뒤에 있는 건물이었다. 맨 앞 사동이 특별사동으로 이층 독거방에 학생들과 출역수 중에서 간부급인 지도나 모범수 또는 조폭의 두목급들이 수용되었다. 그러나 조폭이나 지도들 중에서도 희망자에 한해서만 수용했고 대부분은 혼거를 원했다. 아래층은 교화가 되지 않고 저항하는 문제 사범이나 가벼운 정신이상자가 수용되었는데 일차로 이곳에 분리되었다가 증상이 악화되면 진주의 정신병동으로 이감되었고 다시 나아지면 되돌아오곤 했다. 나는 원래 그 사동의 이층에 수용되어야 했지만 요시찰 인물이어서 고시반과 취역수 사동의 독방에 혼자 분리 수용되어 있었다.

교도소로 이감 가서 겪은 첫해의 겨울은 구치소에서보다 더 혹독했다. 사동 안에는 난방시설이 안 되어 있었다. 공주교도소는 일제 때부터 법원과 감옥이 있던 곳이고 전쟁 때에는 정치범의 집단 처형도 있었다고 한다. 1970년대에 현재의 장소로 옮겨 시멘트 건물로 지었지만 시설은 낡았고 하수, 수도, 전기 등의 설비는 열악했다. 한겨울에는 근무자의 책상이 놓인 복도 중간쯤에 연탄난로 하나를 피워놓았으나 수감자들에게는 온기도 전해지지 않았다. 추운 날에 자고 일어나면 밤새 입김이 올라가 시멘트 천장에 하얗게 성에가 끼어 있었고 양쪽 시멘트 벽에도 체온 때문에 성에가 끼었다. 나중에 항의도 하고 그래서 벽에 얇은 스티로폼을 붙였지만 냉기는 가시지 않았다.

징역은 원래가 '겨울 징역'이라고 할 정도로 겨울철이 힘들다. 교도소의 겨울은 일찌감치 10월부터 시작되는데 이맘때가 되면 겨우살이 용품이 지급된다. 그래봤자 솜이 이리저리 뭉쳐서 몰려다니는 누비이불과 뜨거운 물을 담아 잠자리에 넣는 '유담뽀' 정도가 전부였다. 보급받은 솜이불과 요는 소지 젊은이와 함께 일반수들의 빈방에 들고 가서 펼쳐놓고 뭉친 솜을 가지런히 펴고 바느질로 군데군데 시침했다.

유담뽀는 일제 때부터 보온 물품으로 감옥에서 사용했다는데 그것이 그대로 남아 있었다. 고무로 만든 물주머니가 있고 그것을 싸는 헝겊 주머니도 있었지만 워낙 냉기가 심해 새벽이면 싸늘하게 식어버려서 수감자들이 애용하는 것은 군용 탄약통이었다. 그러나 그 물건은 아무나 사용할 수 없고 재소자들 중에서 이른바 '왈왈구찌'라고 하는 경제사범이나 조직폭력범이나 무기수 같은 장기수들에게 내주었다. 탄약통은 부피가 커서 뜨거운 물을 많이 넣을 수가 있으며 뚜껑에 고무 패킹이 부착되어 있어서 안전했다. 나도 전담반에 요구해서 이 탄약통을 지급받았는데 저녁마다 난로에 끓인 물을 담고 담요 천으로 만든 주머니에 싸서 이불 속에 넣고 잤다.

이때까지도 재혼처인 김명수는 뉴욕에서 귀국을 미루고 있던 터라 감옥에 있는 동안 내 옥바라지를 해줄 사람이 마땅치 않았다. 맏아들 호준이가 정기적으로 면회를 다녔고 호준 엄마가 전에 양심수들의 옥바라지를 했던 경험이 있어서 겨우살이 물품들을 넣어주었다. 두터운 털실로 짠 양말, 장갑, 스웨터, 모자, 내의 등속이었다. 나중에 여성 문인들도 어떻게 알았는지 몇몇 사람이 내의며 양말 등을 소포로 부쳐주었다. 나는 남는 물건들은 다른 정치범들에게 나누어주기도 했다.

내가 처음 이감 갔던 무렵에는 학생 한 사람과 사노맹 출신의 젊은이 하나가 먼저 들어와 옥살이를 하고 있었는데, 이듬해부터 각종 시위와 조직 사건으로 학생 청년들이 들어오기 시작해서 많을 때는 정치범이 십여 명으로 늘어났던 때도 있었다.

독방에 빛은 한줌도 들어오지 않았다. 그래서 철문에 뚫린 시찰구는 벽의 장식처럼 보였다. 문 아래에 밖에서 잠금장치가 되어 있는 식구통은 하루에 세 번 밥이 들어올 때만 열린다. 문 옆으로 비좁은 공간이 있어서 거기에 소반만한 앉은뱅이책상을 놓았는데 밖으로 나갈 때면 몸을 비스듬히 틀어야 할 정도로 문짝 넓이의 절반쯤을 가로막고 있었다. 책상 위쪽에 형광등이 달려 있는데, 형광등은 일 년 삼백육십오 일 절대로 꺼지지 않는다. 형광등 전구가 나가면 담당이 살펴보고 곧 영선반을 불러다 새 전구를 끼워준다. 수감자가 안에서 먹건 싸건 앉아 있건 잠자건 빠짐없이 감시자가 살펴야 하기 때문이다.

사방의 벽은 물론 천장까지도 모두 시멘트 벽이다. 다만 바닥에만 나무판자 마루가 깔려 있다. 관급 매트리스를 깔고 누우면 옆에 꼭 한 뼘쯤이 남는다. 일어나 앉아 두 팔을 벌려 양쪽 벽을 향해 뻗치면 팔을 곧게 펴지 못하고 좀 구부려야 할 정도의 넓이다. 길이는, 드러누우면 발치에 세 뼘쯤 남는데 그곳을 세면도구나 개인용 사물을 두는 공간으로 이용한다. 그러고는 바로 각목 틀에 비닐을 씌운 문짝이 달린 변소가 있다. 시찰구에서 들여다보면 쭈그리고 앉아 볼일을 보는 수인의 모습이 훤히 보인다. 다리에 쥐가 날 정도로 비좁은 공간이다. 일을 보고 나면 소변은 한 바가지, 대변은 두 바가지의 잡수를 뿌려주어야 한다. 물은 매일 플라스틱 통에 배급받는다. 배급받은 물로 용변 처리와 식사한 뒤의 그릇 설거지와 세면 등을 해결해야 하므로 되도록 아껴 써야 한다. 음료수 페트병을 두 개쯤 마련해서 보온병으로 사용하거나 개인 식수용으로 사용한다.

변소는 푸세식이나 수세식이라고 말하기 어려운 구조다. 냄새가 고약하기 때문에 빈 플라스틱 음료수 병에 물을 반쯤 채워서 변기 구멍에 거꾸로 처박아놓아야 한다. 그것이 일종의 마개 역할을 하는 셈이다. 고참들은 고무장갑을 얻어다 빵빵하게 물을 채워 럭비공처럼 만들어서는 끈을 매어 구멍에 박는다. 볼일을 보기 전에 끈을 당겨올리기만 하면 변기 구멍이 열린다. (나는 플라스틱 물통을 거꾸로 박아놓고 사용하다가 정기적으로 갈아주는 게 더 편해서 출옥할 때까지 그 방법을 고수했다.) 이층이든 일층이든 변소의 오물은 시멘트 토관을 통하여 건물 아래 지하 배수로로 흘러내려가고 하수도를 통해서 시멘트 탱크에 모이게 되어 있는 것 같았다. 정기적으로 시멘트 탱크를 청소하는 날에는 고약한 냄새가 전 옥내에 진동한다.

변소에는 제법 꼴을 갖춘 창문이 달려 있었는데 유리는 사용할 수 없으므로 좀 형편이 나은 곳은 아크릴로 창을 내고 낡은 곳은 그냥 비닐을 쳐놓았다. 변소의 창문은 유일하게 바깥이 내다뵈는 곳이고 위치가 좋은 방에서는 먼 곳의 산도 보인다. 하늘의 어느 구석, 산의 모퉁이, 달이 지나는 행로의 어느 부분, 별 몇 점을 만날 수 있는 공간인 셈이다. 독방의 수감자는 많은 시간을 여기 서서 보낸다. 아랫방이나 건너편 사동과 통방을 할 수 있는 곳도 유일한 숨통인 변소 창문이다. 그러나 구치소와는 달리 교도소에서 통방할 수 있는 재소자들은 거의가 조직폭력사범들뿐이다. 대개의 방은 그들이 감방장이고 자치를 맡은 지도들도 모두 그들이기 때문이다. 끼니때가 되면 이들은 서열에 따라 형님 식사 많이 하시라고, 그래 아우도 잘 먹으라고 고함을 지르며 통방한다. 물론 점잖은 경제사범은 노골적인 통방은 하지 않지만 온실이나 병실, 종교실 같은 열외의 장소에서 저희끼리 어울린다. 자본주의 사회의 계급 서열은 바깥의 현실이 축소된 감옥에서 더욱 극명하게 드러난다고 하지 않던가.

나는 구치소에 있을 때부터 경험자의 조언에 따라 겨울 아침에 일어나면 팔굽혀펴기와 냉수마찰로 하루 일과를 시작하곤 했었다. 추운 겨울에 체온으로 덥혀진 잠자리에서 빠져나오는 것은 그 순간마다 결단이 필요할 정도로 힘들었다. 그래도 냉수마찰을 과감하게 하고 나면 추위에 견딜 몸과 마음의 각오가 생겨났다. 교도소에 와서도 처음에는 냉수마찰을 하다가 아예 냉수욕을 하기로 했다. 오전에 아침식사를 하고 나서 점심 먹기 전에 한 시간의 운동시간이 허락되는데, 운동을 마치고 들어오면서 사동의 세면장으로 간다. 내가 있는 사동의 다른 방 재소자들은 그 시간에 교도소 구내에 있는 공장으로 출역을 나간 뒤라 온 사동이 텅 비어 있다. 원칙적으로는 내게 교도관이 배정되어야 하겠지만 아래층 고시반의 담당 교도관이 내 계호 임무도 맡고 있어서 나는 점심시간까지 짧은 자유를 누린다. 아래층에서 소지가 내 식사를 가지고 오면 식사를 하고 그뒤부터 입실하여 감방 문이 잠기고 오후 과업 시작 점호를 받게 된다. 그러니까 운동시간 한 시간과 그뒤 한 시간 정도를 사동 안의 텅 빈 복도를 오가거나 복도 창을 통해서 교도소의 높다란 흰 벽 너머의 뒷산을 내다볼 수도 있다.

세면장에는 목욕탕처럼 큰 수조가 있고 언제나 맑은 물이 채워져 있었다. 그리고 세탁기는 없었지만 사회단체에서 기증받은 '짤순이'가 있어서 손빨래를 해 그것으로 물기를 짜내면 빨래가 잘 말라서 아쉬운 대로 쓸 만했다. 공주교도소의 물은 지하 수백 미터 아래서 퍼내는 지하수였는데 수질 검사에서 좋은 점수를 받았다고 했다. 나는 우선 몸에 찬물을 끼얹고 수건으로 온몸을 구석구석 마찰한 뒤에 수조 안에 풍덩 뛰어들어 처음에는 백을 헤었고 차츰 숫자를 늘려 오백까지 헤아릴 정도가 되었다. 운동을 나가서 처음에는 무조건 운동장을 뛰었다. 대개 삼십 분쯤 뛰면 사 킬로 정도가 되는데 앞뒤 십 분씩 준비운동을 빼면 십 분쯤 남아서 이 시간에 특별사동의 다른 정치범 젊은이들과 대화를 한다. 어떤 날은 밖에서 특정한 일이 벌어져서 삼십 분쯤 토론을 하고 나머지를 운동으로 때우는 날도 있었다.

운동장 한편에는 재소자들이 만든 테니스 코트가 있었다. 재소자 작업반이 황토흙을 깔고 소금을 가마니로 뿌리고 시멘트 바퀴로 바닥을 다진 뒤에 회를 뿌려 선을 긋고 쇠파이프 기둥을 세워 네트를 쳐놓았다. 교도소 안에는 손재주와 창의성이 뛰어난 죄수들이 많아서 전국의 빵잽이들이 모인 서울구치소에서는 도구만 준다면 비행기도 만들어 띄울 수 있을 거라고 말할 정도였다. 그러니 중급 교도소에서도 수인들이 테니스 코트 하나 만드는 것은 일도 아니었던 것이다. 운동시간에 나가보면 정치범들과 다른 시간대에 울긋불긋한 명품 체육복에 외제 라켓을 든 수인들이 테니스를 쳤다. 그리고 테니스 코트 작업반이 따로 있어서 이들은 비나 눈 오는 날이면 비닐을 덮어주고, 소금을 뿌리고 수시로 흙을 고르고, 콘크리트 바퀴로 땅을 다지는 등 관리를 했다. 테니스장의 사용자 대부분이 각 지역 조폭 두목들이라는 내막을 알아내기까지는 며칠 걸리지 않았다. 나는 테니스에 별로 흥미가 없었지만 정치범 특별사동의 젊은이들이 내게 제의하여 전담반에 문제를 제기했다. 그 테니스 코트를 만든 이유가 재소자들 중에서 특별 대우를 받는 몇몇을 위한 것이 아닌가, 정치범들에게는 왜 허용하지 않느냐고. 교도소 당국은 당황하여, 그러면 폐쇄하라는 말이냐고 반문했고 나는 일반수 모두에게 허용하는 것이 어렵다면 모범수 중 희망자를 받아 사용하게 해달라고 말했다.

원칙상 정치범에 대한 대우 규정은 공개되지 않았지만 군사독재 이래로 징벌수에 해당되었다. 엄중 독거 처분과 운동시간 개별화, 서면과 도서에 대한 사전 검열, 면회의 횟수와 형식에 대한 제한, 시청각 교육(영화나 텔레비전 시청 등)의 제한, 취역 제한 등이 모두 이에 해당된다. 처음부터 가장 낮은 단계의 대우가 정해져 있었으므로 정치범에 대한 처우는 투쟁의 강도에 따른 교도소장의 재량으로 결정되는 사안이었고 사람이 바뀌면 다시 원래대로 돌아갔다.

어쨌든 우여곡절을 거쳐서 테니스 코트의 사용이 정치범들에게도 허용되었다. 나는 정부가 수년 전 이른바 '범죄와의 전쟁' 때에 서울과 지방의 도시마다 번성했던 조폭들을 닥치는 대로 잡아들였고 그들 중 행동대장급들을 공주교도소에 수용하기 시작하면서 그들이 옥내 먹이사슬의 최상층부를 점령하게 되었음을 눈치챘다. 특히 전국적으로 유명했던 폭력조직의 우두머리였던 조아무개는 몇 년 살면서 그야말로

'황제 징역'을 살았다는데, 그는 개인 휴대전화까지 갖고 있었다고 들었다. 그는 문제를 일으키고 이감된 뒤였지만 그래도 부하들은 남아 있었다. 또한 서진룸살롱 살인 사건으로 사회를 떠들썩하게 만들었던 조직의 두목인 장아무개가 있었는데 그는 유도선수 출신으로 품성이 점잖고 과묵한 친구였다. 또다른 인상적인 사람은 지방 월드컵파의 행동대장으로 라이벌 조직의 두목을 급습하고 병원에 입원해 있는 자를 찾아가 응징 살해한 죄로 사형을 거쳐 무기형이 확정된 이아무개라는 친구였다. 이들 두 사람은 무기수로 교도소 안에서 가장 무거운 형을 받은 친구들이었는데 운동장에서 나와 가끔 마주치면 인사를 하거나 이야기를 나누곤 했다. 나는 특히 이아무개에게 관심이 많았다. 그는 독서력이 왕성했고 실력도 있어서 그의 독후감을 들어보면 깜짝 놀랄 때가 많았다. 그들의 영향 때문이었는지 다른 행동대장들도 모두 정치범들과 잘 지냈다.

내가 이감 간 지 얼마 안 되었던 어느 날 운동장에 나갔더니 젊은이들이 둘러서 있다가 일제히 구십 도 각도로 인사를 했다.

—총장님 안녕하십니까?

그들의 인사말에 의아한 내가 장난기가 발동하여 물었다.

—총장이 교도소장보다 높은 거요?

—예, 한 끗발 높습니다.

—어째서요?

—여기가 원래 국립대학 아닙니까?

그들은 교도소 내의 정보에 정통했고 우리가 처우개선 투쟁을 벌이기 전이면 문제점을 미리 알려주기도 했다. 새로 오는 교도소장이나 보안과장의 전력과 신원관계를 미리 파악해서 귀띔해주기도 했다. 식당 매점 교무과의 행정 전반을 꿰고 있는 것도 그들이었다.

이감 와서 그럭저럭 적응해가던 어느 날 후배 문인이 면회를 왔는데 뜻밖의 얘기를 했다. 내가 서울구치소를 떠나기 직전에 법무부가 앞으로는 감옥에서의 집필을 허용할 것이라고 발표했다는 것이다. 이감 후 한동안 그런 사정을 전혀 모르고 있다가 뒤늦게 얘기를 전해들었는데, 내가 구치소에 있을 때 유엔 인권위원회와 앰네스티 그리고 국제펜 등에서 나의 집필과 옥내 처우에 대하여 진상조사단을 파견하겠다고 발표하자 법무부는 그에 따른 조처를 했다는 것이었다. 알아보니 법무부는 11월 1일부터 '모든 재소자는 필기구와 용지를 개인용으로 구입해서 일과시간에 사용할 수 있으며 편지나 문학작품을 교도소 안에 보관하거나 허가를 받아 신문이나 잡지에 발표할 수도 있다'고 언론 보도를 통해 밝힌 상태였다. 또한 '칠 년 형을 받은 황석영 작가가 『장길산』의 시나리오 집필을 허용받아 집필중'이라고도 언급하고 있었다. 나도 모르는 집필을 법무부가 먼저 발표한 셈이었다. 나는 공주교도소로 면회 온 사람들에게서 그런 소리를 듣고 교도소장에게 따졌다. 대답은 간단했다. 집필을 원하면 언제든지 하라는 것이었다. 다만 조건이 있었다. 필기구와 용지를 일과시간에 사용할 수 있으나 일과가 끝난 후에는 담당 교도관에게 맡겨두어야 한다. 일과시간이라는 것은 공무원이 출근하여 퇴근할 때까지의 시간을 의미한다. 나와 같은 국보법 위반자가 글을 쓰려면 먼저 어떤 내용의 글을 쓸 것인지를 축약하여 제출하고 이를 소장과 교도위원회가 심사 검토하고 상급기관인 법무부

에 제출해서 허가를 얻어야 한다. 허가가 나면 매주 일정 분량의 집필
한 원고를 제출하여 허가를 얻은 내용과 일치하는지를 검열받은 뒤에
이것을 교도소에 맡겨야 한다. 이렇게 하여 집필이 완료되면 교도소에
원고 전부를 맡겨두어야 하는데 석방될 때 교도위원회와 법무부에서
심사하여 원고를 반출해도 되는지를 결정한다. 나는 이러한 조건들을
듣자마자 집필하지 말라는 소리로 알아들었다. 당국의 교활한 잔꾀에
분노가 치밀었다. 집필권을 준다는 발표는 외부에 보여주기 위한 쇼에
불과했던 것이다.

나는 수감중 집필을 포기할 수밖에 없었다. 이러한 조건은 석방될
때까지 달라지지 않았는데, 예를 들면 내가 개정판 『장길산』의 작가 후
기를 써서 출판사에 넘기려 하자 교도소 당국은 두 줄의 문장을 문제
삼아 수정을 요구했고, 나는 수정을 거부하고 후기 발표를 포기해버렸
다. 나에 대한 처우가 그러했으니 일반 재소자들에 대한 통제는 더욱
심한 것으로 보였다.

그 무렵 국제 인권단체들이 한국 정부의 국제협약 위반 및 인권 유
린 등을 문제삼아 인권 보호와 인권 조사 등을 잇달아 촉구하고 나섰
다는 보도가 있었다. 특히 유엔 인권위원회는 국가보안법 위반 혐의로
구속 수감중인 나에 대한 한국 정부의 구금이 국제인권협약을 위반한
'자의적 구금'이라는 결정을 내리고 정부에 인권협약을 지킬 것을 촉
구했다. 1994년 10월 한국 정부가 유엔으로부터 인권협약 위반 사실
을 통보받고도 아무런 후속 조치를 취하지 않은 데 대하여, 나에 대한
인권 침해를 유엔에 제소했던 국제앰네스티측이 유엔의 결정문을 국

내 인권단체에 공개하면서 이런 사실이 드러났다. 1995년 1월 25일 공개된 유엔 인권위원회 산하 '자의적 구금에 관한 실무위원회'의 결정문은 황석영 외 야당 인사와 기자 등을 한국 정부가 구속한 것은 '의사표현의 자유를 보장한 세계인권선언과 국제인권협약을 무시한 것'이라고 지적하고 있었다. 결정문은 또한 한국 정부는 황석영 작가에 대한 자의적 구금에 관하여 유엔의 해명 요구를 묵살하고 오히려 유엔의 간섭이 부당하다는 주장을 폈다고 덧붙였다.

징역의 절반은 '먹는 문제'라는 말이 있을 정도로 재소자의 불만 가운데 대부분은 식사와 매점의 구입 물품에서 시작된다. 출역수들이 아침에 공장으로 나가고 나면 배식이 시작된다. 배식 준비! 하는 소지들의 고함소리와 함께 손수레의 쇠바퀴 소리가 시끄러워지면서 음식 냄새도 차츰 가까워진다. 복도에 붙은 식단표는 그럴듯하지만 음식은 모두 비슷비슷해서 건더기는 별로 없고 정체 모를 국물만 남아 있는 경우가 대부분이다. 그나마 국인지 찌개인지 조림인지 대충 짐작할 수 있는 것은 그릇 바닥에 가라앉아 있는 빈약한 내용물 때문이다. 가끔 두부나 꽁치나 큼직한 돼지고기 덩어리가 담기는 날은 그런대로 운이 좋은 날이다. 나는 처음엔 식구통으로 밥이 들어올 때마다 어쩐지 목이 메었다. 마치 사육당하는 짐승 꼴로 세상의 밑바닥에 처박힌 느낌이 들어서 이렇게라도 먹고 살아야 한다는 게 아득하고 지겨웠다.

당시에 재소자의 식비는 연료비 포함하여 하루에 천원이 못 되었으니 한끼에 삼백원 정도인 셈이었다. 내가 교도소 간부들에게 구치소에 비해서 훨씬 형편없는 식사에 대해 말을 꺼내면 그들은 수감자 수가 적기 때문에 예산 규모가 적고 물품 구입도 조건이 불리하다고 했다. 게다가 민간정부로 들어오면서 재소자의 구매 물품에도 제한이 심해졌는데 과거에 업자들과의 비리가 많아서 구매 품목을 대폭 줄여버렸다는 것이다.

공주교도소에는 직업 교육을 겸하여 가구 작업장이 있었고 봉제 편직 작업장과 외부에 나가는 외통 출역 작업장이 있었다. 출역수들은 작업장에서 취사를 했고 외통 작업자들은 공장측의 재량에 따라 원하는 음식을 얻을 수도 있었다. 내가 있던 사동은 출역수들이 수감되어 있는 곳이어서 온종일 조용하다가 저녁이 되면 시끌벅적해졌는데 옆방의 방장과 안면이 생긴 뒤에는 가끔씩 특별한 먹을거리가 슬쩍 식구통 안으로 들어오기도 했다. 대개는 구매 품목에 없는 것들로 입감하기 전에 하는 신체검사를 피해서 숨겨 들어올 만한 것들이었다. 가끔 작업 가방에 짓눌린 순대라든가 육포나 훈제족발을 들이밀기도 했는데, 구정 무렵에는 느닷없이 플라스틱병에 담긴 소다수가 들어오면서 옆방 방장이 큰 소리로 호기 있게 외쳤다. 시언한 사이다 쭈욱 하쇼잉.

나는 이 추위에 웬 사이다를…… 중얼대며 그래도 성의를 생각하여 뚜껑을 따서 한 모금 마시고는 예상치 못한 맛에 놀랐다. 사이다를 덜어내고 소주 한 병을 섞어놓은 것이었다. 내일은 명절이니 한잔하라는 호의였다. 그는 목포 출신 건달로 내 이웃에서 일 년 남짓 살다가 건너편 사동으로 이방했다. 나는 이것이 교도소 조폭의 좌장이나 다름없는 장아무개의 배려였음을 알아챘다. 그리고 겨울이 되자 행동대장 이아무개는 내게 내복을 보냈고 나는 차입된 물품 중에서 털양말과 모자를 답례로 보내기도 했다.

대개 한 사동에 두 사람의 소지가 있는데, 교도소 당국은 그중 한 사람을 내게 붙여주었다. 그것은 낮시간 동안 혼자 빈 사동에 남아 있는 나를 배려한 것이면서 동시에 감시하는 역할을 맡긴 것이었다. 정치범도 삼 년이 지나면 차츰 풀어주는데, 그맘때에는 별일이 없으면 독방 문도 따주고 적어도 낮시간 동안은 사동 안을 자유롭게 돌아다닐 수 있게 해주어서 가끔 다른 정치범 젊은이들이 있는 곳으로 가서 그들과 점심을 함께할 수도 있었다.

재소자의 대부분은 온종일 먹는 생각만 하기 마련이다. 식사는 일식 삼찬으로 식단이 짜여 있지만 한두 달 지나다보면 계절이 바뀌지 않는 한 거의 똑같고 구매 품목도 한정되어 있어서 뭔가 사회에서 먹던 것들을 찾게 된다. 재소자들은 당직 근무자만 출근하는 주말에는 온종일 꼼짝없이 방에만 갇혀 지내야 하는데 이때 '외출'을 나가거나 '외식' '외박'을 한다. 세상에 그런 징역도 있느냐고 하겠지만 상상 속에서 해보는 짓이니 얼마든지 가능하다. 우선 감옥에서의 '외식'은 혼거방에서는 사회에서 먹었던 맛있는 음식에 관한 대토론회를 하는 것이고, 나 같은 독방의 독거수는 요리책이나 맛집에 관한 에세이집을 읽는 것이다.

하루는 혼거방에서 싸움이 일어나 수감자들이 뜯어말리고 담당이 문을 따고 들어가 두 사람을 끌어냈다. 나중에 들으니 처음에는 짜장면이 맛있냐, 짬뽕이 맛있냐로 시작했다가 탕수육과 잡채 중에서 어느 것이 더 맛있냐로 흥분이 고조되었고 한쪽이 답답했는지 상대방을 밀치면서 격투가 시작되었다는 어이없는 얘기였다.

교도소의 저녁식사 시간은 대개 오후 다섯시쯤인데 식사를 끝내고 점호를 마친 다음에 낮시간을 맡았던 교도관이 다른 공무원들처럼 정시에 퇴근하게 되어 있었다. 그다음에는 야간 당직자가 들어오게 된다. 오후 다섯시에 저녁을 먹고 저녁 아홉시쯤에는 벌써 소화가 되어 잠자리에 누우면 잠이 오지 않을 정도로 배가 고프다. 나는 되도록 야참을 먹지 않았지만 혼거수들은 이때쯤에 구매해둔 컵라면이나 마른 오징어라든가 구매 품목에 한 종류로 제한된 크래커를 먹는다. 컵라면도 소지가 복도에서 오락가락하는 입감시간 전에는 가능하지만 담당 교도관 혼자 근무하는 시간에는 감히 난로 위의 더운물 좀 달라고 하기가 여간 어려운 일이 아니다. 교도소의 매점에서 파는 오징어는 너무 말라서 다리 한 개를 씹어 삼키는 데 시간이 많이 걸리고 이튿날에는 이빨과 턱이 아파서 밥 먹기도 불편해진다. 그래서 미리 물통에 담가 불려서 먹기도 한다.

나는 도서실에서 요리책을 빌려다 보았는데 사진과 요리 방법이 자세히 나온 여성지 부록이 수인들에게 가장 인기가 있었다. 박정희 유신정부 때 간첩죄로 십구 년을 살았던 서승(현재 일본 리쓰메이칸 대학 교수)은 감옥에서 요리책깨나 읽었다고 하는데, 그는 나보다 더 긴 세월을 살았으니 거의 전문적인 요리연구가가 되었다. 재일교포인 그는 고등학생 시절에 여름방학을 맞이하여 아무 생각 없이 아우 서준식과 함께 이웃집 총련 학생이 가는 '조국 방문 여행'에 따라간 적이 있었다. 그때의 일을 까맣게 잊고 있던 두 형제는 한국이 어떤 상황에 있는지도 모르고 서울대학에 유학을 온다. 어느 날 대학가에 유신 반대 시위가 벌어지자 갑자기 군 보안사에서 '유학생 간첩단 사건'을 조작했고, 둘은 고교 시절 방북했던 죄로 체포되어 고문당한 끝에 무기징역을 선고받았다. 서승은 농담삼아 말하곤 했다. '일주일 중에 이틀은 오고가는 배 위에 있었고 꼭 닷새 평양에 가보았으니 하루에 사 년꼴의 징역을 산 셈'이라고. 그는 감옥에서 '중국요리' 하면 사천과 광동의 차이점뿐만 아니라 사천성의 각 지역에 따른 향신료의 차이까지 구분할 수 있게 되었고 그 복잡하다는 이탈리아 반도의 파스타 생김새와 갖가지 소스의 이름을 줄줄 꿰었다. (내가 석방된 후에 제일 먼저 쓴 것이 음식에 관한 에세이였던 것도 감옥에서 음식에 관한 추억을 되새김한 결과였다.)

'외식'은 그렇다 치고 '외출'은 또 뭔가. 나는 외출을 일반수들에게서 배웠다. 그런데 이것은 몇 가지 책이 동시에 필요하다. 우선 지도책이 필요하다. 그리고 자동차, 등산, 낚시에 관한 책들과 언젠가부터 나오기 시작한 유럽, 미국, 남미, 동남아, 일본, 중국 등지의 여행안내 책자들이 옆에 있으면 된다. 국내 여행을 하려면 우선 마음에 드는 자동차를 고른 뒤에 지도를 펼친다. 그러면 나는 어느새 대관령을 넘어 바다를 따라 동해안으로 내려가기도 하고, 서해안을 따라가다가 목포에서 페리호에 차를 싣고 바다를 건너 제주도에 도착해서 중산간도로를 넘어 한라산 지나 서귀포에 당도하든지 해안도로 일주를 하기도 한다. 등산도 하고 낚시도 하며 돌돔을 잡거나 가다랑어와 사투를 벌이기도 한다. 국내 여행이 싫증나면 이제 해외로 떠난다. 책이 없어서 옆방에 물으면 '지금 파리에서 출발하여 피레네산맥을 넘어가고 있는 중'이라며 스페인을 한 바퀴 돌고 나서 내 방으로 넘겨주겠다는 대답이 온다.

'외박'은 월간 『전원주택』이나 인테리어 잡지 등과 함께 하는 것인데 나는 잡지를 보다가 마음에 드는 건축자재나 인테리어 용품이 눈에 띄면 슬쩍 찢어서 보관해두었다. 처음엔 이층집 설계도를 그리다가 나중에는 아무래도 집필을 하기에는 살림집과 작업실을 분리하는 게 좋겠다는 생각에 단층집으로 바꾸고 작업실로 쓸 별채를 설계하기 시작했다. 도면을 그리기 시작하면 하루가 어떻게 가는지 모를 만큼 시간이 후딱 지나간다. 도면이 완성되면 보관해둔 인테리어 사진들을 늘어놓고 도면을 그린 편지지 뒷면에 붙여가며 머릿속으로 집을 짓기 시작한다. 기초공사를 하고 벽체를 세우고 지붕을 얹고 하는 동안 건축자재를 수도 없이 바꿔댄다.

실내 인테리어로 들어가면 좀더 꼼꼼하게 마감재를 선택해야 한다. 나는 벽지를 붙이는 건 못마땅해서 집 내부도 자연스런 느낌의 스투코나 핸디코트를 바르기로 한다. 색깔을 고를 때는 좀더 시간이 걸린다. 집 전체를 통일감 있게 같은 색을 칠할까 하다가 아이 방은 따뜻하고 경쾌한 색깔을 골라본다. 서재는 작업실답게 핸디코트를 좀 거칠게 처리한다. 주방만 해도 싱크대 설치할 때는 아내가 좋아할 만한 것으로 동선을 고려해서 잘 설치해야 하고, 욕실의 욕조와 변기, 수전이며 문손잡이며 온갖 건축자재와 인테리어 소품들이 머릿속에서 경쟁적으로 선택을 요구한다. 파고들수록 할 일이 많다. 실제 상황처럼 수개월은 안 걸려도 집 한 채 지을 때마다 이 궁리 저 궁리로 족히 한 달 이상은 시간을 보낼 수 있다. 상상 속의 집은 언제든 허물어버리고 다시 지을 수 있으니 얼마나 편리하고 좋은가.

무엇보다 벽난로는 꼭 있어야겠다. 긴 겨울밤 벽난로 앞에 식구들이 둘러앉아 고구마나 밤을 구워먹는 것도 좋지만 혼자서 타오르는 불꽃을 바라보며 음악을 듣거나 책을 읽거나 아무것도 하지 않고 불을 때며 하염없이 앉아 있는 상상만으로도 달콤한 졸음이 오고 행복해진다. 진돗개도 꼭 길러야지. 잡지에서 한 마리 오려두었는데 아무래도 쌍으로 기르는 게 좋겠다 싶어 나중에 한 마리를 더 찾아 오려붙였다.

어떤 이는 이를 '외박'이라 하지 않고 노골적으로 '집에 간다'고 말한다. 수인은 지상에 짓지 못할 '즐거운 나의 집'으로 돌아갈 생각을 하지만 깨어나 주위를 돌아보면 시멘트 벽이 작은 몸을 둘러싸고 있을 뿐이다. 꿈에서도 옥방 밖으로 나가 들꽃이 만발한 들판에서 노닐다가 점호 시간에 늦지 않으려고 발걸음을 재촉하다 깼다는 어느 장기수의 에세이를 읽은 적이 있는데 나도 같은 체험을 여러 번 했다. 한번은 내가 평소처럼 외출했다가 집으로 돌아오는데 익숙한 골목길에서 우리집을 찾지 못해 온종일 헤매다가 교도소로 돌아오는 꿈을 꾸고는 그렇게 허탈할 수가 없었다. 어느 날은 석방되어 집에 갔더니 아내와 아이 대신 다른 가족이 살고 있어서 당황하여 나온 적도 있고, 어느 날은 어린 내가 피난길에 식구들을 전부 잃어버리고 혼자 집에 돌아와 온통 쑥대밭이 된 마당에서 엄마를 부르며 울다가 깨어날 때도 있었다. 그런데 잠에서 깨어 생각해보니 꿈속의 어린아이는 내가 아니라 뉴욕에 남겨두고 온 아들 호섭이의 모습을 하고 있었다.

나는 한동안 집짓기에 열중하다가 돌연 심드렁해졌다. 몇 년 후에 석방되면 과연 내가 돌아갈 집이 있긴 한 건지 시간이 흐를수록 확신할 수가 없었다. 내게 과연 꿈꾸는 집이 존재하긴 할 건가. 어찌 보면 다섯 살 때 어머니의 등에 업혀 38선을 넘는 순간부터 나는 돌아갈 집

을 잃어버렸는지도 모른다. 어느 한곳에 정착하지 못하는 내가 유난스
러울 정도로 집에 집착하는 것도 정처를 잃어버린 데서 기인한 것인지
도 모르겠다.

유년
1947~56

    한반도에 정치적인 변화가 일어나고 있었고 분단이 시작되었다. 그리고 남북으로 분리된 두 개의 정부가 서는 것은 시간 문제였다. 1947년 5월 어름일 것이다. 내가 다섯 살 때였다. 어느 날 밤에 우리는 간단한 짐을 꾸려가지고 막내이모네 집으로 갔다. 어머니는 월남하겠다는 속내를 큰이모나 작은외삼촌 같은 형제들에게는 입 밖에 내지 않았다. 이미 '사상'이 문제가 되는 시대로 접어들었던 것이다.

    막내이모는 신혼이었다. 남편은 일본에서 법학을 전공한 젊은 '주의자'였다. 그는 학병 통지가 날아오자 일단 평양으로 왔다가 만주로 달아났다. 그리고 해방되자마자 보안간부학교에 들어가더니 전쟁 때에는 수상의 부관을 지냈다고 한다. 어느 나라인지 외국 대사로 나가기도 했다는데 분명치는 않다. 나중에 막내이모를 만났을 때 두 사람 사이에 태어난 이종사촌 아우들도 보았고 이모부의 후일담도 들었다. 그는 말년에 사리원에서 국영농장 지배인으로 있다가 1960년대에 죽었다.

어머니가 남편과 자식들을 데리고 막내이모의 집으로 간 것은 월남하는 문제를 집안에서는 유일하게 그녀와 의논했기 때문이었다. 막내이모부는 겉으로는 모르는 척했지만 자기의 차에 운전사를 붙여서 내어주며 황해도 지역까지 태워다주라고 했을 정도로 적극적으로 우리가족의 월남을 도와주었다. 어머니 말처럼 이모부는 '인텔리'여서 북에서 적응할 수 없었던 동서와 그 가족을 도와주었을 것이다. 어쨌든 내 기억에는 차에서 내려 들판에서 소풍 가는 시늉을 했던 부분만 남아 있다.

그날 낯선 오두막에서 저녁밥을 먹었던 것 같다. 작은 알감자를 통째로 넣은 된장찌개와 작은 갯게를 간장에 조린 반찬이 나왔는데, 그작은 것에 집게발도 있고 눈도 있는데다 익은 색깔이 새빨개서 먹지 못하고 손가락으로 집어들고 찬찬히 살펴보던 기억이 또렷하다. 그게 사공의 집이었다나.

밤에 배를 타고 아마도 강의 하류에서 바다로 나왔던 기억도 난다. 모두 배의 습기 찬 널판자에 엎드려 있어야 했다. 38선을 지키는 경비대에게 걸리면 큰일나니까 그 누구도 큰 소리를 내지 못하게 했다. 그래도 그때는 아직 경계가 느슨하던 무렵이라 배에는 우리 가족 이외에도 남북을 오가는 보따리 장사꾼들이 타고 있었다. 나는 배가 흔들려서 하늘의 별들이 좌우로 왔다갔다하는 것을 즐기느라 무서운 줄도 몰랐다.

그러고는 무슨 학교 건물 같았는데 사람들이 많았다. 그곳은 개성피난민 수용소였는데 한 사나흘 묵었을 것이다. 운동장 밖의 야산에 작은 봉분 모양의 붉은 흙무더기들이 모여 있었고 그 앞에는 사이다 병에 들꽃이 꽂혀서 시들어가고 있었다. 만주와 북선 지방에서 내려온 일본인 가족들이 많았는데 먼길을 거쳐온 일본 아이들은 감기나 이질만 걸려도 금방 죽더라고 했다. 야산의 붉고 자그마한 흙무더기들은 바로 아이들의 무덤이었던 것이다. 이제 막 분단이 시작된 산하를 넘던 기억은 그렇게 서정적인 정경으로 어린 나에게 남았다.

월남해서 서울의 이 동네 저 동네로 이사 다녔던 일도 아슴푸레한 꿈처럼 몇몇 장면으로 떠오르곤 한다. 뒤뜰이 제법 넓었고 살구나무와 앵두나무가 있었다. 오랫동안 정원을 돌보지 않아서 땅에는 두텁게 쌓인 낙엽이 축축하게 젖은 채로 썩어가고 있었다. 나는 땅에 저절로 떨어진 살구를 주워먹었다. 아침 이슬에 흠뻑 젖은 살구의 과육은 베어물면 그대로 입안에서 허물어져버렸다.

효창동 이층집은 방마다 다다미가 깔려 있던 일본식 적산가옥이었는데, 그곳에서도 몇 달간 살았다. 아마도 일본인이 떠나자마자 평양에서처럼 약삭빠른 이들이 헐값에 차지했을 것이다. 아래층에 주인이 살았고 우리는 이층에 살았는데, 어머니가 아래층에서 풍로에 밥을 해서 이층으로 날랐다. 누나들이 어머니를 돕는다고 그릇을 들고 오르내렸다. 방마다 있던 오시이레 문을 열면 침구와 옷가지들을 넣어둔 고리짝들이 있었고 나프탈렌 좀약 냄새가 났다.

어머니는 우리 가족의 월남을 비정치적으로 표현하려고 언제나 아버지의 직장을 찾아서 서울로 이사했다고만 말했다. 부모님은 평양에서 떠날 때 귀금속 따위며 서울에 와서 자립을 할 만한 물건들을 챙겨온 듯했다. 이남에 오자마자 아버지가 점포를 열거나 집을 장만하거나 뭔가 시작하려고 목돈을 준비했던 모양인데 어느 날 잠깐 이층의 큰방을 비운 사이에 몽땅 잃어버리고 말았다. 당시에 갓 시집간 듯한 주인집 딸이 자주 찾아왔는데, 누나의 말에 의하면 그 여자가 훔쳐간 게 분명하다고 했다. 돈을 잃어버린 후 우리가 그 집에서 이사를 갈 때까지 그 여자는 다시는 찾아오지 않았던 것이다. 식민지 기업가였던 아버지는 만주 시절의 생활을 회복하기 위해 평생 애를 썼지만, 뿌리 뽑힌 채 시작부터 거덜난 그로서는 다시 회복하는 데 한계가 있었다.

오랫동안 우리 형제들은 어머니의 영향 아래서 여기가 임시 거처에 지나지 않는다는 잠재의식 속에서 성장한다. 언젠가는 고향에 돌아가야 한다는 것이다. 우리는 오랜 기간 '난민'이었다. 한국전쟁이 일어나고 전후복구 시절이 길어지고 군사독재가 지속되는 동안 북에서 월남한 사람들, 엎드리면 코 닿을 만한 비좁은 반도의 남쪽 곳곳이 고향이면서도 농사일을 버리고 도시로 몰려들었던 이농민들, 그리고 삶의 터전으로는 이곳이 마땅치 않아 외국의 타지로 흘러갔던 이민자들, 냉전이 시작되어 서로 다른 체제의 나라에 살아서 다시는 돌아올 수 없고 만날 수도 없게 된 모든 한국인은 난민이었다. 어머니는 한철 과일을 먹다가도, 아니면 무슨 야채나 밭작물을 먹다가도, "이게 무슨 맛이 이러냐, 우리 고향 오이는 이렇지 않은데" 하는 식이었다.

오랫동안 내 기억 속에서 김밥은 유랑자의 음식이었다. 김밥이라니, 그 정도면 굶주린 난리통에 얼마나 고급인데. 하긴 그렇다. 주먹밥에서 통밀 개떡이나 범벅, 수제비, 나중에는 꿀꿀이죽까지 등장했지만 그래도 김밥은 난민의 대표적인 길 음식이었던 셈이다. 김밥이라야 해초가 뒤섞인 막김에 보리밥을 얹어 신김치나 무짠지를 대충 박아넣은 것이었지만.

유년 시절을 떠올리면 언제나 가장 먼저 다다미방, 오시이레의 나프탈렌 냄새, 마른 김에 싼 한 덩이의 밥, 먹을 것 앞에 둘러앉은 식구들의 경건한 기도 등이 이 시절 흘러가버린 것들 속에 아련하게 남아 있다.

어머니는 딸 넷에 아들 둘인 개신교 목사 집안의 딸이었다는 것은 이미 말했다. 나의 외할아버지는 감리교 목사였지만 중년에 잠깐 교회 목회 일을 하다가 나이들어서는 신학교에서 학생들을 가르쳤다. 그는 초창기의 개화파 인사들이 거의 그랬던 것처럼 계몽적인 민족주의자였다. 외할아버지는 평양에서 의학전문학교와 고등보통학교 설립을 주도했을 정도의 유지였다. 왜 목사가 의학전문학교를 창설했냐고 물으니 어머니는 "그때는 병원은 드물고 아파서 치료도 못 받고 죽는 사람들이 많았단다"라고 자랑스러운 감정에 원망을 섞어서 말하곤 했다. 외할아버지가 3·1만세운동의 평양 주동자들 중 한 사람이어서 옥살이를 했고, 나중에는 신사참배 반대로 다시 투옥되어 통산 칠 년여의 옥살이를 했던 탓에 가세가 기울어 그녀는 전문학교까지 진학했다가 일본 유학길에서 되돌아와야 했기 때문이었다. 그즈음에 중매쟁이를 통하여 어머니에게 청혼이 들어왔고, 아버지를 만나게 된다.

아버지는 황해도 신천 사람이다. 누나가 하나 있었지만 중농 집안에서 삼대독자로 태어난 그는 부모님의 사랑을 독차지했던 모양이다. 그러나 그는 어머니처럼 섬세한 표현력도 없고 과묵한 편이어서 그 자신에 관한 얘기들을 직접 들려준 기억이 없다. 어머니에게 들은 바에 의하면 그의 유년기는 행복했지만 오래가지는 못했다. 부모가 차례로 일찍 세상을 떠났던 것이다. 누나는 연안 백씨 집안의 사내와 혼인을 했는데 아버지는 그 밑에서 어두운 사춘기를 보냈다. 매부 백씨는 착실한 사람이 못 되어서 노름에 손을 대더니 대대로 물려온 집안의 땅들을 하나둘씩 팔아치우기 시작했다. 아버지는 어느 날 밤에 잠자지 않고 기다렸다가 안방 문갑에 넣어둔 땅문서를 훔쳐내어 달아났다. 그러고는 평양에 와서 땅을 정리한 돈으로 몇 년 학교를 다니다가 모두 털어먹고 스무 살쯤에 맨손으로 만주로 나갔다. 그는 일본인이 경영하는 공장에 들어가서 선반 일도 하고 자동차 엔진을 수백 번 뜯고 조립하는 일을 하다가 독립해서 가게를 차렸다. 처음에는 요즈음 식으로 카센터 비슷한 조그마한 자동차 정비소에서 시작하여 타이어를 제작하는 큰 회사로 성장했다.

사진에 보면 그는 트렌치코트에 중절모를 쓰거나 깃에 모피가 달린 긴 외투에 러시아식 털모자를 쓰고 동그란 테의 안경을 쓰고 있다. 그는 식민지 부르주아지가 되어 있었다. 상하이나 하얼빈은 국제적인 근대도시였으므로 그가 자가용 앞에 가죽 반코트 차림으로 서 있는 모양이 그리 어색해 보이지 않았다. 어머니를 만난 무렵에 아버지는 삼십대 후반쯤이었을 것이다.

어머니가 혼자된 다음에 볼멘소리로 얘기를 꺼내어 알게 되었지만 어머니를 만나기 전에 그는 일본 여인과 살았다고 한다. 그들 사이에 아이가 있었는지는 모를 일이지만, 아버지는 원래 장춘인 당시 만주국 수도였던 신경에서 성공한 사업가가 되자 일본 여인과의 동거를 끝내고 조선 여자와 혼인하기 위해서 고국으로 나온다. "왜 조선 여자와 다시 결혼해야 되는 거예요?" 하고 누나들이 물었을 것이다. 그러면 어머니는 "낸들 아니? 아마 혈통을 이으려는 거였겠지" 하는 식이었다.

언제부터였는지 어머니는 공책에 틈틈이 자신의 내면을 기록해두었는데. 어머니의 기록에 의하면 그녀는 아버지를 만나기 전에 다른 누군가를 마음에 두었던 것 같다. 그는 큰외삼촌의 친구였다. 큰외삼촌과 그는 평양고보의 축구부여서 주말 오후마다 전문학교 운동장에서 연습 게임을 했던 모양이다. 어느 초여름 오후에 어머니는 모두들 나가버린 빈집에서 마루에 엎드려 숙제를 하고 있었다. 갑자기 왁자지껄하는 소리가 들리더니 평양고보생들이 대문을 밀치며 우르르 몰려들어왔다. 외삼촌은 물론이고 모두들 땀투성이가 되어서 물을 달라고 아우성이었다. 어머니는 깨끗한 사기대접에 물을 가득 떠서 두 손으로 내밀었다. 한 남학생이 그릇을 덥석 받아들더니 단숨에 마셔버렸다. 누군가가 껄껄 웃으며 말했다. "그 복, 복福 자에 입 대고 마셨으니 이제 천생연분이다!"

그날 이후 어머니는 기독교 집안이었는데도 불구하고 그 청년 때문에 천도교 학생회에 들게 된다(어쨌든 어머니는 아버지와 결혼하고부터 작고할 때까지 기도를 그친 적 없는 독실한 기독교인이었다). 두 사람은 천도교 학생회의 모임에서 만나서 대동강변을 산책하기도 하고 더러는 호떡이나 냉면도 같이 먹는다. 또한 어머니는 탁구나 육상 같은 운동에 소질이 있어서 선수로 뽑혀 시합에도 나갔는데, 큰외삼촌과 함께 스케이트를 배워서 자매들 중에서는 유일하게 얼음을 지치러 얼어붙은 대동강에 나가곤 했다. 그 남학생도 얼음판에 자주 나왔고 두 사람은 끝 간데 없이 꽁꽁 얼어붙은 대동강의 상류와 하류를 마음대로 미끄러져 달렸다. 그러나 후에 큰누나에게 지나가는 말로 "좋아하는 이를 친구에게 소개해서는 안 된다"라고 이른 것을 보면 아마도 그녀의 친구에게 애인을 뺏겼던 게 아닌가 싶다.

아버지는 어머니가 평소에 책에 나오는 얘기를 하거나 비유를 들어 말하면 잘 알아듣지 못했다. 만주에서 신혼생활을 시작한 어머니가 구미 영화며 일본 영화들을 보는 일과 독서에 취미를 붙였던 반면에 아버지는 책도 많이 읽고 상상력이 풍부하고 섬세한 아내와는 달리 실무적이고 성실한 사람이었다. 아버지는 사업상 언제나 손님 접대로 늦었고, 클럽이나 요정을 거쳐서 술에 곤드레가 되어 돌아오기 일쑤였다. 겨울밤이 어찌나 길고 추운지 그녀는 페치카 옆에 앉아 밤이 이슥하도록 책만 보았다고 적고 있었다. 정치사회적 문제에 대한 관심도 어머니가 더 많았고 보다 잘 알고 있는 반면에 아버지는 아예 장사 이외의 정치 문제에는 관심도 없을 뿐만 아니라 자세히 알려고 하지도 않았다. 나중에 난세를 만났을 때 그가 아내에게 의존할 수밖에 없었던 것도 그런 점 때문이었을 것이다.

내게는 만주에 대한 기억은 전혀 남아 있지 않다. 태어난 지 두 해만에 해방이 되었기 때문이다. 부모님은 땅과 공장은 물론 식민지 기업가로 벌었던 모든 재산을 버려두고 가방 몇 개만을 들고 만주를 떠나야 했다. 아버지는 그뒤에 다시는 자수성가했던 젊은 날의 패기를 회복할 수 없었을 뿐만 아니라, 그런 정도의 생활로 다시 돌아가지 못하게 된다.

어머니는 해방된 평양에 돌아오자 그녀의 친정으로 식구들을 끌고 들어갔다가 모란봉 아래의 전차 종점 부근에 셋집을 얻었다. 그즈음에 흔하던 이른바 일본식 적산가옥이었다. 어머니는 식구들의 생계를 위해서 시내 중심가에 가게를 얻어 양장점을 냈고 장사가 잘되었다. 디자인과 재단, 재봉은 어머니가 가지고 있던 여러 재능 가운데 아주 작은 부분에 지나지 않았다. 그녀는 각종 디자인과 재단 도해가 실린 두꺼운 일본 책을 여러 권 구해 가지고 있었다. 소련 점령군의 장교 부인들이 주요 고객들이었다. 아버지는 날마다 외출하기는 했지만 그때까지도 일거리를 찾지는 못한 것 같았다.

내가 네 살쯤이던 무렵에 누나들과 함께 색종이로 여러 형상들을 오리고 접거나 크레용으로 그림을 그리며 놀았는데, 그녀들이 소련군 군복의 흉내를 내어 내 상의에 사각의 견장과 색색의 훈장들을 은박지로 만들어 붙여주면 나는 가슴을 내밀고 으스대며 집 밖으로 나가곤 했다.

아래층에는 소련군 장교 부부가 살았는데 지금 생각해보면 부인이 아이를 낳지 못했던 것 같다. 그녀는 내가 층계에 나타나기만 하면 언제나 달려와서 나를 안고 볼을 부비며 입을 맞추곤 했다. 그녀는 내게 시큼하게 절인 청어나 호밀빵을 먹였고 어머니는 질색을 했다.

해방 직후에는 소련군 병사들이 보드카에 취하면 민가로 쏟아져 나와 여자를 찾는 일이 종종 벌어졌기 때문에 젊은 여자들은 얼굴에 숯검댕을 칠하거나 허름한 보자기를 쓰고 다녔다. 집집마다 놋대야가 있어서 밤에 술 취한 소련군 병사가 동네에 나타나면 집집마다 놋대야를 두드렸다. 그러면 병사는 시끄러운 소리에 겁을 먹고 달아났다.

저녁 무렵이 되면 누나들의 손을 잡고 전차 종점까지 나가서 어머니의 귀가를 기다리곤 했다. 어떤 때는 종점에 닿자마자 전차에서 내리는 어머니와 마주치게 되는 운좋은 날도 있었고, 아니면 해가 완전

히 저물어 어두워지도록 어머니가 나타나지 않아서 울음이 나온 적도
있다.

　나의 기억은 이제 '가죽나무 집'으로 들어선다. 우리 가족이 평양을
떠나 효창동과 몇몇 곳에서 셋집을 전전하다가 아버지가 영등포 길가
의 낡은 집을 사서 목수 한 사람과 손수 고쳐 지었던 집이다. 영등포역
과 시장에서 가까웠고 바로 그 중간에 있던 로터리를 지나 당산동 쪽
으로 곧장 내려오던 길가에 있었다. 원래는 자전거포였다. 점포와 살
림방이 붙어 있고 뒤쪽에 제법 너른 공터가 있었다. 아버지는 뒤쪽의
공터도 사서 집을 뒤로 넓히고 널판자로 담장을 막고는 수도를 놓고
광을 만들고 뒷간도 담 옆에 지었다. 왜 가죽나무 집이냐 하면 그 로터
리 앞에서 이어진 신작로 변의 가로수가 가죽나무였던 까닭이다. 아카
시아처럼 작은 타원형의 잎이 무성하게 달리고 가을에는 콩깍지 같은
열매가 달리는, 요즈음에는 보기 힘든 나무다. 우리집 앞의 길가에도
그 나무가 있었지만 아마도 전의 집주인이 옮겨다놓았던지 아니면 잘
못 심었는지, 아버지가 사들여 마당이 되어버린 뒤뜰에도 가죽나무 한
그루가 서 있었다. 그 나무는 우리 가족과 더불어 전쟁을 겪고 아버지
돌아간 뒤 어머니가 집을 팔기 위해 새로 수리하는 북새통 속에서 베
어져 사라졌다.
　역에서 시장 로터리와 주택가에 이르기까지 가죽나무와 플라타너스
를 섞어가며 심어놓았는데, 영등포는 일본인들이 세운 공장지대였다.
영등포는 시내에서 조금만 걸어나가도 논밭이 널린 시골이었지만 도
심지와 외곽을 가리지 않고 주택가가 아닌 곳에는 어디에나 공장 굴뚝

이 보였다. 운송 때문이었는지 도심지를 가르고 들어오는 철길이 사방에 있었고 도로도 시멘트로 포장이 되어 있었다. 길 곳곳마다 흙과 석탄이 섞인 땅이 많아서 비만 오면 검은 흙탕물이 고였다. 시멘트 노관이나 철근 교각 따위가 공터에 쌓여 있기도 했다. 숫제 우리집 건너편에 있던 초등학교의 모퉁이는 언덕 전체가 석탄 더미였다. 아이들은 그 위에 올라가 연을 날리기도 했다.

영등포의 중심가는 남으로는 역전에서 시작하여 로터리를 지나 북쪽 우리 동네 경계 부근까지, 동으로 구청에서부터 로터리를 지나고 서쪽 새마을로 넘어가는 철길까지였다. 중심으로 갈수록 일본식 집이 많고 점포도 대개는 일제시대부터 내려온 것이었다. 그리고 우리 동네 부근에 오면 한옥들이 많았다. 공장 부근으로 가면 영단주택이라고 하여 회사에서 똑같은 모양으로 지어 사원과 노동자들에게 분양한 단층 일본식 집들이 모여 있었다.

지금 생각하면 '가죽나무 집'은 일본식도 한옥도 아닌 이상한 집이었다. 네모반듯한 상자갑 같은 모양에다 오른쪽 끝에는 아버지와 어머니가 쓰는 안방이 있었고 안방 바로 옆이 부엌이었다. 안방에서 작은 쪽문을 밀고 나오면 부뚜막이고 부엌을 통해서 뒤꼍으로 나가게 되어 있었다. 안방 앞쪽에는 마루방이 달려 있고 그 앞은 유리창이 여럿 달린 현관이었다. 현관에서 들어서면 정면에 마루방과 왼편 출구로 제법 널찍한 공간이 나오고 부엌에 연이어진 건넌방이 있었다. 집은 남서향이었다. 뒷마당으로 향한 동창으로 아침마다 강한 햇빛이 쏟아져들어오곤 했다.

여름에는 누나들이 벽가에 매어놓은 줄을 타고 여주, 수세미, 나팔

꽃 같은 일년초의 여린 줄기들이 올라와 창가에 노랗고 파란 예쁜 꽃들이 얼굴을 내밀곤 했다. 겨울에는 유리창에 두텁게 성에가 얼어붙어 아침 햇빛에 반사되어 이상한 나라의 숲이나 궁전이나 뾰족한 산악들이 나타나기도 했다. 나는 깊은 밤에 영등포 철도공작창을 향하는 기차들이 김을 내뿜으며 한숨을 쉬는 소리와 기적 소리에 문득 잠이 깨곤 했다.

동네에서 한참 올라가면 제방이 나왔는데 한강이 범람하면 그 지류인 샛강이 무서운 속도로 불어나서 영등포 일대가 자주 물에 잠겼다. 그 뚝방 너머에 제법 긴 모래사장과 풀밭이 있었는데 샛강의 건너편에 여의도가 있었다. 여의도는 일제 때부터 비행장이었다. 전쟁 전에는 연습기 몇 대가 있어서 이른 아침마다 시동을 거는 프로펠러 소리와 더불어 온 식구가 깨어나곤 했다.

집 앞은 중심가에서 공장지대로 나가는 산업도로가 있었지만 군데군데 패고 부서져서 비만 오면 물이 고이고 그 위에 자동차 기름이 번져 오색찬란한 무지갯빛이 되곤 했다. 해방 뒤에 작업을 폐지한 공장도 많아서 신작로는 한적한 편이었다. 나중에 전쟁중에는 작전도로가 되어 줄지어 지나가는 군용 트럭과 탱크까지 가까운 곳에서 구경할 수도 있었다. 우리집 바로 건너편은 고반소(오랫동안 사람들은 경찰 파출소를 그렇게 일본식으로 불렀다), 그 옆에 경찰서 사찰계 분실, 목재소, 푸줏간과 요릿집이 있고, 우리집 왼편에는 배추밭이, 그 건너에 쌍성루라는 벽돌로 지은 이층의 제법 큰 중국요릿집이 있었다. 그리고 오른쪽 시장 로터리 방향으로는 이발소와 몇몇 집들과 상둣도가가 있었다.

아버지는 이남에 내려와 경성전기에 얼마 동안 다니더니 곧 때려치우고 생업을 찾아 헤맸던 모양이다. 그가 문안에 들어갔다가(사대문 안, 당시에는 모두들 서울에 가는 것을 문안에 들어간다고 했다) 어머니의 오촌 당숙을 만났다. 그가 먼저 월남하여 삼각지 어름에 양화점을 내고 있었다. 인근에 미군 부대가 있어서 장사는 잘된다고 했던 모양이다. 아버지는 그의 소개로 제화공이며 물품을 구입하는 곳을 소개받았다. 아버지가 시내 중심가에 가게를 얻어 양화점을 낸 것은 당숙에게 얻어들은 경험이 토대가 되었을 터였다.

어머니는 아버지보다는 학력이 번듯해서 취업 조건이 좋은 편이었다. 어느 여학교에서 교사 채용 연락이 왔고 이력서를 냈던 몇몇 회사에서도 응답이 왔다. 어머니는 집에서 멀지 않은 어느 방직공장에 교원으로 취직을 했다. 여공들은 일제 때부터 모두 기숙사에서 단체생활을 했고 일이 끝난 뒤에는 생활지도와 교육을 받아야 했다. 어머니는 교감이 되었다. 기숙사에는 교육받은 중년 여성들이 사감으로 가서 생활지도를 했는데 그녀들을 관리하는 자리였다. 때마침 그 자리를 지키던 사람이 지방의 학교로 나가게 되어 자리가 났던 것이다.

어머니는 아침마다 양장 차림으로 출근을 했다. 부모와 누나들이 모두 일터와 학교로 나가버리면 나는 혼자서 노는 수밖에 없었다. 집 앞 가죽나무 가로수 그늘 아래 앉아서 땅에 그으면 하얗게 선이 그려지는 활석이나 못으로 땅바닥에 그림을 그리곤 했다. 혼자서 이야기를 지어 끝없이 중얼거리면서 그림을 그렸다. 머릿속에 새로운 인물이 나타나면 먼저 것을 얼른 지우고 그 자리에 새로 그렸다.

얼마 동안은 아버지가 정오 사이렌이 울릴 때까지 나가지 않고 나와 함께 작은이모가 오기를 기다리거나 집에서 구두를 짓는 제화공 아저씨에게 당부하고 나가더니, 드디어 나를 돌보아줄 소녀를 데려왔다. 나도 큰누나가 방과후에 이모네 집으로 나를 데리러 올 때까지 기다리는 건 질색이었는데 태금이 누나가 온 뒤로는 이모 집에 가 있지 않아도 되어서 좋았다.

작은이모네 집을 떠올리면 제일 먼저 이모부의 핼쑥하고 어딘가 쌀쌀한 인상이 생각난다. 그는 아이들을 싫어하는 게 틀림없었다. 그는 한 번도 내게 먼저 말을 걸거나 알은척한 적이 없었다.

모란봉 맞은편 언덕바지에 살던 작은이모네는 우리가 이남에 내려온 지 일 년쯤 지나서 월남했는데, 작은이모는 초등학교 교사였으므로 그렇지 않아도 교사가 부족한 때여서 이남에 오자마자 학교에 자리가 났다. 이모네에는 인옥이라는 딸이 하나 있었다. 나보다 두어 살 아래였는데 원래 몸이 약하게 태어났는지 잔병치레가 잦았다. 햇빛에 비친 머리카락이 낡은 실처럼 하늘거리고 노랗게 바랜 것 같았다. 이모부는 보통 인옥이와 함께 집을 지켰다. 나중에 그가 남대문에 점포를 내기 전까지 이모가 수년 동안을 먹여 살렸다. 나는 인옥이가 무엇 하나 내게 양보하지 않고 떼를 쓰거나 졸졸 따라다니는 것이 귀찮고 재미가 없었다. 이모부는 내게 동생을 잘 데리고 놀아주지 않는다고 야단을 쳤다. 지금도 인옥이의 "오빠야!" 부르는 소리가 선명하다. 내가 세발자전거를 타고 있으면 인옥이가 어느 틈에 달려와서 자전거 손잡이를 잡고 내놓으라고 떼를 썼다. 나는 발을 굴러 페달을 부지런히 밟아 시장 로터리 부근까지 달아났다. 인옥이는 울부짖으며 나를 따라왔다. 아아, 그때 좀 태워줄걸. 그애는 얼마 안 가서 죽었다.

그날 어머니가 나를 데리고 이모네 집으로 갔다. 이모네는 우리집에서 그리 멀지 않았는데 시장 부근의 커다란 방앗간을 지나면 가운데 길을 두고 양옆으로 한옥들이 늘어서 있던 동네였다. 그 부근은 골목마다 비슷해서 혼자 이모 집에 갈 때면 몇 번이나 다른 길로 들어섰던 기억이 있다.

이모네 집은 가운데 마루를 사이에 두고 안방과 건넌방과 문간방이 달린 방 세 칸짜리 한옥이었다. 내가 어머니와 함께 들어서니 아버지와 이모부가 마루 끝에 걸터앉아서 소주를 한 잔씩 하고 있었다. 이모는 어머니를 보자마자 울음을 터뜨렸다. 이모네 담장 아래에 우리집처럼 일년초를 심어놓았는데 빨간 분꽃이 가득 피어 있던 게 생각난다. 건넌방의 미닫이가 열려 있었고 멜빵처럼 광목 끈을 매어놓은 작은 나무상자가 보였다. 나는 두려움이 섞인 눈으로 그 상자를 바라보면서 그게 뭔지 대번에 알아보았다.

웬 텁석부리 아저씨가 들어와서 상자를 짊어지고 나가는데 이모가 달려들어 못 가게 했고 어머니와 이모부가 울부짖는 그녀를 뜯어말렸다. 어릴 적에 인옥이 생각을 하면 언제나 '좀더 잘해줄걸' 하고 후회가 되었다.

어머니는 만주에서의 버릇대로 주말 오후에는 극장에 갔다. 아버지는 그런 데 관심이 없어서 어머니와 동행하는 일은 없었다. 아버지는 술도 담배도 하지 않았으니 취미가 뭘까 궁금했던 적이 한두 번이 아니다. 낚시질도 한 두어 번 영등포에서 사귀게 되었던 동네 아저씨와 가는 걸 보긴 했지만 지속되지는 않았다. 어머니가 함께 교회에 나가

자고 하면 '예수님은 좋은 분이라고 알고 있으니 나는 그것으로 족하다'고 하면서 이야기 꺼내는 것 자체를 쑥스러워했다. 가끔 가게에 나가면 아버지가 이웃 상인들과 점심 내기 장기를 두는 모습을 볼 수 있었지만 그 역시 대단한 흥미를 갖고 있는 것 같지는 않았다. 정작 그가 하고 싶었던 일은 무엇이었을까. 고장난 라디오를 전파상에 맡기지 않고 직접 고쳐낸다든가 하여튼 고장난 기계는 무엇이든지 그의 손에 들어가면 하루 안에 정상으로 돌아오곤 했다. 방안을 온통 알 수 없는 작은 부속 나부랭이들로 가득 채워서 어머니가 잔소리를 퍼붓곤 했다.

어머니는 극장에 갈 때면 출근할 때 입었던 옷을 갈아입지 않고 그대로 나서면서 나를 손짓하여 불러냈다. 아니면 동네에서 정신없이 다른 꼬마들과 놀고 있는 나를 불러서는 다짜고짜 내 얼굴에 묻은 흙먼지들을 닦아주었다. 그녀는 핸드백에서 손수건을 꺼내 자신의 침을 발라서는 내 얼굴을 대충 닦았다. 이상한 냄새와 함께 한동안 불쾌한 기분이 가시질 않았다. 어머니는 내 손목을 이끌고 일제시대부터 가부키나 사무라이 연극 또는 악극을 했다는 영보극장으로 데리고 갔다. 아직은 할리우드 영화가 그렇게 자주 상영되지는 않았고, 여성국극이 유행하던 것도 전쟁이 휩쓸고 지나간 뒤부터니까 그때는 주로 연극이나 악극을 했다.

호동왕자와 낙랑공주의 비련을 그린 〈자명고〉도 그때 나왔던 연극이고 〈장화홍련〉도 그 무렵에 보고 무서운 꿈을 꾸고는 했다. "어머니이, 왜 저희를 죽였나요오오" 하고 내가 수건을 뒤집어쓰고 목소리를 길게 빼며 귀신 흉내를 내면 연극을 보지 못했던 누나들은 깔깔거리며 달아났다.

나는 혼자서 연극의 여러 장면들을 그리며 놀다가 모처럼 공들여 그린 장면들은 지우지 않고 행인들이 지나다니다가 밟지 않도록 벽돌이나 돌로 담을 쌓듯이 둥그렇게 막아놓곤 했다. 밤사이에 비가 오거나 바람이 부는 날이 아니면 그림은 대개 이튿날 아침까지 그대로 남아 있었다. 하루는 어머니가 여러 형상들을 그려놓은 내 땅바닥 전시회를 보았다. 그녀는 나를 불러서 이것이 다 무어냐고 물었고 나는 어머니가 발끝으로 짚을 때마다 이건 누구라고, 이건 무슨 장면이라고 설명을 해주었다.

"응, 그렇구나…… 이보다는 책을 읽는 것이 더 좋겠다."

어머니는 그날 결정을 내렸는데 내가 학교에 들어가기 전에 글을 배워야 한다는 것이었다. 요즈음이야 누구나 입학 전에 한글쯤은 깨우치고 외국어까지 배우는 추세지만 예전에는 교회 유치원에 보내는 것도 흔한 일이 아니었다. 나도 얼마 동안은 교회 유치원에 다녔는데 계집아이들과 손짓 발짓 하며 유희를 하고 노래 부르는 노릇이 지루했다. 어머니야 아이를 마음놓고 맡길 수 있었으니 내가 얌전히 잘 다니길 바랐겠으나 좀 다니다 그만두었다.

어머니는 집에서 한글의 모음과 자음을 큼직하게 붓글씨로 써서 방에다 붙여놓고 내게 틈틈이 가르쳤다. 나는 저절로 외우게 되었고 그것들을 조합해서 읽게 되었다. 나는 먼저 누나들의 책들을 읽다가 어머니가 사다주는 『걸리버 여행기』『소공자』『보물섬』 그리고 『철가면』을 아주 재미있게 읽었다. 나는 식구들이 모두들 나가버린 뒤에 혼자서 책을 읽는 시간이 제일 오붓하고 좋았다. 나중에는 태금이 누나에게 졸라서 로터리 서점으로 가서 신간 어린이 잡지들을 읽고는 했다.

나는 이제는 그림을 그릴 뿐만 아니라 책에 나오는 주인공이 되려고 누나들의 그림물감을 얼굴에 칠하고 보자기를 뒤집어쓰고 어른들의 의상을 입고는 혼자서 중얼거리며 역할 놀이를 했다.

이 무렵의 기억들 중에 물밑에 가라앉아 있던 무엇인가가 수면 위로 툭 솟구쳐오르듯이 떠오르는 장면이 있다. 나는 어느 날 어머니를 따라 창경원에 가서 낯모를 아저씨를 만나 화창한 오후를 함께 보낸 적이 있다. 양장을 예쁘게 차려입은 어머니가 놀고 있던 나를 깨끗이 씻기고 옷을 갈아입혀 집을 나섰다. 나는 아저씨와 함께 튀밥을 한 봉지 사들고 연못가에 앉아서 물위로 주둥이를 내밀고 몰려드는 색색가지의 잉어들에게 먹이를 줬는데 간혹 이 장면이 대사 없는 영상처럼 문득 떠올랐다가 잊혀지곤 했다. 내가 성장하여 결혼한 후에 어머니의 기록을 읽고서야 그날의 일이 다시 떠올랐고 그가 어머니의 첫사랑인 '복福 자에 입 대고 물을 마셨던 그 사람'이었음을 짐작할 수 있었다.

동네에는 내 또래의 아이들이 있긴 했지만 가난한 토박이들이거나 길 건너 공장의 영단주택에 사는 노동자의 아이들이었다. 특히 상둣도가 집 형제들은 동네 아이들 가운데서 가장 개구쟁이들이었다. 큰아이가 나보다 서너 살 많았고 그 아래가 나와 동갑내기, 그리고 다섯 살짜리 여동생이 있었다. 계집애는 눈에다 언제나 다래끼를 달고 살았다. 그애가 사람을 쳐다볼 때 정면으로 보지 못하고 고개를 돌리고 곁눈으로 쳐다보곤 해서 누나들은 그애 이름을 모르니까 '가재'라고 불렀다.

그 집에는 상여에 달아매는 각종 목각 장식품들을 만드는 아저씨와 곱게 단청을 칠하는 아저씨 등 장정들이 많았는데, 장례가 치러진 날이면 제각기 술을 먹고 밤늦게까지 싸움질도 벌이고 고래고래 고함도 질러서 어머니는 '동네 질이 나쁘다'고 고개를 내젓곤 했다. 아버지는 그렇지만 이사를 갈 것까지야 있겠느냐고 어머니를 달래곤 했다.

나는 토박이 아이들의 독특한 놀이들에 매료되었다. 가령 밭고랑에서 짚으로 만든 제웅을 발견하면 먼저 한쪽 다리를 쳐들고 깨금발로 뛰면서 침을 세 번 뱉고 예방을 하고 나서 그 안에 넣은 돈이라든가 먹을 것들을 꺼내는 행위였다. 나는 어쩐지 낯선 느낌이어서 함께 발을 들고 침은 뱉었지만 지푸라기 인형 속을 헤쳐서 돈을 빼내고 음식을 꺼내 먹을 엄두는 내지 못했다. 그 무렵에는 굿하고 내다버린 제웅이며 고사나 무꾸리를 치른 뒤에 버린 떡조각과 음식들이 밭고랑과 길모퉁이에 흔히 있었다.

상듯도가 아이들이 요샛말로 발랑 까진 것은 틀림없었다. 한번은 내 또래의 아이가 변소에 함께 들어가자더니 내 사타구니를 더듬어 고추를 꺼내게 하고는 자기의 것과 마주댔다. 그러고는 마구 비벼대는 것이었다. 뭐하냐니까 어른들은 다 이렇게 한다고 했다. 그애는 누이동생을 데리고도 그런 시늉을 하곤 했다. 나는 어쩐지 겁이 나고 부끄럽고 벌을 받을 것만 같아 집에 가서 벽장 속에 오랫동안 숨어 있었다.

나중에 전쟁이 휩쓸고 지나간 뒤에 새집도 생기고 더욱 많은 아이들이 이사 온 뒤부터 동네에는 더욱 활기가 돌았고 나는 그들과 집이나 교회와는 다른 낯선 세계에서 지내는 것이 훨씬 재미있었다. 그것은 가슴을 두근거리게 하고 무엇인가 엄청난 일이 벌어질 것 같은 전혀 다른 세계였다.

우리집 앞의 신작로를 지나 당산동 쪽으로 가면 많은 공장들이 있었고 그중에서도 영등포 철도공작창이 제일 크고 노동자들도 많았다. 영등포역에서 경인선 경부선 호남선 등의 진로가 각기 갈리기 시작했는데, 철도는 중심가를 지나 공장지대까지 이어지고 그 중간쯤에 기차나 화차를 수리하는 공작창이 있었다. 용산에 제일 큰 것이 있었고 다음이 그곳이었다. 먼길을 달려온 기차가 지친 숨을 내뿜으며 밤마다 공작창 안으로 기어들어가는 소리가 들리면 어머니는 만주 생각이 난다고 했다. 새벽이 되어 먼동이 트면 출근하는 노동자들의 발소리와 자전거의 종소리가 들려왔다. 다시 저녁 무렵이 되면 퇴근하는 사람들로 길이 메워졌고 자전거에 매달아놓은 빈 알루미늄 도시락 속에서 젓가락이 달그락대는 소리들이 요란했다.

그 부근은 뒤에 휴전이 되고 군사정권의 근대화가 진행되던 무렵까지 예전 모습 그대로를 간직하고 있었다. 멋없이 키만 훌쩍 커버린 가로수는 잎사귀마다 먼지가 잔뜩 앉아 있었다. 퇴색한 군복 빛깔의 시멘트 벽도 우중충했고, 그 위에 써갈겼던 구호들 위에 덧칠한 페인트 자국도 그대로였다. 짓눌린 듯한 낮은 한옥 지붕들과 한산한 골목길이며 검은 흙빛이 오랫동안 변함없었다.

무너지고 버려진 공장의 빈터에는 잡초가 아이들의 키가 넘도록 자라났고 움푹 팬 웅덩이에는 폐수가 고여 있거나 녹색 거품을 내며 썩어갔다. 그래도 밤의 별빛은 지금보다 훨씬 맑고 깨끗했으며 노을은 또 얼마나 아름다웠던가. 잡초 속에서는 가끔 검은 진주 같은 까마중 열매들이 자라나 두 손 가득히 따서 입안에 털어넣으면 축복처럼 단물이 흠뻑 가득차곤 했다. 아이들은 이곳 모두를 놀이터로 삼았고 사마귀나 송장메뚜기 같은 기분 나쁜 벌레들도 땅강아지나 집게벌레처럼 익숙한 곤충들과 더불어 친구가 되었다.

내가 학교를 들어가기 전해에는 38선에서 충돌이 잦았던 모양이다. 누나들이 학교에서 배워온 〈육탄 십용사〉라는 노래를 나도 곁에서 따라 부를 정도였다. 소학교를 짓는 공사터에 가면 화차째로 실어다 부려놓은 모래 더미들이 있어서 동네 아이들의 좋은 놀이터가 되었다. 나는 편을 갈라서 기 뺏기를 하는 형들을 따라다녔다. 우리 꼬마들은 너무 어려서 병정으로는 직접 참가하지 못하고 뒷전에서 형들의 옷이나 신발 무더기를 지키고 앉아 있었다. 우리 동네 앞으로 날마다 군용 트럭이 군인들을 가득 태우고 서부전선으로 나갔다. 밤에도 트럭이 지나가면서 함성 같은 군가 소리가 들려왔다. 양양한 앞길을 바라볼 때에 한 손에 총을 들고 한 손에 사랑, 넓고 넓은 사나이 마음 청춘도 다 바치고 미련도 없다……
우리는 무슨 뜻인지도 모르고 그런 노래를 저절로 배워서 목이 터지라고 노래했다. 누나들은 고무줄을 하거나 헝겊 주머니에 곡물을 넣은 오자미를 던지고 받는 놀이를 할 때는 꼭 의미도 모르는 일본 노래를 했다. 이를테면 모모타로상 전설이나 니노미야라는 위인이 어려서 짚신 장사를 했다는 그런 노래였다. 그뒤로 우리는 세상이 바뀔 때마다 어른들이 가르쳐주는 노래를 아무 의미도 모르고 따라 부르다가 말다가 하기를 되풀이했다.

드디어 학교에 다닐 때가 되었다. 꽃샘추위가 한창이던 1950년 이른 봄날 어머니는 가죽 란도셀을 사왔고 공책이며 필통, 연필, 크레용

같은 처음 보는 학용품들을 사왔다. 아버지도 연필을 깎아 필통 안에 가지런히 넣어주었다.

학교 가는 첫날에 나는 모직으로 지은 곤색 세일러복 상의에 반바지를 입고 하얀 양말까지 신었다. 그리고 어깨에는 가죽 란도셀을 메었다. 동네의 다른 아이들과는 달리 마치 부잣집 도련님 같은 행색이었다. 나는 언제부터인지 어머니가 만들어주는 새 옷을 입기를 싫어했다. 새 옷을 입으면 땅바닥에 뒹굴 수도 없고 흙을 만질 수도 없었다. 어머니는 새 옷을 더럽히는 것은 딱 질색이었다. 나는 누나와 어머니의 옷가지를 고친 셔츠나 모직으로 만든 윗도리를 입었고 반바지에 긴 양말을 신었는데, 언제나 계집애 같은 내 차림새가 창피했다. 상고머리를 길러 가르마까지 타서 얌전히 빗어넘겼으니 나는 꼭 누나들 어릴 적 같은 꼴이었다.

사춘기가 되어서도 어머니와 나는 그런 문제로 신경을 곤두세우곤 했다. 어머니는 "행색이 중요하단다"를 되풀이했고 나는 편한 게 좋다고 주장했다. 그들은 타관에 와서 자신들이 근대적 교육을 받은 중산층임을 어떤 식으로든 드러내 보이고 싶었을 것이다.

학교에 가서 내가 겪은 첫번째 경험은 '나 아닌 것들'이었다. 운동장에서 담임과 교실을 배정받았다. 담임은 여선생이었는데 키가 크고 살결이 하얀 이십대 말의 그녀는 아마도 진작 시집을 갔을 것이다. 그녀가 호각을 불면 모두들 목청을 합쳐 하낫 둘, 하면서 구령을 붙였다. 교실에 가서 자리에 앉았을 때, 나는 아이들의 소음에 휩싸였다. 나는 거울을 보며 내 얼굴에 익숙해 있었다. 그들은 제각기 너무나 이상하게 다르게 생겼고 목소리도 제각각이고 잠시도 가만있지를 않았다. 어떤 아이는 벌써부터 엄마를 찾으며 울고, 어떤 아이들은 서로 때리며 싸우고, 또 어떤 놈은 제 마음대로 남의 것을 가져가기도 했다. 나는 두 귓구멍에 손가락을 질러넣고 꼭 막아보았다. 아무 소리도 들리지 않으니까 이제는 아이들이 소리없이 움직이고 웃고 우는 꼴이 더욱 이상했다. 손가락으로 귀를 막았다가 열었다를 반복하니 윙윙대는 소리가 마치 기계 돌아가는 소리 같았다.

집에 돌아가자 어머니에게 학교에 가기 싫다고 말했다. 어째서 가기 싫으냐고 그녀가 묻자 나는 말했다. "모르는 애들이 너무 많아요." "앞으로 모두 친구가 될 거다. 학교는 공부만 하는 게 아니라 친구를 사귀는 곳이야."

학교에 다니기 시작한 지 서너 달쯤이나 되었을 때였다. 이른 아침에 엄청나게 큰 우레 소리가 몇 번이나 들리더니 어른들의 분위기가 이상하게 변했다. 학교에 갔더니 선생님이 그날은 일찍 돌아가라고 했다. 영등포역 앞에 이르렀는데 사람들이 갑자기 흩어지기 시작했고 가까운 소방서에서는 사이렌 소리가 들려왔다. 물론 그맘때 사이렌 소리는 정오와 자정을 알릴 적에도 울렸다. 비행기의 프로펠러 소리가 요란했다. 자전거를 타고 가던 아저씨가 가로수 밑에 가서 자전거를 세우더니 손짓을 하며 나를 불렀다. "애야, 일루 와서 피했다 가거라. 총 맞는다!"

나는 영문도 모르고 나무 밑에 가서 서 있었다. 비행기가 번갈아 오르내렸는데 마치 큰 대나무 작대기로 마룻장을 두드려대는 것 같은 소리가 요란하게 울렸다. 비행기 소리가 멀어지자 사람들은 점포가 늘어선 길가의 처마밑을 따라 걸음을 재게 놀리거나 뛰어서 갔다. 나도 로터리를 지나 집으로 달려갔다. 누나들은 학교에서 들었다며 전쟁이 터졌다고 했다. 이북의 비행기들이 날아와서 여의도를 폭격하고 기총소사를 했다는 것이다. 우리는 모두 학교에 가지 않아도 되었다. 동네 아이들은 샛강의 둑 위에 올라가서 호주의 쌍비행기들과 이북 비행기들이 공중전을 하는 것을 보았다고 그랬다.

이튿날부터는 우리집 앞길로 피난민들이 밀려가기 시작했다. 아버지가 나가서 알아보더니 그들이 경기도 북부지역에서 강을 건너 내려오는 사람들이라고 그랬다. 군인들을 가득 태운 트럭들이 줄지어 반대방향으로 올라가곤 했다. 저녁이 되자 멀리서 불안하게 폭풍을 알리는 것처럼 포성이 규칙적으로 들려왔다.

우리 식구가 피난길에 나섰던 것이 서울이 점령되고 난 뒤인지 전인지는 확실하지 않다. 다만 어느 날 밤에 지축을 울리는 듯한 폭음이 연달아 들려왔는데 나중에 알고 보니 그건 한강철교를 폭파하는 소리였다. 남쪽으로 피난하려고 철교를 건너던 차량들이 모두 다리에서 떨어졌고 많은 사람들이 무참하게 죽었다.

당시의 이승만 정부는 인민군이 서울의 지척인 의정부에 들어오고 미아리고개를 넘어올 때까지 '서울을 끝까지 사수할 것이니 시민들은 동요치 말라'는 녹음방송을 한없이 돌아가게 해두고는 권세깨나 있다는 자들끼리 진작 남쪽으로 달아났다. 그러고는 아직도 한강 이북에 철수 병력이 있었음에도 불구하고 한강철교를 폭파해버린 것이다. 그 일로 인심이 흉흉하자, 뒤에 책임자라고 하여 대령인지 누군지 장교 하나를 총살했다고 한다.

우리 식구는 비 내리는 이른 아침에 집을 나섰다. 작은이모네는 이모부가 대전에 아는 사람이 있어서 진작에 먼저 남쪽으로 길을 떠난 뒤였다. 내가 새로 산 란도셀에 책과 공책을 꾸려 짊어지고 나서자 어머니는 나를 달래며 어깨에서 벗겨냈다. 우리 남매가 촌수도 모르고 해주 이모라고 부르던 아버지의 사촌조카쯤 되는 이의 가족과 함께 우리는 이미 빈 화차들 몇 량만 철로에 서 있는 역 앞을 지나 인천 쪽을 향하여 걸었다. 아마도 배를 타려고 했던 듯싶다. 해주 이모네 식구들은 진작 해주에서 어선을 타고 인천으로 월남했던 경험이 있었다. 황해도 사람들이 인천에 많이 사는 것도 그런 연유라고 한다.

부녀자와 아이들을 데리고 가는 길이었으니 걸음은 느릴 수밖에 없었다. 얼마 못 가서 우리는 인천 쪽에서 돌아오는 다른 피난민 일행들과 만나게 되어 그쪽 형편을 전해듣고는 모두들 발길을 돌리게 된다. 이미 인민군이 들어왔다는 소문이었다. 이렇게 우물쭈물하는 동안에 우리는 인민군과 국방군이 대치한 전선에 끼인 형국이 되어버렸다.

아마 오류동쯤에서 날이 저물었을 것이다. 해주 이모부가 큰길가에서 뻔히 바라다뵈는 농가에 찾아가더니 돈을 좀 치르고 하룻밤 신세를 지게 되었다. 삿자리를 깐 방에서 온 식구가 둘러앉아 저녁을 먹었는데 석유 남폿불이 제법 훤했다. 작은 알감자를 껍질째로 넣고 끓인 고추장찌개가 아주 맛이 있었다. 그 방에서 온 식구가 웅크리고 날을 새웠는데 밤새도록 차량이 달리는 소리가 들려왔다.

이튿날 어머니와 함께 길가에 나가서 지나가는 군용 트럭을 구경하고 있었다. 트럭의 앞자리에는 운전사와 지휘관이 탔고 뒷전 화물칸에 병력이 탔는데 맨 앞에는 차의 전방을 향해 소총을 겨눈 군인 몇 사람이 섰고 나머지는 뒤에 앉아 있었다. 모두들 완전무장을 하고 철모에는 풀과 나뭇잎을 잔뜩 꽂고 있었다. 지나가던 지프차가 우리 앞에서 서더니 어머니에게 뭔가 묻는 것 같았다. 그 장교는 내게 건빵 한 봉지를 주고 갔다. 장교는 어머니에게 노량진이 최전선이라면서 수원 쪽으로 내려가라고 하더란다. 그러나 이제 어른들은 더이상 피난 가기를 포기하고 영등포 집으로 돌아가기로 작정한 듯했다. 어른들은 쌍방의 전선이 지나가고 나면 도심지로 들어갈 생각이었다. 비행기가 날아다니고 포성과 폭격 소리가 끊이질 않았다. 우리는 길에서 만난 다른 피난민 일행들과 가까운 논가에 있는 수로 아래에 들어가 밤을 새우기로 했다. 그것은 신작로 아래로 시멘트 노관을 묻어 농부들이 통행도 하고 장마철에는 물도 내려가도록 해둔 작은 터널이었다. 우리 식구는 그 터널 속에서 이틀 밤을 지낸다.

첫날 새벽에 군인들이 다가왔다. 캄캄해서 그들이 어느 쪽 군인인지 알 수도 없었다. 그들은 손전등으로 사람들을 하나하나 비춰 보며 조사를 하고 나서 사라졌다. 이튿날 역시 새벽녘에 또다른 군인들이 왔다. 그들은 남 또는 북의 정찰대나 수색대였을 것이다. 그날 밤에는 가까운 곳에서 총소리가 몇 시간 동안이나 계속되었다. 그리고 어린 나는 매우 인상적인 경험을 하게 되었고 이 기억은 커서도 꿈에 나올 만큼 충격적인 것이었다. 군인들이 노관 안을 손전등으로 비춰 보더니 모두 나오라며 불빛을 흔들었다. 아버지가 나를 등에 업고 있었다. 어머니는 두 누나들 손목을 잡고 우리 곁에 바짝 붙어 섰다. 나는 아버지의 등에 머리를 기대고 있었는데 그의 숨소리가 크게 들려왔다.

군인들 중에서 지휘자인 듯한 사람이 나서더니 물었다. "당신들 누구를 지지하는가. 이승만 박사인가, 김일성 장군인가?" 아무도 감히 대답하는 이가 없는데 누군가 김장군이라고 대답했다. 그를 대뜸 다른 군인이 데리고 어둠 속으로 사라졌고 다시 대답을 재촉했다. 아무도 대답이 없자 지휘자가 말했다. "모두 갈겨버려!" 그러고는 총알을 재는 철커덕, 하는 쇳소리가 울렸다.

그때 아버지가 뭐라고 말했다. 그 순간의 얘기는 나중에 어머니가 몇 번이나 말해서 너무도 또렷하다. "우리는 정치를 모르는 양민입니다. 어느 쪽을 지지해야 하는지 가르쳐주십시오." 그러자 마술처럼 그들은 뭔가 일장 연설을 하고는 모두들 다시 들어가라고 하더니 부근에서 총소리가 들리자 재빨리 사라졌다.

우리는 어둠 속에서 노관 안에 쭈그리고 있었다. 우리 외에도 아이들이 몇 명 더 있었지만 신기하게 아무도 울거나 보채지 않았다. 어머니는 그들이 국방군 복장을 하고 있었지만 인민군 정찰대가 틀림없을 거라면서, 장군을 지지한다던 그 사람이 아침에 보니 농가에서 밥을 얻어먹고 있더라고 했다. 그래도 아직은 개전 초기여서 남과 북의 살기등등한 병사들도 양민을 건드리지는 않았던 것이다.

전선이 남쪽으로 한참 이동해 가버린 뒤에야 우리는 집으로 돌아온다. 돌아오는 길에 시흥천이 가로지르고 수원으로 구부러지는 철로가 보이는 구로동 초입의 다리목에서 나는 사람이 죽는 것을 처음 보았다. 그것도 아주 가까운 곳에서. 우리 식구와 몇몇 무리가 작은 봇짐이나 륙색을 지고 다리를 향해 가는데 어머니 옆을 따라 걷던 내 손목을 누군가가 슬그머니 쥐었다. 올려다보니 무명 핫바지를 입은 아저씨였다. 나는 얼마쯤 걷다가 어머니의 도움으로 그 아저씨에게서 떨어질 수가 있었다.

"아이고, 옷이 이게 뭐니?" 하면서 어머니가 내 바지를 치켜주는 시늉을 하며 뒤처졌다. 바로 앞에 인민군들이 초소를 세우고 인천 방향에서 오는 사람들을 검문하고 있었다. 누런 군복에 붉고 넓적한 견장을 단 그들은 총열에 구멍이 여러 개 뚫린 따발총을 들고 있었다.

우리가 열을 지어 차례로 지나가는데 앞에서 고함을 지르는 소리가 들리더니 아주 짧은 순간에 웬 사람이 둑 아래 논을 향해 후다닥 달려 내려갔다. 모두들 놀라서 보니 내 손목을 잡았던 그 아저씨였다. 그는 벼가 푸르게 자라난 논으로 첨벙거리며 뛰어들었고 둑 위에 나란히 선 군인 두 사람이 총을 연발로 쏘았다. 그 사람은 그대로 논에 엎어져서 일어나지 않았다. 나중에 어머니는 따발총을 든 군인들이 그 아저씨에게 바지를 내려보라고 했다면서 아마 군복을 속에 입고 있었을 거라고 말했다.

다리를 건너서 차츰 공장지대로 들어서기 시작했는데 우리는 폭격이 휩쓸고 지나간 처참한 건물들을 보게 된다. 머리카락처럼 헝클어진 철근이며 시멘트의 무더기와 총알구멍이 선명한 벽과 깨진 유리창들, 그리고 아직도 연기를 내며 타오르고 있는 무너져내린 지붕, 그리고 길가에는 부서져 타버린 트럭도 있었고 포신이 휘어진 채 옆으로 기우뚱하게 넘어진 탱크도 보였다. 그 위에는 옷도 없고 검게 그을린 사람의 형체만 남은 시체 하나가 걸쳐져 있었다. 그리고 그 뒤편에도 비슷한 모양의 물체가 하나 더 있었다. 어머니가 손수건으로 입을 가리고 내 등을 떠밀면서 "앞만 봐라, 어서 누나들 뒤를 따라가" 했지만 나는 다시 돌아보곤 했다.

전쟁이 휩쓸고 지나간 우리 동네로 들어서던 느낌은 나중에 두번째의 서울 철수가 있고 나서 돌아오던 날의 느낌과 겹쳐져 있다. 그맘때에는 일기를 쓰고 있었는데, 어머니의 권유대로「집에 돌아오던 날」이라는 작문을 써서 전국 초등생 백일장에서 칭찬을 받았다. 깨어진 유리창과 그 조각들, 누군가 들어와서 휘저어놓은 듯한 안방과 건넌방의 잡동사니들과 발자국들, 찢어진 채 늘어져 있는 천장 벽지, 비가 들이쳐서 흠뻑 젖어 있는 방바닥, 함부로 들어와 기어다니고 있는 집게벌레나 설서리 따위들, 그리고 귀퉁이마다 번성해 있는 거미줄, 언젠가 몰래 그려놓은 내 엉터리 그림과 낙서마저도 주인을 잃어 가엾어 보였다.

*

비가 오는 날 이른 아침에 방문을 열었더니 아버지가 한길로 향한 유리문 앞에 서서 조용히 내다보고 있었다. 아버지가 서 있던 곳은 나중에 마루를 깔아서 실내가 되었지만 그때는 지붕만 있는 맨땅이었다. 자전거포를 하던 장소라 땅은 검은색이고 손으로 더듬으면 녹슨 못이나 쇠붙이가 심심치 않게 나오곤 했다. 아버지가 제화공 아저씨를 두고 가게에 내갈 구두를 짓던 공간이었는데 한쪽에는 구두나 가죽이나 나무로 만든 구두 모형들이 쌓여 있었다. 그 앞에 격자틀에 유리를 넣은 창문이 연이어 달려 있어서 우리는 폭우가 내려 한길에 큰물이 지는 것이나 건너편 동네에 무슨 일이 일어나는지를 그 앞에 우두커니 서서 바라보곤 했다. 나는 아버지의 옆에 가서 섰다.

군인들이 행군해오고 있었다. 그들은 거의 자기 키만한 딱콩총이라고 알려진 장총을 메거나 구멍이 뚫린 따발총을 메었고, 장교들은 당꼬바지에다 누런 가죽장화를 신고 권총을 차고 있었다. 단발머리의 여군도 보였고 키가 작고 어려서 꼭 우리 동네 형만한 군인도 보였다. 인민군들은 한참이나 우리집 앞 한길을 지나갔다. 나는 동네 아이들과 역 앞까지 진출을 해서 더 많은 인민군들과 탱크를 가까이에서 구경했다. 탱크병들은 아이들을 불러서 하나씩 내부를 구경시켜주기도 하고 건빵도 나누어주었다.

새로 통반장이 정해졌는데 통장은 방앗간집 아주머니였다. 그녀는 뚱뚱하고 사람 좋아 보이는 웃음을 늘 달고 다녀서 사람들이 별로 무서워하지를 않았다. 그녀가 어머니에게 찾아와 배운 사람이 필요하니 동네 반장을 맡아달라고 했다. 어머니는 꼭 한 달만…… 하면서 마지못해 그 직임을 맡았고 실제로 한 달 만에 그만두었다. 때마침 어머니는 아우를 배고 있어서 차츰 배가 불러왔기 때문이었다. 누가 보기에도 임신한 것이 틀림없어 보이는 어머니 때문에 아버지는 그만큼 피난길에서 안전했다.

날마다 미군의 공습이 치열해졌고 영등포는 주위가 거의 산업시설이어서 차례로 폭격을 맞기 시작했다. 폭격이 시작되면 바로 곁에서 폭탄이 터지는 것 같았다. 아버지는 누나들을 방의 구석진 곳에 앉히고 두터운 겨울 솜이불을 들씌워놓았고 어머니는 '싱거 미싱' 재봉틀 아래로 나를 밀어넣곤 했다.

폭탄이 떨어지지는 않았지만 나중에 서울이 수복된 뒤에 부근의 화약고에 화재가 났던 때의 일이다. 어머니와 누나가 이불 홑청을 뜯어

숯을 넣은 옛날식 다리미로 다림질을 하고 있던 중에 갑자기 툭, 하는 소리가 들리면서 쇳덩어리가 지붕을 뚫고 펼친 천 한가운데로 떨어졌다. 고구마 모양으로 길쭘하게 떨어져나온, 면이 칼날처럼 예리하고 삐죽삐죽한 쇳덩어리였는데 포탄의 파편일 거라고 했다.

아버지는 전형적인 민초였는데 난세의 생활을 헤쳐나가는 데는 나름대로 지혜가 있었다. 우리 식구는 전쟁중에도 한 끼니 밥에 굶주리거나 절체절명의 위험에 빠진 적이 거의 없었다. 그러나 그에게도 아내와 어린 자식들을 거느리고 헤쳐온 만주에서부터의 긴 여정이 힘에 부쳤던 듯하다. 그러니까 전쟁이 끝난 지 몇 해 만에 기진맥진하여 세상을 떠난 게 아닌지.

동네에서는 노력동원에 대한 재촉이 심해졌다. 폭격 맞은 길이나 철로를 복구하는 일이며 야간 폭격에 아직도 타고 있는 건물이나 창고의 불을 끄고 주변을 정돈하는 일이며 한두 가지가 아니었다. 하루는 어머니가 일부러 나를 데리고 여의도 노력동원에 나갔다. 어머니는 남편이 지방에 식량을 구하러 출타중이라고 말하고 자신이 직접 나서고는 했다. 동네에서 알 만한 사람들이 많이 보였고 뚱뚱한 통장 아줌마도 보였다. 그녀가 임신한데다 어린아이까지 데리고 온 어머니에게는 나무 그늘에 가서 쉬라고 하여 우리는 옥수수며 고구마나 밀개떡을 해가지고 나온 장사꾼들 틈에 앉아 있었다. 마침 참외를 함지 가득 이고 온 할머니가 있었는데 청참외의 단 냄새는 목마른 어른이나 아이를 못 견디게 할 만했다. 내가 어머니에게 참외를 사달라고 조르면 어머니는 눈을 홉뜨며 무서운 얼굴을 했다. 어머니는 나중에 그때의 일을 두고 이렇게 말하곤 했다. "너는 참 아둔하더구나. 남들은 비지땀을 흘리면

서 돌이네 흙이네 나르는데 그늘에 퍼질러앉아 쉬면서 참외를 깎아 먹
겠다니!"

어머니와 아버지가 의논하여 '굉메이'에 임시 거처를 마련하기로 했
다. 지금의 광명시인데 예전 서울 사투리가 '어' '아' 발음을 부드럽게
싸잡아 하던 탓에 그런 식으로 불렸을 것이다. 나중에 관악산 나가는
길목으로 임시 거처를 옮겼는데 그곳은 '나꿀'이었다. 이곳도 나중에
야 신림동 외곽의 난곡이라는 걸 알았다.

우리 식구의 임시 거처는 이를테면 학생이 땡땡이 치는 장소와도 같
았다. 즉 학교와 집 사이의 어느 물방앗간이나 장터 어귀와도 같은 곳
이었다. 일단 영등포 집에 얼마쯤 머물면서 사람들 앞에 모습을 비치다
가 적당한 시간이 흐르면 굉메이 촌집으로 옮겨간다. 굉메이에서는 우
리가 도시에서 피난 나온 사람이므로 한 열흘쯤 나그네 노릇을 하다가
동네 사람들과 익숙해질 때쯤이면 다시 영등포 집으로 되돌아온다. 양
편에서 저절로 어중간하게 열외가 되는 것이다. 그건 아마도 아버지의
생존 전략이었을 것이다.

굉메이의 어느 마을인지는 분명치 않다. 하여튼 포실한 농촌이었음
이 틀림없다. 마을 한가운데로 맑은 시냇물이 흐르고 논이 드넓게 둘
러싸고 있었다. 우리 식구는 아버지가 오가면서 구해둔 농가에 문간
방을 빌렸는데 그동안 쓰지 않고 버려두었던지 방구들이 꺼져 있었
다. 아버지가 주인아저씨와 방에 새로 구들돌을 깔고 짚 섞인 흙을 다
져 바르며 고치는 동안 우리 식구는 외양간에서 지내야 했다. 그 집 소
는 전쟁통에 어디로 갔는지 보이지 않았다. 외양간을 대빗자루로 깨끗

418

이 쓸고 흙바닥 위에 멍석을 깔았는데도 쇠똥 냄새가 대단했다. 며칠 지나니까 냄새는 제법 구수하게 느껴졌다. 우리는 외양간의 앞 기둥과 벽에 못을 박아 모기장을 치고 네 식구가 나란히 누워 잤다.

도회지 사람들의 피난살이란 별수가 없어서 아버지와 어머니가 번갈아 나다니면서 물건들을 직접 식량과 바꿔오고는 했던 것 같다. 가게에서 팔던 갖가지 종류의 구두는 매우 유용했을 것이며, 재봉틀, 자전거, 옷가지들과 귀금속이 맨 나중에 사라졌을 것이다. 피난이 다시 남쪽 먼 고장으로까지 이어지자 아버지는 귀금속을 몽땅 팔아 현금을 확보하여 트럭을 세내어 장사에도 나서게 된다.

나는 근처 개울에 가서 송사리도 잡고 개구리도 잡으면서 동네 아이들과 어울려 놀았다. 개구리의 다리를 찢어 모아다가 나뭇가지에 꿰어서 구워먹는 재미도 배웠다. 시골 아이들은 여름철이면 대체로 고무줄을 넣은 무명 팬티 하나만 입고 벌거숭이로 뛰어다녔다. 그러나 우리 어머니가 어떤 어머니인가. 나는 절대로 웃통을 벗고 나다녀서는 안 되었다.

우리 식구가 빌려 살던 집 건너편에 이름은 잊어버렸지만 도시 아이인 듯한 계집아이가 눈에 띄었다. 아마 그애의 부모가 동생과 함께 할머니네 집에 맡겨둔 모양이었다. 그 집에서는 참외밭을 가지고 있었는데, 여름이 깊어가자 할머니가 집 앞에 멍석을 펴놓고 찐 옥수수와 참외를 함지 가득 담아놓고 팔았다.

어느 저녁녘에 어머니는 나와 누나들을 데리고 가서 참외를 사주었다. 그때 할머니와 함께 나와 앉아 있던 계집아이를 알게 되었다. 아이는 검은 무명 팬티가 아니라 누나들처럼 '간탄후쿠(원피스)'를 입고 있었다. 그리고 작은 코고무신을 신었다. 할머니는 옛날에 광산을 다니던 영감을 따라 함경도나 평안도의 산간에 살던 얘기를 했고 어머니는 만주 얘기를 했다. 두 사람은 이내 가까워져서 우리 아이들은 모깃불을 피워놓은 할머니네 툇마루 앞 멍석 위에서 바람을 쐬며 밤늦게까지 놀곤 했다. 마른 쑥이 타는 냄새 속에서 별이 한꺼번에 우수수 쏟아질 것 같던 밤하늘은 아주 가깝게 머리 위에 내려앉아 있었다. 나는 팔베개를 하고 누워 계집아이와 북두칠성 찾기 내기도 하고 별똥이 흐르는 것을 바라보기도 했다.

동네 아이들과 숨바꼭질을 하고 있는데 그애가 나를 불렀다. 그애는 한 손을 치맛자락 안에 감추고 있다가 내게 내밀었다. 그건 방금 솥에서 긁어낸 누룽지였다. 딱딱하게 탄 것이 아니라 거죽의 밥알과 덜 탄 누룽지를 함께 긁어내어 동그랗게 뭉친 것이었다. 사실은 그런 상태가 아이들이 제일 좋아하는 누룽지다. 한입 베어물면 부드러운 밥알과 함께 바삭바삭 눌은 밥알이 씹힌다. 나는 누룽지를 받아먹으면서 어쩐지 가슴이 두근거리고 조금 부끄러웠다. 이상하게 무슨 잘못을 저지른 듯한 은밀한 느낌이 들었다.

하늘에 고추잠자리가 날기 시작했으니 8월의 막바지였을 것이다. 영등포와 꿍메이를 몇 차례 오고가다가 어머니는 땡볕 아래 길바닥에 주저앉으며 "씨원한 냉면을 먹었으면……" 하고 말하곤 했다. 아버지는 그러나 임신한 아내에게 아무것도 해줄 수가 없었다.

하루는 꿍메이에 갔는데 어쩐지 그전과 분위기가 달라져 있었다. 완장을 찬 청년들이 동네를 드나들었고 여자애도 동생과 자기 집으로 돌아갔는지 눈에 띄지 않았다. 우리는 사나흘을 보내고 되돌아와서는 다시는 꿍메이로 가지 못하게 된다.

　영등포로 돌아온 얼마 후에 폭격이 심해지더니 날마다 폭격기와 전투기들이 벌떼처럼 날아와서 강 건너 서울을 때리기 시작했다. 포성이 끊임없이 들리더니 영등포 외곽을 집중적으로 폭격했다. 아버지가 어디서 듣고 왔는지 미군이 인천을 치고 있다고 했다. 포성이 가까운 곳에서 들리면서 밤새껏 우리 머리 위를 지나는 포탄의 휘파람 소리가 들려왔다. 이튿날 아버지는 다시 우리를 이끌고 길을 나섰다. 로터리 앞에 이르렀는데 길 한복판에 풀과 나뭇가지로 위장한 인민군 트럭이 불에 타고 있었고 온몸이 새카만 그라망이라는 전투기가 낮게 날아다니고 있었다. 아버지의 몸은 저절로 구부정하게 되었고 연신 나를 자기 앞으로 끌어당기고는 했다. 인민군 병사 하나가 문 닫힌 사진관 앞의 가로수 밑에서 낮게 날아가는 전투기를 향하여 사격하고 있었다.

　우리 식구는 다시 수원 나가는 신작로 쪽으로 접어들었는데 우신국민학교 부근에 철도 건널목이 있었고 모래주머니를 쌓은 인민군 초소와 기관총좌도 보였다. 아버지가 어머니에게 다급하게 말하는 게 들렸다. "어서 서둘러요. 여기가 탄약고야. 저 비행기들이 곧 폭격할 거요."

　우리는 서둘러서 건널목을 지났고 한참이나 고갯길을 올라가서 비행기들이 그곳을 폭격하는 광경을 바라보았다. 전투기들의 기총소사 소리는 익숙한 것이었고 로켓 포탄을 내쏘는 소리는 아이들 말대로 방귀 뀌는 소리처럼 뿌지직, 하고 들렸다. 불똥이 일직선으로 날아가서 섬광과 함께 터지는 게 보였다. 누나들도 이제는 익숙해진 듯 귀를 막지 않고 얼굴만 찌푸리고 있었다.

'나꿀'의 시골집은 매우 초라했는데 정말로 초가삼간에 싸리 울타리를 두른 집이었다. 뒤에는 나직한 야산이 있었다. 젊은 농사꾼 부부가 갓난애를 데리고 살았는데 아주머니의 얼굴이 볕에 타서 너무도 새카맸다. 이웃에 내 또래의 아이가 있었다. 밤이 익어가던 무렵이라 아이가 하는 대로 긴 작대기를 가지고 나가 밤을 땄다. 아직은 푸른 밤송이를 발끝으로 조심스럽게 까면 흰 솜털이 그대로인 설익은 밤톨이 나왔다. 그래도 떨떠름한 거죽을 이빨로 갉아내고 날고구마맛 같은 햇밤을 먹곤 했다. 밤을 따다가 비행기들이 폭격하는 모양을 한참이나 바라보기도 했다.

인민군의 소대 병력들이 분산되어 나꿀을 통과해서 야산을 넘어가기 시작했다. 그들은 지나가다가 싸리울 안으로 들어와 물 한 모금을 청하고는 다시 행군해 가곤 했다. 모두들 복장도 흐트러졌고 땀에 젖어 있었다. 앳된 병사들도 많았는데 특히 여학생 또래의 소녀들을 보면서 어머니는 붉어진 눈시울을 훔치고는 했다. 중고등학생 정도로 보이는 두 남녀 병사가 와서 물을 청하자 어머니는 솥 안에 두었던 햇고구마 찐 것을 내밀었다. 그들은 허겁지겁 받아먹기 시작했다. 어머니가 여자 병사의 등을 두드려주면서 천천히 먹으라고 했더니 그들은 묻지도 않았는데 남도 사투리로 자기네는 오누이라고 말했다. 어머니는 그때의 얘기를 할 적마다 "저희 어머니가 얼마나 애간장이 탔겠느냐"고 회상하곤 했다.

어머니의 그런 겁 없는 인정 때문에 나중에 아버지가 난처했던 경우도 있었다. 아직 전쟁 초기의 일이었는데 우리 동네로 인민군 소대

가 행군해 가다가 길가에 있던 우리집에 들어섰다. 인솔자인 장교가
길 건너 몇 집과 우리집을 지목하여 양식과 찬거리를 줄 터이니 밥을
좀 지어달라고 했다. 우리집에 1개 분대 정도의 병력이 배당되었던 듯
했다. 그들은 집에는 절대로 들어오지 않고 집 앞 가죽나무 그늘에 흩
어져 앉거나 열어놓은 점포식 유리문 문턱에 걸터앉아서 얘기도 하고
담배도 피웠다. 아마도 하사관이었을 늙수그레한 병사가 나를 보더니
반가워하면서 어깨에 엇비스듬히 메고 있던 전대에 손을 넣어 볶은 콩
한줌을 꺼내 주었다. 그는 두 손으로 부비고 입을 호호 불어서 콩 껍질
을 날려버리고 나서야 내게 주었다. 제 아들 생각이 나서였을까, 그는
자꾸만 도망치려는 나에게 몇 살이냐, 이름이 뭐냐, 몇 학년이냐, 〈장
군의 노래〉를 할 줄 아느냐, 또는 〈아침은 빛나라〉를 불러보아라, 하며
귀찮게 굴었다.

어머니가 동네 아줌마 두 사람과 함께 뒷마당에다 돌을 괴고 가마
솥을 올려놓고는 여러 장정들의 밥을 했다. 푸성귀 된장국과 동네에서
걷은 김치가 전부였지만 그들은 고봉으로 밥을 먹었다. 밥 먹는 동안
은 조용하더니 어느 젊은 병사가 어머니에게 고향이 어디냐고 물었다.
어머니는 어쩐지 긴장된 얼굴로 고향은 왜 묻느냐고 되물었다. "아주
마니 말씨레 페안도 같수다레, 맞디요?" 병사가 다시 묻자, 어머니는
하는 수 없이 고향이 평양이라고 대답했다. "기럼 왜 여게서 삽네까?"
어머니가 당황하지 않고 태연하게 대답했다. "당신네 오마니는 시집두
안 갔시요?" 어머니의 대답에 주위 병사들이 목청을 합쳐서 웃었다.

*

전투가 휩쓸고 지나간 영등포 중심가를 지나 다시 집으로 돌아왔을 때는 인천에 상륙한 미군들이 벌써 여러 지점에서 한강을 건넌 후였다. 아직도 곳곳에 불타고 있는 건물들이 보였고 전봇대들도 여러 개가 넘어져서 전선을 땅바닥에 늘어뜨리고 있었다. 며칠 동안을 미군 트럭과 탱크와 수륙양용 장갑차들이 지나갔다.

어머니는 통장 일을 보던 방앗간집 아줌마가 경찰과 치안대에 잡혀갔다고 일러주었다. 그러면서 덧붙였다. "글쎄 목재소 주인이 사람을 여럿 죽이고 올라갔다는구나."

목재소는 우리집 건너편에 있었는데 언제나 통나무를 트럭으로 들여다가 전기톱으로 자르는 소리가 요란하게 들려오곤 했다. 그 집에 내 또래의 아이가 있었는데 경상도 사투리를 쓰는 아주 똑똑한 아이였다. 우리가 병정놀이를 하면서 무기로 쓸 각목들이 필요했는데 그애가 마음대로 골라 가지게 했다. 우리는 적당한 것들을 가져다가 나무칼도 만들고 창도 만들어 놀았다. 공작창에 다니던 누구네 삼촌과 그애 아버지가 무슨 민청 단장이라고 하여 아이들이 모두들 대장집 아들이라고 불렀다.

수복 후에 그 집은 온통 쑥대밭에 빈집이 되어버렸는데 어머니 말에 의하면 그 목재소 주인이 후퇴 임박하여 사람들을 잡으러 다녔다는 것이다. 어머니가 영등포시장에 나갔다가 포목점들이 있는 골목에서 서성이는 그 사내를 언뜻 먼발치에서 보고는 그 표정이 어찌나 무서웠던지 부침개를 부치고 있는 아낙네 앞에 얼른 털퍼덕 주저앉았다고 했다. 어머니는 덧붙였다. "몰려가구 올 적마다 이쪽저쪽이 서루 몹쓸 짓을 했다더라. 손바닥두 마주쳐야 소리가 난다구."

수복이 되고 치안이 안정되면서 우리 동네에서도 몇 사람, 그리고 공장이 많았던 이웃 동네에서는 많은 사람들이 붙잡혀갔다. 한참 뒤에 우리집에서 인민군에게 밥을 해준 적이 있다는 이유로 아버지가 집 맞은편의 파출소에 가서 잠깐 조사를 받았다. 임신한 어머니가 반시간 정도를 서성거리다가 쫓아들어가서 한참을 따지고 나서 아버지는 경위서만을 쓰고 나왔다. 어머니는 무엇보다도 우리는 이북이 싫어서 38선 넘은 사람이다, 쌀 주고 밥 좀 해달라는데 우리도 전쟁통에 새끼들 데리고 살아남아야지 총 가진 군대에게 안 하겠다고 할 사람 있으면 나와봐라 등등 여러 말을 했던 모양이다.

나중에 이러저러한 유명 인사들의 전쟁 회상 기록을 보면, 서울 수복 후에 사회 분위기가 한강을 넘은 도강파와 잔류파로 분류되었는데 한강 인도교는 저희가 끊어놓고 피난 못 갔던 사람들을 수상한 물이 든 사람 정도로 취급했다고 원망하고 있었다. 이후 분단된 남쪽에서 살아간다는 것은 선택도 분명하게, 그리고 되도록이면 반대쪽에 대한 적대적 감정을 확실하게 표현해야 살아남을 구멍이 생긴다는 것을 점점 더 뚜렷이 알아가게 된 세월이었다.

어쨌든 난리는 계속되고 있었지만 우리 동네는 아무 일도 없었던 듯이 예전처럼 아이들이 다시 돌아와 서로 놀자고 불러댔다. 무너진 공장 건물이나 빈터의 사방에 총탄과 포탄이 무더기로 버려져 있었다. 아이들은 실탄을 주워다가 앞의 총알을 빼내어 탄피 속에 있는 화약을 꺼내어 모으곤 했다. 구경 오십짜리 기관총 탄환이 제일 인기였는데 굵기가 달랑무 정도여서 심지를 박아 석유를 넣고 그 위에 깡통을 씌우면 그럴듯한 손전등이 되었다. 기관포 탄피 속에서는 굵은 연필심 같은 화약이 수북이 쏟아져나왔다. 아이들은 파이프를 자르고 나무 손잡이를 달아 사제 단총도 만들었다. 사방에서 폭발 사고가 일어났다. 어떤 녀석은 겁도 없이 박격포탄을 돌로 때려서 분해하려다가 부근에 섰던 아이들과 함께 날아가버리기도 했다. 나도 양철 물받이 파이프를 주워다가 장난감 대포를 만들어 안에다 화약을 넣고 꽁무니의 못 구멍을 뚫은 곳에 불을 붙여 실험을 해보았는데, 불을 붙이자마자 요란한 폭음과 함께 양철이 통째로 날아오르는 바람에 혼비백산했다. 폭음 때문에 한동안 귀가 들리지 않아서 고막이 터진 줄 알았다. 이제 동네끼리의 아이들 전쟁놀이는 예전 모래 더미 위에서 기 뺏기를 하던 것과는 판이하게 달라졌다. 어른들이 나서고 경찰이 단속을 하면서 폭발물은 모두 압수되었다.

학교는 아직도 개교를 하지 않고 있었는데 국군과 미군을 비롯한 연합군이 곧 압록강까지 올라가 이북이 모두 수복이 된다는 얘기가 있더니 추워지면서부터 우울한 소식이 들려오기 시작했다. 중공군이 참전해서 아군은 후퇴중이라는 것이었다.

1950년 12월의 어느 추운 날 새벽에 우리 식구는 또다시 남쪽으로 내려가는 피난길에 오른다. 아버지가 며칠 전부터 영등포역에 나가 수송편을 알아본 뒤였다. 어머니가 내게 두툼한 외투와 방한모를 씌워주고 발목 위로 올라오는 여자 어른의 커다란 구두를 신겨주었다. 양말을 세 켤레나 겹쳐 신어서 발에 감각이 없을 정도였다. 어머니와 아버지도 간단한 륙색과 트렁크를 든 차림이었다. 따로 이불 짐이며 잡동사니들은 동네 아저씨가 지게로 져서 날라주었다. 아직 날이 밝지 않은 어둑한 새벽이라 시장 로터리에 이를 때까지 주위는 깜깜했다. 날씨가 갑자기 추워져서 질척했던 발자국들이 다시 얼어붙은 바람에 땅이 울퉁불퉁했다. 걸음을 옮기며 딱딱한 구두창으로 밟을 때마다 솟아오른 언 흙이 발밑에서 바사삭 부서지곤 했다.

아직 때가 일렀지만 아버지는 지난번의 경험도 있고 해서 피난을 서둘렀다. 아무래도 사람들이 많이 모여서 뭔가 벌어먹고 살 만한 곳으로 미리 가 있는 것이 나을 성싶었을 것이다. 중요한 물건들은 마당 한 귀퉁이를 파고 묻는 등 며칠 전부터 준비를 했겠지만 나는 전혀 눈치를 채지 못했다. 그맘때에는 서울을 오가는 객차는 파괴되어버렸거나 병력 수송 등으로 징발되어서 철로에는 화물차량들만이 물자와 사람을 싣고 왕래했다.

중공군이 개입하면서 전선이 차츰 38선 어름으로 내려오자 기차 편은 점점 더 뜸해졌다. 아버지가 역을 드나들며 교섭한 것은 군인 가족들의 차량에 편승할 자리였다. 화물차 안에는 군수물자를 싣고 피난민들은 모두 화차 지붕에 올라가 앉아야 했다. 그런데 화물차량들 사이에 가끔씩 어쩌다가 무개화차가 끼어 있었다. 대포나 탱크 같은 것들을 실을 수 있도록 화차 둘씩을 연결해놓기도 했다. 칸막이만 달린 지붕 없는 화차라도 얻어탄다는 것은 하나의 특권이었을 것이다. 화차의 높다랗고 비좁은 지붕 위에 비해 안전했고 게다가 가족들끼리 누울 만한 공간도 충분했다.

우리가 역에 도착했을 때 다른 피난민들은 별로 없는 편이었고 역

구내도 한산했다. 무개화차의 탑승을 맡은 누군가가 우리 식구에게 공간을 지정해주어서 우리는 밑에다 이부자리를 깔고 위에는 다시 솜이불을 덮었고 그 위에다 카키색 천막지를 씌웠다. 자리를 지정받은 사람들이 대강 올라탄 뒤에 날이 밝았는데 피난민들이 사방에서 몰려오기 시작했다. 그들은 화차의 지붕 위로 올라가기 시작했다. 우리 앞뒤의 높다란 화차 지붕 위에는 여러 가족들이 전깃줄의 참새들처럼 옹기종기 올라가 앉았다. 그들은 두셋씩 이불을 함께 둘러쓰고 있었다. 한국전쟁이 시작되고 두번째로 서울을 점령당했던 이른바 1·4후퇴라는 것인데, 이미 전해 12월 중순경부터 피난은 시작되고 있었다.

원래가 전쟁 물자를 실어나르는 기차인지라 완행열차보다 더 느려서 가다가 주요 역에 도착하면 거의 반나절 이상을 머물렀다. '오산'이라는 팻말이 보였을 즈음에 우리는 저녁으로 차디찬 김밥을 사 먹었다. 김밥이나 주먹밥이 끼니의 전부였다. 경기도 어름을 지나 천안에 도착하는 데 하루 이상이 걸렸을 것이다.

밤늦게 기차가 출발할 때도 있었다. 식구 중의 누군가가 하필이면 그런 순간에 잠깐 내렸는데 기차가 움직이기 시작하면 지붕 위의 남은 식구들은 아우성을 치며 가족의 이름을 부르고 난리였다. 누군가는 철로를 따라서 죽을힘을 다하여 달려오기도 하고 끝내 뒤처져버리기도 했다. 어떤 사람은 온갖 어려움 끝에 가족을 만나게 되었을 것이고 아니면 오랫동안 헤어지게 된 경우도 있었다. 서울에서 부산까지 가는 데 열흘이 넘게 걸리던 여정에서 피곤에 지친 사람들은 화차의 지붕 위에 쪼그리고 앉아 졸다가 떨어져 죽기도 했다.

나의 친구도 피난길에 기차를 놓친 경우였다. 당시 서울 살던 사람들은 용산역까지 나가서 피난민 수송열차를 타든가 몇 식구가 돈을 걸어서 재주껏 후생사업에 나선 군용 차편을 얻어타거나 했는데, 당시 어린 그는 역에서 식구들을 잃어버렸다. 정거장 구내에서 식구들과 하얗게 모여든 피난민들 틈에 섰다가 뒤를 보러 변소를 찾아다녔는데, 철로를 몇 선이나 뛰어넘어 철조망 가녘에 가서 쭈그리고 일을 보고 돌아왔을 때는 이미 기차가 떠나버린 후였다. 나와 동갑내기이던 그 친구는 울며불며 빈 철길을 돌아보고 또 돌아보며 하는 수 없이 식구들이 버리고 떠난 집으로 되돌아갔다.

집에는 병들어 시난고난하던 할머니가 안방에 누워 있었다. 길에서 죽느니 차라리 집에서 죽겠다며 한사코 피난을 거부했던 할머니였다. 그는 집에 와서야 할머니와 어린 자기를 두고 떠나버린 식구들에게 분노가 치밀었고 커서까지도 못내 용서할 수 없었노라고 했다.

서울은 거의 텅 비어 있었다. 그해 겨울은 엄청나게 추웠다. 전쟁통에 남과 북으로 갈리면서 부모들이 흩어지고 빈 도시에 버려진 아이들이 서로를 파악하기 시작했다. 그의 임무는 어떻게 해서든지 할머니와 자신이 자는 안방의 군불을 때서 구들을 덥히는 일이었다. 그는 빈집들을 찾아다니며 땔 만한 가재도구들을 모아오고 식구들이 남기고 간 한 자루의 양식이 떨어지기 전에 곡식 한 톨이라도 확보하려고 애썼다.

마을에 남겨진 아이들은 나이 순서대로 병정놀이를 할 때처럼 서열이 생겼다. 그들은 패를 나누어 집뒤짐을 하러 다녔다. 남이나 북이나 그맘때에는 도시 대부분이 잿더미가 되어버렸다. 할머니는 그해 겨울을 넘기지 못하고 세상을 뜨고 만다. 그는 아이들을 불러모아 마당의 언 땅을 파고 김장독을 묻듯이 홑이불에 싼 할머니를 묻었다.

어른들에게는 가혹한 세월이라지만 아이들은 겉보기에 별로 무서워하거나 슬퍼하지 않는 것처럼 보인다. 아니 오히려 저희 패거리와 함께 있는 전쟁터 아이들은 희희낙락하며 즐거워 보이기까지 한다. 어쨌든 놀거리가 생기고 굶어 죽지만 않는다면 학교에 다니는 것보다 훨씬 재미있는 일이 얼마든지 많은 것이다. 배고프거나 아플 때, 슬플 때 잠깐 울고 나면 그뿐이다. 얼룩진 눈시울을 쓱 닦고 돌아서면 생존 그 자체가 활기인 것이다. 그런데 정말 그뿐일까. 마치 모르는 사이에 동상에 걸리는 것처럼 성장해가면서 지난 상처들이 문득문득 못 견디게 가려워지기 시작하면 그야말로 헤어나올 수 없는 고통에 허우적대는 것을 나는 종종 보아왔다. 내 친구 역시 그랬다. 지금은 이미 고인이 되었지만 그는 평생 가족과 오순도순 사는 일에 서툴렀고 사회에도 적응하지 못했다.

대구역에 도착했을 때는 짧은 겨울 해가 저문 뒤였다. 우리 식구가 남들처럼 부산까지 내려가지 않은 것은 어머니의 주장에 의한 것이었다. 그녀는 이남 이곳저곳에서 몰려든 피난민들과 이북의 피난민들까지 부산에 넘칠 텐데 살기가 여간 힘들지 않을 거라고 판단했다. 방 구하기도 쉽지 않고 생존경쟁이 그만큼 치열할 것이 아닌가. 더구나 이번에는 그리 쉽사리 추풍령 너머까지 밀리지는 않을 것이라고 사람들은 말했다.

역에 도착해서 인파에 묻혀버리지 않도록 우리는 수화물 사무실이 있는 유리창 앞에까지 물러나서 짐을 내려놓고 앉아 아버지를 기다리기로 했다. 아버지는 시내로 방을 구하러 나갔던 것이다. 우리 앞으로 군인들과 피난민의 인파가 하염없이 스치고 지나갔다.

아버지가 방을 구하고 역으로 돌아온 것은 밤이 이슥해서였다. 그때만 해도 대구는 역에서부터 시작되는 중심가의 앞쪽만 적산가옥과 근대적인 건물이 있었고 한 골목만 뒷길로 들어가도 초가집들이 많았다. 우리는 적십자병원 지나서 중앙시장 맞은편에 있는 덕산동의 어느 오래된 동네 초가집에 방을 얻었다. 비좁은 마당 가운데 우물이 있었고 구석에는 빈 돼지우리가 있었다. 과부 혼자서 중학생 아들과 딸을 데리고 살았는데 시집간 큰누나가 근처에 사는지 자주 집에 들렀다. 그녀가 오면 언제나 남동생과 대판 싸움을 벌이곤 해서 그들 어머니가 몇 번이나 뜯어말리곤 했다. 우리는 초가집 본채의 큰 방을 쓰다가 어머니가 아우를 낳고 나서는 대문 쪽의 별채에 있는 작은 방을 하나 더 썼다.

집을 정한 지 며칠이 안 되어 아버지는 문득 사라졌다. 나중에 알고 보니 아버지는 상경하는 수송열차를 얻어타고 영등포 집에 다녀와야 했다. 가게에 뭔가 잊고 온 물건이 있었던 모양이었다. 아마 피난살이가 얼마나 더 계속될지 알 수 없었으므로 장사를 하기 위한 밑천을 챙겨온 것이리라고 큰누나는 말했다.

아버지가 서울에 간 동안 어머니는 나를 데리고 잤다. 잠들어 있다가 뭔가 웅얼거리는 소리에 깨어보면 어머니가 나직한 소리로 기도를 올리고 있었다. 아버지는 무사히 돌아왔지만 기차를 서너 번 갈아타고 걷기도 하면서 아슬아슬한 고비를 여러 번 넘겼던 모양이었다. 그는 대구에서부터 부산, 마산 등지로 트럭에 물건을 싣고 나다니며 장사를 했고 한 달에 절반은 남도 일대를 돌아다녔다. 어느 때는 남고 어떤 때는 바가지를 쓰거나 떼이기도 하면서 그는 식구들을 부양한다.

어머니는 마침 다행히도 아버지가 집에 돌아온 이튿날 아우를 낳았다. 그날은 정월 대보름이어서 아버지는 서둘러 집에 돌아왔을 것이다. 아침에 일어나보니 어느 틈에 아기가 태어나 어머니 옆에서 쌔근쌔근 잠자고 있었다. 요즈음은 병원에 가서 낳지 않으면 아기고 엄마고 죽는 줄 알지만, 예전에는 집안 식구들이 아기를 받는 일이 많았고 남편이 아내의 해산을 돕는 일도 흔했다. 더구나 전쟁통에는 아기를 낳을 따뜻한 방이 있다는 것만도 큰 행운이었다.

어머니는 피난을 내려와서도 장을 보러 갔다가 큰 서점을 발견했다면서 내가 읽을 책들을 사왔다. 『문지기 아들 브레에스』『방정환의 소년소설집』『톰 소여의 모험』『몬테크리스토 백작』『푸르타크 영웅전』『안델센과 그림 동화집』 등등 헤아릴 수 없이 많은 책들을 나는 그 어려운 시절에 접했다.

대구 거리에서는 긴박한 전선의 보충병을 모집하느라고 피난민이고 학생이고 닥치는 대로 검문하고 모병을 했으며, 전쟁중인데도 봄이 되자마자 학교를 열고 피난민 아이들을 불러모았다. 나도 집 근처의 중앙초등학교에 갔는데 교사 건물은 벌써 미군 부대에 징발당해 있어서 가교사에서 수업을 받아야 했다. 어느 적산가옥의 방과 마루 사이의 벽들을 모두 털어내고 공간을 넓게 고친 교실이었다. 물론 책상 걸상은 없었다. 책상 앞의 걸상에 앉아본 것은 전쟁이 끝난 후 초등학교 6학년이 되어 졸업하기 몇 달 전에야 겨우 소원성취를 할 수가 있었다.

학생들은 누구나 화판과 신발주머니와 방석을 장만해야 했다. 화판에 끈을 매어 어깨에 걸고 가교사로 가서 공부할 때는 화판을 무릎에 펼쳐놓고 앉아서 글씨를 썼다. 가교사는 그나마 좀 나은 곳은 바닥이 마루였고 아니면 시멘트 바닥이거나 그냥 맨땅이었다. 가마니를 깔아놓은 시멘트나 맨땅에서는 방석을 깔고 앉아도 장마철에는 눅눅한 습기가 올라왔다. 그리고 비가 오면 곧잘 지붕이 샜다.

처음 입학식을 하는 자리에서 영등포에서 담임을 맡았던 여선생을 다시 만나게 되었다. 그녀는 눈물을 흘리며 나를 반겼고 어머니도 여선생의 두 손을 마주잡고 울었다. 그런 난리통에 서로 살아 있다는 것이 고마웠던 것이다.

학교에 가기 전부터 중학생이 읽을 만한 책들을 섭렵한 나는 이미 아는 내용들이라 학교 공부가 별로 재미가 없었다. 어머니는 늘 얘기했다. "어디서나 배우고 가르치는 데는 우리네 사람들 못 따라간다. 훗날에 그 덕으로 광을 내게 될 거야."

교실의 절반을 나누어 남녀 학생을 따로 앉혔다. 그래도 누나들 이외에 처음으로 또래의 계집아이들과 서로 이름도 부르고 말도 할 수 있게 된 것이 재미있었다. 전선에서는 피투성이 싸움이 계속되고 있었지만 우리는 화판을 들고 나가 과수원 언덕에 앉아 크레용으로 나무와 꽃들을 그렸다. 아버지는 한 달에 절반쯤은 다른 지방으로 나가 식구들을 먹여 살리려고 동분서주하고 있었다.

나는 종종 아버지나 어머니와 함께 대구역 앞에서부터 시작되는 중앙통을 걷고 있노라면 가슴이 두근거리고 오줌이 마려운 것처럼 안달이 나고는 했다. 그것은 다름아닌 문화극장 앞에 엄청나게 크게 그려서 걸어놓은 영화 간판들 때문이었다. 영등포에서 어머니를 따라가 악극도 보고 영화도 보았던 기억이 있어서 더욱 그랬다. 〈타잔〉도 걸려 있고 〈톰 소여의 모험〉도 걸려 있었다. 그러나 많은 아이들이 학교도 못 가고 구두 닦고 담배 팔고 하던 시절이라 어린 마음에도 눈치는 있어서 용돈을 달라고 보채지는 못했다. 그러나 극장 앞을 지날 때마다 하도 올려다보고 돌아보고 하여 목에 쥐가 날 지경이었다.

어느 날 아버지와 나는 그 중앙통 거리에서 혼자 월남한 큰외삼촌과 딱 마주쳤다. 중앙통에는 상점은 물론 노점상들도 많았다. 라이터와 시계를 넣은 작은 유리상자를 올려놓고 라이터에 기름을 넣어주거나 시계 수선을 해주는 노점에서부터 군용 장갑이며 스웨터, 야전잠바 등속을 파는 노점, 풀빵, 호떡, 군고구마 장수들이 일렬로 늘어서 있는 곳을 두리번거리며 걷는데 갑자기 앞서 걷던 아버지가 걸음을 멈추었다. 바로 앞에서 우리를 지나쳐가려던 키 큰 남자도 우뚝 섰다. 두 사람은 잠시 그대로 서서 외마디 고함을 지르더니 서로 부둥켜안았다. "형님은 언제 내레왔시요?" "일사후퇴 때…… 경도는 어디 가서?" "집에 있디요. 여게 대구 말이야요."

두서없는 말이 빠르게 오고갔다. 지나던 사람들이 원을 그리듯 두 사람을 둘러싸고 멈춰섰다. 사람들은 제 일인 것처럼 덩달아 웃는 얼굴로 입을 벌리고 두 사람의 말에 귀기울이며 구경했다. 내가 보기에도 외삼촌은 멋쟁이였다. 그는 어머니처럼 키가 컸으며 뒤로 넘긴 굽실굽실한 긴 머리가 흘러내릴 때마다 머리카락을 손가락으로 훑어올리곤 했다. 깃이 넓은 헐렁한 검은 외투를 입고 안에는 당시에 미군 부대에서 나온 목 앞에 단추가 달린 국방색 털 스웨터를 입고 있었다. 그

길로 외삼촌은 우리와 함께 당장 덕산동 피난살이하는 집으로 달려갔고 나는 연신 "오라버니, 오라버니" 하며 흐느끼는 어머니의 울음소리를 처음 들었다.

큰외삼촌은 일본서 공부한 의사였으며 북에서 의대 교수를 했다. 그는 인문적 교양이 풍부해서 무슨 질문을 해도 척척 대답해주었고 우리의 정신을 쏙 빼놓을 정도로 이야기를 재미있게 할 줄 알았다. 이렇게 큰외삼촌은 작은이모와 함께 우리의 유일한 친척으로 남한에서 생활하게 되었다. 어머니는 오라비와 바로 손아래 동생을 가까이에 두고 살 수 있게 된 것이다. 초등학교 교사였던 작은이모는 외동딸인 인옥이를 잃은 다음에 남편과 이혼하고 평생을 혼자 살았다. 이모부가 다른 데서 아들을 낳고 딴살림을 차렸던 것이다.

큰외삼촌은 1950년대의 치열한 생존경쟁에서 허물어졌다. 의사 면허증 때문에 그를 고용했던 돌팔이 의사의 모함 투서로 인해 고보 동창생들과 술자리에서 말 몇 마디 한 것으로 그야말로 막걸리 반공법에 걸려서 호된 고문을 당했다. 그런 뒤에 또다른 죄목으로 기소되어 옥살이를 하고 난 뒤에는 세상살이에 뜻을 잃고 술에 절어서 살았다. 그는 두 번인가 재혼을 하더니 말년에 딸 하나 바라보며 외롭게 살았다. 작은이모와 큰외삼촌은 그야말로 이산가족 1세대인 셈인데 1980년대를 고비로 두 사람 모두 세상을 떠났다.

나는 이 시기의 암담한 절망과 생존의 엄혹함을 어머니의 회상을 통해 정리하여 「한씨연대기」라는 중편소설을 쓰게 된다. 부분적으로는 어릴 적에 큰외삼촌으로부터 그가 겪었던 얘기를 직접 들은 기억도 한몫을 했다.

서울 수복은 되었지만 남쪽으로 내려갔던 난민들이 새로 잡은 터전을 다시 떨쳐버리지 못하고 주저앉아 있을 무렵에 우리 식구들은 대구를 떠나 상경 길에 올랐다. 중앙시장의 김 나는 뚝배기 순대국밥이라든가, 암시장에서 얻어먹던 초콜릿과 아름다운 색깔의 드롭스며 젤리의 맛, 그리고 적십자병원에 가서 누나와 함께 줄을 서서 타오던 우유죽과 그 뜨거운 냄비, 피난지였지만 정성스럽게 기운 방석을 들고 나오던 가교사의 아이들, 이 모든 것들을 어찌 잊을 수 있으랴.

부산에 혼자 뒤처졌던 작은이모가 어머니를 따라 상경 길에 합류했다. 아버지가 원호사업 트럭을 세내어 대전까지 올라갈 차편을 구했다. 거기 가서는 다시 서울 못미처 수원까지 가는 군용 트럭을 얻어탈 수가 있다는 것이었다. 우리의 상경 길이 며칠이나 걸렸는지 나는 기억하지 못한다. 다만 곳곳마다 밥집이 생겨나 우리 식구가 많은 사람들 틈에 끼어앉아 상밥을 사 먹던 생각이 난다. 이따금 군대 수송행렬이 지나갈 때마다 우리 차는 길 한편에 비켜나서 그들이 모두 지나갈 때까지 기다리곤 했다. 신작로의 먼지와 함께 군가 소리가 드높게 꼬리를 이으며 멀리 사라질 때까지 나는 그들의 노래를 흥얼대며 따라 부르곤 했다. 전우의 시체를 넘고 넘어 앞으로 앞으로 낙동강아 잘 있거라 우리는 전진한다……

수원 지나서부터는 민간인이 허가 없이 군용 트럭에 타는 것이 금지되어 아버지 혼자 피난 짐을 싣고 영등포까지 가고 우리는 걸어서 가기로 했다. 하룻길에 지나지 않았지만 내게는 며칠이나 걸린 것 같다. 길을 가면서 어머니와 이모가 찬송가를 부르면 누나들이 따라 부르곤 했다. 나도 그녀들의 노래를 몇 번 듣고는 곧잘 따라 했다.

도중에 철둑 밑을 지나게 될 때 기차가 지나갔는데, 문이 열린 화차에 타고 있던 러닝 바람의 미군이 나를 향해 무엇인가를 던졌다. 나는 깡통 하나를 주워들었고 고개를 들어보니 그는 손을 흔들며 멀어져가고 있었다.

*

아이들은 앓으면서 큰다고 했던가. 나는 피난길에서 돌아오자마자 호되게 앓기 시작했다. 처음에는 배탈이 난 것처럼 아랫배가 아프고 아무것도 먹지를 못하다가 열이 사십 도까지 올라갔다. 어머니는 만주 시절에도 느낌으로 내가 디프테리아에 걸렸다는 것을 일본인 의사보다 먼저 알았던 이였다. 그녀는 비슷한 증상을 어디서 들었는지 느낌에 내가 뇌막염 같다고 했다. 우선 뒷목이 뻣뻣해지기 시작했다고 한다. 어머니는 큰외삼촌과 동창이라는 육군병원 군의관을 수소문하여 찾아갔고, 그를 데려오지는 못했지만 당시로서는 귀하다던 항생제를 구해와서 로터리 앞의 내과의사를 모셔다가 주사를 놓았다. 주사를 맞고 나서야 열이 내리기 시작했고 약도 없다던 뇌막염에서 회복되기 시작했다. 뒤늦게 연락을 받은 큰외삼촌이 달려왔을 때는 내 병이 완전히 회복기에 들어섰을 때였다.

전쟁이 끝나지는 않았지만 후방에서는 학교도 다니고 사람들이 생계를 위해 다시 도시로 몰려들어서 아무 일도 없던 예전으로 돌아간 것 같았다. 그 무렵에 아버지는 다시 자동차와 관계된 사업을 시작했다. 그는 동부전선의 수복 도시였던 춘천으로 가서 서비스 공장을 냈다. 서비스 공장이란 요즘의 카센터를 말한다. 몇 달에 한 번씩 어머니는 춘천을 오갔고 나도 겨우 걸어다니는 아우와 함께 따라나선 적이 있었다. 그때도 군용 트럭에 숨어서 타고 갔다.

춘천에 가서도 언덕 위에 있는 시장통으로 가서 책을 잔뜩 구해다가 무너진 벽돌 건물 귀퉁이에 임시로 달아 지은 집에서 하루종일 읽고는 했다. 우리 가게에서 일하는 장정 가운데 축음기에 홀딱 빠진 청년이 있었는데 어디서 고물 축음기를 날라왔다. 그러고는 가게에서 헌 레코드를 얹어놓고 몇 번씩 되풀이해 듣고는 했다. 물론 현인이나 남인수의 노래였다. 어머님의 손을 놓고 돌아설 때엔 부엉새도 울었다오오 나도 울었소, 가랑잎이 휘날리는 산마루턱을 넘어오던 그날 밤이이 그리웁고오나…… 노래 한 소절이 끝나면 중간에 가수의 대사가 계속되었는데 그 청년은 언제나 목소리를 깔고 흉내를 냈다. 어머니, 날이 찹니다. 떡국은 자셨는지요……

우리는 영등포의 무너진 공장이나 지붕과 벽만 남은 관사의 가교사를 옮겨다니며 수업을 받았다. 바닥은 물론 대부분 맨땅에 가마니를 깔아놓은 곳이었다. 한 해에 몇 차례씩 여러 종류의 예방주사를 맞았고 미군들의 대민봉사 차량이 와서 디디티 소독을 해주었다. 무슨 고무파이프 같은 것의 주둥이를 등덜미 속이나 소매 사이로 넣어 보드라운 가루약을 뿌려넣었다. 우리는 간지럽다고 킬킬거렸다. 세월이 오래 지난 뒤에 그게 매우 독한 화학약품이라는 것을 알았지만 아이들은 적어도 겉보기에는 정말 멀쩡하게 살아남았다. 그러나 나는 어쩐지 예방주사에는 예민해서 주사를 맞을 때마다 며칠씩 된통 앓다가 일어나곤 했다. 그때의 예방주사라는 것이 장티푸스, 천연두, 결핵 등에 대한 것이었는데, 나는 유독 장티푸스 예방주사에 약했다. 우선 몸이 오슬오슬 춥고 오한이 나다가 밤이 되면 열이 오르면서 눈을 감으면 온몸이 전봇대처럼 늘어났다가 다시 콩알처럼 쪼그라들었고 깊은 절벽 속으로 떨어졌다가는 튀어오르기도 했다.

등굣길에 보면 가끔씩 허름한 판잣집 동네에 새끼줄을 쳐놓고 붉은 종잇조각을 매달아놓은 데가 보였는데 전염병이 번진 곳이라고 했다. 당시에 전염병은 어찌된 일인지 일선 지방에서부터 극성을 부리며 후방으로 내려오곤 했다. 염병이 장티푸스와 다른지 같은 것인지 모르지만 염병이 돈다고 어른들이 말했고 얼마 안 가서 뇌염도 돌기 시작했다.

이제 와서 생각해보면 그 난리통에도 수도와 전기가 끊기지 않고 공급되었던 것은 신기한 일이었다. 물론 전쟁이 도시 전체를 휩쓸며 다가올 무렵의 며칠 동안은 전기가 들어오지 않았지만 그래도 수도는 여전히 나왔다. 전선이 멀리 물러가고 나면 다시 기적처럼 전깃불이 들어왔고 밤 열시가 넘으면 절전한다고 불이 깜박 나갔던 것 같다. 우리는 잠들기 전에 아버지만 빼놓고 모든 식구들이 둘러앉아 그 삼십 촉짜리 전등 불빛 아래서 열심히 무엇인가를 했다. 내복을 모두 벗어들고 앉아서 누나들과 어머니와 나는 신문지를 펴놓고 그 위에 이를 잡아서 털어냈다. 옷의 솔기에 하얗게 깐 서캐가 줄줄이 붙어 있곤 했다. 어머니는 참빗으로 누나들의 머리카락에 붙어 있는 서캐들을 훑어내곤 했다. 전후에 오랫동안 그런 모습은 거의 풍속이 되다시피 하다가, 연관성이 있는 것인지는 모르겠지만 연탄이 주요 땔감이 되면서부터 점차 사라졌다. 아마 사는 형편이 나아져서 그런 것인지도 모르겠다.

피난을 나갔던 사람들이 옛 터전으로 돌아왔고 북에서 내려온 사람들도 대개는 촌보다는 도시에서 생계를 찾아 정착했다. 그리고 좌우의 대립 속에서 정신없이 들볶이다 살아남은 지방 사람들 중에서도 도시로 나와서 새로운 살길을 찾는 사람들이 많았다.

시장은 점점 번성했다. 주변에 웬 노점이 그리도 많이 생겼는지 학교에 오갈 때마다 나 같은 꼬마는 사람에 치여 걷지도 못할 정도였다. 또한 전에는 보도 듣도 못하던 먹을거리들이 흔전했다. 누나들과 내가 군것질 타령을 하면 어머니는 우리들에게 큰 쌀자루를 지워서 시장통의 뻥튀기 하는 아저씨에게 보내곤 했다. 옥수수도 튀기고, 쌀이나 보리도 튀겨왔다. 무슨 폭탄처럼 생기고 시계와 같은 압력계까지 달린 무쇠 기계를 화덕 위에 올려놓고 빙빙 돌리다가 때가 되면 아저씨가 쇠막대기를 주둥이에 엇갈려 넣고 터뜨릴 자세를 잡는다. 그러면 우리는 모두 귀를 막고 멀찍이 물러나고 길 가던 사람들도 모두 귀를 막는다. 펑! 하는 폭음과 함께 흰 김이 피어오르면서 촘촘한 철사 그물망 속에 고소한 냄새의 튀밥이 가득찬다. 우리는 추수를 마친 농군들처럼 의기양양하게 부풀어오른 튀밥 자루를 메고 집으로 돌아왔다.

그때는 또 왜 그렇게 약장수들이 많았는지. 학교에 오가다가 로터리 부근의 수양버드나무 우거진 빈터나 역 광장에 이르면 으레 구경꾼들이 둥글게 원을 그리고 둘러서 있고, 원숭이나 또는 잘 훈련시킨 개나 새 몇 마리 아니면 소녀를 데리고 약장수가 재간을 부리기 마련이었다. 어떤 사람은 바이올린으로 〈양산도〉나 〈황성 옛터〉를 켜고, 또 어떤 이는 마술을 부리고, 아코디언으로 〈신라의 달밤〉을 연주하고, 등에 짊어진 북의 북채에 줄을 매어 발에 매달아 박자를 맞추어 치고 입으로는 하모니카를 부는 1인 악대도 있었다. 재간도 그랬지만 입담은 더욱 대단해서 사람들은 할 일을 잊고 둘러서서 배를 잡았다.

"내가 누구냐, 성은 진 이름은 짜배기, 진짜배기가 바로 나요. 이 사람이 어떤 사람이냐, 동경제국대학교 약학과를 앞문으로 들어가지 않고 뒷문을 살짝 스쳐온 사람이다 이거야. 그러면 이 진짜배기가 날이면 날마다 이 후진 골목에서 떠드느냐, 내일 이 자리에 와서 날 찾아봐. 없어! 옆 골목에 가면 있지만. 여러분 이것이 무엇입니까? 이것이 배암이야."

내가 나중에 아이들 앞에서 재담꾼 노릇을 하게 된 것도 이때의 착실한 구경꾼 노릇으로 익힌 솜씨라고나 할까.

전쟁이 훑고 지나간 거리에는 기인이나 미친 사람도 많았다. 내가 『모랫말 아이들』이라는 책에도 썼지만 '꼼배네'로 불리던 걸인 가수 부부는 오래 잊히지 않는다. 그 거지의 이름은 몰랐지만 아이들이 '꼼배'라고 불렀다. 사내의 손목이 호미처럼 안으로 구부러진 채 펴지를 못해서 곰배팔이라고 부르다가 별명이 되어버렸을 터였다. 꼼배가 우리 동네 근처로 와서 아침마다 입바람과 발장단으로 밥을 구걸한 지는 한 두어 해 되었을 것이다. 그의 특징은 날마다 같은 집 앞이나 동네로 다니지 않고 마치 차례를 두듯이 한두 집씩 건너 다닌다는 점이었다. 그래서 자연스럽게 사람들은 꼼배가 자기네 집 앞에 와서 타령을 시작하면 "어라, 오늘은 우리집 차례인 모양일세" 하고는 마치 세금이라도 내듯이 밥과 반찬을 내다주곤 했다.

그의 주업은 땅꾼이어서 찌그러진 군용 반합과 함께 뱀 잡는 갈고리 달린 지팡이를 들고 다녔다. 혼자 다니던 그에게 언제부턴가 동행이 생겼고 그때부터 그는 동네로 와서 집집마다 찾아다니며 밥을 구걸하지 않고 그 대신에 시장으로 들어서는 길모퉁이 빈터에 자리를 잡고 서서 동냥을 했다. 채소시장 어귀에서 꼼배는 돈을 걷고 웬 뚱뚱한 여자가 노래를 부르는데 몸매와는 달리 목소리가 간드러져서 사람들은 〈목포의 눈물〉의 이난영이 뺨치게 잘하더라고 했다. 그녀는 함경도 피난민이라는데 길에서 온 가족을 폭격에 잃고 떠돌아다니다가 꼼배와 만났다는 것이다. 나도 시장 모퉁이에서 검정물 들인 헐렁한 군복 저고리에 누더기로 기운 담요 몸뻬 바지를 입고서 두 손을 얌전히 모으고 노래를 부르는 그녀를 본 적이 있었다. 그녀는 〈굳세어라 금순아〉를 불렀고 꼼배가 옆에 서서 빈 반합을 작대기로 두드리며 장단을 맞추었다.

꼼배네는 둑 밑에 움막을 짓고 살았다. 움막은 우리가 본부를 만들어봐서 잘 안다. 아이들이 패거리들과 만나는 장소를 본부라고 했는데 움막은 아이들 손으로 짓기도 쉽고 눈에 잘 띄지 않아서 좋았다. 땅을 한 길쯤 파고 그 위에 작대기들을 엇갈려 놓고 위에다 볏짚을 덮는다. 그리고 땅바닥에는 마른 모래를 깔고 그 위에 가마니를 깔았다. 입구에서 허리를 숙이거나 기어들어가야 하는 게 흠이지만 일단 안에 들어가 앉으면 아무리 추운 날에도 아늑하고 따뜻했다.

꼼배네 아낙은 그뒤에 아기를 뱄는데 그만 아이를 낳지 못하고 죽었다. 동네 아이들이 이른봄이 되면 농부들의 흉내를 내어 제방에 뒤덮인 갈대밭에 불을 놓아 쥐불놀이를 했는데 꼼배네 움막에 옮겨붙어 타

죽었다. 그날 밤 움막 주변 마을 사람들은 밤새 꼼배의 울음 섞인 외침을 들었다고 한다. "야 이놈들아, 니들만 사람이냐, 니들만 사람이야?"

다시 혼자가 되어 풀죽은 모습으로 움막 주변을 떠나지 못하고 얼마 동안 지내던 꼼배는 어느 날 둑 밑 자기네 움막 근처의 시내에 나무다리를 만들어놓고 어디론가 사라졌다. 행인들이 임시방편으로 놓은 징검돌들은 조금만 물이 불어도 잠겨버려서 시내를 건너려면 누구든지 신발을 벗어야 했던 것이다. '꼼배다리'라고 누가 부르기 시작했을까. 그뒤에 철도 침목처럼 콜타르를 입힌 새로운 목조 군용 다리가 생기고 드디어는 미군 공병대가 튼튼한 콘크리트 다리를 놓을 때까지 꼼배다리라는 이름은 사라지지 않았다.

당시에는 제법 크고 현대적 건물 비슷한 것이 학교밖에 없었나보다. 우리 동네 길 건너편에 해방 뒤에 지어진 초등학교가 있었는데 미군 부대가 징발해서 주둔하고 있었다. 물론 내가 다니던 문래동 근처의 학교 건물도 미군들이 주둔하고 있던 사정은 마찬가지였다.

중국요릿집 쌍성루는 이층 벽돌 건물로 나중에는 예식장으로 사용되었을 정도로 당시에도 제법 큰 건물이었다. 그 이층에 미군들의 댄스홀이 생겼고 젊은 양색시들이 길 건너편 집들과 우리 동네 뒤편에 세를 들어 살기 시작했다. 말 그대로 동네가 온통 기지촌이 되어버린 셈이었다. 아이들은 서로 자기가 본 것들을 자랑삼아 떠들었다. 철조망이 쳐진 학교 운동장의 차 아래에다 텐트를 깔고 미군 병사가 양색시와 대낮에 벌거벗고 그 짓을 하는 것을 보았다든가, 동네의 누구네 집 마루에서 둘이 입을 맞추다가 서서 그 짓을 했다든가, 이제는 미군이 어느 집으로 들어가면 목 좋은 자리를 골라잡아 미리 진을 치고 있다가 그 짓을 하는 광경을 영화 보듯 한다든가 별의별 얘기들이 많았다. 어른들도 먹고살기에 바빠서 아이들에게 봐라 마라 단속할 처지가 아니었다. 아이들은 누가 가르쳐주지도 않았지만 정말 발랑 까질 만도 했다.

어머니는 마루방에 재봉틀 두 대를 놓고 양색시들을 위한 옷을 지었다. 어디서 흘러나왔는지 낙하산 천이 나돌았는데 무도복의 옷감으로 제일 쳐주었다. 당시로서는 신기술로 탄생한 합성섬유가 가볍고 매끄러운데다가 잘 구겨지지도 않아서 더욱 인기였던 것 같다. 그 낙하산 흰 천에 여러 가지 염색을 하여 제법 화려해 보였다. 해주 이모와 작은 이모가 한동안 어머니와 함께 재봉 일을 했다.

빠른 곡조를 타고 두 남녀가 손을 잡고 돌기도 하고 허리와 다리를 휘청거리기도 하는 스윙과 부기우기가 유행이었는데, 날마다 쌍성루 이층은 요란한 밴드 소리와 불빛이 휘황했다. 우리집에서 일하던 태금이 누나가 바람이 난 것도 그 때문이라고 어머니는 말하곤 했다. 태금이 누나는 갓난애이던 아우를 안고 집 앞에 나가서는 쌍성루의 창문에서 흘러나오는 불빛과 밴드 소리에 신이 나서 아우를 쳐들었다 내렸다 하면서 입으로는 짜자 잔 짠짠, 박자를 맞추곤 했다. 어린 동생도 신이 나는지 까르르 웃었다.

어머니의 크림을 훔쳐 바를 때 알아보았어야 했는데, 그녀는 길 건너 파출소의 젊은 순경과 눈이 맞아서 어느 날 눈물바람을 하며 우리에게 작별을 고하고 떠나갔다. 그녀가 언제나 가죽나무 옆의 나무판자 담장 위에 상반신을 얹고 바라보던 곳이 길 건너 파출소였다는 걸 어머니의 말을 듣고 나서야 눈치채게 되었다.

전쟁이 끝나갈 무렵 우리 동네에 나타난 새로운 인물로 찌꾸 형과 고문관 아저씨 이야기도 빼놓을 수 없다. 찌꾸는 시속말로 머릿기름인 포마드를 이르는 말인데, 원래 이름은 기억나지 않는다. 그는 항상 윗머리를 올백으로 넘기고 옆머리도 뒤로 넘겨서 뒤통수에 붙이고는 귀 옆의 구레나룻을 길게 기른 몰골이었다. 그는 아마 당시에 열아홉이나 스무 살 가까이 되었을 것이다. 언제나 빗과 손거울을 가지고 다녔고 그러지 않아도 포마드 기름으로 떡이 되어 붙은 머리를 뒤로 자꾸만 빗어넘기곤 했다.

그는 신파극 대사를 많이 알고 있어서 혼자서 무성영화의 변사 흉내를 내거나 대사를 읊곤 했다. 그리고 언젠가는 동네 꼬마들을 모아 자기가 만든 대본으로 연극을 했는데 장소는 우리 동네 뒷골목 안쪽의 펌프 집이었다. 우리 동네 집들은 모두 길 쪽으로는 점포처럼 유리문을 달거나 했지만 뒤에서 보면 한옥 그대로인 집이 대부분이었다. 펌프 집도 뒷마당이 넓었고 대청마루가 제법 널찍했다. 동네 사람들을 그 마당에 모아다 앉히고 마루 위에서 연극을 했다. 찌꾸 형은 색시 장사를 하는 누나와 함께 살고 있었다. 양색시 서넛이 마당 가녘에 임시로 지은 하꼬방에서 살았다.

고문관 아저씨는 발음이 혀 짧은 소리여서 보통 때는 물론이고 화가 났을 때도 모두들 그의 기분에는 아랑곳없이 웃기만 했다. 그런 탓으로 아저씨가 언제나 자랑하는 무공훈장의 위엄도 인정받지 못했다. 고문관 아저씨는 구령을 붙이는 소리나 출전하기 전의 대대장 훈시를 흉

내내어 재현하곤 했는데 그 엄숙한 순간의 말들도 혀 짧은 소리 때문에 웃음바다를 만들곤 했다. 그는 중부전선에서 파편을 맞고 부상당하여 훈장을 타고 제대했다. 언젠가 우리가 병정놀이를 할 때 군대의 계급 순위에 대해 자랑스럽게 설명해준 적이 있었고 경례하는 모범 동작을 가르쳐준 일도 있었다.

"전쟁에 나갔으면 뭘 해. 말씨로 보니 고문관이 분명한데." 누군가가 이렇게 말했다. 고문관이란 한국군 부대에 파견 나와 있던 미군 연락장교들이 말도 통하지 않고 아무런 도움도 주지 못한다고 하여, 내무반 안의 좀 모자란 병사를 쓸모없는 놈으로 일컫던 말이었다. 고문관이란 말은 그후 오랫동안 군대 용어로 대물림을 하여 내 세대는 물론 내 아들 대에까지 전해지고 있다. 아마도 찌꾸 형이 그의 전쟁 경험담들을 웃음거리로 만드는 데 앞장섰을 것이다. 무엇보다도 그의 별명을 고문관이라고 지은 사람이 찌꾸 형이었기 때문이다.

고문관 아저씨는 역시 양색시로 미군 하사관과 살림을 차린 누이 집에 얹혀살고 있었다. 먼저 뿌리박고 살던 동네 사람들은 나중에 몰려든 이들을 건성으로 대하거나 무시하기 마련이었는데, 방세는 꼬박꼬박 비싸게 받아먹으면서도 동네 곳곳에 박힌 양색시들과 그 식구들을 천대했다. 동네 어른들은 특히 누이에게 그따위 짓이나 시켜놓고 제대하여 빈둥거리는 그를 비웃으며 누구나 반말 비슷하게 말을 붙이곤 했다. 아이들도 그가 군대에서 신통했을 리가 없다고 이미 의견을 모은 상태였다.

그런데 뜻밖에도 우리가 그를 인정하게 된 사건이 일어났다. 쌍성루 건너편에는 큰길을 경계로 다른 동네가 있었는데 우리네보다 조금 지대가 높은 곳이었다. 해주 이모네도 거기 살고 유치원이 있는 교회도 그 동네에 있어서 나는 그쪽의 여러 갈래 골목들을 제법 아는 편이었 다. 우리 동네에도 방앗간이 있었지만 그쪽 구역에도 우리네보다는 조 금 작지만 비슷한 방앗간이 있었다. 방앗간이라고 하니 시골 살던 이 들은 그저 방아틀에 공이가 몇 개 달린 물레방앗간 정도를 떠올리겠지 만 여러 개의 톱니바퀴와 피댓줄이 돌아가는 작은 공장 규모의 정미소 라고 해야 맞겠다.

쌍성루에서 마주 뚫린 길모퉁이에는 작은 이발소와 솜틀집이 붙어 있었고, 쌀겨와 먼지가 뽀얗게 날아다니는 방앗간 뜰에는 용감한 거 위 한 쌍이 돌아다녔다. 우리가 구경이라도 해보려고 마당 안으로 들 어서면 거위들은 긴 모가지를 뱀처럼 땅바닥에 숙이고 짖어대면서 쫓 아나왔다. 개에 못지않게 무서워서 한번 혼난 아이들은 다시는 그쪽으 로 가려고 하지 않았다. 어느 날 나와 짝패이던 염색집 국원이가 달려 와서 그 방앗간에서 무슨 일이 벌어졌다고 알려주었다. 굵은 전깃줄이 지붕 위로 늘어진 걸 모르고 어떤 애가 지붕에 얹힌 공을 가지러 올라 갔다가 전기에 붙어버렸다는 것이다.

그와 함께 이발소 앞길에 이르렀는데 벌써 진을 치고 구경하는 사람 들로 길이 막혀 있었다. 순경 한 사람이 호루라기를 불며 몰려드는 구 경꾼들이 가까이 오지 못하도록 손짓으로 제지하며 쩔쩔매는 중이었 다. 자전거를 끌어다가 짐 싣는 판을 딛고 서서 구경하는 사람, 맞은 편 담 위에 나란히 걸터앉은 사람들, 그리고 아이들은 어디 더 잘 보이 는 장소가 없나 이리저리 어른들 틈새로 몰려다니고 있었다. 국원이와 나는 쌍성루 옥상을 생각해냈다. 우리는 일꾼들 눈에 띄지 않게 목재소로 들어가 쌓아놓은 재목 더미 위로 기어올라갔다. 그러고는 쌍성루 이층 바깥쪽으로 튀어나온 쇠사다리를 타고 옥상에 이르렀는데, 우리는 곧 실망해버리고 말았다.

"요논들 먼 때메 온나오니?" 혀 짧은 소리로 고문관 아저씨가 말했다. 그는 벌써부터 구경하기 좋은 장소를 딱 점령하고 먼저 와 있었던 것이다. 우리는 방앗간 지붕 위에서 무슨 일이 벌어졌는지 보고 싶다고 말했고 그는 의외로 너그럽게 허락했다. "짜식든 또 고문관이다구 논녀바다. 온나와서 구경해다."

국원이와 나는 생쥐처럼 쪼르르 달려가 그의 옆에 쪼그리고 앉았다. 정미소 지붕이 한눈에 내려다보였다. 정미소 지붕 위로 굵은 고압전선이 늘어져 있는데 아이가 전선에 휘감긴 채 쓰러져 있고 등에서는 옷이 타는지 연기가 나고 있었다. 낙수받이에 걸린 고무공도 보였다. 지붕 위에서는 방앗간 사람 몇이 올라가서 긴 장대로 전선을 걷어내려고 휘젓고 있었는데 갈라진 전선들이 마찰될 때마다 뿌지직거리며 푸른 불빛이 번쩍였다.

어느 노인 하나가 사람들이 말리는데도 지붕으로 올라왔다. 두 손에는 찢어진 자동차 튜브를 감고 있었다. 노인이 튜브 감은 손으로 전선을 잡아챘지만 여전히 아이에게 휘감긴 부분은 떨어지질 않았다. 아이는 전선이 좌우로 뒤틀릴 때마다 꿈틀꿈틀했다. 노인은 다시 아이를 떼어내려고 몸에 닿은 전선을 잡아채는데 왼손 위에 늘어졌던 전깃줄이 살아 있는 뱀처럼 노인의 팔뚝에 철썩 엉겼다. 노인이 비틀거리며 왼쪽으로 쏠리다가 넘어졌고 이어서 다리에 전선이 또 한번 휘감겼다. 노인은 전선에 붙어버린 다리를 빼내려고 부들부들 떨면서 버둥대다가 간신히 한쪽 다리를 떼어냈는데 피부가 벗겨져나갔는지 피가 흘러내렸다. 노인은 놓여난 한 손으로 슬레이트 지붕을 때리면서 소리쳤다. 사람들은 모두들 숨만 죽이고 구경을 하는데 누군가가 "변전소에 연락을 한 거냐, 두 사람 다 내버려두면 죽는다!"하고 외쳤다. 순경은 초조하게 시계만 들여다보았다. 우리는 그때 벌떡 일어선 고문관 아저씨를 어리둥절하여 올려다보았다. "나쁜 놈든 가트니…… 구경만 함다야? 선인하사가 전투에 나가는데 경네 안 하냐?" 국원이와 나는 어쩐지 그가 농담하고 있는 것 같지 않아서 나란히 차렷 자세로 경례를 척 올려붙였다.

잠시 후에 구경꾼들의 술렁대는 소리와 함께 고문관이 지붕 위에 나타났다. 그는 전혀 맨손이었다. 먼저 노인에게 달려들어 휘감긴 전선을 떼어내기 시작했다. 그의 온몸은 거세게 떨렸고 전압을 견디느라고 경직된 근육들이 부풀었으며 고통을 참는 그의 눈알이 생선처럼 불쑥 튀어나왔다. 전선이 붙었다가 떨어져나간 자리에는 깊은 상처가 나면서 피가 흘러 고문관의 몸은 온통 피투성이가 되었다. 드디어 그가 노인을 떼어내는 데 성공했다. 다른 사람들이 상체를 숙이고 조심스럽게 지붕 위로 기어가 노인을 아래로 끌어내렸다.

고문관은 다시 아이 몸에 감긴 전깃줄을 잡아떼기 시작했다. 그의 얼굴에 피와 땀이 줄줄 흘러내렸다. 국원이와 나는 정말로 고문관 아저씨가 불쌍해서 더이상 바라볼 수가 없었다. 그가 아이의 등에 감긴 전깃줄을 떼어내고 다시 다리에 감긴 부분까지 떼어냈는데, 이번에는 아이를 떼어내자마자 뒤로 넘어졌다. 전선이 그의 온몸을 휘감아버린 것이다. 그는 고무 튜브를 손에 쥐고 허우적거렸다. 아이가 지붕 아래로 끌어내려지자 구경꾼들은 박수를 쳤다. 그러나 그는 식인수에 휘감긴 타잔처럼 지붕 가운데서 전깃줄에 휘감긴 채 몸을 꿈틀대고 있었다. 고문관이 몸을 굴렸다. 그리고 지붕 끝까지 가서 하반신이 아래로 축 처졌다. 사람들이 일시에 와아, 하고 놀라는 소리를 질렀다. 잠깐 그런 자세로 매달려 있었는데 한길 쪽에서 고물 스리쿼터 한 대가 털털거리며 달려왔다. 순경이 다시 활기를 되찾고 사람들에게 비키라고 고함을 쳤다. 그것은 두 사람의 전기공을 태운 전기회사 차였다. 그들은 전선이 늘어진 전봇대 위로 올라가기 시작했는데 지붕 끝 쪽에 걸려 있던 고문관이 다리를 버둥거리더니 전선을 몸에 매단 채로 아래로 툭 떨어졌다. 고문관을 휘감았던 전선이 이발소 앞에까지 길게 늘어져 있고 겨우 놓여난 그가 길 위에 쓰러져 있었다. 국원이가 침을 삼키며 중얼거렸다. "죽었을 거다!"

사람들이 몰려와서 고문관을 떠메어가려고 겨드랑이를 잡았을 때, 그가 다리와 팔을 휘저어 뿌리치더니 벌떡 일어났다. 그러고는 아무렇지도 않다는 듯 피 묻은 양쪽 팔뚝을 쳐들어 모여든 사람들에게 흔들어 보였다.

나는 오랫동안 그 사건에 대한 감동을 지니고 있었다. 나중에야 이런 무지렁이 같은 사람들이 무엇인가 어려운 일들을 치러내며 살아간다는 걸 깨닫게 되었다. 어쨌든 그 어려운 나날 가운데서 이런 기인들이 종종 나타났다가는 세월 속에 사라져가곤 했다.

전선이 교착상태가 되고 나중에 휴전까지 되면서 미군 부대는 북쪽으로 이동했고 철새처럼 그들을 따라왔던 사람들도 동네에서 사라져버렸다. 어른들은 시원해하고 섭섭해하기도 했다. 어쨌든 동네가 조용해진 대신에 한창 법석대던 호경기가 끝장이 났다는 걸 알았기 때문이다.

그 무렵 영등포시장의 길 건너편에까지 퍼져 있던 야시장의 활기는 우리가 몇 년째 전쟁통에 살고 있다는 사실을 잊게 하곤 했다. 처음에는 밤에만 리어카에 헌책을 실은 책 노점상이 나타나기 시작하더니 나중에는 누가 궁리해냈는지 아예 서가를 몇 개씩 내다놓고 책을 가득가득 채워놓고 빌려주는 장사를 시작했다. 처음에 책 한 권 값 정도를 맡겨놓으면 대여비는 몇 푼 되지 않아서 읽은 책을 돌려주고 다시 빌려오고는 했다. 그들은 헌책을 사모으기도 했는데 아마도 그들 중 일부는 나중에 가게를 빌려서 서점 주인이 되었을 것이다. 그 책들은 거의가 전후에 개인 서가에서 쏟아져나온 것들이었다. 책의 주인은 전쟁통에 집을 떠났거나 이미 세상을 떠났을지도 모르고 식구들은 먹고 살 양식을 사기 위해서 헐값에 내놓았을 것이다. 별의별 책들이 많았다. 일제시대에 나온 세계문학전집류에서부터 역사와 사상 서적들과 대중소설류까지, 당시에는 그럴 여유도 없었지만 나중에 군사정부 시기에 뒤늦게 금서가 된 사회주의 계열 책이나 월북 인사들의 책도 많았다. 사실 일제강점기 이후 해방공간에 나왔던 이런 책들은 1970년대까지만 해도 인사동과 청계천 고서점가에 가면 제법 많이 남아 있었다.

큰누나가 나처럼 책을 좋아해서 우리는 나이 차이와 상관없이 서로 먼저 읽고 건네주는 식으로 다투어 읽었다. 도스토옙스키의 『죄와 벌』이며 톨스토이의 『부활』은 물론이고 어른들이 보는 대중소설까지 닥치는 대로 읽었다.

나는 방바닥에 엎드려 책을 보다가 주위에 오가는 식구들이 참견하거나 말을 걸어오는 게 싫어서 일부러 군용 손전등을 가지고 비좁은 다락에 올라가 쪼그리고 앉아서 책을 읽기도 했다. 흔히 사춘기에나 시작될 독서열에 비해서 내가 초등학교 때 동서양 고전들을 섭렵하게 된 것은 다분히 어머니의 영향이 컸다.

*

1953년 여름. 삼 년 넘게 끌어오던 전쟁은 수백만의 희생자와 천만에 이르는 이산가족을 남긴 채로 어정쩡하게 휴전이 되었다. 4학년이던 나는 그때까지도 비가 새는 무너진 공장 건물의 가교사에서 수업을 받았다. 그러나 공장이 있던 외곽은 들판과 강물이 지척에 있어 겨울만 빼고는 언제나 아름다운 자연의 교실이어서 아이들은 학교에 가고 올 적마다 신나게 놀았다. 보리나 콩이 익어갈 무렵이면 가지째 꺾어다가 밭고랑에 앉아서 불에 그슬려 먹었는데 이것을 시골 출신 애들은 '콩서리'라고 불렀다. 벼메뚜기를 잡아 강아지풀에 꿰거나 빈 사이다병에 담아다가 볶아먹고 개구리 뒷다리를 구워먹기도 했다. 삼베로 덮은 대접 안에 된장을 미끼로 넣어 잔챙이 물고기를 잡는 보쌈 놀이며 지붕의 처마밑을 뒤져서 참새를 잡는 방법도 서로 배웠다.

대구 피난학교에서 만났던 영식이는 바로 우리집 건너편 파출소 옆의 적산가옥으로 이사를 와서 같은 초등학교에 다니게 되었다. 그는 위로 누나들 셋이 있던 막내아들이었다. 어머니부터 누나들까지 온 식구가 새벽기도회까지 나가던 독실한 기독교 집안이었다.

영식이 어머니는 토박이 황해도 사투리에 목소리가 높고 가냘픈 느낌이었다. 그애 아버지는 형사였는데 당시에는 일제시대의 명칭대로 사찰계라고 했지만 요즘 말로는 정보계 주임이었다. 눈이 크고 움푹 들어가서 얼핏 보면 서양 사람 비슷해 보였다.

언젠가 영식이네 집에 놀러갔는데 그애가 자랑삼아 벽장 속에서 여러 가지 것들을 꺼내어 보여주었다. 손잡이에 붕대가 감긴 멋진 일본도와 사진도 몇 장 보았다. 슬쩍 칼집에서 조금 뽑아보니 은처럼 희게 빛나는 게 어찌나 멋지던지 감탄하고는 그 칼을 가지고 싶어했던 기억이 난다. 진짜 사람 모가지를 많이 베었던 칼이라고 했다. 자기 아버지는 일제 때 황해도에서 순사보였으며 제주도 공비 토벌 때 공을 많이 세웠다고도 했다. 사진 속의 풍경은 한라산이었는데 군복 차림에 총을 들고 서 있는 몇 사람이 보이고 앞에는 포로로 잡은 한복 차림의 남녀 십여 명이 묶인 채 쭈그리고 앉아 있었다. 어쩐지 앞줄의 맨 가녘에 어린애를 업고 앉은 젊은 아낙네의 몰골이 오래도록 기억에 남았다.

영식이와는 등하굣길에도 자주 함께 다녔고 샛강에 먹감으러 또는 고기 잡으러 다니기도 했다. 그애는 어려서는 집안의 막내라서 그랬는지 몸이 약하더니 나중에 청년이 되어서는 나보다 키도 크고 우람해졌다. 한번은 철교의 교각을 쌓아놓은 빈터에서 놀다가 내가 먼저 건너뛰는 시늉을 했고 영식이가 따라서 하다가 발을 헛디뎌 그대로 떨어져버렸다. 갈빗대가 몇 대 부러질 정도로 다쳤을 것이다. 그는 몸이 약했지만 나에게는 경쟁적으로 지지 않으려고 했다. 나중에 헤엄을 가르쳐준 것도 나였다. 우리는 학교가 끝나면 가교사가 있던 시흥천이 지나는 구로동 철교 아래에서 물놀이를 하다가 집에 돌아오곤 했다.

나중에 그 동네를 떠난 지 한참 뒤인 대학생 때에 우연히 영식이를 길에서 만났고 옛날 집에까지 그를 따라가서 하룻밤 함께 지낸 적이

있다. 뻔히 아는 동네의 옛집에 새삼스럽게 그를 따라간 것은 영식이
가 진지하게 요청을 했기 때문이다. 그는 대뜸 자기네 집에서 귀신이
나온다고 했다. 맨 처음에 귀신을 보기 시작한 것은 둘째 매형이라고
했는데, 나도 그 사람을 기억할 수 있었다.

영식이 첫째 누나는 남자처럼 짧게 자른 하이칼라 머리를 하고 언제
나 군복 점퍼나 군복 바지를 입고 다녔다. 영식이 말로는 특수부대에
가고 싶어 낙하산 훈련을 받은 적도 있다고 했다. 둘째 누나는 그 집에
서 제일 미인이었다. 영식이도 아버지와 어머니를 닮아서 어딘가 서양
사람 비슷한 데가 있었는데 둘째 누나는 그런 특징이 더해서 쌍꺼풀눈
이 크고 살결이 희고 머리카락이 풍성했다. 그 집에서 가장 상냥한 편
이었던 그녀는 영식이네 아버지의 고향 후배라는 나이가 제법 든 사람
에게 시집을 갔다. 그는 무슨 끗발 있는 부서에서 근무하다가 나왔다
는데 영식이네 집에서 함께 살았다. 이전에 그가 일하던 데가 서북청
년단이었는지 특무기관이었는지 기억은 애매하다. 그가 영식이네 아
버지와 함께 전쟁 때 전공을 세운 사람이었다고만 기억한다.

영식이네 집은 영등포경찰서 사찰계 분실이 있던 이층집의 아래층
을 쓰고 있었는데, 현관 문간에 방이 하나 있고 그 아래는 지하실이며
복도를 따라 벽장 달린 큰 방이 있었고 앞쪽으로는 그냥 덩그렇게 큰
홀이었다. 매형이 현관 옆방에서 자는데 누군가 발치께에 서 있는 느
낌이 들었다. 얼핏 눈을 떠보니 흰옷을 입은 여자가 무표정한 얼굴로
서서 내려다보고 있었다. 말도 못하고 질린 채로 바라보는데 여자가
슬그머니 방문을 열고 나가는 게 아닌가. 매형은 뒤따라 소리를 지르
며 복도 쪽으로 나갔지만 아무것도 보이지 않았다.

이렇게 매형이 제일 먼저 귀신을 보았고 다음에는 어머니가 복도에서 보았다고 했다. 복도의 한편은 이전에 아마도 다다미를 깔았을 제법 너른 방이었는데, 난방을 하지 않으니 한쪽을 커튼으로 가리고 창고 비슷하게 쓰고 있었다. 어머니가 복도에 나섰다가 커튼이 젖혀져 있기에 자락을 여미면서 안을 기웃이 들여다보니 바로 앞에 여자가 서 있더란다. 하여튼 그런 식으로 식구들이 같은 모습의 여자를 몇 번 보았다는 것이다.

내가 그의 집에 따라갔을 무렵에는 경찰서 사찰계 분실이 다른 데로 이사를 가서 이층이 모두 비워져 있었고 영식이네도 조만간 이사를 간다고 했다. 그가 혼자서 그 널찍한 이층을 쓰고 있었다.

우리가 어렸을 적에(그러니까 제2차 서울 수복 직후였을 것이다), 영식이는 사찰계 형사들이 죄인을 취조하던 광경을 내게 자랑삼아 자세히 얘기해주곤 했다. 두 손 두 발 묶은 사이에 몽둥이를 끼워서 매달고 얼굴에 손수건을 덮고는 그 위에 주전자 물 들이붓기, 수갑 채운 두 손을 물통에 담가놓고 전화선을 엄지에 연결하고 발전기 페달 돌리기, 펜치로 손가락 비틀기. 무섭다기보다는 침이 마르도록 궁금해서 자꾸만 그에게 얘기를 시켰었다.

나는 이층 빈방들을 둘러보다가 영식이에게 물었다. "그때 당한 귀신이 아닐까?" 그랬더니 영식이는 아주 진지하게 고개를 끄덕였다. "아마 그럴 거야."

그때가 대학 초년의 여름방학 무렵이었는데 영식이는 몇 번 헛것을 보았던 모양이었다. 그의 방에는 군병원에서 사용하던 낡은 스프링침대가 있었는데 옆으로 누워 자다가 문득 잠이 깨자 희미하게 무슨 웃음소리처럼 키드득, 하는 소리가 들리더니 바로 눈앞에 하얀 손이 나타나 흔들더라는 것이다. 그리고 또 한번은 아래층으로 내려가려고 층계 앞의 문을 여니까 층계 맨 아래쪽에 여자가 서서 올려다보고 있더란다.

전쟁이 휩쓸고 간 뒤에 주위에는 이렇듯 어른들의 가책이 곳곳에 상처로 남아 있었다. 아이들도 그 영향을 받았을 것이다. 언제나 밥상머리에서나 우리집에 잠깐 마실을 와서도 자리에 앉기만 하면 고개 숙여 일단 기도부터 올리던 영식이네 그 창백한 어머니. 내가 영식이를 찾으러 갔다가 몇 번을 불렀을 때 그의 매형이 창문으로 고개를 내밀었다. 그가 아주 짧게 "영식이 없다"라고 말하면서 나를 바라보았는데 그 차갑고 귀찮은 듯한 시선이 왠지 오랫동안 인상에 남았다.

태균이는 바로 우리집 왼편의 배추밭 건너편, 그러니까 쌍성루 벽돌담에 잇대어 있는 작은 한옥에 살던 애다. 집은 우리집처럼 기와를 올렸는데 판자 울타리 대문 위에는 함석으로 멋진 처마를 휘어지게 만들어 올려놓았다. 문간 바로 옆에 그애 할아버지의 공방이 있었다. 아버지는 전쟁 때 행방불명이 되었다. 내 기억으로는 아마 의용군에 나갔는지 납북되었는지 애매하다. 태균이 어머니가 보통 분이 아니라서 내 어머니도 칭찬을 하곤 했다. 어머니는 개가를 서슴지 않던 이남 여자들과는 달리 그이가 점잖고 기품 있는 여인이라고 말하곤 했다. 그녀는 늘 머리를 물빗으로 단정히 빗어 비녀를 꽂고 흰 저고리 검정 치마에 앞치마 두르고 홀시아버지를 세 끼니 봉양하고 밭에 야채를 가꾸어 살림에 보탰다. 우리 철없는 것들은 그녀가 땅을 파고 모아둔 거름 구덩이에 종종 빠지고는 그 집을 욕하고 저주하곤 했다. 태균이 할아버지는 상투에 망건 쓰고 공방에 들어앉아 물소뿔을 깎거나 주석 조각을 잘라내곤 했다. 나도 몇 번 그 공방에 들어가서 아름답고 기묘한 공예품들을 본 적이 있었다.

태균이는 나보다 두세 살 위라서 나는 그를 형이라고 불렀다. 보통 때는 대들거나 싸울 엄두도 내지 못했는데 그는 짓궂은 편이었고 자기 또래의 동회장 아들과 같이 있을 때면 우리 아랫것들을 놀리고 괴롭혔다. 어느 날 그가 나를 골려먹길래 분김에 돌을 주워서 던졌더니 정통으로 이마에 맞아버렸다. 태균이가 터진 이마를 한 손으로 감싸고 나를 잡으려고 쫓아왔고 나는 죽자사자 달아났다. 내가 집으로 헐레벌떡 들어서는데 마침 출타하는 아버지와 정면으로 부딪쳤다. 아버지는 "이녀석, 앞 좀 보고 다녀" 하면서 내 머리에 알밤을 때리고는 집을 나섰는데, 그때 나는 이상한 광경을 보게 되었다. 태균이가 걸음을 멈추더니 밖으로 나서는 아버지를 한 번 올려다보고는 입을 비죽거리기 시작했다. 아버지는 대수롭지 않게 그를 힐끗, 한 번 쳐다보고 지나가버렸다. 태균이는 울면서 제 집으로 돌아갔다. 그맘때에는 서로 싸우다가 코피가 먼저 터지는 녀석이나 먼저 울음을 터뜨리는 쪽이 지는 것으로 되어 있어서 나는 좀 어리둥절했지만 곧 의기양양해졌다.

그날 오후 무렵에 어머니가 좀 나와보라고 했다. 눈이 퉁퉁 붓고 머리에 붕대를 싸맨 태균이와 그애 어머니가 집 앞에 와 있었다. 나는 뜻밖이었다. 그만한 나이에 엄마를 앞세우고 찾아올 일이 아닌 것이다. 어머니가 태균이 형에게 사과하라고 하여 나는 어색한 낯으로 잘못했다고 말했다. 그런 일이 있은 후 얼마 안 가서 중학교에 들어가자마자 아버지가 돌아가셨고, 그뒤에야 나는 어렴풋이 태균이의 느닷없던 울음에 대하여 깨닫게 된다.

내가 태균이를 기억에 떠올리는 것은 그가 그야말로 〈시네마 천국〉에 주인공으로나 나올 법하게 할리우드 영화광이었고 나도 그의 뒤를 따르게 되었던 때문이다. 그애 어머니는 할아버지가 돌아가시자 영등포시장 모퉁이에 가게를 얻어 옷장사를 시작했는데, 형제가 없던 태균이로서는 하루종일 제 맘대로 시간을 보낼 수 있게 되었다.

영등포시장 부근에 일제 때부터 영보극장이 있었고, 전쟁 뒤에 철도공작창으로 들어가는 철길이 가로놓인 새말 어귀에 상이용사회관이라는 영화관이 생겼는데, 저 안쪽 공장지대 근처인 새말에 남도극장까지 생겼다. 그러니 바닥도 별로 넓지 않은 중심가에 일주일에 한 번씩 프로가 바뀌는 영화관이 셋이나 생긴 셈이었다. 그애네 점포는 길가의 모퉁이 집이라 포스터를 붙이기에 맞춤한 장소였다. 포스터를 붙여주면 으레 초대권이 따라 나오는데 물론 개봉 초기에는 안 되지만 끝날 때쯤에 공짜 구경을 할 수 있었다. 담뱃가게나 분식집 겸한 만홧가게 유리문에 포스터가 붙기 마련이고 대개는 입장권의 반액쯤 할인된 가격으로 포스터권을 팔았다. 태균이는 신나게 영화를 보러 다녔고 나도 가끔씩 준비한 용돈으로 태균이에게서 포스터권을 얻어내기 시작했다.

하루는 〈강가 딘〉이라는 영국의 인도 식민지 전쟁을 다룬 영화를 보려고 벼르다가 간신히 포스터권을 구했건만 어머니가 나가면서 누나들 올 때까지 동생을 돌보고 있으라고 했다. 포스터권은 그날이 마지막이라 내 며칠 동안의 계획은 물거품이 되어버릴 위기에 처했다. 나는 아우를 데리고 극장에 가기로 결정했다. 아우는 그 무렵에 겨우 아장거리며 걸었으니 아마 네 살쯤 되었을 것이다. 자리를 잡고 앉았는데 영화가 시작되려고 불이 나가자 어둠 속에서 무서워졌는지 아우가 끼룩거리며 울기 시작했다. 옆자리 아저씨가 아우를 달래려고 사이다를 주었는데 녀석은 젖병을 빠는 것처럼 받아먹고는 또 울었다. 하는 수 없이 그애를 데리고 복도로 나오긴 했는데 밖으로 나가면 더이상 영화를 볼 수 없었다. 나는 극장 문 앞에 가서 손을 놓아주면서 "혼자 집에 가란 말야!" 하고 눈을 부라리며 얼러대고는 정신없이 자리로 돌아가 영화를 보았다.

영화가 끝난 것은 땅거미가 어둑하게 내리기 시작한 저녁 무렵이었다. 나는 그제야 아우가 제대로 집을 찾아갔는지 걱정이 되었다. 저 혼잡한 시장을 지나 로터리를 돌아서 집으로 가는 길이 꼬마에게는 제법 멀고 복잡해 보였다. 아아, 이 녀석 잃어버리면 어떻게 하지? 나는 어른이 되어서도 몇 번이나 그 생각을 하면 후회가 되고 마음이 아팠다.

나는 정신없이 집으로 달려갔다. 다행히도 아우는 집에 돌아와 있었고, 안방에서 벽을 향해 돌아누워 잠든 어린것의 작은 몸과 새까만 발바닥을 보니 가엾어서 눈물이 났다. 어머니에게 종아리를 맞을 때도, 쫓겨나 저녁도 얻어먹지 못한 채 뒷마당에서 별을 보면서도 아우의 쪼그리고 잠든 모습을 생각하면 그애가 무사히 돌아와 있는 게 신기하기만 했다.

어머니가 언제부터 내게 엄격해졌는지 확실히 기억나지는 않지만 아마도 아버지가 춘천에서 공장을 영등포로 옮겨온 뒤부터였을 것이다. 중간에 학교를 빼먹고 한 달씩 춘천에 있는 아버지에게 가서 지내다가 돌아오곤 했는데, 공부를 제법 잘하는 편이었지만 아무래도 성적이 떨어질 수밖에 없었다. 그리고 피난지에서 아이들이 돌아오기 시작했는데 몇 해씩 굶어 나이가 들었거나 안정된 학교생활을 하던 남쪽 대도시의 아이들이 많았다. 그들은 대번에 나를 앞질러버렸고 월말 학력시험을 볼 적마다 내 석차가 어떤 때는 십 등 이하로 떨어졌다. 어머니가 매를 들기 시작한 것도 그 무렵부터였다. 그래도 나는 공부보다는 책을 읽거나 딴 데 정신을 파는 일이 많았다. 그 무렵 어머니의 핸드백에서 돈을 몇 번 꺼냈고 드디어 들통이 나고 말았다. 나는 호되게 얻어맞고 집에서 밤중에 쫓겨났다. 거의 통금시간이 다 될 때까지 어머니는 나를 집안에 들여주지 않았다.

어느 날 나는 국원이처럼 집에서 달아나기로 작정했다. 국원이는 나하고 같은 학교에 다니던 영식이와는 달리 집 근처의 초등학교에 다니다 말았다. 그는 위로 형이 하나 있었고 홀아버지와 함께 살더니 의붓어머니가 들어왔다. 동화에 나오는 것처럼 국원이 새엄마는 구박을 하는 마녀나 계모는 아니었다. 그녀는 오히려 아이들이 맞으면 자신이 나서서 함께 맞으면서 말려주곤 했다. 하지만 그의 아버지는 술에 취할 때마다 국원이네 형제를 마구 두들겨팼다. 나도 화가 머리끝까지 오른 어머니에게 고무신짝으로 등덜미를 맞아본 적이 있지만, 국원이네 아버지는 바지춤에서 가죽 혁대를 풀어서는 등짝이고 다리고 머리고 닥치는 대로 때렸다.

국원이는 아버지가 미워서 집에서 달아나 일 년 반쯤을 어느 보육원에 있었다. 보육원에서 나팔수를 했다는데 기상과 취침 나팔을 불었다고 했다. 국원이는 집에 돌아오면서 트럼펫 꼭지를 가지고 왔는데 그것을 손바닥 안에 넣고 불면 아기 우는 소리처럼 가냘프고 구슬픈 소리가 흘러나왔다. 나는 그 무렵에 『톰 소여의 모험』을 읽었고 뒤이어 문고본 『허클베리 핀』을 읽으면서 국원이가 꼭 허클베리 핀 같다고 생각했다.

나는 속으로 작정하고 나서 집을 '토낄' 준비를 해나갔다. 훈풍이 불고 아카시아가 하얗게 핀 5월이었지만 저녁 무렵에는 제법 썰렁해서 나는 서지 천으로 만든 점퍼를 겨울옷들 틈에서 찾아냈다. 당시에는 고아원 아이들이나 구제품 옷을 입어서 울긋불긋했지 가정집 아이들은 초등학교 고학년이 되면 벌써 중학생들이나 입을 학생복을 입고 다녔다. 어머니는 재봉으로 갖가지 헌옷들을 수선하기도 하고 재단도 했는데 시장에 흘러나온 미군 서지 군복을 사다가 뜯어서 아버지와 나의 점퍼를 만들었다. 어머니의 그런 재봉 솜씨 덕분에 나는 누나들의 오버를 고친 멋진 반코트도 입은 적이 있다. 양말과 속옷가지를 챙겨두고 비를 맞으면 안 되니까 우비와 수건도 한 장 넣어두었다. 그전에는 륙색이 있었지만 전후에는 보스턴백이 유행이어서 아이고 어른이고 소풍 갈 적이나 여행에 나서면 그것을 들고 다녔고 나중에는 기다란 멜빵이 달린 항공 백이 유행했다. 나는 곤색 보스턴백에다 물건들을 챙겨넣었다가 토요일 방과후에 집으로 달려와서 누나들 눈을 피하여 달아났다.

큰누나가 부모님이 준 용돈을 모아두는 것을 알았기 때문에 나는 그녀의 가방을 뒤졌다. 수첩 크기의 전차표 책과 붉은색 비닐 지갑이 들어 있었다. 지갑 안에는 역시 빳빳한 비상금이 들어 있었다.

나는 인천에 가면 바다를 볼 수 있다는 소리를 들은 적이 있었다. 영등포역에 가서 표를 사는 어리석은 짓은 하지 않았다. 구로동 쪽의 건널목에서 철길을 따라 올라가면 역 구내에 당도하게 되어 있었다. 나는 누나들이 전차를 타거나 아니면 패스를 가지고 서울역까지 기차를 타고 다니기 때문에 통학 기차가 서울역에서 인천까지 하루에 네 번씩 왕래한다는 것도 알고 있었다.

그때의 열차는 화물차를 개조한 것이었다. 차량의 연결 부위에 통로는 만들었지만 타고 내릴 때는 널찍하게 열어둔 옆문으로 올라가야 했다. 창문이 따로 없어서 승객들은 대개 문 앞에 몰려서 있기 마련이었다. 공짜 기차를 타면 통로 부근에 서 있어야 한다고 아이들에게 들어서 나도 차량의 연결 부위에 가서 서 있었다. 바퀴가 끊임없이 철로의 끊어진 틈에 걸리는 소리와 맞물린 연결고리가 삐걱이는 소리가 들려왔다. 승무원들이 검표를 하러 나타나면 자꾸만 앞으로 나아가다가 바로 다음 정거장에서 내려 검표를 마친 앞 칸으로 옮겨타면 되었다.

인천이 가까워지면서 짠내와 비린 냄새가 바람에 묻어오는 걸 느낄 수 있었다. 드디어 주안을 지나면서 너른 갯벌과 염전이 보였다. 기차가 종점인 동인천역에 이르렀다. 나는 내 또래 아이들을 따라 플랫폼의 반대쪽으로 내려가서 화물을 취급하는 입구로 빠져나갔다. 그때 칙칙한 회색 시멘트 담 위에 나란히 앉아 있던 새들이 무리지어 날아올랐다. 아, 갈매기로구나!

나는 그 담 뒤편에 무엇이 있는지 짐작할 수 있었다. 담을 돌아나가자마자 아득하게 갯벌과 바다가 보였다. 작은 연락선들이 정박해 있는 선창도 보였다. 처음 본 바다는 굉장했다. 나중에 중학교에 가서 만리포해수욕장의 너른 백사장과 푸른 바다를 보았을 때 내가 처음 보았던 바다가 얼마나 황량하고 형편없었던가를 알았지만, 어쨌든 저 끝에 아득하게 선으로 이어진 수평선은 그 너머에 다른 세상이 있다는 것을 강력하게 암시해주고 있었다. 더구나 수평선 근처로 까마득하게 멀어져가는 화물선의 형체는 내가 여기 멈추어 서 있는 걸 조롱하는 듯이 보였다.

바다를 바라보며 얼마나 앉아 있었을까. 서쪽 하늘에 노을이 지더니 구름의 층층이 서로 다른 미묘한 색깔로 물들기 시작했다. 나는 주위가 어두워지자 본능적으로 어머니를 생각했다.

어두워지기 시작한 시가지를 이리저리 돌아다녔다. 갑자기 초조하고 무서워지기 시작했다. 어느 길모퉁이에서 풀빵을 사 먹고 파장이 되어버린 시장 골목에 들어갔다가 나무판자를 비스듬히 기대어 세워놓은 곳을 발견했다. 행인들도 가끔씩 지나다녔고 노점의 좌판들도 비어 있었다. 생선 비린내가 제법 심하기는 했지만 나는 판자 뒤의 아늑한 곳에 들어가서 누웠다. 보스턴백을 베고 점퍼의 지퍼를 목에까지 끌어올리고는 어둠 속에서 잠을 청했다. 가까운 곳에서는 두런대는 사람들의 말소리가, 먼 곳에서는 기관차의 기적 소리와 연락선의 통통대는 엔진 소리가 들려왔다. 까무룩하게 잠이 들었던가보다. "에그머니 깜짝이야!" 호들갑스런 여자의 목소리가 들리더니 누군가 판자를 젖히고 들여다보았다. 나는 방금 잠이 깨었다는 표를 내느라고 두 눈을 부비면서 천천히 일어나 앉았다. "얘, 너 누구냐? 왜 여기서 자구 있는 거야?" 내 앞에 쭈그리고 앉으면서 그 아주머니가 물었다. 몸뻬를 입고 고무장화를 신은 아줌마에게서 생선 비린내가 진동했다. 나는 아무 대답도 안 했지만 그녀가 나를 찬찬히 살피고 있다는 걸 눈치챘다. "느이 집이 어다냐?" 내가 대답을 하지 않으니까 아주머니가 내 손을 잡아 이끌어 올렸다. "너 안 되겠구나. 집 없는 애라면 나하구 파출소에 가야겠다." 나는 엉겁결에 말했다. "집 있어요. 영등포에 살아요."

주안댁 아주머니는 처음에 내 행색을 보자마자 여염집 아이가 집에서 야단맞고 가출한 꼴을 알아보았다고 한다. 상고머리 꼬마가 근사한 서지 점퍼를 입고 보스턴백까지 가지고 있더라나.

그녀는 내게 밥은 먹었냐고 물었고, 내가 고개를 저으니까 그럴 줄 알았다는 듯이 혀를 찼다. 그녀는 팔다 남은 생선을 소금에 간하여 좌판 아래 넣어두고 판자로 덮고 퇴근하려던 참이었다. 주안댁은 나를 다시 꼼꼼히 살펴보더니 한 손에는 장바구니를 들고 다른 손으로 내 손목을 잡아끌었다. "안 되겠다. 오늘은 시간이 늦었으니까 우리집으루 가자."

그녀는 전쟁 뒤에 새로 생긴 피난민 동네로 나를 데리고 갔다. 언덕바지에 날림으로 지은 판잣집들이 다닥다닥 붙어 있고 골목은 오불꼬불했다. 미군 부대에서 나온 합판과 상자를 뜯어서 집의 얼개를 만들고 지붕은 검은 콜타르를 바른 루핑으로 덮은 집들이었다. 바닷바람에 날아가지 말라고 지붕 위에 커다란 돌들을 얹어놓았다. 수도는 물론 전기도 없는 동네였다. 전후에 우리 동네 너머에 그런 집들이 많이 생겨났고 나는 같은 반 아이들의 집을 방문한 적이 있어서 별로 낯설지는 않았다.

어디선가 꽁치 굽는 냄새가 났다. 배가 고프니 더욱 처량한 기분이 들었고 문득 집으로 돌아가고 싶어졌다. 나는 그때 이후로 어느 먼 고장에서 반갑고 익숙한 향기로운 냄새가 배어 있는 과일가게 앞을 지난다든가, 아니면 아이들이 법석대며 뛰노는 가난한 동네의 골목을 지날 때 어디선가 연탄불에 생선 굽는 냄새가 풍겨오면 문득 집 생각이 나곤 했다.

주안댁은 삼 남매를 두었는데 남편까지 식구가 모두 다섯이었다. 남편은 솜씨 좋은 목수여서 그 시절에 집 지을 일이 많아 일거리는 떨어지지 않고 있었지만 막일하는 사람들이 거의 그렇듯이 허리가 신통치 않았다. 나중에 그녀가 어머니와 친해져서 언니 동생 하면서 오가는 중에 친척처럼 내막을 서로 알게 되었다. 목수 아저씨는 공사장에서 비계를 타고 오르내리다 떨어져 허리를 다쳤다는데 아줌마에게는 '그놈의 술이 웬수'였다.

맏딸이 밥은 지어놓았고 주안댁이 들고 온 생선으로 찌개를 끓였다. 온 식구가 어깨를 부비며 둘러앉아 비좁은 밥상 가운데에 생선찌개를 냄비째로 덜렁 얹어놓고 배춧잎이 시퍼런 풋김치에 밥을 먹었다. 벽에 걸린 남폿불이 제법 훤했지만 그을음 냄새가 고약했다. 주안댁이 남편에게 불평을 했다. "심지를 좀 자르라니까, 계속 타구 있잖아."

얼마나 맛있었는지. 이마와 목 언저리가 온통 땀에 젖었다. 툭툭 아무렇게나 길게 잘라낸 푸른 배춧잎 김치를 주안댁이 맨손으로 죽죽 찢어놓으면 아이들이 제각기 밥숟갈 위에다 사리를 틀어 얹어서는 입을 한껏 벌려 단숨에 집어넣었다. 벌건 고춧가루로 덮인 생선찌개는 한입만 먹어도 입안이 얼얼했다.

온 식구가 비좁은 방에서 함께 일렬로 누워서 자는데 곧 아저씨와 아줌마의 코 고는 소리가 들려오기 시작했다. 나는 그 집 아들과 벽 쪽에 붙어서 잤고 그 녀석이 가끔씩 팔을 내 머리에 얹거나 다리를 배 위에 올려놓기도 해서 잠들었다가는 자주 깨어났다. 난생처음으로 남의 집에서 낯선 사람들과 함께 자면서 우리집과 식구가 세상의 모든 것은 아니라는 것을 깨달았다고나 할까.

이튿날 주안댁은 나를 데리고 역에 가서 함께 표를 끊었다. 나는 더 듬거리며 우리 식구들 얘기를 했고 주안댁은 한숨을 쉬었다. "에그 이런 철딱서니야. 느이 엄마가 얼마나 걱정하시겠냐. 간밤엔 아마 한숨도 못 주무셨을 게다."

돌아오는 길이 어찌나 짧고 빠른지 언뜻 정신을 차리고 보니 영등포역이었다. 그때부터 가슴이 뛰고 조바심이 나기 시작했다. 낯익은 거리가 좋아 보였지만 내가 없는 동안에 그 어디나 아무 일 없이 잘 돌아가고 있는 게 어쩐지 서운했다.

어머니는 그날 큰소리 한 번 내질 않았다. 대신에 주안댁과 함께 나가서 점심을 잘 대접하고 돌아왔다고 한다. 어머니는 "오늘 좋은 사람 만났다"고만 말했다. 어머니는 나중에 아버지와 함께 인천에도 다녀오게 된다. 그뒤 봄마다 굴비 말리는 철이 오면 주안댁이 서해안 조기를 상자째로 떼어다주곤 했다. 어머니가 내게 내린 벌은 단 한 가지였다. 집에서 나갔다가 돌아올 때까지의 일들을 하나도 빼먹지 말고 글로 써 내라는 것이었다.

성적이 자꾸만 떨어졌다. 어머니는 5학년 1학기 말 시험 때가 다가오자 아예 학교에서 돌아오면 내가 밖에 나가 동네 아이들과 어울리지 못하게 했다. 그런대로 시험은 치렀지만 역시 산수가 엉망이었다. 지난해에 춘천 나들이가 길어지면서 기초 다지기를 놓쳤기 때문이라는 것을 어머니도 알면서도 "이제 방학은 없다"고 엄포를 놓았다. 아니나 다를까 큰누나에게 나의 산수 과외를 실시하도록 일렀다. 어머니와 큰 누나가 교대로 내 옆에 붙어앉아 교과서와 학습지를 복습시키고 시험을 보았다. 가끔 지루해서 졸거나 한눈을 팔면 사정없이 매를 때렸다.

방학이 되었지만 밖에 나가 놀아본 지가 언제인지 알 수 없을 정도였다. 우리 동네 아이들은 강변에 살아 그런지 물을 좋아해서 벌써 늦봄부터 날씨가 조금 온화해지면 곧장 둑 넘어 샛강으로 달려가곤 했다. 물에 들어갔다가 나오면 잔잔한 소슬바람에도 어찌나 춥던지 불알을 꼭 쥐고 모래밭에 쪼그리고 앉아서 햇볕을 쪼였다. 내가 졸라서 샀던 고기 잡는 그물 때문에도 이틀이 멀다 하고 샛강에 나갔다. 영식이나 국원이와 양쪽에서 그물을 잡고 한 사람은 물 가운데서 몰아주었다. 붕어, 쏘가리, 모래무지, 그리고 길 잃은 메기도 걸려들었다. 우리는 동네 어른들 흉내를 내어 냄비와 고추장과 된장 파 마늘 등속을 준비해가지고 가서 고기를 잡아 매운탕을 끓여먹는 재미도 붙였다. 그렇게 방학이 되기만 기다리고 있었는데 그놈의 성적 통지표 때문에 끝장이 나버린 것이다.

"수남아, 수남아!" 밖에서 목소리를 낮추어 조심스럽게 부르는 소리가 들려왔다. 마침 어머니는 외출중이었고 큰누나는 문제를 내놓고 자기들 방에서 작은누나와 도란대며 얘기를 나누고 있었다. 나는 살그머니 뒤란으로 나가 가죽나무에 기댄 채 담장 너머로 고개를 내밀었다. 국원이가 한 손에 양동이를 들고 서 있었다. "고기 잡으러 가자." 나는 맥없이 고개를 흔들었다. "못 나간다. 된통 걸렸어." "그깟 통지표 하나 못 빼돌리고 걸렸구나. 그럼 그물이나 좀 빌려주라. 애들이랑

자리잡고 캠핑할 거야."

국원이의 활기찬 얼굴을 보니 나는 애간장이 타는 듯했다. 나는 광에 가서 둘둘 말아놓은 그물과 아버지가 공장에서 쓰던 군용 판초우비 두 벌을 찾아냈고 방에 가서 담요를 개어서 우비와 함께 옆구리에 끼었다. 내가 집을 빠져나오니 국원이는 신이 나서 어쩔 줄을 몰랐다.

분교 앞 빈터에는 정삼이와 호식이가 기다리고 있었다. 정삼이는 철물점 아들이고 호식이는 바로 우리 옆집 이발소 안집에 살았다. 호식이는 이북에서 형을 따라 피난 온 아이였는데 나이는 우리보다 두어 살 위였고 학년은 두 학년이나 아래였다. 그 녀석 반 아이들은 아직 솜털이 보송보송했지만 호식이는 키도 우리보다 한 뼘이나 더 컸고 벌써 코밑이 거뭇해지고 있는 중이었다. 아마도 우리들 중에서 그애가 제일 먼저 목소리가 변하기 시작했던 것 같다.

우리는 일단 머리를 모으고 가져온 물건들을 점검했다. 담요가 석장, 군용 우비 두 벌, 그물, 양동이, 냄비와 그릇들에 주머니칼, 고추장 된장 양념 등속 등 갖출 것을 다 갖추었다. 아이들은 모두 의기양양했다. 우리는 물이 줄어 개천이 되거나 군데군데 물웅덩이로 남아 있는 샛강을 이리저리 돌아서 양말산을 멀찍이 보며 백사장을 걸어갔다. 오른쪽에 여의도 비행장의 철조망 울타리가 따라왔다. 철조망은 드넓은 초원의 한가운데를 가르고 있었는데 잡초 더미가 끝나는 곳에서부터 땅콩밭이 길게 이어졌다. 우리는 마포 강변이 보일 때까지 초원을 가로질러갔다.

국원이가 혹시 밤에 비가 오면 물이 불어날지도 모른다며 아래로 내려가지는 않고 모래가 시작되는 풀밭 가녘에 본부 자리를 잡기로 했다. 우선 주변을 돌아다니면서 미루나무 가지를 꺾어다가 기둥을 세우고 우비를 펼쳐서 붙들어매니까 훌륭한 지붕이 되었다. 풀밭 위에 남은 우비를 깔고 그 위에 담요 한 장을 깔았다. 이제 네 아이가 담요 두 장을 덮고 자면 충분할 듯했다.

우리는 강변으로 내려가 헤엄도 치고 발가락으로 더듬어 조개도 잡아 올렸다. 정자가 있는 언덕 아래의 넓은 연못 쪽에는 주말마다 낚시꾼들이 모여들었기 때문에 우리도 그곳에 고기가 많다는 것을 알고 있었다. 장마철이 되면 한강 물이 넘쳐서 양말산 아래까지 올라왔다가는 물이 줄어들면서 운동장만한 물웅덩이만 남았다. 그렇게 거듭되다보니 그곳은 양어장이나 마찬가지가 되었다.

국원이와 내가 양쪽에서 그물을 잡고 호식이와 정삼이가 고기를 몰아들이기로 했다. 수초가 떠 있는 부근이라든가 자갈이 많이 깔린 곳이며, 지대가 높아서 물 아래쪽에 깊숙한 웅덩이가 생긴 곳이 누가 보기에도 고기가 놀기 좋아할 만하게 생겼다. 우리는 수초 사이로 몸을 숙이고 천천히 걸었고 호식이와 정삼이는 발로 물을 차거나 손으로 텀벙대면서 반대편 바깥쪽에서 소란을 떨었다. 적당한 때에 국원이와 내가 눈을 맞추고 나서 일시에 그물을 치켜들었다. 제법 손바닥만한 붕어가 한두 마리씩 퍼덕거리며 올라왔다. 우리는 물고기들을 양동이에 던져넣었다.

모래밭에 큰 돌을 모아다 부뚜막을 두 자리나 만들고 작은 냄비에 쌀을 안치고 큰 냄비에 손질한 물고기들과 함께 양념을 넣었다. 그동안에 호식이가 잽싸게 부근 밭으로 가서 애호박과 풋고추 등속을 따오면서 어디서 옥수수까지 몇 자루 따왔다.

"눈물이 나면 밥이 거의 된 거야." 국원이가 알은체를 했다. 밥도 적당히 잘되었고 매운탕은 집에서보다 훨씬 맛이 있었다.

강변에 서서히 땅거미가 내려앉았다. 여름날 해 지고 나서 어두워지기 직전의 그 평화로운 정적은 어쩐지 쓸쓸하고 아름다웠다. 여의도 갈대밭 속에서는 깃을 찾아 내려앉은 작은 물새들이 잠들기 전 아기들의 옹알이 소리처럼 나약하게 울었다. 느닷없이 나타난 달이 아직도 푸르스름한 하늘가에 기웃이 걸리고 그 옆에 방랑자별이 따라붙었다. 풀벌레들이 왕성하게 울기 시작하면서 어느덧 주위는 어둠에 휩싸였다. 우리는 사방에서 주워온 나무로 모래밭에 모닥불을 피웠다. 밥을 잔뜩 먹고도 금방 굴풋해질 무렵 국원이와 호식이가 잠깐 사라지더니 방금 캐낸 흙 묻은 땅콩을 러닝셔츠에 하나 가득 담아왔다. 우리는 땅콩을 모닥불 가장자리의 재에 묻어 껍질째로 구워먹었다.

국원이가 목걸이처럼 달고 다니던 트럼펫 꼭지를 두 손에 모아쥐고 언제 들어도 구슬픈 취침나팔을 불었다. 하늘의 별들은 손에 잡힐 듯 매달려 있다가 조금만 흔들어도 얼굴 위로 우수수 떨어져내릴 것만 같았다. 호식이가 부스럭거리며 담배를 꺼내더니 불을 붙여서 아주 점잖게 빨고는 길게 휘이, 하며 내뿜었다. 이발소 주인인 형의 가운 주머니에서 몰래 뽑아왔을 거였다. 국원이가 손가락을 내밀자 호식이가 담배를 그에게 넘겨주었고 다음은 내 차례였는데 한 모금 빨자마자 눈물과 기침에 한참이나 콜록거리며 눈시울을 닦았다. 아무도 그날 밤에 집 생각을 한 아이는 없었을 것이다.

다음날 비스듬하게 우비 지붕 아래로 비껴들어온 아침 햇살에 저절로 눈을 떴다. 강물 위에 내려앉았던 물안개가 햇빛에 서서히 흩어지고 있었다. 우리는 서로 깨우고 장난질 치면서 모래 구덩이를 파고 제각기 떨어져 앉아 큰일을 보았다. 그대로 발가벗고 텀벙대면서 강물에 뛰어들어가 저만치까지 헤엄을 쳐서 나갔다가 몸을 뒤집어 천천히 발장구를 치면서 돌아왔다. 어제 잡아놓은 고기들은 아직도 양동이 속에서 아가미를 벌떡이고 있었고 성질 급한 놈들은 배를 위로 뒤집고 죽어 있었다.

시간이 어찌나 빨리 지나가는지 단무지 몇 쪽을 곁들여 대충 아침 지어 먹고 나니 벌써 땡볕에 강물이 미지근해졌을 정도로 한낮이 되었다. 우리는 강물에 뛰어들어가 다시 조개도 잡고 민물새우떼를 보고는 그물을 가지고 가서 떠내왔다. 벌써 강물과 땡볕에 그을기 시작해서 국원이와 나는 코가 반들반들해졌고 살결이 흰 편인 호식이는 발갛게 익어버렸다.

이윽고 저녁이 되자 호식이와 정삼이가 걱정을 하기 시작했다. 그들은 집에 얘기를 안 하고 나왔으니 지금 들어가도 되게 혼날 거라고 풀이 죽어서 말했고, 나도 은근히 모두 지금쯤 돌아가자는 말이 나오기를 기다렸다. 그런데 국원이가 고개를 저었다. 지금 들어가나 내일 들어가나 혼나기는 마찬가지라는 것이다. 그는 오늘 들어가면 뒈지게 야단맞고 저녁도 굶고, 자고 일어나서도 며칠 동안 온 식구의 괄시를 받게 될 거라며, 내일 저녁때쯤에 슬슬 기어들어가는 게 낫다고 했다. 그때쯤엔 식구들이 걱정을 하다 못해 지쳐서 반가워하는 분위기로 변할 테니 그러면 싹싹 빌고, 좀 심하게 나오면 또 집을 나가버리겠다고 오히려 세게 나가야 한다는 것이었다. 듣고 보니 그럴듯했다.

결국 하룻밤을 더 보내고 이튿날 황혼 무렵에 우리는 동네 어귀에서 각자 헤어졌다. 나는 꾸려갔던 담요며 우비와 그물을 옆구리에 끼고 되도록 천천히 집으로 걸어갔다. 호식이는 아마도 저희 형에게 죽지 않을 정도로 맞게 될 것이다. 그애 형수가 더욱 혼이 나야 한다고 옆에서 거드는 소리를 담 너머로 여러 번 들은 적이 있었다. 그래서인지 그는 국원이와 더 있다가 형이 잠든 사이에 살그머니 들어갈 모양이었다.

나는 먼저 뒤란 쪽 판자 울타리에 기대서서 집안의 동정을 살폈다. 일하는 누나가 부엌에서 밥 짓는 듯한 기척이 들렸고 마당에는 아무도 나와 있지 않은 것 같았다. 나는 용기를 내어 현관으로 들어섰다. 현관 앞의 자기 방 마루에 앉았던 작은누나가 놀란 눈으로 나를 보더니 어머니를 불렀다. 다행히 아버지는 돌아오지 않았다. 어머니는 내 아래위를 한번 쓱 훑어보더니 차분하게 말했다. "그거 내려놓구 나하구 나가자." 어디 갔었느냐, 누구와 갔느냐, 아무것도 묻지 않고 어머니가 내 손을 그러쥐더니 문을 열고 밖으로 나왔다. "너 학교 다니기도 싫고 공부하기도 싫고 집도 싫지?"

나는 아무 대답도 하지 않았다. 어머니는 나를 데리고 둑 위로 올라가 미군 공병대가 놓은 나무다리 아래를 지나 언덕 위에 벽돌집이 있는 '귀신바위' 쪽으로 갔다. 주위가 완전히 어두워지진 않았지만 하늘 저 끄트머리에 노을의 잔영이 남아 있고 별이 보이기 시작한 그런 무렵이었다. 어머니가 내 손목을 이끌고 옷을 입은 채 강물 속으로 걸어 들어가기 시작했다. "차라리 나하구 강물에 빠져 죽자!"

귀신바위 부근은 전에 오랫동안 모래를 채취한 곳이어서 물속에 숨어 있는 웅덩이가 많았다. 헤엄에 익숙한 동네 아이들도 거기서는 잘 놀지 않았다. 수초가 많았고 한 해에 한두 차례씩 익사 사고가 났기 때문이었다. 물이 점점 깊어져 배에까지 이르자 나는 어두운 물속에서 무엇인가가 내 발목을 잡아끌 것만 같았다. 내가 걸음을 멈추자 어머니가 내 손을 와락 잡아당겼다. "엄마는 널 데리구 죽어야겠다. 그래야 다른 식구들이 편하게 살지."

나는 손을 빼려고 뒤로 버팅기며 다시는 그러지 않겠다고 사정을 했다. 나중에 누나들이 어머니에게 전해듣기로는 내가 "살려주세요, 제발 살려주세요" 하면서 싹싹 빌었다지만 그건 과장이다. 나중에 어른이 되어 그때 얘기를 하다가 어머니에게서 직접 들었지만, 그녀는 일본 잡지 『문예춘추』에 나온 어느 단편소설에서 그런 장면을 읽었다고 했다. 어머니는 어쩌다 서울 시내에 나가는 일이 있으면 명동의 '딸라(달러) 골목'에 있던 외서 파는 곳에 들러 『문예춘추』나 『주부의 벗』 등을 사들고 돌아오곤 했던 것이다. 아무튼 다분히 문학적이고 연극적이었던 이 장면으로 인해 나는 누나들에게 두고두고 놀림감이 되었다.

당시의 중학교 진학은 입학시험을 치르게 되어 있어서 그야말로 초등학생 때부터 입시지옥의 시작이었다. 4, 5학년 때 가교사에서 이리저리 옮겨다니며 자습으로 때우곤 했고 그나마도 아버지가 있는 춘천을 오가느라고 출석이 부진해서 기초를 게을리했던 나는 6학년이 되자 대번에 무엇이 부족한지 드러나게 되었다. 독해력과 암기 위주인 과목은 간단히 회복을 했지만 산수나 자연 같은 쪽은 어떻게 해서 그런 대목에 이르렀는지 도무지 이해가 되지 않았다. 그야말로 아래 학년의 참고서를 가져다가 다시 익혀야 할 판이었다. 어머니는 나와 거의 매일 밤을 새우다시피 했다. 십 등 안에 겨우 들었던 성적은 조금씩 석차가 올라 학년말에 가서는 처음으로 수석을 회복했다.

초등학교 마지막 겨울방학을 맞이하고 이내 해가 바뀌어 열네 살이 되었다. 그 무렵에 벌써 아버지는 건강을 해쳤던 것 같다. 중학교 합격 발표를 보러 어머니 아버지와 함께 갔는데 운동장에 방이 붙어 있었다. 먼저 내 수험번호를 발견한 아버지가 큰 소리로 외쳤다. "어이쿠, 붙었다!"

아버지를 올려다보니 눈에 눈물이 가득 고였고 귀 옆의 흰머리가 마치 노인처럼 보여서 속으로 조금 놀랐다. 돌아오는 길에 종로의 경양식집 '그릴'에 들러서 양식이라고 돈까스를 사 먹었는데 아버지는 수프만 조금 떠먹고는 내게 고기튀김을 모두 덜어주었다.

"속이 안 좋아요?" 어머니가 물었지만 아버지는 아침을 늦게 먹어서 더부룩하다고만 말했다. 합격 발표를 보던 날, 그의 어딘가 지치고 피곤한 모습을 발견했던 나는 그 며칠 전쯤에 아버지가 병원에 가지 않았을까 추측해본다. 아버지는 육 개월을 채 못 넘기고 내가 중학교에 입학한 그해 여름에 갑자기 돌아가셨다.

감옥 4

우리나라는 웬 국경일과 기념일이 그리도 많은지 한 달에 한 번꼴로 특별한 날이 있다. 3·1 독립운동 기념일, 4·19 학생혁명의 날, 5월 1일 노동자의 날과 사월 초파일의 석가탄신일, 5·18 광주항쟁 기념일, 6·10 민주항쟁 기념일, 7월 17일 제헌절, 8·15 광복절, 11월 3일 학생독립운동 기념일, 12월 25일 성탄절 등이다. 물론 이 기념일들은 바깥세상에서라면 의미가 다를 테지만 감옥의 정치범들에게는 투쟁의 명분이 생기는 날이기도 하다. 1월과 2월 두 달을 빼면 거의 일 년 내내 싸우게 생겼다. 3월에는 노동자 춘투가 있을 것이며 대학이 개강할 무렵엔 3·1절 특사도 있게 된다. 그때마다 투쟁 목표가 다르긴 하지만 어쨌든 기념해야 하니까. 4월에는 4·19 학생혁명의 날을 앞두고 시위하다 들어온 학생들이 그냥 넘어갈 수 없다. 5월 1일 노동자의 날과 5·18 광주항쟁 기념일에는 옥내의 정치범이 민중인 일반수들에게 그날을 알려주어야 할 책임이 있다. 6월 10일 시민 민주항쟁의 날은 분단과 전쟁의 상징인 6·25와 함께 무엇을 위해서 민주화투쟁을 해야 되는지 똑똑히 기억해두어야 한다. 7월의 제헌절은 분단 악법과 갖가지로 유린되고 있는 인권과 헌법의 정신을 일깨우기 위하여, 8·15 광복절은 보다 공평한 특사를 요구하고 외세의 압박을 잊지 않기 위하여 투쟁한다. 그리고 추석에는 쉬면서 조상님 은혜를 생각하고 겨우살이 준비를 마치면 어느덧 11월 3일이다. 청년학생들이 학생독립운동의 날을 그냥 넘길 수 없고 12월 25일 성탄절을 전후해서는 평등한 사면을 위한 투쟁에 들어간다.

교도소에서의 투쟁은 거의가 단식으로 시작하게 되는데 달리 항의할 방법이 없기 때문이다. (나는 오 년 동안 징역을 살면서 단식을 열아홉 번이나 했다.) 정치범이 사흘쯤 단식을 하게 되면 교도소 당국은 규정상 반드시 법무부에 보고하게 되어 있고 소장 이하 간부들은 어쨌든 감독 소홀로 문책을 받게 되기 때문이었다. 그러나 사흘 가지고는 진전된 답변이 나올 리 없으니 최소 일주일은 해야 된다. 단식을 교도소 당국에 통고하고 준비된 성명서를 읽고 밖으로 향한 화장실 창살에 매달려서 표어처럼 단어 마디가 절도 있게 끝나는 4·4조의 단문으로 '샤우팅'을 하고 투쟁가를 부른다. 목이 가라앉고 침이 마르면 식기를 창틀에 요란하게 부딪치면서 전 사동에 정치범의 행동을 알리고 마지막으로 감방의 문을 발로 차기 시작한다. 발뒤꿈치로 내지르다가 아프고 힘에 부치면 빗자루나 양동이로 두드리기도 한다. 복도를 달려오는 교도관들의 구둣발 소리가 요란해지면 사회인사인 나는 조용히 입을 다물고 문이 열리기를 기다리지만, 청년학생들은 젓가락을 들고 눈을

찌르겠다며 방어를 하거나 오물을 준비했다가 뿌린다든가 매트리스를
펴들고 열리는 문을 막아서기도 한다. 드디어 대여섯 명의 교도관들이
달려들어 정치범을 복도 밖으로 끌어내어 팔을 꺾어 뒷수갑을 채우고
포승으로 팔을 묶고 입에는 나무재갈에 가죽끈이 달린 방성구를 채운
다. 입안 가득히 나뭇조각이 들어와 박히면 혀가 짓눌려 침을 질질 흘
리면서 끌려가 빛 한줌 들어오지 않는 징벌방인 먹방에 갇힌다. 일반
수들은 한 평도 못 되는 비좁은 공간에 옴쭉달싹 못하도록 예닐곱 명
정도를 쑤셔넣지만 정치범은 대체로 혼자 처박아놓는다.

　물론 나에게는 차마 방성구를 채울 생각은 못하지만 징벌방에 가는
것은 면할 수 없다. 나는 어두운 복도의 좌우에 오소리 굴처럼 생긴 캄
캄한 방에 처박혀 뒹굴고 있을 젊은이들을 생각하며 단식을 계속하리
라 결심한다. 방 안쪽에 수도꼭지와 변기 구멍이 보이고 사방 벽은 거
친 시멘트인데 거의 꼭대기쯤에 두어 뼘 크기의 환기구가 뚫려 있다.
뒷수갑에 포승으로 묶인 나는 어둠 속에서 환기구 사이로 새어들어온
햇빛의 경사와 각도의 변화며 빛의 뚜렷함과 희박함으로 시간의 흐름
을 느끼고 대략 몇시쯤일지 짐작을 한다.

　입에 재갈을 문 젊은이가 급변한 상황을 인식하고 방안과 바깥 복
도와 환기구 너머의 사동 앞 공간을 파악하는 데 두어 시간은 족히 걸
릴 것이다. 그동안 입에 물린 나무재갈 때문에 앞섶은 흘러내린 침으
로 흥건하게 젖고 미칠 지경이 되어버린다. 말이 들끓는 죽처럼 가슴
과 목구멍에 가득 차올라서 뚜껑을 열지 않으면 곧 터져버릴 것만 같
더라고 나중에 한 젊은이는 말했다. 아무리 크게 소리를 지르려 해도
이, 이, 이, 하는 쥐어짜낸 듯한 소리가 혀뿌리 끝에까지 간신히 도달

했다가 목구멍 너머로 맥없이 삼켜져 사라진다. 한나절이 지난 다음에 철문 위쪽에서 철컥, 하는 쇳소리가 들리면서 시찰구가 열리고 지시를 받은 징벌방 담당의 두 눈이 나타난다. 징벌받는 자의 눈이 아직도 증오와 분노에 차 있으면 시찰구는 매정하게 다시 닫히지만 그들이 열어볼 때쯤에는 거의가 옆으로 늘어져서 기진맥진해 있다. 문이 열리고 복도의 자유로운 바람이 불어들어온다. 담당은 사무적으로 냉정하게 묻는다.

—시끄럽게 하지 않는다면 방성구를 풀어주지. 조용하겠나?

징벌수가 고개를 끄덕인다. 묻지 않아도 제발, 제발, 하는 모양으로 수없이 고개를 끄덕인다. 신의 손이 방성구의 가죽끈을 풀어준다. 수인은 입을 크게 벌리고 몇 번이나 큰 숨을 내쉬고 자유로워진 혓바닥으로 아래위 이빨이며 입술을 핥아본다. 철문이 다시 닫힌다.

나는 묶인 두 다리를 굽혀 무릎을 세우고 두 팔은 뒤로 묶인 채로 벽에 기대어 앉는다. 이상하기도 해라. 징벌 먹방도 크기는 독방과 비슷하건만 창 하나가 없음으로 해서 세계는 완전히 쪼그라들어 있다. 영혼 없는 육신만이 어둠 가운데서 짓눌려 있는 것만 같다. 그러나 손가락 끝으로 수갑이 닿은 부분을 꼭 눌러보면 아픔이 또렷이 전해온다. 등 어디께쯤의 가려움도, 오랫동안 뒤틀린 어깨에 뻣뻣하게 쥐가 나는 것도, 숨이 코와 입으로 들락거리는 사실까지도 너무나 뚜렷하게 의식된다. 생생히 살아 있음이 그 자체로 굴욕이며 고통인 순간들이 있다. 뒷수갑과 포승 때문에 꼼짝도 할 수 없고 누울 수도 엎드릴 수도 없는 현재의 상태를 벗어나기 위해 무엇인가 골몰할 거리가 필요하다. 먼저 두 손이 조금은 놓여나야만 한다.

대개의 전과 경력이 있는 일반수들은 징벌방 안에서 먼저 못이라든 가 철사 나부랭이 따위를 찾아낸다. 먼저 들어와 있던 다른 수인이 남겨놓은 것일 수도 있고 마루 판자에서 오래 정성을 들여 뽑아낸 것일 수도 있다. 아니면 관구실이나 조사실에 오가는 사이에 앞수갑으로 바꾸게 해달라고 타협안을 내기도 하고 수갑을 잠시라도 풀어달라고 사정을 한다. 수갑을 고쳐 채울 때가 그 기회인 셈인데 이 순간에 한쪽 팔목을 엇비스듬하게 치켜올려 공간을 만든다. 그러고는 방에 돌아와 마른손을 비누로 잔뜩 문지르고 나서 손가락을 죽 펴고 옴츠려서 수갑으로부터 빼낸다. 다가오는 발걸음 소리가 들리면 얼른 자유로웠던 손을 끼우고 얌전히 앉아 있는다.

나는 일반수와 달리 타협할 여지가 없으므로 마루에 붙어서 어둠 속을 기어다니며 손바닥으로 이리저리 쓸어본다. 구석이나 모퉁이에 판자가 조금이라도 들뜨거나 움직이는 곳이 있으면 그곳을 계속해서 발을 바꿔가며 눌러댄다. 한 시간쯤 그러고 나면 손가락 끝에 못이 조금 튀어나온 느낌이 온다. 어떤 경우에는 쉽게 뽑히기도 하고 아니면 하루종일 걸리기도 한다. 그래도 시간은 흐르기 마련이고 마루 판자의 못 하나를 뽑는 일이 역사를 바꾸는 일보다 더욱 중요한 사업이 되어버린다. 아, 드디어 못이 뽑힌다! 이 작은 쇠붙이야말로 짐승에서 사고하고 일하는 인간으로 자신을 바꿔줄 열쇠인 것이다.

환기 구멍으로 새어들던 가늘고 긴 빛이 벽의 왼쪽으로 차츰 옮겨가다가 짧아지고 환기구 부근으로 올라가며 더욱 가늘게 된 다음에 환기구의 왼쪽 모퉁이에 조금 묻은 얼룩처럼 변했다가 깨끗이 사라진다. 그맘때에 복도 저편에서 구수한 된장 냄새와 함께 음식을 실은 손수레의 쇠바퀴 소리가 들리기 시작한다. 아직도 뒷수갑은 풀리지 않았다. 아마도 한 사나흘 뒤에 관구실에서 부르기 전까지는 풀어주지 않을 것이다. 열쇠 소리가 들리고 식구통 대신 아예 철문이 활짝 열린다. 담당이 익숙한 손짓으로 문 바로 앞에 밥과 국과 찬이 담긴 하얀 플라스틱 그릇이 세 개 얹힌 쟁반을 들여놓아준다. 그리고 그는 이죽거린다.

—개밥 처먹어.

나는 이미 단식을 선언했으므로 발로 걷어차버리고 교도관은 멀찍이 서서 욕설을 퍼붓고 징벌방 소지가 다가와 치운다. 일반수들은 수갑이 뒤로 채워진 채 엎드려서 얼굴에 국물과 반찬을 묻히면서 허겁지겁 밥을 먹을 것이다. 만약 단식이 계속되면 교도소 당국은 강제급식을 실시하게 될 것이다. 내가 언젠가 단식중에 소내 의무실에 갔더니 의사가 식사를 하지 않으면 옛날 방식으로 강제급식을 할 수도 있다고 협박했고, 나는 그에게 으름장을 놓았다. 내가 당신의 직책과 이름을 알고 있다. 강제급식은 일종의 고문인데 정치범을 고문한 책임을 당신도 피할 수 없고 소장과 법무부 장관 등이 모두 함께 책임을 져야 할 거라고 말했다. 그는 더이상 할말이 없었던지 예전에 그런 행형제도를 실시했다고 우물쭈물 얼버무렸다. 그러나 그들은 일반수들이나 청년학생들에게 경우에 따라서는 강제급식을 실시했다고 나는 듣고 있었다.

의무실의 담당이 간병을 앞세우고 다른 교도관 몇 사람과 함께 문을 열고 단식자에게 달려든다. 멀건 죽을 고무용기에 담아 호스를 입안에 처넣고 연신 용기를 주물러 죽이 목구멍 속으로 넘어가는 걸 확인한다. 위내시경을 목구멍 너머로 넣을 때처럼 숨이 막히고 코로 죽이 넘쳐나오고 하는 고통은 그래도 낫다. 다른 것보다도 마치 강간을 당하는 것 같은 굴욕감과 수치감 때문에 항의 단식중이던 수감자는 눈물을 흘리며 운다. 그는 문이 닫히자마자 토하고 또 토하지만 목젖에 닿은 밥 알갱이들의 매끈한 감촉과 혀끝에 남아 있는 구수한 맛을 잊지 못한다. 일단 그의 몸안에서 경계선이 무너진 것이다.

징벌 먹방은 그 안에 갇힌 자에게서 인간다움의 상징인 사고의 자유로움까지 앗아가버린다. 도무지 무슨 생각 따위가 없기 때문이다. 무엇인가 목적을 정하고 거기에 몰두해야만 그는 자신이 살아 있는 육신을 갖고 있다고 확신하게 된다. 그렇지, 나에게는 도구가 있었지. 수갑을 풀어야 한다. 마루 틈에 간직해두었던 못을 집어올린다. 우선 못을 쥔 손가락들을 계속해서 움직이며 그 간격과 미세한 움직임, 이를테면 원이라든가 직선이라든가 가위표라든가 아래 위 옆을 확인하면서 오랫동안 꼼지락대며 동작을 익힌다. 그러고는 다른 쪽 손목의 수갑 열쇠 구멍 속에 못을 집어넣고 안의 정교한 구조를 더듬으며 익혀나간다. 뭔가 걸리는 느낌의 순간을 잘 기억해야 한다. 수십 번이나 돌리고 쑤시고 당기면서 어느 방향으로 돌렸을 때 힘은 얼마나 가해야 하는지 느낌으로 경험을 정리하고 기억해두고 반복하고 끝없이 다시 시도한다. 손가락들은 점점 더 정교하고 세심한 조작에 익숙해지고 동작을 계속하면서도 눈을 감고 다른 생각을 붙잡고 좇는다.

너른 들판에는 푸른 보리가 자라나 바람에 물결치듯 출렁이고 있다. 들판 맞은편 언덕 위에는 소나무들이 구부정하게 서 있는 작은 솔밭이 보이고 내가 걸어가는 이 길은 휘어져 돌아 언덕 옆으로 해서 멀리 보이는 개천의 다리를 건너 산 뒤편으로 구부러져 있다. 길 양편에 드높은 버드나무들이 줄지어 서 있는데 가지가 출렁이고 나뭇잎들이 바람에 나부끼며 햇빛에 반짝일 때마다 마치 손뼉을 치며 깔깔대는 것만 같다. 나는 걷고 있지만 발이 울퉁불퉁한 땅바닥의 돌이나 바위에 닿는 느낌은 들지 않는다. 흙길이 알맞게 축축해서 푹신하고 말랑거리는 감촉이 발바닥을 간질일 정도다. 목적지에 다다른 느낌이 전해오는 순간 조바심으로 발바닥은 더욱 근질근질해진다. 나는 꿈에서처럼 소리없는 동작으로 미끄러지듯이 길을 간다.

찰카닥, 하고 투명한 쇳소리가 들리면서 톱날 달린 수갑의 걸쇠가 위로 쳐들린다. 나는 손을 살그머니 빼어낸다. 이제부터는 포승을 풀 차례다. 첫 매듭을 풀기까지 오랜 시간이 걸리고 다시 다른 매듭과 줄을 손목에서 풀어내는 데 족히 한 시간은 더 걸리는 듯싶다. 두 손을 휘감은 줄은 헐거워져서 손목에 힘을 주어 당겼다 늦추었다를 반복하다보면 어느 순간 헐거워진 구멍을 남기고 손이 빠져나온다. 포승의 남은 줄이 두 팔뚝에 감긴 채로 나는 기진맥진해서 뒤로 벌렁 드러눕는다. 그리고 두 손을 쥐었다 폈다 해보고 가려웠던 콧등도 긁어보며 누워서 휴식을 즐긴다. 환기구 틈새로 들어온 달빛이 긴 마름모꼴의 희붐한 빛이 되어 시멘트 벽 위에 얼룩처럼 찍혀 있다.

어느새 잠이 들었던 모양이다. 기상 전 야근자들이 교대하기 전에 도는 마지막 순찰시간이 되어 아래층에서 철문 열리는 소리가 들리고, 근무중 이상 무! 하는 담당의 작은 목소리가 절도 있게 들려온다. 나는 눈을 번쩍 뜨고 얼른 풀어놓은 수갑과 포승줄을 궁둥이 아래 밀어넣은 뒤 팔을 돌려서 등뒤로 감추고 잠든 시늉을 한다. 순시하는 당직자의 모자가 스쳐가는 게 시찰구 사이로 보인다. 잠이 완전히 달아나버린 나는 다시 수갑을 찬다. 빼냈던 포승줄 구멍에 손목을 집어넣고 매듭도 조여서 처음과 비슷하게 맨다. 못은 내가 빼냈던 모퉁이의 판자에 그대로 꽂아넣어둔다. 내가 마음만 먹으면 언제든 풀려날 수 있는 한 나는 이미 승리자다. 먹방의 어둠과 비좁은 시멘트 벽도 나를 더이상 압박하지 못한다.

언제나 감방에서는 처음이 어렵다. 누구에게나 그렇지만 일주일쯤 지나면 아무리 나쁜 상황도 익숙해지고 그럭저럭 지낼 만하게 된다. 하지만 먹방에 있다가 상담이라도 한다며 관구실이나 보안과에 끌려나가게 되어 밝은 햇빛 아래로 걸어가게 되면 그 후유증은 오래 남는다. 우선 징벌사동에서 마당으로 나서자마자 두 눈을 뜰 수가 없다. 눈을 감으면 눈꺼풀 아래 노란 빛이 가득차고 현기증으로 어지러워지면서 비칠거리게 된다. 담당도 그런 꼴을 뻔히 알고 있어서 등을 밀든가 재촉하지 않고 기다리면서 냉소한다.

─홍콩 가는 맛이 어떠슈? 먹방에서 두 달쯤 푹 썩으면 누구든 모범수가 되지.

눈을 뜨고 다시 걸으면 하얀 빛들이 차츰 퇴색하는 것처럼 어두워졌다가 정상으로 돌아온다. 그리고 돌아올 때쯤에는 담장 위의 나무며 하늘이며 하얗게 칠한 시멘트 담장까지도 그 선명하고 찬란한 색깔 때문에 어둠 속에서 천연색 슬라이드 사진이 비친 것처럼 아름답다. 그리고 징벌사동의 먹방 속으로 되돌아가기가 끔찍해진다. 그렇지만 다시 끌려와 첫날처럼 어둠 속에 고립되어 등뒤에서 철문이 요란하게 닫히고 나면 가졌던 모든 것을 잃어버린 사람처럼 절망에 빠진다.

먹방의 징벌에는 몇 단계가 있다. 처음에는 적응하려고 짐승처럼 몸부림치는 며칠의 기간이 있고, 외출을 하고 나서 돌아와 자신의 상황이

최악이라는 것을 다시금 확인하는 기간이 있으며, 이 정체와 권태와 고독의 기간을 지나면 관리하는 쪽에서 수갑과 포승을 풀어주며 달래고 조건을 내놓는데 대개는 잘못을 시인하는 자술서나 반성문이다. 징벌자는 억울하기도 하고 아직은 증오심 때문에 그쪽과 합의할 마음이 없으므로 뻗대는 기간이 있고, 관리자는 다시 징벌의 상황을 처음으로 돌리거나 상담과 산책의 시간을 길게 주어 회유한다. 양쪽이 끝까지 맞부딪치면 수인은 머리가 돌아버리거나 더욱 형편이 나쁜 곳으로 이감을 뜨게 된다. 어쨌든 그는 순화되고야 만다. 장기수의 겸허한 눈빛 안에는 그러한 모든 나날들이 녹아 있다.

내가 단식 상태로 징벌 먹방에서 일주일쯤 버티던 어느 날 담당이 오더니 나를 데리고 나갔다. 아마도 나중에 시끄러워질까봐 특별조치를 한 듯했다. 나는 젊은이들은 남겨둔 채 뒤도 돌아보지 않고 혼자서 내 방으로 돌아왔다. 그들을 함께 내보내주지 않으면 나도 징벌방에 있겠다고 버텼어야 했겠지만 그러지 못한 것이 내겐 부끄러움으로 남았다. 그러나 여전히 면회가 금지된 상태였고, 단식도 중단하지 않고 계속했다. 이 기간이 내게는 가장 힘들었던 것 같다. 오죽하면 소장의 이름을 잊지 않으려고 못으로 벽에 새겼을까. 그러나 나는 지금 그의 이름을 기억하지 못한다. 다섯 해의 옥살이 끝에 석방되어 세상의 일상으로 돌아오자 교도소에서의 일들은 나쁜 꿈의 파편처럼 어슴푸레해졌다. 징벌방에 갇혔던 일도 이 글을 쓰는 순간에 처음으로 떠올리고는 나한테 그런 일이 있었나, 스스로도 놀라는 것이다.

교도소에서의 첫해 겨울, 이십이 일의 기나긴 단식은 내게 흔적을 남겼는데 이듬해 봄이 되어 칫솔질을 하다가 흔들리던 이빨 두 개가 저절로 빠져나왔다. 손바닥에 뱉어낸 이빨을 들여다보다가 차마 버릴 수가 없어 플라스틱 일회용 컵에 담아두었다. 걸핏하면 단식했던 징역이 끝나고 석방되어 나온 뒤에 이가 열네 개나 더 빠졌고 몇 년 동안 임플란트 치료를 하느라 고생해야 했다.

일반수들은 틈만 있으면 '왈왈구찌'가 되어보려고 꿈틀거린다. 담당의 약점을 잡기도 하고 포악을 떨기도 하고 사사건건 트집을 잡아 간부들을 귀찮게 만든다. 징벌방에서 제대로 길들여지지 않고 나오는 자들은 한 육 개월쯤 거듭 드나들면서 속을 썩인다. 그중에서 가장 잘 먹히는 짓이 자해인데 바늘에서부터 손톱깎이나 못이나 유리나 아무튼 무엇이든 삼켜버리기도 하고 깡통 뚜껑으로 만든 칼로 배를 긋기도 하고 심지어는 세상 꼴이 보기 싫다고 바늘 실로 멀쩡한 두 눈을 꿰매어버리기도 한다. 어떤 녀석은 말대꾸하지 말랬다고 피를 철철 흘리면서 입을 꿰매기도 한다. 이러고 나면 대개의 담당들은 두 손을 들고 적당히 편하게 풀어준다. 그런 왈왈구찌들의 위세는 징역 초창기라면 어림도 없는 노릇이라 대번에 박살이 나서 이감을 뜨거나 외진 교도소로 순회를 시켜버리지만 대개 만기가 일이 년쯤 남아 있을 양이면 귀찮아도 모른 척해준다. 더구나 머리를 기를 수 있는 두발허가증까지 받고 나면 이제는 기고만장이다. 편해봤자 작업장에서 조금 쉬운 부서로 배치받거나 열외가 되고 건더기가 좀더 많은 식사에 조금 인원이 적은 널찍한 방에서 기거하는 것이 고작이다.

징역은 우선 교도소가 바뀌면 다시 시작이고 방이 바뀌어도 다시 시작이며, 아무리 평화롭고 합리적으로 운영되어 살기 좋은 징역이었다 할지라도 사람이 바뀌면 어제의 조건은 사라지고 모두 처음으로 돌아간다. 정치범은 바깥의 사회적 사건이나 정치적 명분 때문에 옥내 투쟁을 하기도 하지만 옥내 처우 문제를 들고 나올 때에도 자신의 조건 때문이 아니라 동료 재소자들 모두의 수형생활 개선을 위해서 싸워야 한다는 원칙이 있다. 밖에서라면 먼지처럼 하찮고 아주 작은 일이 여기서는 목숨을 거는 일이 되어버린다. 일주일에 한 번씩 나오는 돼지고기의 정량이 모자란다든가 일반수에게 교도관이 폭언 폭행을 하는 일 등은 중요 투쟁 사안이 된다.

공주교도소에서는 일주일에 돼지 두 마리를 들여온다. 살코기를 수인 일인당 백 그램씩 주게 되어 있는데 삶으면 팔십 그램이다. 서울구치소에서는 일주일에 한 번씩 쇠고깃국이 나왔고 건더기는 잘게 간 고기여서 국자로 휘저어야 바닥에 가라앉은 건더기가 떠올랐다. 왈왈구찌들은 소지의 손재간에 의해서 고기 건더기를 많이 받아두었다가 라면에도 넣어 먹고 조림도 따로 해 먹는다. 그래도 거기서는 구매 물품이 풍성해서 별다른 불평이 없었다. 징역살이가 좀더 팍팍해진 교도소에서는 돼지고기 나오는 날을 재소자 모두가 기다리게 된다. 삶은 돼지고기 팔십 그램은 원래 손바닥만한 크기여야 하는데 한눈에 보기에도 그 절반밖에 안 된다는 것이 일반 재소자들의 불평이었다. 그럴 수밖에 없는 것이 교도소 간부들 순서대로 맛있는 부분을 떼어 집으로 가져가고 직원끼리 회식하고 취사반에서 지도급 수인들에게 수육으로 상납하고 나면 그나마도 한 점씩 얻어먹는 것이 기적이라고 했다. 수인 한 사람당 두 장씩 돌아가는 김도 정량은 세 장이 되어야 하고 뭉치거나 잡물이 섞인 저질의 묵은 김을 주려면 차라리 채소라도 조금 더 달라는 등 먹는 것에 대한 불평은 한두 가지가 아니었다.

우리는 일반수들의 방에서 쪽지로 나온 민원을 접수하고 이번 달의 무슨 기념일에는 정치사회적 문제를 명분으로 내걸면서 한편으로는 이를테면 '돼지고기 문제'를 가지고 투쟁 목표를 세운다. 단식 일주일쯤 되면 협상이 들어오고 협상 대표로 나선 청년학생이 보안과장과 담판하고 경우에 따라서는 돼지고기 팔십 그램의 정량을 저울로 달아 확인한다. 이런 문제는 밖으로 나가면 결국 교도소측이 손해니까 대번에 해결이 된다. 손바닥만한 돼지고기를 배급받은 재소자들은 그동안 그것의 절반을 누가 가로챘는지 욕을 하면서 희희낙락한다. 그러나 한 육 개월쯤 지나면 고깃점은 다시 점점 줄어들어서 어느 결에 이전처럼 절반 크기로 돌아가 있다. 그 일로 다시 싸우기도 서로 귀찮고 더러워서 투덜대면 배식 조건이 좀 나아지는 듯싶다가 다시 나빠지곤 하면서 일상은 흘러간다.

　혹독한 경험을 하고 나서 나는 대안의학에 대한 책도 읽고 단식이 '칼을 대지 않는 수술'이라고 할 정도로 위험한 행동임을 알게 되었다. 우선 예비 단식을 해야 하고 위와 장을 완전히 비우기 위해 약재실에 마그밀 구매 신청을 하는 게 순서다. 마그밀을 복용하면 부작용 없이 속을 비워낼 수가 있다. 페트병에 맹물을 받아놓고 적어도 두 병씩 매일 마신다. 먼저 속을 빨리 비워야 금단현상이 덜하니까 저녁에 미지근한 물을 받아두었다가 관장기를 만드는데, 비닐봉지에 빨대를 꽂아 고무줄로 동여맨 뒤 반대쪽으로 물을 잔뜩 집어넣는다. 항문에 빨대를 꽂고 모로 누워 조금씩 짜넣어주면 잠시 후 뱃속이 요동을 치면서 꿀럭거리는 소리를 낸다. 정 참지 못할 때까지 꼼짝 않고 있다가 변기에 가서 쭈그리면 배설물이 한없이 나온다. 그렇게 몇 차례 거듭하고 나면 뱃속이 훨씬 편해지고 먹고 싶다는 욕구도 점점 사라진다.

먹지 않는 하루는 삼시 세끼로 구분된 하루와는 확연히 다르다. 아침 먹고 돌아서면서 점심을 기다리고 다시 저녁 끼니때를 기다리며 하루를 보내는 수인들에게 감옥에서의 일상은 더욱더 못 견딜 정도로 길고 지루하게 느껴진다. 사흘에서 나흘로 넘어가는 단계가 가장 힘들다. 옛말에 사흘 굶고 남의 집 담을 뛰어넘지 않는 놈 없다더니 사흘째의 저녁때쯤이 되면 온갖 생각과 감각이 먹는 데로만 집중되어서 책을 잡아도 잘 읽히지가 않는다. 특히 식사시간이 되어 먼 데서부터 식통이 실린 손수레의 삐걱이는 바퀴 소리가 들리면 청각과 후각은 극도로 예민해지기 시작한다. 아니 이미 훨씬 전부터 취사장에서 증기로 찌는 구수한 밥냄새가 너무도 생생하게 전해와서 온 신경이 그쪽으로 뻗쳐 있던 참이다. 된장국 냄새는 물론이고 그날 무슨 반찬이 나오는지 냄새만으로도 정확히 분간할 수 있을 정도다.

드디어 배식 손수레가 복도에 이르러 딸그락거리는 식기 소리가 들리고 배식을 받느라고 각 방이 웅성거리기 시작하면 일부러 식구통을 꼭 닫아놓고 돌아앉아버린다. 옆방에서 웃음소리와 먹는 소리가 들리기 시작한다. 이때 문득 어릴 적의 어느 아팠던 날의 기억이 떠올랐다. 독감에 걸리거나 배탈이 나서 학교도 못 가고 누워 있노라면 저녁 밥상은 저 건너 마루에 차려지고, 나만 빼놓은 모든 식구들이 둘러앉아 식사를 한다. 그날 바깥에서 일어났던 일들이며 차려진 음식 이야기를 저희끼리 나누면서 먹고 마시며 그릇에 수저를 부딪는 소리를 들으며 누워 있을 때 나만 혼자라는 생각에 더욱 서러웠다.

드디어 내 방문 앞에서 손수레 바퀴 소리가 멎고 식구통이 열린다. 소지가 배식을 받겠느냐 물으면 거절하자마자 사정없이 식구통이 닫힌다. 나는 숨을 한번 몰아쉬고 페트병에 담아두었던 물을 사발에 부어서 한 모금씩 입안에서 씹듯이 혀를 굴리며 천천히 마신다. 세 사발쯤 마시고 나면 허기가 서서히 가라앉는다.

　머리맡의 형광등은 낡을 대로 낡아서 양쪽 모서리에 검은 얼룩이 번져 있고 보통 때는 들리지도 않던 지잉, 하는 소리가 점점 커져간다. 깊은 밤중에 잠을 못 이루고 뒤척이다보면 금속성의 소리가 아예 머릿골 속에서 긴 파장을 그으며 지나가는 것만 같다. 밤이나 낮이나 켜져 있는 형광등의 부연 빛이 소리로 변하여 대뇌를 점령해버린다. 징벌방의 암흑 속에서처럼 몸은 차츰 사라지고 의식만 명료하게 번뜩인다. 이것이 그 사흘에서 나흘까지의 경계선이다. 닷새를 넘어서고 일주일로 접어들면 육체의 들끓는 요구사항들은 단순하게 걸러지고 가라앉기 시작한다. 배설물도 끊기고 나중에는 멀건 물이 조금 나오다가 만다. 이맘때에는 모든 음식물의 냄새가 역해진다.

　꿈을 꾼다. 넓고 푸른 풀밭이며 나무들이 보인다. 징벌방에서의 꿈처럼 나는 들길을 걷거나 아니면 그 위를 구름이나 바람처럼 가볍게 흘러다닌다. 이렇게 보름가량 지나면 으슬으슬 추워지는데 약간의 오한마저도 비를 흠뻑 맞고 집에 돌아와 이불을 쓰고 누워 있을 때처럼 아늑한 쾌감이 느껴진다. 날이 갈수록 잠이 적어지고 머리는 점점 맑아진다. 밤에도 간간이 깨어나 몇 시간이고 우두커니 앉아 밤을 지새운다. 그리고 노인처럼 추억이 많아진다. 잠자리 위에 그냥 멀거니 앉아서 과거의 오솔길로 파고들어간다.

어째서 먹을 것을 끊으면 지나간 일들이 더욱 또렷해지는 걸까. 세 끼를 먹는 일은 확실히 시간을 구분시켜주고 나 자신이 세상에 현존하고 있음을 실감하게 한다. 끼니를 끊으면 몸도 현재에서 떠나간다. 뇌세포 속에서 묵은 때에 덮여 몸을 숨기고 있던 오랜 기억들이 맑은 물에 씻긴 듯 점점 또렷한 형상으로 윤곽을 드러낸다. 그런데 많은 기억 중에 하찮다고 여겨서 내가 잊고 있던, 잘못을 저지른 일들만 명료하게 떠오른다.

단식을 시작하고 보름이 넘어가자 이틀이 멀다 하고 의무실에서 혈압을 재러 왔다. 물론 혈압은 전보다는 훨씬 떨어져 있다. 물맛이 유별나게 좋아진다. 수염이 길게 자라고 피부도 꺼칠해 보이지만 눈은 더욱 맑고 빛나 보인다.

관구 주임들이 번갈아 드나들며 사과를 놓고 가기도 하고 어떤 사람은 보온병에 된장국을 담아와 냄새를 맡도록 하기도 한다. 나는 오후에 폐방시간이 가까울 무렵에 관구실로 찾아가 그들에게 고스란히 돌려주었다. 그들은 강제급식을 하겠다고 으름장을 놓고 나는 그렇게 하면 고문 행위로 고발하겠다며 맞섰다.

십팔 일이 넘어서자 완전한 관철은 아니지만 엇비슷한 타협안이 나왔다. 그러나 지금부터가 마지막 고비다. 그들이 이쪽의 안을 완전히 받아들이도록 하려면 쓰러질 때까지 내 단식이 끝나지 않으리라는 태도를 유지해야만 한다. 그러나 이삼 일만 버티면 된다는 조급함이 아랫배에서 안달이 되어 올라옴으로써 이 마지막 고개는 참으로 가파르고 험난한 비탈길이 된다. 이즈음에 갑자기 시간이 정지해버린다. 낮은 하염없이 길고 밤은 영원히 밝아오지 않을 것만 같다.

추위 때문에 체력의 소모가 심해져서 시멘트 벽 안의 냉기에 노출된 귀나 손이나 발가락에 동상이 오기도 한다. 처음에는 감각이 무뎌지고 저리다가 가려워진다. 양말을 벗고 발가락을 만져보면 차갑게 굳어 있다. 두 손을 맞비비고 발가락들을 오랫동안 차례로 주무른다. 두 귀를 위아래로 수없이 쓰다듬는다. 밤새도록 온몸을 웅크리고 자고 일어나면 몸이 뻣뻣하게 굳어서 풀리지 않는다. 일어나서 허기를 무릅쓰고 철문 앞에서 천천히 제자리 뛰기를 한 시간쯤 해야만 사지가 부드럽게 돌아간다.

드디어 요구사항이 관철돼도 단식은 완전히 끝난 게 아니다. 삼 주가 넘게 버티고 나면 이제부터는 자신과의 싸움이 시작된다. 단식의 가장 어려운 마지막 관문인 복식이 시작될 참이다. 하루에 두 차례씩 의무실 보고전에 의거하여 취사반 소지가 묽게 쑨 미음을 날라다준다. 배춧잎이 두어 가닥 떠 있는 된장국도 들어온다. 미음의 쌀냄새와 된장내는 향기롭기도 하여라. 이제 지나간 기억들은 모두 사라지고 현재만 남는다. 이 시간은 음식물의 냄새와 맛으로만 가득 채워진다. 먹고 싶은 것들을 순서대로 종이에 써보고 그 요리법을 자기 식대로 차례차례 머릿속으로 실행해나간다. 나는 이제 세상 속으로 돌아오는 중이다. 본단식이 삼 주 이상 걸렸으니 적어도 열흘가량은 복식 기간을 가져야 한다.

복식도 끝나고 전과 같은 감옥의 일상으로 돌아오면, 식욕은 여전히 왕성하고 아무리 제때 식사를 해도 뭔가 모자란 듯한 허기는 가시질 않는다. 감옥에서 가장 혹독한 달인 정월 한 달을 추위와 굶주림 속에서 견뎌야 했기 때문에 본능적으로 자신이 위험하다는 생각이 드는 것이다. 풍선에서 바람이 빠져나가듯 몸무게도 칠팔 킬로나 한꺼번에 줄어들었다. 곧 구정이 다가오고 이맘때쯤이면 그나마 짜디짠 김장김치도 다 떨어져갈 무렵이다.

배식시간이 오면 깨끗하게 간수해두었던 하얀 플라스틱 밥그릇, 국그릇, 찬기, 그리고 목공부 수인들에게 부탁하여 만든 길고 매끈한 나무 젓가락과 숟가락을 신문지 위에 놓고 식구통 앞에 앉아 기다린다. 손수레가 다가오고 식구통이 열리고 김 나는 밥과 국과 반찬이 들어온다. 더이상 들어올 것은 없는데도 나는 식구통을 닫지 못하고 잠시 더 기다려보다가 밥을 먹는다. 벽을 향하여 앉아 한 숟가락을 듬뿍 떠서 입안에 처넣고 아무 생각도 없이 우물우물 씹는다. 그래도 식사시간이라고 교무과 당직이 음악방송을 틀어준다. 그냥 무성의하게 자기 책상 위에 있는 낡은 카세트를 꽂아놓기 때문에 어떤 때는 내리 사나흘 동안 똑같은 노래나 음악만 나온다. 그래도 누구 하나 불평하는 이가 없다. 잘 들리지도 않기 때문이다. 각 방에서 나직하게 웅성대는 소리와 음식을 먹는 소리가 간간이 들려온다. 무슨 예배라도 보는 것 같은 숙연한 느낌이 드는 순간이다.

언젠가는 눈이 내리는 날이었는데 미지근한 국에 밥을 말아 먹다가 어쩐지 울컥, 하더니 눈물이 흘러나왔다. 내가 무엇을 보았을까. 내 앞의 시멘트 벽 위에는 종교단체에서 나눠준 열두 달짜리 달력이 붙어 있었다. 양떼를 거느린 예수가 머리에는 동그란 광채를 달고서 기다란 지팡이를 짚고 언덕 위에 서 있는 그림 아래편에 이렇게 쓰여 있었다. '여호와는 나의 목자시니 내가 부족함이 없으리로다. 그가 나를 푸른 풀밭에 누이시며 쉴 만한 물가로 나를 인도하시는도다.'

내가 울컥했던 건 글이나 그림에 의한 것이 아니라 달력에 무수히 그어진 엑스표 때문이었을 것이다. 지나가버린 날들이 여기서는 전혀 의미가 없는 덧없는 시간이었다. 저 엑스표가 되어 사라진 나날들 가운데는 내가 무엇인가를 그토록 관철시키고 지켜내고자 몸부림치던 날들이 적지 않았다. 그동안 나는 여기서 과연 무엇을 지켜냈던 것일까. 국 속의 작은 건더기나 고깃점의 정량을 지키는 일, 그리고 운동시간을 늘리는 일, 서신 검열을 완화하거나 금지된 책을 절차 없이 자유롭게 반출입하는 일, 폭행한 교도관을 징계하라고 간부들에게 항의하는 일, 기념일마다 항의 행사를 벌이는 일 따위는 내가 최소한으로 자신을 유지하려는 행위들에 지나지 않았다. 그러나 때로는 단식까지 해가며 가까스로 얻어낸 작은 성과들은 계절이 지나고 사람이 바뀌면서 다시 원래대로 돌아갔다.

황석영

1943년 만주 장춘에서 태어났다. 고교 재학중 단편소설 「입석 부근」으로 『사상계』 신인문학상을 수상했고, 1970년 조선일보 신춘문예에 단편소설 「탑」이 당선되면서 본격적인 작품활동을 시작했다. 『무기의 그늘』로 만해문학상을, 『오래된 정원』으로 단재상과 이산문학상을, 『손님』으로 대산문학상을 수상했다. 주요 작품으로 『객지』 『가객』 『삼포 가는 길』 『한씨연대기』 『무기의 그늘』 『장길산』 『오래된 정원』 『손님』 『모랫말 아이들』 『심청, 연꽃의 길』 『바리데기』 『개밥바라기별』 『강남몽』 『낯익은 세상』 『여울물 소리』 『해질 무렵』 『철도원 삼대』 등이 있다. 프랑스, 미국, 독일, 이탈리아, 스페인, 일본, 스웨덴 등 세계 각지에서 『오래된 정원』 『객지』 『손님』 『무기의 그늘』 『한씨연대기』 『심청, 연꽃의 길』 『바리데기』 『낯익은 세상』 등이 번역 출간되었다.

수인 1—경계를 넘다
ⓒ 황석영 2017

1판 1쇄 2017년 6월 10일
1판 6쇄 2024년 5월 10일

지은이 황석영
책임편집 이상술 | 편집 정은진 김내리 이성근 황예인 강태형
디자인 윤종윤 유현아 | 저작권 박지영 형소진 최은진 서연주 오서영
마케팅 정민호 서지화 한민아 이민경 안남영 왕지경 정경주 김수인 김혜원 김하연 김예진
브랜딩 함유지 함근아 고보미 박민재 김희숙 박다솔 조다현 정승민 배진성
제작 강신은 김동욱 이순호 | 제작처 영신사

펴낸곳 (주)문학동네 | 펴낸이 김소영
출판등록 1993년 10월 22일 제406-2003-000045호
주소 10881 경기도 파주시 회동길 210
전자우편 editor@munhak.com | 대표전화 031) 955-8888 | 팩스 031) 955-8855
문의전화 031) 955-2696(마케팅) 031) 955-1922(편집)
문학동네카페 http://cafe.naver.com/mhdn
인스타그램 @munhakdongne | 트위터 @munhakdongne
북클럽문학동네 http://bookclubmunhak.com

ISBN 978-89-546-4577-5 04810
      978-89-546-4576-8 (세트)

www.munhak.com